HEYNE BÜCHER

Fantasy

Herausgegeben von Friedel Wahren

DIE CHRONIK VON RECLUCE

1. *Magische Insel* · Band 06/9050 *Mitte des 15. Jh.s*
Lerris, ein angehender Schreinergeselle, langweilt sich auf Recluce und ist gezwungen, der Hochburg der Ordnung den Rücken zu kehren. In Candar begegnet er dem Grauen Magier Justen und sein Leben nimmt einen dramatischen Lauf.

2. *Türme der Dämmerung* · Band 06/9051 *Beginn des 6. Jh.s*
Creslin, Sohn der Marschallin von Westwind, flieht vor einer arrangierten Ehe mit Megaera, doch er gerät in die Fänge der Weißen Magier. Als es ihm gelingt zu entkommen, fällt er wiederum Megaera in die Hände. Um ihr Leben zu retten, heiraten sie und fliehen nach Recluce. Creslin, der sich zu einem gefürchteten Sturm-Magier entwickelt hat, ist bald gezwungen, seine Kräfte im Kampf ums Überleben einzusetzen.

3. *Magische Maschinen* · Band 06/9052 *Beginn des 8. Jh.s*
Dorrin wird wegen seiner Leidenschaft für Maschinen von Recluce vertrieben. In Candar lernt er das Schmiedehandwerk und verwirklicht Erfindungen, die seiner Zeit weit vorauseilen. Doch die Weißen sind dem Ordnungs-Schmied bald auf den Fersen und er wird in ihre Kriege verwickelt. Ihm gelingt die Flucht zurück nach Recluce, aber auch der Schwarzen Insel droht der Untergang.

4. *Krieg der Ordnung* · Band 06/9053 *Spielt 200 Jahre vor Band 1*
Die Weißen Magier haben ihre Herrschaftsgebiete auf Candar weiter ausgedehnt. Recluce schickt Justen, einen genialen Ingenieur, zu Hilfe. Doch seine Waffen vermögen vor der Übermacht der Weißen nichts auszurichten. Justen flieht in die Steinhügel und wird von einer Druidin gerettet – eine Begegnung, die letztendlich machtvolle Auswirkungen auf das Gefüge von Chaos und Ordnung hat.

5. *Kampf dem Chaos*
Band 06/9054 *Spielt 5 Jahre nach Band 1*
Das überseeische Reich Hamor schickt sich an, Candar und auch Recluce zu unterjochen. Als die feindlichen Truppen sich nähern, entschließt sich Lerris, inzwischen ein mächtiger Magier wider Willen, das Chaos tief aus der Erde zu holen und mithilfe der Ordnung zu bündeln, um seine Heimat zu retten.

6. *Sturz der Engel* · Band 06/9055 *Im Jahre 1*
In einer Weltraumschlacht gegen die Dämonen stürzt das Raumschiff der Engel in ein anderes Universum. Die eisigen Gipfel der Westhörner werden zur neuen Heimstatt. Unter dem Kommando Rybas entsteht bald eine eigene Kultur, die geprägt ist vom Kampf gegen die unwirtlichen Lebensbedingungen und die Einwohner im Tal, die mit einem großen Truppenaufgebot ihr Land zurückerobern wollen.

7. *Der Chaos-Pakt* · Band 06/9056 *Im Jahre 3*
Nylan und Ayrlyn kehren Ryba und Westwind den Rücken und begeben sich nach Lornth, wo sie in die Kämpfe gegen Cyador, das erste Reich der Weißen, verwickelt werden. Nylan offenbart sich das Geheimnis des Großen Waldes; er schließt einen Pakt mit Naclos und zieht erneut gegen Cyador ins Feld.

8. *Weiße Ordnung* · Band 06/9057 *Spielt 10 Jahre vor Band 3*

9. *Die Farben des Chaos* · Band 06/9097 und

10. *Der Magier von Fairhaven* · Band 06/9098 *Spielen etwa zur gleichen Zeit wie Band 3*

Weitere Romane in Vorbereitung

L. E. MODESITT JR.

Der Chaos-Pakt

Siebter Roman
des Recluce-Zyklus

Deutsche Erstausgabe

WILHELM HEYNE VERLAG
MÜNCHEN

HEYNE SCIENCE FICTION & FANTASY
06/9056

Titel der Originalausgabe
THE CHAOS BALANCE
Übersetzung aus dem amerikanischen Englisch
von Jürgen Langowski

Das Umschlagbild malte Darrell K. Sweet/
Agentur Schlück

Umwelthinweis:
Dieses Buch wurde auf chlor- und
säurefreiem Papier gedruckt

Deutsche Erstausgabe 1/2001
Redaktion: Angela Kuepper

Erstausgabe bei Tom Doherty Associates, Inc., New York
(A Tor Book)
Dieses Werk wurde vermittelt durch die literarische Agentur
Thomas Schlück GmbH, Garbsen

http://www.heyne.de
Printed in Germany 2000
Umschlaggestaltung: Nele Schütz Design, München
Technische Betreuung: M. Spinola
Satz: Schaber Satz- und Datentechnik, Wels
Druck und Bindung: Elsnerdruck, Berlin

ISBN 3-453-17225-6

Für Lara und ihre Mutter

Nordmeer
Candar
Golf von Murr
Golf von
Recluce
Candar
Ostmeer
Die WELT
E Mitchell 1995

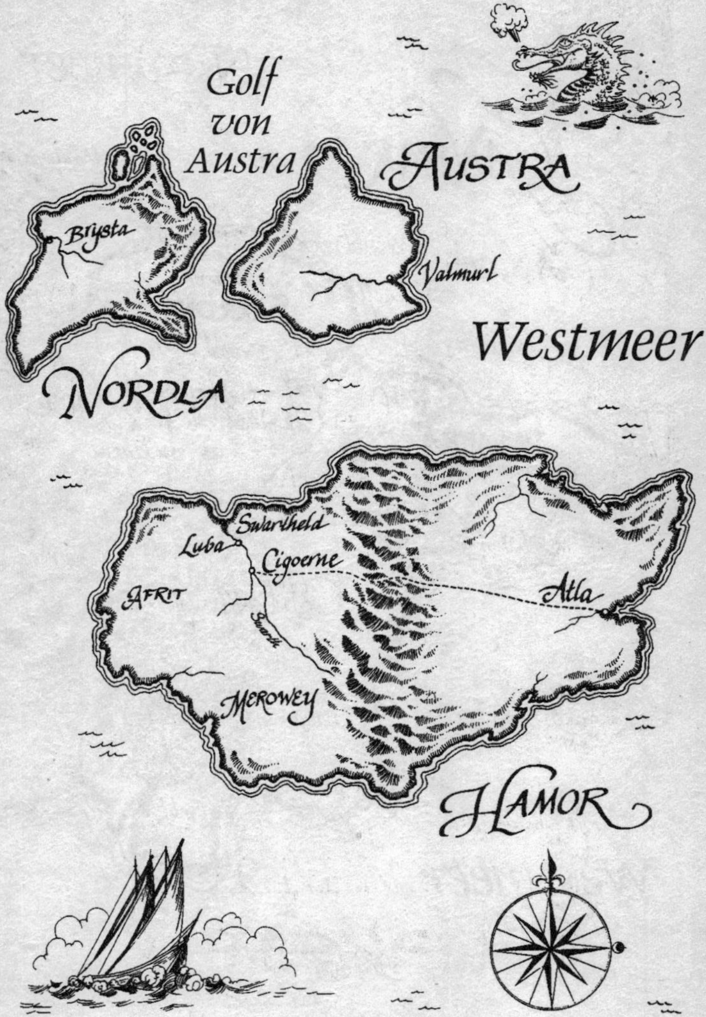
Golf
von
Austra
AUSTRA
Brysta
Valmurl
Westmeer
NORDLA
Swartheld
Luba
Cigoerne
AFRIT
Atla
MEROWEY
HAMOR

GANDAR
Westmeer
Westklippen
Rulyarth
Devalonia
Armat
Bleyans
SUTHYA
Dosai
Große Steppe
Carpa
SARRONNYN
West-
hörner
Lornth
Mitteltal
Jera
Born
Sarron
Eisen-
holzwald
JERYNA
Rohrn
WEST-
WIND
Biehl
Berlitos
JERANS
Dach der Welt
DELAPRA
Die
Steinhügel
Südfluss
Clynya
Sommerhafen
CERLYN
Dellash
(Esalia)
SÜDWIND
Kupfer-
mine
West-
hörner
Südhafen
Steinhügel
NACLOS
Der Große Wald
Rybatta
Das
Leere
Land
Diehl
MILDR

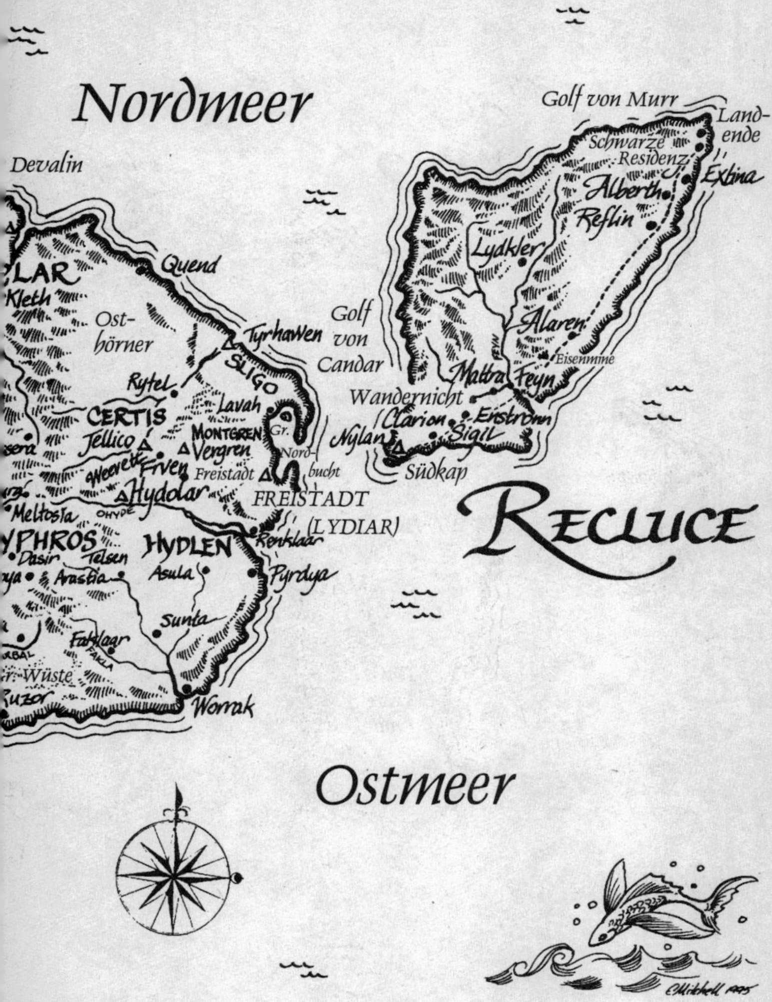
Nordmeer
Golf von Murr
Land-
ende
Schwarze
Residenz
Extina
Alberth
Reflin
Devalin
Lydkler
Quend
LAR
Kleth
Ost-
hörner
Golf
von
Candar
Alaren
Tyrhaven
Eisenmine
Sligo
Mattra
Feyn
Rytel
Wandernicht
Lavah
Clarion
Enstronn
CERTIS
Montgren
Gr.
Nylan
Sigil
Jellico
Vergren
Nord-
bucht
Weevett
Fiven
Freistadt
Südkap
Hydolar
FREISTADT
(LYDIAR)
Recluce
Meltosia
OHYDE
PHROS
HYDLEN
Renklaar
Dasir
Telsen
Arastia
Asula
Pyrdya
Sunta
Fahlaar
FAKLA
Wüste
Worrak
Ostmeer
CMitchell 1995

I

Die Engel der Dunkelheit machten das Dach der Welt zu ihrer Heimstatt und hintergingen die Anhänger des Lichts, von denen sie freudig begrüßt worden waren. Sie erhoben die alten, furchtbaren Waffen des Himmels und besiegten jene, die sich am Licht erfreuten.

In jenen ersten, dunklen Jahren war keiner unter ihnen, der ins Flachland herabkommen und die dortige Hitze ertragen konnte, und die Fürsten der Menschen, ihre treuen Töchter und ihre Gefährtinnen waren glücklich darüber.

Denn die Engel der Versuchung besaßen Klingen, mit denen sie Rüstungen durchschlagen konnten, und sie schossen mit Pfeilen, die Eisenplatten durchdrangen wie morsches Holz. Sie errichteten eine mächtige Feste namens Westwind rings um den Schwarzen Turm, der in seiner Macht sogar Freyja ebenbürtig war.

Die Anhänger des Lichts jedoch, die schon Äonen zuvor auf die Macht des Himmels verzichtet hatten, überließen den dunklen Engeln und ihren bösen Mächten die unwirtlichen Höhen.

Die dunklen Engel aber waren Frauen, die Herd und Heim verspotteten. Sie schmähten die Männer und verhöhnten sie, während sie alle Streitmächte der Westhörner vernichteten, die gegen sie ausgesandt wurden. Sie zwangen die großen Fürsten, sich Staub und Asche über ihr Haupt zu streuen, das Knie zu beugen, Tribut zu entrichten und ohnmächtig zuzusehen, wie ihre Töchter vom heimischen Herd und ihren Gatten weggelockt wurden.

Aber noch größeres Übel drohte vom Dach der Welt und niemand sah es voraus.

Der mächtige Nylan kam herab, der Schmied der Engel, der

den Schwarzen Turm errichtet und die Klingen der Nacht und die Pfeile der Stürme geschmiedet hatte …

Die Farben der Weisse
(Handbuch der Gilde von Fairhaven)
Vorwort

II

Der drahtige Mann mit dem silbernen Haar blieb am Ende der Zufahrt vor dem Schwarzen Turm stehen. Obwohl die Sonne schien, stand sein Atem als weiße Wolke vor dem Mund. Er blickte zu den glatten Steinen, mit denen der Weg vor dem Schwarzen Turm gepflastert war. Er selbst hatte die Steine für den Turm aus den Bergen geschnitten, um einen Unterschlupf für die Engel der *Winterspeer* zu bauen.

Ein Dutzend Schritte vor ihm mündete die Zufahrt in eine gepflasterte Straße. Jenseits der Straße lag eine weite, schneebedeckte Fläche, die sich im Osten bis zu einer beinahe eine Meile hohen Klippe über dem Hochwald und im Süden und Westen bis zu den Bergen erstreckte, die Westwind umringten. So weich die Decke aus Schnee auch schien, war sie doch so hoch wie Nylan selbst, stellenweise sogar doppelt so hoch. Neben der Straße verliefen Spuren von Skiern, wo Wächterinnen die neuen Rekrutinnen ausgebildet hatten.

Im Gebirge im Süden erhob sich Freyja, der nadelspitze, unwirkliche Gipfel, der das Dach der Welt überragte und funkelnd vor dem kalten, grünblauen Himmel stand.

Mit der Arbeitskleidung zum Schmieden und nur einer dünnen Jacke darüber bekleidet, trat Nylan langsam auf die Straße hinaus und nickte, als er rechts neben sich im Schnee eine Erhebung sah, die von den Mauern des Trainingsplatzes herrührte.

Hinter dem Übungsgelände stieg die Straße allmählich nach Westen hin an und führte vorbei an der Schmiede, die er selbst gebaut hatte, bis zu der Schlucht, wo die Stallungen aus dem Gestein der Bergflanke herausgeschnitten worden waren. Über dem Schornstein der Schmiede kräuselte sich eine dünne Rauchfahne. Zu seiner Linken stieg die Straße etwa hundert Schritt weit an und beschrieb dann eine Kurve. Eine Steinbrücke überspannte dort den Kanal, der das Abwasser aus dem Turm entsorgte. Hinter der Brücke stieg die Pflasterstraße weiter an bis zur Hügelkuppe, wo ein Wachturm errichtet worden war.

Schaudernd überblickte Nylan die schneebedeckten Hänge im Norden und östlich der Straße. Unter dem allmählich schmelzenden Schnee lag die Asche, die nach der Vernichtung der Heere aus Gallos und Lornth übrig geblieben war. Ein Drittel der Wächterinnen von Westwind hatte bei diesem Kampf den Tod gefunden. Wenn der Schnee in den kommenden Achttagen schmolz, würde hoffentlich bald grünes Gras sprießen und das trostlose Grau verdecken.

Er blickte nach Süden, wo auf manchen Buckeln bereits einzelne schwarze Steine aus dem Schnee hervorlugten. Drei große Grabhügel und zweiundzwanzig einzelne Gräber bezeugten, dass zwei Jahre voller Kämpfe gegen die Fürsten von Candar auf dem Dach der Welt hinter ihnen lagen.

Im Schwarzen Turm lebten nur noch neun von den ursprünglichen einunddreißig Besatzungsmitgliedern der *Winterspeer*. Doch mehr als vierzig Menschen hatten jetzt auf den sechs Ebenen des Schwarzen Turms ein Zuhause gefunden, die meisten von ihnen Frauen, die geflohen waren und auf dem Dach der Welt ein neues Leben beginnen wollten. Von den sechs Schiffsoffizieren waren noch vier am Leben: Ryba, Nylan, Saryn und Ayrlyn. Von den fünfundzwanzig Marineinfanteristinnen hatten nur Huldran, Istril, Siret, Weindre und auch Llyselle überlebt.

Abgesehen von Daryn, einem jungen Standartenträger aus Gallos, der auf der Nordseite des Hügels verletzt und von Hryessa beschützt worden war, war Nylan der einzige erwachsene Mann, den es in Westwind gab, was aber angesichts von Rybas Misstrauen gegenüber den meisten Vertretern seines Geschlechts nicht weiter verwunderlich war.

Er ging langsam zwischen den Haufen von Schnee und Eis, welche die Straße flankierten, zur Schmiede hinauf. Vor einem Achttag war auch die Straße selbst noch mit Eis und Schnee bedeckt gewesen, der zu einer dicken Kruste festgetrampelt worden war. Aber seit die Mittagstemperaturen wieder leicht über dem Gefrierpunkt lagen, hatte Saryn die Wächterinnen den Schnee direkt am Turm räumen lassen und den freien Abschnitt täglich erweitert. Einerseits diente das der körperlichen Ertüchtigung der Wächterinnen, andererseits musste die Straße möglichst bald wieder für die Karren befahrbar werden, die aus den Wäldern unterhalb von Westwind Holz heraufbefördern sollten.

Der Schmied bog stirnrunzelnd von der Straße ab und lief über den fest getrampelten Schnee zur Schmiede. Anders als im ersten Winter auf dem Dach der Welt hatten sie in diesem genug Holz für die Heizöfen und zum Aufwärmen des Wassers im Badehaus gehabt. Die Vorräte waren auch dieses Mal knapp geworden und sie hatten ein paar Schafe schlachten müssen, zum Glück aber nur wenige.

Nylan öffnete die Tür der Schmiede, schloss sie hinter sich sofort wieder und begrüßte Huldran. »Du bist ja schon früh an der Arbeit.«

»Es war heute Morgen ziemlich laut. Dephnay hat geplärrt und Siret und Istril konnten sie einfach nicht beruhigen.« Die stämmige Wächterin, die neben dem Schmiedeofen stand, zuckte mit den Achseln. »Also waren wir alle wach. Eure Kinder machen zum Glück nicht so ein Geschrei, sie plappern nur die ganze Zeit. Aber bei dem Geplapper kann man natürlich auch nicht gut schlafen.«

»Es tut mir Leid, Huldran.«

»Ach, es ist ja nicht Eure Schuld. Istril sagt mir das auch immer, als ob das nicht sowieso schon alle Wächterinnen wüssten.«

»Sie musste aber nicht …«

»Ser … Ihr seid nicht vollkommen und die Marschallin ist es auch nicht, aber Ihr zwei habt uns und eine Menge Frauen von diesem verdammten Planeten gerettet. Niemand sonst hätte den Schwarzen Turm entwerfen und bauen können.«

Nylan langte nach seiner Lederschürze.

»Es ist nicht mehr viel Holzkohle da.« Die stämmige Huldran schob noch ein paar Holzklötze ins Feuer. »Wir müssen wohl frisches Holz nehmen und herunterbrennen lassen.«

»Saryn sagte, die Holzfällerinnen könnten im Frühling einen Meiler einrichten. Leute hat sie genug.«

»Allerdings, Leute haben wir genug«, schnaubte Hul dran. »Nur ausgebildete Wächterinnen haben wir kein Siret und Istril sind zwei der Besten …« Sie unterbra sich.

»Ich weiß, ich weiß.« Und ob er es wusste. Die beid silberhaarigen Wächterinnen hatten Kinder, die wen als ein Jahr alt waren, und beide Kinder waren von Ryba hatte dies, ohne es ihm zu offenbaren, mithilf letzten Überreste der Hochtechnologie der Engel Wege geleitet.

Nylan presste die Lippen zusammen. Er liebt lynn und Weryl und Dyliess – die Tochter, die er m zusammen hatte –, aber er fühlte sich dennoch benutzt wie ein dummer Zuchthengst.

Aber was sollte er schon machen? Er musste zugeben, dass Ryba, was die Kulturen des Planeten anging, Recht behalten hatte. Die Engel waren im Grunde nirgendwo wirklich willkommen. Und ob er gegen seinen Willen und ohne sein Wissen zum Zuchthengst gemacht worden war oder nicht, er dachte nicht im Traum daran, seine Kinder im Stich zu lassen.

Aber Ryba war immer schwerer zu nehmen, jeder Tag war ein neuer Balanceakt. Die ehemalige Kapitänin der *VGT Winterspeer,* war jetzt die Marschallin von Westwind und damit unumstrittene Herrscherin des Teils der Westhörner, den man als Dach der Welt bezeichnete. Ihr Land lag so hoch, dass hier nur wenige Einheimische im Winter längere Zeit überleben konnten. Ryba und die noch lebenden Marineinfanteristinnen, die jetzt die Garde von Westwind bildeten, stammten jedoch, im Gegensatz zu Nylan und Ayrlyn, von Sybra, wo es im Winter noch kälter wurde als auf dem Dach der Welt.

Nylan schüttelte den Kopf und zog die Jacke aus. Er …te sie neben der Doppeltür an einen Haken und er…te sich, dass er keine Schwerter schmieden konnte, …r die Zeit mit Erinnerungen und Wehklagen ver… Ryba brauchte immer mehr der tödlichen Waf… entwickelt hatte. Ihre zuweilen sehr klaren Vi…en ihr offenbart, dass in den kommenden Jah…le von Frauen Zuflucht in Westwind suchen

… Bestimmung? Sollte er der Waffenschmied …und immer neue Vernichtungswaffen an…benbei als Zuchthengst dienen? Bisher … solche Gedanken zu verdrängen, aber … seit der großen Schlacht ein immer …n aufbaute.

… eine flache, behelfsmäßige Schaufel zur Hand, die er aus den Legierungen eines Landefahrzeuges hergestellt hatte, und beförderte die kostbare Holzkohle aus dem Korb ins Schmiedefeuer. Mit einem Nicken gab er Huldran zu verstehen, dass sie am großen Blasebalg pumpen sollte, während er seine Hämmer und einen Streifen Blech holte. Es war nicht mehr viel davon da, aber er würde so lange wie möglich weitermachen. Danach musste er sich etwas anderes einfallen lassen, um hochwertige Schwerter zu schmieden. Hoffentlich gelang ihm das.

Auf der Ablage des Schmiedeofens lag eine einheimische Klinge, zerbrochen und am Rand angeschmolzen von der schrecklichen Hitze, die Nylan erzeugt hatte, als er den letzten Waffenlaser mithilfe der »Ordnungs-Felder« dieser eigenartigen Welt auf die Gegner ausgerichtet hatte. Die örtliche Magie ähnelte dem Energienetz, das er als Ingenieur der *Winterspeer* benutzt hatte, und war doch wieder etwas ganz anderes.

Mehr als tausend erbeutete einheimische Klingen waren jetzt wie etliche Klafter Holz hinter der Schmiede gelagert. Einige Klingen waren intakt, andere teilweise geschmolzen, wieder andere zerbrochen.

Ein wehmütiges Lächeln spielte um seine Lippen. Hatte er sich nicht vor einem Jahr Sorgen gemacht, ihm könnte das Metall ausgehen?

»Bereit, Ser?«, fragte Huldran.

»Bereit.« Er legte das Blech auf die Holzkohlen. Aus bitterer Erfahrung wusste er, dass er, wenn er gute Schwerter schmieden wollte, das weichere einheimische Eisen in die Legierung treiben und einschweißen musste, nicht anders herum.

Gegen Mittag, als am Turm eine Glocke angeschlagen wurde, hatten sie das Eisen der einheimischen Klinge flach auf den Streifen der Legierung gepresst, die verschweißten Metallstreifen ausgewalzt, umeinander gefaltet und noch zwei, drei weitere Male ausgewalzt. Sie mussten den Vorgang – das Einfalten und Auswalzen – noch etwa ein Dutzend Mal wiederholen, bis Nylan ein Stück Metall vor sich hatte, das er zur endgültigen Klinge formen konnte. Er wusste, dass es besser gewesen wäre, den Vorgang noch öfter zu wiederholen, aber die Zeit war knapp und Ryba alles andere als geduldig. Auf jeden Fall würden die nächsten Schritte des Schwertschmiedens schneller gehen.

Den ganzen Winter über hatte er mit Huldran Schwerter geschmiedet, denn Ryba hatte darauf bestanden, dass jede Gardistin – jede Rekrutin – zwei Kurzschwerter haben sollte, die mindestens so tödlich waren wie größere Schwerter oder Schusswaffen. Die neu angefertigten Schwerter waren im Grunde nur leicht abgewandelte Kopien der beiden Klingen, die Ryba von der *Winterspeer* mitgebracht hatte. Es waren die Klingen der sybranischen Nomaden, mit denen die Marschallin und frühere Kapitänin des Engelsschiffs ständig trainiert hatte.

»Ich decke die Kohlen ab, Ser, auch wenn nicht mehr viel zum Abdecken da ist.«

»Willst du heute Nachmittag selbst eine Klinge machen?«

»Ja, warum nicht.«

»Dann wirf noch ein paar Klötze Holz aufs Feuer.«

Huldran grinste. »Wollt Ihr nach dem Essen trainieren? Das ist gefährlich.«

»Ich werde schon aufpassen.« Saryn oder Istril würden ihn vermutlich als Gegner zum Üben auswählen. Mit Ryba trainierte er nicht, weil auf beiden Seiten zu viel Wut im Spiel war, die ihrer Gesundheit und Sicherheit nur abträglich sein konnte.

Murkassa, eine der ersten einheimischen Frauen, die nach Westwind gekommen waren, führte eine Gruppe neuer Wächterinnen an. Die Frauen marschierten eilig aus der Schlucht, wo das Vieh und die Pferdeställe waren, herunter, waren aber noch ein paar hundert Schritte von der Schmiede entfernt. Als die Wächterin mit dem runden Gesicht und den braunen Haaren ihn sah, hob sie kurz die Hand und Nylan erwiderte den Gruß, bevor er sich zur Straße umdrehte.

Nach der schweißtreibenden Arbeit kaum abgekühlt, betrat Nylan den Schwarzen Turm durch die Haupttür. Im trüben Licht im Inneren blinzelte er zunächst, dann atmete er tief durch, als er das frische Brot, das Blynnal gebacken hatte, roch – und noch etwas anderes. Mit Minze gewürzter Eintopf, dachte er, wahrscheinlich aus den Resten des Hirschs gekocht, den Ayrlyn vor zwei Tagen erlegt hatte, nachdem ein Frühlingssturm etwas Neuschnee gebracht hatte.

»Nylan?« Istril, die ihren Sohn Weryl auf dem Arm trug, winkte ihm von der linken Seite des Eingangsbereichs aus zu, wo inzwischen eine Art Kinderkrippe entstanden war.

Er drehte sich um und ging zu ihr.

Ihr Gesicht war leicht gerötet, als wäre sie draußen in der Kälte gewesen. Auch Weryls Gesicht war rot.

»Wart ihr draußen?«, fragte Nylan.

»Wir sind mit Siret und Kyalynn zu den Ställen gegangen. Ydrall hat uns begleitet, aber sie hat die ganze Zeit gefroren. Kyalynn und Weryl haben nur geplappert.« Istril lächelte ihren Sohn an. »Die Kälte scheint ihn kaum zu stören.«

»Nachdem du ihn so dick eingepackt hast, dürfte er nicht viel davon spüren.«

»Ich bin froh, dass Ihr noch eine Schneekatze erlegen konntet. Wenn ich das Fell gegerbt habe, kann ich einen schönen Parka daraus machen.«

»Der nach ein oder zwei Jahren schon wieder zu klein ist«, lachte Nylan.

»Da!«, mischte Weryl sich ein und deutete mit pummeliger Hand auf seinen Vater.

»Du auch da«, sagte Nylan, während er seinen Sohn

auf den Arm nahm. Er musste wieder an die Umstände denken, die dazu geführt hatten, dass drei der vier zuerst in Westwind geborenen Kinder von ihm waren, obwohl er nur mit Ryba geschlafen hatte.

»Wir werden noch fünf Lämmer bekommen«, erklärte die silberhaarige Istril leise.

»Hast du wieder deine Fähigkeiten als Heilerin erprobt?«

Weryl zog mit erstaunlich festem Griff an Nylans Zeigefinger. Nylan lächelte seinen Sohn an.

»Je mehr Heiler wir haben, desto besser. Ihr und Ayrlyn schafft nicht alles allein und was soll werden, wenn Ihr selbst einmal verletzt seid wie in der großen Schlacht mit den Truppen aus Lornth und Gallos?«, erwiderte Istril.

»Ich bin froh, dass du deine Fähigkeit weiterentwickelst.«

»Die Marschallin auch. Ihr Arm war schwer verletzt.«

»Davon kann man jetzt fast nichts mehr sehen.«

»Sie wird immer noch schnell müde, wenn sie mit den Schwertern übt, aber sie hat es fast überwunden«, erklärte Istril.

»Sie ist trotz der Verletzung schneller als alle anderen.«

»Mit Ausnahme von Euch und Saryn. Ihr seid so schnell wie sie, aber Ihr legt keinen Wert darauf, Euren Gegner zu töten. Saryn dagegen ist gefährlich wie die Marschallin.« Istril hob die Arme, um Weryl wieder zu übernehmen. »Ihr müsst jetzt essen. Er hat schon etwas bekommen.«

»Und was ist mit dir?«, fragte Nylan, während er seinen Sohn an Istril übergab und die kleine Hand von seinem Zeigefinger löste.

»Antyl wird auf ihn aufpassen, während ich esse.« Istril lächelte warm und brachte ihren silberhaarigen Sohn wieder in die Kinderkrippe.

Nylan drehte sich um und blieb sofort wieder stehen,

weil er beinahe eine der Köchinnen über den Haufen gerannt hätte.

»Seid gegrüßt, Ser.« Blynnal nickte freundlich. Hochschwanger, wie sie war, hatte sie Mühe, die großen Körbe mit frisch gebackenem Brot von der untersten Etage aus der Küche in den Speisesaal zu schleppen.

Nylan hatte keinen Zweifel, wer der Vater war. Blynnal hatte Relyn geradezu verehrt, bevor der Einarmige aus Westwind geflohen war, um Rybas Zorn zu entgehen. Relyn hatte sich um die hübsche, aber schüchterne Köchin große Sorgen gemacht. Sie war eine der wenigen Frauen in Westwind, die keinen Wert darauf legten, die Klinge zu erheben und die männliche Vorherrschaft in Candar zu bekämpfen.

Nachdem er Blynnal an den vorderen Tischen entlang gefolgt war, bog er ab und ließ sich auf seinem gewohnten Platz am Ende der Bank des ersten Tisches nieder. Das Feuer im Ofen zu seiner Rechten war erloschen, aber dank der Wärme, die von der Küche drunten heraufkam, und der restlichen Wärme, die noch von dem holzbefeuerten Heizofen ausstrahlte, war es im großen Saal erträglich.

Saryn setzte sich Nylan gegenüber, Huldran ließ sich links neben Nylan nieder. Ayrlyn, deren flammend rotes Haar beinahe von innen heraus zu leuchten schien, setzte sich dem Schmied gegenüber.

Noch bevor Nylan sich dampfenden Tee in den Becher geschenkt hatte, nahm auch Ryba am Ende des Tisches auf dem einzigen Stuhl im großen Saal ihren Platz ein.

»Wie geht es mit der Schmiede?«, fragte sie höflich.

»Wir arbeiten gerade an zwei neuen Schwertern«, antwortete er. »Damit müssten wir meiner Schätzung nach insgesamt fast einhundert haben, also zwei für jede Wächterin und zwanzig als Reserve. Wir müssen aber das Schmiedefeuer inzwischen teilweise mit frischem Holz betreiben. Noch ein Achttag und die Holzkohle wird uns endgültig ausgehen.«

»Ich wäre dir dankbar, wenn du weiter Klingen schmieden könntest, bis die Holzkohle verbraucht ist.«

»Schon wieder Visionen?«, fragte er leise.

»So ist das eben.« Ryba brach sich ein Stück Brot ab.

Nach ihr nahm sich auch Nylan ein Stück dunkles Brot und gab den Korb an Huldran weiter. Als er aufschaute, bemerkte er, dass Ayrlyn leichenblass war. »Dephnay – wieder einmal?«, fragte er.

»Dephnay geht es allmählich besser, aber Tryssa hat sich mit heißem Fett verbrannt. Kaltes Wasser hat geholfen, aber bei den Augenlidern konnte ich nicht mehr viel tun.«

Nylan zuckte zusammen, als er an heißes Fett dachte, das in die Augen spritzte, und die Anstrengung fühlte, die die Heilerin mit den flammend roten Haaren auf sich genommen hatte. Das Heilen mit den Ordnungs-Feldern war kräftezehrend, wie er aus eigener Erfahrung wusste. Er war mehr als einmal dabei zusammengebrochen. »Wie geht es ihr?«

»Sie wird wieder gesund werden.«

»Und dir?«

»Ich muss nach dem Essen schlafen. Ziemlich lange sogar, wie es ausschaut.« Ayrlyn trank einen großen Schluck heißen Tee.

Nylan nickte mitfühlend und trank von seinem eigenen Tee, während er wartete, bis die große Eintopfterrine bei ihm ankam.

»Du musst mehr essen«, drängte Hryessa ihren Schützling Daryn am Fußende des Tischs.

»Ja, du musst stark genug werden, um nach Gallos zurückzukehren«, sagte Murkassa mit blitzenden Augen.

»Ich kann nicht zurückkehren«, sagte Daryn leise. Eine leichte Röte überzog sein ebenmäßiges Gesicht. »Das weißt du genau. Ein Standartenträger aus Gallos kehrt allein zurück? Ein einzelner Überlebender verlässt das

Schlachtfeld? Man würde mir vorwerfen, ich hätte einen Verrat begangen … oder Schlimmeres.«

»Wir haben doch schon einmal darüber gesprochen«, unterbrach Ayrlyn mit ernstem Gesicht die Sticheleien. »Du warst sicher nicht der einzige Überlebende, sondern nur der Einzige, der es geschafft hat, eine Wächterin zu betören. Ein paar, die im unteren Lager verwundet wurden, haben den Rückweg nach Lornth und Gallos angetreten.«

Wieder errötete Daryn. »Die meisten sind gestorben, das wisst Ihr doch, Heilerin. Diejenigen, die zurückgekehrt sind, haben vor den Schneefällen des Winters ihre Heimat erreicht. Nachdem ich aber einen Winter auf dem Dach der Welt geblieben bin …« Daryn zuckte mit den Achseln.

»Du hättest nicht früher reisen können, du wärst ja fast gestorben«, wandte Hryessa ein.

»Nein.« Daryn lachte, es klang beinahe bitter. »Es ist schwer für einen Mann mit nur einem Fuß, durch die Westhörner zu reisen.«

»Fast so schwer wie für eine Frau, unbelästigt durch Candar zu reisen«, warf Ryba trocken ein.

Zustimmendes Gemurmel erhob sich an den Tischen.

Nylan hätte beinahe den Kopf geschüttelt. Candar war ein Pulverfass, das jeden Augenblick explodieren konnte, und die Gründung Westwinds hatte die Lunte endgültig in Brand gesteckt.

»Daryn?«, fragte die Marschallin.

»Ja, Marschallin?«, antwortete der junge Mann eingeschüchtert.

»Was weißt du über ein Land namens Cyador?«

»Nur das, was die Händler erzählen, Ser. Es ist die alte Heimat derjenigen, die dem Weißen Weg folgen … ein Ort voller Silber und Malachit und mit Gebäuden voller großer Spiegel, welche die Sonne einfangen und festhalten können. Selbst die kleinsten Häuser sind dort noch wie Paläste.«

»Und wo genau liegt dieses Paradies?«

»Irgendwo hinter den Westhörnern, mehr weiß ich nicht.«

»Wer ist überhaupt darauf gekommen?«, wollte Nylan von Ryba wissen.

»Ich habe die Schriftrollen studiert, die Ayrlyn gefunden hat, und mehrere beunruhigende Anspielungen auf Cyador gefunden. Die Ehrwürdigen hätten die Flüsse kanalisiert und die Grashügel errichtet, um Reisende abzuschrecken. Und dass einige Töchter Cyadors zu den Barbaren geflohen wären. Ich frage mich, was für ein Paradies das ist, aus dem die Töchter fliehen«, fügte sie trocken hinzu.

Leises Lachen erhob sich am Tisch.

»Es muss jenseits von Lornth liegen«, sagte Ayrlyn. »Relyn und Narliat haben es nie erwähnt.«

»Relyn ist inzwischen wahrscheinlich dabei, Geschichten über die Macht der neuen Ehrwürdigen zu verbreiten«, meinte Hryessa.

»Das wird unsere Schwierigkeiten noch vergrößern.« Ryba warf einen kurzen, vielsagenden Blick zu Nylan, bevor sie sich den nächsten Löffel Minze-Eintopf in den Mund schob.

Der Schmied war nicht bereit, sich auf eine Diskussion über Relyn einzulassen, der auf der Grundlage dessen, was er von Nylan erfahren hatte, eine neue Religion erschaffen wollte. Der Schmied aß schweigend weiter, warf gelegentlich einen Blick zu Ayrlyn und freute sich, dass die Blässe nach und nach aus dem Gesicht der Heilerin wich, während sie aß.

»Essen hilft, nicht wahr?«, sagte er. Er wusste selbst, dass es eine törichte Bemerkung war, aber er wollte ihr sein Mitgefühl zeigen.

»Ein wenig, ja. Wenn ich mich ausgeruht habe, wird es mir besser gehen«, antwortete Ayrlyn.

»Wenn jemand etwas braucht«, bot er an, »dann

schicke ihn zu mir oder zu Istril. Sie hat sich in ihren Fähigkeiten geübt.«

»Ich habe sie darum gebeten und ich bin froh, dass sie es tut.«

»Wir brauchen mehr Heilerinnen«, bemerkte Ryba kühl. Die Gewissheit, mit der sie sprach, jagte Nylan einen Schauder den Rücken hinunter. Was konnte sie noch alles sehen?

Ayrlyn und Nylan wechselten einen Blick und aßen weiter, ohne auf Rybas Bemerkung einzugehen.

Nach dem Mittagessen ging Nylan die fünf Treppen zum obersten Stockwerk hinauf und bog nach rechts in sein Quartier ab, das Rybas Kammer gegenüber lag. Er sah sich im kahlen Zimmer um – ein Fenster, mit welligem einheimischem Glas versehen, eine Liege aus einem Landefahrzeug, die eine harte Bettstatt abgab, aber immer noch besser war als alles, was die Einheimischen herstellen konnten, ein wackliger Tisch mit einem Hocker, ein Schaukelstuhl, in dem er sitzen konnte, wenn er Dyliess ein Schlaflied vorsang.

»Nylan?«

Er drehte sich um.

Die dunkelhaarige Marschallin von Westwind stand in der Tür und hob das strampelnde silberhaarige Kind hoch, das fast schon im Krabbelalter war. »Kannst du sie nehmen? Ich würde gern trainieren. Oder, wenn du zuerst trainieren willst …«

»Mach nur. Ich bin dann nach dir an der Reihe.« Der Ingenieur streckte die Arme aus und nahm seine Tochter entgegen.

»Gaaa …«

»Gaaa, mein Kind.« Nylan hob Dyliess hoch und umarmte sie.

»Ich bin dann unten«, sagte Ryba noch einmal. »Später … ich weiß noch nicht.«

»Gut.« Nylan setzte sich auf den primitiven Schaukelstuhl, den er eigens gebaut hatte, damit er Dyliess auch in seiner eigenen Kammer wiegen konnte.

Während er mit ihr schaukelte, griff sie nach dem Schnitzwerk auf der Lehne des Stuhls, dann nach seinen silbernen Haaren und schließlich nach seinem Ohr.

»Immer mit der Ruhe, junges Mädchen. Die Ohren deines Vaters sind kein Spielzeug.« Er nahm sie herunter, setzte sie sich auf den Schoß und sang für sie.

»Oben auf der eisbedeckten Freyja ...«

Seine Stimme brach, als es an der Tür klopfte.

»Ja, bitte?«

»Ser ...« Eine Frau mit schmalem Gesicht und brünettem Haar stand in der Tür. »Die Marschallin hat mich geschickt ...«

»Kannst du auf Dyliess aufpassen, während ich trainiere, Antyl?«

»Wenn Ihr es wünscht, Ser.«

»Ja.« Es sah Ryba ähnlich, jemand anders zu ihm zu schicken. Obwohl ihre Quartiere unmittelbar nebeneinander im Turm lagen, ging Ryba Nylan aus dem Weg und wandte sich so selten wie möglich direkt mit Bitten an ihn, gerade so, als hätte er sich ihr gegenüber unvernünftig und abweisend verhalten.

Er war durch einen Trick zum Zuchthengst gemacht worden, er war gedrängt worden, tausende Menschen einzuäschern, er war bei wer weiß wie vielen kleinen Dingen getäuscht worden und jetzt galt er als unvernünftig, obwohl er selbst es doch gewesen war, der Westwind gebaut und mit Waffen versorgt hatte. Und Ryba wunderte sich, dass er nichts mehr mit ihr zu tun haben wollte? Wenn Dyliess und die anderen Kinder nicht gewesen wären ...

Aber es waren seine Kinder, die ihn in Westwind hielten, und daran konnte er nichts ändern.

Er erhob sich aus dem Schaukelstuhl und legte sich Dyliess noch einen Moment auf die Schulter, um ihr den Rücken zu tätscheln. Dann hielt er sie ein Stück tiefer und küsste sie auf die Wange, bevor er sie an Antyl übergab.

»Wie geht es Jakon?«

»Es geht ihm gut, Ser, ein kräftiger Junge. Er schläft jetzt.« Mit breitem Lächeln drehte sich die brünette Frau um und ging die Treppe hinunter.

Nylan zog die Jacke aus und folgte ihr nach unten bis in den vierten Stock, wo er sich dem Training unterziehen sollte, was nicht nur bedeutete, sich mit einem Partner zu messen, sondern ihn auch lehren sollte, bei düsterem und unsicherem Licht keine Fehler zu machen. Ryba behauptete, das Führen der Schwerter hinge ebenso mit dem Gefühl wie mit dem Gesichtssinn zusammen, und vielleicht hatte sie damit sogar Recht. Nylan hatte die Hälfte der Männer, die er in den letzten zwei Jahren mit dem Schwert getötet hatte, bestenfalls aus den Augenwinkeln gesehen. Gefühlt hatte er ihren Tod, er hatte die Weiße Brandung ihrer Schmerzen gespürt, aber er hatte instinktiv zugeschlagen und sich dabei kaum auf seine Augen verlassen.

Dies war das Problem, wenn man mit Ryba zu tun hatte. Sie hatte fast immer Recht, aber er hasste sie für die Gewissheit, mit der sie verkündete, nur große Macht und kaltes Eisen wären die passende Antwort auf die Frage, wie sie in Candar überleben sollten.

»Da kommt der Ingenieur«, rief Istril, die mit Weryl am Rand stand, um die Übungskämpfe zu beobachten.

»Fang!«, rief Saryn.

Fast instinktiv streckte Nylan den Arm aus und schnappte den Stab aus Hartholz, drehte ihn herum und fasste den Griff. Dabei staunte er, wie geschickt er inzwischen mit altmodischen Waffen umgehen konnte – nur, dass dieser Eindruck trog. Gegen die meisten einheimischen Angreifer konnte er sich allerdings verteidigen und er hatte mehr als nur ein paar Räuber und Angreifer getötet, wenngleich immer nur einen zur selben Zeit, weil ihn jedes Mal Weiße Wogen von Schmerz überschwemmten und lähmten.

Er war nicht der Einzige, dem es so ging. Alle, die fähig schienen, die Ordnungs-Felder zur Heilung zu benutzen – alle mit silbernen Haaren und Ayrlyn –, litten unter dem gleichen Problem. Ryba dagegen konnte nicht heilen, aber sie konnte ganz gewiss töten.

Interessanterweise, überlegte Nylan, während er den Stock bewegte, um sich aufzuwärmen, hatten trotz der Schlachten, die sie hatten schlagen müssen, all diejenigen überlebt, die über Heilerfähigkeiten zu verfügen schienen.

»Passt auf«, sagte Saryn zu den paar Rekrutinnen, die sich ringsum im Trainingsraum aufgestellt hatten.

Nylan kannte nur die Hälfte der Anwesenden dem Namen nach. Er wünschte sich, sie würden nicht zusehen. Aus dem Augenwinkel blickte er zu Daryn, der auf einem Hocker saß. Wahrscheinlich, überlegte Nylan, musste er für den Fuß des jungen Mannes eine Art Prothese bauen, wie er es für Relyns rechte Hand getan hatte.

»Bereit, Nylan?«

»Eigentlich nicht.« Der Schmied hob den Hartholzstab und versuchte, sich von seinem Gefühl für die unsichtbare Dunkelheit und den Fluss der Ordnung leiten zu lassen.

Saryn hob ihren Stab, der beinahe wie ein Laserstrahl zu schimmern schien, während die Kämpferin ihn im Übungsraum suchend hierhin und dorthin zog.

Wie üblich kam Nylan sich sehr ungeschickt vor. Nur mit Mühe gelang es ihm, Saryns erste Angriffe abzuwehren. Er wich aus, zog sich zurück und versuchte, jenes Gefühl für die Ordnung zu bekommen, das allein ihn vor Prellungen oder in einem echten Kampf vor dem Tod zu schützen vermochte.

Während er sich mit dem Hartholzstab abmühte, der beim Übungskampf das Schwert ersetzte, tauchte er nach und nach in den Strom der Ordnung ein und ließ sich eher vom Stab führen, als dass er ihn bewusst bewegte.

»… Ingenieur ist wirklich gut … möchte wetten, dass nicht einmal die Marschallin ihn treffen könnte …«

»… bemerkst du nicht … er schlägt nie zurück … verteidigt sich nur …«

Aber wie lange noch würde er sich auf die bloße Verteidigung beschränken können? Wie lange noch?

III

So nahm der Kampf zwischen Ordnung und Chaos seinen Fortgang, zwischen jenen, die die Ordnung ihrem Willen unterwerfen konnten, und jenen, die es nicht vermochten, zwischen jenen, die dem Schwert folgten, und den anderen, die sich dem Geist verschrieben.

Auf dem Dach der Welt bauten die ersten Engel im ewigen Eis ihre Feldfrüchte an. Mauern errichteten sie, Ziegelsteine brannten sie und entwarfen allerlei höchst wundersame Dinge: Schwarze Klingen, die niemals stumpf wurden, und Wasser, das im kältesten Winter noch lief und nicht gefror, und ihren Turm, in dem es warm blieb, obwohl er nur von einem einzigen Feuer gewärmt wurde.

Zu den Großen jener Zeiten zählten Ryba, die Kämpferin mit den beiden Schwertern, und Nylan, der Schmied der Ordnung. Auch Gerlich, der Jäger, und Saryn, die Mächtige, und Ayrlyn mit ihren Liedern waren unter den Engeln. Sie waren die ersten Hüter Westwinds …

Als aber der geschickte und schreckliche Schmied Nylan die grausamen Schwarzen Klingen von Westwind schmiedete und die Steine aus den Bergen schlug, um den Schwarzen Turm zu bauen, führte Ryba die Wächterinnen von Westwind an und ließ keinen Mann auf dem Dach der Welt einen Sieg erringen.

Denn auch wenn die Herren der Dämonen sprachen: »Ich will nicht erlauben, dass diese Engelsfrauen überleben«, so erschuf Ryba doch, sowie ein Engel fiel, sogleich einen neuen aus jenen, die vor den Dämonen geflohen waren, bis es niemanden mehr gab, der dem Schwarzen Turm gefährlich werden konnte.

Als aber die Feuer des Himmels erloschen, unterwarf der mächtige Schmied Nylan die Feuer der Welt seinem Willen und begann erneut, die Schwarzen Klingen von Westwind zu schmieden.

Doch trotz Nylans Bestreben, mit den Werken seiner Schmiede die Dämonen zu Staub zu zerschmettern, war Ryba die Mächtige nicht zufrieden und verlangte nach mehr Schwarzen Klingen, als Schneeflocken auf den Schwarzen Turm fielen; und immer mehr Pfeile forderte sie, die keine Rüstung aufhalten konnte. Und Nylan unterwarf das Schmiedefeuer seinem Willen, um ihr zu gehorchen, aber immer noch war Ryba nicht zufrieden …

Und so geschah es, dass Ryba die letzte der Engelinnen war, die im Himmel regiert hatte, und die erste wurde, die unsere Legende schuf, der alle folgen müssen …

Buch Ayrlyn
Abschnitt I [gekürzter Text]

IV

»Mein erlauchtester Fürst, Hüter der Stufen zum Paradies und ...«

»Genug, Themphi, es ist genug«, antwortete der in silberne Gewänder gekleidete Mann, der bequem in seinem aus Malachit und Silber gefertigten Thron auf dem Podest saß. »Was gibt es nun für Schwierigkeiten? Was ist es dieses Mal?«

Der weiß gekleidete Mann verneigte sich. »Mein Fürst Lephi ... es hat starke Schneefälle gegeben und der Große Ostfluss steigt.«

»Bedeutet dies, dass in Geliendra alle Reisfelder weggeschwemmt werden?«

»Ja, Herr. Und die in Jakaafra auch.« Der Weiße Magier verneigte sich noch einmal, tiefer als vorher.

»Was ist mit den Dämmen und Kanälen im Norden?«

»Die ... die Stürme ...«, stammelte Themphi. »Ihr wart ...«

»Sie wurden ebenso zerstört wie die Sperren in Kuliat? Warum hat man mich darüber nicht in Kenntnis gesetzt?«

»Euer Majestät haben die Schriftrollen auf dem Felde erhalten ...« Themphi hielt ihm eine fleckige Schriftrolle hin. »... so wie diese in Guarstyad ...«

»Ich soll mich an die Einzelheiten der Wasserversorgung erinnern, während ich versuche, die Feuerschiffe nachzubauen? Oder ein Heer zu befehligen? Ich soll mich erinnern, dass ich inmitten tiefster Unordnung eine Schriftrolle erhalten habe?« Lephi blickte zu den beiden Gittern hinter dem Podest, wo die Bogenschützen der Rationalen Sterne verborgen waren. Dann beugte er sich auf seinem Malachitthron vor. Die mit Silberfäden durchwirkten Gewänder raschelten. »Themphi, o Magier des Throns der Vernunft, ich mag zwar Imperator und Erbe der Rationalen Sterne sein, aber nicht einmal Imperatoren können sich an alles erinnern. Besonders nicht in Zeiten wie diesen.« Er hielt inne. »Warum haben die Barbarenkönigreiche im Osten keinen Respekt mehr vor Cyador?«

»Herr?«

»Ihr denkt an die Reisfelder, Themphi. Darauf werde ich gleich zu sprechen kommen. Aber warum wird das mächtige Cyad nicht mehr geachtet?«

»Cyador ist immer noch mächtig.«

»Dennoch haben Barbarenhändler versucht, in Guarstyad einen befestigten Vorposten einzurichten, so erbärmlich dieser Teil der Welt auch sein mag. Warum?«

»Der Ort liegt an den Grenzen von Cyador und dort gibt es keine Spiegellanzenkämpfer und Fußsoldaten.«

»Zu Lebzeiten meines Großvaters hätten die Barbaren das nicht gewagt. Warum wagen sie es heute?«

Der Magier runzelte leicht die Stirn. »Ihr habt sie ausgerottet, Herr. Sie werden es nicht noch einmal versuchen.«

»Hätten wir die großen Feuerkanonen gehabt oder wäre das Feuerschiff schon fertig gewesen, dann hätten sie es nie gewagt.« Lephi lehnte sich auf dem schimmernden Thron zurück. »Die Barbaren haben ein kurzes Gedächtnis und respektieren nichts außer roher Gewalt. Wir müssen wieder dazu in der Lage sein, diese Gewalt im Notfall auch anzuwenden.«

»Ja, Herr.«

»Ihr behandelt mich wie einen Kranken, Themphi. Ihr glaubt, ich sei unberechenbar und besessen. Vielleicht bin ich das. Ein Imperator muss besessen sein. Wie sonst könnte er sein Volk anführen?«

Der Magier nickte.

»Antwortet mir! Wie sonst?«

»Ein jeder Herrscher muss sein Volk anführen …«

»Ihr redet, aber Ihr habt nichts zu sagen. Ich wünschte, ich wäre nicht auf Euch und Euresgleichen angewiesen.

Ich wünschte ... aber Wünsche sind ein Lufthauch, der auf Steine trifft.« Lephi seufzte. »Nun denn ... jetzt mögt Ihr über die Reisfelder sprechen.«

»Ich hätte natürlich dafür sorgen müssen, dass Ihr sofort nach Eurer Rückkehr unterrichtet werdet, Euer Hoheit«, entschuldigte Themphi sich.

»Jemand hätte dafür sorgen müssen, in der Tat.« Lephi ließ sich wieder bequem zurücksinken. »Können wir die Weißen Ingenieure schicken?«

»Die Zweite Brigade steht zur Verfügung ...«, bot der Magier an.

»Nein ... das Feuerschiff kommt an erster Stelle. Ich werde nicht zulassen, dass diese Diebe aus Ruzor, Lydiar oder Spidlar ...« Lephi ließ den Satz unvollendet.

»Dann könnte die Dritte Brigade gehen. Die Erste habt Ihr nach Fyrad geschickt ...«

»Um die Piere und Dämme wieder aufzubauen, ich erinnere mich. Da die Zweite hier zu tun hat ... ja, schickt die Dritte.« Lephi hielt inne. »Und schickt eine der Spiegellegionen. Nehmt diejenige, die Queras am ehesten entbehren kann.«

»Ja, Euer Majestät.« Themphi verneigte sich und wollte sich zurückziehen.

»Haben wir schon etwas von den Barbaren im Norden gehört?«

»Meint Ihr, was die Inbetriebnahme der Kupfermine angeht?«

»Genau.«

»Nein, Herr. Der Bote könnte nicht einmal mit dem schnellsten Eurer Rösser schon wieder in Lornth sein.«

Schweißtropfen bildeten sich auf der Stirn des Weißen Magiers, als Lephi die Augen zusammenkniff.

»Wollt Ihr damit sagen, Weißer Magier, ich wäre zu ungeduldig?«, fragte der Herrscher von Cyador.

»Nein, Herr. Nur dass Lornth weit jenseits der Wälle im Norden liegt.«

»Diese Wälle werden noch weiter nach Norden verschoben werden. Wir brauchen das Kupfer für die neuen Feuerschiffe.« Lephi lächelte. »Unterrichtet mich, wenn wir etwas aus Lornth hören. Inzwischen solltet Ihr besser die alten Wälzer über die Wasserversorgung studieren, Themphi. Und darüber, wie man das Chaos im Kessel eines Schiffs bändigt.«

»Jawohl, Hoheit.« Der Stimme des Weißen Magiers war nicht das Geringste anzumerken.

V

Nylan verließ die Schmiede, noch bevor Blynnal mit der Glocke zum Mittagsmahl rief. Er blinzelte im grellen, vom Schnee reflektierten Licht.

»Verdammt hell«, murmelte Huldran, die hinter dem Schmied ins Freie trat.

»Sonne und Schnee.« Der Schmied nickte und ging den Hügel hinunter. Obwohl es verhältnismäßig warm war und auf der Südseite der Hügelgräber und vor der Mündung der Schlucht der Schnee und das Eis geschmolzen waren, hatte er bisher noch keine Knospen von Schneelilien sehen können. Bedeutete dies, dass sie im Frühling mit weiteren Schneefällen rechnen mussten? Oder hatten die Wächterinnen bei ihren Bemühungen, die Felder zu bestellen, versehentlich die Schneelilien ausgerissen?

Nylan wusste es nicht. Es gab so vieles, das sie noch über ihre neue Heimat lernen mussten. Es half ihnen, dass diese Welt dem Planeten Himmel ähnlich war, aber es gab auch große Unterschiede wie die Laubbäume, die auf den ersten Blick aussahen wie vertraute Pflanzen, deren grüne Blätter sich jedoch im Winter grau färbten und um die Zweige wickelten. Jeden Herbst fiel nur etwa die Hälfte der Blätter von den Bäumen.

Die Bemerkung über Cyador hatte Nylan überrascht. Ryba hatte durchblicken lassen, dass dieses Land eine Schöpfung der Weißen Dämonen des Rationalismus sein könnte, aber in den beinahe zwei Jahren, die sie jetzt hier waren, hatte noch kein Einziger der Einheimischen Cyador erwähnt. Nylan hatte den Namen jedenfalls noch nie gehört, und das war etwas, das ihm überhaupt nicht behagte. Hatte Ryba schon wieder eine Vision gehabt? Nicht zum ersten Mal wünschte er sich, ihre Visionen wären nicht so erschreckend genau.

»Hast du schon einmal etwas von Cyador gehört?«, fragte er Huldran.

»Bevor die Marschallin es neulich erwähnt hat? Nein. Vielleicht hat die Heilerin mal darüber gesprochen, aber sonst wohl niemand außer Ydrall, glaube ich.«

»Was hat Ydrall gewusst?«

»Nicht viel mehr als Daryn, abgesehen davon, dass sie keine Händler ins Land lassen und die Frauen einsperren. Sie haben Handelsstationen an der Grenze – oder sie hatten früher einmal welche. Lornth hatte vor einigen Jahren Schwierigkeiten mit Cyador, seitdem ist der Handel stark zurückgegangen. Ydrall wusste aber nicht, welcher Art die Probleme waren.«

Eine Kultur, die mit Frauen sogar noch unnachsichtiger umging als Lornth und deren Gebiet an Westwind angrenzte? Er schüttelte den Kopf und rieb sich das Kinn. Er musste sich unbedingt rasieren. Er legte keinen Wert darauf, mit einem Bart herumzulaufen wie die Einheimischen, aber sich mit einer Klinge zu rasieren, mit einer echten, scharfen Messerschneide, erforderte eine gewisse Übung. Er hatte sich mehr als einen Schnitt dabei zugezogen. Einige einheimische Rekrutinnen fragten sich allerdings, ob er überhaupt ein richtiger Mann war, da er keinen Bart trug. Als ob das von der Behaarung abhinge. Er schnaubte empört.

Als sie die Zufahrt am Turm erreichten, tauchte Blynnal auf und fabrizierte mit einem hölzernen Schlegel auf den Glocken, welche die alte Triangel ersetzt hatten, mehr oder weniger geschickt eine Melodie. Über der grauen Hose und dem Hemd trug sie eine Schürze, offenbar aus Sackleinen, eine Jacke hatte sie sich über die Schultern gelegt. Die brünette Frau begrüßte Nylan mit einem schüchternen Lächeln. »Die Musik liegt mir nicht so gut wie der Heilerin, aber ich gebe mir Mühe.«

»Dafür gelingt dir das Essen umso besser«, erwiderte der Schmied-Ingenieur lächelnd. »Und dafür sind wir alle dankbar.«

»Es freut mich, dass so viele Leute mögen, was ich koche. Dyemeni – dem konnte ich es niemals Recht machen.« Sie sah Nylan an. »Ich wünschte, alle Männer wären wie Ihr.« Dann lächelte sie wieder. »Heute gibt es Nudeln mit scharfer Soße und Fladenbrot.«

»Gut.« Nylan leckte sich unwillkürlich die Lippen. Wenn Blynnal sagte, dass das Essen scharf sei, dann war es auch scharf.

»Und für Euch ist der Tee extra kalt.« Blynnal lachte und schlug noch einmal die Glocken an.

Huldran grinste den Schmied an.

»Du wirst mich um den kalten Tee noch beneiden«, prophezeite Nylan.

»Wahrscheinlich, aber jedenfalls ist das Essen viel besser als die Pampe, die die arme Kadran uns aufgetischt hat.«

Als Nylan sich dem Eingang des Turms näherte, sah er Siret mit Kyalynn wartend an der Kinderkrippe stehen. Er lächelte der großen Wächterin und Mutter seiner zweiten Tochter zu und fragte sich, ob die beiden silberhaarigen Wächterinnen sich abgesprochen hatten, welches Kind er vor dem Mittagessen zu sehen bekäme. Aber er musste zugeben, dass er sich immer auf seine Kinder freute.

»Wie geht es ihr?«, fragte er.

»Sie ist müde. Letzte Nacht war sie unruhig, ich glaube, es sind die Zähne. Ayrlyn hat sie untersucht, aber es ist kein Chaos in ihr, nur eine Spur Weiß um die Zähne. Ich konnte es fühlen, aber ich war nicht sicher.«

Nylan wiegte Kyalynn auf dem linken Arm. Sie schaute gähnend zu ihm auf. Die dunkelgrünen Augen glichen denen ihrer Mutter. Die Kleine griff langsam nach Nylans Gesicht. »Waa …«, machte sie.

»Irgendwie habe ich den Eindruck, dass sie Wasser haben will«, meinte Nylan. »Aber ich will sie nicht unnötig wach halten, denn dann wäre sie womöglich wieder die ganze Nacht unleidlich.«

»Das wäre auch nicht anders als letzte Nacht.«

»Oh, dann warst du also ein unartiges Mädchen und hast deine Mutter nicht schlafen lassen. Das war aber gar nicht nett von dir …«

»Waa-daa-da …«

»Nein, das war wirklich nicht nett.«

Kyalynn gähnte wieder, während Nylan sie wiegte, dann schloss sie die Augen. Kurz darauf schnaubte sie noch einmal und begann leise zu schnarchen.

»Ihr schafft es immer, sie zum Einschlafen zu bringen«, sagte Siret.

»Das ist wahr«, erklärte der Schmied. »Wenn ich rede, schläft jeder ein. Besonders wenn ich darüber rede, dass ich etwas bauen will.« Aber die Bauarbeiten waren weitgehend abgeschlossen und er war jetzt ein Waffenschmied, der immer neue Werkzeuge der Zerstörung anfertigen musste. Gab es denn wirklich nichts anderes als Gewalt und immer noch mehr Gewalt?

Er ging langsam zur Kinderkrippe. Das Bett in der Ecke gehörte Kyalynn. Er legte sie vorsichtig hinein und tätschelte ihr noch einen Moment leise murmelnd den Rücken, bis er sicher war, dass sie fest schlief.

Nylan trat zu dem Bett, das direkt neben Kyalynns

stand, und legte der schlafenden Dyliess einen Augenblick die Hand auf den Rücken. Wann immer er sich in der Kinderkrippe aufhielt, kam er aus dem Staunen nicht heraus.

Antyl, die in einer anderen Ecke ihren Sohn Jakon stillte, lächelte ihn an. Sie wiegte sich leise im schlichten Schaukelstuhl, den die Wächterinnen während des langen Winters gebaut hatten.

Istril kümmerte sich gerade um Weryl, vermied es aber geflissentlich, zu Siret oder Nylan zu blicken, was die Vermutungen des Schmieds hinsichtlich der scheinbar so zufälligen Begegnungen zu bestätigen schien.

Nylan und Siret verließen die Kinderkrippe und wandten sich zum großen Saal.

»Sie sieht dir sehr ähnlich«, sagte der Ingenieur leise.

»Sie nimmt die Dinge auf wie Ihr. Sie sieht etwas an, sie macht kein Theater, sondern sie weiß einfach, was um sie herum vor sich geht. Ich möchte wetten, dass sie Euch fühlen konnte, als Ihr Lyselles Hand geheilt habt. Sie hat die Augen aufgerissen und Euch beobachtet.«

»Mag sein«, überlegte Nylan, während er am untersten Tisch stehen blieb. Ein Duft von Minze, Gewürzen und frischem Brot wehte durch den Raum. »Wir haben beide diese Begabung. Du solltest gut auf sie Acht geben, wenn sie älter wird.«

»Meint Ihr, sie könnte überempfindlich sein? Ich habe auch schon daran gedacht.« Siret nickte und hob die Hand. »Wie ich sehe, wartet die Marschallin schon auf Euch.« Ihre Stimme war merklich kühler geworden.

Nylan lächelte müde, aber das Lächeln verschwand sofort wieder, als er sich umdrehte und zum vorderen Tisch ging, der dicht am Ofen stand.

»Wie kommst du mit den Schwertern voran?«, wollte Ryba wissen.

»Ich habe gerade mit einem neuen begonnen. Das Schwert, das wir gestern gemacht haben, kann jetzt geschärft werden.« Nylan wich Rybas Stuhl aus und ließ sich neben Huldran auf seinem Platz auf der Bank nieder.

»Noch eins?«, stöhnte Saryn, die auf der anderen Seite saß.

»Ja, noch eins.« Nylan lächelte sie offen an. »Und Huldran wird heute Abend oder morgen früh das nächste fertig haben.«

»Also gleich zwei?« Saryn zuckte mit den Achseln und wischte sich den Schweiß von der feuchten Stirn. »Wenn ihr in diesem Tempo weitermacht, werden wir bald genügend Schwerter für eine ganze Legion der Vereinigten Glaubenstruppen haben.«

»Ich dachte, das wäre nötig?«, gab der Ingenieur zurück, während er sich Blynnals Nudeln auf den Teller häufte.

»Ein anderer Weg, die Einheimischen aufzuhalten, ist mir bisher nicht eingefallen. Und dir?«, warf Ryba belustigt ein.

Nylan zuckte mit den Achseln. Es war immer das Gleiche mit Ryba. Sie lag mit ihren Fragen und Antworten gewöhnlich richtig, aber es ging viel zu oft darum, möglichst nachhaltig Gewalt einzusetzen, bevor jemand anders es tat. Und die wenigen Gelegenheiten, bei denen die Engel nicht fähig gewesen waren, Gewalt einzusetzen, hatten beinahe in Katastrophen geendet. Lag seine Abneigung gegen Führungspositionen daran, dass er es hasste, vorbeugend zur Gewalt zu greifen? Und an der Gewissheit, dass sich genau dies auf der gewalttätigen Welt, auf der die Engel gelandet waren, nicht vermeiden ließ?

Ayrlyn setzte sich Nylan gegenüber auf die Bank. Sie zog kurz die Augenbrauen hoch, sagte aber nichts, sondern schenkte sich Tee ein und trank gierig die halbe Tasse aus.

Obwohl das Fladenbrot die Wirkung etwas dämpfte, trat Nylan beim zweiten Bissen Nudeln der Schweiß auf die Stirn, gerade so, als würde er am Schmiedefeuer arbeiten. Der kühle Tee half etwas, aber nicht genug.

»Das Essen ist hier wirklich gut«, erklärte Daryn.

Nylan sah den jungen Bewaffneten an und hätte beinahe den Kopf geschüttelt. Aßen denn alle Einheimischen so scharf gewürzte Speisen? War es ein Trick, der dem Überleben diente, weil man auf diese Weise den Geschmack von nicht mehr ganz frischem Fleisch und Mehl zu überdecken hoffte?

»Wir geben uns Mühe, unsere Sache möglichst gut zu machen«, erwiderte Ryba.

»Und das gelingt Euch wirklich, ehrenwerte Marschallin. Westwind ist in der Tat erstaunlich.«

Der junge Mann war in Gallos gut ausgebildet worden und hatte vortreffliche Manieren, überlegte Nylan. Und er war anpassungsfähig und viel flexibler als Gerlich. Der ehemalige Waffenoffizier hatte nie verwinden können, dass Ryba ihm als Befehlshaberin und in bewaffneten wie auch waffenlosen Kampftechniken überlegen war. Gerlich war beim Versuch gestorben, Westwind zusammen mit seinen einheimischen Verbündeten zu erstürmen. Dabei waren auch zahlreiche Wächterinnen und ein Weißer Magier aus Lornth gefallen. Letzteres hatte Nylan kaum bekümmert. Die Weißen Magier waren ausgesprochen unangenehme Menschen, aber warum sie waren, wie sie waren, blieb vorerst im Dunkeln.

»Wir geben uns Mühe, Daryn, wir geben uns Mühe.« Rybas Antwort klang unbeschwert, aber es lag auch dieses Mal eine Schärfe in den Worten, die seit einiger Zeit nicht mehr aus ihrer Stimme weichen wollte.

Nylan tupfte sich die Stirn ab.

»Hältst du es für nötig, noch jemanden in der Schmiede auszubilden?«, fragte Ryba.

»Cessya hat dort gearbeitet, aber …« Nylan zuckte mit den Achseln und sah Huldran fragend an.

»Gerlichs Magier hat sie getötet«, beendete Huldran

den Satz. »Ydrall scheint sich für die Arbeit zu interessieren. Sie hat Eure Piken bewundert.«

»Wenn sie Interesse an der Arbeit hat«, meinte Ryba, »dann soll sie euch zur Hand gehen.« Sie hob die Tasse an die Lippen. »Wenn nicht, sucht euch jemand anderen.«

»Warum so eilig?«, fragte der Schmied.

»Du sagtest, du willst endlich deine Mühle bauen«, erklärte Ryba. »Wenn du das machst, kannst du nicht in der Schmiede arbeiten, aber wir haben großen Bedarf an Schmiedearbeiten. Also bildest du zusammen mit Huldran in den nächsten Achttagen noch jemanden aus, bevor der Schnee schmilzt und du dich wieder um die Sägemühle kümmerst.«

Nylan verkniff sich ein Stirnrunzeln. Ryba hatte natürlich Recht, aber die Worte klangen irgendwie falsch und das setzte ihm zu. Er sah kurz zu Ayrlyn, die zur Bestätigung leicht nickte.

»In diesem Winter ist reichlich Schnee gefallen und das bedeutet, dass wir uns mit sehr viel Schlamm herumschlagen müssen«, antwortete der Ingenieur. »Dies wiederum heißt, dass wir erst spät hinunter zur Ziegelmanufaktur und dem Mühlteich kommen …«

»Gut«, antwortete die schwarzhaarige Marschallin. »Dann habt ihr ja umso mehr Zeit, Schwerter zu machen und einen weiteren Schmied auszubilden.«

Die Antwort kam Nylan sogar noch seltsamer vor, aber Ayrlyns kurzes Stirnrunzeln überzeugte ihn davon, die Marschallin nicht weiter zu behelligen.

»Hast du in den Schriftrollen noch etwas über Cyador herausgefunden?«, fragte er, um das Thema zu wechseln.

»Da war nicht viel zu holen«, räumte Ryba ein. »Ich habe den Eindruck, bei diesem Land handelt es sich um eine Hinterlassenschaft der Rationalisten, gewürzt mit einer starken Prise Chauvinismus.« Sie zuckte mit den Achseln. »Im Augenblick habe ich nicht genug in der

Hand, um zu einem abschließenden Urteil zu kommen, aber ich bin beunruhigt.«

Der Name *Cyador* jagte auch Nylan einen Schauer über den Rücken, obwohl er weniger Anlass als Ryba hatte, sich Sorgen zu machen. Schließlich war er nur ein Schmied und Ingenieur. Ein schwer arbeitender Handlanger und ein unfreiwilliger Zuchthengst war er, der keine großen Aufgaben mehr hatte, seit der Turm und die Nebengebäude fertig gestellt und die Heere von Lornth und Gallos vernichtet waren. Er nahm sich noch eine Portion Nudeln und tupfte sich abermals die Stirn ab.

»Ihr langt zu, als wolltet Ihr Euch selbst bestrafen, Ser«, meinte Huldran.

»So kann man es wohl ausdrücken«, stimmte der Schmied zu, als er sich ein Stück Fladenbrot abbrach. »Ich esse scharfe Sachen, um mich selbst zu quälen.«

Er ignorierte das warnende Blitzen in Ayrlyns Augen, aber auch der Klumpen, zu dem sich sein Bauch zusammenzog, sagte ihm, dass er besser auf sich Acht geben sollte. Er fühlte sich, als würden alle anderen ihn herumstoßen und ihn hierhin und dorthin lenken: Istril und Siret, die sich abgesprochen hatten, welches Kind er wann zu sehen bekam, Ryba mit ihren Bemühungen, Westwinds Waffenkammer möglichst schnell zu füllen … Es nahm einfach kein Ende, dachte er.

Und das Schlimmste war, dass er viel zu viele Antworten noch nicht kannte. Er wusste nicht, wie es weitergehen sollte. Er wusste nur, dass er mehr und immer mehr Zerstörungswerkzeuge schmieden sollte.

Er trank noch etwas Tee. Vielleicht würde er sich besser fühlen, wenn er die Beinprothese für Daryn baute und zur Abwechslung mal etwas herstellte, das nicht der Vernichtung diente.

VI

Zu dritt – eine blonde Frau, ein älterer Mann mit schwarzem, grau meliertem Haar und ein jüngerer Mann mit schwarzen Haaren – saßen sie an einem kleinen, alten Tisch im Turmzimmer, das einst die Fürstin Ellindyja bewohnt hatte, bevor man sie nach Gethenhain ins Exil geschickt hatte. Alle drei sahen einander ähnlich.

Der ältere Mann hob die Schriftrolle. »Ich habe euch schon davon erzählt …«

Die blonde Frau mit den grünen Augen blickte zum Fenster, vor dem sich über dem düsteren Wald die dunklen Wolken der Frühlingsstürme sammelten. Ein Unwetter braute sich über Lornth zusammen und als die ersten Blitze zuckten, sah sie besorgt zur Tür.

»Ihm wird schon nichts passieren, Zeldyan«, sagte der junge Mann.

»Ich lasse ihn nicht gern allein. Nicht mehr, seit …« Zeldyan brach ab.

»Dann hole doch den jungen Nesslek herüber. Er ist ganz gewiss nicht alt genug, um aufzuschnappen und weiterzuerzählen, was wir besprechen.« Der ältere Mann lachte.

»Ja, mir wäre wohler dabei.« Zeldyan nickte und stand auf.

Als sie hinausgegangen war, wandte sich der junge Mann an den Älteren. »Glaubst du, sie verhätschelt ihn zu sehr? Sie will ihn ja überhaupt niemandem mehr anvertrauen.«

»In so unsicheren Zeiten ist das wirklich kein Wunder, Fornal. Deine Schwester weiß, dass die Zeit, die sie sich um ihn kümmern kann, begrenzt sein wird. Frauen, die dies nicht begreifen wollen – wie Ellindyja –, sind es, die für Schwierigkeiten sorgen. Die Dunkelheit weiß, dass wir ohnehin schon mehr als genug an Problemen haben.« Der ältere Mann tippte auf die Schriftrolle. »Jetzt könnten wir einen der Weißen Magier gebrauchen, die Sillek auf dem Dach der Welt verschwendet hat.«

»Ihm blieb wohl kaum etwas anderes übrig.«

»Und wir zahlen nun einen hohen Preis für diese Narrheit.« Gethen schüttelte den Kopf. »Und Sillek wusste, dass es eine Dummheit war. Wir haben darüber gesprochen. Aber nein, er war jung und die Grundbesitzer wollten nicht einsehen, dass er weiser war, als er an Jahren zählte. Auch seine geschätzte Mutter hat sich dieser Einsicht verschlossen.«

»Du hasst die Fürstin Ellindyja«, sagte Fornal. »Aber sie war die Einzige, die versucht hat, Silleks Ansehen bei den älteren Grundbesitzern zu mehren.«

»Was die Ehre angeht, so habe ich keine Einwände, Fornal. Ehre und Vertrauen sind die besten Verbündeten jedes Mannes. Die Fürstin Ellindyja jedoch hat ihre ganz eigene Vorstellung von der Ehre über alles andere erhoben und das Vertrauen der Grundbesitzer in Sillek untergraben. Er hätte der größte Herrscher von Lornth werden können und er liebte Zeldyan auf eine Weise, wie sie bei Dichtern häufig beschrieben wird und im wirklichen Leben nur allzu selten vorkommt. Aber seine eigene Mutter hat ihre Freundinnen und die alten Grundbesitzer aufgestachelt, um den Krieg gegen Westwind voranzutreiben. Wo sollte da Ehre zu gewinnen sein?« Gethen zuckte mit den Achseln. »Wir … bilden jetzt den Rat, der für den Regenten spricht, und das erregt immer Misstrauen. Ildyrom hat ein Auge auf das Weideland geworfen, Karthanos wird von den dämonischen Engeln beschützt und kann im Osten Candars nach Gutdünken schalten und walten.«

Fornal runzelte die Stirn und dachte einen Augenblick nach, ehe er antwortete. »Er wird doch nicht die Westhörner überschreiten und gegen die dunklen Engel vorgehen.«

»Nein, er wird ihr Land nicht antasten. Aber was wird geschehen, wenn er erst Spidlar eingenommen hat? Früher oder später wird er dies gewiss tun. Kann er dann nicht all seine Truppen in den Süden nach Analeria verlegen und in einem Bogen über die südlichen Pässe bis nach Cerlyn vorstoßen?«

Fornal kratzte sich am schwarzen Bart, rieb sich das Kinn und hob den Kopf, als Zeldyan wieder hereinkam und die Tür hinter sich schloss. Sie hatte den blonden Nesslek auf dem Arm. Der Junge schlief.

»Habt ihr über Karthanos gesprochen?«, fragte sie, während sie sich vorsichtig auf dem Lehnstuhl niederließ. »Wir sollten als Erstes über die Schriftrolle reden. Wie lange ist es her, seit wir das letzte Mal etwas aus Cyador gehört haben?«

»Fast eine ganze Generation. Genglois hat eine Schriftrolle in der alten Bibliothek gefunden. Es gibt noch weitere, aber ich habe ihn gebeten, die Suche einzustellen«, sagte Fornal. »Er fand dort einen Hinweis auf die Kupfermine. Genglois sagte, Berphi – der damalige Fürst von Cyador – sei schließlich gestorben und Cyador hätte nichts weiter unternommen.«

Gethen hob die Schriftrolle. »Ignorieren wir nun die Forderung? Bitten wir um eine Entschädigung? Wir können nicht gegen ein anderes Land kämpfen ... nicht nach dem letzten Herbst.«

»Warum schicken wir nicht einfach eine höfliche, aber nichts sagende Antwort zurück?«, fragte Zeldyan. »Gerade so, als hätten wir sie völlig missverstanden? Sie halten uns sowieso für unwissende Hinterwäldler.«

»Damit können wir uns vielleicht etwas Zeit erkaufen und das käme uns sicher gelegen«, überlegte Gethen. »Aber warum macht uns der Imperator von Cyador gerade jetzt Schwierigkeiten?«

»Wie wir von Skiodra und den anderen Händlern, die mit den Außenposten Handel treiben, erfahren konnten ...«

»Außenposten?«, unterbrach ihn Fornal.

»Fremden Handelskarawanen ist der Zugang nach Cyador nicht gestattet. Ein paar einzelne Reisende dürfen vielleicht hinein, aber sicher keine Händler. Vor allem nicht mehr, seit die Kyphrer versucht haben, diese abgelegene Hafenstadt zu erobern«, erklärte Zeldyan.

»Guarstyad«, bestätigte Gethen. »Anscheinend ist dieser Lephi jetzt sehr gegen uns eingenommen. Was wissen wir über ihn?«

»Manche Cyadoraner mögen ihn nicht besonders. Es gab einen Kampf um die Thronfolge und er hat seinen vom Volk geliebten jüngeren Bruder aus dem Land vertrieben.«

»Daran erinnere ich mich«, sagte Fornal. »Am Ende hat der ältere Bruder den jüngeren heimtückisch ermordet, aber man hat es so hingestellt, als sei es ein offener Kampf gewesen.« Der dunkelhaarige Mann lächelte verschlagen. »Jüngere Brüder werden wohl oft vom Volk geliebt, denke ich. Besonders wenn sie tot sind.«

»Ich glaube nicht, dass Relyn tot ist«, sagte Zeldyan. »Und dein Kommentar missfällt mir sehr. Ich habe immer euch beide geliebt.«

Fornal schlug den Blick nieder. »Entschuldige, Schwester. Das war unangebracht.«

»Was hältst du nun von Zeldyans Idee?«, fragte Gethen, dessen wettergegerbtes Gesicht seine Gedanken nicht verriet.

Der junge Mann nickte. »Wenn wir ausweichend genug antworten, können wir dafür sorgen, dass mehrere Botschaften hin und her gehen. Natürlich müssen wir unser Bedauern zum Ausdruck bringen, dass wir so lange nichts mehr vom großen, mächtigen Cyador gehört haben.«

»Früher oder später müssen wir dann natürlich trotzdem entweder nachgeben oder uns ihnen widersetzen«, warnte die blonde Frau.

»Ein schneller Bote braucht fast zwei Achttage bis Cyad«, erklärte Gethen. »Und man kann nicht erwarten, dass wir schon am nächsten Tag auf eine solche Botschaft antworten.«

»Nun gut«, sagte Zeldyan, indem sie die Bluse öffnete und Nesslek anlegte. »Wir können uns eine Jahreszeit oder vielleicht sogar ein ganzes Jahr erkaufen. Aber was soll danach werden?«

»Gebt Ildyrom die Kupfermine«, schlug Fornal vor, »und lasst ihn sich mit Cyador herumschlagen. Sehr ehrenhaft wäre das allerdings nicht.«

»Selbst wenn es ehrenhaft wäre, würde ich eine andere Vorgehensweise bevorzugen«, erwiderte Gethen. »Aber je länger es dauert, bis wir einem anderen Land auf dem Schlachtfeld gegenübertreten müssen, desto besser.«

Die drei nickten, wenn schon nicht gleichzeitig, so doch wenigstens einmütig.

VII

Im trüben Schein der dicken Kerzen – eine auf jedem der sechs Tische – schob Nylan seinen Teller weg. Er hatte zu viel und zu schnell gegessen. Dann lächelte er über die Ironie dieses Gedankens. Vor einem Jahr wären sie beinahe verhungert, was sicherlich Ellysias Schwäche verstärkt und das Chaos-Fieber begünstigt hatte, an dem sie schließlich gestorben war. Ellysias Tochter Dephnay war als Waise zurückgeblieben. Jetzt hatte Westwind Vorratskammern, die so gut gefüllt waren wie Nylans Bauch.

Außerdem war Blynnal eine erstklassige Köchin.

Ryba hatte schon den Stuhl zur Seite geschoben. Von der Glut im Ofen strahlte noch etwas Wärme und Licht in den großen Raum. Die Marschallin wiegte Dyliess sachte in den Armen.

»Das war gut«, meinte Huldran.

Nylan nickte.

Während sie die schläfrige Dyliess an die Schulter drückte und ihr den Rücken tätschelte, schob Ryba den Stuhl noch weiter zurück und wandte sich an Ayrlyn. »Kannst du etwas für uns singen?«

»Ich hole meine Lutar.« Die Heilerin und Sängerin stand auf, Istril schloss sich ihr an.

»Es ist gut, dass Ayrlyn Istril und Llyselle die Lieder beibringt«, bemerkte die Marschallin leise.

»Ich wusste gar nicht, dass Llyselle sie jetzt auch lernt.« Nylan trank einen großen Schluck Wasser aus seinem Becher. Den bitteren heißen Tee trank er abends nur noch, wenn seine Muskeln von der Schmiedearbeit überanstrengt waren, was aber zum Glück selten vorkam. Nach fast zwei Jahren hatte er sich an das schwere Tagewerk gewöhnt: Es galt, allerhand Geräte zu schmieden und mit metallenen Waffen zu üben, damit man lernte, andere Menschen möglichst schwer und möglichst schnell zu treffen, ehe sie einem selbst ganz ähnliche Verletzungen beibringen konnten.

»Ich mag die Lieder …«

»… nicht unbedingt alle …«

»… klingen immer gut, wenn die Sängerin sie singt …«

Ayrlyn konnte wirklich schön singen. Wenn sie nur davon absehen könnte, das Lied zu singen, das sie über den mächtigen Schmied Nylan komponiert hatte. Dieses Lied, dachte der Mann mit den silbernen Haaren, dieses eine Lied war wirklich entsetzlich. Er rückte ein wenig auf der Bank herum und trank noch einen Schluck kaltes Wasser. Ein Glück, dass er vor dem Abendessen noch Zeit für ein warmes Duschbad gefunden hatte. Oder besser für das, was in Westwind als warmes Duschbad galt. Die Wasserleitungen, die er selbst geplant und gebaut hatte, waren in diesem Winter nicht eingefroren und die Rekrutinnen, die nach den Schäden des vorherigen Winters bei den Reparaturen geholfen hatten, waren sogar noch glücklicher darüber als er. Im Herbst, als er darauf bestanden hatte, die Leitungen mit einer dicken Abdeckung zu schützen und einige andere anstrengende Arbeiten vorzunehmen, waren sie nicht ganz so glücklich gewesen.

Ayrlyn kehrte fast unbemerkt in den großen Raum zurück und stellte sich neben den Herd. Ihr hellrotes Haar schien aus sich selbst heraus zu strahlen. Istril hielt sich neben ihr bereit.

Die beiden stimmten die Instrumente, wechselten einen Blick und begannen zu singen.

Droben auf dem weiß verschneiten Dach der Welt
Stand ich in dunkler Nacht im Sternenlicht
Zwei Schwerter hielt ich links und rechts erhoben
Und trotzte meinem Feind, so wollte es die Pflicht.

Dämonen schleudern dir ihr grelles Licht entgegen
Doch Ordnung siegt und Dunkelheit in dieser Schlacht
In unsrem Ansturm müssen sie vergehen und verderben
Für die Legende kämpfen wir mit aller Macht.

Glänzen muss das Schwert, das an der Hüfte hängt
Damit Gerechtigkeit und die Legende weiterleben
Niemals wird Westwinds Garde sich bezwingen lassen
Niemals wird Westwind sich dem Feind ergeben ...
Niemals wird Westwind sich dem Feind ergeben.

»Schön!«, rief Ryba, während die Zuhörer applaudierten. »Das wird jedes Mal besser.«

Nylan musste ihr zustimmen, auch wenn er wusste, dass Ayrlyn gewisse Zweifel hatte, ob es richtig war, eine von Frauen dominierte militaristische Kultur aufzubauen und Loblieder darüber zu singen. Er teilte ihre Bedenken, aber angesichts der Aufnahme, die sie bei den Einheimischen gefunden hatten, blieb ihnen kaum etwas anderes übrig, zumal die Frauen auf diesem Planeten so gut wie ohne Rechte waren – zumindest in allen Ländern, von denen die Engel bisher gehört hatten.

Dabei, so überlegte Nylan, hatte er selbst doch im Grunde sogar noch weniger Möglichkeiten. Wieder hatte er einen Klumpen im Bauch, als er sich schalt, dass er sich etwas vormachte. In Candar hatte jeder Mann ein gewisses Maß an Möglichkeiten. Er schluckte und fragte sich, ob seine wachsende Erfahrung im Umgang mit den örtlichen Ordnungs-Feldern mit einer wachsenden Empfindlichkeit gegenüber dem Töten und einem zunehmenden Unbehagen angesichts jeder Täuschung und Unwahrheit verbunden war. Auch Ryba gegenüber fühlte er sich zunehmend unwohl und in dieses Durcheinander von Empfindungen mischte sich auch noch das Verantwortungsgefühl für seine Kinder.

Oder habe ich Angst vor den Alternativen? Habe ich Angst davor, mich allein der Welt da draußen zu stellen? Er schüttelte den Kopf und machte sich abermals bewusst, dass irgendetwas in den Ordnungs-Feldern war, das ihn zwang, sich immer wieder gründlich und ehrlich zu prüfen, und solche Prüfungen waren niemals angenehm.

Der Schmied ließ den Blick durch die Dunkelheit wandern, die für ihn wie für die silberhaarigen Wächterinnen kein Hindernis mehr darstellte, und betrachtete Daryn. Der blonde junge Mann rutschte auf der Bank neben Hryessa unruhig hin und her. Hryessa, eine der ersten Frauen, die in Westwind Zuflucht gesucht hatten, war inzwischen eine erstklassige Wächterin geworden und wusste, wie Saryn berichtete, wie eine Dämonin mit dem Schwert zu kämpfen. Hryessa schaute ihrerseits wie gebannt zu Ayrlyn.

»Eine Ballade«, verlangte Llyselle. »Die sybranische Ballade.«

Die rothaarige Heilerin rückte die Lutar zurecht, stimmte einige Saiten nach und sang weiter.

Wenn weicher Schnee auf harte Steine fällt,
Wenn scharfer Wind durch starre Wälder weht,
Wenn schweres Eis die Welt gefangen hält,
Dann sing mir von der Zeit, wenn dieser kalte Bann vergeht.

Wenn grüne Spitzen den Schnee durchbrechen,
Wenn kalte Bäche frisches Wasser führen,
Wenn frühlingstolle Hasen den Futterplatz vergessen,
Dann lässt mich dieses Lied die Liebe spüren.

Wenn goldnes Gras ein Lied der Sonne singt,
Wenn rote Blüten mit den Köpfen nicken, allerorten,
Wenn das Fohlen munter auf der Wiese springt,
Dann träumst du schon vom Herbst, von diesem Lied,
von seinen Worten.

Danach herrschte tiefes Schweigen im Saal, nur ein-, zweimal von leisem Husten durchbrochen. Die Erinnerung an Sybra war für die meisten Überlebenden noch zu frisch. Sogar die Frauen, die aus Candar stammten, konnten den Schmerz fast körperlich spüren.

»Jetzt vielleicht etwas Fröhliches?«, schlug Huldran vor.

Ayrlyn nickte, sprach sich murmelnd mit Istril ab und sang das nächste Lied.

Den ganzen Tag zog ich mein Boot voll Stein
Dann kam ich heim und fand dich nicht allein
Da nahm ich den verfluchten Stein
Und schlug ihn auf dein Knabenhaar
So gingst du auf die Fahrt, die deine letzte war.

Nylan fand das Lied nicht gerade fröhlich, aber die einheimischen Frauen schienen es zu lieben. Vielleicht lag es daran, dass Ayrlyn in ihrer Version die Geschlechterrollen vertauscht hatte.

Was dann als letztes Lied kam, war vorherzusehen.

»Das Lied der Wächterinnen, das Lied der Wächterinnen!«, verlangten die neuen Rekrutinnen.

Ayrlyn sah müde zu Nylan, Istril starrte den Boden an. Die Laute in der Hand, baute Ayrlyn sich vor dem Herd auf, stimmte noch einmal nach und schlug ein paar Akkorde an, bevor sie begann.

… von den längst verlornen himmlischen Gefilden
bis zu Westwinds eisiger Feste
werden wir stets die Klingen schwingen,
denn Ehre ist für uns das Höchste!

Von den Himmeln und den eisbedeckten Türmen
zu der Dämonen Unterschlupf hinab
schleudern wir die grellen Blitze
und bringen jedem Feind den Tod.

Als Wächterinnen Westwind zu beschützen,
ist in Eis und Sommerhitze unsre Pflicht
Die Schwerter allzeit blank gezogen,
denn Ehre ist für uns das Höchste …

Nylan hatte seine Zweifel, was die Ehre anging, denn es schien ihm, als würden diejenigen, die oft über die Ehre sprachen, viele andere Menschen töten und anschließend einen viel höheren Preis dafür zu zahlen haben, als man es sich je ausgemalt hätte.

Er unterdrückte ein Gähnen, während er sich von der Bank erhob und sich den steifen Rücken rieb. Die Bänke waren aus Hartholz gebaut und wurden unbequem, wenn man eine Weile darauf saß, ob nun jemand sang oder nicht.

Er sah sich um, aber Ayrlyn, Istril, Siret, Huldran und Ryba waren schon vor ihm gegangen.

Er zuckte mit den Achseln und suchte vor dem Zubettgehen noch einmal die Toilette auf. Morgen würde er wieder Schwerter schmieden. Er hielt das nach wie vor für keine besonders gute Idee, aber er wusste andererseits auch keine andere Lösung.

Daryns Prothese zu formen hatte viel, viel länger gedauert, als er angenommen hatte, denn er musste sie genau an den Stumpf anpassen. Es war wie bei Relyns Armprothese. Auch dafür hatte er länger gebraucht als geplant und all die kleinen Pausen zwischen dem endlosen Schmieden der Waffen dafür hergegeben.

Er unterdrückte abermals ein Gähnen, während er zur Toilette im unteren Stockwerk ging. Er versuchte, nicht an die Kinder zu denken, nicht an Ryba und nicht an die Dunkelheit, die über Candar lag.

VIII

Der stämmige grauhaarige Mann wartete, während Zeldyan niederkniete und Nessleks Rücken tätschelte, bis der Junge wieder gleichmäßig atmete. Dann legte sie ihn auf den Rücken und deckte ihn zu.

Nach einem letzten Blick auf ihren Sohn richtete sie sich auf, durchquerte den Raum und setzte sich Gethen gegenüber an den niedrigen Tisch, wo sie die beiden bereitgestellten Weinkelche füllte. Sie nahm einen kleinen Schluck und knabberte an dem Gebäck, das sie schon vorher gekostet hatte.

»Was wolltest du gerade sagen?«, erkundigte er sich.

»Vater«, begann Zeldyan zögernd, »du erinnerst dich doch an Hissl, den Magier, der die Eisenholzwälder bekommen wollte, indem er eine Expedition zur Niederwerfung der Engel anführte?«

»Ich habe davon gehört. Wie du sicher noch weißt, war ich zu jener Zeit in Rulyarth.« Gethen hob das Weinglas und trank einen Schluck. »Die Engel haben seine Streitmacht bis auf den letzten Mann niedergemacht, obwohl Hissl ein fähiger Magier war. Die Engel hatten einen Schwarzen Magier; ich glaube, er ist immer noch bei ihnen.«

»Er war derjenige, der das Feuer des Himmels eingesetzt hat …« Zeldyan ließ den Satz unvollendet und starrte den Tisch an. »Genau wie Sillek hatte er wahrscheinlich keine andere Wahl. Wenn er nicht getötet hätte, wäre er selbst getötet worden.«

»Du hasst ihn nicht?«, fragte Gethen.

»Warum sollte ich? Du weißt, wen ich hasse.« Zeldyan spielte mit dem Glas, stellte es aber wieder auf den Tisch zurück, ohne vom Wein zu trinken. »Hissl war nicht der Anführer dieser Expedition. Der Anführer war ein großer Mann vom Dach der Welt.«

»Wenn das stimmt, dann ist es wirklich seltsam. Warum erwähnst du es?«

»Ich muss um Nessleks willen nachdenken. Ich kann mich von altem Hass oder der Überlieferung nicht in Ketten legen lassen.« Sie trank einen Schluck Wein. »Ich glaube nicht, dass es auch nur ein Land gibt, in dem alle Menschen glücklich sind. Auch aus Jerans kommen Leute nach Lornth oder sie gehen gleich nach Westwind oder Suthya.«

»Soweit ich weiß, gehen nur Frauen nach Westwind.« Gethen füllte sein Glas nach.

»Früher sind sie aus Cyador nach Lornth gekommen, falls sie nicht vorher niedergemacht wurden. So berichten es die alten Geschichten.«

»Nach all den Jahren verstehst du es immer noch, beunruhigende Dinge zur Sprache zu bringen, meine liebe Tochter.«

»Ich kann nicht über meinen Schatten springen. Auch das ist eine Form der … Ehre. Ich habe es von Sillek gelernt.«

Gethen wartete.

»Was wissen wir wirklich über Westwind?«, fragte Zeldyan. »Abgesehen davon, dass sie zwei Heere vernichtet haben?«

»Nicht viel«, stimmte Gethen zu.

»Ich glaube, wir sollten aufmerksam sein und so viel wie möglich in Erfahrung bringen. Vielleicht haben die dunklen Engel sogar etwas, das wir gebrauchen können.«

»Gegen Cyàdor? Schon als wir das letzte Mal darüber gesprochen haben, warst du dir sicher, dass es zum Krieg kommen würde.« Gethen trank einen Schluck Wein.

»Wenn sich nicht völlig neue Entwicklungen ergeben, wird es wohl auch so kommen«, sagte sie. »Fornal müsste kämpfen. Wenn er glaubt, dass er kämpfen muss, dann will er lieber sofort zu den Waffen greifen.«

»Manchmal ist das gar nicht so schlecht.«

»Manchmal«, widersprach Zeldyan, »würde ich Kämpfe lieber ganz und gar vermeiden.«

»Das ist aber nicht immer möglich. Sillek hasste den Krieg, aber es war richtig, gegen Ildyrom zu kämpfen.«

»Solange er und Koric einen Magier hatten, der in Clynya bleiben konnte, war es richtig. Aber was sollen wir jetzt tun? Die Garnison dort verstärken?« Die blonde Frau nahm eine Hand voll Nüsse aus einer Schale auf dem Tisch. »Wahrscheinlich müssen wir das tun. Fornal hat Rulyarth befestigt und die Menschen dort wollen sich nicht mehr Suthya anschließen. Unsere Tributzahlungen an Westwind sorgen dafür, dass der Osten sicher bleibt. Wenn Cyador uns Schwierigkeiten macht, brauchen wir die Kräfte ohnehin im Süden.«

»Du sagtest doch gerade, du würdest gern die Schlacht

vermeiden. Aber was willst du sonst von den Dunklen?«, fragte Gethen lachend.

»Willst du mir etwa widersprechen, dass Kämpfe kostspielig sind?« Zeldyan wandte sich zum Fenster, als draußen Donnergrollen zu hören war, das weiteren Frühlingsregen ankündigte.

»Sicher nicht. Aber was hat das mit den dunklen Engeln zu tun?«, fragte Gethen stirnrunzelnd.

»Vielleicht nichts. Ich glaube aber, wir sollten mit denen reden, die dort wieder weggehen wollen, falls das überhaupt jemand will, und ihnen versichern, dass sie freundlich behandelt und nach Lornth eskortiert werden.«

»Das wird manch einem aber nicht schmecken«, widersprach Gethen.

»Schicke nur diejenigen, die kämpfen wollen, nach Clynya.«

»Einschließlich der Fürstin Ellindyja?«

»Ich wünschte, ich könnte sie nach Westwind schicken oder ihren Kadaver an Ildyroms Hunde verfüttern.«

»Das würde den Hunden aber nicht bekommen«, sagte Gethen. »Auch wenn sie Ildyrom gehören, täten sie mir Leid.«

IX

Nylan lag im Dunkeln auf seiner Liege und lauschte dem Wind, der an den Fensterläden rüttelte.

In den letzten zwei Tagen, nachdem sie neulich gesungen hatte, hatte er Ayrlyn kaum noch gesehen. Wich sie ihm aus? Aber warum?

Wieder klapperte der Wind an den Fensterläden.

Was wollte er eigentlich? Wollte er im obersten Stockwerk des Turms, den er gebaut hatte, allein leben? Wollte er weiterhin makellose Klingen schmieden, die Generationen überdauern würden? Bis Ryba seine Begabung für eine neue Art der Massenvernichtung einsetzte?

Was erwartete er noch von seinem Leben, nachdem es sich durch den Absturz ihres Raumschiffs im Handumdrehen so tief greifend verändert hatte? Aber hatte er eigentlich jemals gewusst, was er wollte? Oder hatte er sich nicht vielmehr stets von seinen Vorgesetzten vorschreiben lassen, was zu tun war? Den Turm zu bauen war die erste große Unternehmung gewesen, die er aus eigenem Antrieb in Angriff genommen hatte … und das war jetzt erledigt. Selbst wenn es nötig werden sollte, einen zweiten Turm zu bauen, wäre es etwas anderes.

Er schüttelte den Kopf. Wieder klapperten die Fensterläden und der Schmied drehte sich auf der Liege herum und starrte auf das geschlossene Fenster und die Fensterläden. Er und Ayrlyn waren sich schon vor dem Winter näher gekommen, aber als sie dann im Turm eingesperrt waren, hatten sie sich nicht mehr ganz so gut verstanden. Oder war das nur eine Ausrede?

Er und Ayrlyn hatten sich abgesprochen, nicht regelmäßig miteinander zu schlafen, weil … warum eigentlich? Weil er mit Ryba behutsam umgehen wollte? Weil er nicht sofort wieder in die nächste Beziehung schlittern wollte? Weil ihm bewusst war, dass Ayrlyn sich nach einer tiefen Bindung sehnte, zu der er sich nicht drängen lassen wollte?

Er holte tief Luft, drehte sich wieder um und kehrte dem Fenster und dem leise heulenden Wind den Rücken.

Ein Tropfen Wasser platschte auf den Holzboden. Wahrscheinlich stammte er vom schmelzenden Eis auf dem nicht völlig dichten Dach des Turms. Zwei Winter hatten den Mörtel, den sie beim Dachdecken aus Mangel an Pech verwendet hatten, gefrieren und bröckelig werden lassen.

Wieder fiel ein Tropfen herunter.

Der Schmied holte noch einmal tief Luft und hielt mitten in der Bewegung inne, weil er glaubte, vor der Tür ein Flüstern gehört zu haben – oder vielleicht auch nackte Füße auf der kalten Steintreppe des Turms. Aber Rybas Tür war nicht geöffnet worden. Er hätte sie gehört, auch wenn er schon seit einer Weile nicht mehr mit ihr das Lager teilte.

Wieder fiel ein Tropfen aufs Holz.

Seine eigene Tür wurde geöffnet und Nylan starrte in der Dunkelheit, die ihn allerdings kaum behinderte, zum Eingang. Der seltsame Unterraumsprung, der die *Winterspeer* auf diese Welt versetzt hatte – wie auf allen Welten nannten die Einheimischen ihren Planeten »die Welt« oder »die Erde« –, hatte nicht nur sein Haar glänzend silbern gefärbt, sondern ihm auch die Fähigkeit geschenkt, nachts beinahe so gut sehen zu können wie am Tag.

Der nächste Tropfen fiel herab.

Die Gestalt, die in sein Zimmer huschte, hatte nicht Ayrlyns hellrotes, sondern silbernes Haar.

»Istril?«, flüsterte er, indem er sich halb aufrichtete.

Sie legte ihm die Finger auf die Lippen und flüsterte ihm ins Ohr: »Nur heute Nacht. Ich habe mit der Heilerin gesprochen und wir sind uns einig.« Sie hielt inne. »Im Gegensatz zu mancher anderen, Nylan, würde ich dich nie hintergehen.«

»Aber …«

»Ich will eine Tochter und du sollst ihr Vater sein. Das ist *meine* Vision.«

Bevor er noch einmal protestieren konnte, streifte die zierliche Frau ihre Kleider ab und glitt unter die dünne Decke. Ihre Haut war warm, nur die Füße waren eiskalt.

»Deine Füße …«

»Sie sind kalt, aber mach dich bitte nicht über mich lustig. Es ist schon schwer genug …« Sie schauderte und schmiegte den Kopf an seine Schulter.

Nylan spürte, dass ihre Wangen auf seiner nackten

Haut feucht wurden. Er nahm sie staunend in die Arme. Ayrlyn? Istril würde ihn ganz sicher nicht anlügen.

Ayrlyn? Warum hatte sie zugestimmt?

Er streichelte eine Weile Istrils silbernes Haar, bevor er sie sanft auf die zitternden Lippen küsste und sich entschloss, nicht abzulehnen, was ihm geschenkt werden sollte.

X

Lephi starrte die polierten weißen Steinplatten im Thronsaal von Cyad an und unterdrückte ein Gähnen. Direkt vor und unter dem übergroßen Thron aus Malachit und Silber und rechts vom Herrscher von Cyador stand der Weiße Magier Themphi. Weiter unten und links wartete Duhru, die Stimme Seiner Majestät.

»Wir können dieses Spielchen ein wenig abkürzen«, murmelte der Herr von Cyador. »Gebt bekannt, dass wir jetzt die Bittgesuche annehmen.«

»Seine Hoheit Lephi der Weiße, Fürst von Cyador und Herrscher aller Länder von den Bergen bis hin zu den Meeren im Westen, Hüter der Treppe zum Paradies und Sohn der Rationalen Sterne, ist bereit, die Bittgesuche seines Volkes entgegenzunehmen. Wer ein berechtigtes Anliegen hat, möge mit reinem Gewissen vortreten.« Duhrus Stimme hallte laut durch den Thronsaal und die drei Stockwerke hohen, vergoldeten Tore in der gegenüberliegenden Wand der Halle wurden fast geräuschlos geöffnet. Das Zischen des Dampfantriebs verlor sich beinahe im riesigen Saal.

Drei Gestalten wanderten langsam über die weißen Kacheln und blieben auf den glänzenden, makellos polierten Fliesen vor dem Thron stehen.

»Tragt eure Gesuche vor«, grollte Duhru, »wenn ihr

ohne Dunkelheit und dem Weißen Weg treu ergeben seid.«

Der erste Bittsteller, ein Mann in mittlerem Alter, der über schwere Arbeitshosen und sein Hemd die vorgeschriebene weiße Stola gestreift hatte, verneigte sich. »O mächtiger Herrscher von Cyador, Hüter der Treppe zum Paradies, bitte schenkt meinem Gesuch Gehör.«

»Der Herrscher wird dich anhören«, gab Duhru zurück. »Nun trage deine Bitte vor.«

»Die Offiziere der Achten Kompanie der Spiegellanzenreiter haben meine jüngste Tochter geschändet und ich bitte um Wiedergutmachung. Nur Ihr könnt ihr die Ehre wiedergeben.«

Lephi warf einen Blick zu Themphi.

»Die Offiziere sagen, sie hätten keine Gewalt angewendet und ein Dutzend Silberstücke für die Mitgift zur Verfügung gestellt«, flüsterte der Weiße Magier.

»Diese Offiziere haben deiner Tochter Ehre angetan«, erklärte Lephi. »Ich werde die Ehre noch erhöhen, indem ich zu ihrer Mitgift zwei weitere Goldstücke dazugebe.«

Der kräftig gebaute Bittsteller verneigte sich mit schweißnasser Stirn. »Ich verlange keine Mitgift, ich suche die Ehre. Ich bitte Euch demütigst, diese Offiziere zu maßregeln. Kein Offizier des großen Herrschers darf ein junges Mädchen schänden.«

»Der Herr von Cyador hat dein Gesuch gehört«, dröhnte Duhru, »nun gehe hin und berichte von seiner Großzügigkeit.«

»*Nein!*« Der weiß gekleidete Mann näherte sich den Stufen des Podestes. »Eure Offiziere sind wie die Tiere. Wie Schweine sind sie und Ihr solltet sie in den Dreck stoßen, in den sie gehören.«

Ein brennender Pfeil kam durchs Gitter eines Balkons geflogen, wo ein Bogenschütze der Rationalen Sterne Wache hielt, und traf den Mann in der Brust. Die beiden anderen Bittsteller sahen offenen Mundes zu, wie der Mann in sich zusammensackte.

Lephi gab Themphi mit einem Nicken einen Befehl und eine Feuerkugel traf den sterbenden Mann und explodierte. Ein paar Ascheflocken, die durch die Luft wehten, waren alles, was von ihm übrig blieb.

»Befragt die Lanzenreiter. Wenn sie das Mädchen entehrt haben, tut Ihr, was nötig ist. Wenn nicht, lasst sie ihrem Vater folgen.«

»So geht es mit unwürdigen Bittstellern und denen, die die Großzügigkeit des Herrschers verschmähen«, deklamierte Duhru. »Möge der nächste Bittsteller sein Anliegen vortragen.«

»O mächtiger Herrscher von Cyador, Schützer der Stufen ins Paradies, die Bürger von Wybar bitten Euer Majestät demütigst um ein Zeichen Eurer Gunst für die neuen Piere am Fluss.« Der ältere Mann im weißen Umhang fügte mit zitternder Stimme hinzu: »Nur einen kleinen Segen, Euer Gnaden.«

»Sie haben Angst, weil Wybar stromabwärts hinter dem Verwunschenen Wald liegt«, erklärte Themphi.

Lephi nickte. »Ihr sollt meinen Gunstbeweis und meinen Segen bekommen. Mögen Eure Piere Euch Wohlstand und einen guten Handel bescheren.«

»Der nächste Bittsteller soll vortreten«, dröhnte Duhru, »wenn er ohne Dunkelheit und ein treuer Anhänger des Weißen Weges ist.«

»Erhabener Herrscher … die Bauern in Geliendra haben ein Gesuch eingereicht und der Gouverneur des Gebietes hat sie an Euch verwiesen.« Der mit Gold geschmückte Beamte verneigte sich zweimal. Bei der zweiten Verbeugung fielen Schweißtropfen auf die polierten weißen Bodenfliesen.

»Leck das auf, Husenar. Ich mag es nicht, wenn mein Fußboden beschmutzt wird. Vor allem nicht, wenn meine Verwalter sich für andere Leute einsetzen.«

Husenar gehorchte, richtete sich wieder auf und stand stramm.

»Was ist nun mit diesem Gesuch? Warum musste es an mich weitergeleitet werden? Und warum kommen die betreffenden Leute nicht selbst damit zu mir?«

»Der Verwunschene Wald … Ruten auf Ruten der Reisfelder und Bohnenfelder, soweit nicht schon überschwemmt … sie sind verschwunden.«

»Verschwunden?«

»Der Wald ist erwacht …«

»Der Wald der Namenlosen? Haben die Sperren versagt? Das ist noch nie geschehen.«

Husenar verneigte sich wieder. »Die Sperren existieren nicht mehr und der Wald ist erwacht.«

»Ich nehme das Gesuch zur weiteren Beratung entgegen und werde entsprechend handeln.«

Nachdem die Bittsteller und Duhru gegangen und die Türen geschlossen waren, wandte Lephi sich an Themphi. »Und was nun diese Achte Kompanie der Spiegellanzenreiter angeht …«

»Sie sind nicht imstande, ein Bauernmädchen auf diese Weise zu entehren.«

»Themphi … habt Ihr nicht gehört, was ich gesagt habe? Wenn ein Mann so verzweifelt ist, dass er lieber stirbt, als zwei Jahreslöhne als Mitgift anzunehmen, dann ist etwas nicht in Ordnung. Sie ist zweifellos eine erbärmliche Schlampe, aber wenn die Bauern glauben, dass solche Mädchen unschuldig sind und geschändet werden, dann zahlen sie keine Steuern, wenn man sie nicht zwingt, und dieses Problem können wir jetzt wirklich nicht gebrauchen. Ich sage es Euch noch einmal: Ihr werdet die Schuldigen finden. Wenn es die Offiziere sind, dann können sie sich darauf gefasst machen, in Zukunft die Leute in Geliendra vor dem Verwunschenen Wald zu beschützen – und zwar für den Rest ihres Lebens.« Lephi lächelte kalt. »Jeder Bauer soll wissen, dass ich dies gehört und gehandelt habe und jeder Offizier soll wissen, dass die Mädchen außerhalb der Haushalte der Offiziere oder abgesehen vom Gewerbe des Vergnügens unberührt bleiben sollen. Es ist mir egal, wie viele bezahlte Konkubinen sie haben, aber sie müssen dafür sorgen, dass die Bezahlung unter Zeugen erfolgt. In der Anwesenheit von glaubhaften Zeugen.« Er hielt inne. »Wenn sich aber herausstellt, dass das Mädchen die Schuldige ist, in welchem Falle Ihr Eurer Sache sehr, sehr sicher sein solltet, dann soll sie von mindestens einer Kompanie Spiegellanzenreiter öffentlich geschändet werden. Was auch immer dabei herauskommt, ich will, dass Strafe und Entscheidung öffentlich bekannt werden, damit ich nie wieder ein solches Gesuch bekomme.«

Themphi schluckte.

»Und dann schickt ein paar Ingenieure, um den Wald und die Sperren zu überprüfen. Wie ist es möglich, dass sie versagt haben?«

»Ich weiß es nicht.« Themphi trat von einem Fuß auf den anderen. »Die Sperren stehen schon sehr lange und die alten Berichte besagen, dass der Wald heimtückisch und geduldig war, bevor er eingesperrt wurde.«

»Dann werdet Ihr hingehen und den Schaden reparieren und den Wald wieder verriegeln, nachdem Ihr diese Sache mit dem Mädchen beigelegt habt. Schickt aber keine Ingenieure aus der Zweiten Kompanie. Die brauchen wir, um die Feuerschiffe nachzubauen, damit wir den Händlern aus dem Osten die Herrschaft über die Meere entreißen können.« Lephi starrte den Magier an. »Hätten Eure Vorgänger nicht zugelassen, dass die alten Feuerschiffe zerfallen, dann wären diese Probleme gar nicht erst entstanden.«

»Mein Herrscher, sie hatten keine andere Wahl.«

»Es gibt immer eine Möglichkeit, sich anders zu entscheiden.«

»Nicht wenn das Chaos im Spiel ist.« Themphi ignorierte den Schweiß auf seiner Stirn.

»Wollt Ihr die Entscheidung Eures Herrschers infrage stellen, Themphi?«

»Imperatoren können entscheiden, o Herr, solange nicht Ordnung und Chaos aufeinandertreffen. Das Gleiche gilt für Magier. Ich kann nicht ändern, was war und was ist, nicht einmal, wenn Ihr es befehlt.«

»Pah … Ihr redet genau wie Triendar. Hat man Euch, als Ihr jung wart, mit Zaubersprüchen den Kopf verwirrt, sodass Ihr immer die gleichen Dinge sagt?«

»Chaos und Ordnung verändern sich nicht, nur weil wir es wollen, Herr.« Themphi trat wieder von einem Fuß auf den anderen.

»Magier, Ihr müsst mit Euren Kräften Cyad dienen. So soll es sein, nicht anders herum. Haltet Euch daran, denn sonst müssen die Kinder Eurer Brüder und deren Kindeskinder sich unter dem Joch der Leute aus dem Osten beugen. Länder werden entweder mächtiger oder verlieren ihre Macht und gehen unter. Ich habe die Absicht, Cyador mächtiger zu machen. Ihr könnt Euch jetzt zurückziehen.«

»Ja, Herr.«

XI

Bevor Nylan sich an den Tisch setzte und Dyliess auf sein rechtes Knie nahm, blickte er suchend zum anderen Ende des großen Saales und zum Treppenhaus in der Mitte des Turms. Er spürte den leichten Zug der warmen Luft, die aus den Luftschächten der Säule kamen, um die herum das Treppenhaus und der Turm gebaut waren. Hin und wieder wehte auch eine Bö kalter, trockener Luft von der Haupttür des Turms herein, wenn Wächterinnen eintraten, um Schlachtvieh zu bringen oder Holz einzulagern.

Das Frühstück bot die übliche Kost – etwas Brot, etwas Käse und für die Unerschrockenen etwas Haferbrei. Nylan erduldete den gelbgrünen Wurzel-und-Blätter-Tee, nahm rasche Schlucke und versuchte, den Becher außerhalb der Reichweite von Dyliess' suchenden Fingern zu halten. Das Brot war dunkel und kalt, schmeckte aber herzhaft und gut.

»Gaa ... da ... oooh ...« Seine Tochter griff nach dem Brot.

»Sie ist neugierig, was?«, meinte Hryessa, die ein Stück weiter unten am Tisch saß.

»Das sind alle Kinder in diesem Alter, soweit ich weiß«, antwortete Nylan. »Sie wollen die Welt betasten und erforschen und begreifen.«

»Wollen wir das nicht alle?«, murmelte Huldran, die sich gerade ein Stück Käse und etwas Brot in den Mund geschoben hatte.

Nylan hielt wieder einmal Dyliess' schweifende Hand auf, bevor sie die Tülle der Teekanne erreichen konnte. »Manchmal sind Forschungen gefährlich.«

»Umso mehr, je älter man wird.« Saryn runzelte die Stirn und fügte nach kurzem Schweigen hinzu: »Ryba sagte, du machst wieder Schwerter?«

»Wir haben den ganzen Winter über Schwerter hergestellt. Hast du denn nicht bald genug?«

»Für den Augenblick reicht es, aber Ryba meint, wir müssten bis zum Herbst vier Züge Wächterinnen unter Waffen haben, vielleicht sogar noch mehr, und wir müssten die Hälfte des vierten Stocks in eine Art Kaserne oder so etwas verwandeln.« Saryn drehte den Kopf hin und her, als könnte Ryba jeden Augenblick auftauchen. Das kurze, dunkelbraune Haar wirkte im großen Saal, in dem es nur vier Armaglasfenster als Lichtquellen gab, beinahe schwarz.

»Oder wir müssen den Turm erweitern«, sagte Nylan.

»Du sagtest doch, hier könnten mehr als hundert Menschen Platz finden.«

»Das ist richtig«, antwortete der Schmied. Mit Blicken suchte er immer noch nach Ayrlyn. Auch Istril hatte er noch nicht gesehen. »Wie viele Jahre wird es dauern, den Anbau zu errichten, wenn wir jeden Stein mit Hammer und Meißel aus der Wand der Schlucht schlagen müssen?« Nylan war nicht gerade begeistert von der Idee, Westwind weiter auszubauen, aber er wollte seinen Mangel an Begeisterung nicht offen zur Schau stellen.

»Oh …«

»Genau.« Nylan fütterte Dyliess mit einem kleinen Stück Brot, obwohl sie bereits gegessen hatte. Dyliess kaute gehorsam und ließ prompt einen Klecks brauner Spucke auf Nylans Hand fallen.

»Ich habe mir so meine Gedanken gemacht«, fuhr die ehemalige Raumschiffpilotin fort. »Gibt es eine Möglichkeit, dass du noch mehr Bogen herstellst? Ich meine, du hast ja die ersten Schwerter mit dem Laser gemacht, aber danach hast du einen Weg gefunden, auch ohne Laser zurechtzukommen.«

»Cormclit haben wir noch«, räumte Nylan ein, »aber das ist ein Verbundmetall, das als Hitzeschild gedacht ist. Ich hatte schon mit dem Laser enorme Schwierigkeiten, es zu schneiden. Wenn ich versuche, es mit dem Meißel zu zerteilen, zerfasert es einfach. Eine Blechschere dagegen frisst sich fest oder zerreißt das Material in kleine Stücke. Dann sind da noch die Legierungen. Die leichten, für hohe Temperaturen geeigneten Legierungen bekomme ich mit meinen jetzigen Mitteln nicht einmal weich genug, um sie zu formen. Was auch nur halbwegs brauchbar war, habe ich schon für die Bogen verwendet.« Er schüttelte den Kopf. »Ich habe es versucht, aber …«

Er runzelte die Stirn. Hatte er da nicht Ayrlyns roten Schopf auf der Treppe gesehen?

»Ich dachte, ich frage einfach mal. Wir haben nur noch sechzehn von diesen mörderischen Bogen.« Saryn hustete. Im Winter litten viele Wächterinnen an Husten. Wahrscheinlich lag es daran, dass sie in der Kälte auf dem Dach der Welt zu viel durch den Mund geatmet hatten. »Wir haben in den Kämpfen bisher nur einen einzigen verloren.«

»Habt Ihr nicht gedroht, jede Wächterin umzubringen, die einen Bogen verliert, selbst wenn sie im Sterben liegt?«, fragte Huldran. »Ich kann mich noch gut daran erinnern.«

»Und ich hatte Recht damit«, erklärte Saryn. »Sie waren zweimal so gut wie alles, was die Einheimischen haben. Die Bogen sind unersetzlich.«

»Wir haben hier noch viel zu viel, das unersetzlich ist«, warf Nylan ein. »Wir müssen uns mithilfe einfacher, örtlicher Technologien eine neue Grundlage schaffen.«

»Meinst du damit Anlagen wie deine Sägemühle?«, fragte Saryn grinsend. »Und was kommt danach?«

»Ich dachte auch an eine Getreidemühle, aber wir sind hier zu hoch, um Getreide anzubauen …«

»Der Mann hört wohl nie auf zu denken.« Die Zweite in der Rangfolge der Wächterinnen von Westwind trank ihren Tee mit einem großen Schluck aus.

Es gab vieles, über das er nachdenken musste, grübelte Nylan. Rybas Kälte, die Kinder, Ayrlyn. Ganz zu schweigen von den Schmiedearbeiten. Die Fußprothese für Daryn war bisher nur bis zu einem groben ersten Entwurf gediehen. Ein Hilfsmittel für einen Mann stand natürlich weit unten auf Rybas Liste, dachte er. Jedenfalls unterhalb der Waffen.

»Ich muss los«, sagte Saryn. »Wir werden ja sehen, wie die Lage unten im Wald neben der Ziegelmanufaktur ist. Erinnerst du dich noch an die Eisenholzbäume? Sie sind unglaublich schwer zu schlagen, aber die Heilerin meint, man könnte gute Holzkohle daraus machen, und du hast ja gesagt, dass du Holzkohle brauchst.«

»So ist es. Ohne Holzkohle können wir in der Schmiede nicht viel ausrichten.«

»Daa ...«, unterbrach Dyliess die Unterhaltung. Sie machte Anstalten, wieder nach Nylans Becher zu greifen.

Als er die suchenden Finger aufgehalten und seinen Tee in Sicherheit gebracht hatte, war Saryn schon verschwunden.

»Sie ist schon ein Prachtstück«, meinte Huldran.

»Wer, Saryn? Ja, sie ist eine gute Wächterin.«

»Ich meinte Eure Tochter«, gab Huldran lachend zurück. »Sie ist schon jetzt sehr eigensinnig.«

Genau wie die Mutter, dachte Nylan. Aber er beschränkte sich darauf zu sagen: »O ja, das ist sie.« Dann trank er seinen Tee aus und aß den letzten Bissen Käse, bevor er wieder aufstand und die Treppe hinunter in die unterste Etage ging.

Mit Dyliess auf dem Arm stieg Nylan langsam nach unten, wo es deutlich wärmer war. Als er der Küche, wo Blynnal mit ihren Helferinnen arbeitete, den Rücken kehrte, entdeckte Nylan Ayrlyn in der Ecke der Holzwerkstatt. Sie saß auf einem Hocker und probierte Akkorde auf der Lutar. Sie sang nicht und die Augen waren verquollen.

»Ich habe dich schon gesucht«, sagte er, während er Dyliess auf den anderen Arm nahm.

»Warum?«

»Weil ich mit dir reden wollte.«

»Ouuu«, machte Dyliess.

»Es gibt nichts zu bereden.«

»Doch, es gibt etwas.«

»Was denn?« Ayrlyns Stimme war tonlos.

»Was war das denn in der letzten Nacht? Warum habt ihr das gemacht? Und warum bist du nicht zum Frühstück gekommen?«

»Weil …« Ayrlyn holte tief Luft. »Es gefällt mir nicht, dich mit anderen Frauen zu teilen, aber ich kann nicht tun, was Ryba getan hat. Zunächst einmal, weil wir nicht mehr über die Technologie verfügen, und zweitens, weil ich dich nicht hintergehen will. Aber leicht ist es nicht.« Die Heilerin holte tief Luft und ein Schauer lief durch ihren Körper. »Ihre Tochter wird alles sein, was Istril jemals haben wird, weißt du das? Wie könnte ich ihr das verwehren? Du hast ihr zweimal das Leben gerettet, sie betet dich an und … es … es sollte doch etwas Persönliches sein …« Tränen traten der Heilerin in die dunkelbraunen Augen.

»Was ist mit Weryl?« Nylan schüttelte den Kopf. »Mir entgeht da etwas. Viel zu viel entgeht mir.« Er nahm ihre Hand. »Aber das kann warten. Ich habe mir überlegt …«

»Die Zeit drängt«, unterbrach Ayrlyn ihn. Sie schluckte einmal, zweimal, ehe sie weitersprechen konnte. »Wie lange kann Istril sich darauf verlassen, dass Weryl in Westwind gut aufgehoben ist, da Ryba allen Männern so sehr misstraut? Bis er fünfzehn oder zwanzig ist und sich davonstiehlt?« Ayrlyn hustete und räusperte sich. »Er ist dein Sohn. Glaubst du wirklich, er wird einfach schlucken, was Ryba ihm erzählt? Zusammen mit den ganzen Legenden, die sich um dich ranken werden?«

»Du redest, als wäre ich dann nicht mehr da.«

»Du wirst nicht mehr hier sein. Du und Ryba, ihr schafft es gerade noch, nicht aneinander zu geraten. Jeder kann es spüren, aber niemand sagt etwas dazu. Ryba braucht noch mehr Schwerter und du fühlst dich für Dyliess, Weryl und Kyalynn verantwortlich. Wie lange kannst du der Kinder wegen noch hier ausharren …« Die Heilerin mit dem hellroten Haar schüttelte den Kopf. »Nylan … du bist warmherzig, aber manchmal unglaublich begriffsstutzig.«

»Ich weiß, ich weiß.« Nylan blickte zur Tür. Murkassa kam gerade mit zwei neuen Wächterinnen herein. Eine hieß Jiess, fiel Nylan ein. »Lass uns ein Stück gehen.«

»Jetzt gleich?«

»Jetzt gleich«, bekräftigte der Schmied. »Ich muss nur rasch Dyliess bei Antyl unterbringen.«

»Einen Augenblick.« Ayrlyn verstaute die Lutar und legte den Koffer auf ein leeres Regalbrett, wo zu Anfang des Winters noch Balken und Bretter gestapelt gewesen waren. »Wir treffen uns am Ende der Zufahrt. Aber lass dir nicht zu viel Zeit, sonst erstarre ich zu Eis.«

»Wir haben Frühling.«

»Dann friere ich nur halb durch.«

»Ich beeile mich.«

Nylan ging rasch zur Kinderkrippe hinauf und sah sich um. Schließlich entdeckte er Antyl in der Ecke neben der Nordtür, die zum Badehaus und zur Waschküche führte.

»Ich habe mich schon gefragt, wann Ihr kommen würdet«, begrüßte ihn die Frau mit dem brünetten Haar. Sie streckte die Arme aus, um Dyliess zu übernehmen. »Jakon vermisst die Silberköpfe. Er ist genau wie Dephnay viel unruhiger, wenn sie nicht hier sind. Es ist, als würden die Silberköpfe den anderen Trost spenden. Genau wie Ihr, Ser.«

Hatten sie es von ihm geerbt? War es ein kindlicher Ausdruck der Empfänglichkeit für die Ordnungs-Felder? Die Schwarze »Magie« von Candar?

»Ich?«, gab Nylan gegen seinen Willen zurück.

»Ihr und die Heilerin mit den roten Haaren. Und die anderen mit den silbernen Haaren. Die Leute fühlen sich in Eurer Nähe sicher. Abgesehen von der Marschallin, meine ich, aber die ist ja auch ein Engel, das ist noch etwas anderes. Ich weiß nicht, was manche von uns gemacht hätten, wenn Westwind nicht gewesen wäre. Aber ich will Euch nicht weiter behelligen … Die Kleinen sind gut bei mir aufgehoben.«

Nylan lächelte und ging zur Haupttür des Turms, zur Südtür. Er blieb einen Augenblick stehen, um Llyselle vorbeizulassen, die mit einem Arm voll Feuerholz für Blynnals Kochherd hereinkam.

»Was macht die Hand?«, fragte er.

»Fast verheilt.« Die silberhaarige Wächterin schüttelte den Kopf. »Das war aber auch dumm. Ich habe nur einen Moment nicht auf die Säge geachtet. Da überlebt man ausgemachte Schlachten und verliert an einer verdammten kleinen Säge beinahe die Hand.«

»So etwas kommt vor.«

»Dumm ist es trotzdem, aber ich hatte Glück, dass Ihr und die Heilerin in der Nähe wart.« Mit einem letzten Lächeln ging Llyselle ins unterste Stockwerk. Der Ingenieur und Schmied schloss hinter sich die Tür des Turms und eilte zum Ende der Zufahrt. Die Jacke der Schiffsuniform hatte er nur halb geschlossen.

Trotz des hellen Sonnenscheins, trotz der ersten grünen Sprossen der Schneelilien, die durch das schmelzende Weiß lugten, trotz der Feuchtigkeit unter den Schneehaufen neben der Straße hatte Ayrlyn sich die Jacke bis oben zugeknöpft und die behandschuhten Hände tief in die Taschen ihres Winterparkas gesteckt. Es war eines der wenigen dicken Kleidungsstücke, die sie in den Landefahrzeugen der *Winterspeer* mit auf den Planeten gebracht hatten.

»Ist dir kalt?«, fragte er.

»Mir ist hier immer kalt, sogar im Sommer.« Die braunen Augen schienen wieder einmal blau zu blitzen, obwohl der Schmied genau wusste, dass dieser blaue Schein eher ein Ausdruck der Ordnungs-Felder als eine visuelle Wahrnehmung war. Ordnungs-Feld oder nicht, das Blitzen stand meist für Zorn. »Für jemanden, der im Gegensatz zu euch anderen nicht im Kühlschrank aufgewachsen ist, habe ich mich wacker geschlagen. Ich verkrieche mich nicht im Turm und hocke nicht ständig am Küchenherd. Die Dunkelheit weiß, wie sehr mir danach wäre. Aber ich mache es nicht.«

»Ich habe nie auch nur ein Wort darüber verloren.«

»Das musst du auch nicht. Du bist nicht so schlimm wie die anderen, aber ihr seid alle so verdammt herablassend. Kommt doch einfach mal im Sommer mit mir ins Tiefland, damit ich euch anlächeln kann, wenn euch der Schweiß über die Stirn läuft und ihr das Gefühl habt, ihr würdet gleich einen Hitzschlag bekommen.«

Nylan schürzte die Lippen. War er wirklich so gemein? »Bin ich wirklich so gemein?«

»Nein, normalerweise nicht, aber ich bin in einer miesen Stimmung und den Grund dafür solltest du eigentlich wissen. Ja, du solltest ihn kennen.«

»Du warst für mich da …«, begann er langsam. »Als niemand sonst da war … der mich verstanden hätte.«

»Gab es noch andere? Du hast mir doch gesagt …«

»Es gab keine anderen. Abgesehen von der letzten Nacht … nein, es gab keine anderen … nicht mehr seit der großen Schlacht im letzten Herbst. Ich habe es dir gesagt und es entspricht der Wahrheit. Es hat keine anderen gegeben, weil es mir nicht gelingt, mich auf das Körperliche zu beschränken. Ich bin nicht Gerlich, ich war es nie. Und ich kann kaum darüber reden.«

»Das ist mir schon lange klar und ich habe versucht, verständnisvoll zu sein.« Ayrlyn schüttelte den Kopf. In ihren Augen funkelte es feucht.

»Aber dann … warum?«, fragte er hilflos.

Ayrlyn entfernte sich von der Zufahrt und trat auf die Straße hinaus. Sie drehte sich zum Höhenzug um und ließ Nylan hinter sich stehen.

Er folgte ihr und wiederholte die Frage. »Warum?«

»Verstehst du es denn nicht, Nylan? Ich will nicht betteln und kriechen.« Die Heilerin mit dem hellroten Haar ging entschlossen in Richtung Brücke.

Nylan eilte ihr hinterher, bis er neben ihr gehen konnte. Eine Weile sprach keiner mehr. Er hoffte, sie würde noch etwas sagen, aber sie schwieg.

»Kannst du dir vorstellen, dass ich auch nicht gern betteln will?«, fragte er schließlich.

»Betteln? Wo du nur mit dem kleinen Finger winken musst und schon kriecht jede Wächterin im Turm in dein Bett?« Ayrlyn blieb mitten auf der kleinen Brücke stehen und wandte sich nach Osten um, dem grellen Schein der Morgensonne entgegen, die langsam die weiße Fläche abzuschmelzen begann. Hinter der Klippe erhoben sich in der Ferne die dunklen Bäume des Hochwaldes. Die immergrünen Pflanzen hatten bereits das weiße Winterkleid abgelegt.

»Du bist mir nicht so vorgekommen, als würdest du kriechen«, sagte er langsam, »und ich habe nicht den Finger gekrümmt, wie du es ausdrückst, um jemanden zu mir zu winken.«

»Nein, ich werde auch nicht kriechen, für niemanden. Und du hast Istril nicht weggeschickt. Ganz im Gegenteil.«

Nylan seufzte. »Es kam mir nicht richtig vor, dass sie in meinem Bett lag, und es kam mir nicht richtig vor, sie wegzuschicken. Besonders nicht, weil sie gesagt hat, dass sie mit dir geredet hätte. Sie lügt nicht.«

»Das ist ein wundervoller Grund. Ich bin mit ihr ins Bett gegangen, weil sie nicht lügt.«

Nylan zuckte zusammen, als hätte ihn ein Pfeil aus Lornth getroffen. »So meinte ich das nicht. Es war nicht so einfach.«

»Glaubst du, für mich war es einfach? Du solltest doch inzwischen wissen, wie ich mich fühle. Aber du stehst nur da und siehst mich an, als hätte ich vier Köpfe oder würde mit jedem Wort Chaos und Feuerkugeln spucken.«

Nylan starrte die kalten Steine der Brücke vor seinen Füßen an. Nach einem Moment überwand er sich, Ayrlyn in die Augen zu sehen. »Kannst du es mir glauben, wenn ich sage …« Er schluckte und musste sich überwinden, die Worte auszusprechen. »Wenn ich sage, dass ich wegen deiner Ehrlichkeit manchmal vor dir mehr Angst habe als vor den Magiern, gegen die ich gekämpft habe?«

Sie wich seinem Blick nicht aus, sondern wartete ab.

»So ehrlich bin ich nicht. Ich bin nicht einmal besonders tapfer. Ich wollte nie ein Anführer sein, das weißt du. Wie kann ein Mann, der tief in seinem Inneren buchstäblich *alles* fürchtet ... wie kann so jemand die Leute anführen? Wie kann ich dich bitten ...«

Ein leichtes Lächeln spielte um ihre Lippen. Es war wie der erste Sonnenstrahl nach einem Unwetter. »Gerade so, wie du es eben getan hast ... indem du ehrlich mit mir bist ... indem du nicht mehr versuchst, der starke Ingenieur zu sein, an den niemand herankommt. Ich will dich nicht als Helden, ich will keine männliche Ausgabe von Ryba haben. Ich habe auch meine Ängste, Nylan. Jeder hat sie. Du auch. Ich kann damit zurechtkommen. Ich kann nur nicht mit einem Mann zurechtkommen, der vor sich selbst davonläuft.«

Der vor sich selbst davonläuft ... o ja, das tust du. Der Ingenieur leckte sich die Lippen, ignorierte die Eiskruste, die sich auf ihnen gebildet hatte, und gab eine halb ausweichende Antwort. »Ja, ich habe noch ... ich habe noch viel zu lernen.«

»Ich auch. Willst du es mit mir zusammen lernen?«

»Wenn du vorsichtig mit mir umgehst ... diese Art von Ehrlichkeit ist schwer«, räumte er ein.

»Es ist immer schwer, ehrlich zu sein. Es ist nie leicht zu lieben.« Ihre Augen waren braun, weich und tief. Er stürzte in sie hinein und fragte sich, warum er nicht gesehen hatte, was offensichtlich war. Er griff nach ihren Händen und stand mit ihr auf der Brücke, die er gebaut hatte, im kalten Frühling in Westwind.

XII

Der weiß gewandete Magier stand im Bug des Kahns auf dem erhöhten Teil des Decks direkt hinter den drei Ellen breiten Bronzeklampen, die wie Rindergeweihe geformt waren. Zwei Seile waren an ihnen befestigt.

»Hü-ah ...« Die gedämpften Rufe der Viehtreiber auf dem Treidelpfad wehten in der grauen Morgendämmerung herüber, während die vier Zugochsen die *Weiße Lilie* auf dem Kanal aus Fyrad heraus nach Norden zogen. Die Hufe klapperten leise auf den ausgetretenen Pflastersteinen des Weges, der ursprünglich für die Dampfschlepper angelegt worden war, mit denen einst die Boote aus der Stadt des Winterpalastes heraus gezogen worden waren. Die Schlepper waren von genau den Chaos-Maschinen angetrieben worden, die heute von den Weißen Ingenieuren unter vielen Mühen nachgebaut wurden, damit das Feuerschiff Seiner Majestät in Cyad möglichst schnell fertiggestellt werden konnte.

Themphi runzelte die Stirn. Ochsen waren heutzutage zuverlässiger, erheblich zuverlässiger. Was den Nachbau eines alten Feuerschiffs anging ... er schüttelte den Kopf. Es war schon schwierig genug, den Dampfantrieb für die Palasttüren in Stand zu halten. Jetzt wollte Lephi auch noch, koste es was es wolle und ohne Rücksicht auf das empfindliche Gleichgewicht zwischen Ordnung und Chaos, ein Feuerschiff mit einer altmodischen Feuerkanone haben.

Er blickte zu den Aufbauten, in denen die vornehmeren Passagiere und die sieben noch lebenden schuldigen Offiziere der Spiegellanzenreiter untergebracht waren, dann zum Segeltuch, unter dem die anderen Passagiere schliefen. Einer der Offiziere hatte versucht, den Magier anzugreifen. Themphi hatte Besitz und Konkubinen dieses Offiziers verkauft und den Erlös, aufgestockt durch je ein Jahresgehalt von den anderen Offizieren, dem missbrauchten Bauernmädchen gegeben. Lephi hatte in diesem Punkt Recht behalten. So jähzornig der Imperator auch war, er irrte sich nur selten. Der Weiße Magier schüttelte den Kopf und blickte in die Richtung, in der Cyad lag.

»Ein Bauernmädchen … und jetzt ist sie die reichste Frau in … wie hieß dieser verdammte Ort noch gleich? Nystrad, richtig.« Themphi streckte sich und sah zum Deckhaus, wo der junge Fissar noch schlief. Junge Menschen schliefen anscheinend immer und hatten keinen Sinn für das komplizierte Leben der Erwachsenen.

Weit hinter dem Deckhaus lagen die Piere von Fyrad. Themphi war mit einem schnellen Küstenschiff von Cyad gekommen und hatte sein Reiseziel auf diesem Weg viel schneller erreicht als auf der Nordstraße.

Dann fiel sein Blick wieder auf die spiegelglatte Wasserfläche des Kanals. Wasserläufer, fast so groß wie die Faust des Magiers, huschten über die Oberfläche, schossen zwischen den Stängeln des Schilfs herum, das man auf weniger als eine Elle zurückgeschnitten hatte, sodass es genauso hoch stand wie die glatten Grausteinblöcke, die den Kanal einfassten. Auf dem Großen Kanal glitt das Boot aus Fyrad heraus nach Norden, vorbei an geschnittenem Schilf und alten Steinmauern.

Etwa eine Meile östlich des Kanals strömte der Fluss in Schlangenlinien dahin, voller gefährlicher Wasserechsen und Krokodile mit scharfen Zähnen. Der Fluss wurde von Bauern befahren, die nicht genug Geld für die Kanalgebühren hatten – und natürlich auch von jenen, die den Wunsch hatten, den scharfen Augen der imperialen Inspektoren zu entgehen.

»Hü-ah …«

Themphi betastete sein glatt rasiertes Kinn, blickte gerade nach unten und sah im silbergrauen Wasser sein Spiegelbild schimmern.

Das mit weißen Streifen verzierte Boot glitt durch das stille Wasser des Großen Kanals. Auch dieses Bauwerk, dachte Themphi, war eine Leistung, zu der das Reich, dem er diente, nicht mehr imstande war. Im Norden lag der weite Verwunschene Wald … wer weiß, was hinter den weißen Steinmauern und den Sperren lauerte, die seit der Gründung Cyadors dort standen … und vielleicht sogar noch länger.

Er schauderte, als er an das unsichere Gleichgewicht zwischen Ordnung und Chaos dachte und an die Aufgabe, die vor ihm lag.

XIII

Die Hufe der Stute platschten im Schlamm, als sie Nylan die schlammige Straße hinunter zur Ziegelmanufaktur und zum Mühlteich trug. Ayrlyn, die neben ihm ritt, hatte sich für eine kastanienbraune Stute entschieden. Wie üblich hatte sie die Jacke fest geschlossen, während Nylans Jacke halb offen stand.

Weniger als hundert Ellen rechts von ihnen, im Westen, erhob sich fast lotrecht eine Meile hoch die Klippe, über der Westwind auf einer Hochebene lag. Sie waren kurz nach dem Frühstück aufgebrochen und inzwischen war der Vormittag schon fast vorbei. Allerdings hatten sie die Pferde nicht sonderlich angetrieben und das Reiten im Schlamm war schwierig. Hin und wieder stießen sie sogar noch auf Schneeverwehungen, einige fast hüfthoch, und der Weg verlief alles andere als gerade. Der kürzeste Weg hinunter wäre der über die Klippe gewesen. Da sie aber nicht fliegen konnten, mussten sie von Westwind aus der Straße den Hügel hinauf und auf der anderen Seite wieder hinunter folgen. An der Gabelung unter dem

Höhenzug waren sie dann nach Süden abgebogen, um in westlicher Richtung die Berge zu umrunden, bis sie, stetig bergab reitend, endlich die Wälder der Westhörner unterhalb der Klippe erreichten. Nylan nahm an, dass der Weg letzten Endes zu irgendeinem Ort in Lornth führte, aber es war nicht die Hauptstraße und weder er noch Ayrlyn waren bisher weit über die Ziegelmanufaktur hinausgekommen. Sie hatten ohnehin keine Zeit für Vergnügungsreisen. Ayrlyn hatte auf ihren Handelsexpeditionen im letzten Jahr immer nur die besten Straßen gewählt und selbst dort war das Vorankommen mühsam genug gewesen.

Nylan blickte kurz zu den Bäumen und forschte mit Ohren und Ordnungs-Sinnen im Waldstück, das vor ihnen lag. Doch außer Nagetieren, Baumratten und einigen Vögeln konnte er nichts spüren.

Schmutzige Schneehaufen lagen unter den ausladenden Ästen der immergrünen Bäume, wo diese ihr Winterkleid abgestreift hatten. Zum ersten Mal seit dem letzten Herbst konnte Nylan wieder Vogelrufe hören, im Augenblick allerdings nur die heiseren Schreie des Verrätervogels.

Der Schmied und die Heilerin waren mit jeweils zwei Klingen aus Stahllegierung bewaffnet und im Köcher, der hinter Nylans Sattel befestigt war, steckte neben mehr als einem Dutzend Pfeilen einer der Kompositbogen, die er mit der letzten Energie des Laserstrahlers hergestellt hatte. Die Pfeile waren mit den Spitzen aus Schwarzem Eisen versehen, die er selbst geschmiedet hatte. Der Schmied hoffte, es bliebe ihm erspart, die Waffen einzusetzen.

»Der Schlamm ist dieses Jahr schlimmer«, bemerkte Ayrlyn, als ein Klumpen Dreck, den Nylans Pferd mit den Hufen hochgeschleudert hatte, knapp über den Stiefeln auf ihrer Reithose landete.

»Wir hatten mehr Schnee, der außerdem später geschmolzen ist. Die ersten Schneelilien brechen gerade durch die verharschte Schneedecke.«

»Ich habe mich schon gewundert.«

»Ich auch. Wahrscheinlich müssen wir auch die Nutzpflanzen später setzen.«

»Die großen roten Hirsche kommen gerade erst in die Hochwälder. Welcher Winter mag wohl typischer für die Gegend sein?«

»Dieser«, gab Nylan lachend zurück. »Ein Glück, dass der erste Winter so mild war.«

»Mild würde ich ihn nicht gerade nennen. Ein milder Winter mit einer dicken Eisschicht auf allen Innenwänden des Turms?«

»Wir hatten nicht genug Feuerholz und verglaste Fenster. Die Läden allein konnten den Wind nicht abhalten.«

»Und an Decken und Lebensmitteln hat es auch gefehlt.« Ayrlyn rückte ein wenig im Sattel hin und her. »Schau nur, da sind Spuren.« Sie deutete auf mehrere Abdrücke auf einer Schneefläche, die rechts neben dem Weg unter den Ästen einer Tanne im Schatten lag.

»Eine große Schneekatze, aber die Spuren sind leicht angeschmolzen. Ich würde sagen, von gestern oder vorgestern. Istril hofft ja immer noch, ich könnte eine weitere Katze töten oder sogar zwei, damit sie für Weryl einen Parka machen kann.« Der Schmied lachte. »Die erste hätte mich beinahe erwischt und die zweite war auch nicht viel besser.«

»Die Mäntel sind aber warm und weich.«

»Die Katzen haben Krallen wie Dolche, nur schärfer.«

»Wie Ryba«, bemerkte Ayrlyn.

»Wenn sie unbewaffnet gegen eine Katze kämpfen würde, dann würde ich auf Ryba setzen.«

»Die Wette würdest du gewinnen«, bekräftigte die Heilerin.

Sie lachten beide und das Geräusch hallte einen Augenblick durch den Wald, ehe es sich zwischen den hohen Fichten und Tannen am Straßenrand verlor.

Nachdem sie die Stuten durch eine tiefe, matschige Schneewehe gelenkt hatten, war zu ihrer Linken eine enge Schlucht zu sehen, als hätte ein scharfes Messer die Klippe zerteilt. Sie ritten die schmale Straße hinauf, die sie vor einem Jahr erweitert hatten, damit ein Wagen passieren konnte, bis sie eine natürliche Lichtung erreichten, wo der Bach eine nackte Lehmböschung umrundete. Dahinter stand ein niedriges Gebäude.

»So, da wären wir – die berühmte Ziegelsteinmanufaktur.« Ayrlyn beugte sich vor und betrachtete die Straße und die Schneeflächen, zwischen denen schon der Erdboden zum Vorschein kam. »Außer Tierfährten kann ich hier nichts entdecken. Hasen, Rehe und ein alter Abdruck einer Schneekatze, würde ich sagen.«

»Es würde mich auch wundern, wenn die Einheimischen so weit heraufkommen würden, aber man kann ja nie wissen.« Nylan trieb seine Stute über den rauschenden kleinen Bach zum kleinen Ziegelbau, dessen Fenster verrammelt waren. Vor dem Gebäude standen zwei wie Brotlaibe geformte Brennöfen, die das Kernstück der Ziegelmanufaktur darstellten. Die Lehmgrube selbst, die rechts und ein Stück unterhalb der Öfen lag, war voller Wasser, in dem Eisbrocken schwammen.

Der Schmied zügelte sein Pferd an der Grube und betrachtete die eingestürzten Seitenwände. Dann schüttelte er den Kopf. »Jetzt brauchen wir auch noch eine Pumpe. Jedes Mal, wenn ich glaube, ich hole ein wenig auf, passiert irgendetwas, das mir noch mehr Arbeit macht.«

»Damit bist du nicht allein.« Ayrlyn zügelte auch ihren Braunen und drehte das Gesicht in die Sonne. »Ohne den Wind ist es fast warm.«

»Es ist tatsächlich ziemlich warm«, widersprach Nylan. Mit einer theatralisch anmutenden Bewegung öffnete er seine Jacke.

»Für diejenigen, die im sybranischen Kühlhaus aufgewachsen sind, mag es warm scheinen. Für normale Seelen ist es immer noch so kalt wie auf anständigen Welten im Winter.«

»Was als anständig gilt, ist in erster Linie eine Geschmacksfrage, meine geliebte Heilerin.«

»Du hast mich noch nie als geliebte Heilerin bezeichnet, nicht einmal im Scherz.«

»Ich hätte es schon viel früher tun müssen. Daran gedacht habe ich jedenfalls.«

»Es ist mir wichtig, so etwas zu hören. Ich kann deine Schmerzen spüren, mein geliebter Ingenieur, aber meine Fähigkeit, die Ströme der Ordnung in einem Körper zu spüren, macht mich nicht zur Gedankenleserin, auch wenn manche Leute das glauben.«

»Du hast mich auch noch nie als geliebten Ingenieur bezeichnet«, gab Nylan zurück.

»Geschieht dir recht.« Ayrlyn grinste und machte eine ausholende Geste. »Es scheint alles in Ordnung zu sein.«

»Ich mache mir jetzt eher Gedanken wegen der Mühle. Wir mussten sie einfach stehen lassen, wie sie war.«

»Deine Heldentaten auf dem Schlachtfeld haben dich in einen Zustand versetzt, in dem du längere Zeit nicht viel ausrichten konntest, und dann fiel schon der erste Schnee.«

»Das waren keine Heldentaten«, erwiderte Nylan bedrückt. »Und du warst auch nicht besser dran, wenn ich mich recht entsinne.« Der Ingenieur klopfte seinem Pferd auf die Flanke und bugsierte es bergauf an den Brennöfen vorbei zur unvollendeten Sägemühle. Im Augenblick war dort nichts weiter als eine freie Fläche mit dem Fundament der Mühle zu sehen. Der Mühlgraben war bereits von einer aus Steinen und Ziegeln gebauten Mauer eingefasst. Welche Schwierigkeiten er im letzten Herbst allein schon damit gehabt hatte, die Achse des Mühlrades herzustellen!

Der Schmied ruckte an den Zügeln und lenkte die Stute durch den knietiefen Matsch bergauf zur dunklen Mauer, die sich von der Wand der Schlucht zu seiner Rechten bis zum Hang eines Hügels mehr als hundert Ellen weiter rechts erstreckte.

Dicht vor dem Wasser, das kristallklar und eisig blau bergab perlte, hielt er das Pferd wieder an. Eisbrocken lagen auf dem gefrorenen Sand und am felsigen Ufer des Bachlaufs. Zwischen den beiden Abläufen des Mühlteichs klaffte ein zackiges Loch in der Staumauer.

»Wer war das?«, fragte Ayrlyn, die ihr Pferd etwas weiter unten gezügelt hatte.

»Wahrscheinlich das Eis«, meinte der Schmied kopfschüttelnd. »Ich würde sagen, es dauert noch zwei Achttage, bis der Boden getaut und wieder fest genug geworden ist, um mit den Reparaturen zu beginnen. Im nächsten Jahr müssen wir das Wasser im Herbst ablaufen und beide Schieber offen stehen lassen.«

Die Stute schnaubte unwillig und Nylan ließ sie wieder bergab laufen, bis sie den Schneematsch hinter sich gelassen und die schmale Straße vor der Ziegelmanufaktur erreicht hatten. Während er auf Ayrlyn wartete, sah er sich in der Umgebung um. Die Mühle zu bauen würde sehr anstrengend werden. Vielleicht waren deshalb in alten Zeiten die Müller immer so wohlhabend gewesen. Irgendwie war er auf einmal nicht mehr sehr angetan von dem Gedanken, die Mühle zu errichten.

»Ich weiß nicht«, meinte Ayrlyn, als sie das Pferd neben ihm zügelte und sich im auffrischenden Wind die Jacke zuknöpfte, »aber du redest immer so, als würde es noch ein nächstes Jahr geben.«

»Ich denke, in diesem Jahr wird niemand Westwind angreifen. Karthanos hat eine Menge Goldstücke ausgegeben. Zu viele, als dass er die Absicht haben könnte, noch eine weitere Schlacht zu führen. Er hat in weniger als einem Jahr zwei Heere verloren. Und Lornth? Was haben sie denn noch, um es gegen uns ins Feld zu schicken? Dieses Cyador liegt weit im Süden und nach allem, was man hört, müssten sie erst Lornth einnehmen, ehe sie gegen uns vorgehen können.«

Ayrlyn schob sich eine hellrote Strähne aus der Stirn, aber der Wind wehte das feine Haar immer wieder vor ihre Augen. »Ich dachte nicht an Westwind, sondern an dich.«

»An mich?«

»Was ist mit Gerlich passiert?«

»Ich bin nicht wie er.«

»Das weiß ich, aber weiß es auch Ryba? Oder, genauer gesagt, spielt es eine Rolle, dass du anders bist?« Abwesend wischte Ayrlyn sich wieder die Haare aus den Augen. »So gut wie alle Wächterinnen in Westwind würden sich jederzeit in einen Pfeilschuss oder einen Schwerthieb werfen, um dich zu retten. Wie lange wird Ryba das noch ertragen können? Du hast ihr bereits erklärt, dass du nicht bereit bist, zu ihren Bedingungen als Zuchthengst zu dienen. Damit bist du in sozialer Hinsicht ein Wallach.«

Nylan zuckte zusammen. Ryba hatte die Wallache im ersten Winter schlachten lassen, als die Nahrung knapp wurde, und er konnte sich gut an seine Vorstellung erinnern, dass es ihm womöglich selbst eines Tages so ergehen würde. Ayrlyn deutete jetzt an, dass dieser Zeitpunkt früher kommen konnte, als er es für möglich hielt.

»Ich kann sehen, dass dir solche Gedanken nicht völlig neu sind.«

»Ich dachte an die Wallache im letzten Jahr«, räumte Nylan ein.

»Das … nein, so meinte ich das nicht.« Die Heilerin und Sängerin errötete, bis ihre Gesichtsfarbe beinahe den Haaren glich.

»Wirklich nicht?«

Ayrlyn lenkte ihren Braunen näher an seine Stute.

»Weißt du, Nylan«, begann sie lächelnd, »manchmal bist du wirklich eine edelmütige, ehrenwerte Nervensäge. Wirklich, du bist eine still leidende, herzensgute Nervensäge. Nylan wird sich darum kümmern, Nylan wird es schon richten.« Das Grinsen wurde noch breiter. »Und dann tust du es.«

»So schlimm bin ich doch gar nicht«, protestierte er. »Wirklich nicht.«

»Ryba glaubt es aber.« Das Grinsen verschwand. »Ich meine es ernst. Warum lässt sie dich wohl so schwer arbeiten und mehr Waffen herstellen, als die Wächterinnen in den nächsten Jahren brauchen werden? Warum drängt sie darauf, dass du weitere Schmiede ausbildest?«

»Ich habe mich auch gewundert, aber sie denkt sehr weit voraus.«

»Es wird Zeit, dass wir das Gleiche tun.«

»Wir?« Nylan zwang sich zu einem Grinsen.

»Wir. Istril war die Letzte, die deine Gunst genießen konnte. Die allerletzte Gunst dieser Art.«

»Ich dachte, Siret würde vielleicht ...«

Ayrlyn legte die freie linke Hand auf den Griff ihres Kurzschwerts und zog es weit genug heraus, dass der Schwarze Stahl zu sehen war. »Wenn du das machst, brauchst du nicht auf Ryba zu warten, dann bist du schon vorher ein Wallach.«

»Ich hab's begriffen, Frau.«

»Und wenn nicht, werde ich es dir beibringen.« Ayrlyn schob die Klinge mit einem gespielt bösen Lächeln wieder in die Scheide. »Und du wirst auch nicht mehr allein schlafen.«

Nylan stöhnte laut. Dann grinste er.

Nach einem Augenblick grinste auch Ayrlyn.

Der Wind heulte jetzt lauter und sie blickten hoch und sahen, wie der vordere Saum einer Wolke über der Klippe erschien.

Ayrlyn schauderte. »Mir ist kalt. Können wir nicht zurückreiten?«

Nylan nickte und ruckte an den Zügeln der Stute. Ayrlyn lenkte den Braunen neben Nylans Pferd und sie begannen den langen, schlammigen Rückweg nach Westwind.

Ein Wallach? Waren das seine Zukunftsaussichten? Warum wollte er sich nicht der Tatsache stellen, dass Ryba bisher noch jeden Mann getötet oder vertrieben hatte, der sich ihr in den Weg gestellt hatte?

Weil du ein Kind mit ihr hast? Weil du vor der unbekannten Welt Angst hast? Weil dein Verantwortungsgefühl den Kindern gegenüber, die du niemals haben wolltest, im Widerstreit mit deiner Vernunft liegt?

Er versuchte, ein Seufzen zu unterdrücken und sich auf die Heilerin zu konzentrieren – auf die Frau, mit der er keine Kinder hatte und die ihn dennoch mehr liebte, als Ryba es je getan hatte.

XIV

Als Nylan die Eisenlegierung wieder in die glühenden Kohlen legte, wurde auf dem Wachturm oben auf dem Hügel Alarm gegeben – zwei Doppelschläge mit der Triangel.

Nylan stellte den Hammer ins Regal und legte das Metallstück mit der Zange auf die Ziegelsteine neben dem Feuer. »Händler. Ich sollte mich wohl darum kümmern. Kannst du hier weitermachen?«

»Ich würde mir lieber ein eigenes Stück vornehmen, wenn Ihr nichts dagegen habt.« Huldran nickte Ydrall zu, die den Blasebalg bediente. »Dabei kann ich Ydrall auch gleich zeigen, wie es geht. Außerdem stellt Ihr seltsame Dinge mit dem Metall an. Ich kann schlecht an etwas weiterarbeiten, das Ihr begonnen habt.« Nylan hatte inzwischen einen echten Amboss, während Huldran noch das behelfsmäßige Exemplar verwendete, das Nylan aus einem Steinklotz und gebogenem Blech aus einem Landefahrzeug selbst hergestellt hatte. Gehalten wurde der Behelf von der Astgabel einer Tanne, die er in die Erde gerammt hatte.

»Händler ...«, murmelte der Schmied. »So früh schon in diesem Jahr. Ich wüsste nur gern den Grund dafür.«

»Ihr seid es wohl müde, Schwerter zu machen, Ser.«

»Ich muss zugeben: ja.« Der Schmied holte tief Luft. »Lass uns zwei Dutzend der Besten von den einheimischen Prügeln holen, die wir hinter dem Haus gelagert haben. Ich schicke Ayrlyn mit dem Wagen, um sie zu holen. Arbeite du inzwischen an dem guten Amboss und lass Ydrall unterdessen aus einer zerbrochenen Klinge etwas Einfaches herstellen – Nägel zum Beispiel.«

Nägel zu schmieden war gar nicht so einfach. Nichts war einfach. Aber irgendwo musste sie ja anfangen.

»Eine Händlerstochter bin ich und jetzt werde ich zur Schmiedin«, sagte die dunkelhaarige junge Frau. »Mutter würde sich freuen.«

»Und dein Vater?«

»Er wäre in höchstem Maße beleidigt. Genau deshalb bin ich hier.« Ydrall lachte silberhell, was nicht recht zu ihrem muskulösen Körper passen wollte. »Und deshalb werden noch viele andere kommen.«

Nachdem er einige Beispiele dafür erzählt bekommen hatte, wie Frauen in Candar behandelt wurden, hegte er in dieser Hinsicht keinen Zweifel. Und das geheimnisvolle Cyador sollte sogar noch schlimmer sein? »Lasst uns die Schwerter holen.«

Die drei mussten nur wenige Male hin und her gehen, bis die Schwerter aus Gallos und Lornth, die Nylan ausgesucht hatte, vor der Tür der Schmiede gestapelt waren.

Dann ging er zum Turm und zum Badehaus hinunter. Er hatte noch genug Zeit, sich zu waschen. Das Handeln in Candar lief nicht gerade im Schneckentempo ab, aber andererseits auch nicht in überstürzter Hast.

Als er in graues Leder gekleidet und gewaschen und rasiert den Turm betrat – nur ein einziger Schnitt zierte sein Kinn –, kam Ryba gerade die Treppe herunter. Sie trug die leichte graue Lederuniform der Marschallin von Westwind. »Willst du zu den Händlern?«

»Ich dachte, es wäre vielleicht ganz nützlich. Wir brauchen einen zweiten Amboss und noch ein paar Hämmer, wenn wir Ydrall ausbilden sollen.«

»Ich sattle die Stute für dich. Saryn bringt die Pferde von den Ställen herunter«, sagte Ryba. »Holst du deine Schwerter? Die Händler hier sind nicht immer friedlich.«

»Sie liegen schon bereit«, bestätigte der Schmied. Eine schärfere Antwort verkniff er sich. Er war beim letzten Mal dabei gewesen, als Skiodra versucht hatte, sie zu verraten. Warum brachte Ryba das Thema jetzt wieder zur Sprache? War es ein Versuch, ihn auf seinen Platz zu verweisen? Oder an die Stelle, die Ryba für seinen Platz hielt?

Er eilte die Treppe hinauf in sein Quartier und legte beide Schwerter an, eines an den Gürtel und das zweite ins Schultergeschirr. Etwas vorsichtiger ging er wieder hinunter. Er musste immer noch aufpassen, nicht über die Schwertscheide zu stolpern und am Ende die Treppe hinunterzustürzen. Abgesehen von den Begegnungen mit Händlern und im Kampf trug er seine Schwerter nie. Sie störten ihn nur bei der Arbeit.

Die anderen warteten schon an der Zufahrt auf ihn, als er über das Pflaster eilte.

Ayrlyn hielt ihm die Zügel der braunen Stute hin. »Wir sind gerade gekommen.«

»Lasst uns reiten«, sagte Ryba.

Ein kalter Wind wehte von Nordosten über den Hügel

heran, als sie der gepflasterten Straße hinauf zum Wachturm folgten. Hinter ihnen krachte der Karren, der von einem einzigen Pferd gezogen wurde. Effama, eine neue Wächterin, die Nylan nur dem Namen nach kannte, führte das Wagenpferd.

»Was für Händler sind es?«, fragte die Marschallin.

»Skiodras Truppe, würde ich sagen«, antwortete Saryn.

»Gut, dass wir inzwischen einen kompletten Zug haben.«

»Und bestens ausgerüstet ist er«, bestätigte Saryn. »Sie haben alle Bogen, die der Ingenieur gemacht hat.« Sie stellte sich in den Steigbügeln auf, als sie die Hügelkuppe erreichten, und blickte hinunter. »Sie sind zum Handeln bereit.«

Nylan und Ayrlyn ritten hinter Ryba und Saryn Seite an Seite durch den feuchten Lehm die Hügelflanke hinunter. Eines Tages, dachte Nylan, würde sich dieser Trampelpfad in eine gut ausgebaute Straße verwandeln. Er lächelte amüsiert, als ihm bewusst wurde, in welcher Weise er diesen Gedanken gefasst hatte – nicht als etwas, das er selbst tun musste, sondern als etwas, das irgendwann einmal erledigt werden würde. Stellte er sich innerlich, wenn schon nicht vernunftmäßig, auf das ein, was Ayrlyn ihm gesagt hatte?

»Das ist aber ein eigenartiges Lächeln«, meinte die rothaarige Heilerin.

»Ich erzähl's dir später«, gab er flüsternd zurück und hoffte, seine Worte würden im Rauschen des Windes und im Klappern der Hufe untergehen … und im Holpern des Wagens, auf dem die Schwerter lagen, die sie gegen andere Waren eintauschen würden.

In diesem Augenblick fiel ihm eine andere Begebenheit ein. Sofort ließ er die Ordnungs-Sinne durch die Bäume wandern, die auf der Hügelflanke standen, doch er konnte keine verborgenen Bewaffneten oder Bogenschützen entdecken.

»In den Bäumen ist nichts«, berichtete er.

»Gut«, antwortete Ryba knapp. Saryn nickte, als hätte sie diese Meldung schon erwartet.

Die Händler, die halb geöffnete Steppjacken und Mäntel trugen, hatten nördlich des Handelsbanners Halt gemacht, das sie am Fuß des flachen, feuchten Hügels aufgestellt hatten. Sieben Händler standen dort, die Hände in der Nähe der Schwertgriffe. Zehn weitere hielten sich im Westen etwas abseits und bewachten die Pferde und drei Karren.

Als Ryba und Saryn ihre Pferde zügelten, danach auch Nylan, Ayrlyn und die übrigen bewaffneten Wächterinnen, die von Llyselle angeführt wurden, legte sich Schweigen über die Landschaft. Die einzigen Geräusche waren das Heulen des Windes und das Schnauben der Pferde.

Skiodra, immer noch der größte Mann unter den Händlern, trug wie üblich ein Schultergeschirr und ein großes Breitschwert. Er trat vor und lächelte unsicher. »Ich heiße Skiodra und ich bin zurückgekehrt.« Inzwischen hatte Nylan sich fast an das Alt-Anglorat gewöhnt, das die Leute hier sprachen. Skiodra hatte Schorf auf dem Handrücken. Nylan konnte den Eiter und die Schmerzen, das Weiße Chaos der Infektion, beinahe körperlich spüren.

Er wandte sich an Ayrlyn, die knapp nickte.

»Seid gegrüßt, Händler.« Ryba sprach höflich und kühl. Seit die Hinterlassenschaft von fast zweitausend in der Schlacht getöteten Gegnern in Westwind gelagert wurde, brauchte sie sich keine Sorgen mehr zu machen, sie könnte nicht genügend Waren zum Eintauschen haben.

Skiodra verneigte sich tief. »Überall spricht man über Euren Ruhm, geehrte Engelsfrau, und ganz Candar verneigt sich vor Eurer Macht. Wir bringen Euch frische Vorräte. Ich hoffe, Ihr habt Klingen, die Ihr eintauschen könnt?«

»Wir haben ein paar«, erklärte Ryba.

Skiodra warf einen Blick zu den Reiterinnen. Nylan verstand, was er meinte, gab Ayrlyn die Zügel seines Pferdes, stieg ab und ging ihm entgegen.

»Ihr lasst immer noch nicht die anderen für Euch sprechen, o Magier?«

Magier? Selbst nachdem er jetzt in der Lage war, die »magischen« Ordnungs-Felder dieser Welt zu benutzen, fühlte Nylan sich keineswegs als Magier. So wenig, wie er sich mit der Ausrüstung, die er trug, als Kämpfer fühlte.

»Sie sind Kriegerinnen, Skiodra«, sagte er achselzuckend.

»O ja, sie sind Kriegerinnen«, antwortete der große Händler. »Aber jetzt ist es Zeit für den Handel.«

Der erste Karren trug wie üblich Skiodras Abzeichen und war auch mit Fässern voll beladen.

»Ich habe das beste Mehl, das man sich wünschen kann, nicht etwa von den fruchtbaren Ebenen von Gallos, sondern aus Getreide gemahlen, das im ebensten, fruchtbarsten Tiefland Candars gewachsen ist.«

»Ihr seid viel beredter geworden, Skiodra«, sagte Nylan, der in diesem Augenblick nicht weiter auf Ryba achtete. »Ich hoffe, diese Beredsamkeit kommt uns nicht teuer zu stehen.«

»Es ist gutes Mehl, das allerbeste.« Skiodra verneigte sich vor Nylan fast so tief wie vor Ryba. »Ihr als Magier solltet doch gutes Mehl erkennen können.«

»Wir wissen gutes Mehl zu schätzen«, stimmte Nylan zu. »Allerdings lässt sich weiches Mehl nicht immer so gut lagern wie das aus härterem Getreide.« Dies hatte er einmal bei Blynnal aufgeschnappt.

»Ich vergaß, geehrter Magier, dass Ihr von einer langen Ahnenreihe von Halsabschneidern abstammt«, gab Skiodra zurück. »Eine Abstammungslinie, die durch den Himmel bis in die ältesten Zeiten zurückreichen muss.

Dennoch beharre ich darauf, dass dieses Mehl gutes Mehl ist, das Beste sogar. Ihr könnt es länger, viel länger lagern als anderes Mehl. Ein Silberstück und ein Kupferstück für das Fass, das ist der beste Preis, den ich Euch Engeln machen kann.«

»Letztes Jahr lag Euer bester Preis bei neun Kupferstücken das Fass und zudem war die Ernte im Tiefland gut.«

»O Magier, Euer Gedächtnis reicht so weit zurück wie Eure Ahnentafel. Aber es ist ein schwerer und weiter Weg, wenn man im Frühling durch die Westhörner reisen will, denn der Schlamm bleibt an Hufen und Rädern hängen.« Skiodra verneigte sich. »Habt Erbarmen mit einem ehrlichen Handelsmann.«

Nylan wollte lachen, denn Skiodra war bekannt dafür, dass er alles Mögliche war, nur nicht ehrlich, solange die Kunden ihm nicht klar machten, dass sie zu Händeln so bereit waren wie zum Handel. Gleichzeitig musste der Schmied ein Seufzen unterdrücken. Der Ablauf solcher Geschäfte war anscheinend immer der Gleiche und das Feilschen gehörte einfach als notwendiges Ritual dazu.

»Können wir nicht langsam zur Sache kommen?«, fragte Ryba leise. Sie rutschte im Sattel ihres großen Braunen hin und her und berührte leicht den Schwertgriff.

»Mitleid ist gut, wenn man barmherzig sein will«, erwiderte Nylan, »aber nicht beim Handeln. Sechs Kupferstücke für das Fass.«

»Sechs Kupferstücke! Das ist kein Handel, das ist Raub. Nein, es ist Mord, denn wir würden alle Hungers sterben.« Skiodra berührte die Spitze seines breiten Schnurrbarts. »Ihr habt Eure mächtigen Schwarzen Klingen, aber könnt Ihr das kalte Eisen essen, bis die Ernte eingebracht wird? Werden Eure Wächterinnen nicht verhungern? Ein gerechter Mann bin ich und meine Gerechtigkeit will ich beweisen, indem ich Euch nicht mehr als ein Silberstück für das Fass berechne.«

»O ja«, gab Nylan zurück. »Das wäre wirklich ein schöner Gewinn. Ein Gewinn, sage ich, der es Euch erlauben würde, geräuchertes Geflügel von goldenen Tellern zu speisen und alle Frauen, die Euch umgeben, mit silbernen Ketten zu schmücken.« Nylan lächelte breit und amüsiert.

»Ich bin ein ehrlicher Händler, Magier. Jawohl, ich bin ehrlich.« Der große Mann verdrehte die Augen.

»Eure Ehrlichkeit steht nicht infrage«, antwortete Nylan. »Nur Eure Preise.«

»Ihr seid ein Magier. Oh, ich sagte es schon, dass Ihr in ganz Candar berühmt seid, aber Euer Vater kann kein bloßer Halsabschneider gewesen sein. Er muss der Halsabschneider aller Halsabschneider gewesen sein. Ihr wollt wohl dafür sorgen, dass meine Pferde die Nüstern in den Staub der Haufen stecken, die der Müller hinter der Mühle als Abfall liegen hat.«

»Mit acht Kupferstücken für das Fass sind Eure Mühen, hier herauf zu steigen, mehr als gerecht entlohnt und Ihr könnt Euren Pferden immer noch goldenes Zaumzeug kaufen.«

»Kein einziges Fass werde ich für acht Kupferstücke abgeben, ganz sicher nicht«, protestierte Skiodra. »Die Ernten waren gut, wie Ihr sagt. Aber die Händler aus Cyad haben bereits die Speicher in Ruzor leer gekauft.«

»Es gibt genug Händler«, meinte Nylan.

»Es heißt, es hätte Überschwemmungen in Cyador gegeben. Neun Kupferstücke für ein Fass – so viel habe ich selbst bezahlt, als das Mehl knapp war. Aber ich, der edle Skiodra, ich weiß genau, dass Ihr das Mehl gebrauchen könnt.«

»Wie wäre es mit zehn Fässern für ein Goldstück?«, fragte Nylan, der das zunehmende Chaos und die Anspannung spürte, die sich in dem Mann aufbaute.

»Einverstanden, auch wenn Ihr mich dadurch ruiniert, Magier.«

»Wenn alle im Ruin so erfolgreich wären, edler Skiodra, dann wäre die Welt voller Händler.«

Skiodra runzelte die Stirn.

Ryba sah Nylan mit unbewegtem Gesicht beim Feilschen zu.

Ayrlyn beobachtete die Abwicklung des Geschäfts und die Marschallin und sah hin und wieder zu Skiodras Hand. Schließlich stieg sie leise ab und gab Saryn die Zügel.

Skiodra runzelte die Stirn, als die Heilerin zu ihm trat, und unterbrach seine Beschreibung des Ambosses, den er auf einem Wagen mitgebracht hatte.

»Als Unterpfand unserer Ehrlichkeit«, sagte Ayrlyn. Sie fasste leicht sein Handgelenk und ließ die Finger einen Augenblick liegen.

Schweißtropfen bildeten sich auf der Stirn des Händlers.

Nylan hätte beinahe gelacht, als er die Angst des Mannes spürte, aber er beschränkte sich darauf, mit den Sinnen zu beobachten, wie Ayrlyn die Kräfte der Ordnung um die infizierte Hand flocht und das Chaos und die Infektion zurückdrängte.

»Jetzt wird es gut verheilen«, sagte sie.

Skiodra schluckte und begann noch stärker zu schwitzen, als die Heilerin wieder aufstieg und dem großen Händler ein kleines Lächeln schenkte. Ryba runzelte etwas unwillig die Stirn, entspannte sich aber sofort wieder.

Schließlich bezahlten sie ein halbes Dutzend Schwerter für knapp zwei Dutzend Fässer Weizenmehl, ein Fass Maismehl, zwei Fässer Maiskörner für die Hühner, einen zweiten Amboss für die Schmiede, zwei große Käselaibe und ein Fässchen Nägel.

»Müssen wir wirklich immer diese Feilscherei über uns ergehen lassen?«, fragte Ryba, als die Wächterinnen, gefolgt vom schwer beladenen Wagen, den Hügel hinaufritten, während Skiodra und sein Gefolge sich auf der gewundenen Straße in Richtung Lornth entfernten.

»Sie erwarten es anscheinend«, sagte Saryn. Sie sah sich noch einmal über die Schulter zu den Händlern um. Dicke Wolken zogen sich zusammen und kündigten für den Spätnachmittag ein Gewitter an. »Ayrlyns kleine Gefälligkeit hat den Preis ein wenig gesenkt, würde ich meinen.«

Ayrlyn wischte sich eine Haarsträhne aus der Stirn, sagte aber nichts dazu.

»Was meinst du, Ayrlyn?«, fragte Ryba.

»Skiodra war nicht mit dem Herzen dabei. Er hatte Angst vor uns.«

»Du hast seine Angst sicher noch verstärkt«, vermutete Ryba.

»Wenn er an der Infektion gestorben wäre, und angesichts der schlechten medizinischen Versorgung auf diesem Planeten wäre das durchaus möglich gewesen, dann hätten wir uns einen anderen Händler abrichten müssen.«

»Das würde ich lieber vermeiden«, sagte Nylan, denn er konnte sich gut erinnern, wie lange es gedauert hatte, bis Skiodra bereit gewesen war, mit ihnen zu handeln.

»Warum ist er überhaupt gekommen?«, fragte Saryn. »Westwind liegt ja nicht gerade an einer Hauptstraße in Candar und er hatte auch noch Angst vor uns.«

»Woanders gehen die Geschäfte schlecht«, vermutete Nylan.

»Der Krieg … nein, daran dürften Gallos oder Lornth nicht bankrott gegangen sein. Nicht wegen ein paar tausend Bewaffneten.«

»Dann gibt es einen anderen Grund«, überlegte Nylan. »Vielleicht die Überschwemmungen in Cyador.«

»Bist du sicher, dass er das nicht nur erfunden hat?«, wollte Ryba wissen.

»Ich glaube nicht«, sagte Nylan achselzuckend. »Aber

sicher bin ich nicht. Wir müssen Augen und Ohren offen halten.«

»Das ist angesichts der vielen Händler, die durch die Westhörner kommen, sicher kein Problem«, schnaubte Ryba.

Nylan und Ayrlyn, die hinter ihr ritten, wechselten einen verwunderten Blick.

»Es ist das erste Mal, dass Skiodra keinen Trick versucht hat«, erklärte Saryn.

»Es ist auch das erste Mal, dass wir zwei Heere ausgelöscht haben«, erwiderte Ryba. Sie zog eine ihrer Klingen und machte im Reiten ein paar Übungen.

Effama ließ hinter ihnen die Zügel des Zugpferdes knallen und der Wagen fuhr langsam und krachend den feuchten Hang hinauf. Dahinter, auf der gepflasterten Straße, würde er leichter vorankommen.

»Ich hätte gern mehr Mehl gekauft«, sagte Nylan zu Ayrlyn. »Aber er hatte keines mehr, obwohl er wusste, dass wir es kaufen würden. Deshalb glaube ich, dass er in Bezug auf die Überschwemmungen die Wahrheit gesagt hat.«

»Also schon wieder Cyador. Warum haben wir noch nie von diesem Land gehört?«

»Vielleicht schirmen sie sich stark ab wie die Rationalisten.«

»In einer derart unterentwickelten Kultur?«, warf Saryn ein, die vor ihnen ritt. Sie drehte sich kurz um.

»In einer unterentwickelten Kultur ist das sogar noch einfacher«, widersprach der Ingenieur.

Ayrlyn schauderte und knöpfte ihre Jacke zu, als sie die Hügelkuppe erreichten, wo der Wind schärfer war.

Nylan ritt selbst zu den Ställen hinauf, während Ryba schon auf der Zufahrt vor dem Turm abstieg und ihr Pferd von einer Wächterin aus Llyselles Zug an der Schmiede vorbei zu der Schlucht führen ließ, wo die Ställe standen.

Ayrlyn ritt neben Nylan. Sie schien nachdenklich.

Nachdem sie die Pferde abgesattelt und gestriegelt hatten, gingen sie zum Turm zurück. Sie waren allein auf der Straße, weil Nylan einer der Langsamsten war, wenn es darum ging, die Pferde zu versorgen.

»Worüber denkst du nach?«, fragte Nylan.

»Was denkst du selbst?«, gab die Heilerin zurück. »Vertraue deinen Gefühlen. Wenn ich anderer Meinung bin, werde ich es dir sagen, aber erwarte nicht von mir, dass ich deine Gefühle interpretiere.«

Nylan errötete leicht, dann hustete er verlegen. »Also gut. Wenn ich unsicher bin, vergewissere ich mich, was die anderen denken, bevor ich etwas sage.«

»Ich weiß. Was fühlst du jetzt?«

»Ryba ist zornig. Sie sucht nach Anlässen, um wütend auf mich zu werden. Mit Skiodra haben wir schon immer ausgiebig gefeilscht, seit wir ihn kennen. Hast du nicht auch auf deinen Handelsexpeditionen mit allen Händlern gefeilscht, denen du begegnet bist?«

»Ich glaube, die Leute in Candar feilschen einfach gern.«

»Sie wollte nicht einmal, dass ich mitkomme, und dann hat sie eine Bemerkung über meine Schwerter gemacht, als hätte ich Skiodra noch nie gesehen und wüsste nichts von dem Hinterhalt, den er uns mit dem Hirten gelegt hat. Sie behandelt mich auf einmal wie ein Kind.«

Die Heilerin nickte und zog im kalten Nachmittagswind die Jacke eng um sich.

»Das gefällt mir nicht. Sie hat Gerlich genauso behandelt, auch wenn sie gegen mich noch nicht das Schwert gezogen hat.«

»Das kann sie auch nicht. Du gehst ihr möglicherweise mächtig auf die Nerven, aber alle ihre Wächterinnen lieben dich und würden dir liebend gern viel näher kommen, als es ihnen im Augenblick erlaubt ist.« Ayrlyn hielt inne. »Lass dich nicht erwischen.«

»Ich hab's verstanden.« Er grinste, aber das Grinsen verflog sofort wieder. »Das wird mehr und mehr zum Problem.«

»Ich weiß. Was, meinst du, solltest du jetzt tun?«

Der Schmied schüttelte den Kopf. »Es gefällt mir nicht. Bei der Dunkelheit, ich habe mich fast dabei umgebracht, als ich versucht habe, uns hier eine sichere Zuflucht zu schaffen, und jetzt fühle ich mir hier nicht mehr wohl. Vielleicht bin ich an diesem Ort nicht mehr sicher. Aber ich bin doch nicht Gerlich und ich weiß, dass jeder Versuch, die Macht zu übernehmen, Westwind zerstören würde, falls mir so etwas überhaupt gelingen sollte. Für die Kinder würde dadurch alles nur noch schlimmer werden ... es würde für uns alle viel schlimmer werden.«

»In diesem Punkt hast du sicher Recht.« Ayrlyn blieb am Übungsgelände stehen, das neben der Zufahrt zum Turm lag. Sie blickte zu einer letzten Schneelilie, die matt aus einem kleinen Flecken Schnee ragte, der sich auf der Nordseite der Mauer hinter dem Übungsgelände hatte halten können. »Kannst du Ryba nicht einfach aus dem Weg gehen?«

»Wie denn? Dazu ist Westwind nicht groß genug. Wenn ich mache, was sie sagt, drängt sie mich weiter und weiter und sorgt gleichzeitig dafür, dass ich immer weniger nützlich bin. Dazu gehört, dass sie einen neuen Schmied ausbilden will. Ryba macht das recht geschickt und es wird nicht lange dauern, bis ich so störrisch wie Gerlich oder so nutzlos wie Narliat wirke. Ich glaube wenigstens, dass es darauf hinausläuft. Was meinst du?«

»Es spielt keine Rolle, was ich denke. Ich kann einfach nur die sanftmütige Heilerin spielen und mich im Hintergrund halten. Siret, Istril und auch Huldran und Llyselle haben dich oft unterstützt«, überlegte Ayrlyn.

»Aber klar«, schnaubte Nylan. »Saryn steht auf Rybas Seite und bildet die meisten neuen Wächterinnen aus – oder Ryba tut es gleich selbst. Ungefähr ... wie viele mögen es sein? Sieben von vierzig Wächterinnen denken, ich wäre vielleicht zu irgendetwas zu gebrauchen. Die meisten neuen Wächterinnen hassen Männer oder misstrauen ihnen. Mich akzeptieren sie, weil ich anders bin als die Männer, die sie kennen, aber ich bin und bleibe ein Mann. Wie lange wird es noch dauern, bis hundert Wächterinnen hier sind, von denen mich nicht einmal die Hälfte kennt?«

»Das wird noch eine Weile dauern.«

»Es wird sein, als würde ich von einer langsamen Lawine verschüttet oder als wäre ich gefesselt und würde über die Jahre von Ameisen gefressen.« Nylan zuckte selbst zusammen, als sich ihm dieses Bild aufdrängte.

»Du bist jedenfalls unglücklich. Was willst du jetzt tun?«

»Die Frage ist nicht so sehr, was ich will. Es geht wohl eher darum, rechtzeitig die Sturmwolken am Horizont zu erkennen und sich einen Unterschlupf zu suchen.« Er lachte heiser. »Warum ist das nur so schwer? Ich konnte früher als alle anderen sehen, dass es notwendig war, einen Turm zu bauen. Jetzt sehe ich, dass es notwendig ist zu gehen, aber ich will mich diesem Gedanken nicht stellen. Wo ist der Unterschied?«

»Drei Kinder?«

»Das ist ein Teil davon … und wie ich dir gesagt habe, fühle ich mich …« Er schluckte. »Es ist … es ist wirklich nicht leicht, sich allein einer unbekannten Welt zu stellen. Das gefällt mir nicht. Ich weiß nicht wohin und ich habe das Gefühl, alles, was ich getan habe, war vergebens.«

»War es das wirklich?«

Nylan schüttelte den Kopf. »Dyliess, Kyalynn und Weryl … sie werden hier sicher sein.«

Als er den letzten Namen aussprach, runzelte Ayrlyn leicht die Stirn, sagte aber nichts.

»Sie werden hier sicher sein«, wiederholte Nylan. »Es

ist nicht leicht, das zuzugeben. Aber ich weiß nicht, was aus uns werden soll.«

»Ich bin froh, dass du mich einbeziehst … aber du hast mich noch nie gefragt.«

»Du hast mich sanft in die richtige Richtung gelenkt, meine Liebe. Glaube nicht, ich hätte es nicht bemerkt.«

»Aber du hättest mich wenigstens fragen können …« Die Mundwinkel zuckten leicht, die Andeutung eines Lächelns.

»Also gut. Ich will in die heißen Tiefebenen der Dämonenhölle hinunter, um die anderen Leute hier und meine Kinder nicht zu gefährden. Willst du mich auf dieser wahnwitzigen Reise begleiten?«

»Ich dachte schon, du würdest überhaupt nicht mehr auf die Idee kommen, mich zu fragen.«

Nylan nahm sie in den Arm und ging eng umschlungen mit ihr weiter. »Dir ist kalt.«

»Mir ist hier oben immer kalt. Was meinst du wohl, warum ich dich begleiten will?«

»Nicht weil ich so charmant bin?«

»Nicht *nur*, weil du so charmant bist.«

Ein amüsiertes Lächeln spielte um Nylans Lippen, das aber sofort wieder verschwand, als sein Blick auf den Schwarzen Turm und das Fenster fiel, hinter dem das Quartier der Marschallin lag.

XV

Zeldyan reichte die Schriftrolle mit der freien Hand an Fornal weiter. Der dunkelhaarige Regent las den Text langsam durch, hielt hin und wieder inne und sann über ein unvertrautes Wort nach. Während er las, wiegte die blonde Frau Nesslek auf dem Knie und hatte Mühe, die

Finger des Kleinen von dem Weinglas fern zu halten, das vor ihr auf dem Tisch stand.

Der grauhaarige Gethen sah zum Fenster, stand auf und öffnete es weit. Der kühle Wind brachte den klammen Geruch nach einem frischen Frühlingsregen mit. Gethen blickte nach Lornth hinaus, zur orangefarbenen Feuerkugel der untergehenden Sonne im Westen. Dann kehrte er zum Tisch zurück und füllte sein Glas nach, bevor er sich setzte.

»Das ist einer deiner Besten«, sagte Zeldyan, indem sie einen Schluck vom dunkelroten Wein trank. Sie stellte das Glas mitten auf den Tisch, außerhalb von Nessleks Reichweite.

»Ja, er ist ausgezeichnet. Sogar die Suthyaner haben gutes Geld dafür bezahlt.«

Fornal blinzelte, als störte ihn die Unterhaltung bei der Konzentration auf die Schriftrolle. Ein ausgeprägtes Stirnrunzeln zeichnete sich ab, als er weiterlas.

»Lygon von Bleyans? Ich hoffe, du hast ihn das Dreifache zahlen lassen.«

»Nur das Doppelte«, sagte Gethen. »Die Fürstin Ellindyja fand ihn nützlich.«

»Ich weiß.«

»Der Herrscher von Cyador ... wie ... er lässt uns wissen, dass die Kupfermine südlich von Cerlyn schon immer zu Cyador gehört hat ... verlangt Tribut und die sofortige Rückgabe ...«, stotterte Fornal. Er ließ die Schriftrolle verärgert sinken. »Das ist eine Beleidigung.«

»Ja«, stimmte Zeldyan zu. »Das ist es. Zumal sie das Bergwerk vor langer Zeit selbst aufgegeben haben.«

»Das war, als sie in Delapra Kupfer gefunden haben. Es lag näher unter der Erdoberfläche und viel näher an Cyad«, erklärte Gethen.«

»Sie verwenden Neusilber, wie wir Eisen verwenden.«

»Das müssen sie«, erklärte der ältere Mann. »Eisen und Chaos passen nicht gut zusammen.«

»Ob es zusammenpasst oder nicht, dieser Brief ist und bleibt eine Beleidigung«, fauchte Fornal.

»Aaaah …«, machte Nesslek, der es schon wieder auf das Weinglas abgesehen hatte. Zeldyan hielt ihn kurz vor dem Kristall auf.

»Aus unserer Sicht ist es eine Beleidigung«, sagte Gethen. Er hielt inne und trank einen Schluck Wein. »Wir dürfen nicht vergessen, dass Cyador ein altes Land ist. Die Legenden sagen, dass es in der Zeit der wahren Weißen Dämonen entstanden ist. Sie hätten damals den alten Wald gebändigt und die Flüsse in neue Betten verlegt. Damals hat Lornth noch nicht existiert und die Kupfermine kann durchaus ein Teil von Cyador gewesen sein.«

»Das trifft aber seit Generationen nicht mehr zu«, erwiderte Fornal. »Ich kann doch nicht Mitteltal beanspruchen, nur weil der Großvater meiner Mutter dort gelebt hat.«

»Nein«, räumte Gethen ein. »Ich wollte dir nur zu verstehen geben, wie sie denken.«

»Es bleibt trotzdem eine Beleidigung.« Fornal wandte sich an seine Schwester. »Was hältst du davon?«

»Da wir nicht in der Lage sind zu kämpfen, sollten wir ihnen vielleicht eine Botschaft zurückschicken, dass ihre Mitteilung von manch einem als beleidigend verstanden werden könnte, dass wir aber lieber die Schuld bei unserem mangelnden Verständnis suchen wollen, wenn wir aus irgendeinem Grund nicht die Höflichkeit entdecken konnten, für die der Herrscher von Cyador so berühmt ist …«

»Er ist ein Schlächter, das wissen wir bereits.« Fornal hob sein Weinglas und kippte den restlichen Wein mit einem großen Schluck herunter. »Warum sollten uns Schmeicheleien bei diesem Mann weiterhelfen?«

»Fornal«, erwiderte Gethen betont ruhig, »wenn du guten Wein wie den Fusel aus der nächstbesten Schänke herunterkippst, dann hole ich dir lieber einen Krug aus dem Gasthaus *Zur Krabbe* und hebe mir den guten Wein für die auf, die ihn zu schätzen wissen.« Der grauhaarige Mann lächelte.

»Entschuldige. Es ist ein guter Wein, aber … aber ich kann nicht glauben …« Fornal wandte sich an seine Schwester. »Was wolltest du sagen?«

»Was kann es schaden, ihm etwas um den Bart zu gehen, Fornal, wenn wir unterdessen Vorbereitungen treffen?«

»Wahrscheinlich nichts, solange wir es wirklich tun.«

»Ist es klug zu kämpfen?«, fragte Zeldyan.

»Nein«, räumte der ältere Mann ein. »Aber es ist noch dümmer, nicht zu kämpfen. Wenn wir kämpfen und wenn wir uns entschieden zur Wehr setzen, dann wird der Herrscher von Cyador nur das nehmen, was er braucht. Wenn wir ihm das Bergwerk kampflos überlassen, wird er es nehmen und noch mehr verlangen und dann müssen wir ohnehin kämpfen.«

Zeldyan nickte und setzte Nesslek auf das andere Knie. »Die meisten hören nur auf Gewalt. Auf kaltes Eisen, wenn man so will.«

»Kannst du dir etwas vorstellen, das mehr Respekt gebietet?«, fragte Fornal, während er sich Wein nachschenkte. »Kaltes Eisen ist der Schild der Ehre.«

Zeldyan hatte Mühe, nicht unwirsch die Stirn zu runzeln. »Wenn ich Nesslek versorgt habe, werde ich eine Antwort aufsetzen und euch vorlesen.«

»Du hast, wenn es ums Schreiben geht, auf jeden Fall die geschicktere Hand, Schwester.« Fornal hob sein Weinglas.

Gethen drehte sich wieder zum Fenster und zur untergehenden Sonne um.

XVI

Im Zwielicht nach dem Abendessen saß Nylan im Schaukelstuhl am nördlichen Fenster seiner Kammer, wiegte Dyliess und sang leise für sie.

»Schlafe, mein Mädchen, schlaf ein
Dein Vater macht dir ein Spielzeug fein
Schließ die Äugelein jetzt ganz brav
Dein Vater singt dich in den Schlaf.

»Spielzeug?«, fragte Ryba, die in der Tür seines Zimmers stand. »Hast du etwa Zeit, Spielzeug zu machen?«

»Im Augenblick nicht, aber ich kann wenigstens davon singen.« Er legte sich Dyliess über die Schulter und wiegte sie weiter, während er ihr auf den Rücken klopfte. Sie hob den Kopf und suchte die Mutter.

Als Dyliess ihre Mutter anschaute, wurde Rybas Stimme weicher und sie lächelte. »Hallo, mein Silberstück.« Nach kurzer Pause fügte sie hinzu: »Sie ist schön.«

»Das ist sie«, stimmte Nylan zu.

»Ich bin gekommen, um sie fürs Bett zurechtzumachen, aber ich wollte auch mit dir reden. Es ist jetzt ein halbes Jahr her, aber du hast dich anscheinend immer noch nicht mit den Fragen auseinander gesetzt, die ich dir gestellt habe.«

»Das kann gut sein«, gab der Schmied zu. »Ich versuche, solchen Fragen lieber auszuweichen.« Er wiegte Dyliess weiter und die Kleine schmiegte den Kopf an seine Schulter.

»Wir haben erst vier Kinder, ein paar sind noch unterwegs, aber wir wissen nicht, wie sich unsere Gene mit denen der Einheimischen vertragen – falls überhaupt.«

»Sie werden sich vertragen«, bestätigte der Schmied. »Ich kann spüren, wie die Dinge zusammenpassen. Diese Welt ist Himmel ähnlich genug oder wurde entsprechend eingerichtet. Es wird funktionieren.«

»Wir haben keine Zeit, darauf zu warten, bis es von selbst funktioniert.«

»Oh … woran denkst du?«, fragte Nylan. Doch als die Worte draußen waren, hätte Nylan sie am liebsten sofort wieder zurückgenommen.

»Ydrall mag dich«, sagte Ryba. »Und wir müssen herausfinden, wie die Gene zueinander passen. Dein Gefühl reicht mir nicht.«

»Ich bin nicht interessiert.«

»An Istril warst du vor etwa einem Achttag interessiert genug.«

Nylan beherrschte sich, sonst wäre er zusammengezuckt. »Das war ein Augenblick der Schwäche. Ich bin nicht wie Gerlich.«

»Wenn es um Frauen geht, die ihre Reize spielen lassen, sind alle Männer wie Gerlich. Es gibt nur einfach nicht sehr viele, die dir zusagen. Ich dachte, Ydrall wäre vielleicht dein Typ.« Ryba zuckte mit den Achseln. »Such dir meinetwegen eine andere, aber such dir eine.«

»Was soll ich Ayrlyn sagen?«, fragte Nylan. Konnte Ryba wirklich so gleichgültig und rücksichtslos sein? War sie schon immer so gewesen oder wollte sie ihm einen Stoß geben? Einen letzten Seitenhieb, der ihm sagte, dass er besser verschwand?

»Sag ihr, was du willst. Du kannst gut mit Worten umgehen, wenn du es willst. Es ist mir egal. Abgesehen von Daryn, der von diesem Planeten stammt, bist du der einzige Mann hier.«

»Du könntest ihn ja mal verführen.« Als die Worte heraus waren, wäre Nylan beinahe zusammengezuckt. *Sie will dich provozieren. Lass dich nicht auf ihre Ebene hinab.*

»Mach keine Witze. Nur Nylan, der mächtige Schmied, darf sich zum Engel von Westwind legen.« Ryba lachte heiser.

»Es war nicht fair«, entschuldigte er sich. Dyliess schauderte und Nylan streichelte ihr über den Rücken. Sie musste aufstoßen und hob wieder den Kopf.

»Du hast doch tatsächlich darüber nachgedacht, ob es fair war? Ich bin erstaunt.«

Wieder stieß Dyliess auf.

»Immer mit der Ruhe.« Nylan erhob sich und ging mit seiner Tochter im Raum herum, während er ihren Rücken tätschelte und beruhigend summte. »Ich gebe mir Mühe«, antwortete er an Ryba gewandt.

»Manchmal.« Die Marschallin blickte zu ihrer Tochter. »Hat sie Hunger?«

»Ich glaube nicht«, antwortete Nylan leise. »Sie ist nur müde und etwas quengelig.« Er lief noch eine Weile auf und ab, dann schob er sich an Ryba vorbei und trat in ihr Zimmer, um Dyliess in einer Ecke, wo sie vor Zugluft geschützt war, in ihr kleines Bett zu legen.

Ryba wartete, bis er zurückgekehrt war, und sagte: »Wir brauchen mehr Kinder – oder wir werden sie bald brauchen.«

»Dazu sind wir auf Männer oder die entsprechende Technologie oder beides angewiesen, aber von beidem kann ich hier nicht viel sehen. War es denn wirklich nötig, Relyn wegzujagen?« Nylan ging zum Fenster, blieb aber vorher an der Liege aus einem der Landefahrzeuge stehen, die ihm jetzt als Bett diente.

»Ich habe ihn nicht verscheucht. Du hast ihn gewarnt und er war sowieso ein Einheimischer.«

Der Schmied atmete tief und langsam durch. Er hatte keine Lust, sich auf eine Diskussion über Relyn einzulassen. Es würde sowieso zu nichts führen, denn Ryba würde sicher wieder behaupten, dass Relyns religiöse Ansichten über die Ordnungs-Felder dieser Welt Westwind letzten Endes schaden würden. Was auch immer sie mit ›letzten Endes‹ meinte – womöglich in fünfhundert Jahren?

»Was willst du denn nun?«, fragte er schließlich.

»Das habe ich dir bereits gesagt. Geh mit einer Einheimischen oder mit einer weiteren Wächterin ins Bett.«

»Ich werde darüber nachdenken.«

»Denk nicht zu lange nach«, sagte Ryba. »Du hast den ganzen Winter Zeit zum Nachdenken gehabt.«

»Es wird nicht lange dauern«, versprach er.

Mit einem knappen Nicken wandte Ryba sich zur Tür, dann blieb sie wieder stehen. »Bleibst du jetzt hier?«

»Ja, ich muss mir noch ein paar Notizen zur Mühle machen.«

»Achtest du dann auf Dyliess, bis ich zurück bin?«

»Natürlich.«

Noch ein Nicken und die Marschallin verschwand.

Nylan ging zum Fenster und schaute hinaus zum Höhenzug. Freyja konnte er vom einzigen Fenster seiner Kammer aus nicht sehen.

Nachdem er eine Weile die Berge angestarrt hatte und seine Muskeln wieder entspannt waren, kehrte er zum Arbeitstisch zurück und nahm den Zündstein, um die einsame Kerze anzuzünden. Er konnte zwar nachts fast so gut wie am Tage sehen, aber wenn er lesen und schreiben wollte, brauchte er künstliches Licht. Als die Flamme nicht mehr flackerte und das Licht aus dem Reflektor aus Bronze ruhig auf den Tisch fiel, setzte er sich auf den Hocker vor dem Tisch und betrachtete die Papiere, die vom geschmückten Griff einer Klinge beschwert wurden, die knapp hinter dem Heft abgebrochen war. Er hatte das Stück in den Trümmern der Schlacht gefunden. Der Griff war übertrieben wuchtig, wahrscheinlich war das Schwert schlecht ausbalanciert gewesen, was dazu beigetragen hatte, dass die Klinge zerbrochen war. Der Griff gab aber immerhin einen dekorativen Briefbeschwerer ab.

Im trüben Kerzenschein betrachtete Nylan eine Weile das grobe Papier auf dem Tisch, tauchte schließlich den

Federkiel in die Tinte und begann zu zeichnen – langsam und vorsichtig. Jeder Teil der Mühle musste sorgfältig geplant werden, damit es später beim Bau keine Fehler gab. Die purpurne Dämmerung draußen vor dem offenen Fenster verdunkelte sich zu samtschwarzer Nacht, in der das Zirpen und Summen der Insekten anschwoll und verklang.

Er schaute auf, als es an der Tür klopfte. Ayrlyn lugte herein.

Er winkte ihr, die Heilerin kam herein und zog hinter sich die Tür zu.

»Ryba und Saryn sind noch unten im großen Saal und reden über militärische Details ... ob Fußangeln wirklich gut zum Schutz fester Verteidigungsstellungen geeignet wären und ob Zweihandschwerter für Kavallerieangriffe sinnvoll wären. Saryn hat sich für Lanzen ausgesprochen und verstärkte Steigbügel verlangt ...«

Nylan lächelte müde.

Die Heilerin schüttelte den Kopf und deutete auf den Papierstapel vor Nylan. »Woran arbeitest du da?«

»Es sind Pläne für die Sägemühle.«

»Beim Turm, beim Badehaus und der Schmiede hast du keine Pläne gezeichnet«, bemerkte sie. Sie beugte sich vor und küsste ihn auf den Nacken.

»Das war auch nicht nötig, weil ich dabei war.«

»Du meinst es ernst, oder?«

»Ryba hat mir praktisch befohlen, mit Ydrall ins Bett zu gehen. Sie will sehen, ob unsere Gene sich mit denen der Einheimischen vertragen.«

»Darf ich das so verstehen, dass du nicht begeistert zustimmst?«

»Darum ging es im Grunde genommen gar nicht. Sie hat mir noch einmal einen harten Stoß versetzt. Ich sagte ihr, ich würde darüber nachdenken. Ich habe aber nicht die Absicht nachzudenken.« Er rieb sich die Stirn.

»Du hast Tinte auf der Stirn«, sagte Ayrlyn.

Er versuchte, den Fleck mit dem Handrücken abzuwischen. »Als ich dann sagte, ich wäre nicht wie Gerlich, meinte sie, ich wäre ihm sehr wohl ähnlich, nur dass mir eben weniger Frauen zusagen würden, und wenn ich Ydrall nicht wollte, dann sollte ich mir eine andere Einheimische aussuchen, um herauszufinden, ob die Gene zusammenpassen.«

»Hat sie das wirklich so gesagt?«

»Mehr oder weniger.«

Ayrlyn schürzte die Lippen. »Du bist wütend.«

»Das bin ich, denn sie hat mir im Grunde zu verstehen gegeben, dass ich in erster Linie als Zuchthengst diene.«

»Sie ist aufgebracht, weil du dich für mich entschieden hast.«

»Ich bin froh, dass ich es getan habe. Ich wünschte, ich hätte schon früher erkannt, wer du wirklich bist.«

»Damals war ich noch nicht, was ich heute bin, wenn du verstehst, was ich meine. Ich war eine mausgraue Kommunikationsoffizierin.«

»Ich war auch noch nicht so weit. Damals war ich ein verschlossener Ingenieur. Ich bin es heute noch.«

Ayrlyn blickte wieder auf die Papiere. »Wirst du Ryba von den Plänen erzählen?«

»Erst wenn wir weggehen.«

»Vielleicht gibt sie uns keine Pferde.«

»Deshalb müssen wir schnell sein«, sagte Nylan. »Im Augenblick gibt es noch Sympathien für dich und mich. Wenn wir warten, bis sie diese Sympathien untergraben hat, wird es unangenehm und die Leute werden nur noch wollen, dass wir möglichst schnell verschwinden. Sie hat zur Genüge bewiesen, wie gut sie in solchen Dingen ist.«

»Für jemanden, der kürzlich noch unsicher war, ob er überhaupt weggehen soll, bist du sehr schnell zu einer Entscheidung gekommen.«

Der Schmied, Ingenieur und Heiler schüttelte den

Kopf. »Ich habe jetzt erst gesehen, was ich schon vor zwei Jahren hätte sehen müssen. Nein, es ging nicht schnell. Ganz sicher nicht.« Er holte tief Luft.

Ayrlyn beugte sich vor und blies die Kerze aus, dann küsste sie ihn wieder auf den Nacken. »Bist du für heute Abend nicht fertig?«

»Wenn du es sagst …« Nylan stand auf.

XVII

Der Weiße Magier und der kommandierende Offizier der Spiegellanzenreiter ritten Seite an Seite. Die Hufe ihrer Pferde klapperten auf den nach vielen Jahren glatt geschliffenen Steinen der Großen Oststraße.

Sie kamen an einem Meilenstein mit vorstehenden und kannelierten Kanten vorbei, der auf einem braunen Steinsockel stand. Darunter stand die Entfernung zum nächsten Ort: GELIENDRA – 3M. Der Lanzenkämpfer wandte sich an Themphi. »Ser Magier?«

»Ja, Jyncka?«

»Man soll sich ja nicht Seiner Hoheit und den Weißen Brüdern widersetzen, aber könntet Ihr mir freundlicherweise einen Hinweis darauf geben, warum unsere Bestrafung so hart ausfiel?«

»Hart?« Themphi hob die Augenbrauen.

»Ja, hart«, wiederholte Jyncka. »Wir dürfen jedes Bauernmädchen als Konkubine kaufen, wenn wir die doppelte Mitgift bieten. Wir können jeden Bauern erschlagen, der auch nur eine Hand gegen uns erhebt. Aber dafür, dass wir uns bei einem Bauernmädchen einige Freiheiten erlaubt haben – wir haben ihr nicht einmal wehgetan –, wurde unsere ganze Einheit zerstört. Einige wurden hingerichtet, anderen wurde gestattet, Selbstmord zu begehen, und die Restlichen dürfen für den Rest ihres kurzen Lebens gegen den Verwunschenen Wald kämpfen. Wie konnte das nur geschehen? Zerfällt am Ende unsere ganze Welt in ihre Einzelteile und ich kann es nicht sehen? Oder war ich die ganzen Jahre blind?«

Themphi runzelte die Stirn. »Ich kann Euch sagen, was geschehen ist. Der Vater des Mädchens hat zwei Goldstücke ausgeschlagen und gesagt, Ihr wärt schlimmer als Schweine. Damit wandte er sich an Seine Hoheit. Der Bauer musste sterben, weil er aufsässig war. Aber danach wandte sich unser Herrscher an mich und sprach sein Urteil. Er sagte, wenn sogar ein Bauer es wagt, dem Herrscher zu trotzen, dann müsse es etwas geben, das unsere Aufmerksamkeit verdient. Und er sandte mich, den Anführer seiner Magier, mit dem Auftrag, erst dann zurückzukehren, wenn der Wald gebändigt ist.« Der Magier lächelte kalt.

»Dann hat man auch Euch ins Exil geschickt?«

»Es läuft darauf hinaus.« Themphi zuckte mit den Achseln. »Es sei denn, wir können den Wald besiegen.«

»Ist das zu erwarten?«

»Ich weiß es nicht. Ich weiß nur, dass es die ganze Macht und Geschicklichkeit der Alten gebraucht hat, ihn zu bändigen.«

»Und Ihr müsst jetzt allein gegen ihn kämpfen?«

»Mit Eurer Hilfe und mithilfe derjenigen, die in der Nähe leben. So lautet der Befehl Seiner Majestät.«

Jyncka zog die Augenbrauen hoch. »Ich würde das nicht gerade als großzügige Belohnung für Eure Dienste betrachten.«

»Herrscher belohnen ihre Leute nicht für Dienste und nicht aufgrund realistischer Einschätzungen. Sie belohnen nur Ergebnisse.«

»Die Zeiten ändern sich«, murmelte Jyncka. »Ein großes Schiff wird in Cyad gebaut, ein Schiff wie die alten

Feuerschiffe. Man sagt, die Lanzenkämpfer reiten nach Norden, um die Grashügel wieder unter Cyads Gewalt zu bringen. Aber wir werden weniger geehrt als früher und jene, die aussprechen, was ihrer Meinung nach wahr ist, werden entehrt.«

»Ja, die Zeiten ändern sich«, stimmte Themphi trocken zu. »Deshalb arbeitet Seine Majestät daran, das zurückzugewinnen, was einst Cyad gehörte, und er hat wenig Verständnis für all diejenigen, die ihn vor solchen Unternehmungen warnen.«

»... und so ... geht ein großes Reich zu Grunde ...«, murmelte jemand irgendwo hinten zwischen den Lanzenreitern. »Weniger Dampfwagen ... weniger Magier ...«

Themphi hoffte, dass nicht ausgerechnet Fissar diese Bemerkung gemacht hatte, aber er drehte sich nicht im Sattel um, sondern blickte nach Norden, wo ein grüner Schimmer am Horizont zu sehen war. Er rutschte unruhig im Sattel hin und her.

»Löst sich nun ganz Cyador in seine Bestandteile auf, Ser Magier?«, fragte Jyncka. »Könnt Ihr mich aufklären?«

Themphi zuckte mit den Achseln. »Ihr habt mehr gesehen als ich, Major. Was denkt Ihr?«

»Ich habe nicht alles gesehen, aber was ich gesehen habe, beunruhigt mich.«

»Auch mich beunruhigt es«, gab Themphi zu. Er blickte wieder zum Horizont und schwieg.

XVIII

Nylan betrachtete seine Kammer – die Liege aus dem Landefahrzeug, Schaukelstuhl, Tisch, Hocker, Bett. Das war alles. Steinwände ... er hatte fast jeden Stein eigenhändig gesetzt. Die Fensterrahmen – von ihm entworfen. Der ganze Turm war sein Traum gewesen, sein Beitrag zu dem Vorhaben, auf dem Dach der Welt einen sicheren Zufluchtsort für die Engel zu schaffen. Für die Kinder, von denen er gewusst hatte, dass sie kommen würden, wenngleich nicht auf diese Weise.

Er blickte zu den beiden Schwertern auf dem Bett, zum Kompositbogen und dem Köcher, zu den beiden Satteltaschen. In einer Tasche steckten seine Kleider und ein Paar Reservestiefel, in der anderen hartes Brot und Käse und etwas getrocknetes Wildbret.

Seine Jacke steckte in der improvisierten Bettrolle, die schon auf den Satteltaschen lag. Außerdem waren in den Satteltaschen die paar Dinge verstaut, die zu seinem persönlichen Besitz zählten. Dafür, dass er im Grunde zwei Leben gelebt hatte, war es sehr wenig. Wieder einmal wurde ihm bewusst, dass er keine Ahnung hatte, wohin er gehen und was er tun sollte, abgesehen davon, dass er Ryba entkommen musste.

Er holte tief Luft und schluckte. Hoffentlich war Ayrlyn bereit, dachte er, und dann wurde ihm klar, dass sie schon lange vor ihm bereit gewesen war. Sie hatte sich auf dem Dach der Welt nie richtig heimisch gefühlt, während er den Schwarzen Turm gebaut hatte. Er blickte zum offenen Fenster, durch das er die dicken Wolken sehen konnte, die im Nordosten über den grünblauen Himmel zogen.

Noch einmal holte der Schmied tief Luft, richtete sich entschlossen auf, ging über den Treppenabsatz und betrat das Quartier der Marschallin.

Ryba, die Marschallin von Westwind, saß im Schaukelstuhl, Dyliess auf dem Schoß. Mit hellgrünen Augen betrachtete sie Nylan. »Du hast dich also entschlossen zu gehen?«

Nylan nickte. »Du hast es die ganze Zeit gewusst. Deine Visionen haben dir gesagt, dass ich gehen müsste. Du hast es schon vor Jahreszeiten gewusst, aber du wolltest mir nichts sagen. Nie hast du mir von diesen Visionen erzählt und du wirst es auch nie mehr tun. Du wolltest nicht eingreifen, weil du damit Westwind gefährdet hättest, und das würdest du um keinen Preis zulassen.«

Ryba legte unwillkürlich die Arme etwas fester um ihre Tochter. »Ich würde auch nichts tun, das Dyliess gefährden könnte.«

Das silberhaarige Mädchen strampelte, als Ryba es etwas zu fest drückte. »Ah … wah …«

»Ich weiß.« Nylans Stimme war tonlos. »Nichts darf sie oder deine Träume gefährden.«

»Was ist denn mit deinen eigenen Träumen? Mit deinem mächtigen Turm? Was ist mit den Plänen für die Sägemühle?«

»Ich habe die Pläne aufgezeichnet und mit Huldran alles besprochen, einschließlich der Getriebe. Sie kann die Mühle allein zu Ende bauen. Sie wird genau wie alle anderen tun, was du willst.«

»Der Schmied und die Sängerin … dem Sonnenuntergang ziehen sie entgegen und lassen die schwere Arbeit für die anderen liegen.« Rybas Lippen zuckten, die Augen schienen etwas heller als sonst zu strahlen. Sie starrte einen Moment den Holzboden an, dann sah sie aus dem Fenster. Mit der linken Hand streichelte sie Dyliess' Haar.

»Du hast eigenartige Vorstellungen von harter Arbeit, Ryba«, gab Nylan schnaubend zurück. »Ich habe das Bauen übernommen, während du und alle anderen mich für besessen und verrückt gehalten haben. Aber im letzten Winter hat sich niemand beklagt, als es warm und gemütlich war und als es fließendes warmes und kaltes Wasser gab. Du hast hinter meinem Rücken Ränke geschmiedet. Du hast mich benutzt, um Siret und Istril zu schwängern. Wer weiß, mit wem du es sonst noch versucht hast. Und ich habe es nicht gesehen. Ich hätte es sehen sollen, aber ich habe es nicht gesehen. Auf meine eigene, naive Art und Weise habe ich dir vertraut.« Er blickte zum leeren Kinderbett in der Ecke. Die Wiege, die er gebaut hatte, stand unten bei den Wächterinnen. Er schluckte. Sollte er noch mehr sagen? »Du traust niemandem.«

»Du hast dich entschieden, nicht wahr?«, fragte sie noch einmal. »Die Worte spielen keine Rolle mehr. Du hast dich entschieden. Du und Ayrlyn, ihr wollt gehen. Also geht. Nehmt mit, was ihr braucht. Ich kenne dich, du bist so von Schuldgefühlen geplagt, dass du mehr als gerecht sein wirst. Geh einfach. Und lass uns unser Leben führen.«

»Gib mir noch einen Augenblick mit Dyliess.«

»Warum? Du gehst doch weg.«

»Du bist mir mehr als das schuldig. Ich bitte nur um etwas Zeit mit meiner Tochter. Sie wird sich nicht daran erinnern, aber ich werde mich erinnern.«

»Du musst nicht gehen.« Rybas Stimme war ruhig, fast ohne Emotion. »Du hast Westwind aufgebaut, wie du mir immer wieder sagst.«

»Nein, ich muss nicht gehen. Ich kann warten, bis mich alle Wächterinnen hier bemitleiden. Ich kann den Rest meines Lebens hier verbringen und mich fragen, ob ich dir trauen kann. Ich kann alles riskieren und mich fragen, ob es dir etwas bedeutet oder ob du nur an Monumente für die Ewigkeit oder Hinterlassenschaften für die Zukunft denkst. Und da mir jetzt jemand anders wichtig ist, was wird ihr geschehen? Wirst du sie vertreiben oder beseitigen?« Nylans Stimme blieb ruhig. »Schließlich darf doch nichts deinen Traum gefährden.«

»So ist es nicht. Ich habe getan, was getan werden musste. Glaubst du, es hat mir gefallen, Mran zu töten? Oder zuzusehen, wie zwei Drittel meiner Mannschaft getötet wurden? Ich muss ständig daran denken.

Glaubst du, es gefällt mir, dich gehen zu sehen, nach allem, was wir gemeinsam erlebt haben? Glaubst du, es gefällt mir, wenn ich den Rest meines Lebens die Grabhügel unten am Ende der Wiese ansehen muss? Es ist leicht, zu kritisieren und zu gehen, Nylan. Es ist viel schwerer, etwas aufzubauen und mit dem Schmerz zu leben.«

»Es ist auch wichtig, *wie* man etwas aufbaut«, antwortete der Ingenieur. »Ich habe dir und den Wächterinnen einen ehrlichen Turm gebaut, ein ehrliches Badehaus und eine ehrliche Schmiede. Ehrliche Ställe. Sogar den Beginn einer ehrlichen befestigten Straße zum Rest der Welt habe ich gebaut. Du hast auf Täuschungen gebaut. Du hast mich getäuscht. Du hast Istril getäuscht, Ayrlyn und Siret. Und am Ende, so lange Westwind auch stehen wird, wird diese Täuschung dein Werk zerstören.«

»Du wirst dich nie verändern, Nylan. Du kannst genauso verstohlen sein wie ich. Der Unterschied ist nur, dass ich es mir eingestehe, du dir aber nicht.« Ryba stand auf und wartete, dass Nylan ihr Dyliess abnahm. »Was ich aufgebaut habe, wird die Zeit überdauern. Von dir wird nur der Name bleiben, Legenden über einen sagenhaften, mächtigen Schmied, und auch dies nur, weil ich Ayrlyn ein Lied über dich schreiben ließ.«

»Du hast auch auf alles eine Antwort, nicht wahr?«

»Du doch auch«, antwortete sie. »Nimm Dyliess. Singe für sie und ich werde es ihr später sagen. Ja, das werde ich. Um ihretwillen, nicht deinetwegen.«

Nylan trat einen Schritt vor.

»Ah … ooooh …« Dyliess streckte die Arme zu ihrem Vater aus und schaute auf. Eine Decke war um ihre Hüften und Beine gewickelt. Nylan hob sie auf und wiegte sie an der Schulter, wiegte sie hin und her und hielt sie fest.

Ryba ging zur Tür. »Ich bin bald wieder da.«

Er hielt seine Tochter mit den silbernen Haaren in den

Armen und ging zum Bett, das er selbst gebaut hatte. Dann ging er über die glatten Holzplanken auf dem Boden zurück zum Schaukelstuhl, wo er sich vorsichtig setzte und zu schaukeln begann.

»O liebe Kleine, mein liebes kleines Kind
Was können wir nur tun in diesem wilden Land
Wo der Himmel so grün und so kalt der Wind?
Wer nimmt dich morgen schützend an die Hand?
Dein Vater muss jetzt auf die Reise gehn
Und du bleibst in der Wiege ganz allein
Doch wenn die Sterne über dir am Himmel stehn
Dann weißt du, er wird immer bei dir sein.«

Tränen liefen dem Schmied die Wange hinunter und trotz seines ausgezeichneten Gesichtssinnes konnte er nichts mehr erkennen. Überhaupt nichts mehr.

Nach einer Weile stand er auf, legte die schlafende Dyliess in ihr Bettchen und kehrte in seine Kammer zurück, um seine Sachen zu holen.

Nach einem letzten Blick zu dem schlafenden Kind ging er die Treppe hinunter, beladen mit seinen Siebensachen, und gab wie üblich peinlich darauf Acht, nicht über die Klinge an seiner Hüfte zu stolpern. Das Schwert im Schultergeschirr war, sobald er auf einem Pferd saß, erheblich leichter zu ziehen und einzusetzen. Einige Gebräuche in Candar waren durchaus sinnvoll – vor allem jene, die mit Waffen zu tun hatten.

Als er zum dritten Stock hinunterging, schaute Siret kurz auf. Sie war gerade dabei, sich ein Arbeitshemd überzustreifen. Sie bemerkte sofort, wie viel Gepäck Nylan bei sich hatte, warf einen raschen Blick zu Kyalynn, die mit einem Stoffbären rang, den Hryessa ihr aus Lumpen genäht hatte, und eilte über die Holzdielen zum Treppenhaus.

Der Ingenieur blieb stehen.

»Nylan? Ihr geht fort, nicht wahr?« Die tiefen grünen Augen sahen ihn fragend an.

Er nickte.

»Ich habe es kommen sehen. Nichts, was Ihr tut, ist ihr gut genug.«

Er zuckte mit den Achseln. »Ich bin nicht wie Gerlich. Ich werde nicht zurückkommen, jedenfalls nicht auf diese Weise.«

»Nein, Ihr werdet nicht zurückkommen. Diese Welt braucht Euch.«

Er blinzelte. Damit hatte er nicht gerechnet.

»Ryba wird gegen die Welt kämpfen. Sie will die Männer, die hier herrschen, zu sich locken, um sie zu besiegen. Aber sie werden nicht kommen. Sie werden uns die Berge überlassen und die unglücklichsten Frauen werden weiterhin zu uns kommen.« Sie lächelte bitter. »Ich habe darüber nachgedacht. Die meisten glauben nicht, dass ich viel nachdenke, aber ich tue es ... sehr viel sogar. Die Marschallin ... und besonders Ihr ... Ihr habt es mich gelehrt.«

»Ich?« Nylan war völlig verwirrt und fragte sich, was er noch alles getan haben mochte, ohne es zu bemerken.

»Ich habe Euch beobachtet, Nylan. Ihr habt nicht viel darüber geredet, warum Ihr dieses oder jenes getan habt. Ihr habt es einfach gemacht. Ihr habt Euch angetrieben und ... und die Leute haben einfach genommen, was Ihr für sie gemacht habt. Ich habe mich gefragt, warum das so war. Und dann ...« Sie zuckte mit den Achseln und sah ihn mit klaren Augen an. »Ich musste Euch einfach sagen, dass ich für alles, was Ihr uns geschenkt habt, dankbar bin. Ich wollte Euch wissen lassen, dass ich nicht so bin wie so viele andere.« Sie zögerte einen Moment, schluckte schwer. »Westwind ist zu klein für Euch und Ihr seid kein Vollsybraner, deshalb könnt Ihr auch anderswo leben.«

»Ich freue mich nicht gerade auf die Hitze«, sagte er.

Ihm saß ein Kloß im Hals und er fragte sich, ob seine Entscheidung, Westwind zu verlassen, wirklich so gut war, wie er anfangs noch geglaubt hatte.

»Die Heilerin geht mit Euch, nicht wahr? Einige Wächterinnen werden darunter leiden, die Kinder natürlich auch.« Sie blickte zum Bett, wo Kyalynn den kleinen Bären betrachtete, der auf ihren pummeligen Beinen lag.

»Istril, Llyselle und du, ihr habt die gleiche Begabung zum Heilen.« Er lächelte traurig. »Ihr werdet in einiger Zeit so gut sein wie wir, falls ihr es nicht schon seid.«

»Wir werden zurechtkommen, aber wir werden nie so gut sein wie Ihr. Aber ich wusste, dass es geschehen würde. Relyn sagte auch, dass es dazu kommen würde.«

»Relyn? Er ist doch schon seit der Schlacht nicht mehr hier.« Nicht, dass Nylan sich über den einarmigen Mann noch wunderte, zumal sich herausgestellt hatte, dass Blynnal von ihm schwanger war. Nylan hatte Relyn empfohlen, Westwind zu verlassen, bevor Ryba einen Weg fand, den ehemaligen Adligen aus Lornth zu beseitigen, weil er eine neue Religion gründen wollte.

Nylan schnaubte wütend. Die Vorstellung, dass er – ein ehemaliger Ingenieur auf einem Schiff der Engel – der Prophet eines neuen Glaubensbekenntnisses sein sollte, war einfach lächerlich. Noch absurder war Rybas Ansicht, Relyn könnte, wenn er einen solchen Glauben predigte, Westwind gefährden. Nicht ganz so absurd war ihre Absicht gewesen, Relyn im Durcheinander nach der großen Schlacht zu beseitigen – nur dass Relyn, von Nylan gewarnt, sich in der Nacht hatte davonstehlen können.

»Ryba hat erzählt, dass er bereits sein neues Evangelium zu predigen begonnen hat.« Siret sah sich um. »Ich habe gehört, wie sie mit Saryn darüber gesprochen hat. Tryssa – sie war eine der letzten neuen Rekrutinnen, die vor den Schneefällen zu uns gekommen sind – hat von einem schwarz gekleideten, einarmigen Propheten erzählt, der den Untergang der alten Lebensart und den Aufstieg der Ordnung predigt. Er hätte auch gepredigt, man müsse einen Tempel der Ordnung bauen.«

»Wie schön«. Nylan blickte die Treppe hinauf.

»Er sagte, früher oder später würdet Ihr Abschied nehmen müssen und die Heilerin würde mit Euch gehen.« Siret lächelte traurig. »Ihr müsst wissen, dass ich gut zuhören kann.«

»Ich weiß es.« Er schüttelte den Kopf. »Aber hier scheinen alle zu wissen, was ich tun will, bevor ich es selbst weiß.« Er überlegte und fuhr nach einer kleinen Pause fort: »Danke. Ich bin aber nicht stehen geblieben, damit du mich lobst.«

»Ich weiß. Ihr seid ein guter Mann.«

Er schlug die Augen nieder. So sehr er sich auch über das Kompliment freute, Nylan wusste, dass er keineswegs ein so guter Mensch war, wie sie annahm. Wenn er es wäre, dann wäre vieles anders verlaufen. »Wo ist Istril? Ich will mich auch von ihr verabschieden.«

»Sie ist vorhin mit Weryl nach draußen gegangen, sie wollte mit ihm ausreiten. Es gab so viele Dinge, die ihr Sorgen machen, dass ich schon dachte, sie wollte auch weggehen, aber sie sagte, sie würde zurückkommen.« Siret runzelte die Stirn. »Sie lügt nie. Aber sie sah traurig aus. Ich frage mich, ob sie davon wusste, dass Ihr gehen würdet.«

»Das kann ich nicht sagen.« Istril sah und wusste vieles, ohne es jemals zur Sprache zu bringen.

»Ihr müsst jetzt gehen. Aber Ihr sollt noch Kyalynn Lebewohl sagen.« Sie eilte durch den Raum und hob ihre Tochter auf, um sie zu ihm zu bringen.

Als Nylan seine Tochter umarmte, mussten sie beide weinen. Er hätte am liebsten gegen das Schicksal, gegen Ryba und gegen sich selbst gewütet. Warum musste er nur für alles einen so hohen Preis zahlen?

Schließlich gab er seine silberhaarige Tochter der Mutter zurück. »Pass gut auf sie auf.«

»Das werde ich. Und ich werde dafür sorgen, dass sie erfährt, wer Ihr seid. Ein Mann und keine Legende.«

Halb ging er und halb taumelte er die Treppen hinunter, bis er die Haupttür hinter sich schließen konnte. Möglicherweise hatten ihn noch andere Wächterinnen gesehen, aber Istril war nicht unter ihnen und auch von Weryl war weit und breit nichts zu sehen, als er zu den Ställen ging.

Die meisten Wächterinnen waren draußen auf den Feldern oder unterhalb der Klippe mit Baumfällen beschäftigt. Als er an der Schmiede vorbeikam, hörte er Hammerschläge, aber er blieb nicht stehen. Er fühlte sich nicht imstande, noch einen weiteren traurigen Abschied hinter sich zu bringen. Huldran würde es sicher verstehen. Dennoch ... schweren Schrittes ging er weiter und fragte sich, wo Istril und Weryl steckten.

Unter der Last, die er trug, schwitzte und keuchte er trotz der Muskeln, die er beim Schmieden entwickelt hatte, als er den Stall erreichte.

Ayrlyn hatte bereits beide Pferde gesattelt und erwartete ihn im Schatten der Stalltür. »Du siehst aus wie das nackte Chaos. Was ist passiert?«

»Ich musste mich von Dyliess und Kyalynn verabschieden ...« Er hustete. »Weryl konnte ich nicht finden.« Er warf seine Sachen auf einen Haufen, hob die Satteltaschen hoch und schnallte sie an den richtigen Stellen fest.

Die Hühner flohen erschrocken aus dem Stall in die Hütte, in der das Geflügel während des langen Winters untergebracht gewesen war.

Ayrlyn hob den Bogen. »Wird Ryba deshalb nicht etwas ungehalten sein?«

»Sie sagte, ich könnte nehmen, was ich brauche, und ich hätte ohnehin solche Schuldgefühle, dass ich auf jeden Fall fair wäre.«

»Da hat sie wohl Recht«, erwiderte Ayrlyn leise. »Ich

bin froh, dass du ihn mitgenommen hast. Du hast wirklich viel für die anderen getan. Ich habe sechs Klingen mitgenommen – zwei von den Schwertern, die du geschmiedet hast, und vier kleine einheimische Prügel zum Eintauschen. Ryba wird die Prügel nicht vermissen und dass du zwei von deinen eigenen Schwertern mitnimmst, hast du sicher verdient. Mir war klar, dass du selbst es nicht tun würdest, aber du wirst wohl so schnell keine Gelegenheit finden, dir neue zu schmieden. Sie sind alle gut verpackt. Und ich habe die Silberstücke von meinen Handelsexpeditionen.«

»Du bist praktisch veranlagt. Ich glaube, ich habe nicht mehr als ein halbes Dutzend Silberstücke und ein paar Kupfermünzen.« Der Ingenieur band die Bettrolle hinter dem Sattel fest. »Abgesehen von den beiden Schwertern, mit denen ich bewaffnet bin, habe ich nur ein weiteres mitgenommen.«

»Gut. Ich habe auch noch ein paar Wasserflaschen für dich. Du wirst sie brauchen, wenn wir hinunter nach Lornth kommen.«

»Glaubst du immer noch, dass das der richtige Ort für uns ist?«

Ayrlyn hob die Schultern, während sie eine Wasserflasche festband. »Wenn wir nach Osten gehen, stoßen wir auf Karthanos und Gallos, und die Völker im Osten fühlen sich erheblich unfreundlicher an als die Leute in Lornth. Was den Westen angeht, so …«

»Fühlt er sich insgesamt besser an?«

Die Heilerin nickte. »Den Grund kann ich aber auch nicht genau sagen.«

»Ich vertraue Gefühlen inzwischen erheblich mehr als steriler Logik. Besonders an einem Ort wie diesem.«

»Ich weiß nicht«, überlegte Ayrlyn, »hinter der Ordnungs-Magie dieser Welt steckt erheblich mehr. Es sind nicht einfach nur Gefühle. Irgendwo muss es auch ein System geben.«

»Du redest wie eine Ingenieurin, nicht wie eine Heilerin.«

»Ist das nicht ein und dasselbe?«

Nylan lachte, dann rückte er das Schultergeschirr zurecht, das seine zweite Klinge aufnehmen sollte. Mit einer Klinge auf der Schulter und einer zweiten am Gürtel sollte er eigentlich jederzeit eine Waffe zur Hand haben. Er hoffte zwar, es würde nicht nötig werden, aber im Grunde wusste er genau, dass es unvermeidlich war. Candar war eine Welt voller Gewalt.

Nachdem er sein Geschirr zurechtgerückt und sich vergewissert hatte, dass er die Waffe leicht ziehen konnte, wandte er sich an Ayrlyn. »Bist du bereit?«

Ayrlyn blickte zur offenen Stalltür und dann die schmale Schlucht hinunter. »Ich kann nicht glauben, dass Istril nicht mit Weryl gekommen ist.«

»Ich habe ja auch nicht unbedingt überall herumerzählt, dass wir aufbrechen würden. Du etwa?«

»Nein … aber sie hätte es wissen müssen.«

Nylan führte die Stute in die Sonne hinaus und stieg in den Sattel. »Vielleicht sehen wir sie noch irgendwo da draußen.«

»Vielleicht.« Ayrlyn schien nicht überzeugt.

Im immer noch kühlen Licht des Frühlingstages ließen sie sich von den Pferden die Straße hinunter an der Schmiede vorbei tragen.

Ydrall und Huldran standen in der Tür des Gebäudes, das Nylan entworfen und errichtet hatte. Dort hatte er Dutzende der tödlichen Klingen Westwinds geschmiedet. Wenigstens hatte er es geschafft, noch etwas anzufertigen, das nicht der Zerstörung diente: einen künstlichen Fuß für Daryn.

»Passt auf Euch auf, Ingenieur … Heilerin«, meinte die blonde Frau.

»Ihr auch«, gab Nylan zurück. Seine Stimme war belegt.

Als sie an der Zufahrt vorbeikamen, richteten sich einige Wächterinnen auf, die in den Bohnenfeldern arbeiteten. Eine deutete in ihre Richtung und winkte. Nylan winkte zurück.

Es verschwamm ihm vor den Augen, als er an den fernen Gesichtern vorbei zum Grabhügel schaute. Dort zwischen den Steinen wuchsen die dunkelgrünen Stängel der Siebensterne, die bald Blüten tragen würden.

Als die Hufe der Stute über die Steine der Brücke klapperten, blickte er zum Turm, aber auf der Zufahrt stand und winkte niemand.

Auch vom Wachturm aus sagte niemand Lebewohl, als sie über den Hügelkamm und dahinter wieder nach unten zur Straße ritten, der sie in westlicher Richtung folgen wollten.

Als die beiden an den vereinzelt stehenden Bäumen unterhalb des Hügels vorbeiritten und nach Westen auf die Straße abbogen, auf der die Truppen aus Lornth und im Jahr davor Gerlich angerückt waren, um Westwind anzugreifen, konnte Nylan im Wald eine Bewegung wahrnehmen.

»Da kommt jemand«, sagte Ayrlyn.

Nylan sah sich unwillkürlich zum Höhenzug um, auch wenn er den Turm dahinter nicht mehr sehen konnte, und griff zum Schwert. Mit Augen und Sinnen versuchte er, den sich nähernden Reiter auszumachen.

Ayrlyn, die sich hinter ihm gehalten hatte, drehte sich im Sattel um. »Da ist kein Chaos zu spüren.«

Dann kam Istril hinter den Bäumen hervor, Weryl vor die Brust geschnallt. Sie war mit zwei Klingen bewaffnet und tätschelte Weryl mit der freien Hand den Rücken.

»Nylan?« Istrils Augen waren gerötet, als hätte sie geweint, und ihre Stimme klang heiser.

»Istril? Ich habe dich und Weryl gesucht, aber Siret sagte, du wärst mit ihm ausgeritten.« Nylan und Ayrlyn zügelten die Pferde. »Ich wollte nicht gehen, ohne mich von euch beiden verabschiedet zu haben.«

»Ich weiß.« Istril hustete und zügelte ebenfalls ihr Pferd. »Ich wusste, dass Ihr gehen würdet.« Sie wandte sich an Ayrlyn. »Es tut mir Leid, dass ich Euch Ärger gemacht und Euch wehgetan habe, Heilerin. Aber ich hoffe, Ihr versteht es.«

»Istril ...«, begann Ayrlyn.

»Bitte, hört mich an, ehe Ihr etwas sagt.« Die silberhaarige Wächterin wandte sich an Nylan. »Ihr müsst Weryl mitnehmen, Ser. Er ist doch Euer Sohn. Er muss mit Euch gehen, es gibt keine andere Möglichkeit.«

Nylan zuckte zusammen. »Er ist auch dein Sohn, Istril. Viel mehr noch, als dass er der meine ist.«

»Was für ein Leben hat er hier schon zu erwarten? Er hat Euer Blut in den Adern. Die Marschallin wird ihn vertreiben, noch ehe er ausgewachsen ist. Er kann im Flachland leben, das kann ich erkennen. Ich kann es dort nicht aushalten. Meinem nächsten Kind wird es hier oben besser gehen. Die Marschallin ist nicht die Einzige, die in die Zukunft sehen kann. Ich werde meine Tochter Shierl nennen. Ich weiß, dass es ein Mädchen wird, und die Marschallin mag Mädchen.«

»Warum tust du das?«

»Ihr habt mir mehr als einmal das Leben gerettet, Ser, und Weryl ist alles, was ich Euch geben kann. Ihr werdet ihn gut erziehen. Ihr macht es richtig, ganz sicher.«

Ayrlyn, die neben ihm wartete, lächelte leicht.

»Da?«, machte Weryl, indem er beide Arme ausstreckte.

Istril fingerte an den Bändern ihres Tragesacks herum. Nach einer langen, traurigen Umarmung löste sie sich langsam von Weryl und hielt Nylan den Jungen mit den silbernen Haaren hin.

Nylan streckte die Arme aus, wie Weryl es getan hatte, um seinen Sohn in Empfang zu nehmen. Er wusste, dass es für Istril kaum etwas gab, das schmerzlicher gewesen wäre.

Während der Schmied sich bemühte, Weryl vor seiner Brust zu verstauen und das Schwertgeschirr und die Klinge wieder zurechtzurücken, stieg Istril ab und löste zwei große Beutel, die sie hinter dem Sattel festgeschnallt hatte. Wieder waren ihre Wangen von Tränen feucht. »In einem sind Lebensmittel. Mehr konnte ich nicht besorgen. Im anderen sind Kleider. Viel ist es nicht.«

»Ich nehme einen Beutel«, bot Ayrlyn an.

»Ihr werdet gut zum Ingenieur sein … und zu Weryl.« Istril schluckte und hustete. »… hasse das … wie ich es hasse … aber ich hätte … ohne Euch bliebe mir überhaupt nichts.«

»Es wäre dir schon gut gegangen«, protestierte Nylan.

»Ohne Euch zwei wären wir alle längst versklavt oder tot oder beides nacheinander.« Istril räusperte sich. »Aber so … jetzt habe ich Shierl und noch ein ganzes Leben vor mir und auch Weryl wird es gut gehen … auch er wird es gut haben.«

Nylan wusste nicht, was er darauf sagen sollte, und so klopfte er einfach seinem Sohn auf den Rücken und sah Istril hilflos an.

»Es nützt nichts, hier herumzustehen und zu weinen wie eine Idiotin.« Istril sprang in den Sattel, warf einen letzten, langen Blick zu Weryl und trieb ihr Pferd an, um zurück zum Höhenzug und zum Turm zu traben.

»Daaa …«, machte Weryl. Nylan fragte sich, ob der Laut so traurig gemeint war, wie er klang, oder ob es nur seine eigene Trauer war, die er darin wiederzufinden glaubte.

Wieso geriet er immer in so komplizierte Situationen? War das Leben einfach so, war es Schicksal, war es seine eigene Unfähigkeit, die Zusammenhänge richtig zu erkennen? Er hatte weit genug in die Zukunft sehen können, um zu erkennen, dass Westwind einen Turm brauchte, auch eine Schmiede und eine Mühle, aber wenn es um Menschen ging, fühlte er sich blind und hilflos.

Er sah Ayrlyn an, die mit versteinertem Gesicht auf ihrem Kastanienbraunen saß.

»Du hast kaum ein Wort gesagt«, wandte er sich schließlich an sie.

»Istril tut mir Leid und auf Ryba bin ich wütend. Es hätte nicht so kommen müssen.« Die Heilerin holte tief Luft. »Ich muss über all das nachdenken. Wenn es nicht gerade Istril gewesen wäre ... irgendjemand anders und nicht Istril ...«

»Dann würdest du dich von mir trennen?«

»Wahrscheinlich.« Ayrlyn schüttelte den Kopf. »Nein. Ich würde mich nicht von dir trennen, aber ich wäre wütender, erheblich wütender. Istril ist nicht der Typ, der zu Selbstmitleid und Selbstaufopferung neigt. Sie weiß genau, was Weryl blühen würde, und das zerreißt sie förmlich. Und es würde nur noch schlimmer werden, wenn du eines Tages nach Westwind zurückkehren würdest, also denke lieber nicht darüber nach. Istril war nicht von Schuldgefühlen getrieben. Aber ich bin wütend. Jetzt haben wir ein Kind, noch bevor wir uns klar geworden sind, was wir miteinander anfangen wollen, und ich kann dir nicht einmal wirklich böse sein. Nein, irgendwie bin ich dir böse. Ein Teil in mir sagt, dass es ja nicht deine Schuld war, aber ein anderer Teil will wissen, warum du so verdammt edelmütig sein musst, dass du immer und überall damit beschäftigt bist, die Trümmer wegzuräumen.« Sie ruckte an den Zügeln. »Wir müssen sehen, dass wir weiterkommen. Hier auf dem Weg herumzusitzen wird nichts ändern.«

Nein, das würde nichts ändern.

Nylan räusperte sich, tätschelte noch einmal Weryl am Rücken und fragte sich, wie lange es dauern würde, bis der Junge hungrig würde. Er zog an den Zügeln seiner Stute und begann nun endlich die Reise, deren Ende und Ausgang nicht abzusehen war, begleitet von seinem Sohn, den er in gewisser Weise kaum kannte. Und zu allem Überfluss gingen sie in ein Land, wo man sie wahrscheinlich hasste, nachdem er an dem Zufluchtsort, den er selbst gebaut hatte, nicht hatte bleiben können.

Das Leben war unfair, einfach ungerecht. Er biss die Zähne zusammen und trieb seine Stute an, um Ayrlyn zu folgen.

XIX

Der braunhaarige, in silberne Kleider gewandete Mann wartete, während der mit weißer Uniform und grüner Schärpe gerüstete Offizier in den kleinen Thronsaal trat. Es war ein mit Marmor ausgelegter Raum, der gerade groß genug für zwei oder drei cyadorische Dampfwagen gewesen wäre, von denen es inzwischen höchstens noch zwanzig gab.

»Major Piataphi?«

»Ja, Euer Majestät?«

»Setzt Euch.«

Der Major blickte zu den beiden gepolsterten Hockern am Tisch, hinter dem Lephi auf einem Stuhl mit hoher Lehne saß. Schließlich setzte Piataphi sich auf die vordere Kante des linken Hockers.

Lephi hob die Schriftrolle. »Dies ist die Antwort, die wir von den Barbaren aus Lornth erhalten haben. Wisst Ihr, was darin steht?«

»Nein, Herr.« Ein dünner Schweißfilm bildete sich auf Piataphis Stirn.

»Nichts steht darin – außer, dass wir unhöflich wären. Wir aus Cyador, dem alten und mächtigen Land, wir wären unhöflich gewesen. Wir aus Cyador, die wir Ordnung aus Unordnung und Städte aus wildem Wald erschaffen haben, wir wären unhöflich. Wir, die wir die Metallverarbeitung erfunden und die ersten Handelsschiffe über die Meere gelenkt haben, wir wären unhöflich. Kein Wort von unseren Töchtern, die sie vor Generationen fortgelockt haben, kein Wort von den Gefahren, denen unsere Vorfahren zum Opfer fielen, kein Wort von den tödlichen Wasserechsen, die es damals überall gab.«

Piataphi wartete.

»Das spielt für sich genommen aber noch keine Rolle, Major. Nein, das ist nicht wirklich wichtig.« Lephi stand auf und kam hinter dem weiß lackierten Tisch hervor, der schon den letzten acht Generationen des cyadorischen Herrscherhauses gedient hatte. Der Imperator ging zum Buntglasfenster und blieb vor dem polierten Edelholzrahmen stehen, um Cyador zu überblicken, das sich unter dem Hügel vor dem Weißen Palast erstreckte. Bis zum Hafen reichte der Blick, bis zu den Pieren, wo einst die Weiße Flotte der Vorfahren gelegen hatte, bis Lephis Großvater zu der Ansicht gekommen war, dass die Barbaren rings um das Westmeer nichts zu bieten hatten. Lephi lächelte leicht, während er die Kräne und Holzstapel in der Werft westlich der Steinpiere betrachtete.

Die mit weißem Stein gepflasterten Straßen glänzten hell, denn Straßenfeger arbeiteten unermüdlich, damit die Weiße Stadt makellos weiß blieb. Wer auf den Straßen unterwegs war, nannte gute, saubere Kleidung sein Eigen und duftete nach Ölen und Gewürzen.

Ohne sich zu Piataphi umzudrehen, fuhr Lephi fort: »Ihr werdet die Barbaren lehren, was Unhöflichkeit bedeutet. Sie haben vergessen, dass sie alles, was sie besitzen, den alten Herrschern Cyadors zu verdanken haben. Da sie keine Dankbarkeit kennen, müssen wir sie das Fürchten lehren. Sie konnten leben, weil Cyador sie leben ließ, und wir wollen nicht, dass es in dieser Hinsicht auch nur den Hauch eines Missverständnisses gibt.«

»Ja, Herr.« Piataphi blieb nahezu reglos auf der Kante des Hockers sitzen.

»Ich wünschte, wir hätten noch die alten Feuerkanonen und Lichtlanzen. Nun, es wird nicht lange dauern, bis wir sie wieder einsetzen können.«

»Wir konnten diese Geräte bisher nicht kopieren, Herr, und auch die Speicher konnten wir noch nicht füllen.«

»Im Augenblick vermögen wir die Waffen nicht zu kopieren«, meinte Lephi nachdenklich. »Aber das wird sich ändern. Wir bauen bereits ein Feuerschiff und bald werden wir die Feuerkanonen nachbauen. Ihr werdet sie aber jetzt nicht brauchen. Cyador ist größer und wohlhabender als zur Zeit meines Großvaters.« Er drehte sich wieder zu Piataphi um. »Wir müssen die Kupfermine im Norden in die Hand bekommen, denn die Minen in Delapra werden eines Tages erschöpft sein. Nehmt alle Kompanien der Spiegellanzenreiter mit geraden Zahlen und die Fußsoldaten …«

»Alle, Eure Hoheit?«

»Ich bin mir keiner anderen Bedrohung bewusst, der Cyador im Augenblick ausgesetzt wäre. Und Ihr?«

»Nein, Herr.«

»Ich wünsche, dass die Barbaren ausgelöscht werden – alle Barbaren im Umkreis von fünfzig Meilen um das Bergwerk. Mit den Übrigen könnt Ihr verfahren, wie Ihr es für richtig haltet. Wenn sie uns nicht aus Dankbarkeit achten, dann werden sie uns wegen der Truppen achten, die Ihr befehligt.«

»Es sind jetzt zweifellos viel mehr als noch vor ein paar Jahren, Herr. Sie vermehren sich wie die Eidechsen.«

»Ihr könnt auch die Schwertkämpfer mitnehmen.«

»Danke, Herr.«

»Beginnt morgen mit Euren Vorbereitungen. Ihr könnt

die Hälfte der Dampfwagen auf der Nordstraße einsetzen.«

»Wie Ihr befehlt, Herr.«

»Wie ich befehle … ja, wie ich befehle, Major. Und ich befehle Euch, einen Pfad der Zerstörung zu legen und jeden zu vernichten, der sich Cyador entgegenstellen oder vergessen könnte, was wir für ihn getan haben.«

Der Major nickte.

»Ihr könnt jetzt gehen.«

Piataphi stand auf und nahm Haltung an. »Gelobt seien Eure Majestät und das ruhmreiche Cyador.«

»Geht jetzt …« Lephi winkte, als wollte er eine Fliege verscheuchen.

Der Major salutierte, drehte sich um und marschierte aus dem kleinen Empfangssaal.

Lephis braune Augen wanderten zu den alten Kunstwerken an den Wänden. Eines war ein Kupferstich eines Dampfwagens, dessen Feuerkanone gerade einige Bäume und Tiere zu Asche verbrannt hatte. Sogar eine riesige Wasserechse wurde als Opfer der Flammen dargestellt.

»Cyador wird wieder mächtig werden«, flüsterte er. »Wir werden mehr Dampfwagen und Feuerkanonen haben denn je. Ja, so wird es kommen, weil ich will, dass es so kommt. So war es am Anfang und so wird es immer sein.«

XX

Der Wasserlauf gluckste und gurgelte und schien beinahe Anstalten zu machen, aus seinem Bett zu springen, obwohl der Wasserspiegel ein gutes Stück unter dem Weg aus fest getretenem Lehm lag, der mehr als eine Wagenspur, aber noch nicht ganz eine Straße zu nennen war.

Die grauen Blätter der Bäume, die an Weiden erinnerten, hatten noch nicht die grüne Farbe des Sommers angenommen. Vereinzelte Siebensterne blühten auf der anderen Seite des Bachs, wo sie zwischen den verwitterten Felsen, die im Laufe der Jahre von den Wänden der Schlucht heruntergebrochen waren, etwas Sonne bekamen. Ein Vogel mit stahlblauem Gefieder zwitscherte im Wipfel einer zerrupften Kiefer, während die beiden Pferde ihre Reiter in westlicher Richtung bergab trugen.

Nylan klopfte Weryl sachte und beruhigend auf den Rücken. Der Junge sollte so lange wie möglich schlafen. Aus welchem Grund auch immer, wenn er seinen Sohn trug, wurde Nylan das Reiten noch eher leid als sonst, obwohl der Einjährige nicht viel wog. Oder lag es daran, dass er jetzt mit zwei Schwertern bewaffnet war? Oder an allem zusammen? Er rutschte ein wenig im Sattel hin und her und sofort protestierten seine Knie.

»Haben wir eigentlich einen Anhaltspunkt, wohin wir uns am besten wenden sollten? Abgesehen davon, dass wir nach Westen gehen?«, fragte Ayrlyn.

»Nein. Ich wünschte, ich hätte eine Idee, aber …«

Nylan drehte sich im Sattel um und sah über die Schulter zu Freyja zurück, zu dem Berg, der sich als vereiste Zinne hinter ihnen erhob. Über den grauen Felsen der Schlucht, durch welche die Straße verlief, war der Gipfel inzwischen kaum noch zu erkennen. Er atmete tief durch. »In gewisser Weise fühle ich mich, als hätte ich mich verirrt. Bisher habe ich immer andere für mich entscheiden lassen. Die Streitkräfte brauchten Ingenieure, also bin ich Ingenieur geworden. Ryba und die Marineinfanteristinnen brauchten einen Zufluchtsort, also habe ich einen gebaut. Jetzt aber …« Er zuckte mit den Achseln und sah sich zu Ayrlyn um. »Jetzt muss ich mir selbst überlegen, wohin es gehen soll und was ich noch vom Leben erwarte, aber mir fällt nichts ein.«

Ayrlyn nickte. »Du bist ehrlicher mit dir selbst, das ist schon mal ein Anfang.«

»Wundervoll. Ich habe jetzt also herausgefunden, dass bisher immer andere Menschen über mein Schicksal bestimmt haben. Das macht es nicht einfacher, meinen Weg zu finden, und das macht es auch dir nicht einfacher, mit mir umzugehen.«

»Das ist etwas, das wir gemeinsam haben, Nylan.« Sie schenkte ihm ein warmes Lächeln. »Wir werden uns schon zurechtfinden.«

»Auch mit Weryl?«

»In gewisser Weise ist es sogar einfacher so. Er ist noch so klein.«

Der Schmied leckte sich die Lippen, dann fragte er: »Wie lange werden wir noch brauchen, um aus den Westhörnern herauszukommen? Du bist doch schon mehrmals über diese Straße gereist.«

»Nach meinen vier oder fünf Handelsexpeditionen bin ich bei weitem keine Expertin. Wir hatten auch nicht sehr viel Gelegenheit, etwas über dieses Land zu lernen. Ich habe mich hauptsächlich darum gekümmert, die Dinge aufzutreiben, wie wir brauchten, und dabei den einheimischen Bewaffneten aus dem Weg zu gehen.«

»Dies hier ist keine stark befahrene Straße.« Bisher stammten, soweit Nylan es sehen konnte, die einzigen, längst verwaschenen Spuren auf der schmalen, gewundenen Straße von Skiodras Gefolge. Stellenweise lagen frischere Abdrücke von Hirschen und einmal von einem Bären darüber. Offenbar reisten nicht viele Einheimische durch die Westhörner – oder zumindest nicht im Frühling.

»Sie wird eines Tages stärker befahren sein. Ryba hat dafür gesorgt, dass die meisten Räuber tot sind oder sich zurückgezogen haben.«

»Wir wollen es hoffen. Ganz überzeugt, dass sie wirklich alle verschwunden sind, bin ich aber nicht.« Nylan sah nach vorn, wo sich das schmale, leicht abschüssige Tal erstreckte, dann zum dichten Blätterdach auf der linken Seite der Straße, wo die Bäume in sumpfigem Gelände standen. Das Grünzeug war dicht genug, um alles Mögliche zu verbergen, Banditen eingeschlossen.

»Ryba wird sich um die kümmern, die noch übrig sind«, meinte Ayrlyn.

»Auf die gleiche Weise, wie sie sich um alles andere kümmert«, meinte Nylan sarkastisch. »Mit einer Klinge, die schärfer ist und schneller zustößt als die der Gegner.« Er blickte wieder blinzelnd zur Straße vor ihnen. Der Gedanke an Räuber beunruhigte ihn, auch wenn er den Grund nicht nennen konnte.

»Du machst dir Sorgen.«

Der Ingenieur nickte.

»Wir müssen eben einfach so vorsichtig wie möglich sein.«

»Ich hoffe, das wird reichen.« Nach kurzem Überlegen fügte er hinzu: »Es würde auch helfen, wenn Ryba ein paar Furten durch die Flüsse anlegen und Brücken bauen ließe.« Nylan wischte sich die Stirn ab.

»Immer noch ganz der Ingenieur, wie ich sehe«, erwiderte Ayrlyn lachend.

»Das werde ich wohl nie ganz abstreifen können.« Er versuchte, seine Jacke weiter aufzuknöpfen, aber als Weryl, der bisher geschlafen hatte, unruhig strampelte, hielt er inne. Ayrlyn trug die Jacke noch fast ganz geschlossen. Er hoffte, im Tiefland wäre es nicht zu heiß. Zwischen nacktem Überleben unter Qualen und einem halbwegs erträglichen Leben bestand ein gewaltiger Unterschied.

»Waaa ...« Weryl wand sich im Tragesack und Nylan konnte spüren, wie unwohl sich sein Sohn fühlte. Schon wieder! Der Gestank bestätigte, was Nylan längst gespürt hatte.

»Wir müssen schon wieder anhalten.« Der Schmied

hätte beinahe laut gelacht, als er Ayrlyns Gesichtsausdruck sah. »Du warst doch diejenige, die sagte, es wäre kein Problem, mit ihm zu reisen.«

»Ich war wohl etwas vorschnell mit meinem Urteil.«

Sie mussten noch fast eine Meile reiten, bis sie in den Einschnitt hinuntersteigen und eine Stelle suchen konnten, wo es einen halbwegs flachen und von Unterholz freien Zugang zum Wasser gab. Schließlich fanden sie sogar eine kleine Sandbank.

Nylan befreite Weryl aus dem Tragesack, hängte diesen über einen niedrigen Ast einer Weide und zog Weryl die weiten Hosen aus. Die Hose selbst war trocken, der Dunkelheit sei Dank, aber das Tuch darunter war durchnässt.

Nylan holte tief Luft und ging zum Wasser.

Als er das kalte Wasser auf der Haut spürte, begann Weryl sofort zu weinen.

»Tut mir Leid, kleiner Kerl«, sagte Nylan, »aber du magst den Schmutz doch selbst nicht und mich stört der Geruch.«

In das Weinen mischte sich ein Schluchzen, das allmählich nachließ, als Nylan seinen Sohn mit trockenen Sachen ausgestattet hatte.

»Kannst du ihn halten, während ich die schmutzige Windel auswasche?«, wandte Nylan sich an Ayrlyn.

»Ich hätte dir auch mit den Windeln geholfen, aber du bist ohne mich anscheinend ganz gut zurechtgekommen. Es sieht fast so aus, als würdest du den Wechsel der Wäsche auf die gleiche Weise angehen, wie ein Ingenieur seine technischen Probleme löst.«

»So sieht es wohl aus. Es geht ja im Prinzip tatsächlich um Abfallbeseitigung.«

»Er ist doch dein Sohn, kein Abfallbeseitigungsproblem.«

»Er ist mein Sohn, aber das lindert nicht den Gestank und bekämpft nicht den Dreck.« Nylan übergab Weryl an Ayrlyn, die den Kleinen auf die Schulter hob, um ihm den Rücken zu tätscheln und ihn zu wiegen.

Nylans Hände waren vom kalten Wasser gerötet, als er die Sachen ausgespült hatte. »Ich muss sie an den Satteltaschen festbinden, damit sie unterwegs trocknen.«

»Ich glaube, er hat auch Hunger«, meinte Ayrlyn.

»Wir können es mit den Biskuits und etwas Wasser versuchen.« Nachdem er die Tücher an den Satteltaschen befestigt hatte, öffnete der Ingenieur Weryls Vorratsbeutel.

Babyflaschen gab es in Westwind nicht, weil die Kinder gestillt wurden, aber im Beutel befand sich eine handgeschnitzte Schnabeltasse mit einem Deckel. Nylan atmete erleichtert auf, als er die Tasse sah.

»Lass mich das Wasser untersuchen«, bot Ayrlyn an. Sie prüfte es mit den Sinnen und sagte nach ein paar Augenblicken: »Es scheint in Ordnung zu sein. Hier gibt es wohl keine Nagetiere, die im Wasser leben. Jedenfalls habe ich keine gesehen. Diese Tiere verderben manchmal das Wasser.«

Nylan füllte die Tasse und setzte den Deckel darauf. Er fragte sich immer noch, wie er es schaffen sollte, dem Jungen genug Abwechslung zu bieten, damit er eine ausgewogene Ernährung bekam, aber Weryl kaute fröhlich den Biskuit und nuckelte und schlürfte das Wasser.

Schließlich setzte der Ingenieur ihn wieder in den Tragesack und stieg auf sein Pferd. »Wie lange wird es wohl dauern, bis wir die nächste Pause einlegen müssen?«

»Das geht leider nicht nach Stundenplan«, erwiderte Ayrlyn.

»Ich weiß. Aber ich fühle mich, als müssten wir dringend etwas tun und hätten nicht mehr viel Zeit.«

»So fühlst du dich doch immer.«

»Mag sein.« Aber innerlich war Nylan nicht ihrer Meinung. Er blickte ein letztes Mal zu Freyja zurück, bevor der Weg einer weiten Biegung des Wasserlaufs folgte und die Eisnadel hinter einer grauen Felswand, in der sich vereinzelte immergrüne Bäume halten konnten, verschwand.

XXI

»Wie weit ist es noch bis zu den Sperren?«, fragte Themphi.

Wild im Sattel eines rotbraunen Kleppers schaukelnd, der nach einem Wagenpferd aussah, machte der einheimische Führer eine Bewegung, die einem Achselzucken nahe kam. »Wie weit es ist, geehrter Magier? Das ist schwer zu sagen.«

»Warum?«, fragte der Magier resigniert zurück.

»Weil … weil die Sperren nicht mehr existieren und die Mauer mit Sprossen und Ranken bedeckt ist.«

Der dunkelhaarige Magier verkniff sich ein Seufzen. »Was ist dort geschehen?«

»Wir wissen es nicht. Der Wald hat alles überdeckt. Der Wald war schon hier, als der Großvater meines Großvaters lebte, und auch die Mauern waren schon da und lange Zeit hat sich nichts verändert. Ich kann mich erinnern, wie ich den ganzen Tag lang an den Mauern entlanggegangen bin, ohne die nördliche Ecke zu erreichen. Von Geliendra aus sind es mehr als fünfzehn Meilen, Ser Magier. Als ich noch jung war, habe ich selbst eine ganze Meile der Mauer unterhalten. Ich habe Pflanzen geschnitten und gestutzt. Einmal bin ich sogar über die Mauer geklettert, aber ich bin schnell wieder zurückgekommen. Dahinter lauerte die größte Waldkatze, die ich je gesehen hatte. Und jetzt … jetzt können wir nicht einmal mehr das Weiß der Mauern sehen.«

»Und ihr habt niemanden geschickt, um die Wächter zu überprüfen?«

»Doch, das haben wir. Wir haben meinen Schwestersohn Byudur geschickt. Er war der Dorf-Magier. Er ist nicht zurückgekehrt. Auch der Magier aus Nordwald ist nicht zurückgekehrt.« Der Führer sah sich verstohlen zu Themphi um. »Deshalb haben wir unser Gesuch an Seine Hoheit geschickt. So etwas musste der Herr von Cyador doch auf jeden Fall erfahren. Und nun seid Ihr ja hier, der Magier aller Magier.«

Hinter ihnen, in den Reihen der berittenen Lanzenkämpfer, war ein Kichern zu hören, das Themphi jedoch ignorierte. »Ich bin hier und es tut mir Leid, dass Euer Schwestersohn verschwunden ist. Hat man irgendeine Spur gefunden?«

»Der Verwunschene Wald hinterlässt keine Spuren.«

Jetzt seufzte Themphi, wenngleich nur leise und verhalten. Es wurde immer schlimmer. Lephi hatte keine Ahnung, was wirklich in Cyador vor sich ging, und träumte lieber davon, den früheren Ruhm zurückzugewinnen.

Der Magier runzelte die Stirn, als er vor sich eine grüne Wand sah, die sich bis zum Horizont erstreckte. Sie erhob sich hinter den Feldern, durch welche die unbefestigte Straße lief. Nicht weit vor ihnen endete die Straße an einem Holztor, das in einen niedrigen Zaun eingelassen war. Das Tor stand weit offen, im feuchten Boden waren Hufspuren zu sehen.

»Da, nun seht Ihr es selbst. Seit gestern ist der Verwunschene Wald schon wieder ein Stück gewachsen.«

Der Weiße Magier lenkte sein Pferd durchs Tor auf das Feld dahinter und ritt noch einmal hundert Ellen, bis er es zügelte.

Grüne Kriechpflanzen bedeckten das Feld zur Hälfte und er glaubte fast zusehen zu können, wie sich das Grün unerbittlich in seine Richtung schob. Er blinzelte einmal, zweimal. War es nicht tatsächlich schon wieder ein Stück näher gekommen?

»Seht Ihr, geehrter Magier?«, fragte der Führer aus Geliendra.

Im Osten hinter dem neu aufgeschütteten Deich eines Reisfeldes sah es noch schlimmer aus. Dort waren Bäume gewachsen, noch nicht besonders hoch, sie reichten einem Mann höchstens bis zum Knie, aber dieser Wuchs in nur einer Jahreszeit? Oder gar in weniger als einer Jahreszeit?

Wie der Führer gesagt hatte, konnte Themphi die Grenzmauern nicht sehen. Sie mochten hundert Ellen tief oder noch weiter drinnen im vorrückenden Grün stehen. Der Magier betrachtete den Wald und stellte einige Überlegungen an. Die höheren und älteren Bäume befanden sich nicht mehr als zweihundert Ellen hinter den Kriechpflanzen und dem niedrigen Buschwerk. Eine brusthohe, kaum erkennbare grüne Linie erstreckte sich von West nach Ost – die mit Ranken bedeckte Mauer.

Der Magier stieg ab und reichte Jyncka die Zügel des Grauen. Dann trat er vor und sammelte das Weiß um sich.

Licht flammte auf, als wäre es aus dem Wald gekommen, und Themphi taumelte auf dem weichen Boden, der gepflügt und eingesät war und auf dem die ersten Sprossen bereits durch die dunkle Erde lugten. Themphi richtete sich mühsam auf und ignorierte seine schweißfeuchte Stirn.

Nach einem weiteren Blick zur grünen Mauer, die fast hundert Ruten nördlich der langen grünen Ranken stand, runzelte er die Stirn und schoss eine Feuerkugel auf das Grün ab. Die Ranken und das Präriegras flammten kurz auf und ein Ring aus Asche breitete sich aus, bis im Umkreis von fast dreißig Ellen alles verbrannt war.

Der Weiße Magier wischte sich die Stirn ab und drehte sich um.

»Jyncka, wir müssen es auf die schwere Art und Weise tun wie Eure Vorväter. Sorgt dafür, dass Fackeln und Fässer mit Pech bereitgestellt werden.«

Jyncka nickte. »Jawohl, geehrter Magier.«

Der Führer lächelte nervös.

Themphi betrachtete den Wald noch eine Weile, dann drehte er sich um, nahm von Jyncka die Zügel seines Grauen entgegen und stieg wieder auf. »Es wird ein großes und vor allem mühsames Unterfangen.« Damit lenkte er den Grauen nach Geliendra zurück.

Hinter ihm folgten der Führer, Fissar, und die enttäuschten Lanzenkämpfer.

XXII

Nach dem Essen lag Nylan in der anbrechenden Dämmerung eine Weile erschöpft auf seinem Bettzeug. Sein Hintern war zu wund zum Sitzen und die Muskeln oberhalb der Knie schmerzten zu sehr, um zu stehen. Die Hände waren rau, nachdem er im kalten Wasser ihr Kochgeschirr und Weryls Windeln ausgewaschen hatte. Außerdem hatte er leichte Kopfschmerzen.

So lag er mit Unterhemd und Hemd, aber ohne Jacke auf dem Bauch und beobachtete Weryl. Unterhalb des mit Tannennadeln bedeckten Hanges rauschte und gurgelte der Bach. Das Summen der Insekten schwoll allmählich an, während das Licht schwand. Ein leichter, kühler Wind wehte von den höheren, eisbedeckten Gipfeln im Osten zu ihnen herunter.

Ayrlyn saß hinter dem silberhaarigen Kind schräg auf der Decke. Sie trug die Jacke, hatte sie aber nicht geschlossen.

»Es hat nur Sekunden gedauert, das Landefahrzeug

über eine Strecke zu steuern, für die wir zu Pferd drei Tage gebraucht haben.«

»Ooooh …« Pummelige Finger tasteten nach dem Holz und Weryl krabbelte über die Decke zum Stock, den Nylan mit dem Dolch glatt geschnitzt und abgerundet hatte.

Ayrlyn zog die Stiefel aus und massierte sich die Fußgelenke. »Ich habe ganz vergessen, wie viele Muskeln beim Reiten müde werden. Aber die Übung beim Skilaufen hat mir wohl geholfen. Es ist nicht ganz so schlimm wie im letzten Jahr.«

»Hmm …«, machte Nylan, der Weryl den Stock hinhielt.

»Wir haben Glück, dass es noch so zeitig im Jahr ist. Die Mücken sind noch nicht geschlüpft, die großen Stechfliegen wohl auch nicht. Das wird sich aber ändern, wenn wir ins Tiefland kommen.«

»Wie schön.«

»Gaaaa!« Weryl hatte den Stock gepackt.

»Er ist stark.«

Nylan nickte. »Er wird noch vor dem Ende des Sommers das Laufen gelernt haben. Vielleicht sogar schon früher. Wenn wir noch sehr weit reisen, werde ich eine Art Sitz für ihn bauen. Er wird mir allmählich zu schwer zum Tragen.«

»Ich habe es bemerkt, als ich ihn genommen habe. Außerdem strampelt er dauernd.«

Der Ingenieur rollte sich auf die Seite und zuckte unwillkürlich zusammen, als zahlreiche Muskeln protestierten. Weryl krabbelte über seine Schulter.

»Nicht so schnell, junger Mann.« Nylan setzte den Jungen wieder mitten auf die Decke, aber Weryl stürmte sofort wieder auf Händen und Knien los und kletterte auf Nylans Bauch.

»Wie sein Vater, er gibt einfach nicht auf.«

»Ich bin müde und er hat gerade erst angefangen.«

»Nun ja … tagsüber schläft er die meiste Zeit«, erklärte die Heilerin.

»Die Bewegungen beim Reiten wirken anscheinend beruhigend auf ihn.« Nylan ließ den silberhaarigen Jungen noch eine Weile auf sich krabbeln, bevor er ihn hochhob und wieder mitten auf die Decke setzte.

Weryl lachte.

»Er hält es für ein Spiel«, meinte Ayrlyn kichernd.

»Bis er endlich müde ist, bin ich fix und fertig.«

»Was denn, der unermüdliche Schmied zeigt Schwächen? Der Turmbauer, der niemals eine Pause macht? Ermüdet vom Spielen mit einem Kind?« Ayrlyn grinste breit. »Du könntest ja einfach einschlafen.«

»Einfach einschlafen? Keine Chance.« Nylan erwiderte das Grinsen und ignorierte das Stechen in der Schulter, als er Weryl wieder einmal mitten auf die Decke setzte.

Dieses Mal nahm Weryl Nylans Knie und nicht die Brust in Angriff.

»Das klingt wie ein Sieg der Wollust über die Vernunft. Glaubst du denn, ich bin interessiert? Du hast nicht einmal gefragt.«

»Bist du interessiert?«

»Wir werden sehen. Schließlich hast du ja erst gefragt, nachdem ich dich aufgefordert habe.« Die Heilerin schüttelte den Kopf, das hellrote Haar flog hin und her und schien von innen zu leuchten.

»Ich werde mich bessern.« Nylan hob Weryl hoch über seinen Kopf. »Deine Energiezellen sind noch voll geladen, was?«

»Ooooh …« Über Nylan hängend, begann Weryl zu sabbern und der Speichel tropfte Nylan aufs Kinn. Er setzte seinen Sohn auf die Decke und wischte sich das Gesicht ab.

»Das geschieht dir recht«, meinte Ayrlyn.

»Danke. Ich werde mich daran erinnern, wenn wir …

was auch immer.« Der Schmied hob Weryl wieder hoch. »Wenn wir machen, was wir können, sobald wir es können. Weißt du, in gewisser Weise war es ziemlich dumm, einfach wegzugehen – so ganz ohne Ziel und ohne einen Plan.«

»Du meinst, wir hätten besser warten sollen, bis Ryba einen Weg gefunden hätte, mich zu beseitigen oder dich in einen Zuchthengst zu verwandeln? Vergiss nicht, wie sie Gerlich behandelt hat. Manchmal, o vernunftbegabter Schmied, manchmal muss man auch seinen Gefühlen folgen. Denn wenn du so weit bist, dass du es dir rational zurechtlegen kannst, ist es oft schon zu spät.«

»Vielleicht ... ich weiß aber noch nicht einmal, ob ich wirklich ein guter Schmied bin.«

»Die Einheimischen halten dich für gut, das ist schon einmal etwas.«

»Vielleicht«, sagte Nylan noch einmal.

»Glaubst du, du könntest irgendwo als Schmied arbeiten?«, fragte Ayrlyn.

»Ich weiß nicht. Wenn überhaupt, dann höchstens in einer kleinen Stadt, wo es noch keinen Schmied gibt. Die Einheimischen sind sicher viel besser als ich.«

»Das ist fraglich. Du hast ein Gespür für die Metalle, das den meisten Einheimischen fehlt. Narliat und Relyn haben es dir doch erklärt. Fürst Sillek konnte nur überleben, weil er drei Weiße Magier hatte – drei in einem ganzen Königreich. Das sagt mir, dass die Begabung für die Magie – oder die Fähigkeit, die Energien zu benutzen – nicht sehr häufig vorkommt.«

Nylan hob Weryl wieder auf und hielt ihn eine Weile. Er hoffte, die kurze Gefangenschaft würde den Jungen ein wenig beruhigen.

»Waaa-daaa-daaa.«

»Also gut.« Nylan setzte Weryl wieder auf die Decke. Der silberhaarige Junge ließ sich auf die Knie fallen und krabbelte zu Ayrlyn.

»Bin ich jetzt an der Reihe?« Ayrlyn hob Weryl auf und setzte ihn wieder auf die Decke.

Weryl lachte.

»Ich glaube, es ist Glück und Zufall. Wir haben uns alle im Kraftnetz der Engel bewegt und können die Ströme der Ordnung und des Chaos fühlen und deshalb fällt es uns leichter, das einzusetzen, was hier als Magie gilt.« Nylan fing Weryl ab, der schon wieder versuchte, über seine Stiefel zu klettern. »Schau dir nur Westwind an. Nur drei der ursprünglichen Marineinfanteristinnen haben irgendeine Art von Begabung gezeigt, aber alle Offiziere, die mit den Energien gearbeitet haben, besaßen sie.«

Ayrlyn zuckte mit den Achseln. »Mag sein. Doch das ändert nichts an meiner Annahme, dass es nicht viele Schmiede gibt, die über die gleiche Begabung verfügen wie du.«

»Das kann ja sein, aber ich habe leider kein Werkzeug.«

»Und du hattest viel zu große Schuldgefühle, um es einfach mitzunehmen.«

Sie mussten beide lachen, dann war wieder Ayrlyn an der Reihe, Weryl aufzuhalten.

XXIII

Die Vorhut der Spiegellanzenkämpfer ritt vier Meilen voraus und bewegte sich auf der großen Nordstraße nach Osten. Neben den Reitern war noch genug Platz für einen Dampfwagen. Die Steine des Straßenpflasters, die aus größerer Entfernung weiß zu schimmern schienen, waren von kleinen Rissen und Dellen gezeichnet, wenn man sie aus der Nähe betrachtete.

Hinter der Vorhut kam die Zweite Kompanie der Lanzenreiter, dann die Vierte und schließlich die Sechste. Obwohl sie zu viert nebeneinander ritten, war allein der Zug der Berittenen fast eine Meile lang.

Dahinter kamen die Dampfwagen, nur ein halbes Dutzend, aber es waren mächtige Fahrzeuge mit rumpelnden Eisenrädern, schnaufenden Maschinen, Messingstangen und Kolben, die in der weißgoldenen Sonne funkelten. Jeder Wagen zog zwei lange Anhänger mit Vorräten, die von weißen Planen geschützt wurden.

Hinter den Wagen ritt die Achte Kompanie der Spiegellanzenreiter, dahinter kam die Zehnte und hinter dieser folgten zwei Abteilungen Fußsoldaten. Alles in allem erstreckte sich der Tross von Pferden, Wagen und Fußtruppen über mehr als drei Meilen auf der Nordstraße.

Im ersten Drittel der Marschsäule, unmittelbar vor den Dampfwagen, ritt Major Piataphi mit seiner Eskorte von zwei Hauptmännern. Alle trugen sie die weiße Uniform mit der grünen Schärpe der Lanzenreiter; ihre Sättel waren aus gehärtetem weißem Leder gefertigt.

»Die Fußsoldaten kommen nicht so schnell voran wie die Lanzenreiter oder die Wagen«, bemerkte der Hauptmann mit dem schütteren Haar, der rechts neben Piataphi ritt. »Wir sind gezwungen, uns ihrer niedrigeren Geschwindigkeit anzupassen.«

»Ich glaube, das wird den Barbaren nicht weiter auffallen, Hauptmann«, antwortete der Major. »Sie sind überzeugt, dass es noch Jahreszeiten dauern wird, ehe wir uns zum Handeln entschließen.«

»Es wird aber noch mehr als einen Achttag dauern, bis wir Syadtar erreichen, obwohl wir die Dampfwagen haben, und noch einmal einen Achttag, um durch die Grashügel bis zum Bergwerk zu kommen«, wandte der zweite Hauptmann ein.

»Dank der Spähgläser wissen wir, dass die Barbaren

nach ihren Kleinkriegen nur wenige Bewaffnete und noch weniger Münzen übrig behalten haben. Man sieht keine Pferde im Einsatz, keine Fußtruppen, die sich sammeln, nicht einmal ihre erbärmlichen Rekruten. Wir werden das Bergwerk erreichen, ehe sie ihre Kräfte zusammenziehen können.« Piataphi hustete, als der Wind Ascheteilchen und Ruß von den Dampfwagen in seine Richtung wehte. »Das Bergwerk zu halten wird schwieriger sein, als es zu erobern. Diese Barbaren werden durch die Bäume und Hügel schleichen und verschwinden, ehe man überhaupt merkt, dass sie da waren. Sie feuern ihre primitiven Pfeile ab und ziehen sich sofort zurück, wenn man sich energisch zur Wehr setzt. Spähgläser sind nicht gut geeignet, wenn man nur kleine Trupps von Feinden aufspüren will.«

»Hat uns der oberste Herr von Cyador nicht genau deshalb aufgetragen, das Gebiet um die Minen zu säubern?«, fragte der Hauptmann mit dem schütteren Haar.

»Ja, Miatorphi.« Piataphi senkte die Stimme. »Wir müssen das Gebiet auch nach unserer Eroberung genau im Auge behalten. Es ist eine Sache, die Leute zu vertreiben, aber es ist eine ganz andere, das Gebiet später auch zu halten, wie der Urgroßvater Seiner Majestät aus bitterer Erfahrung lernen musste. Deshalb werden wir rasch zuschlagen und alle Feinde töten.« Er hustete wieder, als der Wind neuen Rauch heranwehte. »Lasst uns auf der anderen Seite reiten, bis der Wind sich dreht.«

Er lenkte sein Pferd auf die freie linke Seite der weiß gepflasterten Hauptstraße und trieb es an, bis er weit genug entfernt war, um von den Auspuffgasen der mächtigen Wagen nicht mehr belästigt zu werden.

XXIV

Die Stute atmete schwer, als sie Nylan durch die schmale Passage zwischen den Felsblöcken zu der Stelle trug, wo der Weg endlich ebener wurde und wieder bergab verlief.

Nylan blickte nach vorn. Gerade ging die orangeweiße Sonne jenseits der Westhörner unter, die Schatten der Berggipfel, die sich im Westen erhoben, lagen düster über der Straße und dem bewaldeten Tal vor ihnen. Der Schmied drehte sich im Sattel herum und rieb sich die Stirn, während die Augen sich anpassten. Das trübe Licht war ihm nach der grellen Sonne, in der sie für seinen Geschmack viel zu lange geritten waren, mehr als willkommen.

»Es ist anstrengend, in den Sonnenuntergang hinein zu reiten«, sagte er halb über die Schulter zu Ayrlyn, die ihm auf dem Kastanienbraunen folgte.

»Gaa-daa«, antwortete an ihrer Stelle Weryl, wobei er wild mit den Armen ruderte.

»Um diese Tageszeit ist das Reiten in jede Richtung schwer«, gab Ayrlyn schnaufend zurück. »Sogar dein Sohn ist dieser Meinung.«

»Er ist eben vernünftig. Erkläre mir doch noch einmal, warum das, was wir hier machen, sinnvoll ist.«

»Weil alle anderen Ideen, die wir haben könnten, noch schlechter sind«, meinte die Heilerin mit den hellroten Haaren.

»Das ist zwar nicht falsch, aber es entspricht nicht unbedingt dem Verhalten der Helden in den Trideofilmen.«

»Es ist lange her, dass wir das letzte Trideo gesehen haben«, gab sie zurück, »aber du hast wohl Recht. Fiktive Charaktere treffen immer die edelmütigsten Entscheidungen. Sie haben nur manchmal Schwierigkeiten, sie umzusetzen.«

»Und wir?«

»Wir können uns höchstens für die am wenigsten schreckliche Möglichkeit entscheiden und manchmal sind sogar alle Möglichkeiten entsetzlich.«

Der Schmied streckte die Beine, rückte etwas im Sattel hin und her und löste damit prompt neue aufgeregte Bewegungen bei Weryl aus.

Vor ihnen waren jetzt zwei langgestreckte Mauern aus Naturstein zu sehen, die ein zur Hälfte überdachtes Dreieck bildeten. Davor befand sich eine mit Steinen eingefasste Feuerstelle. Links sahen sie einen überwucherten Weg, der vermutlich durch die Bäume zum Bach führte. Nylan konnte im kühlen, auffrischenden Westwind die Feuchtigkeit in den Marschwiesen hinter dem Gebäude riechen.

»Das scheint mir eine Art rustikaler Rastplatz zu sein«, sagte Nylan.

»So ist es«, bestätigte Ayrlyn. »Ich glaube, einmal haben wir ihn sogar benutzt. Auf dem Pfad zum Bach gibt es eine Menge Mücken, daran kann ich mich noch gut erinnern.«

»Sollen wir lieber weiterreiten?«

»Da kommt nicht mehr viel. Die Straße wird jenseits des Tals uneben und schmaler und der Wind weht vom Bach weg.«

»Wie schön. Ich hasse Mücken.«

»Es ist ruhig hier«, sagte Ayrlyn, als sie zum dreieckigen Dach ritten.

Nylan lauschte angestrengt, wann immer Weryl eine Pause einlegte, aber er konnte nichts hören, nicht einmal das sonst so allgegenwärtige Surren und Summen der Insekten. Er blickte stirnrunzelnd zur Straße. »Da sind Hufspuren.«

»Und sogar ziemlich frische«, meinte Ayrlyn, während sie sich in den Steigbügeln aufstellte, um den Bereich hinter der Schutzhütte zu überblicken.

Der Schmied sah sich unsicher zum Gebäude um, aber niemand schien dort zu lauern und der ebene Bereich rings um die Feuerstelle wirkte im Zwielicht unberührt. Wieder blickte er zu den Bäumen, aber im dichten Blattwerk war nichts zu erkennen.

Ein Vogel, den Nylan nicht kannte, stieß ein nervenzerrüttendes Tschilpen aus und Nylan konnte gerade noch ein paar gelb geränderte schwarze Schwingen ausmachen. »Was für ein Vogel war das?« Er war entschlossen, sich dieses bemerkenswerte Tier gut einzuprägen.

»Diese Sorte ist ziemlich laut.« Ayrlyn runzelte die Stirn, weil ihr der Name nicht gleich einfallen wollte.

Der gelbschwarze Vogel hockte inzwischen auf der anderen Seite der Feuerstelle in einem Busch, legte wie zum Spott den Kopf schief und zwitscherte weiter.

Nylan tastete mit den Sinnen über den Bereich hinaus, den er mit dem Auge wahrnehmen konnte, als er ein leises Klirren hörte. Sofort griff er zur Klinge im Schultergurt. Viel zu spät wurde ihm klar, dass er schon längst das Schwert hätte in der Hand halten sollten. Der Vogel hieß Verrätervogel!

»Da-daaa«, machte Weryl und griff mit pummeligen Händen nach seinem Arm.

»Nein.« Nylan schüttelte ihn ab und wollte die Klinge ziehen. »Nein!«

Ein Pfeil flog zischend an seiner Schulter vorbei und Nylan beugte sich instinktiv vor, musste die Bewegung aber sofort unterbrechen, weil Weryl, der im Tragesack steckte, einen erstickten Schrei ausstieß.

Eine brennende Linie zog über Nylans linke Schulter und er lenkte die Stute eilig zur Schutzhütte, weil er hoffte, hinter den Holzwänden Deckung vor dem Bogenschützen zu finden. Fliehen konnte er nicht, ohne den Feinden ein noch besseres Ziel zu bieten.

Aus dem Wald näherten sich donnernde Hufschläge. Ungeschickt zerrte Nylan die Klinge aus der Scheide, behindert durch Weryls Gewicht und den wütend strampelnden Jungen, der gerade eben unsanft gequetscht worden war. Zwei pummelige kleine Arme ruderten wild herum. Nylan hatte keine Zeit, sich nach Ayrlyn umzusehen, er war vollauf damit beschäftigt, seine Stute zu wenden und die Klinge zu heben.

Fünf Reiter stürmten den Weg herauf, angeführt von einem großen, bärtigen Mann auf einem Rotbraunen. Der Anführer trug braune Lederkleidung und machte Anstalten, Nylan mit seiner langen, stumpfen Klinge, eher eine Art Brecheisen, den Schädel einzuschlagen, während er einen Kampfschrei ausstieß. »Haiii!«

Durch Weryl vor der Brust behindert, gelang es Nylan mehr schlecht als recht, den ersten Hieb des Räubers abzuwehren. Er duckte sich, als der Mann an ihm vorbeiritt und Ayrlyn angriff. Gerade rechtzeitig konnte er die Klinge wieder heben, um sich dem zweiten und dritten Angreifer zu stellen.

Der zweite Reiter, ein grau gekleideter Mann, verfehlte Nylan mit einem seitlichen Hieb, der dritte, der verschlissene braune Ledersachen trug, hob die rostige Klinge und entblößte pechschwarze Zähne.

Verzweifelt warf Nylan die erste Klinge, wie er es in den letzten Jahren in vielen Übungen gelernt hatte. Dann zog er die Stute einhändig herum, um dem zweiten Angreifer auszuweichen, während er zugleich mit Weryl kämpfte. Er saß ohnehin unsicher im Sattel und sein Versuch, nebenbei das zweite Kurzschwert aus der Scheide am Gürtel zu ziehen, brachte ihn noch stärker aus dem Gleichgewicht. Die Stute brach tänzelnd zur Seite aus.

»Schnapp ihn dir, Skittor, schnapp ...«

»Pass auf die andere auf.«

Nylan sah sich von einer Weißen Woge überspült, die ihn vorübergehend blendete, als sein Wurfschwert den zweiten Räuber fällte. Erneut vom Tragesack behindert, ganz zu schweigen von den rudernden Armen seines Sohnes, versuchte Nylan sich zu ducken …

Etwas Heißes, gefolgt von einem dumpfen Schmerz, traf Nylans linke Schulter – ein nicht sehr genau gezielter Hieb des dritten Banditen. Nylan sackte halb in sich zusammen, bis es ihm endlich gelang, das zweite Schwert aus der Scheide zu ziehen. Er musste die Räuber aufhalten – wenn schon nicht um seinetwillen, dann wenigstens, um sein Kind zu schützen.

Wieder fuhr ein dumpfer Schmerz durch seinen rechten Oberschenkel, als er die dunkelgraue Klinge im letzten Moment hob, um einen dritten, ebenfalls nicht sehr gut gezielten Hieb abzulenken. Obwohl halbblind und vom Chaos des Todes erschüttert, gelang es ihm, noch einige weitere ungestüme Schläge abzuwehren, bis seine Augen sich weit genug geklärt hatten und er, wie Ryba und Istril es ihn gelehrt hatten, mit dem Schwert den anderen Räuber erledigen konnte.

Gegen die weißen Blitze ankämpfend, die ihm wie Messer in die Augen stachen, zog er die Stute wieder zur Straße herum, wo ein einzelner Reiter auf Ayrlyn einhieb.

Der Mann hatte kaum eine Chance, überrascht aufzuschauen, bevor ihm das Kurzschwert aus Westwind in den Leib fuhr.

Dann … dann konnte Nylan sich nur noch an den Sattel klammern. Er war praktisch blind, die Augen lieferten nur hin und wieder ein flackerndes Bild, als würde im Zwielicht eine Lichtquelle in großen Abständen auf- und wieder abgeblendet. Er hatte Mühe, das schwere Schwert nicht aus der rechten Hand zu verlieren.

»Daa … daaa … wah-dah?«

»Dein Vater ist verletzt.« Ayrlyns Stimme kam wie aus weiter Ferne, obwohl der Schmied wusste, dass sie ihr Pferd direkt neben ihm gezügelt hatte.

»Wah-dah?«

Nylan zwang sich, tief durchzuatmen ... und noch einmal. Er konzentrierte sich aufs Atmen und hoffte, es würden keine weiteren Räuber mehr auftauchen.

»Ich kann nicht richtig sehen, aber du kommst mir vor, als könntest du überhaupt nichts mehr erkennen. Ich will mein Pferd festbinden, dann kann ich dir und Weryl aus dem Sattel helfen. Kannst du noch einen Augenblick warten?«

»Ja«, krächzte er.

Seine Stute schnaubte und warf unwillig den Kopf hin und her.

»Ruhig«, murmelte er. Er musste blinzeln, weil weiße Messer durch die Augen tief in seinen Schädel zu stechen schienen. »Verdammt ... kann mich nicht einmal mehr verteidigen ... ohne blind zu werden ...«

»Daa?«

»Es wird schon wieder werden.« Er hoffte es jedenfalls. Wenigstens konnte er das Zirpen der Insekten und irgendwo ein Surren hören. Blutrünstige Mücken?

»Waa-dah?«

»Du musst jetzt warten.« Er zwang sich, die Augen zu öffnen, und unterdrückte die Schmerzen. Ging es allmählich besser? Wieder sah er unzusammenhängende Einzelbilder, dazwischen Schwärze und schmerzende Blitze.

Nylan sah sich langsam zwischen dem Lager und der Schutzhütte um, soweit es seine getrübten Sinne erlaubten.

Zwei reiterlose Pferde standen schnaubend am Bach. Der Bandit mit der zerlumpten braunen Lederkleidung lag mit dem Gesicht nach unten neben der Feuerstelle, ein dunkler feuchter Fleck breitete sich auf seiner Schulter aus.

Der Räuber mit dem grauen Hemd lag auf dem Rücken, den Kopf unnatürlich schräg gelegt, fast direkt vor Nylans Pferd.

Ayrlyn ging langsam hinter dem Feuer vorbei und kam zu Nylan zurück.

Ein drittes Pferd, ein Wallach, wie Nylan auf klare und dennoch seltsam abwesende Art und Weise bemerkte, tänzelte auf dem Hang oberhalb des Bachs herum. Vor seinen Hufen stiegen Staubwolken auf. Der Reiter des Wallachs zuckte noch einmal, rutschte hilflos aus dem Sattel und blieb im trockenen Staub vor den Hufen reglos liegen.

Nylan drehte den Kopf herum, ganz langsam, und spürte ein leichtes Stechen in der rechten Schulter und ein dumpfes Pochen in der linken. Der rechte Oberschenkel tat weh. Ein prüfender Blick verriet ihm, dass die Lederkleidung nicht zerfetzt war. Hoffentlich hatte er nur eine Prellung von einem stumpfen Schlag mit dem Schwert davongetragen.

»Daaa …«, wimmerte Weryl. »Daaaa …«

»… schon gut … ist ja gut«, murmelte der Schmied.

»Glatt gelogen«, knurrte Ayrlyn, während sie sein Pferd an den Zügeln nahm und zur Schutzhütte führte. »Du blutest … wie ein angeschossener Hirsch … du siehst elend aus … wie ausgekotzt.«

»Hatte Mühe …« Nylan drehte den Kopf herum und lauschte, ob noch weitere Räuber in der Nähe wären. Der Hals tat ihm weh und die angespannten Muskeln jagten ihm immer neue brennende Pfeile durch den Schädel.

»Wir haben … wir haben sie alle erwischt«, bestätigte Ayrlyn. Sie keuchte schwer und konnte noch nicht wieder zusammenhängend sprechen. »Ich weiß bloß nicht, wie …«

Hinter ihr war ein weiteres reiterloses Pferd. Es kämpfte, wollte hochsteigen, war jedoch zu schwach.

»So ein … so ein Mist auch.«

Der Ingenieur musste zustimmen.

»Kannst du jetzt absteigen? Gib mir dein Schwert.«

»Oh.« Er starrte benommen das Kurzschwert an, ließ es endlich sinken und gab es ihr. Dann schaffte er es, das unverletzte Bein über den Sattel zu schwingen, doch als er absteigen wollte, verlor er den Halt und rutschte hilflos herunter. Ayrlyn fing ihn auf.

»Uff, du bist ganz schön schwer.«

»Daa ...«, protestierte Weryl.

»Tut mir Leid, mein Sohn ...«

Immer noch blinzelnd, weil es an allen möglichen Stellen pochte und schmerzte, während sein Gesichtssinn nach wie vor von weißen Blitzen gestört wurde, lehnte Nylan sich erschöpft an die Balken der Schutzhütte. Ayrlyn holte rasch seine Bettrolle und breitete sie aus, dann befreite sie Weryl aus dem Tragesack.

»Setz dich doch«, sagte die Heilerin, die den silberhaarigen Jungen auf den Arm genommen hatte.

Nylan setzte sich. Schenkel und Schulter protestierten und es verschwamm ihm vor den Augen.

»Rühr dich nicht vom Fleck!«, knurrte sie Weryl an, während sie Nylan den Tragesack abnahm und die Schulterwunde des Schmieds untersuchte. Der Junge blinzelte und blieb brav am Fußende der Bettrolle sitzen.

»Da hast du dir aber einen schönen Schnitt eingefangen«, murmelte sie. »Ein Glück, dass ich ein paar Wundverbände mitgenommen habe.«

Er blieb still sitzen, während sie eine kleine Kerze anzündete und in ihrem Licht die beiden Schulterwunden verband. Ringsum wurde es jetzt stockdunkel. Das Schnauben der Banditenpferde wurde leiser, während der Chor der Insekten anschwoll. Der Bach spielte dazu die Hintergrundmusik.

»Wie es aussieht, müssen wir wohl einen oder zwei Tage rasten.«

»Ich werde morgen weiterreiten.«

»Nein, das wirst du nicht.«

»Wah-da?«, fragte Weryl.

»Gleich«, sagte Nylan. Dank seiner Nachtsichtigkeit konnte er den Schauplatz des Blutbades vor der Schutzhütte noch gut überblicken. Selbst nachdem sie Westwind verlassen hatten, waren sie offenbar nicht imstande, Gewalttätigkeiten auszuweichen – und der Tatsache zu entgehen, dass man sein Schicksal nur mit roher Gewalt schmieden konnte. Er schüttelte den Kopf.

»Beweg dich nicht. Ich muss dich erst noch gründlich untersuchen. Zeig mir den Arm.«

Nylan hob den rechten Arm und die Rothaarige rollte vorsichtig den Ärmel hoch. Nylan spürte, wie ihre Ordnungs-Felder die Wunden berührten und wie sie mit ihren Heilfähigkeiten und Sinnen das Weiße Chaos der Infektion zurückdrängte.

»So bist du noch nie verprügelt worden«, sagte sie.

»Versuch du mal, mit einem Tragesack vor dem Bauch zu kämpfen«, erklärte der Schmied müde, »während Weryl mit den Armen rudert.« Er holte tief Luft. »Ich muss mir bald eine andere Art überlegen, ihn zu transportieren.«

»Einmal Ingenieur, immer Ingenieur.«

Nylan wünschte sich, er könnte tatsächlich einfach nur ein Ingenieur oder ein Schmied sein. Aber wie es aussah, musste er ständig mit Schwertern kämpfen. Wieder schüttelte er den Kopf. Wem wollte er eigentlich etwas vormachen? Auch die Vereinigten Glaubenstruppen hatten ihn gebraucht, weil er als Gefechtsingenieur seine Zerstörungskräfte einzusetzen wusste. Würde sich das denn niemals ändern?

»So.« Ayrlyn richtete sich auf. »Und jetzt sehe ich nach den Pferden und den Börsen dieser Räuber.«

»Geht es dir auch gut?«, fragte er. »Ich kann nicht sehr gut sehen.«

»Ich habe ein paar Prellungen und ein paar kleine Schnittwunden abbekommen. Nichts im Vergleich zu dir.« Ein unsicheres Lächeln spielte um ihre Lippen.

»Ich kann dir helfen.«

»Nein, kannst du nicht. Du passt jetzt auf Weryl auf. Du hast mehr Blut verloren als du glaubst.«

Weryl blickte zu Nylan. »Wah-dah?«

Ayrlyn fummelte an dem Gurtzeug von Nylans Stute herum und reichte ihm schließlich die Wasserflasche.

»Danke«, sagte er, während er den Stöpsel abzog und seinem Sohn zu trinken anbot. Er hatte Mühe, nicht zusammenzuzucken, als er sich vorbeugte.

Ayrlyn ging zu den Pferden der Banditen; ihre Schritte klangen unnatürlich laut in der Dunkelheit.

XXV

»Ich glaube nicht, dass dein Plan sonderlich gut war«, meinte Gethen, während er zwischen seiner Tochter und seinem Enkel hin und her sah. »Diese Schriftrolle – sie verheißt uns, dass uns wegen unserer Unhöflichkeit die ganze Macht Cyadors treffen wird.«

»Es hatte ja niemand eine bessere Idee.« Zeldyan lachte, aber ihre Stimme klang ein wenig verbittert. Nesslek saß auf einem kleinen Stuhl und schnappte gierig nach den Biskuits. »Wir würden ohnehin geschlagen, ob wir nun unhöflich sind oder nicht. Wie verlaufen deine Bemühungen, Rekruten und Bewaffnete auszuheben?«

»Die Leute in Cerlyn und im Süden sind bereit. Sie bieten sogar mehr als die angeforderten Rekruten.« Gethen schnaubte. »Sie haben ein gutes Gedächtnis, sie erinnern sich an die alten Zeiten, als jedes Mädchen zur Konkubine gemacht und der Vater umgebracht werden konnte, sobald er protestierte.«

»Ich glaube, sie erinnern sich mehr an die Hinrichtungen als an die entehrten Töchter.« Zeldyan schnitt ein kleines Stück von einem Birnapfel ab und gab es ihrem Sohn. Nesslek schob es eine Weile im Mund hin und her, ehe er es hinunterschluckte.

»Leider, meine Tochter, leider muss ich dir zustimmen, aber wir müssen nun einen Weg finden, dem aufziehenden Sturm zu entgehen.«

»Hast du schon etwas von Fornal gehört?«

»Nein. Ich fürchte, er wird Schwierigkeiten haben, aus Dosai Bewaffnete zu bekommen.«

»Kann er nicht ein paar Einheiten von der jeranischen Grenze abziehen?« Sie blickte zum Fenster. Im Süden braute sich ein Gewitter zusammen.

»Ich habe es ihm bereits vorgeschlagen. Auf diese Weise könnten wir tatsächlich ein paar gute Bewaffnete bekommen, aber wir müssen auf jeden Fall mehrere Einheiten an der Grenze lassen, die ausgebildet werden und an Erfahrung gewinnen.«

»Traust du Ildyrom immer noch nicht?« Sie nahm sich etwas Gebäck und aß es langsam, dann trank sie einen Schluck kalten Grünbeerensaft.

»Aaaah …« Nesslek langte nach dem kostbaren Kristallglas.

»Nein, das gehört deiner Mutter«, wehrte sie den Kleinen ab, während sie den Blick ihres Vaters erwiderte. »Du bekommst später noch mehr.«

»Sillek hat ihm nie getraut, ich habe ihm nie getraut. Ich sehe keinen Grund, meine Ansicht zu ändern.« Gethen hustete. »Ildyrom wird jederzeit das Schwert aus der Scheide ziehen, wenn er glaubt, dass es ihm etwas einbringt.«

»Genau wie die meisten Grundbesitzer und Fürsten«, meinte Zeldyan mehr zu sich selbst als zu ihrem Vater.

Gethen hob die Augenbrauen, antwortete aber nicht.

XXVI

Nylan drehte sich im Sattel um und sah nach Osten zu den baumbestandenen Hügeln, hinter denen die felsigen, teils mit Eis bedeckten Gipfel der Westhörner fast verschwunden waren. Verwundert schüttelte er den Kopf. Wie lange war es her? Acht oder neun Tage? Allerdings hatten sie drei davon damit verbracht, sich von dem Angriff der Banditen zu erholen.

»Bei der Dunkelheit«, murmelte er, während er Weryl im Tragesack zurechtrückte. Sein Sohn schien mit jeder Meile, die sie ritten, schwerer zu werden. In der letzten Zeit hatte er Weryl kaum noch auf den Armen getragen. Da seine Schulter verletzt war, hatte meist Ayrlyn diese Aufgabe übernommen.

»Soll ich ihn nehmen? Du darfst dich nicht überanstrengen.« Ayrlyns Blicke wanderten den Strick entlang, an dem der Graue hing, der ihnen jetzt als Lastpferd diente. Das zweite Banditenpferd, das nicht geflohen war, hatte stark gelahmt. Sie hatten es frei gelassen.

»Überanstrengen? Ich habe doch bisher kaum etwas getan, außer zu reiten.«

»Du hast in den letzten zwei Jahren genug für drei geschuftet. Warum bist du nur immer so hart zu dir selbst?«

»Wir sind jetzt sechs Tage geritten«, sagte Nylan, um das Thema zu wechseln. »Hast du auf deinen Handelsexpeditionen genauso lange gebraucht?«

»Bis hierher habe ich meist fünf Tage gebraucht. Aber wir sind auch keinen Räubern begegnet und mussten nicht so oft anhalten.«

»Ich kann nicht reiten, wenn er sich nicht wohl fühlt«, räumte Nylan ein. »Ich glaube, ich bin nicht hartherzig genug.«

»Mir fällt es auch schwer. Ich spüre es, wenn er sich nicht gut fühlt. Oder du.«

»Meine einfühlsame Heilerin.« Im medizinisch rückständigen Candar war Nylan nicht zum ersten Mal froh darüber, dass sie diese besondere Begabung besaß. Manchmal war seine Schulter bereits völlig schmerzfrei.

»Vergiss es nicht. Und du bist mein einfühlsamer Ingenieur, Magier und Schmied.«

»Was die Magie angeht, bin ich mir gar nicht so sicher.«

»Du bist ein Magier, wehre dich nicht dagegen.« Die Heilerin betrachtete den Wald auf der linken, südlichen Seite der Straße. »Die Bäume dort haben größere Blätter. Man merkt, dass wir in tiefer liegendes Gelände kommen.«

Nylan wischte sich in der reglosen Luft die Stirn trocken und blickte zum klaren, blaugrünen Himmel hinauf. »Es wird wärmer.«

»Es wird angenehm.«

»Wenn es dir angenehm wird, bin ich geröstet oder gebraten … oder sonst etwas.« Er räusperte sich. »Wir haben noch keine Menschenseele gesehen.«

»Im letzten Herbst haben ein Stück weiter auf den Wiesen zwischen den Wäldern Schafe gestanden. Vielleicht ist es dafür noch zu früh, aber ich weiß es nicht genau.« Die rothaarige Frau richtete sich in den Steigbügeln auf.

»Steif?«, fragte der Ingenieur.

»Etwas.«

»Gestern Abend warst du sehr beweglich.«

Ayrlyn errötete. »Du bist unmöglich. Nach so einer Verletzung … ich hätte nicht geglaubt, dass …«

»Du bist eben eine gute Heilerin.«

»Zu gut, wie mir scheint.«

Nylans Stute schnaubte, als sie einen Punkt erreichten, wo die Straße sich in nördlicher Richtung um einen Hügel wand, der dicht mit immergrünen Pflanzen bewachsen war, die graugrüne Nadeln trugen. Nylan tätschelte dem Pferd die Schulter, dann klopfte er Weryl auf den Rücken. Der Junge strampelte und stieß Nylan die Hacken in den Bauch.

»Das habe ich gefühlt, Weryl. Tritt ihn ruhig noch ein paarmal, er hat es verdient.«

Aber Weryl sah nur seinen Vater an und sagte: »Daaawaaa.«

»Wenn das etwas zu bedeuten hat, dann habe ich es noch nicht entschlüsselt.« Nylan wandte sich an Ayrlyn. »Leben hier denn keine Menschen?«

»Nur wenige. Dieser Teil von Lornth ist nicht sehr dicht besiedelt. Eine halbe Tagesreise weiter gibt es ein Dorf oder einen Weiler oder eine Stadt ... oder wie auch immer man eine Ansammlung von Hütten hier nennt.«

»Das ist immerhin etwas.«

»Erwarte nicht zu viel«, gab die Heilerin zurück. »Es ist ein erbärmliches Nest.«

»Gibt es denn nicht irgendwo irgendetwas, das den Namen Zivilisation verdient?«

»Nun ja ... in Lornth vielleicht. Sie haben eine gute Metallverarbeitung, Wein und Händler.«

»Lornth ... ist das nicht der Name des Landes?«

»Nylan«, erklärte Ayrlyn geduldig, »Lornth ist ein Stadtstaat. Die Hauptstadt ist ein Ort namens Lornth. Die Einheimischen sagen, dass diese Straße bis zur Stadt Lornth verläuft. Der Herr von Lornth ist das Oberhaupt dieser Ländereien, doch es gibt Fürsten von niedrigerem Rang, die ...«

»Bitte ... ich bin für eine Lektion in örtlicher Landeskunde noch nicht bereit. Ich habe doch nur eine Frage gestellt. Beim nächsten Mal könntest du mir vielleicht einfach sagen, dass es eine dumme Frage war.«

»Es gefällt dir nicht, wenn dir eine Frau so etwas sagt.«

Mit dem Gefühl, sich eine ganz andere Art von Haken gefangen zu haben, holte der Schmied tief Luft und sah an Ayrlyn vorbei nach rechts. »Die Bäume sehen hier anders aus.« Nylan wischte sich die Stirn trocken. Obwohl er keine Jacke, sondern nur Hemd und Unterhemd trug, war ihm warm.

»Das ist mir noch gar nicht aufgefallen«, sagte Ayrlyn.

»Sie sind anders«, wiederholte Nylan.

»Wie denn?«

»Die Wipfel bewegen sich kaum im Wind und ... sieh dir die Wurzeln an. Sie sind knorrig und groß und liegen über der Erde.«

»Welchen Wind meinst du?« Jetzt tupfte sich auch Ayrlyn die Stirn trocken.

»Höher in den Hügeln ... schau dir dort mal die Blätter der Pflanzen an. Sie biegen sich und wachsen in die Richtung, in die der Wind sie drückt. Wir müssen hier in einem geschützten Gebiet sein.«

Ayrlyn lenkte den Kastanienbraunen an den Straßenrand, streckte eine Hand aus und zog sie erschrocken wieder zurück. »Die Blätter haben nadelscharfe Dornen. Sie sind wie das Eisenholz, aus dem wir Holzkohle machen wollten, nur größer und stachliger.«

»Hast du dich gestochen?«

»Nein, aber beinahe. Es war dumm von mir.« Sie holte ihre Wasserflasche hervor und trank.

»Waaa-daaa«, sagte Weryl.

»Was in seiner Sprache bedeutet, dass er Wasser will«, bemerkte Ayrlyn.

Auch Nylan holte seine Wasserflasche heraus und das Ende vom Liede war, dass mehr Wasser auf dem Tragesack und der Hose landete als in Weryls Mund. Nylan hielt die Flasche, damit sie nicht gegen Weryls Gesicht schlug, und Weryl ergriff die Gelegenheit, seine ersten Zähnchen in Nylans Finger zu schlagen. Schließlich schob Nylan etwas entnervt die Flasche an ihren Platz zurück.

Vor ihnen verlief die Straße in einem Einschnitt zwischen zwei Hügeln mehr oder weniger gerade. Der rechte Hügel war mit graugrünen Eisenholzbäumen bedeckt, der linke mit hohem Gras. Nylan blinzelte. Stand da nicht mitten auf der Wiese eine Hütte?

»Na schön … die Bäume sind hier also anders. Was hat das zu bedeuten?«, fragte Ayrlyn.

»Wahrscheinlich nichts, denke ich. Nur, dass man Eisenholzbäume nicht so ohne weiteres schlagen kann. Wie der Name schon sagt, ist das Holz sehr hart.«

»Eisenholz …«, überlegte Ayrlyn. »Das ist es!«

»Was meinst du?« Nylan schnüffelte, als ein sattsam bekannter Geruch vom Tragesack aufstieg.

»Daa … wa-wa«, meinte Weryl grinsend.

»Das hier sind die Eisenholzwälder. Man kann die Bäume nicht abschlagen. Man kann nicht hindurchreiten, ohne in Stücke zerschnitten zu werden.«

»Und weiter?« Nylan betrachtete naserümpfend seinen grinsenden Sohn.

»Relyn … er hat Westwind angegriffen, um Land und einen Titel zu bekommen. Ich glaube, er sagte mir, er sollte zum Herrn der Eisenholzwälder ernannt werden.« Ayrlyn lachte. »Aber dieses Land ist für seine Kultur so gut wie wertlos. Sie haben keinesfalls die Werkzeuge, die man brauchen würde, um das Holz zu schlagen. Wie kann man etwas wegräumen, das einen in Stücke schneidet?«

»Das geht nicht. Meist du damit, dass Sillek oder wer auch immer ein mehr oder weniger wertloses Stück Land feilgeboten hat, um die Leute zu ermuntern, Westwind anzugreifen?«

»So kommt es mir jetzt vor.« Ayrlyn schüttelte den Kopf. »Bei der Dunkelheit, die Politiker sind wirklich überall die Gleichen. Das ist beinahe so übel wie die Politik der Vereinigten Glaubensallianz.«

»Ich glaube, über deren Politik müssen wir uns nie wieder den Kopf zerbrechen. Vielleicht über die Nachkommen einiger Rationalisten, aber sicher nicht über die Allianz.«

Ayrlyn lenkte den Kastanienbraunen etwas näher an Nylans Stute. »Oh, ich kann ihn schon von hier aus riechen.«

»Da vorn verläuft der Bach näher an der Straße.« Nylans Schulter begann wieder zu pochen. Wahrscheinlich musste er Ayrlyn bald eine Weile seinen Sohn tragen lassen. Er bat sie nur ungern darum und hatte darauf bestanden, seinen Sohn zu nehmen, so oft seine verletzte Schulter es überhaupt zuließ. Er hoffte nur, sie würden nicht noch einmal auf Banditen stoßen.

»Ich kann es kaum erwarten, das Wasser zu erreichen.« Ayrlyn vergrößerte die Entfernung zwischen sich und Nylan und vor allem Weryl wieder ein wenig.

Nylan versuchte, nicht zu tief zu atmen, und blickte sehnsüchtig zum Wasserlauf.

XXVII

Nylan sah zwischen der orangeweißen Sonne, die knapp über den sanften Hügeln im Westen am grünblauen Himmel stand, und der Ansammlung von Häusern oder Hütten hin und her, die am Hang neben der Straße verteilt waren.

Dumpfes Donnergrollen hallte von den Hügeln herunter. Der Ingenieur drehte sich im Sattel um. Über den Westhörnern dräuten weiße und graue Wolken, die offenbar in die gleiche Richtung wie die Reisenden zogen. Sie türmten sich auf und wurden rasch dunkler.

»Bisher hatten wir Glück«, meinte Ayrlyn. »Zehn Tage im Freien unterwegs und kein Regen. Wir hätten uns kein besseres Wetter wünschen können. Dort im Dorf können wir einen Unterschlupf finden.«

Nylan sah zwischen dem Dorf und den Gewitterwolken hin und her und versuchte, die Energiemuster zu erfassen. Es gelang ihm nicht. Meist konnte er Gewitter erst spüren, wenn sie direkt über ihm waren. »Es scheint, als würde es ausgiebige Regenfälle geben.«

Er betrachtete Weryl. Der Regen würde weder dem Jungen noch seinen heilenden Wunden gut tun.

»Das wird ein richtiges Unwetter«, bestätigte Ayrlyn.

Als ihre Pferde leicht bergab liefen, der graue Wallach am Seil hinterdrein, hatte der Schmied etwas Zeit, den Weiler vor ihnen zu betrachten. Die Mauern der Häuser bestanden aus Naturstein, die man anscheinend nicht mit Mörtel verbunden, sondern passend zurechtgeschlagen und einfach aufeinander gestapelt hatte. Die Dächer bestanden aus dicken, unebenen Holzplanken, deren Fugen mit schmaleren Holzstreifen verschlossen worden waren.

Schon aus mehr als hundert Ellen Entfernung konnte Nylan goldene und braune Hühner neben einer Hütte erkennen. »Hühner ... sie haben Hühner.«

»Hier hat jeder Hühner. Sogar weiter südlich in den Ebenen, wo es heißer ist, werden Hühner gehalten.«

»Es wird noch heißer und flacher?«

»Aber natürlich.«

Nylan stöhnte. »Dabei ist erst Frühling.«

Hinter ihnen, schon etwas näher, grollte der Donner. Weryl erschauerte im Tragesack, als könnte er, obwohl er schlief, die Spannung zwischen Ordnung und Chaos in den aufziehenden Gewitterwolken spüren.

»Wie hat man dich hier aufgenommen?«, fragte Nylan.

»Sie haben jedenfalls nicht gleich alle Läden zugeschlagen.«

»Oh?« Nylan schob Weryl ein wenig im Tragesack hin und her und ignorierte das Stechen in der Schulter.

»Übrigens haben sie überhaupt keine Fensterläden.

Sie besitzen auch sonst nicht viel außer Lebensmitteln. Nein, das war falsch. Sie haben zwar Fensterläden, aber keine verglasten Fenster.«

»Können wir hier Lebensmittel kaufen? Korn für die Pferde wäre gut.«

»Ich habe hier schon einmal eingekauft, aber es hängt davon ab, wie die Ernte war.«

»Wir haben ja den Banditen ein paar Münzen abgenommen.«

»Fünf Silberstücke und ein Dutzend Kupfermünzen. Nicht gerade eine gerechte Entschädigung für die Verletzungen und Schmerzen.«

»Und ein graues Packpferd und einen Sattel.« Nylan sah sich noch einmal rasch über die Schulter um, aber das Unwetter war noch nicht viel näher gekommen. Andererseits konnte man sich in Candars reiner Luft, was Entfernungen anging, sehr leicht irren. Die beiden ritten weiter, bis von den Westhörnern neues Donnergrollen herunterdröhnte.

»Ein starker Sturm«, bestätigte Ayrlyn, als sie sich dem Weiler näherten. »Da oben ist eine Menge Chaos.«

»Kannst du es fühlen?«

»Du nicht?«

»Erst wenn es viel näher ist«, gestand er. »Ich glaube, du kommst besser mit den Winden zurecht.«

»Man glaubt es kaum … du gibst wirklich zu, dass ich etwas besser kann.«

»So schwer es mir auch fällt.« Er zwang sich zu einem Grinsen.

Sie antwortete mit einem kleinen Lächeln, blickte aber sofort wieder zu den Hütten vor ihnen. Zwischen den Gebäuden gab es keine Straßen, sondern nur Trampelpfade. Links und rechts neben jedem Haupthaus standen kleinere Nebengebäude. Einige davon waren Außentoiletten, wie Nylan erkennen konnte, als der auffrischende Wind entsprechende Gerüche in seine

Richtung trieb. Nicht besonders saubere Außentoiletten.

Hinter den Häusern waren kleine Grundstücke abgeteilt, die man umgegraben hatte. Die sorgfältig gepflegten Gärten bildeten einen seltsamen Kontrast zu den Schutthaufen, die sich vor den Türen einiger Häuser angesammelt hatten.

»Da ist die Händlerin! Niemand sonst hat Haare wie … oh, da ist noch eine Frau mit grauen Haaren bei ihr.« Der Junge verschwand im zweiten Gebäude.

»Sie werden enttäuscht sein, wenn sie sehen, dass ich ein Mann bin.« Nylan rutschte ein wenig im Sattel hin und her, Weryl gähnte. Natürlich, der Junge wurde wach, weil sie gleich anhalten würden.

»Die Männer werden sicherlich enttäuscht sein. Wie es mit den Frauen steht, weiß ich nicht«, gab Ayrlyn grinsend zurück. »Aber du solltest lieber keine großen Anstrengungen unternehmen, es herauszufinden.«

»Wie sollte ich auch mit meinem kleinen Freund hier?«

»Willst du damit sagen, dass du es versuchen würdest, wenn Weryl nicht dabei wäre?«

»Nein …«, stammelte Nylan. »So habe ich das nicht gemeint.«

»So hast du es auch nicht gesagt.«

Nylan musste sich schon wieder die Stirn abwischen. Warum sagte er immer nur so dumme Sachen? Einerseits wollte Ayrlyn, dass er mehr aus sich herausging. Andererseits bedeutete mehr Lebhaftigkeit auch, dass er weniger vorsichtig war, und wenn er weniger vorsichtig war, dann … Er seufzte.

»Warum das Seufzen?«

»Später«, wich er aus, als eine alte Frau aus der ersten Hütte trat.

Ayrlyn ritt langsamer und hielt den Kastanienbraunen an. Nylan zügelte sein Pferd neben ihr und sah sich um. Drei Häuser weiter die Straße hinunter tauchte vor einer

Hütte ein bärtiger Mann auf und stützte sich auf einen Stab. Er stand nur da und sah zu ihnen herüber.

»Händlerin? Wo ist dein Karren?«, fragte die grauhaarige Frau.

Nylan erkannte erschrocken, dass die Frau noch gar nicht so alt war, wahrscheinlich kaum älter als er selbst. Hinter ihr, in der Tür des Steinhauses, stand ein Mädchen, das ihr ungefähr bis zur Hüfte reichte. Das Kind schleppte ein verwachsenes Bein hinter sich her und humpelte über die Türschwelle nach draußen.

Die grauen Augen unter grauem Haar richteten sich auf den Schmied.

»Eine Frau mit silbernem Haar und einem Kind.«

»Er ist ein Mann und ein Schmied«, erklärte Ayrlyn.

»Aber er hat keinen Bart. Sind alle silberhaarigen Männer wie er? Ohne Bärte? Ein silberhaariger Mann mit einem Kind. Kein Mann aus Lornth würde sein Kind tragen.«

»Ein Bart ist zu warm«, erklärte Nylan freundlich, während Weryl unwillig strampelte. Er zuckte zusammen, als ihm wieder einmal eine Hacke in den Bauch gestoßen wurde, aber er wollte seinen Sohn erst aus dem Tragesack befreien, wenn er sicher war, dass man sie hier freundlich aufnehmen würde.

»Waa-daa.«

Er schloss einen Kompromiss, indem er die Wasserflasche hervorzog und Weryl trinken ließ, was bedeutete, dass das Kind ihm das Wasser wieder einmal über die Hosenbeine verteilte. Eine Bö zauste Nylans Haare, dann war erneutes Donnergrollen zu hören.

»Ein Schmied, sagst du … nun ja … die Engel sind eben anders als wir.« Sie lachte, es war fast ein Gackern. »Und angesichts dieser Klingen und der himmlischen Feuer, von denen ich gehört habe, habe ich Besseres zu tun, als dich mit Fragen zu belästigen. Brauchst du vielleicht ein paar Hühner, Händlerin?«

»Nein, ich brauche keine Hühner. Wir sind auf Reisen, wir sind nicht zum Handeln gekommen.« Ayrlyn hielt inne. »Wer könnte uns wohl ein Dach über dem Kopf bieten?«

»Hisek hat vielleicht Platz, er hat auch einen großen Schuppen, in dem ihr die Pferde unterstellen könnt.« Die Frau deutete in die entsprechende Richtung. »Auf der anderen Seite, direkt hinter der verbrannten Hütte. Sie hat Jirt gehört. Es war sowieso nicht viel damit los und seit Hiseks Weib gestorben ist, lebt Jirt mit seiner Frau bei Hisek. Hisek ist nämlich sein Vater. Sie haben eine große Stube und sogar ein Zimmer für die jungen Leute, man stelle sich das vor. Hisek hat es für Gistene gebaut. Er sagte, so macht man das eben in Lornth. Sie hat bloß nicht mehr viel davon gehabt.« Ihr scharfer Blick richtete sich auf die Besucher. »Was seid ihr so früh im Jahr schon unterwegs?«

»Es wäre für mich und meinen Sohn nicht gesund gewesen, länger auf dem Dach der Welt zu bleiben«, erklärte Nylan ausweichend.

»Wie man hört, ist das für viele Leute eine ungesunde Gegend.« Das lahme Mädchen zupfte ihre Mutter am Arm und die grauhaarige Frau nickte. »Ja, ich habe einen Topf auf dem Feuer stehen. Geht ihr nur zu Hisek.«

Der Mann mit dem braunen Bart beobachtete sie schweigend wie zuvor, als sie an seinem Haus vorbeiritten. Er sah zwischen Nylan, Ayrlyn und Weryl hin und her. Nylan nickte höflich, aber der Mann reagierte nicht. Dann kamen sie an der niedergebrannten Hütte vorbei, von der außer geschwärztem Stein und verkohlten Resten von Dachbalken nicht mehr viel zu sehen war.

»Das muss diesen Winter passiert sein«, meinte Ayrlyn.

»Im Winter ...« Natürlich. Im Winter entfachten die Leute Feuer, um sich zu wärmen.

Ayrlyn und Nylan zügelten die Pferde vor einem

größeren Steinhaus. Es hatte sogar eine primitive Veranda und neben dem Haupthaus stand ein lang gestreckter Stall. Ein dumpfes Blöken verriet ihnen, dass mindestens ein Ochse im Stall stand.

»Seid gegrüßt«, rief Ayrlyn, als sie abstieg.

Nylan sah zu, wie ein vierschrötiger weißhaariger Mann auf die Veranda trat.

»Ihr müsst wohl Hisek sein«, begann Ayrlyn höflich. »Ich bin Ayrlyn …«

»Die Händlerin der Engel. Ja, ich habe Euch schon einmal gesehen.« Dann verzog er verwirrt das Gesicht. »Allerdings habe ich nichts zum Tauschen.«

»Wir suchen eine Unterkunft für die Nacht. Wir haben gehört, dass Ihr eine große Stube habt.«

»So ist es.«

»Für ein paar Kupferstücke«, bot Ayrlyn an.

»Ich weiß nicht … feuerrotes Haar und Silberhaar … zwei Engelsfrauen …« Der kantige Hisek zauste sich den weißen Bart und musterte Nylan, der seinerseits damit beschäftigt war, Weryl von der Wasserflasche fern zu halten.

»Nylan ist mein Gefährte. Die Engelsmänner tragen oft keine Bärte.«

Nylan wandte sich an Hisek. »Es wäre schön, wenn Weryl bei diesem Sturm ein Dach über dem Kopf hätte.«

»Ein Mann mit einem Kind …«

»Ich bin auch Schmied«, erklärte Nylan. Er konnte jetzt schon sehen, dass es ihm sehr bald auf die Nerven gehen würde, immer wieder zu erklären, dass er ein Mann war. Aber er weigerte sich hartnäckig, sich einen Bart stehen zu lassen. Zudem wäre sein silberner Bart fast durchsichtig und aus einiger Entfernung ohnehin nicht zu sehen.

»Und ein Krieger, würde ich meinen, da Ihr diese Schwerter tragt. Kaltes Eisen ist schwer.«

»Wir kämpfen nur, um uns zu verteidigen«, erklärte Ayrlyn.

Ein weiterer Donnerschlag hallte über dem Tal und der Wind begann zu heulen und wurde scharf genug, dass Hisek nach Osten sah und die Augen zusammenkniff. »Da kommt ein heftiger Sturm von Osten, ein gewaltiger Sturm.« Er schürzte die Lippen. »Sagen wir drei Kupfermünzen und ihr sollt von unserem Eintopf abbekommen.« Er blinzelte und lächelte verschmitzt. »Natürlich würde er noch besser schmecken, wenn die Händlerin vielleicht etwas beisteuern könnte ...«

»Etwas getrocknetes Fleisch höchstens, mehr haben wir nicht«, sagte Ayrlyn ebenfalls freundlich lächelnd.

»Dann will ich Euch den Stall zeigen. Ihr wollt ja sicher nicht bei dem Wetter die Pferde draußen lassen und der alte Nerm mag etwas Gesellschaft. Hatte noch nie einen Ochsen, bei dem es anders gewesen wäre.«

Nylan stieg vorsichtig ab, um Weryl nicht wehzutun, und folgte den anderen zum Schuppen.

»Seht Ihr ... hier am Ende wäre dann Platz für Eure Tiere.«

Der Ochse sah ihnen gelassen entgegen und muhte.

»Ich sagte es doch, der alte Nerm liebt Gesellschaft. Ochsen sind zum Pflügen besser als Pferde und klüger sind sie auch.«

»Nimm du Weryl«, sagte Ayrlyn zu Nylan. »Er braucht etwas Bewegung, sonst bekommen wir heute Nacht keinen Schlaf. Ich hole die Pferde und den Grauen.«

Nylan nahm seiner Stute die Satteltaschen ab und schleppte sie ins Haus, den strampelnden Weryl immer noch im Tragesack vor der Brust. Seine Schulter begann zu pochen, noch bevor er den halben Weg zum Haus zurückgelegt hatte.

»Ja, Ihr müsst ein Schmied sein. Ihr seid zwar schlank, aber ich kenne keinen, der zwei schwere Klingen, ein lebhaftes Kind und einen Haufen Gepäck auf einmal schleppen könnte.« Hisek lief schnaufend neben dem Schmied her.

»Eisen ist schwer, aber noch schwerer war es, das Metall mit dem Hammer zu bearbeiten«, erklärte Nylan. »Es gab Zeiten, da dachte ich, mir würden die Arme abfallen.«

»Mein Vater ... er hat mir immer gesagt ... ja, er hat mir immer gesagt, mach dir nur ja keinen Schmied zum Feind. Hisek, hat er mir gesagt, wenn einer davon lebt, Eisen zu schlagen, dann hat er keine Mühe, auch dich zu schlagen. So hat er's mir gesagt.«

Nylan kam sich überhaupt nicht so stark vor, wie er beschrieben wurde. Er fragte sich, wie lange es dauern würde, bis die Schulter völlig verheilt war.

Immer neue Donnerschläge, näher als die letzten, dröhnten im Osten. Über ihnen war der Himmel jetzt ganz von dunklen Wolken bedeckt.

»Ich kümmere mich dann mal ums Abendessen«, schnaufte der Mann mit dem weißen Bart, als er auf die schmale Veranda stieg und ins Haus trat. »Stellt Eure Sachen einfach da in der Ecke ab.«

In der Stube gab es an der Westseite einen Herd, über dessen Kohlen ein großer Eisenkessel an einem Dreharm hing, der in die Wand eingelassen war. Ein langer, grober Tisch nahm die Mitte des Raumes ein, zu beiden Seiten standen Bänke. Neben dem Herd war in einer Ecke ein schmales Bett mit dünner Matratze aufgestellt. In der zweiten Ecke stand ein Küchentisch mit Krügen und Schachteln und ein paar Fässern darunter.

Nylan lud seine Sachen in der Ecke ab, die am weitesten vom Herd entfernt war. Dann zog er Weryl aus dem Tragesack, trug ihn zur vorderen Veranda und setzte ihn auf den Steinen ab. Weryl krabbelte sofort zum Ende der Veranda. Nylan hob ihn wieder auf und setzte ihn vor der Tür ab, aber Weryl krabbelte unverdrossen in die gleiche Richtung wie zuvor. Wieder holte der Schmied ihn zurück.

»Ja, die Kinder sind manchmal sehr eigensinnig.« Eine

schwer gebaute junge Frau stand in der Tür. Kaum mehr als ein Mädchen war sie, sicher nicht älter als Niera, das Waisenmädchen in Westwind, dessen Mutter bei Gerlichs Angriff ums Leben gekommen war.

»O ja, das sind sie«, antwortete er freundlich.

»Ich bin Kisen, Jirt ist mein Mann. Er hat die Herde auf der unteren Wiese.« Kisen setzte sich auf eine Ecke der Veranda und ließ die Beine baumeln.

Nylan beförderte Weryl wieder auf die Veranda. Dieses Mal starrte der Junge Kisen mit großen Augen an.

»Ein Junge?«, fragte sie.

»Mein Sohn.« Nylan erkannte, dass das braunhaarige Mädchen eigentlich nicht dick, sondern vielmehr schwanger war.

»Er hat Eure Haare, nicht die der … der Engelsfrau. Haben alle Engel silberne oder feuerrote Haare?« Sie rückte etwas hin und her, von ihrem Bauch behindert.

»Nein. Manche haben auch schwarze oder braune oder blonde Haare. Auch unter den Engeln sind silberne und flammend rote Haare eher selten.« Während er ihr antwortete, begann Nylan unwillkürlich zu grübeln. In den ersten beiden Jahren war nur ein Engel mit silbernem oder feuerrotem Haar gestorben, einer von sechs. Von den anderen hatten nur vier überlebt. War es Glück? Oder gab es andere Eigenschaften, die gemeinsam mit der Haarfarbe … Er schüttelte den Kopf. Alle Engel mit seltsamen Haaren konnten die Ordnungs- und Chaos-Felder fühlen und das half, wenn man überleben wollte.

»Zuerst dachte ich, Ihr wärt auch eine Engelsfrau. So hart wie die anderen. Wie kommt es, dass Ihr keinen Bart habt?«

»Bärte sind unangenehm. Und zu warm.«

Kisen nickte. »Man sagt, Ihr habt es gern kalt. Ist das wahr?«

»Das ist wahr.« Nylan beugte sich vor, um Weryl aufzuhalten.

Eine Bö fegte ein paar Regentropfen unter das Dach der Veranda. Ayrlyn kam mit den Satteltaschen, ihrer Bettrolle und Weryls zweitem Beutel um die Ecke geeilt.

»Ich habe die Sachen drinnen in die Ecke gestellt«, sagte Nylan.

»Ihr seid beide mit zwei Klingen bewaffnet?«, fragte Kisen verwundert.

»So kann man ein Schwert werfen und behält noch eines übrig«, erklärte Ayrlyn knapp, während sie ins Haus trat. Eines ihrer Kurzschwerter knallte gegen den Türrahmen.

»Ihr werft damit?«

»Ja.«

»Habt Ihr schon jemanden getötet?«

Nylan zuckte zusammen, nickte.

»Viele?«, bohrte das Mädchen weiter.

»Viel zu viele«, sagte Nylan.

Eine neue Bö wehte noch mehr Regentropfen herbei und Nylan hob Weryl auf. »Es wird Zeit, nach drinnen zu gehen, Weryl.«

In der Stube war Ayrlyn schon dabei, Brocken von Dörrfleisch zu zerteilen und in den Eisenkessel zu geben, der über dem Kochfeuer hing. »Das muss jetzt aber noch eine Weile kochen.«

»Es wird sowieso noch etwas dauern, bis Jirt nach Hause kommt.« Hisek wandte sich an Kisen. »Kannst du Brötchen backen, Kisen?«

»Ich kann's versuchen.« Kisen ging zum Tisch in der Ecke.

Nylan setzte sich auf einen dreibeinigen Hocker neben ihre Siebensachen und pflanzte Weryl auf den Boden. Rohe Dielenbretter waren es, dicht aneinander gelegt und von Stiefeln und Füßen blank gescheuert. Weryl packte sofort Nylans Hosen und zog sich hoch, um auf wackligen kurzen Beinchen einen Augenblick zu schwanken, ehe er auf den Hintern plumpste. Nach ein paar Augenblicken tasteten die Finger wieder nach der Lederhose.

»Er wird schneller laufen lernen, als dir lieb ist«, bemerkte Ayrlyn, während sie sich den zweiten Hocker nahm und sich neben Nylan setzte.

»Sieht ganz so aus.«

Nach einem weiteren und noch einem Versuch begann Weryl zu glucksen und lächelte.

Nylan schnüffelte und schnappte sich den Jungen. »Gibt es hier einen Brunnen oder einen Bach?«, fragte er etwas lauter.

»Hinter dem Stall ist ein Brunnen. Der Eimer steht daneben«, sagte Hisek.

Nylan nahm ein sauberes Tuch aus Weryls Packen mit und schleppte den Jungen durch den leichten Regen zum Brunnen. Das Wasser war zwar etwas wärmer als das eiskalte Nass der Gebirgsbäche in den Westhörnern, aber Nylans Hände waren dennoch rot und rau, als er Weryl und die verschmutzte Windel gewaschen hatte und ins Haus zurückkehrte.

Ein Neuankömmling stand in der Tür. Nylan musste abrupt stehen bleiben, um nicht mit dem gedrungenen Mann zusammenzuprallen.

»Das ist mein Sohn, Jirt«, stellte Hisek ihn vor. »Jirt, das sind Engel. Reisende sind sie, außer dass die mit dem roten Haar manchmal auch als Händlerin kommt. Der mit dem silbernen Haar ist Schmied.«

»Die Gäste meines Vaters sind auch mir willkommen.« Jirt starrte Nylan stirnrunzelnd an, offenbar verwundert ob des fehlenden Bartes, bis er die Stoppeln bemerkte.

»Die Herde?«, wollte Hisek wissen.

»Die Tiere sind im Pferch. Keine Katzen da, also sind alle Lämmer wohlauf. Die Katzen kommen wohl erst später im Jahr.« Jirt war gedrungen wie sein Vater, hatte aber braune Haare und einen braunen Bart.

»Gut. Wir können jetzt essen. Ihr habt das Fleisch mitgebracht, Händlerin, also sollt Ihr auftragen«, bat Hisek. »Setzt Euch.« Hisek gab Ayrlyn und Nylan zu verstehen, dass sie am Ende der Bank sitzen sollten.

Als sich auch die anderen an der schlichten Tafel niedergelassen hatten, verteilte Ayrlyn den Eintopf. Ein neuer Donnerschlag schien das ganze Haus zu erschüttern, als Ayrlyn sich schließlich selbst bediente. Der Regen fiel jetzt wie eine Wand herunter.

»Wir sind sehr dankbar, dass wir hier unterkommen konnten«, sagte sie zu Hisek.

Der Eintopf war gar nicht übel, nicht so wie die Pampe, die Kadran gemacht hatte, wenngleich nicht so gut wie Blynnals Gerichte. Es war ein einfaches, sättigendes Mahl, zu dem das getrocknete Wildbret einen guten Teil beitrug. Kisens Brötchen lagen schwer im Magen, aber mit der Kruste, die Nylan seinem Sohn gab, war Weryl eine Weile beschäftigt, diente sie ihm doch zugleich als Nahrung und Beißring. Wenigstens konnte Nylan ungestört ein Dutzend Löffel vertilgen, ehe er sich wieder um Weryl kümmern und ihn füttern musste.

»Habt Ihr hier viel Ärger mit Katzen?«, wollte Nylan von Jirt wissen.

»Kommt ganz drauf an. Im letzten Jahr war es schlimm, da haben wir die Hälfte der Lämmer verloren«, antwortete der Hirte mit vollem Mund. »Dieses Jahr ist es besser. Wenn der Winter kalt ist, wird der Frühling leichter.«

»Wie das?«, fragte Ayrlyn.

»Die Hirsche. In einem kalten Winter haben es die Hirsche schwer. Sie werden schwach und sind leichte Beute für die großen Katzen. Katzen sind schlau. Sie jagen lieber einen Hirsch als ein Schaf, das einen Hirten hat, der sich wehrt.« Jirt nahm sich das nächste Brötchen. »Gute Brötchen, meine Liebe, so mag ich sie.«

Kisen lächelte.

»Ist es eigentlich wahr, was man sich über die Engel

erzählt?«, fragte Hisek. »Dass sie ... dass Ihr alle Bewaffneten des Fürsten Sillek und ungefähr achtzig Züge von Fürst Karthanos' Leuten getötet habt?«

»Das kommt ungefähr hin. Wir wollten es nicht, aber wenn zweitausend Leute anrücken und Euch töten wollen ...« Ayrlyn zuckte mit den Achseln.

»Die Narren«, murmelte Hisek mit vollem Mund. »Die können da oben doch sowieso nicht leben. Können nicht einmal die Tiere zum Weiden hinauf schaffen, wenn sie nicht gerade sehr reiche Herren sind. Die Gegend taugt nur für Banditen und seit die Engel da sind, gibt es erheblich weniger von der Sorte. Von Euch, Händlerin, haben wir hier mehr gehabt als von den Herren in Lornth.«

»Aber jetzt ist Frieden«, warf Nylan ein. »Karthanos und die Herrscher von Lornth haben sich bereit erklärt, Westwind in Frieden zu lassen, wenn Westwind die Straßen frei von Räubern hält.«

»Immerhin, das ist doch vernünftig«, bemerkte Jirt.

»Es werden ja doch immer nur die einfachen Leute getötet«, sagte Hisek. »Golar war ein Rekrut. Er kann von Glück reden, dass er lebendig nach Hause gekommen ist. Sein Bruder hatte weniger Glück. Der Herr des Graslandes, dieser Fürst aus Jerans, hat ihn getötet. Ihn und seine verfluchte Schlampe.«

Nach einigem müßigem Gerede, nachdem auch die Brötchen aufgegessen waren und nachdem Nylan Weryl noch einmal umgezogen hatte – zum Glück war er dieses Mal nur nass –, zogen die drei Männer den Tisch an eine Seitenwand des Raumes.

»So, besser geht es leider nicht«, erklärte Hisek.

»Es ist schon gut so«, beruhigte Ayrlyn ihn.

»Viel besser, als bei diesem Wetter draußen zu übernachten«, stimmte Nylan zu.

Jirt und Kisen zogen sich durch eine windschiefe Tür ins kleine Schlafzimmer zurück, Nylan rollte sein Bettzeug weit vom Feuer entfernt aus und überließ Ayrlyn den wärmeren Platz. Nachdem er Weryl ebenfalls dicht am Feuer untergebracht hatte, streckte er sich aus. Er war froh, dass er kein Gewicht mehr tragen musste. Eine Weile fühlte er sich ganz gut, dann wurde ihm schmerzlich bewusst, dass der Holzboden hart war. Fast so hart wie die Steine, aus denen die Wände bestanden.

Neben seinem Kopf fiel ein Tropfen aufs Holz.

Der Ingenieur drehte sich zu Ayrlyn um. Ihre Blicke begegneten sich, sie zuckte leicht die Achseln.

»Immer noch besser, als draußen zu übernachten«, sagte sie.

Wie um ihre Bemerkung zu bestätigen, platschten weitere Tropfen von der Decke, während draußen der Regen zu einem starken Rauschen anschwoll und immer neue Donnerschläge hallten.

Nylan drehte sich zur Seite, vorsichtig, um Weryl nicht zu wecken und die heilende Schulter nicht zu belasten.

Untermalt vom Plitschen der Regentropfen begann der ältere Mann auf der anderen Seite des Raumes zu schnarchen. Es klang wie eine Schrotsäge, die über Nylans Nerven raspelte.

Er schloss die Augen …

… und öffnete sie sofort wieder, als der nächste Tropfen auf dem Holzboden landete.

Der Ingenieur wandte sich flüsternd an Ayrlyn. »Und da sagst du, es wäre hier besser als draußen.«

Im Dunkeln lächelte sie, langte nach seiner Hand und drückte sie. »Es ist hier wirklich besser. Du hast es hier trocken.«

Ja, er hatte es trocken. Und er war müde und die Wunden und Muskeln taten weh.

Er holte tief Luft und versuchte, sich zu entspannen.

Neben ihm regte Weryl sich unruhig. Ayrlyn drückte noch einmal seine Hand.

XXVIII

Nylan sah die Straße hinunter, die kaum mehr war als ein paar parallel verlaufende Wagen- und Hufspuren. Der Himmel zeigte sich als Flickwerk aus Blaugrün und weißen und grauen Wolken, die rasch nach Westen zogen.

Auf einem Feld links neben der Straße stand eine kleine Hütte, die von Gärten umgeben war. Eine Frau in zerlumpter Hose und verschlissenem grauem Hemd jätete mit einer Hacke mechanisch das Unkraut aus den Beeten. Sie blickte nicht einmal zur Straße.

»Glaubst du immer noch, wir sollten nach Lornth gehen? Aber warum?« Nylan ließ die Schultern kreisen und genoss das Gefühl, Weryl nicht tragen zu müssen.

»Nenne es eine Ahnung …« Heute Morgen hatte sie den Tragesack umgebunden, in dem Weryl steckte. Der silberhaarige Junge war wach, aber still. Er beobachtete die Rinder mit den langen Hörnern, die hinter dem Weidezaun auf der Südseite der Straße grasten.

Dafür musste Nylan jetzt das graue Packpferd am Seil führen. Er sah sich über die Schulter um, der Wallach folgte geduldig.

Auch hier wuchsen Eisenholzbäume am Nordrand der Straße. Nylan fragte sich, über wie viele Meilen sich der Wald noch erstrecken mochte. Auf der Südseite stand kein einziger Baum. Weil die Bauern sie ausrotteten, solange sie noch klein waren? Nylan hätte es so gehalten. Die Bäume im Norden konnten sie nicht fällen, weil das Land den Herren von Lornth gehörte, wie Nylan sich inzwischen zusammengereimt hatte.

»Kannst du wirklich keinen Grund dafür nennen, dass wir nach Lornth gehen sollen?«, fragte er noch einmal.

»Nein, eigentlich nicht. Irgendetwas sagt mir, wir müssen da hin … es könnte daran liegen, dass eine Frau unter den Regenten ist … eine Ahnung, dass Lornth besser sein könnte als andere Länder.«

»Das ist, als würdest du sagen, dass Ryba nachsichtiger ist als jemand anders.« Nylan lachte heiser. »Frauen sind nicht notwendigerweise freundlicher als Männer, nur weil sie Frauen sind. Du bist freundlicher, weil du du bist.«

»Das mag sein.« Ayrlyn zuckte mit den Achseln. »Aber es ändert nichts daran, dass ich es für richtig halte, nach Lornth zu gehen.«

»Hoffentlich behältst du Recht damit.« Nylan lächelte Weryl an.

Der Junge winkte mit beiden Armen und stieß Ayrlyn den Ellenbogen in die Rippen.

»Ooooh … Junge, du hast ganz schön spitze Knochen.« Die Heilerin rieb sich die Rippen. »Wir müssen uns überlegen, wie wir für ihn eine Art Sitz bauen können, den wir hinter dem Sattel befestigen.«

»Hinter dem Sattel?«

»Das ist sicherer und wir hätten die Arme frei, um die Klinge oder den Bogen in die Hand zu nehmen, falls wir Räubern begegnen. Oder hast du schon vergessen, wie du neulich verprügelt worden bist?«

»Nein, du hast Recht. Ich werde darüber nachdenken … sobald wir einen Ort erreichen, an dem ich so etwas bauen kann.«

Vor ihnen, wo die Straße eine sanfte Rechtskurve beschrieb, konnte Nylan eine weitere Hütte sehen, die der letzten ähnlich war, doch mit dem Unterschied, dass hier niemand den Garten pflegte.

»Sagtest du nicht, du hattest einen Traum? Was für ein Traum war es?« Ayrlyn lenkte ihren Kastanienbraunen näher an Nylan heran.

»Bäume … alte Bäume, die sich gegen irgendetwas gewehrt haben. Ordnung und Chaos waren miteinander verflochten, aber das Seltsamste war, dass es irgendwie stimmig schien, obwohl ich mir nicht vorstellen kann, wie Ordnung und Chaos jemals auf sinnvolle Weise zusammenkommen können.«

»Daa …«, rief Weryl und stieß eine pummelige Faust in den Himmel.

»Selber daa«, antwortete Nylan.

»Waa-daa …«

»Also gut, also gut«, sagte Ayrlyn und langte nach der Wasserflasche. »Aber versuche bitte, mich nicht vollzusabbern.«

»Viel Glück«, sagte Nylan.

»Ich mache das hier nur, weil ich so edelmütig bin … und weil ich dich liebe, du dickköpfiger Schmied. Aber treibe es nicht zu weit. Deine Schulter ist inzwischen ganz gut verheilt.«

»Dank deiner tatkräftigen Hilfe.«

»Ja, es hilft, wenn man beim Heilen die Ordnungs-Kräfte einsetzen kann, besonders bei Infektionen. Aber wir brauchen trotzdem dringend Desinfektionsmittel.«

»Wir könnten Alkohol aus Wein destillieren.«

»Wie denn? Ist es nicht schwer, die nötigen Leitungen zu schmieden?« Sie setzte dem Jungen die Flasche an die Lippen und überraschenderweise tropfte kaum etwas heraus.

»Du kannst das gut.«

»Natürlich.« Grinsend verschloss Ayrlyn die Flasche mit dem Korken und verstaute sie in der Halterung.

»Hmm … Leitungen zu schmieden dürfte schwierig sein, aber vielleicht müssen sie nur teilweise aus Eisen bestehen. Der Rest könnte aus Ton gebrannt und glasiert werden. Außerdem können wir den Alkoholgehalt steigern, indem wir den Wein oder was auch immer einfrieren und das Eis entfernen. So haben sie früher Winterwein gemacht.«

»Ich dachte mir schon, dass du dir etwas einfallen lässt.« Ayrlyn löste Weryls Hand von ihrem Schwertgriff. »War sonst noch etwas Wichtiges in deinem Traum?«

»Alles weiß ich nicht mehr. Er schien lange zu dauern, aber das Wichtigste war, dass Ordnung und Chaos und die Bäume miteinander verbunden waren.«

»Das hat sicher etwas zu bedeuten«, überlegte Ayrlyn. Ein Schatten fiel über die Straße, als eine Wolke sich vor die Sonne schob.

»Wahrscheinlich.« Aber was war der Sinn? Wollte der Traum ihm sagen, dass Bäume Ordnung und Chaos brauchten? Nylan runzelte die Stirn. Echtes Chaos würde die Bäume töten … oder nicht? Und was hatten die Bäume mit der Zukunft zu tun? War es ein Bild, das ihm sein Unterbewusstsein geliefert hatte, um ihm zu zeigen, dass auch er selbst im Brennpunkt verschiedener Kraftfelder stand? Er schob die Erinnerungen an den Traum beiseite und schaute nach oben. Der Himmel war immer noch bewölkt und ohne die sengende Sonne schien der Wind kühler zu sein.

»Wie weit ist es noch bis nach Lornth?«, fragte er nach einer Weile.

»Noch ungefähr fünf Tage.«

»Fünf Tage?«, stöhnte Nylan.

»Mehr oder weniger.«

Nylan blickte zur Straße, zur anscheinend endlosen Reihe der Eisenholzbäume auf der rechten Seite. Vielleicht gab es noch andere Eisenholzwälder. Er konnte nicht glauben, dass sie die nächsten fünf Tage an einem völlig nutzlosen Eisenholzwald vorbeireiten würden.

Aber andererseits hatte er auf Candar schon eine ganze Reihe von Überraschungen erlebt, nicht zuletzt hinsichtlich der Fähigkeiten, die er selbst und Ayrlyn entwickelt hatten. Er schüttelte den Kopf und rutschte im Sattel hin und her. Noch fünf Tage?

Weryl gluckste fröhlich und stieß Ayrlyn wieder einmal einen Ellenbogen in die Rippen. Sie hielt seinen Arm fest und zog ihn von sich weg. »Nein.«

Nylan konnte beinahe die geistige Kraft spüren, die hinter dem Verbot steckte.

Weryl verzog das Gesicht und begann zu weinen.

Ayrlyn schüttelte den Kopf. »Man darf ihm doch nicht erlauben, einfach anderen Leuten wehzutun.« Dann umarmte sie ihn mit dem freien Arm. »Schon gut, schon gut.«

Der Junge schluchzte noch eine Weile, dann starrte er wieder das Vieh auf der Südseite der Straße an. Aber er stieß Ayrlyn nicht mehr mit den Ellenbogen.

XXIX

Nylan blickte vom Lagerfeuer auf, als Ayrlyn mit Weryls nassen Sachen in die Schutzhütte trat. Sie ließ die schiefe Tür offen stehen, damit etwas Licht hereinfiel, denn es gab hier nur ein einsames Fenster mit klapprigen Läden. Ihre Hände waren vom Waschen im kalten Wasser des Bachs gerötet.

Der Schmied streckte einen Arm aus, um den silberhaarigen Jungen daran zu hindern, sich dem Feuer zu nähern, das sich aus kleinen Spänen nährte. »Nein.«

Weryl sah ihn verwirrt an, machte aber keine Anstalten, über den Arm seines Vaters zu klettern.

»Er versteht es«, sagte Ayrlyn.

»Er ist zu jung, um es wirklich zu verstehen. Ich habe das schon vor Jahren im Fach Kinderpsychologie gelernt.«

»Kinderpsychologie? Ich dachte, du bist Ingenieur.« Ayrlyn hängte die Windeln, Weryls Hosen und sein Hemd an einen niedrigen Dachsparren. »Er wird bald größere Sachen brauchen. Die hier werden eng.«

»Ich weiß. Vielleicht können wir in Lornth einen Schneider finden.«

»Ha, die Leute hier machen die Kleidung ihrer Kinder selbst.«

»Ich vergesse immer wieder, wie die Dinge in Candar laufen.« Nylan gab noch etwas Kleinholz ins Feuer, während er Weryl im Auge behielt, aber der Junge blieb auf Händen und Knien hocken und betrachtete gebannt die kleinen Flammenzungen, die am Holz leckten.

»Kinderpsychologie?«, fragte die Heilerin noch einmal. »Wie kamst du dazu?«

»Es lag an den Zulassungsbedingungen. Ich bin ja nicht von der Akademie gekommen und deshalb musste ich auf der Universität neben der Hochenergiephysik noch einige andere Kurse belegen. Ich dachte, ich würde vielleicht eines Tages selbst Kinder haben, deshalb erschien mir Kinderpsychologie sinnvoller als Verhaltensforschung, Soziologie außerirdischer Rassen oder extraterrestrische Molekularbiologie.« Nylan schob ein etwas größeres Stück Holz ins Feuer und warf einen Blick zu den beiden Töpfen, die schon bereitstanden.

»Kinderpsychologie oder nicht, er versteht, was ein Nein bedeutet.«

Nylan zuckte mit den Achseln und fragte sich, ob Weryl schon empfindsam genug war, um die Ordnungs-Felder zu spüren, und ob er irgendeine emotionale Energie oder die Störungen oder sonst etwas bemerkte, sobald es um negativ besetzte Handlungen ging. Wenn dem so war, dann mussten sie sehr, sehr vorsichtig sein. Nylan stöhnte ausgiebig. Es kam ihm so vor, als müsste er überall vorsichtig sein, ganz egal, was er in Angriff nahm.

»Was stöhnst du?«

»Weil … wenn du Recht hast und Weryl tatsächlich ein Nein versteht …« Er erklärte ihr die Probleme, die sie bekommen konnten, wenn der Kleine zu empfindlich reagierte.

Ayrlyn bückte sich, hob Weryl auf und umarmte ihn, dann setzte sie ihn bequemer wieder hin. »Du musst ihm eine Menge Zuneigung geben. Das kann nicht falsch sein, denn dann erkennt er umso leichter den Unterschied.«

Der Ingenieur hätte am liebsten gleich noch einmal gestöhnt. Einen Sohn, der ein lebendiger Lügendetektor war, konnte er wirklich nicht gebrauchen. Aber andererseits konnte sein Sohn ja nichts dafür, dass er die Begabung möglicherweise vom Vater geerbt hatte. Nylan und Ayrlyn und auch Istril hatten entsprechende Anlagen gehabt. Warum musste eigentlich jede Gabe zugleich auch ein Fluch sein?

Er schob wieder ein größeres Stück Holz ins Feuer und schwenkte den Ausleger, an dem jetzt beide Töpfe hingen, über die Flammen. Das Gusseisen krachte und wackelte, als könnte es sich gleich aus den gemauerten Steinen lösen, aber es hielt.

»Es wird eine Weile dauern, bis der Eintopf fertig ist«, sagte er nachdenklich. »Gut, dass du die wilden Zwiebeln gefunden hast, sie werden den Geschmack verbessern.«

Nylan entfernte die gewachste Hülle vom Käse, schnitt vorsichtig ein paar Scheiben ab und ließ sie ins Tuch fallen, in das der Käse eingeschlagen gewesen war. Als er einen kleinen Stapel Scheiben vor sich liegen hatte, bot er Weryl die erste an. Weryl kaute und zerdrückte sie mit seinen paar Zähnen, bis er schlucken konnte. Sofort danach sperrte er den Mund wieder auf.

»Er hat Hunger«, meinte Ayrlyn, die sich auf die Steine neben der Kochstelle gesetzt und Weryl auf den Schoß genommen hatte, damit Nylan ihn füttern konnte.

»Ja, wir haben alle Hunger und wir haben schon eine Menge Lebensmittel verbraucht.« Der Schmied gab dem Jungen noch etwas Käse und sah zum Feuer. »Es wird noch dauern.«

»Schon gut, Weryl braucht sowieso etwas Bewegung.«

»Wenigstens kommen wir jetzt gut voran und seit wir das erste namenlose Dorf verlassen haben, hat es nur noch ein Unwetter gegeben.«

»Das Dorf hat einen Namen, ich habe ihn nur nie erfahren.«

»Ein Glück, dass es hier diese Schutzhütten gibt. Es ist gut, ein Dach über dem Kopf zu haben, besonders da wir mit Weryl reisen. Ich habe immer ein ungutes Gefühl bei der Vorstellung, dass wir in einem Gasthof oder mitten in einer Stadt übernachten müssten.«

»Die Schutzhütten dienen hauptsächlich den Händlern, würde ich meinen. Lornth ist lange nicht so dicht besiedelt wie die Länder östlich der Westhörner, sodass die Händler hier größere Strecken zurücklegen müssen.«

»Ich frage mich, ob die Eisenholzwälder der Grund dafür sind. Wir haben große Waldgebiete gesehen.«

Ayrlyn runzelte die Stirn.

»Es braucht Zeit, gutes Werkzeug und viele Leute, um den Wald zu roden«, fuhr Nylan fort. »Die Bäume sind zu nichts zu gebrauchen und die größten könnte man nicht einmal mit schwerem industriellem Gerät bewegen. Es wäre also eine zeitraubende, mühsame Angelegenheit …«

»Kann sein. Ich weiß es nicht.«

Nylan zerbröselte noch ein Stück harten Käse in kleine Krumen, die er Weryl in den Mund zu stecken versuchte. Da sie keine Milch hatten, war es nicht leicht, dem Jungen eine ausgewogene Ernährung zu bieten, zumal es für Früchte und Gemüse nicht die richtige Jahreszeit war.

»Hast du dich schon einmal gefragt, warum wir das hier überhaupt tun?«, grübelte Nylan. »Da reiten wir fast blindlings durch ein Land, mit dem wir früher verfeindet waren. Wenn du es dir richtig überlegst, grenzt das an Schwachsinn.«

»Ja und nein. Wäre es klüger gewesen, in Westwind zu bleiben?«, fragte die Heilerin.

»Wahrscheinlich nicht, wenn man bedenkt, wie Ryba geworden ist.«

»Oder würdest du lieber nach Osten gehen, nach Gallos?«

Nylan grinste müde. »Nein.«

»Welche andere Richtung bleibt uns dann noch? Oder hättest du dich lieber für den Rest unseres vermutlich eher kurzen Lebens in den Bergen versteckt?«

»Wenn du es so darstellst, fühle ich mich gleich besser. Ein wenig.« Angesichts der Tatsache, dass er nach wie vor keine Ahnung hatte, was er eigentlich tun wollte, abgesehen davon, dass … abgesehen wovon? Nein, das Leben musste doch mehr zu bieten haben als den nackten Kampf ums Überleben. Oder etwa nicht? Er schüttelte den Kopf.

Weryl spuckte das letzte Stück Käse wieder aus, wenngleich zu einer weißlich-gelben Masse zerkleinert, die er über Ayrlyns Handgelenk sabberte.

»Ich glaube, jetzt hat er genug.« Ayrlyn setzte das Kind auf den Lehmboden neben dem Feuer und öffnete eine Wasserflasche, um sich den Kleister vom Handgelenk zu waschen. Ein paar Tropfen fielen zischend in die Glut.

Nylan nahm einen Stock, den er sich zurechtgeschnitzt hatte, um den Eintopf umzurühren, behielt aber die ganze Zeit Weryl im Auge. »Es wird immer noch eine Weile dauern. Vielleicht könntest du deine Lutar holen und etwas singen?«

»Später.« Ayrlyn sah zu Weryl, der eilig zur Tür der Schutzhütte kroch, um nach draußen ins Zwielicht zu kommen. »Später.«

Nylan gab Ayrlyn den Stock und eilte, seinen Sohn einzufangen.

XXX

Am Nachmittag des folgenden Tages waren die beiden Engel ein gutes Stück nach Norden und Westen vorgedrungen. Hier wurden die Hügel flacher und es gab mehr Katen und sogar einzelne Bauernhöfe, die hier und dort zu beiden Seiten der Straße erbaut worden waren.

Nylan wackelte abwesend mit den Fingern vor Weryls Nase herum und der Junge packte seinen Zeigefinger. Der Schmied zog den Finger gerade fest genug weg, dass Weryl ihn noch einen Augenblick halten konnte.

Nylan rieb sich das Kinn. Er war froh, dass er sich die Zeit genommen hatte, die Stoppeln abzuschaben, die beinahe schon ein Bart geworden waren, denn in der Nachmittagshitze hatte er stark unter den Haaren geschwitzt.

Ein Stück voraus bemerkte der Ingenieur einen Wagen, der von zwei Pferden gezogen wurde. »Der Verkehr wird stärker«, sagte er lachend. Er drehte sich kurz zu Ayrlyn um und wackelte wieder mit dem Finger, mit dem Weryl kämpfen sollte.

»Das wird auch Zeit.«

Als der Wagen sich ihnen näherte, zügelten Nylan und Ayrlyn rechts neben der Straße, wo auf der Böschung kurze grüne Halme durch das braune Gras des letzten Jahres lugten, die Pferde. Der Wagen holperte laut genug, um die Vögel, die auf der Weide neben der Straße nach Insekten suchten, zum Verstummen zu bringen.

»Seid gegrüßt«, sagte Nylan freundlich, als der Wagen ungefähr auf gleicher Höhe mit den Engeln war.

Der grauhaarige Kutscher sah die beiden wortlos an und wandte rasch den Blick ab, um auf die Straße vor dem Wagen zu starren.

»Ein freundliches Völkchen«, bemerkte Nylan beiläufig.

»Du wirst noch mehr von der Sorte zu sehen bekommen. Sie halten uns für böse Geister oder so etwas.« Ayrlyn deutete zur Straße vor ihnen. »Wir müssten bald einen Ort erreichen, er könnte sogar schon hinter dem nächsten Hügel liegen. Ich erinnere mich an einen Hügel, vor dem die Straße eine Kurve beschrieb wie hier. Gleich dahinter war dann der Ort. Er hieß Ginpa oder Hinpa oder so ähnlich. Jenseits der Stadt verläuft die Straße in nördlicher Richtung parallel zum Fluss bis Lornth. Wir haben uns auf der Handelsexpedition im letzten Jahr nicht so weit vorgewagt, weil die Neuigkeiten zwischen den Ortschaften schneller reisen.«

Als sie der leicht abschüssigen Kurve folgten, tauchte ein kniehoher, halb im Gras versteckter Wegstein auf. HENSPA – 3 MEILEN stand darauf.

»Ich wusste doch, dass es so ein ähnlicher Name war«, sagte Ayrlyn.

»Wie sieht der Ort aus?«

»Sie sind hier alle gleich. Wenn sie klein sind, gibt es nur eine schlammige Straße – oder eine staubige, wenn es trocken ist – und ein paar Geschäfte. Meistens findet man eine Krämerei, wo man Reisebedarf, Lederwaren, Kerzen und manchmal auch Käse kaufen kann, einen Küfer und vielleicht einen Möbeltischler. Die Schmiede liegt gewöhnlich etwas außerhalb, manche Orte haben auch eine Mühle am Wasser. In den größeren Orten gibt es einen Hauptplatz mit einem Gasthof. Das Essen ist meist nicht übel, aber die Zimmer sind entsetzlich – Wanzen und alles Mögliche. Je größer die Ortschaft, desto übler der Gestank.«

»Das klingt ja richtig einladend.« Nylan sah hinab, Weryl war eingenickt.

»Sie teilen anscheinend nicht deine Leidenschaft für ordentliche sanitäre Anlagen oder die Baukunst.«

»Ich würde das nicht gerade Leidenschaft nennen.«

»Die meisten Wächterinnen haben so gedacht, mit

Ausnahme von Huldran. Sie ist so schlimm wie du.« Ayrlyn grinste. »Aber mir hat es auch gefallen, lauwarmes Wasser zu bekommen.«

»Danke.«

Am Fuß des Hügels standen rings um eine große Scheune einige Häuser und ein paar weitere Nebengebäude. Ein Mann führte ein Pferd mit einem Pflug und warf in geraden Reihen die Erde um. Zwei andere schoren Schafe mit schwarzen Köpfen.

»Schafe mit schwarzen Köpfen habe ich noch nie gesehen«, erklärte Nylan.

»Die Rationalisten haben solche Schafe – sie haben sogar welche, die völlig schwarz sind.«

»Das kommt mir seltsam vor, weil sie doch die Farbe Weiß so sehr schätzen.« Der Ingenieur blickte wieder hinunter, aber Weryl schlief weiter und ließ sich nicht stören.

»Die Leute sind längst nicht so logisch, wie man immer meinen möchte«, erklärte Ayrlyn trocken. »Sogar die kalte und logische Ryba ist manchmal unlogisch. Dich zu zwingen, Westwind zu verlassen, war nicht gerade sehr vernünftig.«

»Es kommt wohl darauf an, was man jeweils für vernünftig hält.«

Ein Junge, der am Straßenrand mit einer Sichel gearbeitet hatte, schaute zu den Reitern auf, ließ die Sichel fallen und rannte den Weg zu den beiden Männern hinunter, die mit dem Scheren der Schafe beschäftigt waren.

»Das gefällt mir nicht«, sagte Nylan.

»Mir auch nicht, aber es geschieht manchmal. Manche der älteren Kinder haben zu viele üble Geschichten gehört, dass wir Kinder fressen oder Fehlgeburten bei Schafen auslösen würden oder noch Schlimmeres. Wahrscheinlich hat Gerlich es leichter gehabt, weil er kein rotes oder silbernes Haar hatte.«

»Das ist aber nicht sehr beruhigend.«

Als die Straße hinter dem Hügel wieder gerade verlief, betrachtete Nylan den Ort, der jetzt vor ihnen lag. Eine Straße aus festgefahrenem Lehm führte zu einem kleinen Platz. Die Häuser, wahrscheinlich aus Lehmziegeln gebaut, waren mit einer Art Stuck verkleidet und weiß gestrichen. Die Dächer waren mit dunklen Lehmziegeln gedeckt, von denen viele gebrochen waren und schief saßen.

Ein kurzhaariger Hund mit goldbraunem Fell tauchte am Straßenrand auf. Der Schwanz blieb ruhig und schien auf die Reiter zu zielen, aber als sie vorbeikamen, glaubte Nylan ein ganz leichtes Schwanzwedeln zu bemerken.

Eine junge Frau hatte ihr Kind mithilfe eines Seils gesichert und sich das andere Ende um die Hüfte geschlungen. Sie faltete auf einem schiefen Tisch an der sonnigen Südseite vor einer Hütte die Wäsche. Hühner pickten dicht vor ihren nackten Füßen herum. Die Frau blickte kaum auf, als die beiden Engel vorbeikamen.

Ein schwarzer Hund, der vor einer kleinen Hütte an der Kette lag, kläffte und kläffte.

Weiter zum Stadtzentrum hin begegneten sie einem Mann mit schütterem weißem Haar, der sie offen anstarrte.

»Seid gegrüßt«, sagte Ayrlyn. Auch dieses Mal bekam sie keine Antwort. Der Mann starrte sie nur an und schwieg.

»Immerhin gibt es hier einen Dorfplatz.« Nylan ließ die Stute langsamer gehen, als sie sich der Ortsmitte näherten.

Der Platz verdiente kaum seinen Namen. Mitten auf der Straße stand, umgeben von einer halb hohen Ziegelmauer, ein Podest mit einer angeschlagenen Statue.

Auf einer Seite der Straße lag die Werkstatt eines Küfers, zu erkennen am Fass, das über der offenen Tür hing. Daneben war eine zweite Werkstatt, die jedoch kein Schild besaß. Diesem Betrieb gegenüber stand ein größeres Gebäude mit einem Schild, auf dem zwei ungeschickt gezeichnete, einander überkreuzende Kerzen zu sehen waren. Daneben gab es einen Stall und wieder dahinter einen Gasthof oder das, was hier als Gasthof galt – ein Gebäude mit einem Schild, auf dem ein schwarzer Stier auf verwittertem grauem Untergrund abgebildet war.

»Die gekreuzten Kerzen sind hier das Zeichen einer Krämerei.« Ayrlyn sah sich um. Der Küfer schlug draußen vor seiner Werkstatt den Rand eines Fasses zurecht, eine schwer gebaute grauhaarige Frau saß vor dem benachbarten Gebäude auf einem Hocker. Sie begrüßte Ayrlyn mit einem Nicken, woraufhin die Heilerin lächelte und den Gruß erwiderte.

»Wir könnten noch etwas Käse gebrauchen«, sagte Nylan. »Ich mache mir Sorgen wegen Weryls Ernährung.«

»Ihm geht es gut, aber den Käse könnten wir natürlich trotzdem gebrauchen und wir sollten auch den Stoff nicht vergessen, falls er nicht zu teuer ist. In rückständigen Kulturen sind Stoffe immer teuer.«

Er lenkte die Stute zur Krämerei. Vor dem Geschäft stand ein Pfosten mit einem Messingring, an dem jedoch keine anderen Pferde festgemacht waren.

»Sollen wir im Gasthof übernachten oder dort wenigstens eine warme Mahlzeit zu uns nehmen? Die Sonne wird bald untergehen«, meinte Nylan nachdenklich, während er abstieg und das Pferd am Ring vor der Krämerei festband.

»Du kannst ja sehen, wie man dich empfängt.« Ayrlyn stieg vom Kastanienbraunen und band ihn neben Nylans Pferd fest. Dann zerrte sie das graue Packpferd hinterher und sicherte es ebenfalls. »Ich trage Weryl.«

»Ich kann ihn auch nehmen.«

»Nein, ich habe so ein Gefühl …«, beharrte Ayrlyn. »Was macht deine Schulter?«

»Alles klar, solange mir niemand ein Schwert hineinsticht.« Nylan lächelte und nahm Weryl aus dem Tragesack, um ihn an Ayrlyn zu übergeben. Der Junge strampelte, dass Arme und Ellenbogen nur so flogen, dann beruhigte er sich wieder.

Die Nachmittagsstille wurde von Hufschlägen unterbrochen, als jemand im Handgalopp ins Dorf geritten kam.

»Ich hab's doch gesagt«, rief jemand.

»Engel!«, antwortete eine zweite Stimme.

Nylan drehte sich nach links. Auf der anderen Straßenseite sprangen zwei Männer von ihren Pferden, banden sie eilig vor dem Laden des Küfers fest und kamen zur Krämerei gerannt. Zwei weitere blieben neben den festgebundenen Pferden in den Sätteln sitzen.

»Vorsicht«, murmelte Ayrlyn.

Der Schmied war nicht sicher, wie man es anstellte, vorsichtig zu sein, wenn man von zwei Bewaffneten angegriffen wurde, aber dieses Mal würde er nicht zulassen, dass jemand anders als Erster zuschlug.

»Du hast meinen Bruder getötet!« Ein bärtiger blonder Mann zog eine riesige Klinge aus dem Schultergeschirr und ging auf Nylan los. Hinter ihm folgte ein zweiter, kleinerer Mann mit schwarzem Bart.

Der Schmied trat von der Plattform vor dem Laden herunter und drehte sich zu den Einheimischen um. Er fragte sich noch, wie er sich verhalten sollte, während er schon die verstärkten Kampfreflexe aktivierte und die Klinge aus der Scheide zog.

Die riesige Klinge des Angreifers schien Nylan gleichzeitig entgegenzufliegen und sich dennoch wie in Zeitlupe zu bewegen. Der Schmied zog seine Klinge aus Westwind herum, um das große Schwert abzuwehren, wie Ryba es ihn gelehrt hatte. Nylan schlug seinerseits nicht zu, obwohl der Blonde einen Moment lang völlig ungeschützt vor ihm stand. Vielmehr wich er einen Schritt zurück und hielt die Klinge bereit.

»Mörderschlampen!« Der Blonde hob seinen Prügel und wollte noch einmal zuschlagen.

Der schwarzhaarige Mann, der hinter dem Blonden stand, leckte sich nervös die Lippen.

Nylan fragte sich, ob man ihn automatisch als Frau ansah, weil er keinen Bart trug. Oder lag es daran, dass er eher schmal gebaut war? Er wehrte fast mühelos einen weiteren wuchtigen Schlag ab und sagte langsam, ganz langsam auf Alt-Anglorat: »Wir sind Reisende. Ich will nur etwas Käse kaufen.« Während er sprach, wurde ihm klar, wie dumm seine Worte klangen. Er wich seitlich aus und entging einem weiteren von wildem Zorn getriebenen, aber schlecht gezielten Hieb.

Auf einmal hob auch der schwarzhaarige Mann die Klinge und stürmte los.

Nylan warf sein Schwert und duckte sich, rollte sich ab und kam, mit der zweiten Klinge in der Hand, sofort wieder auf die Beine, noch während er den Strom der Ordnung glättete, um den Flug der ersten Klinge zu erleichtern.

Der kleinere Mann stürzte, die schwarze Klinge steckte bis fast zum Heft in seiner Brust.

Nylan taumelte, geblendet vom Weißen Feuer, das ihm von dem sterbenden kleineren Mann entgegenbrandete. Er wich zurück, wusste die Pferde dicht hinter sich und spürte ein neues, frisches Pochen in der linken Schulter.

Der Blonde griff noch einmal an, grunzte und schwang die große Zweihandklinge wie einen Prügel.

Nylans Muskeln folgten den Bewegungsabläufen, die er so oft geübt hatte, und auf einmal lag auch der Blonde auf der Straße, gefällt von einem Schlag, der beinahe Schulter und Arm vom Rumpf getrennt hatte.

»Bleib still stehen«, drang Ayrlyns Stimme durch den weißen Nebel zu ihm.

Nylan gehorchte fast blind, bis er genug erkennen konnte, um zwischen den weißen Blitzen, die ihn noch immer blendeten, seine Klinge zu bergen und am Hemd des Toten abzustreifen. Der Magen drehte sich ihm um und er fragte sich, ob das Gefühl von Ayrlyn kam und durch die Ordnungs-Felder, die er benutzt hatte, auf ihn überging, oder ob die Anstrengung nach der Reflexverstärkung mit eine Rolle spielte. Jedenfalls pochte und brannte inzwischen auch seine Schulter wieder heftig.

»Seine Börse«, flüsterte Ayrlyn.

Mechanisch bückte Nylan sich und schnitt dem toten Blonden mit dem Kurzschwert die Börse vom Gürtel. Dann ging er langsam zu dem kleineren Mann und wiederholte die Prozedur. Ungeschickt zog er ihm das Wurfschwert aus dem Leib. Benommen stand er da, in jeder Hand ein Schwert, eines sauber, das andere noch mit Blut besudelt.

Die beiden anderen Männer kamen quer über die Straße in Nylans Richtung geritten. Er blinzelte, wich zurück und steckte die saubere Klinge in die Scheide, als die beiden Reiter sich trennten, um ihn in die Zange zu nehmen.

Hinter dem Schmied setzte Ayrlyn Weryl vor ihren Füßen auf den Boden, zog die Klinge aus der rechten Scheide und trat neben dem Jungen auf die Straße.

»Aufhören!«, rief die grauhaarige Frau und schoss vor den Männern auf die Straße. »Ihr werdet doch nur getötet, genau wie es Gustor und Buil geschehen ist. Sie sind schwarze Engel, seht ihr es nicht?«

Nylan wartete und blinzelte, während ihm immer wieder alles vor den Augen verschwamm, er keuchte schwer und starrte, wagte es aber noch nicht, die beschleunigten Reflexe wieder herunterzufahren.

»Der Engel hat nicht zuerst angegriffen«, sagte die grauhaarige Frau nachdrücklich. »Er hat Gustors Klinge zwei- oder dreimal abgewehrt. Er sagt, er sei ein Reisender. Sie haben ein Kind, aber Gustor hat trotzdem das Schwert gegen sie gezogen.«

Der braunhaarige Mann zügelte sein Pferd dicht vor der Frau. »Jennyleu ... du bist Gustors Cousine und setzt dich trotzdem ein für diese ... aber du hast ja schon immer besser mit Frauen gekonnt.«

»Wister, dieses Mal verzeihe ich es dir noch. Aber ich will das nie wieder hören. Verstanden?«

Überraschenderweise neigte der Reiter den Kopf.

»Ich bin schließlich nicht dumm und eins weiß ich genau. Sie greifen nie als Erste an. Aber wenn du sie angreifst, dann töten sie dich. Du hast ja gesehen, wie schnell er sich bewegt hat, Wister.«

Nylan hoffte, diese Sichtweise, dass die Engel nie als Erste angriffen, sich aber mit tödlicher Gewalt zu wehren wussten, würde sich rasch und weit verbreiten. Er hatte immer noch das Schwert in der Hand und war bereit, es wenn nötig zu werfen, aber er fürchtete, sich überhaupt nicht mehr bewegen zu können, wenn er noch einen weiteren Angreifer töten musste.

Jennyleu und Wister starrten Nylan an, der unterdessen den zweiten Reiter beobachtete. Auch er hatte jetzt sein Pferd gezügelt.

»Siehst du«, sagte Jennyleu schließlich. »Ein Mann, eine Frau und ihr Kind – und Gustor ist tot. Wenn jemand euch und eure Kinder angreifen würde, würdet ihr sie nicht auch aufhalten?«

Wister ließ das Schwert sinken, das kleiner war als Gustors Klinge, aber immer noch beinahe doppelt so lang wie Nylans Kurzschwert, und starrte den Schmied an. »Hörst du auf, Engel?«

»Ich wollte sowieso nicht kämpfen. Ich wollte nur etwas Käse für meinen Sohn kaufen.« Er schluckte. »Ich hätte den ersten Mann eine Weile abwehren können, ohne ihn zu verletzen, aber nicht zwei zugleich.«

»Idioten«, schnaubte Jennyleu. »Hitzköpfe! Der Mann will Käse kaufen und ihr bringt euch beinahe selbst um, bei der Dunkelheit.«

Wister starrte die Mähne seines Pferdes an, der vierte Reiter wich langsam zur Küferwerkstatt zurück. Der Küfer stand mit aufgerissenen Augen, seinen Holzschlegel in der Hand, neben dem Fass.

Nachdem er einen Blick zu Ayrlyn und Weryl geworfen hatte, zog Nylan einen Lumpen aus der Tasche und wischte die Klinge ab, bevor er sie wieder in die Scheide steckte. Auch Wister und der andere Reiter steckten ihre Schwerter weg, doch Ayrlyn behielt ihre Klinge vorerst noch in der Hand. Niemand sagte ein Wort. Dann bückte Nylan sich, hob den Blonden langsam hoch und schleppte ihn quer über die Straße, um ihn über den Sattel zu legen. Danach tat er das Gleiche mit dem kleineren Mann. Seine Augen brannten so schlimm wie die Schulter. Er hatte niemanden töten wollen.

»Siehst du? Er hat Gustor aufgehoben, als wäre er ein Kind«, murmelte Jennyleu zu Wister gewandt. Dann drehte sie sich zu Nylan um. »Sind alle Engel so stark?«

»Er ist Schmied«, erklärte Ayrlyn. Sie warf einen kurzen Blick zu Nylans linker Schulter.

Der Schmied schüttelte den Kopf.

»Bei der Dunkelheit«, fauchte die Frau. »Nicht nur, dass ihr … ach, egal. Wister, bring die Toten zu Furste nach Hause und sage ihm, dass ich ihn und seine Leute eine Weile nicht hier sehen will. Nicht, ehe er ein wenig nachgedacht hat.«

»Aber morgen ist Markttag.«

»Wir werden an keinen von euch verkaufen. Nicht morgen.«

Nachdem die vier Pferde – zwei mit Reitern, zwei mit Leichen – in östlicher Richtung aus Henspa gezogen waren, überquerte Nylan, von Ayrlyn begleitet, die Straße.

»Es tut mir Leid«, sagte er zu Jennyleu. »Ich wollte keinen Ärger machen. Ich bin froh, dass Ihr zur Stelle wart.«

»Ich kann nicht gerade sagen, dass ich froh bin, Euch hier zu sehen, Engel, aber was gerecht ist, das ist gerecht. Ich habe gesehen, dass Ihr versucht habt, dem Kampf auszuweichen, ich habe gesehen, wie Gustor nicht einlenken wollte, und dann kam auch noch sein hinterhältiger Bruder. Wären sie nicht meine Vettern, ich hätte sie schon längst in die Dunkelheit gejagt.«

»Wer seid Ihr?«, fragte Ayrlyn. »Und warum …«

»Ich? Ihr wollt wissen, warum sie auf eine alte Schachtel hören? Oh … wir haben vor langer Zeit einen Weg gefunden, die Wolle schneller zu krempeln, ich und Vernt, aber dann ist Vernt gestorben und ich musste allein weitermachen. Ich hatte ja noch meine drei Kinder. So hat eines zum andern geführt. Mir gehört jetzt die Hälfte des *Schwarzen Stiers*, meinem Jungen Essin gehört die andere Hälfte.«

»Wir sind auf der Suche nach einer guten Mahlzeit«, sagte Nylan. »Wir können auch bezahlen.«

»Im *Stier* ist das Essen besser als bei den meisten anderen, wenn ich das sagen darf. Ich gehe mit Euch rüber.«

»Wird es auch keinen Ärger geben?« Ayrlyn sah in die Richtung, in welche die Reiter verschwunden waren.

»Furste ist Vernts jüngerer Bruder. Er wird vor Wut kochen und mich beschimpfen, aber wenn ich es nicht selbst könnte, würde Essin ihn in Stücke reißen. Macht Euch mal keine Sorgen.«

»Daaa!«, rief Weryl, indem er eine pummelige Faust ausstreckte.

»Ein schöner Junge.« Jennyleu nickte. »Der wird größer als Ihr, möchte ich wetten.«

»Ich glaube auch.« Nylan grinste etwas verlegen. »Und er kann schon ziemlich fest treten.«

»Ich sag Euch was. Ihr könnt im *Stier* essen, Ihr könnt da übernachten und dann geht Ihr morgen zum Krämer.«

Ayrlyn tat Nylan mit einem winzigen Nicken kund, was sie davon hielt, und Nylan übernahm das Antworten. »Das Angebot nehmen wir gern an. Es ist unbequem, in so einer Bettrolle zu schlafen.«

»Wir haben übrigens auch kein Ungeziefer in den Zimmern«, fügte Jennyleu hinzu. »Und bringt Eure Pferde mit.«

Die beiden Engel banden ihre Reitpferde und das Packpferd los und folgten der Herrin zuerst zu den Ställen und dann, das Gepäck über die Arme gelegt, in den *Schwarzen Stier*.

Ein großer Mann mit brünettem Haar und passendem Bart empfing sie an der erst vor kurzem gestrichenen weißen Tür. Nylan bemerkte, dass auch die Holzdielen auf dem Boden frisch gefegt und vielleicht sogar nass gewischt worden waren.

»Essin, dies sind Reisende wie alle anderen. Behandle sie gut«, forderte Jennyleu ihn auf.

Nylan schaute zu Essin auf. Der junge Riese war sogar noch gut einen Kopf größer als Gerlich. Kein Wunder, dass Jennyleu vor unfreundlichen Nachbarn keine Angst zu haben brauchte.

»Freut mich, Euch kennen zu lernen, Engel.« Der Wirt grinste. »Den letzten Teil des Kampfes habe ich mitbekommen.« Er wandte sich kopfschüttelnd an Nylan. »Jeder Narr konnte sehen, dass Ihr Euch bemüht habt, ihn nicht zu verletzen. Dann hat dieses kleine Wiesel von Buil alles verdorben. So war er eben. Ich habe immer gesagt, er wird Gustor eines Tages noch in große Schwierigkeiten bringen.« Ein grollendes Husten folgte auf die letzte Bemerkung. »Ihr könnt das große Zimmer für den normalen Preis haben.«

»Wie hoch ist der normale Preis?«, fragte Ayrlyn.

»Fünf Kupferstücke für euch zwei.«

Die Heilerin mit dem hellroten Haar zog die Kupferstücke aus der Börse. »Was ist mit dem Stall?«

»Der Preis ist eingeschlossen, es sei denn, Ihr wollt Korn statt Heu. Ein Kupferstück pro Pferd, dafür gibt es so viel Korn, wie sie fressen können.«

Ayrlyn gab ihm drei weitere Kupferstücke. »Sie haben uns einen langen Weg getragen.«

»Es ist schön, Leute zu sehen, denen ihre Tiere etwas bedeuten.« Essin steckte die Münzen ein. »Eintopf ist ebenfalls inbegriffen, Bier oder Schnaps kostet extra. Wenn Ihr Eure Sachen verstaut habt, dürfte es ungefähr Zeit fürs Abendessen sein. Ihr könnt die Schwerter in der Gaststube tragen, aber außer einem Dolch zum Essen will ich keinen blanken Stahl sehen.« Der große junge Mann winkte und ein kleines Mädchen kam herbeigeeilt. »Lessa, das sind Engel. Sie bekommen das große Eckzimmer an der Vorderseite.«

»Seid Ihr Krieger?«, fragte das Mädchen, das Nylan höchstens bis zur Brust reichte.

»Ja«, antwortete Ayrlyn.

»Das ist gut. Ich will auch ein Schwert tragen, wenn ich groß bin.« Sie ging die Holztreppe hinauf und schien zu erwarten, dass die Gäste ihr folgten.

Ayrlyn lächelte und stieg die Treppe hinauf. Nylan ließ ihr einen kleinen Vorsprung, hob Weryl hoch, der sofort nach dem Messinghalter einer Wandlampe griff, und folgte ihr.

Nachdem sie durch einen kurzen, breiten Flur gegangen waren, öffnete Lessa eine massive Holztür, die nicht gestrichen, sondern nur geölt war.

Nylan war beeindruckt. Das Zimmer hatte zwei Fenster und ein breites Bett mit schöner Zudecke, es gab einen Tisch mit Krug und Waschschüssel und in einer Ecke sogar ein Nachtgeschirr. Die Fenster waren nicht verglast, aber draußen mit massiven Läden und drinnen mit Lamellenjalousien gesichert. Auf dem Waschtisch stand eine kleine Lampe. »Das ist schön.«

»Mein Lieblingszimmer«, erklärte Lessa. »Ihr könnt die Tür verriegeln, aber das ist eigentlich nicht nötig. Hier gibt es keine Leute, die einem Böses wollen.«

Nylan hatte Mühe, ob ihrer Ernsthaftigkeit nicht breit zu grinsen. »Vielen Dank.«

»Eines Tages will ich auch so wie Ihr mit dem Schwert umgehen können.« Lessa deutete eine Verbeugung an und huschte hinaus.

»Wir haben Glück«, sagte Ayrlyn leise. »Ich hatte hier auch früher schon Glück und allmählich verstehe ich den Grund.«

»Weil Jennyleu in der Stadt die Zügel in der Hand hält?«

»So sieht es aus, nicht wahr?«

»Ich sagte doch schon, dass wahrscheinlich nicht alle Frauen in Candar unterdrückt sind«, erwiderte Nylan.

»Nicht alle, aber viel zu viele. Orte wie diesen hier gibt es nur sehr wenige.«

Nylan stellte die Satteltaschen und den Beutel mit Weryls Sachen in eine Ecke. »Ich habe Hunger.«

»Ich auch.« Ihr Gesicht verdüsterte sich. »Musstest du dich wirklich im Dreck wälzen? Deine Schulter ist noch nicht ganz verheilt.«

»Daran habe ich keine Sekunde gedacht. Ich wollte einfach nur nicht schon wieder von einer Klinge getroffen werden.«

»Nylan …«

»Was hätte ich denn sonst machen sollen?«

»Lass mich nachsehen.«

Nylan setzte Weryl auf den Boden und nahm den Tragesack ab. Ayrlyn zog ihm sein Hemd aus und fuhr mit kühlen, kundigen Fingern über seine Haut.

»Du hast die Wunden gedehnt … aber du hast keine Anzeichen einer Infektion. Wahrscheinlich, weil du jetzt auch selbst die Ordnungs-Felder einsetzen kannst und stärker geworden bist. Du wirst dort eine riesige Narbe zurückbehalten, die dem Muster im Hemd entspricht.« Sie ließ das Hemd fallen. »So, und jetzt würde ich mir gern den Staub abwaschen.«

»Nach dir, Liebste.« Der Ingenieur nahm Weryl, während Ayrlyn sich Wasser in die Waschschüssel goss. Mit einer Hand öffnete Nylan die beiden Börsen. In einer waren zwei Silberstücke und eine Hand voll Kupferstücke, in der zweiten ein Silberstück und vier Kupfermünzen.

»Das ist eine Menge Geld für die hiesigen Verhältnisse«, bemerkte Ayrlyn.

Bedeutete dies, dass er zwei wohlhabende junge Einwohner getötet hatte?, fragte Nylan sich beunruhigt. Oder war es einfach so, dass in einer Kultur wie dieser die Leute ihren Besitz meist bei sich trugen? Er wusste es nicht.

Als sie sich und anschließend auch Weryl gewaschen hatten, gingen sie hinunter.

»Glaubst du, die Sachen sind hier sicher?«, fragte Nylan.

»Anderswo hätte ich Bedenken, hier nicht.« Ayrlyn nickte in Richtung der Gaststube drunten.

Nylan grinste, als er verstand, was sie meinte. Er konnte sich nicht vorstellen, dass viele Reisende es wagten, Essin zu verärgern.

Der Geruch von frisch gekochtem, nicht sehr fettigem Essen drang Nylan in die Nase, noch bevor er das untere Ende der Treppe erreicht hatte. Er folgte Augen und Nase nach links und betrat durch eine offene Doppeltür die Schankstube.

Es gab höchstens ein halbes Dutzend Tische mit jeweils vier einfachen, grob verdübelten Stühlen. Drei Tische waren besetzt – einer von einem einsamen Mann in erdbrauner Lederkleidung und mit einem beinahe ebenso dunklen Bart, einer von drei älteren Männern, die gewaltige Bierhumpen vor sich stehen hatten, der dritte schließlich von drei Männern mit hageren Gesichtern.

Ayrlyn und Nylan entschieden sich für einen Tisch in einer Ecke und hatten sich kaum niedergelassen, als eine Frau mit rundem Gesicht auftauchte.

»Meine Herrschaften ... der Eintopf ist inbegriffen. Ein Kupferstück extra für Koteletts, aber die kann ich heute Abend nicht empfehlen. Grünbeerensaft kostet ein Kupferstück, Bier oder Schnaps kosten zwei.« Sie hob die Augenbrauen.

»Eintopf und Saft«, sagte Ayrlyn.

»Für mich das Gleiche«, sagte Nylan. »Könnte ich vielleicht noch ein Stück Käse, ein kleines nur, für meinen Sohn haben?«

»Ein kleines Stück ... das dürfte kein Problem sein. Dafür würde Gies nichts berechnen, weil Ihr ja auch Saft bestellt habt. Also zwei Kupferstücke.«

Nylan holte die Münzen aus der Tasche.

»Ich bringe gleich den Saft.« Sie eilte am Tisch der drei älteren Männer vorbei und füllte mit geübten Bewegungen die Gläser aus dem Krug nach, den sie mitgebracht hatte.

Noch bevor Nylan die Zeit gefunden hatte, sich in der Wirtschaft umzusehen, kam die Schankmaid schon mit zwei großen Bechern zurück.

»So.« Damit verschwand sie wieder, nicht ohne Weryl mit einem raschen Lächeln bedacht zu haben. Die Blicke des Jungen folgten ihr bis in die Küche.

Nylan trank einen Schluck Saft. »Gut.«

Die beiden Männer mit den hageren Gesichtern, die am zweiten Ecktisch saßen, sahen in ihre Richtung, der dunkelhaarige nickte den Engeln zu. Nylan versuchte, ihre Unterhaltung zu belauschen.

»... reisende Engel, sagte Jennyleu ... von Gustor gehört ...«

»… du meine Güte … hat im letzten Sommer Lyswers Herde in alle Winde verstreut … nur zum Spaß …«

»… haben ein Kind … mit dem silbernen Haar ist ein Mann … hat Gustors Leiche hochgehoben wie einen toten Hund … sagt, er wäre Schmied …«

»… Wunder, diese Schwerter …«

»… würde ich mich auf keinen Fall anlegen …«

»… Regenten haben Frieden geschlossen …«

»… ich auch an ihrer Stelle … die alten Grundbesitzer machen den Ärger … denen doch egal wie nur was …«

Als die Unterhaltung sich wieder um andere Dinge drehte, trank Nylan noch einen Schluck Grünbeerensaft. Er war froh, etwas anderes als Wasser oder bitteren Tee vorgesetzt zu bekommen.

»So, bitte sehr.« Die Schankmaid mit dem runden Gesicht servierte ihnen zwei große Schalen, einen Laib Brot und einen langen, schmalen Streifen Käse, aber kein Besteck.

»Danke.«

Die Frau sah Weryl an. »Junge oder Mädchen?«

»Junge«, antworteten die beiden gleichzeitig.

»Daaa …«, machte Weryl, der auf Nylans Schoß saß.

»Ein hübsches Kind. Ich möchte wetten, dass er alle Herzen bricht, wenn er groß ist.«

»Ich hoffe, er macht sich das nicht zur Gewohnheit«, erwiderte Ayrlyn.

Nylan lachte leise, als er den Unterton hörte.

Mit einem letzten Lächeln verschwand die Schankmaid wieder und Nylan holte seinen Löffel aus der kleinen Gürteltasche. Auch Ayrlyn holte ihr Besteck hervor.

Nylan aß langsam die große Schale mit dem Eintopf auf und fütterte zwischendurch Weryl mit kleinen Happen. Hin und wieder gab er ihm kleine Stücke Zwieback und vom Käse, den ihnen das Mädchen gebracht hatte.

»Gut«, bestätigte Ayrlyn. »Fast so gut wie Blynnals Essen.«

Während er Weryl fütterte, fragte Nylan sich, wie es der schwangeren Köchin inzwischen ergangen war. Dann schüttelte er den Gedanken ab und konzentrierte sich ganz auf seinen Sohn. Er musste die Vergangenheit hinter sich lassen und in die Zukunft schauen, auch wenn er nicht wusste, was sie für ihn bereithielt.

XXXI

»Jennyleu meinte, wir sollten heute Morgen zur Krämerei gehen.« Ayrlyn band ihr Pferd am Steinpfosten fest und sicherte danach den grauen Wallach.

»Die Leute hier hören auf sie.« Nylan lachte kurz, während er abstieg und die Stute festband. Weryl im Tragesack verstaut, betrat er müde den Laden. Ayrlyn folgte ihm.

Im Gegensatz zum Gasthof roch es in der Krämerei etwas muffig, nach Öl und altem Leder. Trotz des großen vorderen Fensters war es düster im Raum. Auf einem Holzgestell an der linken Wand waren zahlreiche Lederartikel ausgestellt.

Eine Frau mit hartem Gesicht, in verblichene blaue Sachen gekleidet, stand hinten neben der Theke. »Ihr müsst die Engel sein. Jennyleu sagte, Ihr würdet vorbeikommen und Proviant und Käse für die Reise einkaufen. Das wäre hier in diesem Kasten.«

»Danke.« Nylan ging an den ordentlich drapierten Ledersachen vorbei, darunter sogar ein Kindersattel und ein Paar Satteltaschen, die so groß waren, dass nur ein Ackergaul sie hätte schleppen können, und ein gefaltetes Stück Leder, das anscheinend eingefettet war – eine primitive Art von Allwetteranzug?

»Ich bin Gerleu und mein Mann ist Jersen. Jennyleu sagte, ich soll Euch gut bedienen.«

»Gerleu? Bedeutet dies, dass Ihr verwandt seid?«, fragte Nylan, während er sich der braunhaarigen Frau und dem Kasten mit dem Proviant näherte.

»Wir sind alle miteinander verwandt, irgendwie. Jersen ist ein guter Mann, aber Jennyleu sagt, er muss sich eben nach den anderen Mannsbildern richten. Der Laden gehörte meinem Vater und ich habe das Recht zu bedienen, wen ich will. Euch Engel bediene ich gern, vielleicht hilft das ein wenig, dass die Dinge sich eines Tages ändern.« Sie lächelte Nylan an. »Und es tut mir gut, einen Mann zu sehen, der sein Kind trägt. Jersen hat das zwar gemacht, aber nie wenn die Leute es hätten sehen können.« Sie blickte zum Vorhang auf der rechten Seite, der sich leicht bewegte, obwohl kein Wind wehte. »Bist du das, Marleu? Komm ruhig heraus, die Engel tun dir nichts.«

Ein Mädchen mit braunem Haar und großen braunen Augen kam hinter dem Vorhang hervor und stellte sich schüchtern halb hinter die Mutter. Marleus Blicke schossen zwischen Nylan und Ayrlyn hin und her und die Augen wurden sogar noch größer, als das Mädchen das hellrote Haar der Heilerin bemerkte.

Nylan lächelte und ging zum Kasten, in dem der Käse verstaut war. Die Käselaibe steckten in Beuteln aus Tuch. Er öffnete eines und fand das quadratische Stück mit einem Wachstuch geschützt.

»In der obersten Reihe dort, das ist gelber Hartkäse. Als Nächstes habt Ihr dann weißen Hartkäse. Der Weiße hat einen kräftigeren Geschmack, aber der Gelbe hält sich länger, als eine Reise in dieser Gegend überhaupt dauern kann.«

»Wie viel?«, fragte Nylan.

»Der Weiße kostet drei Kupferstücke für zwei Unzen, der Gelbe ein Kupferstück die Unze.« Gerleu legte einen Arm um ihre Tochter, die ihr gerade bis über die Hüfte reichte.

Die Heilerin lächelte das Mädchen beruhigend an. »Wir sind ganz normale Leute, Marleu. Du heißt doch Marleu, oder?«

Das Mädchen nickte feierlich. Sie öffnete den Mund, schloss ihn aber wieder, ohne etwas gesagt zu haben.

»Ich kann leider nicht raten, was du fragen wolltest«, fuhr Ayrlyn mit sanfter Stimme fort. »Wolltest du vielleicht etwas über das Dach der Welt wissen?«

»Es ist ... ganz kalt ...«

»Sehr kalt.«

»Bist du ... seid ihr alle Frauen?«

Ayrlyn nickte zu Nylan hin. »Nylan ist ein Mann. Er ist ein Schmied. In dem Schiff, mit dem wir vom Himmel gekommen sind, waren viele Frauen, aber das war Zufall. Es hätten auch mehr Männer als Frauen sein können.«

»Männer ohne Bärte sieht man hier sonst nicht«, meinte Gerleu.

»Einige der anderen Männer hatten Bärte«, erklärte Nylan, während er vier Beutel mit weißem und zwei mit gelbem Käse aus dem Kasten nahm. »Mir wird aber zu warm, wenn ich einen Bart trage, und meine Haut beginnt dann zu jucken. Vor allem, wenn ich nah am Schmiedefeuer arbeite.«

»Ich kannte vor Jahren mal einen Schmied. Kerler ... glaube ich«, sagte die Krämerin.

Der Schmied blieb vor einem Glaskrug stehen und blickte fragend zu Gerleu.

»Reisebiskuits. Sechs für ein Kupferstück.«

»Dann nehme ich für vier Kupferstücke davon.« Nylan dachte, das Gebäck könnte eine gute Übung für Weryls wachsende Zähne bieten, und sie hatten ja aus den Börsen der Banditen und der beiden Angreifer des vergangenen Tages fast anderthalb Goldstücke in Silber- und Kupfermünzen gewonnen.

Gerleu nahm zwei Dutzend Biskuits heraus, setzte

den Deckel wieder auf den Krug und wickelte das Gebäck in ein Stück altes Tuch.

»Ihr habt ja zwei Klingen«, sagte Marleu.

»Damit wir eine werfen können, wenn es nötig ist, und immer noch eine haben, mit der wir uns verteidigen können.«

»Jennyleu sagt, Euer Mann hätte seine Klinge mitten durch Buil geworfen … stimmt das?«

Ayrlyn warf einen Blick zu Marleu und nickte. »Er kämpft nicht gern, aber ihm blieb nichts anderes übrig.«

»Das hat sie auch gesagt.« Gerleu schüttelte den Kopf. »Ich wünschte, die Männer wären alle so. Ihr habt Glück.«

Nylan trat neben Ayrlyn und legte den Käse auf die Theke, dann fing er Weryl ab, der sich einen der kleinen ausgestellten Dolche schnappen wollte. »Die sind zu scharf für dich.«

»Ein Silberstück und zwei Kupferstücke«, sagte die Händlerin.

Nylan gab ihr die drei Münzen. Fast bekam er Schuldgefühle, weil der Tod der beiden Männer ihren Aufenthalt in Henspa mehr als bezahlt hatte, aber niemand hatte sich beschwert, als er den Toten die Börsen abgenommen hatte. Anscheinend war dies in Lornth so üblich. Nur was die Banditen anging, hatte er überhaupt keine Schuldgefühle.

Draußen, unter grünblauem Himmel und einer Sonne, die einen heißen Reisetag anzukündigen schien, steckte Nylan den Käse in Weryls Proviantsack, der jetzt vom fügsamen Grauen getragen wurde, und schob sich einen Biskuit für die Reise in die Hemdtasche. Er rückte den Stoff zurecht, bis weder Weryls Tragesack noch das Schultergeschirr der zweiten Klinge das Gebäck zerdrücken konnte. Allerdings hatte er ohnehin Zweifel, dass dieser harte Biskuit von irgendetwas zerdrückt werden konnte.

Auf der anderen Straßenseite arbeitete der Küfer an einem neuen Fass, zwei Hunde trotteten an der Statue vorbei. Der gelbe Hund blieb stehen und wässerte eine Ecke der niedrigen Mauer, bevor er dem schwarzweißen Mischling nach Osten die Straße hinunter folgte.

»Es ist ruhig hier«, bemerkte Nylan, als er die Stute zum Gasthof und damit zur Straße führte, auf der sie Henspa verlassen würden.

»So ist es früh am Morgen fast überall.«

Lessa winkte ihnen von der Veranda des Gasthofes aus zu.

Eine Weile ritten sie schweigend nach Nordwesten zum Ortsrand. Unterwegs sahen sie nicht mehr als eine Hand voll Menschen – eine Frau, die sich mit zwei hölzernen Wannen und ihrer Wäsche abmühte, einen Fuhrmann, der Fässer zum Hauptplatz transportierte, zwei Kinder, die in einem Garten Unkraut jäteten.

»Ist es eigentlich nur die männliche Vorherrschaft«, überlegte die Heilerin, »die dieses Land zu dem macht, was es ist?«

Nylan war nicht sicher, ob er überhaupt darauf antworten wollte.

Sie drehte sich im Sattel zu ihm um. »Nun? Du hast diesen Gesichtsausdruck, der mir sagt, dass du darüber nachgedacht hast, aber nicht zum Antworten bereit bist, solange dir nicht jemand einen Hammer auf den Kopf schlägt.«

Nylan blickte betreten zu Boden. Weryl schaute zu ihm auf und grinste ihn mit seinen Zahnstummeln an.

»Heraus damit. Ich bin nicht wie Ryba und ich werde nicht zulassen, dass du deine Gedanken für dich behältst, bis es zum Reden zu spät ist.«

»Nun ja …« Nylan schluckte schwer. »Schau dir Henspa an. Eine einzige Frau hat die Stadt verändert. Sie ist bemerkenswert, aber ich würde sagen, dass Ryba, Istril, Huldran und wahrscheinlich noch einige andere von der

Winterspeer das Gleiche erreicht hätten. In dieser Kultur hier werden die Frauen unterdrückt, aber müssen sie diese Art von Unterdrückung wirklich hinnehmen?«

»Das ist eine gute Frage.« Ayrlyn schwieg, während sie an einer Kate vorbeiritten, in deren Garten eine Frau mit verschlissenen grauen Hosen und verblichenem braunem Hemd Unkraut jätete. Ihr Kind trug sie auf dem Rücken. »Aber schau dir nur an, wie viele Frauen nach Westwind geflohen sind.«

Nylan rieb sich das Kinn. Ihm war eingefallen, dass man ihn aus größerer Entfernung zwangsläufig für eine Frau hielt, weil er keinen Bart trug. »Henspa liegt recht einsam. Meinst du nicht, dass ...« Er war nicht mehr sicher, was er eigentlich hatte sagen wollen.

»Die Unterdrückung funktioniert dort nicht sehr gut, wo die Leute einfach weggehen können. Vielleicht gibt es noch weitere Faktoren, die wir nicht kennen. Vielleicht gibt es in anderen Gegenden, die im Gegensatz zu Henspa nicht so dicht an der Grenze liegen, keinen Ort, an den man gehen kann.«

»Mag sein ...« Nylan wusste, dass dies noch nicht alles war, aber es gelang ihm nicht, seine streunenden Gedanken zu konzentrieren.

Sie erreichten Henspas nordwestlichen Ortsrand. Hier standen die Gebäude in größerem Abstand, dann sahen sie auf einer Seite der Straße nur noch bestellte Äcker, auf der anderen Weiden mit kleinen Waldstücken.

Vor einem Haus, aus dessen Kamin ein dünner Rauchfaden stieg, stand ein Junge mit braunen Hosen und oft geflicktem Hemd mit einer Axt in der Hand vor einem Stapel Holz. Er starrte die Engel an, sah die ungewöhnlichen Haare, wandte den Blick ab und spuckte aus.

»So etwas sieht man hier oft. Jedenfalls habe ich es früher oft gesehen«, sagte Ayrlyn.

»Meinst du, wir sollten besser Hüte oder Mützen tragen, wie du es bei deinen Handelsexpeditionen gemacht hast?«, fragte Nylan. »Es sind die Haare, die die Aufmerksamkeit der Leute erregen.« Abwesend ließ er Weryl mit den Fingern seiner freien Hand spielen.

Ayrlyn runzelte die Stirn, dann schüttelte sie den Kopf. »Lieber nicht. Es ist anders als bei einer Handelsexpedition. Die Leute würden sagen, wir hätten etwas zu verbergen versucht.«

Nylan betrachtete nachdenklich seinen Sohn. »Wenn unsere Haarfarbe die Menschen irritiert …«

»Das ist nur hier so. Wenn wir uns weiter von Westwind entfernen, werden wir Leuten begegnen, die von den Engeln gehört haben, für die die Haarfarbe aber kein Problem darstellt.«

Nylan machte sich seine Gedanken, aber er wollte nicht mit Ayrlyn streiten, wenn sie so klar zu empfinden schien. Normalerweise behielt sie Recht und sie hatte, was das Reisen in Lornth anging, mehr Erfahrung als er.

Er betastete sein Kinn, schluckte unsicher. »Glaubst du, die Räuber haben angegriffen, weil sie dachten, wir wären beide Frauen und ich wäre zudem alt?«

»Das könnte sein. Es ist so dumm.« Ayrlyn blickte zur vor ihnen liegenden Straße. »Es gibt viele Vorurteile in dieser Kultur, mehr als man meinen würde. Den Grund dafür kenne ich auch nicht.«

»Ist das nicht in den meisten niedrig entwickelten Kulturen so?«

»Nicht in diesem Ausmaß.« Ayrlyn schüttelte den Kopf. »Und es passt auch nicht zu der Agrargesellschaft, die Lornth im Grunde ja ist. Irgendetwas entgeht uns hier und das macht mir Kopfschmerzen.«

Nylan nickte. Auch ihm machte es zu schaffen, dass ihnen etwas Wichtiges entging. Es machte ihm sogar sehr zu schaffen, denn das bedeutete, dass ihnen über kurz oder lang neue Probleme bevorstanden, und das war das Letzte, was er gebrauchen konnte, zumal er nicht einmal wusste, wie lange sie noch unterwegs sein und wo sie letzten Endes landen würden.

XXXII

Dicke weiße Wolken, gelegentlich von Lücken unterbrochen, zogen von Norden heran und eilten über den grünblauen Himmel. Manchmal verdunkelten sie die Morgensonne, aber nicht stark genug, dass Nylan zu schwitzen aufhörte.

Die Straße hatte sie weiter nach Westen geführt; inzwischen war es zwei Tage her, dass sie die Hügel mit den Eisenholzwäldern verlassen hatten. Bisher hatten sie keine neuen Eisenholzbäume mehr gesehen. Eine Meile westlich der Straße stand eine Baumreihe, die Nylan als Zeichen dafür nahm, dass dort ein Fluss verlief. Er tupfte sich die Stirn ab, während die Stute ihn über eine kleine Anhöhe trug, von der aus sie ein weites Tal voller bestellter Felder überblicken konnten.

Rechts neben der Straße stand auf einem Sockel ein Meilenstein. Die verschnörkelte Anglorat-Schrift, umgeben von einem Band aus Kornähren, verriet ihnen, dass der nächste Ort Duevek hieß.

»Aha, die Meilensteine werden hier künstlerischer«, bemerkte Nylan.

»Ooooh ...«, murmelte Weryl. Speichel, in den sich Krümel des Biskuits mischten, rann ihm aus dem Mund und tropfte auf den Tragesack. Nylan war froh, dass Istril die Tragehilfe aus dem Kunststoff genäht hatte, aus dem die Schiffsanzüge bestanden hatten, denn das Material ließ sich leicht säubern und trocknete rasch –

was sehr wichtig war, wenn man vermeiden wollte, dass die Sachen zu riechen begannen.

Hinter dem Meilenstein wurde die Straße breit genug, um zwei Wagen aneinander vorbeifahren zu lassen, auch wenn sie nach wie vor holprig und unbefestigt blieb.

»Eine wohlhabende Stadt, wie es scheint«, sagte Nylan.

»Das sind die gefährlichen Städte.« Ayrlyn sah nach vorn. Auf dem flachen Hügel nordöstlich der Stadt stand ein Komplex von Gebäuden mit weißen Wänden, die an eine neorationalistische Villa erinnerten – nicht, dass Nylan jemals eine solche aus nächster Nähe gesehen hatte. Er kannte sie nur aus Trideofilmen.

»Das muss der Wohnsitz des örtlichen Fürsten sein, oder wie auch immer sie hier genannt werden.«

»Fürsten oder Grundbesitzer. Man spricht sie mit ›Herr‹ oder ›Ser‹ an«, erklärte Ayrlyn.

Weryl winkte aufgeregt und Nylan brach gehorsam eine Ecke vom harten Biskuit ab.

»Du hast ihm eine Menge Kekse gegeben.«

»So viel war es gar nicht. Der Teig dehnt sich in seinem Mund aus und die Hälfte spuckt er sowieso wieder aus. Aber er bleibt damit wach und vergnügt und das bedeutet, dass wir besser schlafen können. Ist dir das noch nicht aufgefallen?«

»Ich habe bemerkt, dass er jetzt nachts besser schläft. Das gilt aber nicht für seinen Vater, dieses lüsterne Ungeheuer.« Sie lächelte ihn an.

»Bisher sind mir noch keine Klagen zu Ohren gekommen.«

»Würdest du denn überhaupt zuhören?«

Nylan hatte Mühe, sich ein Grinsen zu verkneifen. Es war wohl besser, die Unterhaltung nicht weiter fortzusetzen.

Am Fuß des Hügels, bevor sie nach Duevek hineinkamen, ritten sie an einem weiß getünchten Haus mit rotem Ziegeldach und passendem Nebengebäude, vermutlich einer Scheune oder einem Stall, vorbei. Im Pferch neben dem Stall standen Schweine.

»Eindeutig ein wohlhabender Ort«, sagte Nylan.

Dunkle Flecken auf der Straße verrieten ihm, dass man einige Schlaglöcher aufgefüllt hatte, und sogar die kleineren Häuser waren frisch gestrichen oder verputzt.

Abwesend hielt Nylan Weryl die Wasserflasche hin, während die Pferde sie zum Hauptplatz der Stadt trugen. Es war der erste Platz, den Nylan sah, der seinen Namen verdiente. Ringsherum standen Gebäude, in der Mitte des Platzes gab es sogar eine Art winzigen Park – ein mit Mauern eingefriedetes Stück Wiese mit Büschen, aus deren Mitte sich die Statue eines bewaffneten Reiters erhob, der ein kleines Zweihandschwert erhoben hatte.

Ein grün gerahmtes Schild mit einer großen goldenen Katze hing vor dem weiß gestrichenen Gasthof in einem Rahmen aus grün gestrichenem Metall. Anders als beim ersten Gasthof, den Nylan gesehen hatte – bei Essins *Schwarzem Stier* – trug hier das Schild des Wirtshauses nicht nur das Abbild des Tiers, sondern auch den Namen, wenngleich in Alt-Anglorat, in frischen grünen Buchstaben.

Als sie auf den Platz ritten, lugte ein schmaler Mann in dunkelgrünem Hemd aus der Tür einer Werkstatt, möglicherweise eine Möbeltischlerei. Sein Blick fiel zuerst auf Ayrlyn, dann betrachtete er Nylan. Abrupt trat er ins Freie, schloss hinter sich leise die Tür und eilte den gepflasterten Weg zum nächsten Gebäude hinunter, einem schmalen Haus, über dessen Tür ein Korb und ein halbes Fass hingen. Auch dort wurde eilig die Tür geschlossen und jetzt eilten drei Gestalten – einer davon der Mann mit dem grünen Hemd – in verschiedene Richtungen über den Platz.

Drei Schankmädchen kamen aus der *Goldenen Katze* geschossen und verriegelten rasch alle Läden im Erdgeschoss, um gleich darauf wieder zu verschwinden und die mit Eisen bewehrte Vordertür ebenso fest zu verschließen. Zwei Frauen in brauner Kleidung, die schwere Körbe trugen, machten abrupt kehrt und rannten zurück in eine Seitenstraße. Die beiden Körbe ließen sie auf der Veranda vor der Küferwerkstatt stehen.

»Reite weiter«, sagte Ayrlyn.

»Sind die Leute hier immer so freundlich?«, fragte der Schmied.

»Dies hier ist noch höflich«, erklärte Ayrlyn. »Sei dankbar, dass uns keine Meute mit eisernen Geräten und Fackeln entgegenmarschiert kommt.«

»Oh.«

Aus dem Stall neben der *Goldenen Katze* stürmte ein Reiter und trieb sein Pferd an. Im Galopp sprengte er nach Norden davon, den beiden Engeln voraus. Der Reiter sah sich nicht um, sondern ritt, als wäre ein ganzer Trupp bewaffneter Engel hinter ihm her.

»Das sieht nicht gut aus«, warnte Ayrlyn. »Lass uns etwas schneller reiten.«

Nylan ließ seine Stute in schnellem Schritt weiterlaufen und fragte sich, welches Unheil ein einzelner Reiter überhaupt noch ankündigen mochte, nachdem sich schon die ganze Stadt so abweisend gezeigt hatte.

Als sie den Platz verließen, begleitet vom Knallen der Fensterläden, die geschlossen wurden, kurz bevor oder während sie vorbeikamen, wurde es dunkel und ein tiefer Schatten legte sich über die Straße. Waren die Wolken so schnell dichter geworden?

»War es im letzten Jahr auch schon so wie jetzt?«, fragte er.

»Ja, in ungefähr der Hälfte der Orte.«

Nylan tätschelte beruhigend Weryls Bein.

Als sie den Stadtrand erreichten, waren hinter ihnen

alle Läden verschlossen, aber die Sonne war wieder hervorgekommen.

Ein Stück rechts vor ihnen lag die Villa.

Weryl strampelte im Tragesack und Nylan roch einen allzu vertrauten Geruch. Ausgerechnet jetzt. Dann zuckte er mit den Achseln. Weryl verstand eben noch nicht, was gutes Timing war.

Auf der Straße, die zur neorationalistischen Villa führte, ritten neun Männer, alle braun gekleidet. Der Trupp kam durchs Stadttor und stellte sich in einer Reihe auf, acht hinten und ein Mann allein vor den anderen.

»Was jetzt?« Nylan warf einen raschen Blick zur Heilerin.

»Was meinst du denn?«

»Weiterreiten. Sie ignorieren. Wenn sie es ernst meinen, können sie uns ohnehin einholen. Ihre Pferde sind frisch.« Nylans Mund wurde trocken und er roch den Staub und seinen eigenen Schweiß.

»Wir könnten sie vielleicht voneinander trennen.«

»Das ist der Plan für den Notfall, falls sie angreifen«, erwiderte Nylan. Er konnte sich noch gut erinnern, wie elend er sich vor drei Tagen in Henspa gefühlt hatte, und an die Episode mit den Banditen in den Westhörnern dachte er lieber überhaupt nicht mehr zurück.

Er blickte zu Weryl hinunter. Ayrlyn hatte Recht, er musste sich bald etwas Besseres einfallen lassen, um seinen Sohn zu transportieren.

Der Anführer des Trupps wartete, während Nylan und Ayrlyn sich dem Tor näherten. Das zweite Pferd in der Reihe hinter dem Anführer schnaubte und scharrte mit einem Huf auf dem harten Lehmboden.

Nylan unterdrückte den Impuls, sich die Lippen zu lecken und zum Schwert zu greifen. Er ritt weiter, ließ sich von der Stute langsam zu den wartenden Bewaffneten tragen.

»Engel ... Ihr seid hier nicht erwünscht«, verkündete

der blonde Anführer, indem er ein großes Schwert aus dem Schultergeschirr zog und mit der Spitze nach unten bereithielt.

»Das ist uns bewusst«, sagte Ayrlyn. »Wir verlangen keine Gastfreundschaft von Eurem Herrn.«

»Die Straße steht Euch offen wie jedem anderen Reisenden«, erwiderte der Bewaffnete. »Aber Ihr solltet lieber auf der Straße bleiben, bis Ihr Duevek ein gutes Stück hinter Euch gelassen habt.«

»Das haben wir auch vor, Ser«, antwortete die Heilerin. »Und wir danken Eurem Herrn, dass er das Wegerecht achtet.«

»Er achtet das Wegerecht, aber nicht die Engel, die auf den Straßen reisen.« Nach kurzem Zögern fügte der Bewaffnete hinzu: »Ihr seid gewarnt.«

»Wir sind gewarnt.«

Nylan betrachtete den Bewaffneten und lächelte. »Diejenigen, die zur Gewalt greifen, weil andere Menschen anders sind, diejenigen, die Fremden das Willkommen verweigern und nicht bereit sind, alle Menschen gleich zu behandeln, diejenigen, die uns Engel ablehnen, weil wir erklärt haben, dass Männer und Frauen gleich sind … auch die sollen gewarnt sein.« Er spürte, wie seine Augen blitzten.

Der blonde Offizier wollte das Schwert heben.

Nylan sah dem Mann gleichmütig in die Augen, während die Stute ihn am Anführer des Trupps vorbeitrug. »Und jeder Mann, der das Schwert gegen einen unbewaffneten Engel erhebt, wird sterben.«

Nach einem Augenblick sank die Klinge wieder herunter.

Nylan sah nach vorn, überwachte aber mit den Sinnen die Bewaffneten.

Keiner regte sich.

Erst als sie eine gute halbe Meile auf der Straße geritten waren, ergriff Ayrlyn wieder das Wort. »Das war gefährlich, Nylan. Diese Burschen sind halb verrückt und sie halten Frauen für noch wertloser als Pferdedreck.«

»Ich bemühe mich einfach, uns bekannt zu machen«, sagte Nylan scheinbar unbeschwert, während er versuchte, das leichte Unbehagen im Bauch zu unterdrücken. Er wusste natürlich, wie tollkühn seine Worte gewesen waren. »Sie werden sich erinnern und vielleicht sogar herausfinden, was in Henspa geschehen ist.«

»Narliat sagte einmal, aus dir ströme ein unsichtbares Feuer heraus. Jetzt habe ich es auch gesehen.« Sie schüttelte den Kopf. »Der Mann wird nie vergessen, was du gesagt hast. Natürlich könnte er versuchen, dich auf der Stelle zu töten, sobald du ihm einen Vorwand lieferst, aber vergessen wird er dich nicht.«

»Das will ich doch hoffen.« Nylan schluckte. Warum legte er so großen Wert darauf, zu verbreiten, wofür Ryba einstand?

»Weil es zufällig das Richtige ist«, antwortete Ayrlyn.

Er sah sie an. »Ich habe nichts gesagt.«

»Deine Gefühle waren stark genug, als hättest du es ausgesprochen. Du hast dich gefragt, warum du Reklame für den Ort machst, von dem man dich vertrieben hat.«

Nylan sah sich über die Schulter um. Eine Staubwolke verriet ihm, dass die Reiter zur Villa zurückkehrten. »Ich weiß nicht, was beängstigender ist – dass ich gesagt habe, was ich gesagt habe, oder dass du weißt, was du weißt.«

Ayrlyn lachte.

Nach einem Augenblick stimmte er ein.

Über ihnen wurden die Wolken wieder dichter und in der Ferne verkündete Donnergrollen, dass sich ein Unwetter zusammenbraute.

XXXIII

Themphi ging langsam an der Mauer entlang nach Norden. Seine ehemals weißen Stiefel waren grau, mit jedem Schritt wirbelte er Ascheflocken auf. Ein Stück vor ihm marschierten die Bauern und ein Trupp Fußsoldaten. Jeder Mann trug eine Pechfackel, die sorgfältig an alles gehalten wurde, was noch grün war. Nach den Fackelträgern kamen weitere Helfer mit inzwischen stumpf geschlagenen Äxten und Hacken. Hinter Themphi folgten Ochsengespanne mit scharfen, tief greifenden Pflugscharen.

Ein Reiter mit der weißen Uniform und der grünen Schärpe der Spiegellanzenträger ritt quer über den Acker zur Mauer, dem Weißen Magier entgegen.

»Ser Magier!« Jynckas Gesicht war angespannt und verkniffen, als er sein Pferd zügelte.

Themphi blieb stehen, betrachtete den grauen Rauch, der überall in feinen Schlieren aufgewirbelt wurde, rieb sich die Stirn und wünschte sich, das Pochen in seinen Schläfen würde endlich nachlassen. Langsam drehte er sich zu dem berittenen Offizier um. »Ja?«

»In Nordwald … Ihr hattet mich hingeschickt, um ein paar junge Bauern zu rekrutieren, die helfen sollen, den Wald zurückzudrängen.«

»Ja«, sagte der Weiße Magier müde. »Ja, das habe ich getan. Wiederholt mir nicht, was ich Euch gesagt habe, ich weiß noch sehr genau, was ich Euch aufgetragen habe.« Wieder rieb er sich die Stirn, schmierte sich unbemerkt Asche über die Schläfen.

Der Offizier leckte sich die Lippen. »Dort gibt es keine Stadt mehr. Nur noch Wald, die Häuser zerfallen bereits. Die Mauer konnten wir nicht erreichen. Stellenweise ist das Buschwerk brusthoch – und es sind Dornensträucher.«

»Und die Einwohner?«, fragte der Magier mit belegter Stimme.

Jyncka zuckte mit den Achseln und blickte zu den angespannten Ochsen, die hinter dem Magier die Erde umpflügten. »Es gibt dort Wasserechsen, Waldkatzen, Schlangen ... ich habe sogar einen Lanzenreiter verloren. Knochen habe ich nicht gesehen. Eine Bauersfrau ... eine alte Vettel, die ich erwischen konnte, als sie sich davonstehlen wollte, sagte mir, die Leute wären geflohen. Sie wären nicht bereit, gegen den Wald zu kämpfen.«

»Schickt Männer aus, die an der ganzen Mauer entlang reiten. Sucht welche aus, die sich erinnern und danach berichten können, was sie gesehen haben.«

»Die ganze Mauer?«

»Die ganze Mauer. Neunzig Meilen weit in jede Richtung. Ich habe nicht die Absicht, mich zu wiederholen.« Themphi wollte wieder die Hände heben, doch dann hielt er inne. »Übernehmt jetzt hier. Die Leute sollen die Fackeln löschen und nach Geliendra zurückkehren.«

»Äh ... ja, Ser Magier.«

»Habt Ihr nicht verstanden, Jyncka? Wir haben noch nicht einmal ein Gebiet freigeräumt, das auch nur halb so groß ist wie Nordwald, obwohl wir einen Magier, einen Lehrling und vier Züge Männer mit Fackeln, Äxten, Hacken, Ochsen und Pflügen haben.« Der Magier drehte sich um. »Fissar!«

Der schmale junge Mann in weißem Gewand und weißen Hosen, die inzwischen dunkelgrau verschmiert waren, eilte sofort herbei. »Ser?«

»Hole unsere Pferde.«

»Ja, Ser.«

Themphi wandte sich wieder an Jyncka. »Ich will einen Bericht, wie weit sich der Wald ausgedehnt hat.«

»Würde es nicht schneller gehen ...«

»Wenn ich ein Spähglas benutze?« Themphi lachte. »Zuerst einmal bin ich erschöpft. Zweitens braucht es

Zeit und Kraft, jede Elle der Mauer abzusuchen. Ich werde das Glas benutzen, sobald ich die Berichte von Euren Männern habe. Wenn ich wieder bei Kräften bin. Erfolgreicher Einsatz der Weißen Kräfte erfordert gute Planung, man kann nicht einfach sinnlos die Kraft vergeuden. Manche ... sogar sehr mächtige Menschen ... haben große Schwierigkeiten, dies zu verstehen.« Er entfernte sich langsam von den rissigen Steinen der weißen Mauer und ging zum anderen Ende des Ackers, wo Fissar gerade zwei Pferde losband.

Nach einem Augenblick trieb Jyncka sein Pferd an, um zu den Fackelträgern zu reiten.

XXXIV

Nylan betrachtete die gewundene Straße, die dem Ostufer des Flusses folgte, kaum von unzähligen anderen kurvenreichen Wegstrecken zu unterscheiden, die in den niedrigen Hügeln von Lornth am Fluss zu finden waren. Der staubfeine Regen war allerdings etwas Besonderes.

Nylan tupfte sich von der Stirn, was sich dort an Regen- und Schweißtropfen gesammelt hatte, und hielt weiter Ausschau. »Ich kann keine Schutzhütten mehr entdecken und in den meisten Orten sind wir nicht gerade sehr freundlich empfangen worden.«

»Das Wetter war bisher die meiste Zeit recht gut.«

»Abgesehen von unserem Besuch im ersten Dorf und einem weiteren Nachmittag.«

»Nun werde nicht kleinlich, o allmächtiger Schmied.«

»Entschuldige.«

»Waaa ... waa-daa-daa«, meinte Weryl energisch. Sein Silberhaar klebte auf der Stirn und er hatte fast ununterbrochen im Tragesack gestrampelt, seit die Regenwolken von Nordwesten herangetrieben waren.

»Vor uns liegt ein größeres Haus, dort hinter dem zweiten Hügel, und ich kann schon einige Nebengebäude ausmachen. Vielleicht können wir ihnen Geld anbieten, damit sie uns ein Dach über dem Kopf geben.«

»Falls sie uns nicht vorher die Tür vor der Nase zuknallen.« Nylan überlegte. »Bist du sicher, was dieses Gefühl angeht, dass es uns in Lornth besser gehen wird?«

»Ich habe dieses Gefühl nach wie vor, ja.« Ayrlyn wischte sich die Tropfen aus dem Gesicht.

»An einem Ort, bei dem du ein schlechtes Gefühl hast, möchte ich mich um keinen Preis aufhalten.«

»Vielen Dank, Ser Ingenieur.«

Nylan zuckte zusammen. »Entschuldige.«

»O ja, du solltest dich auch entschuldigen. Viel öfter als bisher.«

Der Braune wieherte, schüttelte heftig den Kopf und ließ einen Schauer feiner Tropfen auf Nylan und Weryl niedergehen.

»Neiiiiiiiin …«, schrie Weryl, wedelte mit den Händen und schlenkerte die Beine, dass sie fast bis aufs feuchte Leder des Sattels schlugen.

»Ich pfeife auf die Kinderpsychologie«, sagte Ayrlyn. »Er weiß genau, was ›nein‹ bedeutet.«

Nylan hatte das Gefühl, dass sie Recht hatte … sie hatte unangenehm oft Recht.

Sie ritten bergab und dann die leichte Steigung zum Anwesen wieder hinauf, hin zum verputzten Hauptgebäude, das früher einmal weiß gewesen war, jetzt aber schmutzig grau erschien. Eine Rauchwolke kräuselte sich aus dem gemauerten Kamin.

»Hallo, ist jemand da?«, rief Nylan.

»Hallo, ihr da!«, rief Ayrlyn.

»Was können wir sonst noch rufen? Hallo, hier sind

die Engel?« Nylan rutschte im Sattel herum und fragte sich, wie viel Haut er sich beim Reiten in den nassen Sachen wund gerieben hatte.

Ein Mann mit rotem, grau durchwirktem Bart öffnete die Tür und trat auf die schmale Veranda. Der Regen, der vom Dach herunterperlte, ließ zwischen ihm und den Engeln einen dünnen Vorhang entstehen.

»Und was wollt Ihr?« Er blickte zu Ayrlyn, dann zu Weryl. »Ein schlechter Tag, um mit einem Kind zu reisen.«

»Wir haben gehofft, Ihr hättet vielleicht einen trockenen Platz, an dem wir übernachten können«, sagte Nylan.

»Ich habe doch keinen Gasthof«, sagte der Mann. »Ich bin Hirte und habe es selbst schwer genug.«

»Wir bitten nicht um Almosen«, sagte Nylan. »Nicht einmal um Zugang zu Eurem Haus, sondern nur um einen trockenen Schuppen.«

Der Mann zuckte die Achseln und starrte Nylan aufmerksam an. »Seid Ihr einer dieser Engel?«

»So nannte man mich, aber ich bin eigentlich nur ein Mann, der mit seinem Sohn auf Reisen ist, und wir sind beide nass. Ich kann Euch ein paar Kupfermünzen für einen trockenen Platz anbieten, ob eine Scheune oder ein Stall.«

»Ich weiß nicht.« Der Hirte besah sich Weryl, der den Blick gelassen erwiderte. »Im Heuschober könnt Ihr wohl keinen Schaden anrichten und die Pferde könnt Ihr im Stall unterbringen. Sie haben doch wohl nicht den Rotz, oder?«

»Den hatten sie noch nie.«

»Gut.« Der Hirte mit dem roten Bart betrachtete wieder Weryl. »Dann richtet Euch ein und zahlt mir, was Ihr für richtig haltet. Wartet, ich hole mir eine Regenjacke.«

Als er geduckt im Haus verschwand, sah Ayrlyn den Schmied an.

Nylan zuckte mit den Achseln.

»Folgt mir.« Der Hirte trat auf den feuchten Grund und in den Regen hinaus. Die Engel folgten ihm ums Haus zu einem schmalen Nebengebäude aus ungestrichenem Holz, das von der Nässe dunkel geworden war. Der Hirte öffnete ihnen die Tür, kaum mehr als drei Bretter, die vor einem Loch befestigt waren. »Das wäre der Heuschober.« Er deutete auf einen Schuppen mit drei Wänden und schrägem Dach. »Da kommen die Tiere rein. Ist reichlich Platz da, die Herde ist draußen auf der unteren Wiese. Die Schafe mögen den Regen.«

Nylan stieg ab und klaubte drei Kupferstücke aus der Börse. »Vielen Dank.«

Der Hirte nahm die Münzen. »Der Brunnen ist da drüben.« Er deutete auf einen gemauerten Steinkreis auf halbem Weg zwischen Haus und Heuschober. Mit einem letzten raschen Blick zu Weryl nickte er, drehte sich um und schlurfte durch den Regen, der inzwischen noch dichter fiel, zum Haus zurück.

Nylan und Ayrlyn waren durchnässt, als sie die Pferde abgesattelt und ihre Siebensachen samt Weryl in den Schuppen geschleppt hatten. Der Heuschober war noch zur Hälfte mit Heu gefüllt, das in kleinen, runden und mit Strohbüscheln zusammengebundenen Ballen gestapelt war. Trotz der feuchten Luft wirbelte Staub auf, wenn Böen durch die undichten Wände fegten.

»Wenigstens hat der Schuppen einen Holzboden und ist trocken.« Ayrlyn schloss die Brettertür. Jetzt herrschte drinnen ein Zwielicht, das weder für Ayrlyn noch für Nylan mit seiner Nachtsichtigkeit zu dunkel war.

»Hier sind viele Splitter«, warnte Nylan, während er sich einen aus dem Finger zog. »Pass auf, wenn du die Sachen abstellst.« Er rieb sich einmal, zweimal die Nase und nieste herzhaft.

»Daa-daa«. Weryl ruderte begeistert mit den Armen, als er das Niesen hörte.

»Du kannst die Bettrollen eine Weile dort über den Balken hängen, es ist ja trocken hier.«

Nylan rieb sich wieder die Nase, unterdrückte dieses Mal aber das Niesen, zog Weryl aus dem Tragesack und befreite ihn von den klatschnassen Sachen. Als er Weryl umgezogen hatte, richtete er sich auf und schaute zum Bettzeug.

»Ich holte etwas Wasser, hoffentlich ist es nicht zu schlecht. Ich werde immer schnell müde, wenn ich versuche, das Chaos herauszubekommen.« Ayrlyn wischte sich wieder einmal einige Tropfen von der Stirn und sah zur Tür. Es schien fast, als fürchtete sie, noch einmal in den Regen hinausgehen zu müssen.

Weryl saß unterdessen auf einem Haufen Heu und kaute an den hellen, gelblich-braunen Stängeln.

Als er die zweite Bettrolle über den dicken Balken gelegt hatte, sah Nylan zwischen Ayrlyn und seinem Sohn hin und her. »Lass mich das Wasser holen, das schaffe ich noch. Lieber mühsam das Wasser reinigen als krank werden. Pass du inzwischen auf unseren Freund auf und achte darauf, dass er nicht zu viel Stroh isst.«

Die Heilerin lächelte leicht. »Ich muss aus diesen Sachen heraus.«

Nylan lächelte. »Das hatte ich gehofft.«

»Du bist unmöglich. Du warst schon unmöglich, als du noch verletzt warst.«

»Ich hole das Wasser.« Er schob die Tür auf und eilte zum Brunnen. Bei jedem Schritt warfen seine Stiefel Matsch auf.

Nachdem er den Eimer wieder hochgezogen hatte, atmete er tief durch und konzentrierte sich. Er benutzte die dunklen Fäden der Ordnung, um das unsichtbare Rotweiß des Chaos oder der Keime herauszudrängen, ohne zu sehr darüber nachzudenken, dass er etwas tat, das aus der Sicht eines Ingenieurs eigentlich unmöglich gewesen wäre.

»Denk einfach nur an andere Gesetze … andere Naturgesetze, das ist alles.«

Das Wasser sah kaum anders aus, als er es in die beiden Flaschen kippte, höchstens etwas sauberer.

Er ging zum Heuschober zurück, schloss hinter sich die Tür und stellte die Wasserflaschen auf den Holzboden. »Das Wasser war gar nicht so schlecht.«

»Gut.« Ayrlyn, die jetzt nur noch ein trockenes Hemd trug, das sie aus ihrem Gepäck genommen hatte, sah noch einmal zur Tür hinaus. »Es regnet wirklich ziemlich stark.«

»Das würde ich auch sagen.« Nylan wischte sich das Wasser aus Haaren und Gesicht, zog sich das Hemd aus und ging in eine Ecke, um es auszuwringen. Dann hängte er sein Hemd neben Ayrlyns nassen Sachen auf. Er zog sich die Stiefel aus und wiederholte die Prozedur mit seiner übrigen Kleidung, dann holte er sich ein Hemd und frische Hosen, die fast trocken waren.

»Gute Figur«, bemerkte Ayrlyn.

»Mir fällt auf, dass du dich umgezogen hast, während ich Wasser geholt habe. Das war nicht fair.«

»Manchmal ist das Leben richtig gemein.« Ayrlyn breitete neben Weryl etwas Stroh auf dem Boden aus und ließ sich vorsichtig nieder.

Weryl streckte sofort die Arme nach ihr aus und sie hob ihn hoch. »Du bist auch gleich dran. Dein Vater wird dir etwas zu essen geben.«

Nylan zog die Hose an, dann räumte er den Beutel mit den Vorräten aus und entschied sich für das letzte Stück gelben Käse, das möglicherweise nach Ziege, vielleicht auch nach anderen Tieren schmeckte. Vier harte Biskuits und drei Streifen getrocknetes Wildbret waren auch noch da. »Wir haben nicht mehr viel zu essen.« Er setzte sich zwischen Weryl und Ayrlyn aufs Stroh. »Wir brauchen Proviant.«

»Morgen müssten wir Lornth erreichen.«

»Ob uns dort jemand etwas zu essen verkauft?« Er brach ein Stück Biskuit ab und gab es dem silberhaarigen Jungen.

»Das weiß ich nicht. Wir werden ja sehen.« Ayrlyn schnitt zwei dünne Scheiben vom gelben Käse ab. Eine gab sie Weryl, die zweite bekam Nylan. Dann schnitt sie sich eine dritte ab.

»Wir können morgen auch den Hirten fragen, ob er uns etwas verkauft. Mehr als nein sagen kann er ja nicht.«

»Er wird ganz sicher nicht nein sagen, wenn er etwas erübrigen kann«, prophezeite Ayrlyn. »Es ist hier schwer, an Geld zu kommen. So ist es eben, wenn man auf dem Land lebt.«

»Ich hoffe, du hast Recht.«

Eine Weile aßen sie schweigend. Danach, als er Weryl lange genug im Heuschober herumgescheucht hatte, packte Nylan die bescheidenen Reste zusammen. Er hielt inne. »Es regnet immer noch.«

»Ich bin noch nicht müde … und unser kleiner Freund ist es auch nicht.«

»Warum singst du nicht etwas?«, bat Nylan sie. »Etwas, das dir gefällt.«

»Glaubst du denn, unser Freund hält lange genug still?«

»Er ist müde, aber noch nicht schläfrig.«

»Ich kann es ja versuchen.« Ayrlyn ging zum Koffer, in dem die Lutar steckte, und holte das Instrument heraus. Auf einem Heuballen ließ sie sich nieder.

Nylan hob Weryl auf und setzte sich ihr gegenüber auf einen zweiten Ballen.

Als ihre Finger die ersten Saiten anschlugen, sah Weryl sofort zur Sängerin. »Ooooh …«

»So gut bin ich gar nicht, Weryl, aber ich freue mich über die Schmeichelei.« Noch einmal schlug sie die Saiten an. »Wie wäre es mit einem fröhlichen Lied?«

»Mir soll es recht sein«, sagte Nylan. »Und Weryl wohl auch.«

Ayrlyn räusperte sich und begann.

Als ich ein junges Mädchen war, wollt ich mich nur vergnügen,
Jetzt bin ich alt und hab einen Mann und höre lauter Lügen.
Sagt er mir doch, sein Kater könnte reden, und auch noch andre Sachen,
Erzählt mir Theorien von Quarks und meint, ich müsste drüber lachen.

»Aaaalan ... daa, daa«, machte Weryl, als sie zu Ende gesungen hatte.

»Ich glaube, das bedeutet so viel wie ›mehr davon‹«, übersetzte Nylan lachend.

»Nun ... dann soll er ein Lied über dich hören.«

»Nicht dieses Lied.«

»Warum nicht?«

»Es ist schrecklich.«

»Du wirst dich wohl daran gewöhnen müssen.« Die Heilerin grinste im Halbdunkel und das hellrote Haar schien von innen heraus zu leuchten.

Ein starker Schmied war Nylan und ein Magier auch
Wie ein Blitz sein Hammer auf den Amboss kracht'
In den Bergen schuf er Klingen für die Engelsgarde
Mit ihnen behaupteten die Engel ihre Macht.

Ein großer Magier war er und ein starker Schmied obendrein
Mit einer Klinge wie ein Blitz hat er erbaut den Turm.
Der Schwarze Turm steht felsenfest am Berg
Und trotzt dem Schnee und jedem Wintersturm.

»Na gut, na gut«, sagte Nylan, indem er Weryl aufhob und das Kind zu wiegen begann. »Und jetzt ein ruhigeres Lied?«

»Vielleicht das Lied der Sybraner?«

Er nickte.

Wenn weicher Schnee auf harte Steine fällt,
Wenn scharfer Wind durch starre Wälder weht,
Wenn schweres Eis die Welt gefangen hält,
Dann sing mir von der Zeit, wenn dieser kalte Bann vergeht …

In der Mitte der zweiten Strophe fuhr Weryl in Nylans Armen auf und packte mit allen Fingern kräftig zu. Einen Augenblick lang glaubte Nylan zu sehen, wie die pummeligen Finger eine silberne Note einfingen, die durch den dunklen Raum schwebte.

Der Schmied blinzelte und sah nur silberne Staubflocken tanzen und verschwinden.

Das Kind war seltsam still, ein rätselhaftes Lächeln spielte um seine Lippen.

Ayrlyn sah Nylan an. »Er hat die Töne *gesehen.*«

»Wir haben sie auch gesehen. Ob es an ihm lag?«

Sie schüttelte den Kopf. »Haben wir denn schon einmal richtig hingeschaut?«

Die Frage machte Nylan nachdenklich. Wo sonst hatte er nicht genau genug hingeschaut? Wie viel mochte es sonst noch geben, das er nicht bemerkt hatte, weil er nicht mit der Möglichkeit gerechnet hatte, dass es existierte?

Ayrlyns Finger flogen über die Saiten und Weryl schmiegte sich an Nylan, während dieser ihn wiegte und die Sängerin leise summte.

Draußen trommelte der Regen aufs Dach des Schuppens.

XXXV

Links neben der Straße, nördlich des ebeneren Weidelandes, wo die Herden des Herrschers von Cyador grasten, lagen die Grashügel. Grüne Weiden boten sie im Frühling, die im Frühsommer braun und im Hochsommer dürr und staubig wurden.

Manchmal konnte Major Piataphi die Hügel sehen, denen ähnlich, durch die er die Truppen führen musste, sobald sie am nächsten Tag das Ende der großen Nordstraße in Syadtar erreichten.

Der Wind, der sein Haar zauste, war warm und erheblich trockener als die feuchte Brise, die das Leben in Cyad und Fyrad so ungemütlich machte. Er stellte sich im weißen Sattel auf, um die Beine zu strecken und nach vorn zu den weißen und grünen Bannern der Vorhut zu sehen.

Ein einzelner Dampfwagen kam vorbei, die Anhänger waren mit versiegelten Fässern beladen. Der Wagen hielt sich am nördlichen Straßenrand und rumpelte nach Westen ins ferne Cyad.

»Ich wünschte, wir wären hier fertig und würden in die gleiche Richtung fahren«, bemerkte Miatorphi. »Es liegt keine Ehre darin, Barbaren zu besiegen.«

»Wir müssen sie besiegen und niederhalten. Über die Ehre können wir uns danach noch genug Gedanken machen«, antwortete der Major.

Ein Bote kam angaloppiert. »Major!«

»Was ist?« Piataphi lenkte sein Pferd um Hauptmann Azarphi herum.

»Serjant Funssa … er lässt Euch ausrichten, dass Dampfwagen Nummer sieben ein Leck hat und dass es keine Ersatzteile mehr gibt.«

»Übernehmt Ihr die Vorhut, Miatorphi«, befahl der Major. »Ich muss herausfinden, welche Fracht Nummer sieben trägt. Vielleicht müssen wir die Lasten neu verteilen.« Er lenkte sein Pferd nach Westen und ritt zu den Dampfwagen zurück, die den ersten drei Kompanien der Spiegellanzenreiter folgten.

»Wenn es mal nicht die verdammten Wagen sind ...«, murmelte Miatorphi.

»Aber sie können eine Menge Fracht befördern«, erwiderte Azarphi.

»Wenn sie funktionieren. Die halbe Zeit tun sie es nicht und es wird immer schlimmer. Wir haben auch nicht mehr viele davon. Einst waren es Hunderte. Und jetzt ... was ist noch da? Wir haben vielleicht noch zwanzig, die wirklich funktionieren und die ganze Zeit im Einsatz sind und daher umso schneller verschleißen. Gebt mir ein gutes Pferdegespann und einen Tag Zeit.«

Die beiden Hauptmänner blickten zu den Bannern an der Spitze des cyadorischen Heerzuges. Keiner von ihnen sah zu den Rauchfahnen zurück, die von den Dampfwagen aufstiegen.

XXXVI

Hohe, dunstige Wolken zogen gemächlich über den Himmel, während die Pferde auf der holprigen, unbefestigten Straße nach Norden in Richtung Lornth tappten. Nylan sah sich nach Osten um, aber die Bäume auf den Hügeln oberhalb der mit Büschen bewachsenen Wiese waren Laubhölzer oder das, was in dieser Welt als Laubbaum galt. Offenbar hatten sie, so dachte er, endlich die Region der dornigen Eisenholzwälder hinter sich gelassen.

»Der Käse, den wir beim Hirten gekauft haben, ist gar nicht so schlecht«, sagte der Schmied.

»Für drei Kupferstücke kann man auch etwas Anständiges erwarten. Das Brot war allerdings noch besser und billiger.«

»Wir haben noch reichlich Käse übrig.«

Links neben der Straße lag eine Senke, dahinter ragte eine Klippe auf, die Tal und Fluss überblickte. Oben auf den Felsen sahen sie ein verlassenes Haus mit halb eingefallenem Dach, daneben stand ein Schuppen. Im Westen, jenseits des Flusses, schlossen sich ordentlich eingezäunte und bestellte Äcker an, regelmäßige Flecken in der grünen Landschaft.

»Wir sind wohl auf der falschen Seite«, überlegte Nylan.

»Aber auf dieser Seite des Flusses sind wir besser dran. In den wohlhabenderen Orten hat man uns nicht sehr freundlich aufgenommen und die Westseite dort drüben ist reicher. Sogar der Reiter, den wir heute Morgen sahen, hat einen Bogen um uns gemacht. Er hat übrigens purpurne Kleidung getragen.«

»Purpur? Das bedeutet, dass er in Lornth als Hoheitsträger gilt. Ein Fürst oder der Bote eines Fürsten. Er hat ziemlich missmutig ausgesehen. Sind diese Leute alle so feindselig? Liegt es daran, dass diejenigen, die etwas besitzen, grundsätzlich jede Veränderung hassen? Gibt man uns die Schuld, weil wir einige Veränderungen ausgelöst haben?«

»Das könnte sein, aber genau weiß ich es nicht.« Ayrlyn stellte sich in den Steigbügeln auf und zog sich die klammen Sachen vom Körper. »Lach nicht.«

»Ich dachte nicht im Traum daran.« Nylan tat so, als würde er die Straße anstarren, dann runzelte er die Stirn und sah genauer hin. »Es sieht aus, als hätte es hier kaum geregnet. An der Oberfläche ist der Boden feucht, aber der Staub ist nicht einmal richtig nass geworden und am Hügel scheint es noch völlig trocken zu sein.«

»Es regnet eben nicht überall gleich viel.«

»Nur immer dort, wo wir gerade sind. Und wir haben leider nicht viel Kleidung. Die Ledersachen waren heute Morgen hart wie Eisen.«

»Du musstest aber nicht unbedingt die Hosen anziehen.«

»Hätte ich sie jetzt nicht angezogen, dann wäre ich nie mehr hineingekommen.«

»Immer dieses Gejammer«, schalt Ayrlyn ihn.

»Du warst es doch, die sich gerade die Kleider von der Haut gezupft hat.«

»Die Sachen sind nicht richtig trocken geworden und meine Satteltaschen sind nicht dicht. Der zweite Satz Kleidung ist sogar noch feuchter.«

»Da kommt jemand schnell geritten.« Nylan deutete auf eine Staubwolke im Tal, in das die Straße führte. Hinter der Kuppe eines weiteren, niedrigeren Hügels konnten sie auf der rechten Seite etwas erkennen, das ein steinerner Turm sein mochte, daneben die oberen Stockwerke einiger weißer Gebäude. »Glaubst du, das ist Lornth?«

»Ich weiß nicht, was es sonst sein sollte, auch wenn ich noch nie hier war.«

Auf halber Höhe des Hügels waren jetzt Reiter zu sehen, die nach kurzer Zeit die Hügelkuppe direkt vor ihnen erreichten und sich in raschem Trab den Reisenden näherten.

»Wenn ich es nicht besser wüsste, würde ich sagen, dass sie hinter uns her sind.«

»Ob es mit dem purpurnen Reiter zu tun hat, den wir heute Morgen gesehen haben?«, überlegte Ayrlyn.

»Der womöglich ein Bote aus Lornth war?« Nylan lachte müde. »Ja, er war sicher ein Bote und hat berichtet, dass zwei gefährliche Engel unterwegs sind, um das mächtige Lornth anzugreifen.«

»Dir wäre so etwas zuzutrauen.«

»Nicht ohne den Laser, aber der existiert nicht mehr.«

»Ich frage mich immer noch, wie viel der Laser bewirkt hat und was dein Werk war.«

Nylan fragte sich das auch, aber dies war wohl nicht der richtige Augenblick, sich über das Zusammenwirken von Ordnungs-Feldern und Ingenieurskunst den Kopf zu zerbrechen.

Aus dem Dunst schälte sich ein kompletter Zug Bewaffneter heraus, die das dunkle Purpur von Lornth trugen.

»Sie sehen nicht gerade freundlich aus«, bemerkte Nylan. Unwillkürlich tastete er nach den Griffen der Schwerter, um sich zu vergewissern, dass er sie jederzeit ziehen konnte. Den Bogen ließ er, wo er war, eingewickelt und hinter dem Sattel festgebunden. Auf größere Entfernungen konnte er ohnehin nicht sehr gut zielen.

»Wir reiten einfach weiter«, schlug Ayrlyn vor.

Nylan befolgte ihren Vorschlag, ließ aber die Bewaffneten nicht aus den Augen. Tatsächlich, es war ein kompletter Zug, der von einem Mann mit braunem Haar und braunem Bart angeführt wurde. Die breiten Schultern des Offiziers schienen beinahe das Hemd zu sprengen. Einen Brustharnisch trug er nicht, ein kleiner runder Schild war neben den Sattel geschnallt und schützte das rechte Knie.

Die Reiter aus Lornth stellten sich quer über die ganze Straße auf. Der Staub legte sich vor den Beinen ihrer Pferde.

»Halt, Engel!«

Die Engel zügelten die Pferde, bevor sie mit den Bewaffneten aus Lornth zusammenprallten.

»Da Ihr die Haare der Himmelsdämonen habt, müsst Ihr die Dunklen sein.« Der Bewaffnete hob die Hand, als wollte er die große Klinge aus dem Schultergeschirr ziehen. Er heftete den Blick auf Nylan.

»Wir sind Reisende.« Nylan legte die Hand auf die

Schwarze Klinge, die er in Westwind geschmiedet hatte, aber er zog sie nicht aus der Scheide.

»Da!«, machte Weryl. »Da!«

Du bist mir eine schöne Hilfe, dachte der Schmied.

»Wir kommen in Frieden nach Lornth.« Auch Ayrlyn hatte jetzt die Finger an den Griff des Schwerts gelegt.

Der Bewaffnete entspannte sich etwas, während er sie genauer betrachtete. »Ein Mann und eine Frau … und ein Kleinkind.« Er schüttelte den Kopf. »Nein, es soll nicht heißen, dass Tonsar eine Familie hingemordet hat, nicht einmal eine vom Himmel.«

»Außerdem«, erwiderte Ayrlyn ruhig, »kommen wir in Frieden und das Volk von Lornth hat wie das Volk von Westwind teuer für diesen Frieden bezahlt.«

»Frieden mag herrschen, aber nur wenige lieben die Engel«, erwiderte Tonsar. »Ich habe Befehl, Euch nach Lornth zu bringen und zu den Regenten zu führen.«

»Haben die Regenten Euch eine Botschaft mitgegeben?«, wollte Nylan wissen.

Der kräftige Bewaffnete verdrehte die Augen. »Kommt jetzt.« Er nahm sein Pferd herum und die Bewaffneten seines Trupps bildeten eine Gasse, um Ayrlyn und Nylan vorbeizulassen.

Ayrlyn sah Nylan an und verdrehte ebenfalls die Augen.

»Man wird doch fragen dürfen«, sagte der Schmied leise zu Ayrlyn, während er seine Stute antrieb, um neben Tonsar zu reiten. Ayrlyn ritt auf der anderen Seite, den Grauen im Schlepp. Die übrigen Bewaffneten folgten ihnen.

Sie ritten fast eine Meile, ehe Tonsar wieder das Wort ergriff. »Auf dem Dach der Welt sind viele aus Lornth gestorben.«

»Das ist wahr«, räumte Nylan ein. Er spreizte die Finger, damit Weryl mit ihnen spielen konnte, und zog den Zeigefinger, den Weryl begeistert packte, nicht zu heftig wieder weg. »Aber wir haben nicht als Erste angegriffen und wir hatten keinen anderen Ort, an den wir gehen konnten.«

»Konntet Ihr nicht zum Himmel zurückkehren?«

»Nein«, antwortete Ayrlyn. »Unser Schiff ist kaputt.«

»Ihr seid doch Engel«, wiederholte Tonsar, als wäre das die Antwort auf alle Fragen. »Engel.«

»Unser Schiff wurde zerstört, als wir die Abgründe zwischen den Sternen durchkreuzten. Wir konnten noch von Glück reden, dass wir überhaupt auf dem Dach der Welt landen konnten«, erklärte Nylan. »Nur wenige Engel können lange im heißen Tiefland überleben. Unsere Welten sind kälter.«

»Hmm ...«, machte Tonsar. »Das haben Kurpat und Jegel auch gesagt, bevor sie in die letzte Schlacht gezogen sind. Jegel trug schwere Lederkleidung und wäre trotzdem beinahe erfroren. Er sagte, die Engel hätten nur dünne Sachen getragen und dennoch geschwitzt wie wir im Hochsommer in den Grashügeln.«

Eine Weile waren nur die Hufschläge zu hören.

»Wenn es wahr ist, dass die meisten Engel nicht in heißen Gegenden leben können, warum seid Ihr dann hier?«, fragte der Anführer nach einer Weile.

»Ich kann zur Not in wärmeren Gegenden leben«, räumte Nylan ein, »aber es ist nicht angenehm. Die Händlerin hier stammt als Einzige von einer wärmeren Welt. Ihr ist es auf dem Dach der Welt zu kalt. Alle anderen würden sehr leiden, wenn sie versuchten, in Lornth zu leben.« Nylan fragte sich, ob es richtig war, ihm zu verschweigen, dass Ayrlyn eine Heilerin war ... aber gelogen hatte er wenigstens nicht.

»Dennoch sind viele unserer Frauen in die Kälte geflohen. Das will mir einfach nicht in den Kopf.« Tonsar wandte sich an Ayrlyn. »Könnt Ihr es mir erklären?«

Nylan war froh, dass Ayrlyn diese Aufgabe übernehmen sollte.

»Alle, die nach Westwind geflohen sind, zum Dach der Welt, sind misshandelt und zum Teil stark verletzt worden. Sie hatten keinen anderen Ort, zu dem sie fliehen konnten.«

»Ein Ort für Frauen und Engel, die keinen anderen Platz zum Leben finden ... wie seltsam.«

»... ja, seltsam mag es sein ... denn viele sind auch in den vergangenen Jahren aus Cyador nach Lornth geflohen ...«, murmelte ein Bewaffneter, der hinter den dreien ritt.

Nylan runzelte die Stirn. Es gefiel ihm nicht, dass immer wieder Cyador zur Sprache kam, und es gefiel ihm nicht, dass Frauen aus Cyador nach Lornth geflohen waren. Er hatte keinen sehr guten Eindruck von Cyador. Jetzt wollten die Regenten in Lornth mit ihnen reden. Vielleicht war das ein gutes Zeichen, vielleicht aber auch eine Wendung zum Schlimmsten.

Weryl packte den vorderen Rand des Sattels und zerrte daran. Nylan löste die Finger seines Sohnes vom Leder und nahm den Anblick von Lornth in sich auf. Es war kaum mehr als eine mittelgroße Stadt, soweit er es erkennen konnte. Dann sah er fragend zu Ayrlyn.

Sie lächelte rätselhaft und zuckte mit den Achseln.

Welch große Einsichten, dachte Nylan. Welch große Hilfe.

»Waaa-daaa?«, machte Weryl.

Nylan holte die Wasserflasche hervor. Wenigstens dies konnte er dem Kind geben.

XXXVII

Der Mann mit dem schwarzen Bart betrat den langgestreckten Raum.

Zeldyan, die im Schaukelstuhl saß, hob eine Hand und schüttelte den Kopf, dann klopfte sie Nesslek auf den Rücken und wiegte sich weiter mit ihm. Fornal schloss leise die Tür, blieb stehen, wartete und trat ungeduldig von einem Bein aufs andere. Mit kalten Augen betrachtete er den Jungen.

Nach einer Weile stand Zeldyan auf und trug das Kind durch eine schmale Tür in ein kleines Nachbarzimmer, wo sie ihn ins Kinderbett legte. Sie kniete sich neben ihn und tätschelte noch eine Weile seinen Rücken. Der Junge murmelte leise, seufzte.

Fornal sah ihr von der Tür aus zu, immer noch von einem Fuß auf den anderen tretend.

Schließlich stand Zeldyan auf und kehrte ins Wohnzimmer zurück. Nachdem sie noch einen Augenblick gelauscht hatte, schloss sie die Tür, lief leichtfüßig über den alten analerianischen Teppich und setzte sich wieder in den Schaukelstuhl. Fornal setzte sich nicht, sondern schritt unruhig zum Fenster.

»Du hast eine Nachricht über diese Engel bekommen und mich nicht unterrichtet?«, sagte er. Seine Stimme klang schneidend.

»Du warst mit den Lanzenreitern unterwegs. Wie hätte ich dich finden sollen?«, wandte Zeldyan ruhig ein. Sie hob ihren Becher und trank einen Schluck.

»Genglois hat mir erzählt, dass du sie empfangen willst. Du hast dich allerdings weder mit mir noch mit meinem Vater beraten.«

»Vater ist in Carpa. Ich habe ihm eine Botschaft geschickt. Mit dir wollte ich sprechen, sobald ich Nesslek abgelegt hatte.«

»Ich kann es nicht glauben. Du wirst sie wirklich empfangen, obwohl sie deinen Gatten getötet haben?«, herrschte Fornal sie an. »Was werden die Grundbesitzer dazu sagen?«

»Es ist mir egal, was sie dazu sagen. Sillek ist umgekommen, weil er auf die Grundbesitzer gehört hat. Ist dir eigentlich klar, Fornal, dass diese Frauen und ihre

Magier oder was auch immer noch nie als Erste angegriffen haben?« Sie lächelte kalt. »Jedes Mal, wenn sie angegriffen wurden, haben sie die Angreifer vernichtet, aber sie haben nie von sich aus angegriffen. Außerdem haben wir ein Abkommen mit ihnen. Was soll ich tun? Soll ich ihnen einen Vorwand geben, uns anzugreifen?«

»Du weißt, dass ich das nicht gutheißen kann.« Er runzelte die Stirn. »Aber … was ist mit Relyn?«

»Relyn lebt … und wenn er in die Irre geführt wurde, dann nicht von den Engelsfrauen.«

»Es ist sinnlos, wieder damit anzufangen.« Fornal drehte sich um und kehrte dem Fenster den Rücken. »Wir können nicht ungeschehen machen, was die Fürstin Ellindyja angerichtet hat.«

»Fornal.« Sie hielt inne. »Ich glaube, die Engel können uns nützlich sein. Der Bote sagte, einer sei ein Mann und er sehe aus wie der Magier, den Sillek beschrieben hat. Die beiden haben ein kleines Kind bei sich.«

»Das könnte eine Hinterlist sein. Nach allem, was geschehen ist, wäre ich sehr vorsichtig, wenn Schwarze Engel im Spiel sind.« Fornal schüttelte nachdrücklich den Kopf.

»Möglich ist es, mein lieber Bruder. Aber warum sollte ein Magier ein kleines Engelskind – es hat silberne Haare! – nach Lornth bringen, nachdem er so große Mühen darauf verwendet hat, Westwind zu errichten? Es gibt auch noch einen anderen Punkt. Ich habe mit Tereks Knappen gesprochen. Der Junge sagt, der große Bewaffnete, der Hissls Angriff auf das Dach der Welt geführt hat, sei ein männlicher Engel gewesen. Es gab nur drei Männer, die vom Himmel gekommen sind, und Fürst Nessil hat einen von ihnen getötet. Der zweite hat sein eigenes Volk angegriffen und starb, der dritte, der also der Magier sein muss, reist mit seiner Gefährtin und einem Kind durch Lornth. Was sagt dir das?«

»Er wird versuchen, uns zu bewegen, irgendetwas zu

tun.« Fornal drehte sich um und spreizte die Finger. »Und ich fürchte, wir werden es erst verstehen, wenn es zu spät ist.«

»Wenn er der Magier ist, der drei Weiße Magier vernichtet hat, warum ist er dann hier?«

»Soll ich mir darüber den Kopf zerbrechen, meine Schwester? Wir sollten sie lieber wegschicken, wenn wir es schon nicht wagen, sie angesichts dieses … angesichts dieses Abkommens zu töten.«

Zeldyan fuhr mit blitzenden Augen auf. »Wenn du dir darüber nicht den Kopf zerbrechen willst, Fornal, dann bist du ein noch größerer Narr als Hissl und all die Grundbesitzer zusammen. Du und sie, ihr habt in einer Hinsicht Recht. Die Engel mögen keine Männer. Sie haben einen der mächtigsten Magier in ganz Candar vertrieben … oder er ist gegangen, weil er nicht länger bleiben wollte. Wir bekommen es mit einem erstarkenden Cyador zu tun und haben kaum Reserven, um den Weißen Legionen zu trotzen. Wir hatten drei Weiße Magier, jetzt haben wir keinen einzigen mehr. Wäre es da nicht der Mühe wert, sich die Unterstützung des Magiers zu sichern, der sie vernichtet hat?«

»Meine liebe Schwester, ich weiß ja, dass du nur das Beste für Lornth und Nesslek wünschst, aber ist es klug, einen dunklen Engel hierher zu holen, dessen Volk uns bisher nur Kummer und Tod beschert hat?«

Zeldyan schürzte die Lippen und runzelte die Stirn. »Kann es uns schaden, wenn wir mit ihnen reden? Wir wissen so wenig über sie.«

»Ein gewisses Risiko ist sicher damit verbunden, aber solange wir kalten Stahl griffbereit halten, würde ich meinen, dass wir es wagen sollten. Informationen sind nützlich … falls man für sie keinen zu hohen Preis zahlen muss.«

»Vielleicht können wir uns sogar ihrer Hilfsbereitschaft versichern«, überlegte sie.

»Wie willst du das anfangen? Mit Hilfe deiner eigenen großen magischen Fähigkeiten?«

»Nein, sondern mit Vernunft und Freundlichkeit. Manchmal wirken diese beiden Eigenschaften so gut wie kalter Stahl.« Sie zuckte mit den Achseln. »Wenn nicht, weiß ich wenigstens deine Klinge in der Nähe. Und die meines Vaters.«

»Was soll ich sagen?« Fornal zuckte mit den Achseln. »Wir brauchen Bewaffnete und Söldner und Münzen und du würdest vielleicht einen Magier der Engel beisteuern.«

»Wir brauchen Bewaffnete und Münzen, das ist richtig«, erwiderte Zeldyan. »Aber vergiss nicht, dass die Engel auch ohne Magie und gegen vielfache Übermacht bisher noch jede Streitmacht vernichtet haben, die gegen sie ausgesendet wurde. Relyn hatte doppelt so viele Kämpfer wie sie und was man auch sonst gegen ihn sagen mag, mit der Klinge war er ein Meister. Wir können jede Hilfe gebrauchen, die wir nur bekommen können, und vielleicht haben uns diese Engel ja wirklich etwas Nützliches zu bieten. Ich werde jedenfalls nicht zulassen, dass der unvernünftige Hass der Grundbesitzer Nessleks Zukunft zerstört, so wie er Silleks Leben zerstört hat.«

»Der Magier der Engel tut mir beinahe Leid«, sagte Fornal kopfschüttelnd. »Nun gut, dann schlage aus seiner Hilfsbereitschaft heraus, was du herausschlagen kannst. Es gefällt mir nicht, aber wie du sagst … wir haben kaum eine andere Wahl.« Er hielt inne und fügte halblaut hinzu: »Und ich habe im Grunde gar keine.«

Zeldyan runzelte die Stirn, sagte aber nur: »Es kann nicht schaden, mit Freundlichkeit zu gewinnen, was man sonst nur mit Gewalt erzwingen könnte.«

Jetzt runzelte Fornal die Stirn, aber nach einem Augenblick lächelte er. »Meine Klinge ist bereit, deine Bemühungen zu unterstützen, geliebte Schwester.«

XXXVIII

Lornth war erheblich weiter entfernt, als es den Anschein hatte, und erheblich größer. Die Sonne brach schon durch die dunstigen Wolken und stand längst über den sanften Hügeln im Westen, als die Engel und ihre Eskorte den letzten niedrigen Hügel hinter sich ließen und in die Stadt ritten.

Wie alle Orte, die Nylan bisher in Candar gesehen hatte, besaß auch Lornth keine Stadtmauer. Die Häuser, die anfangs noch vereinzelt standen, waren schließlich Mauer an Mauer gebaut, hin und wieder von Geschäften unterbrochen.

Tonsar führte sie eine Straße hinunter, die anscheinend geradewegs zu dem Turm führte, den Nylan schon von weitem bemerkt hatte. Aus der Nähe gesehen, stellte sich heraus, dass die Gebäude, die Nylan für weiß gestrichene Häuser gehalten hatte, mit Zement oder Stuck von einem zarten Hellrot verputzt waren, das aus der Ferne weiß wirkte. Manche Gebäude wie der Turm waren aus einem hellroten Stein gebaut, der an Granit erinnerte.

Die Straßen waren schmal, höchstens breit genug für drei Pferde nebeneinander oder einen einzigen Wagen. Ein unangenehmer Geruch stieg rechts neben dem Pflaster aus einem Graben auf, der im Grunde ein offener Abwasserkanal war.

Nylan sah sich naserümpfend zu Ayrlyn um.

Sie schüttelte den Kopf. »Bitte keine Vorträge über Krankheiten, die aufgrund schlechter sanitärer Anlagen entstehen.«

Tonsar sah sie verwirrt an. »Lornth ist nicht arm.«

»Nylan macht sich Gedanken wegen der offenen Abwasserkanäle«, erklärte Ayrlyn.

»Die Leute sollen sie eigentlich jeden Achttag ausspülen«, sagte Tonsar. »Wenn sie es nicht tun, müssen sie eine Geldstrafe zahlen.« Er zügelte sein Pferd, als ein zur Hälfte mit Fässern beladener Karren aus einer Gasse kam. Ein einzelner Ochse zog den Karren, der langsamer wurde, als die Räder durch den Abwasserkanal rumpelten.

Der Trupp wartete, bis der Karren den Kanal überwunden hatte. Die Räder warfen dunklen Dreck aufs Straßenpflaster. Nylan fuhr unwillkürlich zusammen, dann zuckte er mit den Achseln.

Am Ende der Häuserzeile öffnete sich die Straße zu einem kleinen Platz, an dem ringsum Geschäfte lagen. Vor den Läden standen einige Schubkarren auf dem Pflaster. Eine Hand voll Menschen, meistens Frauen, drehte sich um, als der Trupp auf den kleinen Platz geritten kam.

»Ihr seid nicht gerade sehr willkommene Besucher«, meinte Tonsar.

»Das ist mir klar.« Nylan rutschte im Sattel herum und betrachtete seinerseits die Menschen, die ihn anstarrten. Niemand rührte sich, als die Gruppe quer über den Platz ritt und sich einer weiteren engen Straße näherte.

Weniger als dreihundert Ellen dahinter endete die Straße und sie standen vor einer weiten Grünfläche, hinter der sich der Bergfried von Lornth erhob. Der Turm war aus dem gleichen hellrosa Granit gebaut wie die Mauer, die ihn umgab. Sehr beeindruckend war die Mauer nicht, höchstens zehn Ellen hoch und drei Ellen dick – eine Barriere, die eher zu einem ländlichen Anwesen passte als zum Sitz eines Fürsten, dachte Nylan.

Zwei schwere, mit Eisen beschlagene Holztore standen offen, vier bewaffnete Fußsoldaten hielten Wache.

Tonsar zügelte vor ihnen sein Pferd und nickte. »Die Engel, die den Regenten vorgestellt werden sollen.«

Der kleine schmale Wächter, der mit einer Art Hellebarde bewaffnet war, nickte. »Die Regentin Zeldyan wünscht die Engel im Turmzimmer zu sprechen, sobald sie eingetroffen sind.«

Tonsar nickte knapp und lenkte sein Pferd durchs Tor. Die Hufschläge hallten laut auf dem hellrosa Pflaster des Hofes, als die Reiter dem Anführer um die Nordseite des Turms folgten.

Nylan bemerkte, wie schwach die Festung besetzt war. Nur ein Zug Bewaffnete? Vier Wächter am Tor?

Die Ställe waren hinten in einem Nebengebäude mit Ziegeldach untergebracht. Der Lehmboden, der eher nach Stroh und Pferden als nach Stallmist roch, war sauber gefegt. Leises Gackern verriet Nylan, dass irgendwo in der Nähe Hühner gehalten wurden.

Dankbar stieg er von der Stute, streckte die Beine und Schultern und dann die Arme. Die linke Schulter wurde immer noch schneller steif als die rechte. Seine Hand streifte einen verwitterten Dachbalken. Richtig, in primitiven Kulturen baute man niedrige Räume.

»Ihr könnt Eure Pferde hier im Stall lassen, Eure Sachen werden in Euer Quartier gebracht.«

Ayrlyn löste den Kasten mit der Lutar vom Packpferd. »Dies hier nehme ich selbst, es ist ein Musikinstrument.«

»Wie Ihr wünscht, Engel«, erwiderte Tonsar lachend.

Nylan dachte an den Kompositbogen, aber er wollte nicht unnötig die Aufmerksamkeit der Leute erregen und die Einheimischen konnten ihn ohnehin nicht kopieren. Außerdem wirkte die Waffe, in geöltem Leder verpackt, mehr oder weniger wie ein beliebiger anderer Bogen.

Auch hier sahen die wenigen Menschen, die im Hof unterwegs waren, neugierig zu, wie die Engel über das Pflaster zum Hauptgebäude gingen.

Der Bewaffnete führte sie eine Steintreppe in einen älteren Turm hinauf und blieb vor einer dunklen, schimmernden Holztür stehen. Davor hielt ein breitschultriger Mann Wache, der einen geschmückten Brustharnisch und ein Kurzschwert trug. Bei einer Wache, die im Gebäude selbst Dienst tat, war ein Kurzschwert natürlich die bessere Waffe. Neben dem Wächter stand ein Knappe.

»Melde die Engel bei der Regentin an«, befahl der Bewaffnete.

Der Knappe huschte hinein. Nylan konnte einige Worte verstehen, die drinnen gesprochen wurden.

»Fürstin Zeldyan, die Engel …«

Fast sofort ging die Tür wieder auf.

»Ihr könnt eintreten«, erklärte der Knappe.

»Legt Eure Schwerter außerhalb des Raumes ab«, sagte der Wächter.

»Lassen alle Krieger ihre Waffen hier?«, fragte Nylan.

»Wenn es Euch lieber ist«, antwortete der Wächter, »dann könnt Ihr sie auch auf den Tisch hinter der Tür legen. Niemand wird sie anrühren.«

»Danke«, sagte Nylan. »Ich muss allerdings die Klinge aus dem Schultergeschirr ziehen.« Er sah Weryl an, der verschlafen zu ihm aufschaute.

»Warum … oh.«

Der Knappe öffnete die dunkle Tür und Nylan erblickte den dunklen, verkratzten und etwa hüfthohen Tisch. Er legte beide Klingen nebeneinander ab. Ihm war klar, dass man ihn überwältigen konnte, bevor er Gelegenheit hatte, die Klingen zu erreichen. Ayrlyn folgte seinem Beispiel.

Eine schlanke blonde Frau mit durchdringenden grünen Augen erwartete sie. Die Frau trug einen purpurnen, grün eingefassten Umhang und grüne Hosen. Das Haar wurde von einem mit Malachit besetzten Band zurückgehalten.

»Ich bin Fürstin Zeldyan. Setzt Euch bitte.« Die blonde Frau deutete zum runden Besprechungstisch. »Euer Sohn?«, fragte sie mit einem Blick auf Weryl. »Wie alt ist er?«

»Etwas mehr als ein Jahr«, erklärte Nylan.

»Kinder erforschen gern die Umgebung. Ihr könnt ihn krabbeln lassen, wenn Ihr wollt, das ist ihm sicher lieber.«

»Danke.« Nylan nahm Weryl aus dem Tragesack und setzte ihn auf den kostbaren, wenn auch abgetretenen Teppich. Dann folgte er Zeldyans Einladung und setzte sich auf den Stuhl, der seinem Sohn am nächsten war.

Weryl betastete den Teppich und schaute zu Nylan auf.

»Du kannst herumkrabbeln«, sagte der Schmied zu dem Jungen.

Nach einem Blick zur Tür, die von außen geschlossen worden war, setzte Ayrlyn sich auf den Stuhl neben Nylan.

Die blonde Frau ließ sich ihnen gegenüber nieder, den Blick auf Ayrlyn geheftet. »Ich war die Gemahlin des Fürsten Sillek. Die Grundbesitzer waren so freundlich, mich selbst, meinen Bruder Fornal und meinen Vater als Regenten für meinen Sohn Nesslek einzusetzen.« Zeldyan deutete auf zwei Krüge und einige Gläser. »Im grauen Krug ist Grünbeerensaft, im braunen Wein. Möchtet Ihr etwas trinken?«

»Ich hätte gern Grünbeerensaft«, sagte Nylan.

»Wein für mich«, antwortete Ayrlyn fast gleichzeitig.

Sie lachten beide und Zeldyan lächelte leicht, schenkte Ayrlyn den Wein und dann für Nylan den Saft ein.

»Ich heiße Nylan«, erklärte der Schmied, als ihm bewusst wurde, dass die Frau seinen Namen noch nicht kannte. »Dies ist Ayrlyn, mein Sohn heißt Weryl.« Weryl kroch gerade vom Tisch fort und näherte sich einer niedrigen Kommode. Der Junge betastete die Messingverzierungen, dann zog er sich hoch und stand einen Augenblick aufrecht. Er hielt sich an dem Möbel fest, plumpste aber gleich auf seinen Po. Davon unbeeindruckt versuchte er wieder, sich aufzurichten.

Was wollte Zeldyan von ihnen?, fragte Nylan sich.

»Die Leute hier wundern sich, dass zwei Engel ausgerechnet nach Lornth kommen.« Zeldyan trank einen kleinen Schluck Saft, ehe sie fortfuhr. »Auch ich habe mir meine Gedanken dazu gemacht, aber ich würde mich freuen, wenn Ihr selbst erklären könntet, warum Ihr hergekommen seid.«

Die beiden Engel wechselten einen Blick.

»Nun gut«, begann Nylan. »Wir gehörten zur Besatzung eines Schiffs, das durch den Himmel geflogen ist. Es war ein Kriegsschiff und wir gerieten in eine Schlacht mit den ... mit den Lichtdämonen, wie Ihr sie wohl nennen würdet. Die Kräfte, die dabei entfesselt wurden, waren so gewaltig, dass wir in den Himmel über Candar verschlagen wurden. Unser Schiff wurde jedoch beschädigt und wir mussten auf dem Dach der Welt landen. Wir waren gezwungen, uns einen kalten Ort zu suchen, weil die meisten Engel von Orten stammen, die viel kälter sind als Candar. Nur drei von uns könnten längere Zeit in den wärmeren Regionen Candars überleben. Ayrlyn stammt vom wärmsten Ort und findet das Dach der Welt im Winter beinahe so unwirtlich wie Ihr. Kaum dass wir gelandet waren, griffen die Einheimischen uns an und wir mussten uns wehren. Sie haben immer wieder angegriffen und wir haben uns verteidigt, bis wir nach der großen Schlacht im letzten Herbst endlich ein Friedensabkommen schließen konnten.« Der Schmied zuckte mit den Achseln. »Beantwortet das Eure Frage?«

»Unsere Magier haben mir mehr oder weniger das Gleiche berichtet, aber es ist gut zu wissen, warum Ihr Euch für das Dach der Welt entschieden habt. Dennoch ... warum seid Ihr jetzt hier? Habt Ihr eine Botschaft oder eine Forderung zu überbringen?«

»Schwerlich.« Nylan unterdrückte ein Seufzen. »Ihr müsst wissen, dass Ryba die Marschallin von Westwind ist. Sie ist eine mächtige Kriegerin. Und Ihr wisst sicher auch, dass es nur wenig Männer in Westwind gibt.«

»Man sagt, Ihr hättet die meisten abgeschlachtet, die zu Euch kommen wollten, obwohl es auch einige aus Lornth geben soll, die überleben durften«, sagte Zeldyan.

Nylan beschloss, nicht auf das Abschlachten einzugehen. »Es gab zwei«, erklärte er. »Einer war Narliat, der fortgegangen ist und getötet wurde, als er mit einem Magier zurückkehrte und Westwind angreifen wollte. Ryba ist nicht gut auf Männer zu sprechen und im Laufe der Zeit ist ihre Stimmung in dieser Hinsicht eher schlechter geworden. Ich bin ein Mann.« Er zuckte mit den Achseln.

Zeldyan runzelte die Stirn. »Und was ist mit dem anderen Mann? Ist auch er in Ungnade gefallen? Wurde auch er abgeschlachtet?«

»Ihr meint Relyn. Auch er hat Westwind angegriffen, aber er hat überlebt.« Nylan hielt inne, weil er spürte, dass Zeldyan offenbar großes Interesse an Relyn hatte. »Er ist im letzten Herbst nach Osten gegangen.«

»Nach Osten? Wie ist er nur darauf verfallen?« Die Regentin schien verwirrt. »Und warum wurde er verschont, die anderen aber nicht?«

Nylan hätte sich am liebsten die Stirn abgewischt. »Es ist nicht so einfach. Als er Westwind angriff, versuchte er, Ryba zu töten. Sie hat ihm die rechte Hand abgeschlagen.« Der Schmied hielt inne.

»Nylan hat verhindert, dass er verblutete, und ihm später eine künstliche Hand gemacht und ihm geholfen, den Kampf mit Schwert und Messer zu lernen«, ergänzte Ayrlyn.

Nylan wollte sie berichtigen, weil er zu Relyns Ausbildung eigentlich nichts beigetragen hatte. Er hatte nur die Klammer hergestellt, mit der Relyn den Dolch halten konnte.

»Warum habt Ihr denn das getan?«, fragte die blonde Frau.

»Es schien mir richtig. Er war geschlagen und sagte, er würde nie nach Hause zurückkehren können, weil er gedemütigt sei, nachdem er von einer Hand voll Frauen besiegt wurde.« Nylan warf einen Blick zu Weryl, der gerade mit wackligen Schritten die Kommode umrundete.

»Wisst Ihr, warum er weggegangen ist?«, fragte Zeldyan.

»Ich selbst habe ihn dazu aufgefordert«, erklärte Nylan. »Ich fürchtete, Ryba könnte ihm nach der Schlacht etwas antun.« Er trank einen Schluck süßsauren Saft.

»Konntet Ihr ihn denn nicht beschützen?«

»Nylan wurde in der Schlacht verletzt«, sagte Ayrlyn. »Er hätte sich nicht einmal selbst schützen können, von anderen ganz zu schweigen. Weil er sich Sorgen um Relyn machte, empfahl er ihm, in der Verwirrung nach der Schlacht zu verschwinden.«

»Kein sehr ehrenhafter Rat«, meinte Zeldyan.

»Ich bin etwas unsicher, was hier als Ehre gilt«, erwiderte Ayrlyn. »Soweit ich gesehen habe, gilt es als völlig ehrenhaft, Menschen anzugreifen oder zu versklaven, die keinen Ort haben, zu dem sie fliehen können. Es scheint ehrenhaft zu sein, eine Belohnung auszuloben, damit sie vernichtet werden, aber es gilt als unehrenhaft, wenn man zugibt, dass sie stark genug sind, sich selbst zu verteidigen, und es gilt als unehrenhaft zu fliehen, wenn die Alternative der Tod durch die größte Kriegerin der Welt ist.«

»Die größte Kriegerin der Welt? Wer mag das sein?«

»Ryba«, erwiderte Nylan. »Nach allem, was ich bisher gesehen habe, kann ihr niemand das Wasser reichen.«

»Sie ist nicht als Herrscherin geboren?«

»Nein, sie herrscht aufgrund ihrer Fähigkeiten, besonders im Umgang mit Waffen.«

»Viele Menschen in Lornth würden das beunruhigend finden.« Zeldyan trank wieder einen Schluck Saft. »Warum habt Ihr Relyn zur Flucht geraten? Was Ihr sagt, verwirrt mich. Wusstet Ihr denn vorher, dass Ihr verletzt werden würdet? Seid Ihr eine Art Magier, der solche Dinge voraussehen kann?«

»Manche haben mich zwar einen Magier genannt«, räumte Nylan ein, »aber ich bin in erster Linie Schmied und Ingenieur. Ich wusste nicht, dass ich selbst verletzt werden würde, aber wir waren deutlich in der Unterzahl und es schien mir möglich, dass viele verletzt werden würden. Ich habe Relyn gesagt, er sollte fliehen, falls es mich treffen würde.«

»Diese Kerze spendet ein wenig Licht.« Zeldyan hielt nachdenklich inne, trank einen Schluck Saft und fragte schließlich: »Seid Ihr der Schwarze Magier, den unsere Magier in den Gläsern gesehen haben? Derjenige, der Hissl besiegt hat?«

»Ich glaube nicht, dass ich ein Schwarzer Magier bin, aber es ist wahr, dass es mir gelang, die Magier aufzuhalten.«

»Ich würde doch meinen, Ser Nylan, dass ein Mann, der drei Weiße Magier besiegen kann, ganz gewiss ein Schwarzer Magier ist«, meinte Zeldyan trocken. »Wenn Ihr so mächtig seid und es dennoch für nötig gehalten habt, aus … aus Westwind zu fliehen, dann muss die Marschallin sogar noch mächtiger sein.«

»Sie ist eine mächtige Kriegerin«, bestätigte Ayrlyn, »und manchmal kann sie sehen, was kommen wird.«

»Ihr, Engelsfrau mit dem Flammenhaar«, wandte sich die Regentin an Ayrlyn, »glaubt Ihr, dass der Schwarze Magier Relyn gerettet hat?«

»Ja. Er hat ihm das Leben gerettet und ihm geholfen, seine Fähigkeiten zu vervollkommnen und sein Selbstvertrauen zurückzugewinnen. Als Relyn fortging, war er, obwohl er mit der linken Hand kämpfte und rechts ein Messer auf die Klammer gesetzt hatte, ein besserer Schwertkämpfer als zuvor.«

Zeldyan schwieg, trank noch einen Schluck Saft. »Warum seid Ihr fortgegangen?«

»Weil es mir auf dem Dach der Welt zu kalt ist, weil ich Nylan liebe und weil er gehen musste.«

Nylan stand rasch auf, um Weryl von dem Tisch abzuhalten, auf dem die Schwerter lagen.

»Dennoch trägt er das Kind. Ist das bei Euch Engeln so üblich?«

»Weryl ist sein Sohn, warum sollte er nicht seinen Sohn tragen?«

Zeldyan lachte, dann runzelte sie die Stirn. »Ich wünschte, Sillek hätte das hören können. Wie auch immer, Ihr habt Gutes getan, ohne überhaupt davon zu wissen.«

Jetzt war es an Ayrlyn und Nylan, ein verwirrtes Gesicht zu machen.

»Relyn ist mein Bruder. Ich wünsche mir zwar, dass er nach Lornth zurückkehren kann, aber ich fürchte, sein Urteil trifft zu. Er würde Jahr um Jahr und Tag um Tag kämpfen müssen, um seine Ehre zu behaupten.« Sie wandte sich wieder an Ayrlyn. »Sillek hat, offenbar nicht ganz unberechtigt, Eure Ansichten über die Ehre in gewissem Maße geteilt.«

Nylan räusperte sich. »Wenn es nicht zu anmaßend ist, Regentin Zeldyan, darf ich fragen, warum Ihr uns sprechen wolltet?«

»Ich wollte mit meinen eigenen Augen Engel sehen, um herauszufinden, ob sie wirklich Schwarze Dämonen sind.«

»Warum glaubt man dies von uns?«

»Was sonst sollte man glauben nach allem, was Ihr getan habt?«

»Und was wollt Ihr nun von uns?«, fragte Ayrlyn nicht ohne eine gewisse Schärfe.

»Habt Ihr schon einmal von Cyador gehört, dem alten Weißen Land?«

»Erst vor kurzem haben wir davon gehört. In einer Schriftrolle wurde ein altes Land erwähnt, in dem die Baumeister die Flüsse kanalisiert und weiße Städte errichtet hätten. Später hat auch ein Händler den Namen erwähnt«, erklärte Ayrlyn. »Er hat uns berichtet, die Händler aus Cyador hätten in Certis und Gallos genug Weizen gekauft, um die Preise in die Höhe zu treiben. Und er sagte, sie ließen dort keine ausländischen Händler ins Land.«

»Ja, sie weisen alle Ausländer ab und töten jeden, auf den sie innerhalb ihrer Grenzen stoßen.« Zeldyan sprach, als wäre es nichts Besonderes. »Einst, so heißt es, hätten sie auch den größten Teil des heutigen Lornth beherrscht, einschließlich des Kupferbergwerks in Cerlyn. Sie haben die Rückgabe der Mine verlangt und unsere Späher berichten, dass eine mächtige Streitmacht von Spiegellanzenkämpfern gegen die Grashügel vorrückt.«

Als die Spiegellanzenkämpfer erwähnt wurden, wechselten Nylan und Ayrlyn einen Blick.

»Was wisst Ihr davon?«, fragte Zeldyan scharf.

»Im Grunde nicht viel. Aber diejenigen, die unser Schiff zerstört haben, benutzten dazu Spiegeltürme und wir haben uns oft gefragt, ob die Weißen Dämonen Eurer Legenden möglicherweise von den Vorfahren unserer Feinde abstammen.«

»Könnt Ihr lesen?«

Nylan unterdrückte ein Lächeln und sagte: »Wir können Eure und unsere eigene Schrift lesen.«

»Gelehrte, Engel und Krieger – wahrhaft eine seltsame Mischung.«

»Nicht seltsamer als Ihr, meine Dame«, erwiderte Nylan.

»Ja, und wenn man anders ist als die anderen, hat man oft einen hohen Preis zu bezahlen.« Zeldyan hustete.

»Wenn Ihr Euch eingerichtet habt, steht es Euch frei, die alten Schriftrollen im Turm zu studieren. Manche drehen sich um die Weißen und vielleicht findet Ihr dort nützliche Hinweise – immer vorausgesetzt, Ihr wollt in Lornth bleiben und uns gegen Cyador helfen.«

Nylan sah Ayrlyn an, die fast unmerklich nickte. »Wir werden gern bleiben und Euch helfen, so gut wir es vermögen …«

»Ich möchte von Euch wissen, welche Hilfe Ihr überhaupt anzubieten habt«, unterbrach Zeldyan ihn, als hätte sie es nicht anders erwartet.

Nylan gewann den Eindruck, dass die blonde Frau erheblich mehr wusste, als sie durchblicken ließ.

»Ich fürchte, es ist nicht sehr viel«, gab Nylan zu. »Wir haben keine zerstörerischen Feuerkugeln wie die Weißen Magier. Ich bin Schmied. Vielleicht kann ich Waffen entwickeln, die Euch helfen, aber ich bin mit Euren Möglichkeiten nicht sehr vertraut.«

»Ihr wart gut genug mit unseren Möglichkeiten vertraut, um zwei Heere zu vernichten. Das sollte Euch doch etwas Mut machen.« Zeldyan sah Ayrlyn an.

Nylan stand noch einmal auf, um Weryl von den Schwertern abzuhalten und zurück zur Kommode zu dirigieren.

»Ich kann noch weniger anbieten, meine Dame. Ich bin Heilerin und Sängerin und kann mich mit dem Schwert verteidigen.« Ayrlyn senkte den Kopf.

»Zweifellos gut genug, um zwanzig Kämpfer zu töten.«

»Höchstens die Hälfte.«

Die blonde Regentin lachte wieder. »Die meisten Bewaffneten töten so viele nicht im ganzen Leben und Ihr fühlt Euch unzulänglich.« Sie schüttelte den Kopf. »Und Ihr, Schmied?«

Nylan schluckte. »Mit der Klinge nur ein paar mehr als die Heilerin.«

»Und wie habt Ihr die Kämpfer aus Lornth vernichtet? Mit einer schrecklichen Magie?«

Nylan beschloss, etwas zu riskieren und ihr die volle Wahrheit zu sagen. »Mit Geräten vom Himmel, die nicht mehr funktionieren.«

»Also … also könnte ein frisches Heer jetzt Westwind einnehmen?«

»Möglich«, erwiderte Nylan. »Allerdings würde der Turm allem außer einer Belagerungsmaschine standhalten und inzwischen sind erheblich mehr Wächterinnen in Westwind als bei unserer Landung.«

Zeldyan schüttelte den Kopf. »Ich würde keinen Bewaffneten gegen Euer Westwind schicken. Wir können dabei nichts gewinnen und alles verlieren.« Die durchdringenden grünen Augen musterten die beiden Engel. »Da Ihr schon einmal hier seid, werdet Ihr uns gegen Cyador helfen?«

»Ja.« Die Antwort kam wie aus einem Munde.

»Gut. Ich hatte gehofft, dass Ihr zusagen würdet. Ich habe mir die Freiheit genommen, für Euch ein Gästezimmer im Südflügel herzurichten. Es hat sogar ein Badezimmer. Die Magier sagten mir, Engel baden gern.«

»Ihr wisst weit mehr, als Ihr zu erkennen gebt, Regentin«, meinte Ayrlyn.

»Das ist die Aufgabe der Regenten und wie ich glaube auch die der Engel.« Zeldyan stand auf. »Heute Abend werde ich Euch das Abendessen aufs Zimmer schicken lassen. Morgen werdet Ihr uns, den Regenten, beim Essen Gesellschaft leisten. Lornth steht Euch offen.« Die blonde Frau hielt inne. »Für den Augenblick würde ich vorschlagen, dass Ihr den Bergfried nicht verlasst. Die meisten Menschen in Lornth sind auf Engel nicht gut zu sprechen.« Ihre Lippen zuckten. »Ich hege keinen Zweifel an Euren Fähigkeiten, Euch zu verteidigen, aber es wäre mir lieber, wenn niemand mehr sterben müsste, und nicht alle unsere Einwohner sind vernünftig genug einzusehen, wie sinnlos es ist, gegen Euch die Klinge zu erheben.«

Ayrlyn folgte dem Beispiel der Regentin und stand ebenfalls auf. Nylan fing Weryl wieder ein, der sich mit dem Schnitzwerk der Kommode beschäftigt hatte.

Die beiden Engel verneigten sich.

Zeldyan schellte mit einer kleinen Glocke und die Tür wurde geöffnet. Der Knappe trat ein.

»Würdest du die Engel ins Gästezimmer führen? Sie bekommen das Zimmer im Südflügel.«

»Das große?«

»Ja, das große, Nistyr«, bestätigte Zeldyan.

»Danke«, sagte Nylan leise.

»Ich fürchte, Engel, mein Dank wird wenig zählen, wenn Cyador uns angreift.«

Nylan ahnte, dass sie Recht behalten sollte, aber es war trotzdem angenehm, ein festes Dach über dem Kopf und genug zu essen zu haben, auch wenn er nach wie vor keine Ahnung hatte, was die Zukunft ihnen bringen mochte.

XXXIX

So trotzte der Schmied Nylan der Engelsfrau Ryba, kannte er doch das Schicksal des einstmals mächtigen Jägers Gerlich, und floh aus Westwind mit der Heimlichkeit und Geschicklichkeit, die einem Mann entsprach, der die Feuer des Himmels und den Regen des Todes neu erschaffen hatte.

Die seelenvolle Sängerin Ayrlyn aber begleitete ihn und bei ihnen war auch ein Kind. Weit größere Gefahr drohte ganz Candar und allen Ländern bis zum Ende der Welt von diesen dreien als von der mächtigen Ryba …

Die Engelsfrau und Marschallin von Westwind war bald

erzürnt und schickte ihre Wächterinnen den dreien hinterher, aber gegen die dunklen Künste des Schmieds und der Sängerin vermochten sie nichts auszurichten und so erreichten die drei schließlich das alte und mächtige Land Lornth.

Die Menschen in Lornth verriegelten die Türen, als die Engel kamen, und fürchteten die dunklen Schatten, die sich über ihre Türschwellen legten.

Die Anführerin des Rates von Lornth aber war eine arglose Frau, die, bezaubert von Nylan und den süßen Liedern der dunklen Sängerin und der Unschuld des Kindes, den Reisenden eine Zuflucht bot und ihr Land den Dunklen öffnete, obwohl viele ihr abrieten und sie vor dem warnten, was die Engel bringen würden.

Und so lebten der mächtige Schmied und die Sängerin der dunklen Lieder und das Kind eine Weile in Lornth.

Die Farben der Weisse
(Handbuch der Gilde von Fairhaven)
Vorwort

XL

Als er sich angekleidet hatte, sah Nylan sich im großzügig bemessenen Raum um, betrachtete die hellrosa Steinmauern, die beiden aus dunklem Holz geschnitzten Kleiderschränke und die passenden Lehnstühle neben einem Spieltisch, der gleichzeitig als Esstisch dienen konnte.

Ayrlyn richtete sich im Bett auf und gähnte. »Wollen wir frühstücken?«

Nylan zuckte mit den Achseln.

»Also gut.« Ayrlyn setzte die Füße auf den Teppich. »Dann bin ich in der Unterzahl.«

»In der Unterzahl, aber nie überstimmt«, antwortete der Ingenieur.

»Von Abstimmungen hält man hier nicht viel, schon vergessen?« Sie rieb sich die Augen.

»Nein, aber was denkst du nun?« Nylan setzte sich und balancierte Weryl auf dem Knie, während er dem Jungen etwas übrig gebliebenen Grünbeerensaft aus einem abgedeckten Becher anbot.

»In welcher Hinsicht?« Ausgiebig gähnend tappte Ayrlyn zum Waschbecken im Nachbarzimmer.

»Zeldyan.«

»Sie denkt praktisch. Sie ist warmherzig, aber das hindert sie nicht daran, das zu tun, was sie für richtig hält.« Ayrlyn starrte nachdenklich das Waschbecken an. »Sie will, dass ihr Sohn es gut hat und lange genug lebt, um das Erbe anzutreten. Ich glaube, wir sollten versuchen, sie auf unsere Seite zu ziehen, aber sie ist ja schon auf unserer Seite. Sie braucht uns, auch wenn ich nicht genau weiß, warum sie glaubt, wir könnten Lornth gegen Cyador helfen.«

»Wir sind Engel«, erwiderte Nylan mit unbewegtem Gesicht.

»So leichtgläubig ist sie nicht. Sie will, dass wir etwas für sie tun.«

»Ich dachte mir schon, dass du darauf zu sprechen kommst. Du meinst, es könnte darum gehen, dass wir ihr helfen, Cyador zu besiegen und die Kupfermine zu sichern?«

»Wahrscheinlich, wenn nicht noch etwas Schlimmeres.« Ayrlyn zog sich mühsam die Ledersachen an. »Ich wünschte, ich hätte Kleidung wie sie. Die Sachen hier werden mir bald zu warm werden.«

»Dir wird es zu warm?«, gab Nylan lachend zurück.

Als es unvermittelt an der Tür klopfte, sahen Nylan und Ayrlyn sich erschrocken an.

»Ja?«, sagte Nylan laut.

»Euer Frühstück, mein Herr und meine Dame«, rief jemand draußen vor der Tür.

Ayrlyn entriegelte die Tür und stand vor einem Dienstmädchen mit hartem Gesicht.

Das Frühstück war auf einem einzigen Teller gestapelt, der auf einem großen Tablett serviert wurde: Eier, zusammen mit Käse zu einer Art flachem Kuchen gebacken, dazu zwei lange, geschwärzte Würstchen. Neben dem Teller lagen ein Laib schwarzes Brot und zwei apfelähnliche Früchte. Außerdem bekamen sie zwei Krüge – einer braun und einer grau – und zwei leere grüne Steingutbecher.

»Visen konnte nur schätzen, wann Ihr so weit wärt, mein Herr und meine Dame. Aber wenn Ihr den Knappen oder mir sagt, was Ihr sonst noch haben wollt, wird sie es gern für Euch kochen.« Sie verneigte sich noch einmal.

»Danke, es ist gut so«, sagte Ayrlyn.

Mit nervösem Lächeln huschte das Mädchen zur Tür und verschwand.

»So bin ich seit Jahren nicht mehr bedient worden«, murmelte Nylan.

»Ich noch nie.« Ayrlyn setzte sich gegenüber von Nylan und Weryl an den Tisch.

»Die Wurst ist ziemlich deftig«, meinte Nylan nach dem ersten Bissen. »Genauer gesagt, sie stinkt.« So sehr er es auch versuchte, mehr als drei Bissen schaffte er nicht. Weryl spuckte schon den ersten Happen aus.

»Dann sind wir wohl einer Meinung.« Ayrlyn schenkte sich Grünbeerensaft ein.

»Das Brot ist gut.« Nylan bot Weryl den Trinkbecher an und der Junge packte ihn mit beiden Händen.

Als das Tablett bis auf die ungeliebten schwarzen Würste geleert war, wandte sich der Ingenieur an die Heilerin mit den hellroten Haaren. »So, wir sind satt. Und was sollen wir jetzt tun?«

»Mit den Leuten reden«, schlug Ayrlyn vor. »Mit so vielen Menschen wie möglich reden.«

Nachdem sie sich die Hände gewaschen und sich um ihre sonstigen Bedürfnisse gekümmert hatten, was einen schnellen Windelwechsel für Weryl einschloss, öffnete Nylan die schwere Holztür ihres Zimmers. Sie trugen jetzt nur jeweils eine Klinge am Gürtel. Nylan hatte Weryl auf den linken Arm genommen, statt ihn in den Tragesack zu setzen, der von der letzten Wäsche noch nicht ganz trocken war.

Der Flur war düster, obwohl die Steinwände einen hellrosafarbenen Schimmer reflektierten und der Boden gekachelt war. Sie begegneten keiner Menschenseele. Achselzuckend wandte Nylan sich nach rechts. Die Stiefel hallten auf den Kacheln, als sie sich einem Quergang näherten. Hinter der Ecke sahen sie den Durchgang zum alten Turm, in dem sie mit Zeldyan gesprochen hatten. Zwei Wächter standen dort.

»Zutritt verboten?«, fragte Nylan lächelnd.

»Wenn es Euch nichts ausmacht, Ser«, antwortete der drahtigere der beiden Wächter. Sein größerer Gefährte blieb stumm, doch beide besahen sich die Engel und Weryl sehr genau. Der Junge lächelte und um die Lippen des kleineren Wächters spielte ebenfalls ein Lächeln.

»Wir sind hier fremd«, begann der Ingenieur, »und Ihr könntet uns etwas helfen, indem Ihr uns einige Dinge erklärt, die wir nicht wissen. Ich will aber keinen Klatsch und kein Geschwätz hören. Wie alt ist Lornth? Wisst Ihr es?«

Der drahtige Wächter runzelte die Stirn. »Kann nicht behaupten, dass ich es wüsste, Ser. Manche sagen, Fürst Sillek sei der fünfzehnte Herrscher von Lornth gewesen, aber andere sagen, er sei erst der elfte gewesen. Ich weiß nicht, ob Euch das hilft.«

»Wie groß ist Lornth?«

»Nun ... ich weiß nicht, wie viele Meilen es von hier

nach dort sind, aber da Fürst Sillek Rulyarth erobert hat, reichen die Ländereien seiner Untertanen von den Quellgebieten des Flusses in der Nähe von Clynya bis zum Meer und von den Westhörnern bis fast zum Weideland. Clynya ist zu Pferd einen guten Achttag entfernt, vielleicht noch weiter. Es geht von Lornth aus immer flussaufwärts. Berlitos – das ist der nächste Ort in Jerans, der den Namen Stadt verdient – liegt ungefähr sieben Tagereisen westlich von Rohrn.«

»Und wo liegt Rohrn?«

»Ungefähr zwei Tagesritte flussaufwärts am Westufer. Ein hübsches Städtchen. Älter als Lornth, aber die Jeraner haben es noch bis vor hundert Jahren oder so oft überfallen.«

»Sind die Jeraner heute noch ein Problem?«

»Nicht mehr, seit Fürst Sillek ihre Festung in der Nähe von Clynya ausgeräuchert und sie in die Flucht geschlagen hat. Fürst Ildyrom hat im letzten Jahr sogar einen Tribut gezahlt.« Der drahtige Wächter schnaubte. »Dieses Jahr könnte es allerdings ganz anders aussehen. Nur, dass wir uns wegen der Suthyaner und der Leute in den Westhörnern keine Sorgen mehr machen müssen, und das bedeutet, dass Gethen einen großen Teil seiner Truppen entbehren kann. Ser Fornal ist aber unterwegs und wirbt Bewaffnete an und ich würde meinen, dies bedeutet, dass Ser Gethen kein großes Vertrauen in Ildyroms Versprechen setzt. Wer würde so einem auch Glauben schenken? Seine Gefährtin schwingt einen noch größeren Streitkolben als er selbst – Verzeihung, Engel.« Der drahtige Wächter errötete.

»Was erwartet man hier zum Abendessen?«, wollte Nylan wissen, um das Gespräch auf ein weniger verfängliches Thema zu lenken.

Die beiden Wächter wechselten einen Blick und zuckten mit den Achseln.

»Da könnt Ihr Genglois fragen, Ser«, sagte der größere

Wächter. »Er ist der Majordomus. Sein Arbeitszimmer ist unten an der Treppe, aber Ihr müsst die andere Treppe nehmen. Dort entlang, bitte.« Er nickte in Richtung des anderen Endes des Querganges.

Nylan bekam den Eindruck, dass es an der Zeit war, sich zu verabschieden. »Vielen Dank.«

Ayrlyn lächelte und sie gingen bis zum Quergang und dann die Treppe hinunter, anschließend durch den unteren Quergang wieder zurück. Keine Kerzen oder Lampen brannten und auf den Fluren herrschte düsteres Dämmerlicht.

Genglois' Tür stand offen.

»Ah, Ihr müsst die Engel sein«, sagte der schwerfällige, purpurn gekleidete Mann, als er von dem kleinen Tisch aufblickte, der ihm als Arbeitstisch und, wie man am fettigen Schulterstück und dem Brot erkennen konnte, die auf einem Teller lagen, zugleich auch als Tafel diente. Eine einsame Kerze flackerte im fensterlosen Raum in einem Wandhalter.

»Die Wächter sagten, Ihr könntet uns vielleicht helfen.«

»Ich? Ich kann die Knappen rufen, Euch Essen und Wasser zu kredenzen oder das Nachtgeschirr zu leeren, oder Euch den Weg zum Stallmeister oder dem Waffenmeister weisen. Diese Art von Hilfe kann ich Euch bieten, aber nicht viel mehr.« Der Majordomus hielt inne. »Ein hübsches Kind.«

»Danke«, sagte Nylan.

»Wir wissen nicht viel über Lornth und die Regenten«, erklärte Ayrlyn. »Wir würden, wenn wir die Regenten treffen, lieber keine Zeit damit verschwenden, nach Dingen zu fragen, die jeder in Lornth weiß.«

»Dieses und jenes also ... jaja, schon gut.« Genglois deutete auf zwei Hocker. »Viel Platz habe ich nicht und die Hocker da sind höchstens für Knappen gut genug, aber nicht für Krieger wie Euch.« Er hielt inne und richtete die tief liegenden Augen auf Ayrlyn. »Ihr seid alle Krieger, nicht wahr?«

»Ja. Manche sind allerdings besser als die anderen.« Nylan setzte sich dem Majordomus direkt gegenüber auf einen Hocker.

Genglois trank einen Schluck aus dem schmierigen Becher, der auf dem Tisch stand. »Jegel sagte, die ... die Anführerin der Engel ...«

»Die Marschallin?«, half Ayrlyn aus.

»Er sagte, die Marschallin hätte ihr Schwert geworfen und es wäre direkt durch Fürst Nessils Brustharnisch geschlagen. Stimmt das?«

»Ja«, bestätigte Nylan.

Genglois schüttelte den Kopf. »Jegel ... er hat immer die Wahrheit gesagt, aber ich habe mich trotzdem sehr gewundert. Vielleicht ... vielleicht könnt Ihr Engel ja den alten Karthanos bei der Stange halten. Er ist ein hinterlistiger Fuchs. Was wollt Ihr sonst wissen?«

»Wer sind die anderen Regenten? Einer ist Zeldyans Vater, nicht wahr?«

»Der alte Gethen, ja. Er und Sillek ... sie haben zusammen Rulyarth eingenommen und den ganzen Hafen neu organisiert. Sie machen dort Gewinne, was die Suthyaner selbst nicht geschafft haben. Aber natürlich mussten sie zu zweit hin. So hat Sillek auch Zeldyan kennen gelernt, wie man sagt. Er ging nach Carpa, um mit Gethen über die Strategie zu reden. Gethen war nämlich schon mit Silleks Vater befreundet, müsst Ihr wissen. Und dort ist er ihr dann begegnet. Ich habe noch nie einen Fürsten gesehen, der seine Gemahlin so geliebt hat. Sie liebt ihn heute noch, dabei ist es mehr als ein Jahr her.«

»Was ist mit den Suthyanern?«, bohrte Nylan nach. Er nahm Weryl ein Stück Kreide aus der Hand und betrachtete die Zeichen auf der Tafel – anscheinend der Entwurf einer Speisekarte, vielleicht fürs Abendessen, in einer Art Kurzschrift.

»Die Suthyaner … sie sind Händler und schauen nur aufs Geld. Im letzten Jahr gab es hier ein großes Bankett, wie fast in jedem Jahr, zu Ehren von Lygon aus Bleyans, nur dass die Regenten sagten, er wäre hier in der Burg nicht mehr willkommen. Für einen Händler schien er ganz in Ordnung zu sein, er hat sogar der Fürstin Ellindyja seine Aufwartung gemacht. Aber Ihr wolltet ja etwas über die Suthyaner erfahren. Sie haben Schiffe und segeln überall hin. Sie haben uns ausgepresst, als sie noch Rulyarth hatten, aber das ist dank Fürst Sillek jetzt besser geworden. Der arme Mann … er hat so viel geleistet und wurde dann dazu gedrängt, gegen die Engel zu kämpfen. Ihr müsst wissen«, Genglois senkte vertraulich die Stimme, »dass er überhaupt nicht kämpfen wollte. Seine Grundbesitzer haben ihn dazu getrieben und er konnte sich ihnen nicht widersetzen. Das fällt sogar einem so alten und erfahrenen Fürsten wie Ser Gethen schwer. Hätte Sillek länger gelebt, dann wäre es ihm vielleicht eines Tages gelungen. Wer weiß … vielleicht wäre dann alles ganz anders verlaufen.«

»Das mag sein«, erwiderte Ayrlyn. »Wir wollten auch nicht kämpfen. Aber wenn man auf dem Dach der Welt sitzt, gibt es keinen Ort mehr, an den man sich zurückziehen kann.«

»Das habe ich Koric auch gesagt, aber er hat nur gelacht. Er dürfte jetzt tot sein, das sagt wohl alles. Aber ich bin nur ein alter Majordomus und schwatze zu viel.« Genglois unterbrach sich und füllte seinen Becher mit Wein nach, der so sauer roch, dass Nylan die Nase rümpfte.

»Wie sieht das Protokoll für das Abendessen aus?«, fragte Nylan.

»Da gibt es nicht viel zu beachten. Kein Spucken und Rülpsen am Tisch. Haltet Euch einfach an die Regentin Zeldyan. Sie ist immer sehr anmutig, ja, das ist sie, aber ohne dabei steif zu sein wie … egal. Die meisten bringen ihre Dolche mit, aber ich lege auch immer ein paar stumpfe Messer bereit. Und langt tüchtig zu.« Der Majordomus lächelte. »Habt Ihr einen besonderen Wunsch?«

»Pasteten«, gab Nylan zu. »Davon haben wir auf dem Dach der Welt nicht viel bekommen.«

Genglois lachte. »Ich werde Visen Bescheid geben.« Er blickte zum leeren Flur hinter den Engeln.

»Was könnt Ihr uns über Cyador berichten?«, fragte Nylan, den Blick des Majordomus ignorierend.

»Leider nicht sehr viel, Ser.« Genglois schüttelte den Kopf, dass die Backen wackelten. »Es gibt Ärger wegen des Bergwerks ... aber das geht schon bis in die Zeit von Fürst Silleks Großvater zurück.«

»Vergesst nicht, dass wir Fremde sind«, schaltete Ayrlyn sich ein. »Könntet Ihr uns erklären, was es mit diesem Ärger wegen der Mine auf sich hat?«

»Oh ... das war die Zeit, als Berphi noch der Herrscher von Cyador war. Es muss mindestens vier, fünf Jahrzehnte her sein. Als Fürst Berphi seinen Vorfahren ins Jenseits folgte, gab es Unruhen in Cyador, die Mine fiel an Lornth und dann wurde die Sache fürs Erste vergessen.«

»Bis heute?«, fragte Nylan.

»Wenn Ihr den Ärger auf weißen Pferden heranreiten seht, mein Engelsfürst, dann zahlt es sich oft aus, wenn man wartet und schaut, wie viele tatsächlich die Brücke über den Fluss überqueren. Sogar ich habe herausgefunden, dass nur wenige so weit kommen.« Genglois stand auf. »Wenn Ihr mich jetzt entschuldigen wollt, Ser, ich muss die Küche beaufsichtigen.«

»Oh, natürlich.«

Sie verließen die kleine Stube des Majordomus und begaben sich über den Hof zu den Ställen.

»Ser?« Ein schlanker Junge, der vernarbte Lederkleidung trug, empfing sie, noch bevor sie drei Schritte in die Stallungen getan hatten. Tief drinnen im Gebäude gackerten Hühner.

»Wir wollten nach unseren Pferden sehen«, erklärte Nylan.

»Schöne Tiere sind es«, sagte der Stallbursche. »Sie stehen in der zweiten Reihe.« Er drehte sich um und wies ihnen den Weg. »Der Graue, den Ihr als Packpferd benutzt habt, steht auch dort.«

Ayrlyn und auch Nylan lächelten, als sie dem dunkelhaarigen Burschen durch den Stall folgten.

»So, da wären wir ... die dunkle Stute und der Braune.« Der Junge deutete auf die Boxen. »Die waren nicht so dünn wie manche andere, die hierher kommen und denen man sofort ansieht, dass die Reiter sie nur haben grasen lassen. Die Hufe der braunen Stute sind abgewetzt, sie braucht bald neue Hufeisen, sagte Edicat. Beim Braunen ist noch alles in Ordnung.« Der Stallbursche sah zwischen Nylan und Ayrlyn hin und her.

»Wie heißt du?«, fragte Ayrlyn.

»Merthek. Ich bin der zweite Stalljunge, bis Kielmer bei den Bewaffneten ist.«

»Willst du auch mal ein Bewaffneter werden?« Nylan wunderte sich etwas über die Ausdrucksweise des Jungen.

»Ich? Nein, Ser. Ich liebe die Tiere, nicht das kalte Eisen. Kaltes Eisen liebt nichts außer Blut und der Preis ist mir zu hoch.« Er sah dem Schmied unverzagt in die Augen. »Besonders wenn man gegen Engel kämpfen muss.«

»Der Preis ist auch für Engel sehr hoch«, erwiderte Nylan trocken.

Merthek warf einen Blick auf Nylans Schwert. »Ein Kurzschwert, aber eine tödliche Waffe.«

»Ja, tödlich ist es«, räumte Nylan ein. »Ich wünschte freilich, ich würde es nicht brauchen.«

»Solange manche haben wollen, was den anderen gehört«, meinte der Junge, »solange braucht man auch Schwerter.«

»Leider«, antwortete Ayrlyn. »Ja, halte dich lieber an deine Pferde, Merthek.«

»Das werde ich tun, meine Dame, mein Herr, und wenn Ihr sonst noch etwas braucht, dann ruft mich einfach, falls ich nicht Euch schon vorher gefunden habe.« Er grinste breit und verneigte sich. »Wenn ich nicht hier bin, könnt Ihr Euch auch an den Stallmeister Guisanek wenden. Er ist ein guter Mann und kennt sich mit Pferden aus.«

»Das werden wir tun.« Nylan betrachtete die Stute, die auf sauberem Stroh stand und aus einem Holztrog anscheinend Korn fraß.

Nachdem Merthek sie wieder zum Hof geführt hatte, holte Nylan tief Luft. »Ich brauche eine Pause. Lass uns zum Turm hinaufgehen und von dort aus das Gelände in Augenschein nehmen.« Er deutete auf den kleinen Turm, der sich südlich des Gebäudeteils erhob, in dem ihre Kammer liegen musste.

»Da höre ich doch schon wieder den Ingenieur sprechen.«

»Was soll ich sagen?« Nylan musste Weryl festhalten, der sich plötzlich vorgebeugt hatte, um nach einem Huhn zu schnappen, das sich eilig in Richtung Stall in Sicherheit brachte.

»Am besten überhaupt nichts«, meinte sie, als Nylan sich der Tür des Turmes näherte. Ein Schloss gab es nicht, nur einen Eisenriegel, der quietschend protestierte, als er angehoben wurde.

Die Wendeltreppe war schmal und steil, die Stufen waren sogar an der Außenseite gerade breit genug für einen Stiefel. Die rosafarbenen Steine waren von den vielen Schultern, die hier vorbeigekommen waren, glatt geschliffen.

Ein wenig überrascht, dass er nicht einmal keuchte, als er oben ankam, hob er die schmiedeeiserne Luke, die ebenfalls quietschte. Nylan trat auf die Plattform und sah sich auf einer höchstens zehn Ellen durchmessenden Fläche stehen, die ringsum von einer Brustwehr umgeben war.

»Eindeutig zur Verteidigung gebaut«, bemerkte er, indem er Weryl vom linken auf den rechten Arm verlagerte und zur Südseite des Turmes ging. Rechts unten schlängelte sich der Fluss gemächlich nach Südwesten, wahrscheinlich lagen dort die Sümpfe und die Eisenholzwälder. Jenseits des Flusses konnte er rechteckige, bestellte Äcker sehen, noch weiter entfernt waren Viehweiden. Die Straße in die Westhörner und nach Westwind, von hier aus als rotbrauner Streifen zu sehen, folgte dem Ostufer des Flusses. Weiter im Osten erblickte er sanfte Hügel, hinter denen sich die Westhörner erhoben, die von hier aus allerdings nicht mehr sichtbar waren. Nylan hatte keine Vorstellung, wie weit die Berge entfernt waren, weil sie aus südöstlicher Richtung nach Lornth gekommen waren. Westwind selbst lag vermutlich südöstlich von Lornth, aber anscheinend gab es hier keine guten Landkarten.

Schäfchenwolken waren über den blaugrünen Himmel getupft, nur im Norden waren die Wolken dichter und dunkler und dazwischen waren sogar graue Streifen zu sehen, die zeigten, dass es dort regnete.

Nylan schnüffelte, konnte aber den Regen noch nicht riechen. Dafür roch er etwas anderes. Weryl lächelte ihn an.

»Frühestens am Nachmittag oder gegen Abend«, schätzte Ayrlyn. »Ich meine den Regen, nicht Weryl.«

»Wir müssen ins Zimmer zurück.«

»Ich kann es riechen.«

Nylan ging vorsichtig die Treppe hinunter. Eine falsche Bewegung und er würde sehr weit und sehr schmerzhaft die steile Treppe hinunterpurzeln. Sie mussten in den Hof zurück und über den Quergang und die Treppe wieder in den ersten Stock hinauf.

Als sie sich ihrem Zimmer näherten, kam ihnen eine kleine Gestalt entgegengeeilt.

»Mein Herr und meine Dame … oder wie soll ich Euch anreden?«, fragte der blonde Knappe, indem er zwischen dem glatt rasierten Nylan und Ayrlyn hin und her sah.

»Wir kämpfen beide und wir passen beide auf Weryl auf«, erklärte Ayrlyn, »aber Nylan ist ein Mann und ich bin eine Frau.«

»Meine Herrschaften«, fuhr der Knappe fort, »die Regentin Zeldyan hat angeboten, dass heute Abend ihre Amme auf Euren und ihren eigenen Sohn im Raum neben dem Saal Acht geben kann.« Der Junge verneigte sich.

»Wir freuen uns über ihre Aufmerksamkeit«, erwiderte Nylan nach einem raschen Blick zu Ayrlyn, »und werden Weryl mitbringen.«

»Euer Mittagessen ist bereits gedeckt.« Noch einmal verneigte sich der Knappe.

Als er fort war, sah Nylan die Heilerin nachdenklich an. »Es scheint, als würden sie sich sehr um uns bemühen.«

»Das macht mir Sorgen.«

»Weil es bedeutet, dass sie große Probleme haben?« Der Ingenieur öffnete die Tür und betrat ihr Zimmer. Das Tablett auf dem Tisch war mit Käse, Brot, kalten Fleischscheiben, Früchten, drei Krügen und einigen kleinen Biskuits reichlich gefüllt.

»Ja, ich habe so ein Gefühl.« Ayrlyn beäugte das Tablett. »Wenn ich so weitermache, bin ich bald schwer wie ein Mastochse.«

»Das möchte ich bezweifeln.« Nylan setzte Weryl auf den Teppich, um die Tür zu schließen, und der Junge machte sich auf Knien und Händen sofort auf zum Lutarkoffer.

»Es erfordert viel Energie, wenn man es auf dem Dach der Welt warm haben will, und das ist jetzt nicht mehr nötig.«

»Du hast es hier gut, ich leider nicht.« Nylan bückte sich, um Weryl von der Lutar fern zu halten.

»Aber Hunger habe ich trotzdem«, gab sie zu.

Auch Nylan hatte Hunger. Während er sich Weryl schnappte und ihn ins Badezimmer beförderte, fragte er sich, ob er jemals die Sorgen würde vergessen können, die er sich in zwei kargen Wintern auf dem Dach der Welt gemacht hatte.

XLI

Im trüben Licht der kleinen Öllampe studierte der Weiße Magier die Schriftrolle. Als er den Schweiß auf der Haut spürte, tupfte er sich rasch die Stirn ab, bevor sich Schweißperlen bilden und auf das weiße Pergament fallen konnten.

Die Worte verschwammen ihm vor den Augen, wie er in dem kleinen Zimmer las, das kaum groß genug war für ein schmales Bett, den Arbeitstisch und einen Hocker.

> …haben wir unter großen Anstrengungen den Verwunschenen Wald im Südosten der Weißen Mauer zurückdrängen können. Dies hat jedoch alle meine Kräfte ausgezehrt, genau wie die der Weißen Ingenieure und der beiden Kompanien Fußsoldaten und Söldner und aller arbeitsfähigen Bewohner von drei Dörfern…

… spüre ich, dass gewaltige Kräfte am Werk sind, vielleicht die stärksten, seit der Wald in alter Zeit gebannt worden ist …

… haben wir zwar Geliendra und Nordwald zurückgewonnen, aber um den Wald in seine früheren Grenzen zurückzudrängen, brauchen wir mehr Männer und Kräfte, und so möchte ich auf diesem Wege um Mitteilung bitten, wie Ihr in dieser Angelegenheit weiter zu verfahren gedenkt …

Die Lampe flackerte, als ein leichter Hauch feuchtschwüler Luft, die den sumpfigen Geruch des Waldes mit sich brachte, durchs offene, nicht mit Läden gesicherte Fenster hereinwehte.

Themphi massierte sich abermals die Stirn, tupfte sie noch einmal ab und rollte das Dokument zusammen, um es bis zum Morgen am Rand der Tischfläche liegen zu lassen. Nach einem Augenblick stand er auf, streckte sich und ging zum Fenster, das nach Norden wies.

Er blickte in Richtung des Verwunschenen Waldes und spürte das weiße und dunkle Flackern, das nicht einmal die Alten zu entwirren wussten, ein Flackern von Weiß und Schwarz, das unlängst so viel stärker geworden war.

»Du überschätzt dich, Lephi, und niemand kann dich davon abhalten.« Die leisen Worte verloren sich fast im Rauschen der Blätter.

Nach einiger Zeit holte er tief Luft und wandte sich vom Fenster ab.

XLII

»Ser Nylan und Ser Ayrlyn«, verkündete der Knappe.

Als Nylan das kleine Esszimmer betrat, kam Zeldyan ihm einen Schritt entgegen. Sie trug Hosen und eine Art Wams aus glänzendem grünen Tuch, das an Seide erinnerte.

»Darf ich Euch und Euren Sohn zur Amme und zu Nesslek begleiten?«

»Danke«, sagte Nylan. Ihm war mehr als deutlich bewusst, wie armselig seine beste Lederhose und das Leinenhemd im Gegensatz zu Zeldyans feiner Kleidung wirkte. Trotz des leichten Hemds war ihm warm. Ayrlyn hatte es in dieser Hinsicht etwas besser.

Am kalten Kamin, der von einem Sims aus vergoldetem Holz eingefasst war, standen zwei breitschultrige Männer. Keiner der beiden rührte sich, als Nylan der blonden Regentin zu einer Seitentür folgte.

Die langen Tische, die ursprünglich den benachbarten Raum eingenommen hatten, waren zur Seite geschoben worden. Zwei kleine Betten standen jetzt ein Stück von der Tür entfernt, zwischen ihnen ein Schaukelstuhl.

Die weißhaarige Amme, die im Stuhl saß, redete gerade mit dem blonden Jungen, der auf ihren Knien ritt. »… reiten wir mit einem schönen Ross bis Carpa und zurück …« Sie unterbrach sich. »Herrin?«

»Secora, hier sind Ser Nylan und sein Sohn Weryl.«

Die Amme setzte Nesslek auf ihre Hüfte und stand auf. »Bitte um Verzeihung, Ser.«

Nylan lächelte. »Ich bin dankbar, dass Ihr Euch um Weryl kümmert, während wir essen.«

»Es kommt selten vor, dass man zwei hübsche Burschen auf einmal kriegt, Silber und Gold in einer Hand, gewissermaßen«, antwortete Secora. »Aber nur zu bald schon werden sie nichts mehr von solchen Schmeicheleien hören wollen.«

»Ich danke Euch, dass Ihr diese Vorkehrungen getroffen habt«, meinte Nylan an Zeldyan gewandt.

»Ich entferne mich auch selbst nicht gern zu weit von meinem Kind«, antwortete Zeldyan, »und Vorkehrungen wie diese treffe ich oft, wenn wir Gäste haben, die womöglich Nessleks Anwesenheit missbilligen würden.«

»Wir hätten ganz sicher keine Einwände.«

»Das dachte ich mir, Ser, aber wir haben viel zu besprechen.«

Nylan hatte es befürchtet.

»Dies ist Ser Gethen«, sagte Zeldyan, als Ayrlyn sich zu Nylan gesellte und die drei zu den beiden Männern gingen, die am kalten Kamin neben dem Tisch standen. »Ser Nylan und Ser Ayrlyn.«

Gethen hatte pechschwarze, grau melierte Haare, einen kurz getrimmten grauen Bart und grüne Augen, wenngleich von einem Grün, das nicht so tief war wie Zeldyans Augenfarbe. Er kam ihnen mit geschmeidigen Bewegungen entgegen. »Gethen von Gethenhain, derzeit Regent von Lornth und Vater dieser beiden, auch wenn sie nicht gern daran erinnert werden.« Er nickte in Zeldyans Richtung und dann zum zweiten Mann hin. »Mein Sohn Fornal«, fügte er hinzu.

Fornal hatte das pechschwarze Haar vom Vater geerbt, doch sein Haar war noch nicht grau und der schwarze Bart war länger und voller. »Ich habe schon so viel von den Engeln gehört und freue mich über die Gelegenheit, Euch persönlich kennen zu lernen.«

»Wir wollen uns setzen.« Zeldyan deutete zum Tisch.

Auf einer Seite waren zwei, auf der anderen drei Plätze gedeckt. Ein purpurnes Leinentuch lag auf dem Tisch, an jedem Platz gab es einen großen ovalen Teller und einen Kristallpokal. Das Licht kam aus einem Kerzenleuchter und von einem halben Dutzend Messinglampen, die an den mit dunklem Holz vertäfelten Wänden befestigt waren.

Zeldyan setzte sich auf den mittleren Stuhl der Seite mit drei Plätzen, Fornal bekam den Platz zu ihrer Rechten. Nylan saß den beiden gegenüber, Ayrlyn gegenüber von Gethen. Der Ingenieur wartete.

»Ihr könnt ruhig schon den Wein kosten«, schlug Zeldyan vor.

Nylan bediente zuerst die blonde Regentin und sah Ayrlyn fragend an.

»Nur ein bisschen.«

Er schenkte ihre Gläser halb voll und fragte sich, wie ihr Stoffwechsel jetzt reagieren würde, nachdem sie zwei Jahre lang beinahe unterernährt gewesen waren und kaum Alkohol getrunken hatten.

»Aber Ihr werdet doch hoffentlich etwas mehr trinken«, drängte Fornal.

»Die Güte eines Weines misst sich nicht daran, wie viel man davon trinkt«, erwiderte Ayrlyn.

Fornal sah sie verwirrt an.

»Mit gutem Wein und guten Waffen muss man behutsam sein.« Nylan hob sein Glas. »Auf die Regenten von Lornth.«

Ayrlyn nickte und murmelte: »Auf die Regenten.«

»Auf unsere Gäste«, gab Gethen zurück.

Nylan trank einen winzigen Schluck Wein. »Er ist hervorragend und man sollte ihn wohl wirklich besser nippen als herunterstürzen.«

Zeldyan drehte sich zur Seite und schenkte Fornal ein flüchtiges Lächeln.

»Sehr gut«, bestätigte Ayrlyn.

Zwei Dienstmädchen mit Tellern betraten den Raum. Eine brachte in weißer Soße gedünstetes Fleisch, die zweite in brauner Soße angerichteten Braten. Eine dritte folgte ihnen mit einem Teller voll langer weißer Streifen, die Nylan nicht identifizieren konnte, und grünen Blättern. Auf dem letzten Teller lagen in Scheibchen geschnittene Früchte, die man Birnäpfel nannte.

»Die braune Soße ist Burkha, eine scharfe Pfefferminzsoße«, erklärte Zeldyan. »In der zweiten Schale ist pikante Sahnesoße.«

Nylan nahm sich eine bescheidene Portion. Seine Blicke wanderten immer wieder zur Tür, hinter der die Kinder waren. Es gefiel ihm nicht, den Regenten blind zu vertrauen, aber … was blieb ihm schon anderes übrig? Er konnte spüren, dass Zeldyan aufrichtig war. Fornal und der ältere Mann waren dagegen schwer zu durchschauen.

Fornal füllte seinen Teller mit Burkha und sonst kaum etwas, während Zeldyan und Gethen sich kleine Portionen von allem nahmen.

»Die Quilla magst du offenbar immer noch nicht«, sagte Gethen zu seiner Tochter.

»Nein, die geölten Holzspäne mag ich wirklich nicht, aber ich habe darum gebeten, dass Visen sie serviert, weil ich weiß, dass du sie magst.« Die blonde Frau lächelte die beiden Engel an. »Bitte glaubt nicht, Ihr müsstet alles aufessen, um uns nicht zu beleidigen. Ich mag die Quilla nicht und Fornal hat eine Abneigung gegen alles, was an Früchte erinnert, es sei denn, es wird in Flaschen serviert.«

»Das ist die einzig vernünftige Art, Obst zu sich zu nehmen«, meinte der junge Mann.

Schon nach einem einzigen kleinen Bissen der süßsauren, scharfen Minzsoße standen dem Ingenieur die Schweißperlen auf der Stirn. Blynnal hatte offensichtlich bei dem, was sie auf dem Dach der Welt serviert hatte, sehr viel Rücksicht genommen.

»Das ist eine gute Burkha«, sagte Nylan.

»Habt Ihr so etwas denn schon einmal gegessen?«, fragte Gethen.

»Eine Köchin, die zu den Engeln gestoßen ist, bereitete öfter eine Burkha zu, aber lange nicht so scharf wie diese hier.«

»Engel sind nicht daran gewöhnt, flüssiges Feuer zu essen«, sagte Ayrlyn. »Unsere Welten sind kälter.«

»Das habe ich auch schon gehört«, sagte Fornal. »Dennoch seid Ihr hier.«

»Wir sind zwei von den dreien, die in dieser Hitze leben können«, sagte Ayrlyn.

»Schon jetzt ist es hier noch heißer als im Sommer an dem Ort, an dem ich geboren wurde. Auf die Zeit, wenn es hier wirklich Sommer wird, freue ich mich nicht gerade.« Er tupfte sich die Stirn ab – warm und feucht von der Burkha und der drückenden, warmen Luft im Raum. Dann trank er noch einen Schluck Wein und genoss das Aroma, nahm sich aber vor, sich zurückzuhalten.

»Ich hätte eher gedacht, dass es hier im Speisesaal kühl ist«, meinte Gethen, »aber Zeldyan sagte, ein Kaminfeuer könnte für Euch ungemütlich werden.«

»Wir sind Euch dankbar, Herrin«, meinte Nylan. »Ich bin es jedenfalls.«

»Zeldyan hat angedeutet, Ihr würdet uns vielleicht beim Kampf gegen die Cyadoraner helfen«, fuhr Gethen nach kurzem Schweigen fort.

Mit vollem Mund nickten Nylan und Ayrlyn.

»Könnt Ihr sie mit dem Feuer des Himmels vernichten?«, fragte Fornal.

»Wie ich der Regentin Zeldyan bereits gesagt habe«, erwiderte der Ingenieur, »ist dieses Feuer leider für immer erloschen. Aber unsere Fähigkeiten stehen Euch dennoch zur Verfügung.«

»Wenn Ihr Informationen über Cyador hättet, wäre uns das eine große Hilfe«, sagte Ayrlyn leise. »Ihre Waffen … ihre Taktik …«

»Die Taktik ist ganz einfach«, erklärte Fornal beinahe

belustigt. »Sie stellen einfach eine schier endlose Schlachtreihe auf und sehen erfreut zu, wie ihre Bewaffneten die Feinde niedermachen, als hätten sie kein Herz im Leib. Manche ihrer Lanzenkämpfer haben keine Waffen aus Eisen, sondern Klingen und Lanzen aus Neusilber. Ihre Magier können, wie alle Weißen Magier, die Berührung von kaltem Eisen nicht ertragen.«

Deshalb hatte sich also der Weiße Magier, der Gerlich begleitet hatte, beinahe aufgelöst, obwohl Huldrans Klinge ihn kaum berührt hatte.

»Gibt es sonst noch etwas?«, fragte Ayrlyn nachdenklich.

»Ich fürchte, vieles ist in den Schriftrollen der Großen Bibliothek verborgen«, sagte Gethen. »Wir haben seit Generationen nicht mehr gegen Cyador kämpfen müssen.«

»Wo ist die Bibliothek?«, fragte Ayrlyn.

»Gleich hier, in der Nähe des alten Turms, aber viele Werke sind in der alten Sprache der Weißen geschrieben.«

»Das dürfte kein Problem sein«, sagte Nylan, indem er sich die Stirn trocken tupfte.

»Ihr könnt die alte Sprache lesen?«, fragte Gethen.

»Sie und zwei andere«, sagte der Ingenieur. »Ayrlyn kann sechs oder sieben Sprachen lesen, nicht wahr?« Noch während er sprach, begann er sich zu wundern. Hatte Zeldyan denn nicht weitergegeben, was sie ihr gesagt hatten? Oder spielte die blonde Frau ihr ganz eigenes Spiel?

»Fünf kann ich gut lesen«, sagte die Rothaarige, »in vier weiteren finde ich mich einigermaßen zurecht.«

Zeldyan wandte sich mit einem kleinen Lächeln an Fornal, aber ihr Bruder reagierte nicht.

»Ihr stellt Euch als Krieger vor, aber Ihr seid Gelehrte.« Gethen zauste seinen Bart. »Ich glaube nicht, dass es überhaupt neun verschiedene Sprachen auf unserer Welt gibt.«

Nylan nickte bei sich. Offenbar war es eine angepasste, kolonisierte Welt, also war diese Eröffnung nicht weiter überraschend. »Die Sprachen mögen sich unterscheiden, aber egal, was sie reden, die Menschen wollen viel zu oft kämpfen.«

»Spricht man in Cyador noch die alte Sprache?«, wollte Ayrlyn wissen.

»So berichten es die Händler«, antwortete Zeldyan. »Die Weißen bleiben allerdings innerhalb von Cyador.«

»Außer wenn sie beschließen, dass sie unser Land haben wollen.« Fornal nahm mit einer unwirschen Bewegung einen großen Schluck aus dem Weinkelch.

»Wir sind für sie nur Barbaren. Sie halten alle anderen Leute für Barbaren«, fügte Zeldyan hinzu.

Nylan kostete das milder gewürzte Fleisch in der Zitronensoße und fragte: »Haben sie noch alte Waffen?«

»Wer weiß? Niemand, der nach Cyador eingedrungen ist, kehrte je zurück.« Gethen zuckte mit den Achseln. »In den alten Geschichten ist von Feuerlanzen und großen Wagen die Rede, die sich ohne Pferde oder Ochsen bewegen können, und von Schiffen, die keine Segel brauchen.«

»Und jetzt?«, hakte der Ingenieur nach, erfreut darüber, dass die Zitronensoße nur pikant und nicht wie flüssiges Feuer schmeckte.

»Die einzigen Schiffe, die nach Cyador fahren, sind die Küstenschiffe, und die haben Segel wie alle anderen.«

»Vielleicht haben sie die Waffen verloren«, überlegte Nylan.

»Das ist zwar denkbar«, erwiderte Fornal, »aber Cyador ist groß und hat unendliche Massen von Lanzenkämpfern und Fußsoldaten. Wir haben sie nicht. Deshalb bietet meine Schwester Euch unsere Gastfreundschaft an. Sie hofft, Ihr könnt uns helfen.«

»Wir werden tun, was wir können«, bestätigte Ayrlyn.

Nylan hoffte, es würde ausreichen, aber ihm drehte sich der Magen um. Sogar die mithilfe der Ordnungs-Kräfte geschmiedeten Schwerter, die er entwickelt hatte, wären nutzlos, wenn die Heere aus Cyador wirklich in solcher Stärke anrückten, und er hatte sich außerdem geschworen, keine Schwerter mehr zu schmieden, weil sie womöglich doch gegen Westwind und damit gegen seine anderen Kinder eingesetzt werden würden. Er unterdrückte ein Seufzen und sagte: »Vielleicht können uns die Schriftrollen in der Großen Bibliothek weiterhelfen.«

Zeldyan nickte höflich. »Wie war Eure Reise?«

»Wir haben es überlebt«, erwiderte Nylan. »In den Ausläufern der Westhörner hatten wir Ärger mit Banditen.«

Fornal warf einen Blick zu Gethen und sagte: »Ich dachte, die Engel hätten die Banditen …«

»Diese Banditen werden niemanden mehr belästigen«, warf Ayrlyn ein. »Sie sind alle tot.«

»Wie viele waren es?«, wollte Gethen wissen.

»Fünf.«

»Und sie waren alle bewaffnet?«

»Sie hatten diese großen Schwerter«, bestätigte Nylan. Als hätte sie ein Wort mitzureden, zwickte seine Schulter.

»Siehst du«, sagte Zeldyan wieder an Fornal gewandt, »es wird bald kaum noch Banditen in den Westhörnern geben.«

Fornal hob nickend seinen Weinkelch und trank einen großen Schluck. »So war es auch abgesprochen. Ich wünschte, mit Cyador könnte man sich ebenso leicht einig werden.«

»Zwischen einem alten Land und ein paar Banditen besteht ein großer Unterschied«, gab Gethen zu bedenken. »Wir wären Euch Engeln sehr dankbar, wenn Ihr uns helfen könntet. Wir wollen uns weiter darüber unterhalten, wenn Ihr die Große Bibliothek in Augenschein genommen habt.« Er lächelte. »Und wie gefällt Euch Lornth?«

Nylan begriff, was der Mann erwartete. »Es scheint ein schönes Land zu sein, manche Leute hier sind sehr gastfreundlich ...«

XLIII

Nylan nahm den Kopf aus dem verstaubten Buch und nieste. Nachdem er sich gehörig die Nase gerieben hatte, blickte er zu den hohen Fenstern über den Regalen, die ebenfalls verstaubt waren. Die Große Bibliothek enthielt ungefähr fünfhundert Werke, die älteren in Form von Schriftrollen, die neueren als handgebundene Folianten.

Er schüttelte den Kopf. Fünfhundert Bände nur, und doch galt die Bibliothek als größte Sammlung des aufgeschriebenen Wissens des ganzen Landes. Mehr als die Hälfte war zudem auch noch Geschichte und Mythologie und nicht einmal echte Wissenschaft. Die Bücher waren nach Größe und Form und nicht nach dem Inhalt sortiert, was bedeutete, dass sie jedes einzelne durchblättern mussten.

Der Ingenieur rieb sich die Stirn und unterdrückte den nächsten Niesanfall.

Ayrlyn hatte einen Bücherstapel neben sich aufgetürmt und hielt Weryl auf einem Knie. Es wurde wohl bald Zeit, dass er seinen Sohn wieder nahm, dachte Nylan.

Der Ingenieur betrachtete das Buch, das er gerade vor sich hatte: *Über den roten Schild des Rohrn.* Nach einer ersten Prüfung schien sich das Buch um die Heldentaten eines gewissen Rohrn zu drehen. Der kleine runde Schild war offenbar vom Blut verschiedener Schurken rot gefärbt, die erfolglos versucht hatten, Rohrn zu besiegen.

Nylans Problem war allerdings, dass Rohrn ein ausgesprochen unangenehmer Zeitgenosse war, der die Menschen auch dann kurzerhand umgebracht hatte, wenn man ihm versichert hatte, dass ein Mord weder nützlich noch edelmütig war. In einem Fall hatte sein Zorn eine alte Frau getroffen, die lediglich angedeutet hatte, der alte Ceryl sei möglicherweise ein ebenso großer Krieger wie Rohrn gewesen. Rohrn war mit ihr noch gnädig verfahren, denn er hatte sich darauf beschränkt, die alte Frau zu töten und die Tochter zu vergewaltigen, statt den ganzen Haushalt im Namen seiner Kriegerehre abzuschlachten.

»Wie läuft's bei dir?«, fragte er Ayrlyn, als er den nächsten Band zur Hand nahm: *Die Entstehung Fyrads und des Weißen Landes.*

»Langsam, sehr langsam.« Sie legte ein Buch weg und rieb sich die Nase. »Und staubig ist es. Diese Bücher hier hat seit Jahren niemand mehr gelesen.«

»Wahrscheinlich nicht mehr, seit sie ins Regal gestellt wurden.« Nylan blätterte die Illustrationen im vorderen Teil des Buches durch. Viele waren im Laufe der Jahre verblasst. Dann begann er zu lesen.

»Manche wurden offenbar nicht einmal gelesen, *bevor* sie ins Regal kamen«, antwortete Ayrlyn. »Hör dir das mal an.« Sie räusperte sich. »Als nun die richtige Zeit gekommen, und diese Zeit war die Sommerzeit des ersten Jahres nach Ceryls Tod, es war dies auch der erste Sommer nach jenem Winter, in dem den Ziegen die Milch im Euter gefror, da machte Dos sich auf in die Marschen und gewahrte fünfmal fünf weißbeinige Kraniche. Jeder Kranich aber trug eine silberne Kette um den Hals, doch waren die Kettenglieder fein wie Spinnweben und dennoch so stark, dass nicht einmal der Meißel eines mächtigen Schmiedes sie hätte zerteilen können, nicht einmal die Hämmer von Clueuntaggt …« Ayrlyn brach lächelnd ab. »Und das ist noch ein vergleichsweise gut lesbares Werk.«

»Ich weiß.«

»Wah-daa?«, fragte Weryl.

»Gleich.« Ayrlyn griff nach einem weiteren Band. »Glaubst du, wir finden etwas?«

»Ich weiß nicht … hmm«, machte Nylan. »Das hier ist interessant.« Er hustete, räusperte sich und begann zu lesen. »Bevor die Weißen die mächtigen Gipfel im Westen überwanden, war das ganze Land bis hin zum Westmeer vom Großen Wald bedeckt.«

»Was soll daran ungewöhnlich sein?« Ayrlyn runzelte die Stirn und schaukelte Weryl ein wenig auf dem Knie, während sie die verblasste Tinte im vor ihr liegenden Buch betrachtete. »Die meisten Gegenden sind mit Bäumen oder Gras oder sonst etwas bewachsen. Hier war es ein Wald, was aber für einen Planeten, der zur Besiedlung tauglich gemacht wird, nicht ungewöhnlich ist.«

»… und nur wenige der ersten Weißen vermochten im Großen Wald zu überleben. Jene aber, die ihnen folgten, waren erzürnt und richteten ihre Feuerspiegel auf die mächtigen Bäume, die den Himmel verdeckten, und es gab einen Ascheregen und der größte Teil des Waldes starb …«

»Das klingt aber seltsam«, räumte Ayrlyn ein. »Einen ganzen Kontinent oder auch nur einen Teil davon niederbrennen, nachdem man sich erst die Mühe gemacht hat, den Planeten für die Besiedlung einzurichten?«

»Hör mal, wie es weitergeht.« Nylan räusperte sich wieder. »Dann riss die Weiße Majestät die Flüsse aus ihren Betten … schließlich wurden Schiffe ohne Segel gebaut und Wagen, die ohne äußeren Antrieb von einem Ende Cyadors zum anderen auf weiß gepflasterten Straßen fahren konnten, von Fyrad bis Cyad und noch weiter. Und zahlreiche Städte erhoben sich aus der Asche des Verwunschenen Waldes.« Er sah Ayrlyn an.

»Steht dort etwas darüber, wie diese Wagen oder die Schiffe angetrieben wurden? Reden wir über Biotechnologie oder einfach über Dampfmaschinen?«

»Darüber steht hier nichts. Ich sehe aber …« Er unterbrach sich, als die Tür zur Bibliothek quietschte.

Zeldyan, die Nesslek auf der Hüfte trug, betrat den halb dunklen Raum.

»Seid gegrüßt, Regentin«, sagte Ayrlyn.

»Seid gegrüßt.« Die Regentin begrüßte die Engel mit einem Nicken. »Sei auch du gegrüßt, junger Weryl.«

»Daaa …«, machte Weryl.

»… oooh …«, stimmte Nesslek ein.

»Habt Ihr gefunden, was Ihr sucht?«, fragte die blonde Regentin.

»Vielleicht.« Nylan hob ein kleines Buch. »Dieses hier habe ich gerade erst entdeckt. Dort ist von der Weißen Majestät und von großen Wagen die Rede, die sich selbstständig bewegen konnten, und von einer großen Waffe, die ganze Wälder vernichtete. Der Verfasser spricht von einem Verwunschenen Wald, was mir bisher aber nicht viel sagt. Habt Ihr schon einmal davon gehört?«

Zeldyan runzelte die Stirn. »Ich glaube nicht, aber ich will meinen Vater Gethen fragen. Wenn jemand es weiß, dann er.« Sie setzte sich Nesslek auf die andere Hüfte. »Wie lange wird Eure Suche in den Büchern noch dauern?«

Ayrlyn zuckte mit den Achseln.

»Wir können die Bücher heute durchsehen und diejenigen heraussuchen, die uns helfen könnten.« Jetzt zuckte auch Nylan mit den Achseln. »Aber ich kann nicht sagen, wie lange es dauern wird, die Bücher durchzuarbeiten, in denen Detailinformationen stehen. Nicht mehr als ein paar Tage, würde ich schätzen.«

»Ein paar Tage?«

»Es braucht Zeit, sie gründlich zu lesen«, erklärte Nylan.

»Ich verstehe.« Nesslek strampelte und wollte zu Weryl, aber die Regentin legte sich den Kleinen über die Schulter. »Ich wäre dankbar, wenn Ihr uns wissen lassen könntet, was Ihr entdeckt habt.«

»Das werden wir tun«, versprach Ayrlyn.

Nachdem Zeldyan die staubige Bibliothek verlassen hatte, nahm Nylan seinen Sohn.

»Danke«, sagte die Heilerin. »Es ist schwer, sich zu konzentrieren, wenn er strampelt.«

»Ich weiß.« Nylan leckte sich die Lippen. »Da ist noch etwas. Erinnerst du dich an den Traum mit den Bäumen?«

»Was für einen Traum von welchen Bäumen?«, fragte Ayrlyn.

»An den Traum, in dem in den Bäumen dunkle Energien – die Ordnungs-Felder – und die chaotische weiße Energie zusammenflossen.«

Ayrlyn nickte.

»Nun … ich habe ihn noch einmal geträumt und es schien mir sehr wichtig zu sein, beinahe wie eine dringende Aufforderung, aber ich kann mir nicht erklären, was das bedeuten soll.«

»Glaubst du, dieser Verwunschene Wald könnte irgendwie mit deinem Traum zu tun haben? Das scheint mir aber etwas weit hergeholt.«

»Ich weiß es nicht, ich musste nur daran denken. Wir haben immer noch nichts gefunden, das uns wirklich weiterhilft. Wenn dieser Bericht der Wahrheit entspricht, dann hatte oder hat Cyador eine hoch entwickelte Technologie, aber man kann hier nicht erkennen, ob es nur Legenden sind, ob es um Kontrolle der Ordnung, um den Einsatz von Chaos oder um primitive Dampfmaschinen geht.«

»Legenden und Dampfmaschinen und ein wenig Weiße Magie«, meinte Ayrlyn.

»Wahrscheinlich, aber wir wollen uns weiter umsehen. Es kann doch nicht so lange dauern, fünfhundert Bücher kurz durchzuschauen.«

»Mir kommt es sehr langwierig vor.« Ayrlyn schüttelte den Kopf. »Die meisten Bücher sind schrecklich, einfach schrecklich.«

Nylan nickte.

XLIV

Die drei Regenten saßen im alten Turmzimmer am Tisch. Zeldyan stillte Nesslek, den Stuhl hatte sie ein Stück vom alten, verkratzten Holztisch abgerückt, auf dem nur ein Krug Wein und drei Kelche standen. Ein warmer Wind wehte durchs offene Fenster herein, ließ ein paar Ascheflocken im kalten Kamin auffliegen. Staubflocken funkelten im Sonnenlicht, das durchs Fenster fiel.

»Ich traue ihnen nicht«, meinte Fornal bedächtig. »Sie haben die Feuer des Himmels benutzt, aber sie sagen, sie können sie nicht mehr rufen. Sie verraten uns nicht, was sie tun können, aber sie können viele Sprachen lesen. Und sie tragen diese teuflischen Schwerter, auch wenn sie noch nicht die Klinge erhoben haben. Übrigens hat sie auch noch nie jemand kämpfen gesehen.«

»Wünschst du denn, dass unsere Gäste das Schwert erheben?«, fragte Zeldyan. Sie verlagerte Nesslek ein wenig, nahm ihn aber nicht von der Brust, an der er trank.

»Sie haben seltsame Haare.« Gethen blickte zum offenen Fenster, das einen prächtigen Ausblick über Lornth bot. »Und sie haben auch sonst etwas sehr Seltsames an sich.«

»Ebenso ihr Sohn«, fügte Zeldyan hinzu.

»Die Anführerin der Engel hatte schwarzes Haar. Vielleicht ist das silberne Haar für die Engel so fremdartig wie für uns. Wir wissen zu wenig.« Fornal trank seinen Weinkelch aus.

Zeldyan legte sich Nesslek über die Schulter, zog ihr locker sitzendes Hemd wieder zu und klopfte ihrem Sohn auf den Rücken. »Aber sie erscheinen mir, als würden sie die Wahrheit sagen.«

»Niemand gibt sich Mühe, von vornherein wie ein Lügner zu klingen.« Fornal langte nach dem Weinkrug. »Wo sind sie jetzt?«

»In der Großen Bibliothek.«

»Was haben sie bisher herausgefunden? Oder ist das Lesen eine weitere Fähigkeit, deren Anwendung noch nie jemand beobachten konnte?« Fornal füllte seinen Kelch nach. Ein paar Tropfen spritzten auf den zerkratzten Tisch.

»So scheint es«, antwortete Zeldyan. »Der silberhaarige Mann – Ser Nylan – sagte mir, er hätte in einer der Schriftrollen etwas über einen Verwunschenen Wald gefunden. Er schien äußerst interessiert. Ich habe noch nie davon gehört.«

»Die alten Legenden besagen, dass der Wald einst gegen die Weißen Dämonen kämpfte und dass die Weißen ihn hinter unzerstörbaren Mauern eingesperrt haben«, erklärte Gethen. »Ich hatte es ganz vergessen.«

»Was haben wir sonst noch alles vergessen?« Fornal schüttelte enttäuscht den Kopf. »Haben sie noch mehr gesagt?«

»Ser Nylan meinte, sie könnten bis zum Ende des Tages geklärt haben, welche Bücher wichtig sind. Innerhalb einiger Tage könnten sie dann das Wissen erschließen, das in den Büchern zu finden ist.« Zeldyan hielt inne. »Dort sind Hunderte von Büchern und Schriftrollen. Nicht einmal Terek hätte sie so schnell lesen können.«

»Der Mann ist mir nicht geheuer«, sagte Fornal. »Er hat etwas Eigenartiges an sich. Ich weiß nicht, er spricht gut, aber schöne Worte sind eben doch nur schöne Worte.«

Gethen runzelte die Stirn. »Habt ihr seine Hände gesehen? Sie haben Schwielen und die Arme, so schlank er auch scheint, sind muskulös.«

»Die Muskeln allein machen noch keinen Bewaffneten. Viele unserer guten Kämpfer könnten ihn in der Luft zerreißen.«

»Ich erinnere mich, dass mehr als nur ein paar Bewaffnete genau dies über die Engel dachten. Sie sind alle tot«, warnte Gethen.

»Du meinst also, sie seien gefährlich, Vater. Ich räume ein, dass ein guter Verbündeter zugleich einer ist, der einen gefährlichen Feind abgeben würde. Wie weit wollen wir ihnen nun vertrauen? Und wie können wir sicherstellen, dass sie zu unserem Nutzen arbeiten?«

»Fornal«, sagte Gethen, »sie reisen mit einem Kind. So etwas tut man nicht ohne gewichtige Gründe. Allein diese Tatsache macht sie bereits verwundbar.«

Der Mann mit dem schwarzen Bart hob seinen Kelch. »Ich traue ihnen trotzdem nicht. Ich mache mir Sorgen, dass die Engel eines Tages, vielleicht nicht gleich, unser Untergang sein werden. Möglicherweise nicht diese beiden hier, aber gewiss doch die in den Westhörnern.«

»Das kann sein, mein Sohn, aber falls wir nicht mehr Münzen eintreiben und mehr Bewaffnete rekrutieren können, werden wir sehr bald schon in der Gewalt des Herrschers von Cyador sein – und falls die Engel uns nicht auf irgendeine Weise helfen können.«

»Ich wünsche ihnen jeden Erfolg mit diesen alten

Schriftrollen«, sagte Fornal lachend. »Aber ich brauche Bewaffnete und Feuerlanzen oder etwas Ähnliches, keine schönen Worte.«

»Sie haben gewisse Fähigkeiten«, erinnerte Zeldyan ihn freundlich. »Ausreichend, um fast jeden Bewaffneten zu vernichten, der sie angegriffen hat, und um an einem Ort zu leben, an dem niemand sonst leben kann. Lasst uns sehen, was sie anzubieten haben.«

»Recht so«, stimmte Gethen zu. »Es kostet uns fast nichts.«

»Nur wenn wir uns auf sie verlassen und sie uns nichts zu bieten haben, wird es uns teuer zu stehen kommen«, wandte Fornal ein. »Vielleicht sollten wir versuchen, einen Beweis dafür zu bekommen, dass sie sind, was sie zu sein behaupten.«

»Einen Beweis?« Gethen hob die Augenbrauen. »Denkst du an etwas Bestimmtes?«

»Ich würde die Engel gern zu einem Übungskampf einladen. Bisher habe ich nur Gerüchte und Geschichten gehört. Ich will es mit eigenen Augen sehen.« Er spreizte die Finger. »Ich glaube, das kann keinen Schaden anrichten. Wenn sie wirklich so gut sind, wie man sagt, dann wird es sich herumsprechen, und diejenigen, die sich gegen die Verbündeten meiner Schwester verwenden, müssen verstummen.«

»Nur ein Übungskampf?«, fragte Zeldyan.

»Natürlich.« Fornal lächelte. »Mit diesem Beweis im Rücken werden die Leute zufrieden zusehen, wie ich übermorgen nach Rohrn aufbreche.«

Zeldyan runzelte die Stirn.

»Was kann ein Übungskampf denn schon schaden?«, drängte Fornal.

»Er kann sehr großen Schaden anrichten«, sagte Gethen, »wenn du einen Engel provozierst, bis er dir den Kopf abschlägt.«

»Ich habe nicht die Absicht, ihre Fähigkeiten mithilfe eigener Verstümmelungen zu beweisen. Ich werde äußerst vorsichtig sein.«

»Das will ich doch hoffen«, sagte Gethen.

»Wie du meinst, Bruder.« Zeldyan nickte.

Gethen runzelte die Stirn und hustete.

XLV

Nylan saß im Dunklen auf dem Fußende des Betts. Sein Magen rebellierte nach dem scharf gewürzten Abendessen, während er seinen schlafenden Sohn betrachtete. »Wenigstens ist er jetzt nicht die ganze Nacht wach.«

»Nein«, antwortete Ayrlyn aus dem Badezimmer. »Er ist den ganzen Tag auf den Beinen, bis wir abends erschöpft ins Bett fallen.« Nur mit einem dünnen Baumwollhemd bekleidet, kam sie ins Schlafzimmer zurück.

»Das kenne ich noch gar nicht.« Nylans Nachtsichtigkeit war so gut wie eh und je. Vielleicht sogar, dachte er, dank der Übung noch etwas verbessert. Er wusste immer noch nicht, welchem Umstand er diese Gabe zu verdanken hatte. Vielleicht hing es ja irgendwie damit zusammen, dass er die Felder von Ordnung und Chaos wahrnehmen konnte, die alles zu umgeben schienen. Einschließlich der Bäume, die er bisher nur in Träumen gesehen hatte.

»Ein Geschenk der Regentin.«

»Das gefällt mir, aber ich muss sagen, dass mir der Inhalt sogar noch besser gefällt als die Verpackung.« Nylan stand vorsichtig auf.

»Gut.« Ayrlyn ging um ihn herum und setzte sich im Schneidersitz auf die andere Seite des Betts.

»Bist du wütend auf mich?«, fragte er.

»Bei der Dunkelheit, nein.« Sie rieb sich die Stirn. »Ich

will hier einfach nur eine Weile sitzen bleiben. Ich habe immer noch Kopfschmerzen.«

»Das tut mir Leid.« Nylan unterdrückte ein Seufzen und setzte sich wieder.

»Ist ja nicht deine Schuld. Die meisten Bücher waren ziemlich langweilig.« Sie gähnte.

»Ein Dutzend Bücher oder Schriftrollen haben wir aus mehr als fünfhundert ausgewählt, aber nicht eines war darunter, das uns mehr verraten würde, als dass die alten Rationalisten genug Macht hatten, einen magischen Wald einzuäschern, Flüsse zu verlegen und Wagen und Schiffe zu bauen, die über einen eigenen Antrieb verfügt haben.«

»Nun ja«, überlegte Ayrlyn, »die Legenden werden sagen, dass du genug Macht hattest, zwei mächtige Heere zu vernichten und magische Schwerter und verzauberte Bogen zu schmieden, aber diejenigen, die es aufschreiben, werden keine Ahnung haben, was wirklich geschah.«

»Wie schön. Dummerweise ist Cyador aber immer noch da, und wenn man Gethen glauben kann, hatten sie zumindest bis vor einiger Zeit sogar noch diese Wagen, die ohne Pferdegespanne fahren konnten.«

»Wenn die Wagen alles sind, was sie jetzt noch haben ...«

»Ich mache mir nicht wegen der Wagen Sorgen. Ich bin beunruhigt, weil diese Kultur womöglich über eine Technologie verfügt, die es ihr erlaubt, Dampfwagen zu bauen.« Nylan schüttelte den Kopf. »Ich bin kein Chemiker. Ich könnte höchstens primitive Sprengstoffe herstellen und uns beide in die Luft jagen, falls ich überhaupt einen Weg finde, Salpetersäure herzustellen. Aber um damit etwas ausrichten zu können, müsste ich eine ganze Menge herstellen, was wiederum bedeutet, dass wir eine Art Industrie brauchen. Und davon«, er deutete hilflos zum offenen Fenster, das tagsüber Lornth und jetzt eine Hand voll trüber Laternen zeigte, »davon ist hier nicht viel zu sehen.«

»Nein, das ist richtig«, stimmte Ayrlyn zu.

»Und selbst einfaches Schwarzpulver … dazu braucht man Kaliumnitrat, das man angeblich im Dung von Fledermäusen, unter Misthaufen oder in manchen Bodenformationen finden kann. Hast du so etwas hier schon einmal gesehen?«

»Nun sei doch kein Schwarzmaler«, erwiderte Ayrlyn. »Wir werden uns schon etwas ausdenken.«

Das mussten sie wohl, dachte Nylan, aber er hatte nach wie vor keine Ahnung, wo er anfangen sollte.

»Ein paar Dinge haben wir immerhin erfahren«, fuhr sie fort. »Die Legenden sind in gewisser Weise nützlich, weil sie uns etwas über Land und Leute verraten.«

»Und was ist mit den Bäumen?«, fragte Nylan.

»Deine Träume müssen sehr lebhaft gewesen sein.«

»Nicht so lebhaft wie gewisse andere Träume«, gab er lachend zurück.

»Du bist wohl etwas zu kurz gekommen.«

Er warf einen Blick zu Weryl. »Ich lerne allmählich, was es bedeutet, ein Kind zu haben.«

Ayrlyn atmete tief durch.

»Tut dein Kopf noch weh?«, fragte er.

»Es wird langsam besser.«

Nylan sah sie an und zwang sich, auf ähnliche Weise wie sie langsam und tief durchzuatmen. »Was können uns nun all diese Legenden über Cyador sagen?«, fragte er. Er überlegte, ob sie die Kopfschmerzen vom Lesen im schlechten Licht oder aus einem anderen Grund bekommen hatte.

»Ich würde sagen, es ist ein straff, hierarchisch und autoritär regiertes Land. Mehr als alle anderen Länder, die es hier gibt oder je gegeben hat. Das hilft uns etwas.«

»Es hilft uns, dass sie so stark sind?«

»Ich spekuliere nur«, räumte die Heilerin ein, »aber

rigide Gesellschaften sind manchmal sehr leicht umzustürzen.«

Nylan lachte. »Ich versuche eine Waffe oder ein Werkzeug zu finden, sodass wir wenigstens mit einer kleinen Invasion fertig werden, und du sprichst davon, in einem ausgewachsenen Imperium einen Umsturz anzuzetteln.«

»Warum soll man nicht in großen Maßstäben denken?«, fragte Ayrlyn grinsend.

Unwillkürlich musste auch er grinsen.

»Und außerdem geht es meinem Kopf schon besser.«

Nylan beschloss, dass die Beschäftigung mit Wagen, Träumen von Bäumen und Umstürzen von Imperien durchaus noch etwas warten konnte.

XLVI

Nylan trat mit Weryl in den Hof hinaus, der jetzt, am Morgen, noch im Schatten lag. Ayrlyn folgte ihnen und schloss hinter sich die schwere Holztür mit einem Knall, der dumpf auf dem offenen Platz zwischen den Mauern hallte.

Auf der anderen Seite des Hofes, vor den Ställen, standen die drei Regenten und ein kräftiger Bewaffneter mit hellblondem Bart.

Fornal inspizierte eines der großen Schwerter, gab es dem Bewaffneten aber sofort zurück, als er die Engel bemerkte. Er ging den beiden entgegen.

»Guten Morgen«, grüßte Nylan freundlich.

»Guten Morgen, Ser Engel. Ich habe gerade mit den anderen Regenten gesprochen. Manche hier in Lornth sagen, dass die Engel ihr Reich nur mithilfe von Magie halten können und dass sie vor kaltem Eisen zurückweichen«, erklärte der Mann mit dem schwarzen Bart. »Ich würde es nicht wagen, eine solche Unterstellung aus eigenen Stücken vorzutragen, aber als Regenten dürfen wir uns nur an das halten, was bewiesen ist. So bedauerlich es auch ist«, fügte Fornal achselzuckend hinzu. »Und dies bringt gewisse Schwierigkeiten mit sich.«

»Ich glaube, ich kann die Schwierigkeiten nicht recht erkennen, Ser Fornal«, erwiderte Ayrlyn gelassen. »Ich erinnere mich aber gut daran, dass die Engel mit kaltem Eisen äußerst erfolgreich umgegangen sind.«

»So erzählt man es«, antwortete der Regent mit dem schwarzen Bart. »Aber wir haben bisher in Lornth nur davon gehört. Worte sind gut und schön und wichtig, aber unsere Grundbesitzer finden Worte oft weniger überzeugend als ein Beispiel.« Fornal lächelte höflich. »Und die Farbe der Haare jener, die sich Engel nennen, ist ungewöhnlich, aber die Haarfarbe macht natürlich keinen Krieger.«

»Das ist wahr«, erwiderte Nylan. »Wir haben nie behauptet, dass die Haarfarbe den Krieger ausmacht.«

»Ich selbst glaube Euch ja. Aber wie soll ich den Grundbesitzern und dem Volk erklären, dass Ihr es wirklich seid?« Fornal zuckte mit den Achseln. »Wie ich schon sagte, sind Worte schön und gut, aber die Grundbesitzer glauben nun einmal eher an Ehre und kaltes Eisen als an Worte.«

»Worte können viel gefährlicher sein als Eisen, wenn man sie einzusetzen versteht.« Nylan runzelte die Stirn, legte sich Weryl über die andere Schulter und hielt eine von seinen kleinen Händen ab, die beharrlich nach seinem Kinn suchte. »Darf ich Euch so verstehen, dass Ihr Euch wohler fühlen würdet, wenn Ihr außer bloßen Worten noch eine Art Beweis bekommen könntet?«

»Das würde es uns viel leichter machen, und wenn Ihr mir dabei helfen wollt, dann könntet Ihr es auch für diejenigen leichter machen, die viel verloren haben.« Der jüngere Regent zuckte mit den Achseln.

»Was wünscht Ihr nun von uns, Regent?«, fragte Nylan, der sich entschlossen hatte, den endlos anmutenden Austausch von Andeutungen abzukürzen.

Fornal kratzte sich beinahe abwesend am Bart. »Man könnte es vielleicht eine Vorführung nennen, einen Beweis für Eure Geschicklichkeit im Umgang mit dem Schwert. Euer Schwert gegen meines. Natürlich nur im Übungskampf.« Er lächelte. »Damit einige unserer Bewaffneten von Eurer Geschicklichkeit lernen können.«

Ayrlyn kniff die Augen zusammen und sah Zeldyan und Gethen an, die mit unbewegten Gesichtern zuhörten.

»Nur ein Übungskampf?«, fragte Nylan.

»Mit echten Schwertern?«, fragte Ayrlyn.

»Natürlich«, erwiderte Fornal. »Wie denn sonst?«

Die Rothaarige sah Nylan an.

Der Schmied zuckte mit den Achseln. »Aber natürlich. Wie auch sonst … und wenn Ihr unbedingt wollt, kann man es natürlich so sehen, wie Ihr es dargestellt habt.«

»Das ist aber eine seltsame Antwort, Engel. Wie sonst sollte man den Schwertkampf üben wenn nicht mit Schwertern?« Fornal lächelte ironisch.

»Wir üben mit Holzschwertern. Das gibt einem beim Unterricht mehr Möglichkeiten, und wenn man Fehler macht, ist der Schaden nicht so groß.« Jetzt lächelte Nylan. »Aber da wir in Lornth sind, wollen wir uns natürlich nach dem richten, was hier üblich ist.«

»So soll es sein«, erwiderte Fornal. »Huruc hier wird der Unparteiische sein.«

Der Mann mit dem hellblonden Bart nickte. »Wie Ihr wünscht, Ser Fornal. Ich würde vorschlagen, dass Ihr Schläge gegen den Kopf vermeidet.«

»Keine Schläge gegen den Kopf«, bestätigte Fornal.

Nylan nickte und übergab Weryl an Ayrlyn.

»Stell dir vor, dass er Gerlich ist«, sagte Ayrlyn so leise, dass selbst Nylan sich anstrengen musste, um die Worte zu verstehen. »Jederzeit bereit, die Spielregeln zu brechen, um dich hinterrücks zu verstümmeln.«

»Ich hab's begriffen«, meinte Nylan. Er ließ die Schultern kreisen und streckte sich, scharrte ein wenig mit den Stiefeln auf dem staubigen, rosafarbenen Pflaster herum und versuchte abzuschätzen, wie gut sein Stand hier wäre. Dann sah er sich auf dem Hof um. Fast drei Dutzend Ellen Platz zwischen den Mauern des Bergfrieds und den Ställen – und alles lag in morgendlichem Schatten. Wenigstens würde die Sonne nicht blenden.

Schließlich zog er die dunkelgraue Eisenklinge, die er selbst geschmiedet hatte, trat vor und neigte den Kopf vor dem schwarzbärtigen Regenten.

Fornal hob die große Klinge. »Ich bin bereit, Engel.«

»Ihr könnt beginnen«, sagte Huruc.

Nylan hob das Schwert, bewegte sich aber nicht, sondern wartete ab.

Auch Fornal wartete.

»Ein vorsichtiger Engel«, sagte der Regent mit dem schwarzen Bart nach einer Weile. »Sehr vorsichtig. Seltsam für jemanden, der im Ruf steht, ein so grimmiger Kämpfer zu sein.«

Nylan wartete ab.

Fornal machte einen vorsichtigen Schritt, die große Klinge vor sich ausgestreckt.

Nylan wich nach rechts aus und wünschte, er hätte mit den glatten Ledersohlen seiner Stiefel einen besseren Halt auf den Steinen.

Fornal stampfte mit dem Fuß auf, ließ seine Klinge etwas sinken und griff an. Die schwere Klinge fuhr pfeifend auf Nylan zu, ein grauer Streifen, der den Engel zu Brei zermalmen sollte.

Wie er es schon oft mit Ryba trainiert hatte, wehrte Nylan die Klinge ab, unternahm aber nicht den Versuch, seinerseits anzugreifen, sondern wich etwas zurück, voll auf den Gegner konzentriert.

»Ha, die Gelegenheit habt Ihr verpasst«, sagte Fornal, der sein Schwert wieder hob und noch einmal angriff, um den Engel mit einem heftigen Stoß zu treffen.

Hatte Gethen die Stirn gerunzelt? Nylan musste sich weiter auf Fornal konzentrieren, er ließ die Ordnungs-Felder um sich fließen, ging in ihnen auf und ließ die Klinge von ihnen führen.

»... hält sich zurück ... aber warum ...«, murmelte Zeldyan.

Ayrlyn hielt Weryl fest, die braunen Augen kalt auf Fornal geheftet.

Fornal hob die große, schwere Klinge in einem scharfen Bogen, mit dem er den Schmied in der Mitte hätte spalten können – nur, dass die kleine schwarze Klinge wie ein Blitz dazwischenfuhr, als Nylans Schwerthand zustieß, und Fornals Schwert auf den Boden drückte.

Nylan hielt die große Klinge mit dem Fuß auf dem Stein fest und legte Fornal das Kurzschwert an den Hals.

»Ich glaube, jetzt haben wir genug geübt, Ser Fornal«, sagte Nylan freundlich.

»Das war ein dummer Zufall.«

Der Mann mit dem schwarzen Bart riss die Klinge wieder hoch und stürmte auf Nylan los, um den Ingenieur mit einem Überraschungsangriff zu bezwingen. Dafür, dass er bloß üben will, dachte Nylan abwesend, ist Fornal geradezu versessen darauf, mich umzubringen.

Noch während ihm dieser Gedanke durch den Kopf ging, aktivierte der Ingenieur seine Reflexverstärkung. Er wich dem Schlag mit dem großen Schwert aus, lenkte die Klinge ab und zwang Fornal, entweder mit einem stolpernden Schritt das Gleichgewicht zurückzugewinnen oder die Waffe zu verlieren. Dann drückte Nylan das große Schwert noch einmal auf den Boden und klemmte es wieder mit dem Fuß ein.

»Magie!« Fornal sah sich zu Huruc um, der an der Stalltür stand. »Hast du das gesehen?«

»Ser Fornal«, erwiderte Huruc bedächtig, »der Engel hat nur auf Eure Klinge geschlagen und nicht einmal Dreck geworfen oder gespuckt.«

»Fornal«, fügte Gethen ernst hinzu, »wäre dies ein echter Kampf gewesen oder eine Schlägerei in einer dunklen Gasse, dann wärst du schon dreimal tot gewesen. Der Engel-Schmied ist besser als du, er ist schneller und er war ausgesprochen nachsichtig. Ich an deiner Stelle würde seine Geduld nicht länger auf die Probe stellen.«

»Ich auch nicht, Ser Fornal«, sagte Huruc langsam, als müsste er sich die Worte über die Lippen zwingen. »Freiwillig würde ich nicht mit ihm die Klingen kreuzen.« Er lächelte leicht. »Es sei denn, sie sind aus Holz.«

Fornal sah von Huruc zu Zeldyan, von diesem zu Gethen. Mit kalten, grünen Augen erwiderte die Regentin Fornals Blick, dann schüttelte der älteste Regent den Kopf.

Fornal holte tief Luft und schob die große Klinge in die Scheide. »Es scheint so, Ser Engel, als wären Eure Fähigkeiten im Umgang mit dem Schwert tatsächlich so bemerkenswert, wie man es berichtet hat. Wir haben Glück, dass solche Kämpfer zu unseren Verbündeten zählen.« Er setzte ein ebenso falsches wie strahlendes Lächeln auf.

»Und Ihr sagt, die Anführerin der Engel sei noch besser?«, wandte Zeldyan sich an Ayrlyn.

»Ja. Nylan kann es normalerweise verhindern, allzu oft geschlagen zu werden, wenn sie miteinander üben, aber sie ist besser.« Ayrlyn lächelte leicht.

»Wie viele sind noch so gut wie der Schmied?«

»Zwei«, erklärte die rothaarige Heilerin, »aber fast ein

Dutzend sind beinahe so gut. Ryba ist eine ausgezeichnete Lehrerin, ebenso Istril und Saryn.«

»Ich beginne allmählich zu verstehen, warum es keine kluge Idee ist, gegen einen Engel das Schwert zu erheben«, bemerkte Gethen.

»Hölzerne Übungsschwerter ...«, überlegte Zeldyan.

»Sie verursachen genügend Schmerzen, um den Schülern eindringlich bewusst zu machen, dass sie einen Fehler begangen haben«, erwiderte Nylan trocken, »aber sie erlauben es dem erfahrenen Kämpfer auch, ohne allzu große Zurückhaltung seine Fähigkeiten voll zur Geltung zu bringen.«

»Hmm ...«, brummte Fornal, gerade laut genug, dass Nylan es hören konnte.

Nylan drehte sich um. »Ser Fornal, vielleicht sind auch stumpfe Klingen besser für die Leute in Lornth, die lange Erfahrung damit haben, so schwere Waffen zu führen, aber die Engel haben ihre unerfahrenen Kämpferinnen mit Holzschwertern unterrichtet. Jedes Heer muss seinen eigenen Weg finden.« Der Ingenieur schob sich das Kurzschwert in die Scheide am Gürtel. Er fand es unbequem, er zog das Schultergeschirr vor.

»Gut gesprochen, Ser Nylan«, warf Gethen rasch ein. »Tradition und Fähigkeiten beruhen auf langen Erfahrungen und was auf dem Dach der Welt sinnvoll ist, mag in Lornth zu nichts führen.«

»Fornal«, sagte Zeldyan laut, »wir müssen über deine Reise reden. Könntest du mich in den Turm begleiten?«

»Ich dachte ...«

»Wir reden besser im Turm«, beharrte Zeldyan. »Kommst du mit, mein lieber Bruder?«

»Ja, geh bitte mit ihr, Fornal«, fügte Gethen hinzu. »Ich werde gleich zu euch stoßen, nachdem ich mit Guisanek über den Braunen gesprochen habe.«

Zeldyan fasste Fornal am Arm und die beiden gingen zum Bergfried. Huruc verschwand unterdessen im Stall.

»Ser Nylan … Ihr scheint etwas beunruhigt«, sagte Gethen, indem er sich dem Schmied näherte. »Ihr gebt nicht gerade das Bild eines Mannes ab, der eine Prüfung seiner Fähigkeiten erfolgreich überstanden hat. Darf ich nach dem Grund fragen?«

»Ich kämpfe nicht gern«, antwortete Nylan. »Es ist oft nötig, aber ich muss es nicht mögen.«

Der ältere Regent nickte. »Diese Antwort gefällt mir. Fürst Sillek hätte sie auch gefallen. Ich nehme an, Ihr seid älter, als es den Anschein hat.«

»Mir ist nicht klar, wie alt ich in Euren Augen überhaupt aussehe«, gab Nylan achselzuckend und beinahe verlegen zurück.

»Wie ein junger Mann, vielleicht Anfang zwanzig.«

»Ich bin ein Jahrzehnt älter«, erwiderte der Schmied.

»Das dachte ich mir schon. Ihr seht aus wie ein Mann, der schon zu viele Menschen hat sterben sehen. Wie ein Mann, den es eher stört, dass er geschickt kämpfen muss, um sich zu schützen, und der Verachtung für jene empfindet, die den Ruhm nur in der Schlacht suchen.« Gethen lächelte traurig. »Wir Älteren müssen uns zusammentun, um die Jüngeren daran zu hindern, sich selbst umzubringen, bis sie gelernt haben, dass das Kämpfen zugleich notwendig und von Übel ist. Und natürlich können wir dies niemals in aller Öffentlichkeit sagen, weil dann jeder Narr herausposaunen würde, dass wir Feiglinge wären und keine Ehre hätten.« Mit einem weiteren traurigen Lächeln nickte Gethen und ging zum Stall.

»Interessant«, meinte Nylan.

»Sehr interessant«, fügte Ayrlyn hinzu. »Er fühlt sich an, als meinte er es ehrlich, genau wie Zeldyan.«

»Fornal dagegen nicht.«

»Er will der Herrscher werden, er ist nicht damit zufrieden, nur Regent zu sein.« Ayrlyn schüttelte den Kopf. »Er ist ein Dummkopf. Du warst am Ende ausgesprochen nachsichtig. Ich glaube, so milde wäre ich nicht gewesen«, sagte sie, als sie zum hinteren Teil des Hofes gingen.

»Gaa ... dah«, krähte Weryl, indem er Nylan eine pummelige Faust ans Kinn drückte.

»Ich war nicht gut genug, um es geschickter zu machen«, überlegte Nylan. »Ich wollte ihn nicht demütigen, aber wenn sein Stolz angekratzt wird, ist er dumm wie ein Stein. Relyn war am Anfang nicht anders.«

»Außer den älteren Männern sind hier alle so«, antwortete Ayrlyn.

»Huruc scheint vernünftiger zu sein«, meinte Nylan.

»Das liegt wohl daran, dass er kein Fürst ist.«

Nylan runzelte die Stirn. Jetzt musste er sich auch noch über einen beleidigten Fürsten den Kopf zerbrechen. Allerdings hätte es wohl keine Möglichkeit gegeben, diese unglückliche Entwicklung zu vermeiden. Und so war es ihm ja im Grunde ständig ergangen, seit sie auf dieser unmöglichen Welt gelandet waren. Anscheinend drehte es sich immer nur darum, aus einer Reihe unangenehmer Möglichkeiten diejenige zu wählen, die am wenigsten Schaden anrichtete.

XLVII

»Das war wohl nichts.« Nylan klappte das Buch zu und legte es auf den Tisch. Sein Blick wanderte zum Fenster. Dicke weiße Wolken waren über den grünblauen Sommerhimmel getupft. »Nichts außer Gerüchten und Andeutungen, nichts davon besonders klar. Nur dass eine Gruppe edler Frauen einst geflohen ist und dass bei der Gründung Cyadors große Mächte im Spiel waren. Und dass irgendwie ein magischer, böser Wald entstanden sei, den es womöglich heute noch gibt.«

»Ich habe viele Bücher in vielen Sprachen gelesen, aber ich bin noch nie auf einen Wald gestoßen, der … der wie ein Wesen behandelt wurde.«

»Wie ein Wesen?«, fragte der Schmied.

»Wadah, da-da?«, fragte Weryl. Er lief aufrecht, wenn auch schwankend herum, hielt sich dabei aber noch am Fußende des großen Betts fest.

Der Ingenieur stand auf, schob den Stuhl mit der geraden Lehne vom Schreibtisch zurück und holte Weryls Becher vom Tisch, der ihnen als Tafel diente, wenn sie nicht mit den Regenten speisten. »So, da hast du dein Wasser.«

»Weißt du, der Nordwald in Sybra … die Dichter sagen, er sei trostlos … kalt … schrecklich … aber die Gefahren gehen nicht vom Wald aus, sondern von den gelben Katzen und dem Wind, der dir die Lebensenergie nimmt. Der Regenwald von Svenn … da ist es genau das Gleiche. Die Menschen reden über die Messerechsen, die Laufschlangen oder die Rhombusfledermäuse. Hier aber …«

Weryl nahm die mit einem Deckel versehene Tasse, setzte sich mit einem Plumps auf den harten Steinboden und schlürfte das Wasser aus der Tülle. Die Hälfte rann ihm aus dem Mundwinkel.

»Kommt es dir so vor, als wäre der Verwunschene Wald ein einziges großes Lebewesen?«, fragte Nylan. Er hatte sich entschieden, Weryl vorerst die Gelegenheit zu geben, sich nach Herzenslust zu bekleckern. »Ist das nicht ein typischer Aberglaube, wie er einer rückständigen Kultur entspricht?«

»Ich glaube nicht. Außerdem ist doch die Frage, warum wir immer wieder von einem Wald träumen, in dem es Ordnung und Chaos gibt.«

Nylan wollte nicht weiter darüber nachdenken. »Also müssen wir jetzt gegen einen Feind kämpfen, den wir nicht kennen und der aus einem Land kommt, wo es einen Zauberwald gibt, den niemand versteht und der uns Träume schickt?«

»Was bleibt uns übrig?« Ayrlyn schüttelte den Kopf, während sie dem silberhaarigen Jungen beim Trinken zusah. »Oder fällt dir etwas Besseres ein?«

»Ich glaube nicht. Es sei denn, wir wollen wieder fliehen und als Flüchtlinge überall auf Ablehnung stoßen.«

»Also begleiten wir Fornal und beobachten, was am Bergwerk geschieht. Vielleicht finden wir unterwegs noch mehr heraus.«

»Die ganze Angelegenheit entwickelt sich zu einer äußerst unangenehmen Zwangslage«, sagte Nylan. »Sillek hat die meisten ausgebildeten Kämpfer auf dem Dach der Welt verloren, Fornal misstraut allen Fremden. Mich kann er jetzt erst recht nicht mehr leiden. Dennoch sind wir auf ihn angewiesen. Er will aber nicht, dass wir ihn begleiten.«

»Er ist nur einer von drei Regenten«, erinnerte Ayrlyn ihn. »Wir könnten einfach einen anderen fragen.«

»Wen denn?«

»Gethen«, sagte Ayrlyn. »Zeldyan hat sich schon für uns eingesetzt und Fornal sah aus, als hätte er sie am liebsten umgebracht, als sie ihn vom Hof drängte.« Ayrlyn hielt stirnrunzelnd inne. »Sie hat versucht, ihn daran zu hindern, sich in aller Öffentlichkeit völlig zum Narren zu machen, aber er hat es nicht einmal verstanden.«

»Wir Männer sind manchmal so.« Mit einem Auge Weryl beobachtend, trat der Ingenieur ans offene Fenster, durch das ein heißer Wind hereinkam und ihm die Haare zauste. Der Wind brachte unvertraute Gerüche mit sich – eine Kombination von Zitrone, Minze und Reisera.

»Sollen wir jetzt gleich zu Gethen gehen?« Nylan beförderte Weryl ins Badezimmer.

»Entspricht es nicht einem Schmied, das Eisen zu

schmieden, solange es noch heiß ist?« Die Heilerin folgte ihm lächelnd.

Es dauerte nicht lange, Weryl zu säubern, und nach kurzer Zeit verließen sie ihr Zimmer wieder und betraten den inneren Flur des Bergfrieds.

Im Gang war es stickig und erheblich wärmer als in ihrem Zimmer. Nylan war nass geschwitzt, kaum dass sie ein paar Dutzend Schritte gemacht hatten, um den ältesten Regenten aufzusuchen.

Gethen war weder im alten Turm noch in der Waffenkammer. Sie fanden ihn im Stall, wo er mit einem kleinen Mann mit hartem Gesicht und schütterem braunem Haar über einen Braunen sprach.

Das große Pferd schnaubte, trampelte unruhig herum und wich vor dem Regenten zurück, als dieser mit Guisanek die Box betrat.

Nylan und Ayrlyn zogen sich in den Schatten neben der Eingangstür zurück und warteten. Völlig lautlos waren sie zwar nicht, denn Weryl murmelte vor sich hin, aber sie waren weit genug von den beiden Männern entfernt, um, wie Nylan hoffte, nicht aufdringlich zu wirken.

Der Geruch von Pferden, Stroh, Lehm und Dung wehte ihnen in die Nase, während sie warteten.

Merthek, der Stallbursche mit dem blonden Haar, tauchte auf und verneigte sich.

»Guten Tag, Engel. Euren Pferden geht es gut«, erklärte er. »Ich habe Edicat, das ist der Hufschmied, überredet, die Stute, aber nicht den Braunen, neu zu beschlagen.« Der Stallbursche grinste. »Ich habe ihm gesagt, er könnte nachher mehr von den Händlern verlangen, wenn er ihnen erzählen kann, dass er das Pferd eines Engels beschlagen hat. Er hat geknurrt, aber er hat es gemacht.«

»Vielen Dank«, sagte Nylan.

»Ich habe es auch für das Pferd gemacht, Ser Engel«,

erklärte Merthek. »Es ist eine schöne Stute, die gute Hufeisen verdient.« Er hielt inne. »Aber Ihr wollt doch sicher nicht nur zu Euren Pferden?« Der Junge rümpfte vielsagend die Nase.

»Dein Stall ist sauberer als die meisten anderen«, lobte Nylan ihn.

Merthek verneigte sich knapp. »Meister Guisanek achtet sehr auf Sauberkeit … aber trotzdem …«

»Wir warten auf Ser Gethen«, sagte Ayrlyn.

»Er redet gerade mit Guisanek über den Braunen.« Merthek schüttelte den Kopf. »Der Hengst lahmt, aber sie können nichts finden. Edicat weiß, dass es an der Fessel liegt, aber er kann nichts tun. Wir haben hier leider keine Tierheiler.« Er blickte kurz zu der Box, wo Guisanek und Gethen das Vorderbein des Hengstes untersuchten. Dann senkte er die Stimme. »Wir hatten drei Magier, aber keiner von ihnen konnte einem Pferd helfen. Oh, sie konnten Feuer und Vernichtung schleudern … aber wozu soll das letzten Endes gut sein?«

»Schön ist es nicht«, sagte Nylan, »aber es ist wohl manchmal notwendig.«

»Nichts zu finden … Ser Gethen.« Guisanek hob die Stimme laut genug, dass Merthek und die Engel ihn verstehen konnten.

Der Stalljunge verneigte sich noch einmal und huschte davon.

»Er wird eines Tages ein guter Stallmeister sein.«

»Er ist zu praktisch veranlagt und zu gewissenhaft«, erwiderte Nylan.

»Du bist ein Zyniker.«

Sie traten vor, als Gethen sich von Guisanek entfernte. »Guten Tag, Regent Gethen.«

»Guten Tag, Engel.« Bekleidet mit ledernen Arbeitshosen, die denen des Stallmeisters sehr ähnlich waren, betrachtete Gethen die drei Neuankömmlinge. Dann kniff er die Augen zusammen und sah die rothaarige

Frau an. »Man behauptet, Ihr wärt eine Heilerin. Könnt Ihr mir sagen, was dem Braunen fehlt?«

»Ich kann ihn mir ansehen«, erwiderte Ayrlyn.

»Dann kommt«, lud Gethen sie ein.

Nylan folgte Ayrlyn. Gethen runzelte die Stirn, ging aber schweigend voraus zur Box.

Ayrlyn blieb einen Augenblick vor der Box stehen und Nylan spürte, wie beruhigende Wellen von ihr ausgingen, bevor sie sich neben den braunen Hengst stellte.

Die Heilerin fuhr mit den Fingern über die Fessel des Pferdes. Sogar Nylan konnte das Chaos dort spüren. Er nickte. Sie stand auf und sah ihn an. »Zu zweit könnten wir ...«

Nylan setzte Weryl auf einen Strohballen. »Du bleibst hier.«

»Da?«

»Hier«, sagte der Schmied noch einmal energisch, ehe er in die Box trat.

Als sie am verletzten Vorderbein knieten, ließ Nylan Ayrlyn den dunklen Strom der Ordnung steuern, während sie das Chaos aus dem Huf leiteten.

In der drückenden Luft des Stalls stand Nylan fast sofort der Schweiß auf der Stirn und seine Nase begann zu jucken.

Nach einer unendlich scheinenden Spanne standen sie wieder auf. Ayrlyn musste sich an der Wand der Box abstützen. »Pferde sind groß«, sagte sie leise.

»Das macht es schwer, auch wenn die Infektion nur klein ist«, bestätigte Nylan.

Ayrlyn klopfte dem Hengst auf die Schulter, der leise wieherte und leicht den Kopf hin und her warf.

»Das wird schon wieder werden«, fügte Nylan hinzu, ehe er die Box verließ.

»Ihr könnt aber wirklich mit Pferden umgehen«, sagte Gethen mit einem Blick zur Rothaarigen. »Er war seit Tagen nicht mehr so ruhig.«

»Ich denke, der Huf wird noch ein oder zwei Tage empfindlich sein«, erklärte sie Gethen, »aber der Hengst sollte bald zu lahmen aufhören.«

Nylan holte Weryl und wischte sich mit dem Unterarm den Schweiß von der Stirn, ehe ihm die Tropfen in die Augen rannen.

»Das ist alles?«, wollte Gethen stirnrunzelnd wissen. »Ihr habt doch nur vor ihm gestanden und seine Fessel berührt.«

»Er hat an der Stelle, wo die Knochen aufeinanderstoßen, eine Infektion. Dort hat sich Chaos ausgebreitet. Ich weiß nicht, was die Ursache war, aber es sollte jetzt heilen.« Ayrlyn lächelte leicht und wischte sich die Stirn ab.

»Ich will ja nicht behaupten, dass ich immer begreife, was Ihr tut, Engel, aber wir werden sehen.« Gethens Lippen wurden schmal.

»Wir möchten Euch um etwas bitten …«, sagte Nylan zu Gethen, als dieser zum Bergfried blickte.

»Was wäre das, Ser Engel?«, fragte Gethen ruhig.

»Wir haben die Schriftrollen und Bücher in der Großen Bibliothek angesehen, aber sie konnten uns wenig über Cyador verraten«, räumte Nylan ein. »Es gibt dort zwar Geschichten über Dinge, die angeblich geschehen sind, aber keine Erklärungen. Um Euch zu helfen, müssen wir mehr erfahren. Wir dachten, es wäre eine gute Idee, wenn wir Fornal auf seiner Expedition zum Bergwerk begleiten.«

»Ihr wollt Fornal beim Kampf gegen die Cyadoraner begleiten?« Gethen riss die Augen auf. »Und Euren Sohn zurücklassen?«

»Ich hatte nicht die Absicht, ihn hier zu lassen, Ser Gethen. Ich hatte gehofft, von Euch die Erlaubnis zu bekommen, eine Schmiede zu benutzen, wo ich einen Sitz bauen kann, der hinter meinen Sattel passt.«

»Die Schmiede sollt Ihr haben, aber Kinder gehören doch nicht aufs Schlachtfeld.«

»Wo wäre er sicherer als bei mir?«, fragte Nylan. »Ich mag nicht in Erwägung ziehen, ihn mehrere Tagesreisen entfernt zurückzulassen. Ein Engelskind allein in Lornth?« Der Schmied fragte sich, ob er zu weit gegangen sei, aber er wartete äußerlich gelassen ab.

Der grauhaarige Regent kratzte sich am Bart, sagte aber nichts.

Nylan und Ayrlyn warteten.

Schließlich schüttelte Gethen den Kopf. »Seltsame Zeiten sind es ... viele Menschen wünschen sich, Ihr wärt nicht hergekommen. Wie der junge Sillek sprecht Ihr Dinge aus, die nicht viele auszusprechen wagen. Aber wenn man die Fragen verdrängt, verschwinden die Dinge doch nicht. Das lernt man, wenn die Haare grau werden. Jedenfalls lernen es manche.« Er hielt inne. »Und manche reden zu viel, ohne die Fragen zu beantworten, die man ihnen gestellt hat.«

Der ältere Regent runzelte die Stirn. »Es werden auch Köche und Wagner mitfahren ...« Er zuckte die Achseln. »Eine Amme ... die der Heilerin hier zur Hand gehen könnte ... das ließe sich machen.«

»Was ließe sich machen?«

»Ich werde eine Amme mitschicken, die Euch helfen kann, Heilerin«, sagte Gethen. »Oder Euch beiden. Ihr seid doch beide Heiler, nicht wahr?«

»Ayrlyn ist besser«, gab Nylan zurück. »Sie hat mehr Erfahrung.«

»Der Schmied ist stärker«, erklärte die rothaarige Frau. »Deshalb arbeiten wir zusammen.«

»Also seid Ihr Krieger, Gelehrte und Heiler. Und Ihr seid Sängerin und er ist ein Schmied. Welche verborgenen Fähigkeiten habt Ihr noch?«, schnaubte der Regent.

»Mir fällt sonst nichts mehr ein«, sagte Nylan. »Außer, dass es mir immer wieder gelingt, Menschen zu erzürnen, bei denen ich es nicht wollte.«

»Irgendwie scheint dies aber eine weit verbreitete Begabung zu sein – von jenen, die nichts getan haben, bis zu jenen, die an allem schuld sind.« Gethen zuckte mit den Achseln. »Da sich die Leute sowieso aufregen, ob man nun etwas tut oder nicht, ist es meist besser, etwas zu tun, und sei es nur um der eigenen Selbstachtung willen.« Der ältere Regent lächelte müde. »Und dann sagen sie einem nach, es wäre nicht Selbstachtung gewesen, sondern Dünkelhaftigkeit.«

Die Engel konnten nicht anders als lächeln.

»Die Zeiten verändern sich und ich werde das Pferd wechseln müssen, so schwer es mir auch fällt.« Gethen wandte sich an Nylan. »Ich werde mit Husta reden, dem Schmied meines Anwesens. Ihr könnt von ihm bekommen, was Ihr braucht. Und ich werde mit Zeldyan und Fornal sprechen.« Er zuckte mit den Achseln. »Ich bin nur einer von drei Regenten, aber ich hoffe doch, dass Fornal es für sinnvoll hält, Eure Erfahrung und Eure Schwerter zur Hand zu haben.«

»Danke.« Nylan neigte den Kopf.

»Ich glaube, eher sollte ich Euch danken«, antwortete Gethen. »Wer gegen die Weißen reitet oder sich ihnen auch nur nähert, muss um sein Leben fürchten.« Er nickte. »Und wenn Ihr einen Reitsitz für Euren Sohn bauen könnt, wird Zeldyan Euch vielleicht bitten, auch für sie einen zu machen.«

»Wenn es mir gelingt, will ich das gern tun«, versprach Nylan.

»Es wird Euch gelingen, Engel. Daran habe ich nicht die geringsten Zweifel.« Noch einmal nickte Gethen.

Nylan wünschte, er wäre sich so sicher wie Gethen. Oder wenigstens halb so sicher.

XLVIII

Nylan sah vom Turm aus nach Westen. Die dünnen Wolken verdeckten die Sonne gerade weit genug, dass sie als goldene Kugel niedrig über den grünen Feldern jenseits des Flusses hing. »Wir haben noch nichts gehört.«

»Große Dinge«, erwiderte Ayrlyn ironisch, »brauchen ihre Zeit. Und das Warten verbringt man gewöhnlich bei einem Glas Wein oder starken geistigen Getränken am Abend.«

»Ooooh ...«, machte Weryl, der vor Nylans Füßen hockte und versuchte, den feinen Staub aufzuklauben, der zwischen den Zinnen der Brustwehr auf die Plattform des Turmes geweht war.

»Ich hätte gedacht, dass es etwas ändern könnte, wenn wir für sie in die Schlacht ziehen oder anbieten, ihre Leute auszubilden«, fuhr Nylan fort. »Es ist ja nicht gerade so, als würde Lornth vor ausgebildeten Bewaffneten überquellen.«

»Oooh, da«, warf Weryl ein.

»Lornth quillt auch nicht über vor Liebe für die Engel und es ist wohl ziemlich klar, dass die Grundbesitzer einen erheblichen Einfluss auf die Regenten ausüben.«

Nylan nickte und erinnerte sich, dass eben diese Grundbesitzer den gefallenen Fürsten Sillek anscheinend zu seiner unglückseligen Expedition nach Westwind gezwungen hatten.

Eilige Schritte näherten sich auf der Treppe des Turms. Eine junge Frau, deren schwarzes Haar zu einem losen Zopf gebunden war, kam ins orangefarbene Spätnachmittagslicht gestürzt. Die Augen schossen zwischen Nylan und Ayrlyn hin und her.

»Heiler, bitte, der junge Nesslek ...«

Ayrlyn sah zu Nylan, dann wieder zur schwarzhaarigen jungen Frau. »Nesslek? Der Sohn der Regentin? Was ist mit ihm?«

»Sie sagen, es sei ein Fieber.« Sie schüttelte den Kopf. »Es könnte aber mehr sein ... das Chaos-Fieber ... es hat auch meine Acora umgebracht. Bitte, geht zu ihr. Geht zur Fürstin Zeldyan, bevor es zu spät ist.«

»Hat sie dich geschickt?«

»Ich habe nicht gewartet, bis man mich schickt.«

Ayrlyn lächelte Nylan müde an. »Es ist schön, wenn man wenigstens für etwas gebraucht wird.«

Nylan hob Weryl auf und legte sich den Jungen über die Schulter. »Dann führe uns zu ihr.«

Obwohl die Frau ihn drängte, zwang sich der Schmied, mit gebührender Vorsicht die Treppe hinunterzusteigen. Die Krankheit war vielleicht wirklich nur ein Fieber, aber auch wenn dem nicht so war, brachte es ja nichts, wenn die Heiler die gefährliche Steintreppe hinunterfielen, ehe sie überhaupt zum Patienten kamen.

Doch was konnten sie im Grunde schon tun? Lokale Infektionen, die durch Wunden verursacht wurden, waren eine Sache, aber Nylan war sich gar nicht sicher, was eine Infektion anging, die den ganzen Körper ergriffen hatte. Bei seinem bisher einzigen Versuch, eine solche Erkrankung zu heilen, war er gescheitert. Ellysia war gestorben und er selbst war danach tagelang in schlechter Verfassung gewesen.

»Hier entlang«, drängte die Frau. Dann drehte sie sich um und eilte den düsteren Gang hinunter zu den Gemächern der Regentin.

Mit Weryl auf dem Arm näherte Nylan sich den Wächtern. Ayrlyn folgte ihm auf dem Fuße.

Die schwarzhaarige Frau blieb vor den Wächtern stehen. »Die Engel sind Heiler und die Fürstin Zeldyan braucht sie.«

Die beiden Wächter in den grün eingefassten Hemden

wechselten einen Blick, einer betrachtete die Schwerter an den Hüften der Engel.

Nylan sah an sich hinab. »Oh … entschuldigt. Wir hatten nicht damit gerechnet, dass man uns hierher rufen würde.«

Ayrlyn zog die Klinge und hielt sie mit dem Griff zuerst dem Wächter hin, dann nahm sie Weryl, während Nylan ihrem Beispiel folgte.

Der vierschrötige Wächter, der auf einmal zwei Kurzschwerter in der Hand hielt, sah sie verwirrt an.

»Melde du sie an«, befahl der dünnere Wächter.

Der dickere Wächter klopfte an die Tür. Hinter dem dicken dunklen Holz waren gedämpfte Stimmen zu hören.

»Die Engel-Heiler sind hier.«

Nach ein paar Augenblicken wurde die schwere Holztür geöffnet und ein Mann mit dunklem Bart trat in den Flur. »Wir brauchen hier keine Engel-Heiler.«

»Verzeihung, Ser Fornal«, erwiderte Nylan, »wir wollen nicht aufdringlich sein, aber man hat uns gerufen.«

»Es ist nicht nötig …«

Zeldyan trat neben Fornal auf den Flur.

»Fürstin.« Nylan neigte den Kopf.

»Ich habe Euch nicht gerufen, aber …«, begann die Regentin. Ihr blondes Haar war aufgelöst – das erste Mal, dass Nylan sie so sah. Sie wandte sich an die schwarzhaarige Frau. »Sylenia?«

»Euer Gnaden … es muss das Chaos-Fieber sein.« Sylenia neigte den Kopf. »Ich weiß es, ich weiß es genau.«

»Das ist nichts weiter«, schnaubte Fornal. »Dem Jungen geht es nicht gut, so ist das eben manchmal bei Kindern. Es geht vorbei, keine Frage.«

Zeldyan sah Fornal lange an, danach die Engel; dann starrte sie den Flur hinunter und schließlich betrachtete sie die Wächter, Sylenia und Weryl.

»Aaaah?«, fragte der Junge.

Zeldyan lächelte leicht. »Engel … Ihr könnt eintreten. Sylenia, du wartest hier draußen mit ihrem Kind. Wenn es wirklich das Chaos-Fieber ist, sollte er besser nicht mitkommen.«

Nylan übergab seinen Sohn zögernd in Sylenias Obhut. »Du bist hier gut aufgehoben.« Natürlich hatte Zeldyan Recht, zumal es in dieser Kultur keine gut entwickelte medizinische Versorgung gab, aber war es klug, sich selbst und Ayrlyn so sehr auszuliefern?

»Ja, ich werde gut auf ihn Acht geben.« Sylenia strahlte Weryl an. Als er das Strahlen sah, verwandelte sich der anfänglich verwirrte Gesichtsausdruck des Jungen in ergebene Hinnahme.

»Bist du sicher?« Fornal blickte Zeldyan finster an.

»Fornal, Nesslek ist mein Sohn. Engel, wenn Ihr mir bitte folgen wollt.« Zeldyan drehte sich um und die beiden Engel folgten der blonden Regentin ins Wohnzimmer. Nylan nickte, als er den unaufdringlichen Luxus bemerkte – die passend gepolsterten Lehnstühle, der geschnitzte Spiel- oder Esstisch, der schwere purpurne und grüne Teppich, der abgetreten, aber immer noch dick war, alt und offensichtlich von erheblichem Wert. Neben einem Kerzenleuchter lag ein mit Malachit und Silber geschmücktes Haarband wie achtlos abgestreift.

»Er ist im kleinen Schlafzimmer«, sagte die Regentin. Sie durchquerte den Raum und hielt die Tür weit auf. »Alle Kinder haben ihre Krankheiten.« Zeldyan hielt inne. »Heiler sind für Verletzungen und Schnittwunden da, aber nicht für Fieber und das Innere des Körpers. Die Heiler, die ich kenne, nehmen Blut ab und mischen Tränke, aber es hilft nicht.« Die Regentin sah Ayrlyn an. »Ihr wollt ihn doch nicht aufschneiden oder zur Ader lassen?«

»Ihn zur Ader lassen? Nein, warum … nein, sicher nicht. Niemals«, fügte die Rothaarige energisch hinzu.

Auch Nylan schüttelte den Kopf.

Nesslek lag in dem mit schönem Schnitzwerk verzierten, dunklen Kinderbett auf dem Rücken. Das Kopfkissen war wie der Teppich grün und purpurn gefärbt. Der Atem des Kindes ging schwer, die kleine Stirn war feucht und erhitzt.

Schon aus mehreren Schritten Entfernung konnten die beiden Engel das hässliche Weiß von Chaos und Infektion spüren.

Nylan kniete sich neben das kleine Bett und legte dem fiebernden Kind die Hand auf die Stirn.

»Eindeutig eine Infektion ...«

»Keine Antibiotika, keine entzündungshemmenden Mittel ...«, flüsterte Ayrlyn.

»Das ist schlimm ... ähnlich wie das, was Ellysia hatte.«

Ayrlyn zuckte zusammen.

»Vielleicht gelingt es ... er ist klein«, sagte Nylan leise und ihm war deutlich bewusst, dass die Regentin dicht hinter ihm stand.

»Wir schaffen es.«

Nylan war sich dem nicht so sicher, aber er spürte Ayrlyns Entschlossenheit. So ließ er seine Wahrnehmung wandern, versuchte die Regentin zu ignorieren, achtete nicht auf die geschnitzten Möbel, den handgewirkten Teppich unter den Füßen ... und versuchte, das Chaos in dem keinen Wesen irgendwie in Ordnung zu verwandeln. Schweiß sammelte sich auf seiner Stirn, auf der Brust, auf dem Rücken, breitete sich in allen Kleidungsstücken aus, während sie um das Kind kämpften.

Ayrlyn berührte seine Hand und verstärkte den Kampf mit etwas kühler, schwarzer Ordnung, aber das hässliche Weiß hatte sich im ganzen Körper des Kindes ausgebreitet und hier und dort war das unsichtbare Rot des Chaos zu spüren.

Nylan wischte sich mit dem Unterarm die Stirn ab.

Nesslek atmete zwar etwas leichter, aber Nylan wusste, dass es genau wie bei Ellysia nur eine vorübergehende Linderung war. Sie hatten die Ursache der Infektion noch nicht behoben.

»Ruh dich einen Augenblick aus«, sagte Ayrlyn.

Zeldyan wich einen Schritt zurück, sah aber weiter aufmerksam zu, blickte von ihrem Sohn zu den Heilern und wieder zu ihrem Sohn. »Es geht ihm besser, nicht wahr? Es geht ihm doch besser?«

»Ein wenig, Fürstin«, sagte Ayrlyn leise. »Wir haben etwas Zeit gewonnen, aber wir müssen noch mehr tun.«

Das entsprach der Wahrheit – aber was sollten sie tun?

Aus irgendeinem Grund musste Nylan an Bäume denken, an dicht stehende Bäume in einem alten Wald, umgeben und durchdrungen von einer unglaublich tiefen Ordnung … und an Chaos dachte er, das beinahe genauso tief reichte. Warum? Warum die Bäume, bei der Dunkelheit? Er wusste genau, dass er diesen Wald noch nie gesehen hatte.

Dann zuckte er mit den Achseln. Wie so oft in Candar war er gezwungen, sich auf seine Gefühle und die Sinne zu verlassen und nicht auf die kühle Logik eines Ingenieurs.

»Was ist?«, fragte Ayrlyn.

»Bäume«, antwortete der Schmied, ohne sich weiter zu erklären. »Ordnung, Muster.« Würde es funktionieren? Sie konnten es nicht wissen, aber was er bei Ellysia versucht hatte, war misslungen und würde wahrscheinlich auch beim jungen Nesslek nicht gelingen.

Er schloss die Augen und versuchte, die Muster zu kopieren, den Strom von Dunkelheit und Licht, versuchte das Weiße Chaos in dem Kind nicht mehr auszulöschen, sondern die Ströme miteinander zu verbinden, um das Chaos in die Ordnung, in die dunklen Felder einzuschließen. Als er weiterkämpfte, drängte er den Gedanken beiseite, dass er etwas Unmögliches versuchte, das Gefühl, dass alles nur eine komplizierte Illusion sei, dass er nichts weiter war als ein Scharlatan ... Er flößte dem Kind Ordnung ein ... und kämpfte ... baute die Muster auf ...

Und neben ihm war Ayrlyn und unterstützte ihn.

Am Ende konnten sie das Chaos in die Ordnung einschließen und sanft eine zerbrechliche Hülle aufbauen. Nachdem die Hülle stark genug war und hielt, umfing sie eine andere Dunkelheit und zwang sie nieder.

XLIX

»Ihr wagt es, mit einer solchen Botschaft unter meine Augen zu treten?« Lephi blickte vom erhöhten weißen Thron auf den älteren Mann mit dem schütteren Haar hinab.

»Ich bringe Euch, was geschrieben wurde.« Der Weiße Magier verneigte sich.

»Was nützt mir ein Weißer Magier, der nicht einmal den Verwunschenen Wald im Bann halten kann? Warum sollte ich Euch und Euresgleichen verwöhnen und verhätscheln, wenn Ihr nicht einmal dieses Ungeheuer in seinen alten Grenzen halten könnt? Nun ... nun schickt mir sogar schon der Magier, den Ihr eingesetzt habt, solche Botschaften, statt persönlich vor mir zu erscheinen.«

Der weiß gekleidete Mann wartete schweigend.

»Niemand wagt mir unter die Augen zu treten. Bin ich wirklich so schrecklich? Sagt es mir, alter Triendar. Bin ich wirklich so schrecklich?«

»Themphi ist nicht hier, Hoheit, weil er sich angestrengt bemüht, den Verwunschenen Wald zu bändigen. Wenn er Geliendra verlassen würde, dann würde sich der Wald sogar noch schneller ausbreiten.« Triendar verneigte sich wieder und eine Strähne des feinen weißen

Haars fiel ihm in die Stirn. Die Haare waren beinahe so weiß wie der gekachelte Boden.

»Er wagt es nicht, den Ort zu verlassen? Warum hat denn bisher noch niemand die erstarkende Macht des Waldes bemerkt? Das ist doch Eure Aufgabe, nicht wahr?«

»So ist es und wir schicken die jungen Magier aus, um Themphi zu helfen, soweit sie nicht schon zu den Spiegellanzenreitern und den Wachen auf See abgeordnet sind ... oder zum Feuerschiff. Wir sind nur wenige und Ihr habt uns viele Aufgaben übertragen.«

»Ihr habt meine Frage nicht beantwortet.« Lephi starrte den alten Magier böse an.

»Bevor es geschehen ist, Hoheit, war keine Zunahme der Macht des Waldes zu spüren.«

»Wie konnte es dann geschehen?«

»Erinnert Ihr Euch, o Herrscher Cyadors, wie wir Euch im letzten Herbst von der Woge Weißer Macht berichtet haben, die von den Westhörnern kam?«

Lephi rieb sich das Kinn und kniff angestrengt die Augen zusammen. »Ich kann mich vage erinnern.«

»Wir glauben, diese Kraft hat dem Wald geholfen, die Sperren zu überwinden, aber die dunklen Kräfte waren hinterlistig und zeigten ihre erstarkte Macht erst in der Wachstumszeit im Frühling. Wir konnten die Kräfte nicht spüren, weil es bis jetzt keine neuen Kräfte gab.« Triendar verneigte sich wieder.

»Es gab keine Kräfte? Aber von wem sind dann die Weißen Wogen aus den Westhörnern gekommen?«

»Darüber wissen wir nur das, was uns Gerüchte und die Gläser vermitteln konnten. Das Glas zeigt auf dem Dach der Welt eine dunkle Festung, wenn auch nicht sehr groß. Den Berichten der Händler konnten wir entnehmen, dass dort dunkle Engel leben sollen, welche die Barbaren zurückgeschlagen haben.«

»Die Barbaren zurückschlagen? Das erfordert nicht

viel. Auch eine kleine Festung auf einem Berg zu errichten ist nicht schwer – als ob sich jemand entschließen würde, freiwillig da oben zu leben. Nein, kommt mir nicht mit fernen kleinen Festungen.« Lephi schnaubte und starrte Triendar an.

Der Weiße Magier wartete schweigend.

»Nun kommt schon, welchen Rat könnt Ihr mir geben, alter Mann?«, fragte Lephi schließlich. »Soll ich jeden freien Lanzenkämpfer und Fußsoldaten und alle Weißen Magier nach Geliendra schicken? Nur weil ein Wald beschlossen hat, über seine Grenzen hinaus zu wachsen? Nur weil es Gerüchte über dunkle Engel auf fernen Bergen gibt?«

»In den alten Büchern und auf den aus Gold geschnittenen Tafeln steht geschrieben, dass die Sperren nicht ewig halten können, nicht einmal zwanzig Generationen. Doch jetzt ist es fast dreißig Generationen her, dass die weißen Mauern und die Sperren errichtet wurden und der Verwunschene Wald konnte bisher im Zaum gehalten werden.«

»Ich kenne die Geschichte meiner Vorfahren. Nun sagt mir, welchen Rat Ihr mir geben könnt.«

Triendar nickte. »Lasst uns die Magier und ein paar Kompanien Fußsoldaten schicken. Themphi hat an der Seite, die Cyador gefährden könnte, den Wald fast allein zurückgedrängt. Wir werden ihn wieder bändigen.«

»Und die Sperren?«

»Die alten Sperren waren von jenseits des Firmaments, wir können sie also nicht ersetzen oder nachbauen.« Triendar schüttelte bedächtig den Kopf. »Wir haben, wie Ihr wisst, große Schwierigkeiten mit den Chaos-Maschinen des Feuerschiffs und dafür existieren sogar noch die Pläne.«

»Wir wollen nicht über die Feuerschiffe sprechen. Wir brauchen sie, um den Händlern an der Küste und den Barbaren im Osten eine Lektion zu erteilen. Nicht mehr lange und das Volk von Cyad wird untergehen, weil sein Erbe vor lauter Faulheit zu Staub zerfällt. Aber das werde ich nicht zulassen.« Lephi nahm ein parfümiertes Tuch und tupfte sich die Stirn ab. »Dies bedeutet wohl, dass wir von jetzt an in jedem Frühjahr gegen den Wald kämpfen müssen.«

»Ja, Hoheit.«

Lephis Hand zuckte, als wollte er einen Lichtblitz heraufbeschwören, aber er ließ sie wieder sinken und vollendete die Geste nicht. »Findet mir eine bessere Lösung, Triendar. Es muss eine bessere Lösung geben.«

»Wir werden danach suchen, Hoheit.«

»Ihr solltet möglichst schnell eine Lösung finden. Fürs Erste dürft Ihr Euch jetzt zurückziehen.«

Triendar verneigte sich und ging langsam über die schimmernden Kacheln hinaus.

L

Nylan wachte in dem breiten Bett auf, das er sich mit Ayrlyn teilte. Feuchte Tücher lagen auf seiner Stirn. Sein Kopf pochte, aber er fuhr sofort erschrocken auf. »Nesslek?«, keuchte er. Die Augen brannten im frühen Morgenlicht. Es war doch Morgen, oder?

»Er wird wieder gesund werden«, sagte Ayrlyn. »Aber du hättest es beinahe nicht geschafft.«

»Und du? Du warst doch auch dabei.« Nylan konnte Schmerzen spüren, die sicher nicht nur seine eigenen waren. »Woher weißt du es überhaupt?«

»Sylenia hat sich die ganze Zeit mit Weryl beschäftigt. Sie hat auch dafür gesorgt, dass wir hierher gebracht und ins Bett gelegt wurden.«

»Wie geht es Weryl?« Nylan schloss die Augen und

legte sich die Hände auf den Kopf. Die Sachen, die er trug, rochen ziemlich streng. Wurde das Heilen mit der Zeit immer schwieriger?

»Ihm geht es gut. Sie hat ihn gefüttert und letzte Nacht bei sich behalten.« Ayrlyn rutschte auf dem Bett herum und stopfte sich ein Kissen in den Rücken. »Du musst etwas trinken, du hast viel Flüssigkeit verloren.«

»Und du?«, fragte er noch einmal. Er öffnete kurz die Augen, schloss sie aber sofort wieder, weil ihm das Licht zu grell war. Seine Nase fühlte sich trocken und staubig an. Draußen auf dem Hof waren murmelnde Stimmen zu hören, die mal lauter und mal leiser wurden.

»Ich habe Kopfschmerzen und fühle mich, als wäre ich von einer Horde Pferde niedergetrampelt worden.« Ayrlyn hob den Becher und trank, dann reichte sie ihn an Nylan weiter. »Entschuldige, aber ich möchte jetzt nicht aufstehen und noch einen Becher holen.«

Der Schmied verstand. Er trank einen langen Schluck, ließ einen Rest Wasser im Becher und gab ihn Ayrlyn zurück.

Es klopfte leise an der Tür.

Ayrlyn und Nylan wechselten einen Blick. Er wollte die Füße auf den Boden setzen, aber der Raum schien sofort wegzukippen, als er es versuchte.

»Ich kann inzwischen wieder einigermaßen auf den Beinen bleiben.« Ayrlyn gab ihm den Becher, stellte ihre Füße vorsichtig auf den Steinboden und ging langsam zur Tür, wobei sie behutsam einen Fuß vor den anderen setzte.

»Nicht sehr sicher …«, murmelte der Schmied. Aber Ayrlyn schien sich nach einer Heilung mithilfe jener Ordnungs-Felder, die ganz Candar durchdrangen, rascher zu erholen. Jedenfalls rascher als er.

»Ja?«, fragte Ayrlyn, bevor sie die Tür öffnete.

Zeldyan glitt herein; das Haarband aus Malachit und Silber war wieder an seiner gewohnten Stelle. Nur die

Ringe unter den Augen störten den makellosen Eindruck ein wenig. Sie begrüßte Nylan mit einem Nicken, dann wandte sie sich an Ayrlyn, die sich auf einen Stuhl gesetzt hatte.

»Noch nie hat bisher jemand ein Kind vom Chaos-Fieber geheilt. Ihr seid Engel.« Die Augen der Regentin waren klar und hell. »Das Leben schafft immer einen Ausgleich. Ihr habt mir meinen Gefährten genommen und meinen Sohn gerettet.«

»Wir hätten Euch Euren Gefährten lieber nicht genommen ...«, keuchte Nylan. Er unterdrückte ein Husten und versuchte, die Kopfschmerzen zu ignorieren, die sich anfühlten, als würde ihm mit einer Streitaxt der Schädel gespalten.

»Nein, Magier, das weiß ich. Er wusste es auch. Er wurde gezwungen ... er wurde zu dieser Schlacht regelrecht gezwungen. Hätte er länger geherrscht, dann hätte er sie vielleicht vermeiden können.« Zeldyan lächelte traurig. »Würden die Dinge anders stehen ... ich gebe die Hoffnung nicht auf, aber man kann wohl nichts ändern. Dieses Mal wart Ihr zur Stelle. Nesslek geht es schon besser, er trinkt bereits wieder.« Sie hielt inne. »Dies hat Euch beiden all Eure Kräfte abverlangt, wie ich sehe?«

»So kann man es sagen«, gab Nylan zu.

»Ich will Euch nicht weiter behelligen, sondern Euch nur danken.« Sie wandte sich an Ayrlyn. »Eines Tages wird Euch ganz Lornth dankbar sein.«

»Wir sind froh, dass es Nesslek besser geht«, antwortete Ayrlyn.

Nylan nickte zustimmend.

»Ich auch. Wir sind alle froh.« Mit strahlendem Lächeln nickte die Regentin, öffnete die Tür und ging hinaus.

»Das ist schwer zu glauben.« Als die Tür geschlossen wurde, atmete Ayrlyn, die auf dem Stuhl sitzen geblieben war, tief durch.

Zitterten ihre Beine? Hatte sie einfach nur mehr Willenskraft gehabt? Nylan schämte sich beinahe. Ayrlyn musste es so schlecht gehen wie ihm selbst, wenn nicht noch schlechter. Sie hatten sich beide völlig verausgabt.

»Was denn? Dass es ihm besser geht oder dass es für uns so anstrengend war?«, fragte Nylan.

»Beides.«

»Ich habe es bei Ellysia genauso entschlossen versucht, aber es hat nicht funktioniert. Dieses Mal warst du dabei und wir hatten Erfolg.« Er schloss einen Augenblick die Augen, doch es nützte nicht viel. Das Pochen im Kopf wollte nicht aufhören. Er öffnete die Augen wieder.

Ayrlyn runzelte die Stirn. »Ich würde ja gern glauben, dass dies der Unterschied war, aber das stimmt nicht. Du hast den Strom der Ordnung irgendwie anders geleitet.«

»Wie denn?«

»Es war, als würdest du es nicht mehr erzwingen ... als würdest du nicht gegen etwas kämpfen ...« Ayrlyn lachte leise. »Du hast etwas über Bäume gesagt.«

Die Bilder der Bäume ... wie hatten sie ihm helfen können? Er konnte sich vage an das Gefühl erinnern. »Ich glaube, ich habe nicht so sehr versucht, das Chaos zu vertreiben, sondern die Ordnung darum zu legen und es einzuhüllen.«

»Es hat sich anders angefühlt«, wiederholte Ayrlyn.

War das der Unterschied gewesen? Er rieb sich die Stirn. »Ich fühle mich, als hätte mich ein Wagen überrollt ...«

»Trink noch etwas Wasser, du brauchst die Flüssigkeit.«

»Wie mitfühlend du bist.«

»Heiler helfen dem, der sich selbst hilft.« Ayrlyn lächelte spitzbübisch. »Mir tut auch alles weh.« Sie stand langsam auf, holte den Wasserkrug und kam schlurfend zum Bett.

Etwas Wasser spritzte auf Nylans Hände, als sie den Becher auffüllte, aber er war klug genug, den Mund zu halten und dankbar zu trinken.

Dennoch … er machte sich Gedanken über die Bäume und das Einbinden des Chaos. Er schauderte, als er trank, und hätte sich fast verschluckt.

»Vorsichtig …«

Musste er wirklich bei allen Dingen vorsichtig sein? Bei jeder Kleinigkeit?

»Wahrscheinlich«, sagte Ayrlyn.

Er unterdrückte ein Seufzen und trank noch etwas Wasser. Vorsichtig.

LI

»So treffen wir uns wieder.« Fornal sah sich im Turmzimmer um, schritt unruhig vom Tisch zum offenen Fenster und wieder zurück. »Haben wir neue Informationen bekommen? Ich muss bald aufbrechen, wenn wir Truppen aufstellen und die Weißen aufhalten wollen.«

»Es besteht durchaus die Möglichkeit, dass die Cyadoraner das Bergwerk einnehmen, bevor du dort ankommst«, sagte Gethen bedächtig, während seine Finger mit dem Pokal spielten, der vor ihm auf dem Tisch stand.

»Und trotzdem hast du mich gebeten, nichts zu überstürzen? Darf ich fragen, was du dir dabei gedacht hast?« Fornals ruhig gesprochene Worte konnten nicht darüber hinwegtäuschen, dass seine Augen zornig funkelten.

Zeldyan sah Nesslek an, verlagerte ihn ein wenig in ihren Armen und wiegte ihn besitzergreifend.

»Zeldyan hatte große Sorgen«, erwiderte Gethen gelassen. »Außerdem würdest du einen sinnlosen Tod sterben, wenn du übereilt zum Bergwerk ziehen würdest.«

»Glaubst du, die Kräfte der Weißen Dämonen werden so übermächtig sein?«, fragte Fornal.

»Wärst du vor den Cyadoranern am Bergwerk, dann wärst du als Regent verpflichtet, Lornth bis zum letzten Mann zu verteidigen. Die Grundbesitzer und deine Ehre würden dir jeden anderen Ausweg verbieten. Wir haben nicht genug Streitkräfte, um einem massierten Angriff der Weißen zu widerstehen.« Gethen lächelte ironisch. »Doch wenn es darum geht, das Bergwerk zurückzuerobern, kannst du strategisch planen, wie du willst, solange du nur Weiße tötest und daran arbeitest, unser Land zurückzugewinnen.«

»Werden die Grundbesitzer mein Zögern als Angst oder Klugheit einschätzen?«, fragte Fornal mit geschürzten Lippen.

»Niemand kann von dir erwarten, dass du in die Schlacht ziehst, ohne ein möglichst großes Heer aufgestellt zu haben.« Gethen deutete zum Fenster. »Nicht einmal die Grundbesitzer, die so sehr auf die Ehre schauen. Und du giltst doch zweifellos als ehrenhafter Mann, der stets den Stier bei den Hörnern packt.«

Fornal lachte. »Findest du, ich bin zu hitzköpfig, Vater?«

»Oftmals ist ein direktes Vorgehen lobenswert. Manchmal führt es aber geradewegs in den Untergang. Weise ist es zu erkennen, wann man energisch vorgeht und wann nicht.« Gethen lächelte schief. »Und manchmal lassen die Umstände ein weises Vorgehen nicht zu. Im Augenblick haben wir jedoch die Möglichkeit, weise zu handeln.«

»Du meinst, diesen Luxus können wir nicht immer genießen?« Fornal schritt wieder zum Fenster.

»Sillek konnte es nicht«, erwiderte Zeldyan unwirsch.

»Es kann sein, dass auch wir diese Möglichkeit bald nicht mehr haben, Schwester.« Fornal hielt inne und sah Gethen an. »Wie sollten wir deiner Ansicht nach diesen … diesen Luxus am besten nutzen?«

»Ich würde vorschlagen, dass du in Kula eine Garnison einrichtest. Die Weißen Dämonen werden nicht ihre ganzen Streitkräfte dazu abstellen, das Bergwerk zu sichern, sondern sie werden versuchen, das Land zu überfallen und zu brandschatzen. Du könntest deine Männer geschickt einsetzen, um bei jedem Überfall die Zahl der Feinde zu dezimieren. Du könntest so weitermachen, bis du eines Tages das Bergwerk zurückeroberst.« Gethen hob eine Hand. »Ich habe mit den Engeln gesprochen. Sie werden dich begleiten. Setze sie so wirkungsvoll wie möglich ein. Sie brüsten sich mit ihrem Können als Ausbilder – gib ihnen also die schwächsten Kämpfer und sieh zu, was sie erreichen können. Und sorge dafür, dass es immer Situationen sind, in denen ein Fehlschlag dir nicht schaden kann.«

»Ich bin ein einfacher Mann und kann keine schönen Worte machen, um die Dinge so darzulegen, wie ich sie sehen will. Ich kann den Leuten nicht einreden, Weiß wäre Schwarz oder umgekehrt. Ich misstraue den Engeln und dem, was sie angeblich darstellen, aber ich kann den Grund dafür nicht erklären. Ich weiß nur, wie ich empfinde.« Fornal drehte sich zum Turmfenster um. »Aber ihre Schwerter sind scharf und sie können Weiße Dämonen töten.« Er kratzte sich am Bart. »Dennoch fürchte ich, es wird nichts Gutes dabei herauskommen, wenn wir die Engel mit den Bewaffneten zusammenbringen.«

»Du musst sie nicht zusammenbringen«, widersprach Gethen. »Du gibst ihnen einfach die gefährlichsten Aufgaben.«

»Und was wird aus ihrem Kind?«, fragte Zeldyan.

»Sie werden ihr Kind mitnehmen«, antwortete Gethen.

»Ich hätte ihnen angeboten, auf das Kind Acht zu geben«, antwortete die blonde Regentin.

»Ser Nylan hat darum gebeten, in einer unserer Schmieden ein Sitzgestell für den Jungen bauen zu dürfen, das hinter den Sattel passt.«

»Und?«, fragte Fornal mit amüsiertem Lächeln.

»Ich habe Husta gebeten, ihm alles zu geben, was er braucht, damit wir erfahren, wie gut er als Schmied ist und was er wirklich leisten kann.«

»Manchmal, mein Vater, bist du listig wie eine Schlange, manchmal aber … manchmal verstehe ich dich nicht. Wie könnten die Engel irgendetwas ausrichten, wenn sie ihr Kind mitnehmen?«

»Ich dachte, sie werden vor allem ihre Schwerter mitnehmen, um dich zu unterstützen. Wie du schon gesagt hast, sind ihre Klingen scharf und tödlich. Secoras Tochter Sylenia wird als Kindermädchen mitfahren. Sie hat außerdem eine gewisse Erfahrung darin, verletzte Kämpfer zu versorgen.«

»Das wäre sicherlich eine Hilfe«, sagte Zeldyan lächelnd.

»Ich nehme an, die Bewaffneten würden es begrüßen, wenn einige Heiler dabei sind, zumal sie weit von Lornth entfernt sein werden.« Fornal nickte. »Aber wird das Kindermädchen auch sicher sein? Wir haben nicht viele Bewaffnete.«

»Ihr habt Köche und Fuhrleute dabei. Glaubst du wirklich, deine Bewaffneten werden das Kindermädchen oder einen Engel anrühren – oder es überleben, falls sie es tun?«, fragte Gethen.

»Und die Engel werden entschlossener kämpfen, wenn ihr Kind bei ihnen ist. Denn was wird aus dem Kind, wenn sie überrannt werden? Sieh dir nur an, wie entschlossen deine Schwester ist, wenn es darum geht, Nesslek zu schützen.«

Fornals Lächeln wurde breiter, dann verschwand es.

»Sie werden sich in einem Achttag in Rohrn mit dir treffen. Sie sind erschöpft, nachdem sie Nesslek gerettet haben, und der Schmied konnte noch nicht mit der Arbeit am Schmiedefeuer beginnen.«

»Glaubst du, diese Art der Heilung war nötig? Ich wünsche Nesslek nichts Schlechtes, aber woher wissen wir …«

»Fornal«, unterbrach Zeldyan ihn, »kennst du ein Kind, das einen Anfall von Chaos-Fieber überlebt hat?«

»Vielleicht war es etwas anderes.« Der Mann mit dem schwarzen Bart bemühte sich sichtlich, die richtigen Worte zu finden. »Wie ich schon sagte, ich wünsche Nesslek nichts Schlechtes, aber nach all der Zerstörung, die von den Engeln angerichtet wurde, musst du mir schon verzeihen, wenn ich ihnen gegenüber misstrauisch bin.«

»Es war das Chaos-Fieber«, erwiderte Zeldyan mit blitzenden Augen.

»Dann hatten wir großes Glück und können der Dunkelheit danken, dass dein Kind geheilt wurde«, gab Fornal gewandt zurück. »Aber ich warne trotzdem davor, jemandem zu vertrauen, von dem wir so wenig wissen.«

»Wir werden sehen.«

»Ja, wir werden sehen, Schwester, und ich hoffe wirklich, dass dein Gefühl dich auch dieses Mal nicht trügt. Bitte verzeih mir, dass ich so vorsichtig bin, aber wenn man ein Schwert im Rücken hat, ist es zu spät, und die Engel haben in der Vergangenheit keine große Liebe für Lornth an den Tag gelegt.«

»Dann achte darauf, dass sie immer vor dir reiten«, sagte Gethen.

»Das werde ich, mein Vater. Das werde ich.« Fornal zuckte mit den Achseln. »Und ich bete, dass ihre Klingen viele Weiße Dämonen niederstrecken werden.«

»Ich gebe den Engeln unsere Kämpfer hier aus dem

Bergfried mit«, sagte Gethen. »Wir wissen ja, dass sie Krieger sind. Jetzt wollen wir sehen, ob sie auch fähig sind, die Schlechtesten unserer Truppe zu unterweisen.« Gethen lächelte. »Du hast dabei nichts zu verlieren.«

»Höchstens Zeit und Männer.«

»Und selbst dabei wirst du noch gewinnen.« Gethen schüttelte den Kopf. »Denn wenn sie Erfolg haben, kannst du für dich in Anspruch nehmen, ihnen die Gelegenheit gegeben zu haben, neue Techniken bei einer kleinen Gruppe zu erproben. Wenn sie aber keinen Erfolg haben, kannst du darauf hinweisen, dass du ihnen jede Möglichkeit gegeben und dennoch dafür gesorgt hast, dass sie möglichst wenige Bewaffnete in Gefahr gebracht haben.«

Fornal lächelte breit. »So sollte es gehen. Ich werde so oder so als großzügiger Mann dastehen. Ich kann sogar sagen, dass sie zwei Chancen bekommen haben, das wird das Gerede der Soldaten ein wenig zum Verstummen bringen.« Das Lächeln verschwand wieder. »Aber was wir bisher erfahren haben, macht mir Sorgen.« Fornal sah die beiden anderen Regenten an, dann hob er die Hände. »Sie sind Krieger, Heiler und Gelehrte … und sie ist Sängerin, er ist Schmied. Ist es nicht seltsam, dass zwei so wertvolle Helfer erscheinen, wenn wir sie brauchen?«

Gethen runzelte die Stirn. »Darüber habe ich auch schon nachgedacht. Sie haben Nesslek und das Bein meines Braunen geheilt. Die Heilerin mit dem roten Haar sagte, es würde noch ein oder zwei Tage dauern, bis er nicht mehr lahmt, aber Guisanek kam heute zu mir und sagte, das Tier sei völlig geheilt.« Gethen hielt inne. »Sie sind also auf jeden Fall Heiler und das wird für dich von Nutzen sein.«

»Hexerei … wie lange wird das anhalten?«, überlegte Fornal.

»Bisher war noch alles von Dauer, was sie getan haben«, sagte Zeldyan. »Alles.« Sie schauderte und sah Fornal mit tiefen grünen Augen an.

Nach einigen Momenten wich er ihrem Blick aus.

Gethen nickte fast unmerklich.

LII

Nachdem er Weryl bei Ayrlyn gut versorgt wusste, schlüpfte Nylan aus dem Zimmer. Froh darüber, dass die Kühle der Nacht sich bis in den Morgen gehalten hatte, ging er die Steintreppe hinunter in den Hof.

Er folgte dem Geräusch des Hammers in die nordwestliche Ecke der Festung, wo direkt an der Außenmauer ein niedriges viereckiges Gebäude neben einem kleinen offenen Tor stand. Das Tor wurde vermutlich gebraucht, um die Schmiede mit Kohle und Roheisen zu versorgen, überlegte er. Seltsam nur, dass dieser Eingang nicht bewacht wurde. War dies ein Anzeichen dafür, dass die Regenten allgemein geachtet und geliebt wurden, oder war es ein Zeichen für die schlechte Verfassung des Landes, was die Zahl der Bewaffneten und den Inhalt der Schatzkammer anging?

Der Schmied folgte den Hammerschlägen bis zu einer schiefen, ungestrichenen Schiebetür. Als er sie aufzog, sah er drinnen den Schmied und seinen Zuschläger bei der Arbeit. Nylan beobachtete den stämmigen Handwerker eine Weile. Mit Schultern so breit wie ein Weinfass und Armen so dick wie Ästen schwang der Schmied den schweren Hammer, als wäre er ein Spielzeug. Geschickt führte die riesige Faust den Hammer, während auf dem Ambosshorn ein Ring zusammengeschweißt wurde.

Der Geruch vom heißen Metall, von den Abkühlbecken und den Kohlen schlug Nylan entgegen. Er rieb sich sachte die Nase und sah weiter zu.

Abrupt legte der Schmied, der einen dunklen Bart trug, den Hammer beiseite und den Ring, wahrscheinlich ein Teil eines Zuggeschirrs, auf die Ziegel neben dem Schmiedefeuer. Dann nickte er dem Zuschläger zu, den Blasebalg zu betätigen. Unterdessen verließ er seinen Platz hinter dem Amboss und begrüßte Nylan.

»Ihr seid dann wohl der Engel?« Seine Stimme war für einen so schweren Mann überraschend hoch.

»So nennen mich alle hier«, sagte der Ingenieur. »Ich bin Nylan.«

»Man sagt, Ihr wärt ein Schmied. Ich heiße Husta. Die Regenten haben mich gebeten, Euch das Feuer und den Amboss zur Verfügung zu stellen.« Husta nickte und grinste amüsiert. »So etwas mag kein Schmied, aber sie waren immer gut zu mir.«

»Ich musste es ganz allein lernen«, erklärte Nylan. »Wahrscheinlich bin ich verglichen mit Euch auch kein sehr guter Schmied.«

»Was habt Ihr denn gearbeitet?«

Nylan sah sich um, dann zog er die Klinge aus der Scheide. »Ich musste vor allem Waffen machen.«

Husta streckte die große Hand aus, berührte die Klinge, untersuchte sie von nahem und schüttelte langsam den Kopf. »Es gibt wohl keine drei Leute in Candar, die so etwas schmieden könnten.« Er grinste. »Ihr habt die dunklen Kräfte und das Feuer benutzt, nicht wahr?«

Nylan nickte.

»Ein ehrlicher Magier. Einer, dem es nichts ausmacht, sich die Hände schmutzig zu machen.« Husta lachte. »Wollt Ihr hier Schwerter schmieden?«

»Nein. Es geht mir um eine Idee, von der ich Ser Gethen erzählt habe. Er sagte, er würde mit Euch reden.«

»Ja, das hat er getan.« Der stämmige Mann schüttelte den Kopf. »Ein guter Mann ist er und wir haben Glück, dass er zu den Regenten zählt. Natürlich wünschte ich, der arme Fürst Sillek hätte überlebt ... Es hieß, er wollte überhaupt nicht gegen die Engel kämpfen. Verzeihung, Ser Nylan. Aber diese bockbeinigen Grundbesitzer ... was haben die sich für Sorgen gemacht wegen dieser paar Frauen oben auf dem Berg. Ha, meine Cethany hätte ihnen geraten, sich lieber nicht mit den Frauen anzulegen. Frauen sind oft viel härter im Nehmen als Männer, auch wenn sie keine große Klinge und keinen Schmiedehammer schwingen können.« Unvermittelt nickte Husta und winkte Nylan zum Zuschläger, der am großen Blasebalg stand. »Corin, dies ist der Engelsschmied. Pumpe für ihn den Blasebalg, wie du es für mich tun würdest, solange er dir nichts anderes sagt.« Husta sah Nylan an. »Das ist doch recht so?«

»Es ist sehr freundlich von Euch, vielen Dank für die Hilfe.« Nylan zog sich das Hemd aus.

Husta deutete auf einen alten Lederschurz, der in einer Ecke hing. »Den könnt Ihr nehmen. Alt, aber er hält immer noch die Funken ab.«

»Vielen Dank.« Nylan hängte sein Hemd an den Haken, von dem er den Schurz genommen hatte.

»Wenn es Euch nichts ausmacht, Engel, würde ich Euch gern bei der Arbeit zusehen.«

»Aber selbstverständlich«, erwiderte Nylan freundlich. Natürlich war ihm klar, dass er auch dieses Mal mit großer Skepsis beobachtet werden sollte.

Husta grinste erfreut.

Nylan ging zur dunklen hinteren Ecke der Schmiede, wo das Rundeisen lag, dann untersuchte er den Behälter mit dem Schrott. Er stand einen Augenblick unschlüssig davor und überlegte, was er brauchen würde. Schließlich entschied er sich für ein Stück schmales Rundeisen. »Das hier könnte ich brauchen und vielleicht noch ein paar Bleche aus dem Abfall.«

»Regent Gethen bezahlt das Material. Solange Ihr

nichts verschwendet, spielt es keine Rolle.« Husta lachte mit seiner hohen Stimme.

Der silberhaarige Schmied nickte und deutete auf den Hammer. »Darf ich den nehmen oder ist Euch ein anderer lieber?«

»Nehmt ihn nur und danke, dass Ihr gefragt habt.«

Nylan nickte und wog den Hammer in der Hand. Er war ein wenig schwerer als derjenige, den er auf dem Dach der Welt benutzt hatte. Er legte ihn zur Seite, brachte das Stabeisen zum Amboss und suchte sich eine Zange. Er sah Husta fragend an.

Der große Schmied nickte und Nylan nahm die Zange, um das vordere Ende des Eisens ins Feuer zu schieben.

Als es im Schmiedefeuer lag, heizte es sich, verglichen mit den Schwertern und den modernen Legierungen, die er verwendet hatte, sehr schnell auf. Er legte das kirschrote Stück Eisen mit der Zange auf den großen Amboss und walzte es mit festen Hammerschlägen zu den dünnen Bändern aus, die er brauchen würde. Er folgte dabei mit den Sinnen der Körnung des Metalls, achtete auf die kleinen Strömungen und die unsichtbaren weißen Flecken, die Unreinheiten und Schwachstellen verrieten. Verglichen mit dem, was Nylan auf dem Dach der Welt verarbeitet hatte, war das Eisen des Schmieds sehr weich.

»Siehst du ...«, erklärte Husta seinem Zuschläger. »Jetzt hat er die Blase herausgedrückt. Du musst lernen, das Metall zu behandeln wie eine Geliebte, du musst genau wissen, wo die verborgenen harten Kanten und Fehler sind. Man kann es sehen, wenn man gut genug hinschaut.«

Nylan bekam beinahe Schuldgefühle, weil er nicht die Hälfte von dem sehen konnte, was er spürte. Husta hatte offenbar gelernt, seine Augen viel besser als Nylan einzusetzen. Der Engelsschmied unterdrückte ein Achselzucken. Er musste eben nutzen, was ihm an Sinnen und

Fähigkeiten zur Verfügung stand, und er konnte froh sein, dass er sie hatte.

Nachdem er das Metall dreimal wieder erhitzt hatte, war der erste lange Streifen fertig.

Noch dreimal und der zweite war fertig, drei weitere Male und der dritte lag vor ihm.

Nylan wischte sich mit dem Unterarm die schweißnasse Stirn ab. Als er sah, wie kurz die Schatten waren, wurde ihm klar, dass es beinahe Mittagszeit war. Arbeitete er wirklich schon so lange?

»Wollt Ihr mit uns einen Happen essen?«, fragte Husta. »Es gibt Brot und Käse, etwas Bier und eine helle Wurst aus richtigem Fleisch, nicht aus Blut.«

»Das nehme ich gern an.« Nylan legte den Hammer beiseite und tupfte sich noch einmal die Stirn ab. Hier unten im wärmeren Tiefland lief ihm der Schweiß buchstäblich aus allen Poren und dabei war erst Frühling und noch nicht einmal Sommer.

»Hier drüben.«

Der große Mann schob eine lange Bank aus dem hinteren Teil der Schmiede nach vorn und stellte sie draußen in den Schatten. »Hier ist es kühler. Man kann sehen, dass Ihr an eine kältere Umgebung gewöhnt seid.«

»Auf dem Dach der Welt ist es erheblich frischer«, stimmte Nylan zu.

Husta schenkte eine helle Flüssigkeit in einen Becher aus Blech und dann in eine Holztasse. Die Tasse gab er Nylan. »Gutes Bier, hab's von Gherac für ein paar Rohre bekommen. Rohre sind verflucht schwer zu schmieden.«

Der Engelsschmied nickte. Er hatte nicht einmal versucht, Rohre zu machen, obwohl er annahm, dass er es wenn nötig tun könnte. Man musste dazu ein dünnes Blech um einen Stab oder eine Rolle schmiegen. Der schwierige Teil bestand dann darin, dafür zu sorgen, dass die Schweißnaht dicht war.

»Ihr arbeitet hart«, sagte der große Schmied. »Und Ihr

habt einen guten Rhythmus. Bei diesem Handwerk ist es wichtig, den richtigen Rhythmus zu haben.«

Nylan trank einen Schluck Bier, das überraschend kühl und bitter war. Rittlings setzte er sich aufs Ende der Bank, das offensichtlich für ihn reserviert war.

»Er schlägt hart zu«, bemerkte Corin, als wäre Nylan nicht anwesend. Der Zuschläger zog sich einen wackligen Hocker heran. »Ich hätte es nicht gedacht, aber er hat keine Pause gemacht.«

»Ein guter Schmied hört erst auf, wenn der richtige Augenblick gekommen ist. Übrigens sind viele Schmiede, die ich kenne, nicht besonders groß gewachsen, und sie sind oft die Besten. Mikersa würde Ser Nylan nicht einmal bis zur Schulter reichen. Es kommt mir zwar komisch vor, dass ein Schmied gleichzeitig auch ein Krieger sein soll, aber bisher hat ja auch noch niemand einen Engelsschmied zu Gesicht bekommen.« Husta nahm einen großen Schluck aus dem verbeulten Becher, dann schob er den Teller auf der Bank zu Nylan hinüber.

Der silberhaarige Mann brach sich ein Stück dunkles Brot ab und schnitt mit dem Messer ein paar Scheiben Wurst und Käse zurecht, sodass beinahe ein Sandwich entstand. Hungrig schlang er drei Bissen herunter und hätte beinahe gelacht. Er hatte ganz vergessen, wie viel Energie das Schmieden kostete, zumal er sich noch kaum von der Heilung des kleinen Nesslek erholt hatte.

»Er isst wie ein Schmied und nicht wie ein feiner Herr!«

»Aber sie reden ihn alle mit ›Ser‹ an«, erwiderte Corin.

Nylan schüttelte den Kopf. Wenn er seine frühere Position bei den Vereinigten Glaubenstruppen bedachte, stand er den Bewaffneten oder besser den Offizieren unter ihnen viel näher als den Fürsten von Lornth.

»Ihr seht so ernst aus, Ser Nylan«, sagte Husta.

»Ich habe nur nachgedacht«, gab Nylan zurück. »Ich war früher ... ich weiß nicht ... es gibt hier nichts, was man direkt damit vergleichen könnte. Ich war eine Art Anführer einer besonderen Einheit von Kämpfern. Aber ein Fürst war ich ganz sicher nicht.«

»Sie nennen ihn ›Ser‹«, fuhr Husta fort, »weil er ein guter Kämpfer und ein Magier ist. Huruc hat mir erzählt, dass er Fürst Fornals Schwert zweimal so schnell auf dem Boden eingeklemmt hatte, dass Fornal überhaupt nicht wusste, wie ihm geschah.«

»Ist das wahr?«, fragte Corin.

»Leider ja«, murmelte Nylan. Er biss vom Brot mit Wurst und Käse ab. Die Kopfschmerzen, die er bisher ignoriert hatte, ließen allmählich nach.

Corin sah Husta an.

»Es ist gefährlich, einen Fürsten zum Narren zu machen. Wenn man es nicht macht, wird man verletzt, wenn man es macht, vergisst er's nicht.«

Nylan nickte. Der große Schmied hatte völlig Recht damit.

Nachdem er zum Schmiedeofen zurückgekehrt war, musste Nylan die Streifen auf die passende Länge schneiden und den Rahmen zusammensetzen, indem er die Metallstreifen an den passenden Stellen zusammenpresste. Damit verbrachte er den größten Teil des Nachmittags, während Husta abwechselnd faulenzte, ihn beobachtete und mit ihm fachsimpelte.

Schließlich musste Nylan noch zwei Splinte machen und vier Löcher in die Bügel schlagen, die zur Befestigung dienen sollen. Für die Splinte brauchte er fast so lange wie für die Bügel, einen musste er sogar wieder aus dem Abkühltank fischen, weil er ihm aus der Zange gerutscht war.

Als die Sonne nur noch knapp über der Mauer stand, war ein frei tragender, fest verschweißter Rahmen entstanden, der nur noch mit Leder oder Stoff oder beidem bezogen werden musste. Mit Nieten wäre es schneller gegangen, aber er hatte keine entdeckt, und um sie herzustellen, hätte er ein weiteres Stück Rundeisen gebraucht. Außerdem war er nicht gerade erpicht darauf, so kleine Teile herzustellen.

»Gute Arbeit«, bemerkte Husta. »Sieht prima aus, aber ich kann mir nicht vorstellen, wozu es gut sein soll.«

»Wenn es mit Leder oder Stoff bedeckt ist, kann man es an einem dieser Sättel mit hohem Rückenteil befestigen.« Nylan deutete es mit den Händen an. »So kann man ein Kind transportieren, das noch zu klein ist, um selbst zu reiten, aber zu groß, um es am Körper zu tragen.«

»Ich wüsste nicht, wer außer Euch und der Regentin so etwas haben wollte. Man sagt ja, dass sie ihren Sohn kaum aus den Augen lässt, und sie reitet gern. Die meisten Leute würden wohl eher einen Wagen oder eine Kutsche nehmen.«

»Mit dem Wagen kann man manche Gegenden nicht erreichen«, erklärte Nylan.

»Die fahren überall hin, wo ich hin will«, lachte der große Mann. »Die Leute, die reiten, kommen doch nur an bösen Orten heraus.«

So hatte Nylan es sich noch gar nicht überlegt, aber wahrscheinlich hatte Husta sogar Recht damit, dass man beim Reiten oftmals an Orte gelangte, die man besser gemieden hätte.

LIII

Die schmale junge Frau mit dem länglichen Gesicht starrte die rosafarbenen Steine auf dem Boden an. »Fürst Gethen sagte, Ihr braucht ein Kindermädchen für Euren Sohn. Er und ich, wir sind ja gut miteinander ausgekommen, als Ihr krank wart.« Eine heiße Bö fegte zum offenen Fenster herein und ließ ihr schulterlanges schwarzes Haar wehen. Eine Strähne fiel ihr über das linke Auge, aber sie machte keine Anstalten, die Haare wegzustreichen.

»Richtig«, bestätigte Nylan. »Du warst gut zu ihm und das weiß ich zu schätzen. Wir suchen jemanden, der mit uns reitet und auf Weryl Acht gibt. Es wird nicht leicht werden, nicht so einfach wie hier.« Nylan hielt inne und überlegte. »Kannst du reiten?«

»Ja, Ser. Mein Vater arbeitet für Edicat. Sie haben mich reiten lassen, als ich noch ein kleines Mädchen war.«

Der Ingenieur nahm an, dass Sylenia noch nicht sehr lange als erwachsene Frau galt, auch wenn manche Frauen ihr Leben lang mädchenhaft aussahen. Er holte Weryl von der mit Messing beschlagenen Truhe weg, wo der Junge auf wackligen Beinen gestanden und sich mit einer Hand am Messinggriff festgehalten hatte.

Nylan brachte seinen Sohn zu der jungen Frau. »Möchtest du, dass Sylenia auf dich aufpasst?«

Sylenia hob den Blick und sah den silberhaarigen Jungen lächelnd an. »Ein hübsches Kind.«

»Hast du nicht einmal ein Kind verloren? Acora?«, fragte Ayrlyn.

Sylenia nickte und erklärte mit leiser Stimme: »Mein Mädchen. Mein einziges Kind.«

»Bist du sicher, dass du diese Aufgabe übernehmen willst?«, fragte Nylan. »Es ist ein langer Ritt bis Clynya und zu der Kupfermine.«

»Ich stehe Euch zur Verfügung, Ser.« Das zierliche Mädchen schauderte leicht.

»Sylenia«, fügte Ayrlyn leise hinzu, »du stehst unter unserem Schutz.« Und trocken fuhr sie fort: »So viel unser Schutz eben nützt.«

»Fürst Gethen … er sagte, keiner der Soldaten …«

»Kein Einziger«, versprach Nylan ihr.

»Er sagte, Ihr wärt beide mächtige Krieger … und Ihr wolltet Euer Kind nicht hier lassen.«

»Das ist wahr.«

Sylenia sah ernst zu Weryl.

»… aahh-raa …«, gurgelte Weryl lächelnd. Er deutete mit seiner pummeligen Faust in Richtung der dunkelhaarige Frau. »Aaaah …«

Nylan trat einen Schritt näher zu Sylenia und Weryl berührte ihre Wange und erforschte das Gesicht mit einer Sanftheit, die den Vater verblüffte.

»Ich würde gern auf ihn aufpassen … wie auf mein eigenes Kind«, sagte die dunkelhaarige Frau, indem sie Weryls Finger ergriff. »Darf ich?«

»Aaaah … daaa …«, mischte Weryl sich ein. Er strampelte in Nylans Armen.

»Aber natürlich«, erwiderte Ayrlyn.

»Dann will ich so bald wie möglich damit beginnen«, sagte Sylenia mit fester Stimme.

»Gut, das wäre also geklärt«, gab Nylan zurück. »Wir brechen erst in ein paar Tagen auf, aber es ist natürlich sinnvoll, wenn wir jetzt schon dafür sorgen, dass du etwas Zeit mit Nylan verbringen und sehen kannst, wie wir gewisse Dinge regeln.«

»Wie Ihr wünscht.« Sie neigte höflich den Kopf.

Als Sylenia gegangen war, schloss Nylan hinter ihr die Tür und setzte Weryl wieder an der Truhe ab. Sofort packte der Junge den Messinggriff und zog sich hoch. »Daaa-daa.«

»Ja, jetzt stehst du und es wird nicht mehr lange dauern, bis du überall herumrennst.« Er schüttelte langsam den Kopf und wandte sich wieder zum Fenster um. Irgendwo da draußen im Südwesten lagen Clynya und die Kupfermine. Und dort warteten auch die Weißen Truppen und Cyador.

»Sie ist wirklich ein reizendes Mädchen«, sagte Ayrlyn, »und sie liebt Kinder.«

»Man hat ihr befohlen, für Weryl als Kindermädchen zur Verfügung zu stehen«, sagte Nylan nach kurzem Nachdenken.

»Offensichtlich.«

»Meinst du, es waren Zeldyan und Gethen?«

»Das nehme ich doch an.« Ayrlyn zuckte mit den Achseln. »Sie sind über Fornal nicht sehr glücklich.«

»Und sie können nichts dagegen tun?« Nylan tupfte sich die Stirn ab. Er schwitzte jetzt schon die ganze Zeit, kippte Unmengen Wasser in sich hinein und fühlte sich meist ziemlich elend – und die Leute sagten ihm, der Sommer hätte noch nicht einmal richtig begonnen. Er konnte es kaum erwarten.

»Wie denn? Zeldyan ist eine Frau und in dieser Kultur gelten Frauen nicht als geeignete Anführerinnen. Sie ist nur Regentin, weil sie Nessleks Mutter ist und weil ihre Familie mächtig ist. Falls Nesslek etwas zustößt, wäre nach allem, was ich mir zusammenreimen konnte, Gethen der Kandidat für den Posten des Herrschers, aber da Nesslek sein Enkel ist, geht ein Teil der Macht auf die Mutter über. Aber … Fornal wäre der Erbe, falls Nesslek stirbt, und dies bedeutet, dass jede Bemühung von Zeldyan und Gethen, Fornal aus dem Rat zu bekommen, mit großer Skepsis aufgenommen werden würde. Außerdem können sie ihn besser im Auge behalten, wenn er ein Mitregent ist …«

»Und an dieser Stelle kommen wir ins Spiel?«, fragte Nylan. »Wir sollen dafür sorgen, dass er nicht in Schwierigkeiten gerät?«

»So stelle ich es mir vor.«

»Warum muss es eigentlich immer so kompliziert sein?«

»Das einzig Einfache ist der Tod, aber der ist für die Lebenden normalerweise kein gesunder Zustand.«

Nylan lächelte müde. »Du machst mir richtig Mut. Es freut mich, wenn wir zusammen so viel Spaß haben.«

»Amüsierst du dich nicht?«, grinste sie ihn an.

»Daaa!«, sagte Weryl. In diesem Augenblick sah er Istril sehr ähnlich. Nylan schluckte. War das die richtige Art, ihren Sohn zu beschützen? Indem er ihn mitten in die Gefahr führte? Aber wer sonst sollte auf ihn Acht geben?

Ayrlyn nickte, Nylan zuckte mit den Achseln.

LIV

Gethen stand auf, als Nylan und Ayrlyn sich dem Tisch im kleinen Speisesaal näherten. Zeldyan, die auch bei dieser Gelegenheit ein geschmackvolles grünes und graues Kleid trug, begrüßte sie lächelnd.

Auf Gethens Geste hin nahm Ayrlyn gegenüber von Zeldyan am runden, mit hellgrünem Leinentuch gedeckten Tisch ihren Platz ein, dann setzte Nylan sich Gethen gegenüber und links neben Ayrlyn.

Zwei Kerzenleuchter mit je zwei Armen spendeten das Licht und zum Glück war der kleine Kamin kalt. Die hohen Fenster waren geöffnet, ein leichter Wind wehte herein.

Nylan hoffte, Weryl und Sylenia würden gut miteinander auskommen. Er war dankbar für eine der wenigen Gelegenheiten, da weder er noch Ayrlyn sich um seinen Sohn kümmern mussten. Er atmete langsam durch, als er sich auf den Stuhl mit hoher, gerader Lehne sinken ließ.

»Der Wein gehört zu den besten meines Vaters«, erklärte Zeldyan munter. »Dort im braunen Krug.«

Nylan nahm die Einladung an und schenkte sich und Ayrlyn Wein ein. Er musste sich ein wenig vorbeugen, um Ayrlyns Kelch zu erreichen.

»Er ist wirklich sehr gut«, sagte die rothaarige Heilerin nach dem ersten Schluck.

»Vielen Dank«, antwortete der ältere Regent.

»Ausgezeichnet«, stimmte Nylan zu.

Zwei Dienstmädchen kamen mit großzügig gefüllten Schüsseln. Nylan konnte die Gewürze schon riechen, bevor die Speisen auf dem Tisch standen.

»Curry in Winterminze«, erklärte Zeldyan lächelnd. »Heute Abend gibt es aber keine Quilla.« Sie warf einen Blick zu ihrem Vater. »Beim nächsten Mal wieder.«

Der grauhaarige Gethen erwiderte das Lächeln.

Ein Dienstmädchen kehrte mit einem Korb warmer Brotlaibe zurück, was Nylans Verdacht bestärkte, dass das Essen ausgesprochen scharf geraten war.

»Ihr wollt also morgen aufbrechen«, sagte Gethen gesprächshalber. »Ein langer Ritt wird es, fast so weit wie bis Rulyarth.«

»Die Hafenstadt?«

»So könnte man es nennen«, erwiderte Gethen lachend.

»Vater, du bist viel zu bescheiden.« Zeldyan wandte sich an Nylan. »Mein Vater hat praktisch den ganzen Hafen neu aufgebaut und die Stadt dazu. Ohne die Steuern der Händler dort könnten wir nicht überleben. Die Suthyaner sind neidisch.« Sie zuckte mit den Achseln. »Aber sie haben den Hafen vernachlässigt, als er noch in ihrem Besitz war, und Armat den Vorzug gegeben. Jetzt wünschen sie, sie hätten es nicht getan.«

»Fürst Sillek ... hat er den Hafen erobert?«, fragte Ayrlyn.

»Ihm blieb kaum etwas anderes übrig. Lornth wurde von allen Seiten bedrängt. Ildyrom – der Herrscher von Jerans und dem Weideland im Westen – hatte direkt jenseits des Flusses in der Nähe von Clynya eine Festung errichtet. Die Händler haben uns ausgepresst, weil sie die Häfen kontrollierten und ...« Zeldyan lächelte verlegen. »Aber das ist Geschichte.«

»Zeldyan spricht die Wahrheit«, bestätigte Gethen. »Fürst Sillek brauchte Sicherheit und Geld. Er vertrieb die Jeraner aus dem Weideland westlich von Clynya und konnte Rulyarth einnehmen. Er hatte gehofft, die Steuern aus Rulyarth und die Ausweitung des Handels würden Lornth stärken.« Gethen hielt inne und trank einen Schluck Wein. »So kam es auch, nur dass die älteren Grundbesitzerfamilien darauf bestanden, dass er Westwind angreifen müsse, noch bevor Lornth stark genug dafür war. Karthanos aus Gallos und Ildyrom haben Tausende Goldstücke geschickt, um den Feldzug gegen Westwind zu unterstützen, und dafür gesorgt, dass die Grundbesitzer es erfuhren.«

»Das klingt, als hätten sie Fürst Sillek gezwungen, sich zu übernehmen«, sagte Nylan.

»Alle wollten doch nur, dass er sich ehrenhaft verhielt.« Zeldyans Stimme klang zuckersüß.

Gethen räusperte sich.

»Es tut uns Leid ...«, begann Ayrlyn. »Es muss schmerzlich für Euch sein ...«

Nylan erinnerte sich an seine Spekulationen über Sillek – dass der Mann zu anständig für diese Welt gewesen und in eine hoffnungslose Lage hinein manövriert worden sei. Es schien so, als wären diese Spekulationen der Wahrheit näher gekommen, als er selbst vermutet hätte. War es denn ein sicheres Rezept für tragisches Scheitern, wenn einer, der ein Land regieren sollte, gutmütig, anständig und gerecht war? Ryba hätte es vermutlich so gesehen.

»Wir können die Vergangenheit nicht ungeschehen machen«, gab Zeldyan zurück. »So schmerzlich sie auch sein mag.«

»Die Frage ist, was die Zukunft bringen wird«, fügte Gethen dem hinzu.

»Wisst Ihr, wo die Cyadoraner stehen?«, wollte Nylan wissen. Er hob seinen Weinkelch.

»Die Weißen Dämonen haben das Bergwerk erobert«, erklärte Gethen. »Genau wie ich es angenommen habe. Wir haben gestern eine Nachricht von Fornal aus Rohrn bekommen. Er schreibt, er sei sehr besorgt. Sie haben die Grashügel durchquert und mehr Lanzenkämpfer und Fußsoldaten mitgebracht, als man seit Generationen in Lornth gesehen hat.«

»Ich glaube, in dem Fall würde ich mir auch Sorgen machen«, antwortete Nylan. »Haben sie ihre pferdelosen Wagen oder etwas Ähnliches mitgebracht?«

»Nein. Jedenfalls haben unsere Späher nichts dergleichen berichtet.« Zeldyan schöpfte sich etwas Rahmcurry, in dem Fleischbrocken schwammen, auf den Teller, ehe sie die Schüssel an Nylan weitergab. Dann brach sie sich einen Brotkanten ab und reichte auch das Brot weiter.

Nylans Augen tränten allein schon vom Geruch des scharfen Gerichts, als er seinen Teller füllte.

»Wie findet Ihr Sylenia?«, fragte der ältere Regent.

»Sie scheint sehr liebevoll zu sein«, antwortete Nylan. »Sie kommt gut mit Weryl zurecht.«

»Und Ihr wollt nicht in Erwägung ziehen, ihn in meiner Obhut zu lassen?«, fragte Zeldyan. »Ich würde ihn behandeln wie mein eigenes Kind.«

»Ihr seid sehr freundlich«, erwiderte Nylan, »aber wer weiß, wie lange wir unterwegs sein werden und wohin es uns verschlägt?«

»Ich verstehe.« Zeldyan nickte. »Es würde mir auch nicht gefallen, Nesslek allein zu lassen. Ich bin froh, nicht in Eurer Haut zu stecken.« Sie wandte sich an Ayrlyn. »Habt Ihr eine Vorstellung, wie Ihr uns helfen könnt, die Weißen Dämonen zu vertreiben?«

»Nun«, antwortete die rothaarige Heilerin mit leisem Lachen, »da sie wohl nicht freiwillig gehen wollen, müssen wir einen Weg finden, ihnen das Leben möglichst schwer zu machen. Das bedeutet gewöhnlich, dass man eine bessere Art des Abschlachtens findet als sie. Ich kann nicht sagen, dass ich mich darauf freue.«

»Für Leute, die im Ruf stehen, äußerst kriegerisch zu sein, habt Ihr aber eine ausgeprägte Abneigung gegen das Töten.«

»Die meisten Menschen reagieren nur auf Gewalt«, erklärte Nylan. »So ist es leider und ich wäre ein Narr, wenn ich das nicht wahrhaben wollte. Aber ich muss es deshalb nicht mögen.«

»Das macht Euch so gefährlich.« Gethen schüttelte den Kopf. »Und deshalb wäre Sillek ein großer Herrscher geworden.«

Zeldyan lächelte leicht.

»Vielleicht war er es sogar schon«, meinte Ayrlyn. »Die meisten großen Herrscher sterben, bevor ihre wahre Größe erkannt wird, oder sie werden zu Lebzeiten gehasst, weil sie etwas verändern wollen.«

Ein unbehagliches Schweigen senkte sich über den Tisch.

»Wie erfolgreich war eigentlich Fornal beim Ausheben neuer Bewaffneter?«, fragte Nylan unvermittelt. Er brach sich noch ein Stück Brot ab und unterdrückte den Impuls, sich die feuchte Stirn abzuwischen.

»Er wird vierhundert frische Rekruten bekommen, ein Viertel davon erfahrene Kämpfer.«

»Und wie viele Cyadoraner sind jetzt unterwegs?«, fragte Nylan.

»Wir wissen es nicht genau, aber schätzungsweise die fünffache bis zehnfache Überzahl.« Der grauhaarige Regent lächelte grimmig. »Deshalb haben wir gehofft, Ihr könntet uns helfen.«

Nylan nickte. Gethen wollte im Grunde keine Hilfe, sondern hoffte auf einen göttlichen Eingriff, aber Nylan hatte nicht die geringste Vorstellung, wie man so etwas bewerkstelligen konnte. Nur, dass er und Ayrlyn sich etwas einfallen lassen mussten.

Er sah nach rechts. Ayrlyn nickte leicht.

»Das könnte ein interessantes Jahr werden«, sagte sie leise.

Gethen und Zeldyan wechselten einen Blick, Zeldyan hob den braunen Krug. »Möchtet Ihr noch etwas Wein?«

»Ein wenig nur«, sagte Nylan.

»Ja, gern«, meinte Ayrlyn.

Der Schmied trank einen Schluck und fragte sich, wie ein Land, das so guten Wein produzierte, in solche Schwierigkeiten geraten konnte.

LV

Nylan ließ das breite Rasiermesser sinken, als es an der Tür klopfte. Es war noch früh, ein grauer Morgen. Er sah sich über die Schulter zum Schlafzimmer nach Weryl um. Der Junge stand aufrecht, hielt sich an der mit Messing beschlagenen Kommode fest und wackelte ein wenig hin und her, als wollte er einen Schritt versuchen.

»Ah … daa-daa …«

Ein leichter Wind fuhr durch den Raum und brachte den Geruch von nassem Gras und den Duft unbekannter Blumen mit, ein kräftiger Akzent in der Luft, die nach den nächtlichen Gewittern frisch und kühl war. Draußen unter dem offenen Fenster stand noch eine kleine Pfütze.

Wieder klopfte es.

»Kannst du öffnen?«, fragte er.

»Ich ziehe mir rasch etwas an, o Meister des Badezimmers«, gab Ayrlyn zurück.

»Entschuldige, soll ich …«

»Ich geh schon.«

Als er hörte, wie die Tür geöffnet wurde, hob Nylan wieder das primitive Rasiermesser und versuchte, die

Rasur zu beenden, ohne sich zu schneiden. Er beeilte sich und wusch sich hastig ab. Draußen krähte ein Hahn laut und nicht sehr melodisch. Offenbar saß das Tier direkt unter dem offenen Fenster auf der Mauer.

»Zeldyan hat die Sachen zusammen mit dem Frühstück geschickt«, sagte Ayrlyn, als Nylan das Bad verließ. Sie hob Hosen, Unterzeug und ein Hemd hoch, alles dunkelgrau gefärbt. »Für mich ist auch ein Satz Kleidung dabei. Die Sachen scheinen unseren Maßen zu entsprechen.«

Der Schmied schüttelte den Kopf. »Warum gerade jetzt?«

»Damit wir sie nicht mehr zurückweisen können. Es könnte wohl auch ein schlechtes Licht auf die Regenten werfen, wenn wir nachlässig gekleidet sind.« Ayrlyn lächelte ein wenig verkrampft. »Ich bin sicher, dass wir für die Kleidung zahlen müssen.«

»So könnte man es ausdrücken.« Nylan nahm die Hose und zog sie an.

»Sie passt wirklich gut«, bemerkte Ayrlyn. »Und sie steht dir.«

Nylan errötete.

Als sie angezogen waren, Eier mit Käse und ein paar Scheiben von etwas heruntergeschlungen hatten, das Nylan für Schinken hielt, und ihre Siebensachen in entsprechenden Beuteln verstaut hatten, lugte im Osten gerade die Sonne über den Horizont und warf einen grellen Lichtbalken in den Raum.

»Huruc sagte, wir würden in der Morgendämmerung aufbrechen«, meinte Ayrlyn.

»Wir haben uns offensichtlich etwas verspätet.« Nylan hob die Satteltaschen hoch. Er musste aufpassen, dass sich die Gurte nicht im Schultergeschirr oder am Griff des Schwertes, das an der Hüfte hing, verhedderten.

»Aber das spielt wohl keine große Rolle. Du hast ja sicher auch schon bemerkt, dass man in dieser Kultur nicht viel von Pünktlichkeit hält.« Ayrlyn schnappte sich Weryl, der immer noch mit seinen Turnübungen an der Kommode beschäftigt war.

»Es gibt hier keine genauen Uhren«, meinte Nylan. Er ging zur Tür und wartete auf die beiden.

»In einer primitiven Kultur ist es schwer, etwas Exaktes herzustellen.«

Als Ayrlyn die schwere Tür öffnete, kam Sylenia den Flur herunter in ihre Richtung gelaufen. Sie hatte nur einen kleinen Rucksack auf dem Rücken, aber auch sie trug neue graue Sachen. Im Gegensatz zu Nylans und Ayrlyns Kleidung war die des Kindermädchens allerdings purpurn eingefasst.

»Oh, Sers, lasst mich doch Weryl nehmen.«

»Aber gern«, sagte Ayrlyn.

»Du siehst aber hübsch aus heute Morgen«, sagte das Mädchen schmeichelnd zu dem Jungen. »Eines Tages werden das alle Mädchen von dir sagen.«

»Aber vorläufig noch nicht«, wandte Nylan ein.

»Willst du nicht eines Tages damit aufhören, ihn herumzuschleppen?«, fragte Ayrlyn.

»Einerseits wäre das schön, aber andererseits trifft es wohl zu, dass Kinder umso mehr Ärger machen, je älter sie werden.«

»Da du noch keine Kinder hast, muss diese Erfahrung in deiner eigenen Jugend gewachsen sein.« Die Frau mit den hellroten Haaren schüttelte den Kopf. »Deine Eltern tun mir Leid.«

Pferde und Reiter bewegten sich schon unruhig im schattigen Hof, als die drei Erwachsenen und Weryl sich den Ställen näherten. Nylan wich ein paar frischen Pferdeäpfeln aus und wäre beinahe auf den vom Tau noch feuchten Steinen ausgeglitten. Im letzten Augenblick hielt er sich an Ayrlyns Arm fest. »Entschuldige.«

»Laufen ist hier der Gesundheit abträglich«, meinte sie trocken.

»Hier ist so ziemlich alles der Gesundheit abträglich.«

Merthek erwartete sie schon an der Stalltür. Vier Pferde standen für sie bereit. »Ich habe Eure Pferde gesattelt, aber ich wusste nicht, was ich mit dem Sitz anfangen sollte.« Er blickte zu dem mit Leder bedeckten Gestell hinunter, das vor seinen Füßen lag.

Nylan nahm die Satteltaschen auf die andere Seite. »Das Gestell wird hinter meinem Sattel befestigt, aber vorher müssen wir die Satteltaschen festschnallen. Das restliche Gepäck trägt der Graue.« Nylan hatte in ihre drei Sättel Löcher gebohrt, damit Weryls Sitz wenn nötig leicht von einem Pferd aufs andere gesetzt werden konnte. Weryl saß mit dem Gesicht nach hinten und konnte die Gegend betrachten, die sie hinter sich ließen.

Nachdem er Weryl im Sitz untergebracht und mit einem breiten Lederriemen gesichert hatte, trat Nylan einen Schritt zurück und wandte sich an Ayrlyn. »Wie sieht er aus?«

»Glücklicher als im Tragesack.«

»Ich denke, du hast Recht.«

»Das heißt wohl, du willst in Zukunft darauf verzichten, gegen Banditen kämpfen, während du dir deinen Sohn vor die Brust geschnallt hast?«

Sylenia, die ein langärmliges braunes Hemd übergestreift hatte, sah zwischen Nylan und Ayrlyn hin und her, dann blickte sie zu den berittenen Bewaffneten, die zusammen mit Huruc im Hof warteten.

Nylan schwang sich in den Sattel, überprüfte das Schultergeschirr und sah sich zu Ayrlyn und Sylenia um. Der purpurn uniformierte Huruc ritt bereits über die feuchten Steine des Hofes zum Tor.

»Seid Ihr bereit, Engel?«, rief der stämmige Bewaffnete.

»Wir sind bereit.«

Huruc lenkte sein Pferd über das Pflaster, die Hufe

klapperten laut zwischen den Mauern. »Wenn es Euch nichts ausmacht, sollten wir an der Spitze reiten.«

Nylan ruckte an den Zügeln der braunen Stute und setzte sich hinter Huruc. Ayrlyn ritt neben Nylan. Sylenia, die sich wacker auf dem Pferd hielt, folgte ihnen.

»... setz deinen Klepper in Bewegung, Nuorr!«

»... in Marschformation ... weißt doch, wohin du gehörst, also vergiss es nicht.«

Nylan sah sich über die Schulter zu den Mauern um, die noch im Schatten lagen. Weiß und rosa waren sie, an manchen Stellen feucht und dunkel vom nächtlichen Regen. Weder Gethen noch Zeldyan ließen sich blicken.

Auch jetzt waren wieder vier in Grau und Purpur gekleidete Wächter am Tor. Steif standen sie da und ließen die Kolonne passieren, keiner schaute zu ihnen auf.

Langsam verließen sie unter Hufgeklapper die Festung und wandten sich nach Süden, fort vom Fluss und der Straße folgend, auf der Nylan und Ayrlyn vor gerade mal ein paar Achttagen nach Lornth gekommen waren.

LVI

Die drei Offiziere blieben auf den Pferden sitzen und sahen vom Hügel aus zu, wie die Ingenieure sich drunten bemühten, rings um das Bergwerk eine Mauer zu errichten, die im Grunde aber nicht mehr war als ein Erdwall, den sie zwischen den Felsen auftürmten. Ein tiefer Graben war im Osten der Anlage ausgehoben worden, wo Steine abgebaut wurden. Bisher war erst die Mauer fertig, die Clynya am nächsten war, doch sie war noch nicht einmal sechs Ellen hoch. Andere Ingenieure arbeiteten daran, eine Kaserne für die Truppen einzurichten.

»Das gefällt mir nicht«, murmelte Hauptmann Azarphi. »Die Barbaren sind in alle Winde verstreut, kein einziger Pfeil kam bislang geflogen.«

»Wollt Ihr denn, dass Pfeile fliegen?« Hauptmann Miatorphi lachte. »Davon werden wir bald genug zu sehen bekommen. Aber warum glaubt Ihr, dass wir eine feste Kaserne und nicht nur Zelte brauchen?«

Major Piataphi ließ die Pferdegespanne, die Wannen mit roter Erde vom Hügel herunter schleppten, keinen Moment aus den Augen.

»Was glaubt Ihr, Major?«, fragte Azarphi.

»Mir wäre wohler, wenn wir eine gut befestigte Stellung hätten.«

»Vielleicht sollten wir den Einheimischen Druck machen«, schlug Miatorphi vor.

Der Major nickte. »Den alten Karten konnten wir entnehmen, dass eine halbe Tagesreise im Westen eine Stadt liegt, sie heißt Derlya oder so ähnlich. Nehmt Euch eine Abteilung und erkundet sie.« Der Major hielt inne, ohne seine beiden Offiziere anzusehen. »Ich meinte Euch, Azarphi.«

»Es gibt noch ein paar kleine Dörfer, die näher liegen«, wandte Miatorphi ein.

»Um die könnt Ihr Euch kümmern«, antwortete der Major. »Aber nicht Ihr selbst. Schickt einen Unteroffizier mit ein paar Spähern, aber lasst Euch nicht blicken.«

»Die Bergleute hier wussten nicht, dass wir kommen würden«, erklärte Azarphi. »Sie sind fortgelaufen, als wären sie völlig überrascht worden.« Er schüttelte den Kopf und blinzelte ein wenig in der hellen Morgensonne.

»Ihr habt mich gefragt, was ich denke«, sagte Piataphi unvermittelt. »Mir gefällt es auch nicht. Die Barbaren aus Lornth müssen doch gewusst haben, dass unser Heer unterwegs war. Ihre Botschaften waren ein Spiel auf Zeit.«

»Glaubt Ihr, sie ziehen jetzt mit großen Horden ihrer primitiven Krieger hierher?«, fragte Azarphi.

»Noch nicht. Sie haben auf Zeit gespielt und das bedeutet, dass sie Zeit brauchten. Es bedeutet auch, dass sie glauben, sie könnten in der nahen Zukunft etwas erreichen. Wir müssen in Erfahrung bringen, wann und aus welcher Richtung sie kommen.« Piataphi drehte sich im Sattel zu Azarphi um. »Aber lasst Euch nicht blicken.«

»Was können sie denn schon ausrichten?«, fragte Miatorphi.

»Sehr wenig nur, wenn wir unseren Stützpunkt gut ausbauen und die Befehle Seiner Majestät befolgen. Und vorausgesetzt, wir sind vorsichtig. Ich habe die Absicht, sogar sehr vorsichtig zu sein.«

LVII

»Da ist Rohrn«, verkündete Huruc.

Nylan blickte in die Richtung, in die der Bewaffnete deutete. Im Licht der tief im Westen stehenden Sonne musste er blinzeln.

Rohrn lag an einer Gabelung des Flusses. Die Stadt war ungefähr drei viertel so groß wie Lornth und erstreckte sich an der Westseite des westlichen Flussarmes und nicht in dem Dreieck, das von den Zuflüssen gebildet wurde. Der östliche Zufluss war kaum ein Drittel so breit wie der westliche. Die Straße führte zunächst auf einer Brücke über den östlichen Zufluss, dann über die Landzunge dazwischen und schließlich über eine zweite, größere Steinbrücke in den Ort hinein.

»Daaa ...«

Nylan war nicht ganz klar, was Weryl ihm sagen wollte. Er blickte zur vor ihnen liegenden Straße, die nicht völlig verschlammt, aber vom gestrigen Regen an manchen Stellen gefährlich glatt war. Noch eine leichte Böschung hinunter, dann würden sie die erste Brücke erreichen. Tiefe Wagenspuren zeichneten sich mitten auf der Straße ab, sodass die Reiter lieber links und rechts am Straßenrand ritten.

Sie waren den ganzen Weg von Lornth dieser Straße am Fluss entlang gefolgt, wenngleich wegen der Sümpfe und Marschen stellenweise mehr als eine Meile vom Wasserlauf entfernt. Manchmal ging es auch durch niedrige Hügel, wo die Straße den Feuchtgebieten in Ufernähe auswich.

Als er zum östlichen Flussarm hinunterritt und sich der kleineren Brücke näherte, bemerkte Nylan, dass von der Gabelung aus bis hinauf zu den sanften Hügeln im Südosten am ganzen Flusslauf entlang Büsche und kleine Bäume standen.

Huruc zügelte direkt vor der Brücke sein Pferd und drehte sich um. »Ihr könnt jetzt die Führung übernehmen, wenn Ihr wollt.«

»Danke.« Ayrlyn und Nylan nickten.

Die mit Balken ausgelegte Brücke war ungefähr sechs Ellen breit und fast hundert Ellen lang, zwei hölzerne Stützpfeiler gaben ihr direkt am Ufer des Flusses zusätzlichen Halt. An den Seiten war die Brücke von einfachen Geländern begrenzt, kaum stabil genug, um ein ausbrechendes Pferd oder einen schweren Karren zu halten. Die Büsche, die drunten am Fluss standen, wuchsen bis fast zum Geländer herauf.

Nylan lenkte sein Pferd auf die Bohlen und die Hufe der Stute pochten schwer über das Holz.

»Immer zwei und zwei«, befahl Huruc hinter ihnen, als die Bewaffneten sich der Brücke näherten. »Und lasst mehr Abstand zwischen den Reihen. Immer zwei und zwei, nicht so dicht hintereinander.«

Trotz des Abstandes, den die Soldaten voneinander hielten, konnte Nylan spüren, wie die Brücke sich unter dem Gewicht durchbog. Kein Wunder, dass der Anführer der Bewaffneten so vorsichtig war.

Nylan hielt sein Pferd kurz vor der zweiten Brücke an. Diese hier war aus Stein gebaut, zwei Säulen waren im Flussbett verankert. Hinter der erhöhten Zufahrt auf der Ostseite stieg die Brücke noch etwas an, um auf der Westseite in die auf einer Klippe gelegene Stadt zu führen.

Als er wartete, bis die Soldaten die Brücke hinter sich gelassen hatten und Huruc wieder zu ihnen stieß, bemerkte der Ingenieur, dass der mittlere Abschnitt des größeren Brückenbogens zwischen den Pfeilern ebenfalls mit Bohlen ausgelegt und mit Holzgeländern gesichert war.

Rohrn schien ein Handelsplatz zu sein. Am Westufer des Flusses, unmittelbar nördlich der Steinbrücke, waren verlassene Molen zu sehen. Ein Teil der Klippe war zu Terrassen umgebaut worden, damit man die Anlegestellen erreichen konnte. Der größte Teil der Stadt lag auf einer etwa zehn Ellen hohen Klippe oberhalb des Flusses. Nylan fiel auf, dass der Fluss mehr Wasser führte als gewöhnlich, denn am Ostufer standen Bäume und Büsche im unruhigen braunen Wasser. Am Westufer erreichte das Wasser gerade die hölzernen Piere.

»Daa … waahdah, wahdah«, rief Weryl hinter ihm.

»Ja, da unten ist Wasser. Eine Menge Wasser.« Nylan nahm sein Pferd herum und beobachtete die letzten Bewaffneten, die gerade über die Brücke kamen. Huruc folgte ganz am Schluss der Kolonne.

Ein Gesicht fiel ihm auf, ein stämmiger Mann mit braunem Haar, der anscheinend im Rang eines Truppführers stand. Der Unteroffizier sah Nylan lächelnd an. »Ich hätte wirklich nicht damit gerechnet, dass Ihr eines Tages für Lornth Waffen tragt, Ser Engel.«

»Es sind schon seltsamere Dinge geschehen als dies«, antwortete der Schmied, während er sich den Kopf zermarterte, um sich zu erinnern, woher er den Mann kannte.

»Tonsar«, flüsterte Ayrlyn.

»Und nun wollt Ihr gegen die Cyadoraner kämpfen, Tonsar?«, fragte Nylan, dankbar für Ayrlyns Hilfe.

»Ich kann nicht gerade sagen, dass ich darauf brenne«, erwiderte Tonsar grinsend. »Aber ich und meine Jungs, wir werden tun, was wir können.«

»Das will ich doch hoffen«, grollte Huruc, der gerade zu ihnen gestoßen war. »Und nun weiter, Engel, immer zwei und zwei.« Der Anführer der Truppe deutete zur zweiten Brücke. »Folgt einfach der Hauptstraße bis zum anderen Ende der Stadt. Die Kaserne ist dort drüben, aber ich werde Euch eingeholt haben, ehe Ihr sie erreicht.«

Die untergehende Sonne brannte in Nylans Augen, als er die Stute auf die Brücke lenkte. Die Hufe hallten laut auf dem Pflaster der Zufahrt und dem ersten Abschnitt der Brücke.

Er beugte sich zu Ayrlyn hinüber. »Danke. Ich wusste, dass er derjenige war, der uns nach Lornth geführt hat, aber ich konnte mich einfach nicht an seinen Namen erinnern.«

»Tonsar, der nicht will, dass man von ihm sagt, er hätte eine ganze Familie hingemordet? Und daran kannst du dich nicht erinnern?« Ayrlyn lächelte.

»Nein«, antwortete Nylan betreten. »Namen konnte ich mir noch nie gut merken.«

Die Hufe der Stute polterten über die Balken im mittleren Teil der Brücke, dann wieder über das Pflaster auf der anderen Seite, als Nylan eine etwas breitere Straße entlang zu einem Platz ritt, der etwa hundert Ellen weiter im Westen lag.

Rohrn war eine kleinere Ausgabe von Lornth. Manche

Gebäude waren aus dem rosafarbenen Granit gebaut, den sie schon kannten, manche bestanden aus anderem Stein und waren verputzt. Allerdings schien Rohrn älter zu sein als Lornth und an manchen Gebäuden war der Putz stellenweise ausgebessert. Nylan lenkte die Stute an einer langen Reihe von Schlaglöchern vorbei über das rissige Pflaster der Hauptstraße. In manchen Löchern stand sogar noch das Wasser. Einige Häuser waren teils mit Läden gesichert und weiß getüncht, doch hatte sich mit der Zeit ein rötlich-grauer Staubschleier über alle Oberflächen gelegt.

Eine Mücke kam vor einem mit Läden verrammelten Haus aus dem Schatten herangesurrt. Nylan wedelte sie weg, immer noch von der niedrig stehenden Sonne geblendet.

»Vor uns ist ein Platz«, bemerkte Ayrlyn.

Nylan nickte und drehte sich um, als er hinter sich schnellere Hufschläge hörte. Huruc überholte gerade seine Truppe auf der linken Seite.

»Jetzt haben wir es nicht mehr weit«, sagte der Waffenmeister, indem er sein Pferd zügelte und tief Luft holte. »Ich hasse es, durch so schmale Straßen zu reiten.«

Drei Frauen in braunen Hosen, die ihre Körbe vor den Füßen abgestellt hatten, beobachteten von der Veranda der Krämerei aus Nylan, Ayrlyn und die Soldaten, die ihnen folgten.

»… ein trauriger Anblick … ein alter Mann und eine Frau führen die Truppen aus Lornth an … haben sogar ein Kind dabei … traurig …«

»… Ser Gethen vielleicht …«

»… sagt, er sei ein großer Mann, und der Kerl da ist eher klein … Gethen hat andere Haare …«

Nylan schnaubte. »Wenn sie mich nicht für eine Frau halten, dann halten sie mich für einen alten Mann.«

»Ich weiß ja, dass du es nicht bist.«

»Ich auch«, stimmte Huruc zu.

Vor einer niedergebrannten Ruine, die früher einmal ein Gasthof gewesen sein mochte, pendelte ein Schild an einer Kette. Große Büschel von braunem Gras, aus dem bleiche grüne Stängel lugten, wuchsen zu Füßen eines leeren Podests mitten auf dem Platz.

Rohrn hatte offensichtlich schon bessere Zeiten gesehen, aber Nylan verkniff sich eine Bemerkung und folgte Huruc schweigend.

»Da vor uns ist die Kaserne«, erklärte der Anführer der Bewaffneten.

Die Häuser standen hier in größerem Abstand, dann hörte die Bebauung völlig auf und sie erreichten ein freies Feld. Das Gelände vor der Kaserne war eine Fläche von aufgewühltem Schlamm, das Erdreich in der großen Koppel rechts neben den Stallungen sah ähnlich aus. Mehr als hundert Pferde standen auf der Koppel. Der Eingang zum Stall war mit Stroh ausgestreut, offenbar um die rötliche Brühe zu bedecken.

Dem Geruch nach war die Lache, wie Nylan sofort bemerkte, eine Mischung aus Pferdeäpfeln und anderen unappetitlichen Hinterlassenschaften. Er rümpfte die Nase.

»Denkst du schon wieder über die Kanalisation nach?«, fragte Ayrlyn.

»War es so offensichtlich?«

»Nur für mich.«

Huruc zog die große Klinge aus der Scheide und stellte sich in den Steigbügeln auf. »Halt, sofort anhalten!«

Als die Reiter standen, ritt eine andere Gruppe von Bewaffneten an ihnen vorbei zum Stall und dann zur Koppel. Alle waren mit Schwertern bewaffnet, die jedoch sehr unterschiedlich aussahen. Ein junger Mann trug sein Schwert sogar ohne Scheide.

»Frische Rekruten … die meisten taugen nicht viel.« Tonsars leise Bemerkung war selbst für die Engel kaum zu verstehen.

Ein Mann mit schwarzem Bart kam durch den Matsch zu ihnen geritten.

»Da kommt Fornal.« Nylan sah sich zu Sylenia um, aber das Kindermädchen blieb, wie während der ganzen Reise, ruhig und gefasst.

»Seid gegrüßt. Ich bin froh zu sehen, dass Ihr wie angekündigt gekommen seid.« Fornal neigte den Kopf. »Die Engel und du, Huruc, Ihr werdet in der oberen Etage einquartiert. Die Pferde könnt Ihr in den Ställen unterbringen. Die Soldaten kommen ins südliche Ende der Mannschaftsbaracke, die Pferde auf die kleinere Koppel hinter dem Stall.«

»Ja, Ser.« Huruc richtete sich wieder auf und winkte mit dem Schwert. »Hier entlang«, brüllte er.

Als Huruc die Soldaten wegführte, zog der Regent mit dem schwarzen Bart seinen Braunen zu den Engeln herum. »Habt Ihr außer den Schwertern, so tödlich sie auch sind, irgendwelche magischen Waffen mitgebracht?«

»Nicht viele Schlachten werden mit Zauberwaffen gewonnen«, erwiderte Nylan ruhig.

»Ich bin froh, dass Ihr das sagt, Magier.« Fornal lächelte ihn an. »Diese einfache Wahrheit begreifen leider nur die wenigsten.«

Nylan wartete.

»Habt Ihr Euch denn eine nichtmagische Art und Weise überlegt, uns zu helfen, von Eurer Kampfeskunst einmal abgesehen?«

»Einige Eurer Rekruten wissen nicht einmal, wie man ein Schwert trägt, ganz zu schweigen davon, es richtig einzusetzen«, schaltete sich Ayrlyn ein. »Ihr könnt keine Zeit erübrigen, sie auszubilden. In dieser Hinsicht haben wir aber gewisse Erfahrungen.«

»Mein Vater hat dies erwähnt.« Fornal kratzte sich am dunklen Bart. »Wir haben etwas mehr als zwei Züge, es sind nicht viele.« Der junge Regent zuckte mit den Achseln. »Aber wie Ihr sagt, könnten sie ebenso gut mit Mistgabeln bewaffnet sein, weil sie nicht wissen, was ein Schwert ist. Ich wäre Euch in der Tat zu Dank verpflichtet, wenn Ihr sie in eine kämpfende Truppe verwandeln könntet. Oder wenigstens in eine Truppe, die nicht beim ersten Angriff oder Pfeilschuss wild durcheinander läuft oder das Heil in der Flucht sucht.«

»Haben wir Eure Erlaubnis, die Methoden einzusetzen, die wir für richtig halten?«, fragte Nylan höflich.

»Ihr könnt jede Methode einsetzen, die dazu führt, dass die meisten von ihnen am Leben bleiben und kämpfen können.« Fornals Lächeln wurde breiter. »Ich werde Euch als Truppenführer vorstellen, bevor wir am Morgen aufbrechen. Die Einzelheiten können wir heute Abend beim Essen besprechen.« Er nickte. »Ich lasse Euch jetzt allein, damit Ihr Euch einrichten könnt.«

»Ach ja«, sagte der Schmied, »wissen wir eigentlich, welche Rüstungen die Cyadoraner tragen?«

»Einen Brustharnisch und einen kleinen spiegelnden Schild, wie die Berichte sagen.« Fornal runzelte die Stirn. »Warum fragt Ihr?«

»Wir können später darüber sprechen, aber ich möchte Euch bitten, einen Amboss und ein paar Hämmer zu besorgen.«

Fornal nickte. »Dann wollt Ihr Eure Geschicklichkeit einsetzen, um Waffen zu reparieren, Engel?«

»Das ist eine Sache, die ich tun kann. Ein Schleifstein wäre ebenfalls eine Hilfe.«

»Nun ... das lässt sich sicher machen.«

»Vielen Dank.«

Fornal nickte noch einmal höflich und zog sein Pferd herum, um Huruc zu folgen.

»Was sollte das? Diese Frage nach der Rüstung?«, wollte Ayrlyn wissen. »Du sagtest, du würdest keine Schwerter mehr schmieden ...«

»Reparaturen sind etwas anderes. Aber was ist, wenn

ich draußen im freien Gelände etwas schmieden muss? Wo soll ich da einen Amboss und die Werkzeuge finden?«

Ayrlyn nickte, lächelte leicht. »Also das Übliche.«

»So sieht es aus.« Nylan holte tief Luft. »Wir brauchen auch Kohle oder Holzkohle und etwas Öl. Die meisten Klingen hier sind stumpf und schartig. Die können sie höchstens dazu einsetzen, um die Leute von den Pferden zu prügeln.«

»Das wird den Berufssoldaten aber nicht gefallen«, prophezeite Ayrlyn.

»Nein, aber da sie so oder so murren werden, können wir auch gleich tun, was wir für richtig halten.« Er zog an den Zügeln. »Wir müssen von den Pferden herunter. Ich kann Weryl inzwischen schon deutlicher riechen als die übrigen Düfte hier.«

Hinter ihnen tappten Sylenias Pferd und der Graue durch den Matsch, als sie zum baufälligen Stall ritten. Ein vierschrötiger Soldat, der in der Reihe hinter ihnen ritt, beobachtete das Kindermädchen und fuhr sich nervös mit einer Hand durch den braunen Bart.

Nylan runzelte die Stirn, aber er konnte einem Mann nicht verbieten, sich nach einem Mädchen umzusehen.

LVIII

In der mächtigen Stadt Cyad lebten die Magier des weißen Regenbogens. Von Feuer genährt, pflügten ihre Schiffe durch die Meere, ihre Paläste aus weißem Marmor funkelten in der warmen Sonne und sie hüteten das Wissen der fernen Sterne.

Wagen ohne Pferde, welche die Macht des Chaos dem Willen der Menschen und Magier unterwerfen konnten, fuhren über gepflasterte Straßen, die glatter poliert waren als Glas.

Die großen Feuerwagen fuhren schneller noch als der Wind und brachten die Ernte und andere Waren und den Reichtum des Landes nach Cyador.

Alle waren zufrieden mit der Ordnung, die von den Weißen Magiern aufrechterhalten wurde, und nur selten waren die schimmernden Schilde und die polierten Schwerter der mächtigen Spiegellanzenkämpfer vonnöten, denn es herrschte Frieden.

In jenen Tagen räumte Cyador seinem Nachbarn Lornth gewisse Vorrechte in den Grashügeln ein, darunter auch die Erlaubnis, in der Erde Metalle zu schürfen. Als er von dieser gewährten Gunst erfuhr, fragte der Schmied Nylan in seiner Arglist die Regenten von Lornth, warum sie sich dem Gebot Cyads unterordneten, nachdem sie seit Generationen schwer gearbeitet hatten, während die Magier von Cyad mit dem hellen Kupfer unter den Grashügeln nichts anzufangen wussten.

Die Herrscher in Lornth dachten bis tief in die Nacht über seine Worte nach und erinnerten sich, dass die Grashügel mit Fug und Recht dem Herrscher von Cyad gehörten.

Während sie aber überlegten, sang Ayrlyn, die Seelensängerin, von der dunklen Verzweiflung, die sich einstellen würde, wenn Cyad zurückverlangte, was ihm rechtmäßig gehörte, und wenn Lornth nicht länger das helle Kupfer der Grashügel gewinnen konnte.

Was können wir tun?, so fragte die Anführerin in Lornth, denn eine Frau war sie und voller Vertrauen. Wie können wir für uns behalten, was schon unsere Väter und Vorväter ihr Eigen nannten?

Als Antwort auf diese Frage bot ihnen der dunkle Engel Nylan einen großen Zauber an, gegen den Cyador und seine Magier nicht würden bestehen können, und vom heimtückischen Nylan überlistet, beschloss der Rat von Lornth, dass es so geschehen solle, und verschloss die Augen vor dem Bösen, das Nylan ihnen angetragen.

DIE FARBEN DER WEISSE
(Handbuch der Gilde von Fairhaven)
Vorwort

LIX

Der Straßenstaub, den die bewaffneten Reiter weiter vorne aufwirbelten, war allgegenwärtig. Bis zur Schulter stieg er hoch, manchmal noch höher, und überzuckerte Nylans und Ayrlyns Pferde mit feinem rotem Pulver. Tonsar ritt links neben Nylan, Ayrlyn zu seiner Rechten.

In der heißen Nachmittagssonne fand Nylan, wann immer er sich die Stirn trocken rieb, eine dünne Schicht aus rötlichem Staub auf dem Unterarm. Regen würde den Staub zwar niederschlagen, aber wenn es zu sehr regnete, würden sie über schlammige Straßen reiten müssen. Nylan holte tief Luft. Sein Grauer sah inzwischen wie ein Brauner aus, seine Nase juckte heftig. Er rieb sich die Nase, aber es nützte nichts. Er nieste einmal, zweimal.

Dann sah sich der Ingenieur zu Sylenia um, hinter deren Sattel Weryls Sitz befestigt war.

Am Morgen hatte Fornal alle Unruhestifter und frischen Rekruten Nylans und Ayrlyns Befehl unterstellt. Nylan war nicht sicher, was er davon halten sollte, außer dass es früher oder später Schwierigkeiten geben würde. Glücklicherweise war der kräftige Soldat, der das Kindermädchen lüstern angestarrt hatte, nirgends zu sehen.

Im Augenblick hatten sie vor allem das Problem, dass ihre Einheit den Staub schlucken musste, der von Fornals Leuten aufgewirbelt wurde. Nur die Vorratswagen fuhren noch weiter hinten. Auf dem letzten war ein kleiner Amboss verstaut, wahrscheinlich sogar von der Sorte, die man hier für Waffen benutzte, dazu ein alter Blasebalg, Hämmer und Zangen und sogar Säcke mit Kohlen im Gewicht von zehn Stein. Nylan hatte nicht nachgefragt, wie Fornal die Sachen beschafft hatte. Er hoffte zwar, dass der Regent sie bezahlt und nicht einfach beschlagnahmt hatte, aber irgendwie hatte er in dieser Hinsicht keine großen Hoffnungen und das beunruhigte ihn, auch wenn er im Augenblick nicht viel tun konnte.

Weryl schien zu dösen. Graue Rinnsale liefen ihm aus den Mundwinkeln, wo Dreck auf Speichel traf. Nylan lächelte leicht, dann sah er durch den Staub zur Baumreihe, die eine halbe Meile entfernt am Flussufer stand. Bestand das ganze Ostufer denn nur aus Marschen, Sümpfen und Dickichten? Die Straße am Westufer war ebener und erlaubte es ihnen, die Distanz zwischen Lornth und Rohrn schnell zurückzulegen, aber sie war staubtrocken und heiß, obwohl die Felder auf den sanften Hügeln neben der Straße ein gesundes Grün zeigten.

»Staub, immer nur Staub«, meinte Ayrlyn hustend. Dann sah sie sich über die Schulter um. »Wenn sie so kämpfen wie sie reiten, dann haben wir ein Problem. Sie brauchen eine Menge Übung.«

»Was meint Ihr, Tonsar?«, fragte Nylan.

Der Unteroffizier zuckte mit den Achseln.

»Ihr müsst doch einige von ihnen anführen«, bohrte Ayrlyn nach.

Nylan konnte sie lächeln sehen, aber der Bewaffnete mit dem braunen Bart schaute stur nach vorn, als ritte er seinem sicheren Untergang entgegen.

Nachdem sie ein paar hundert Ellen geritten waren, seufzte er schwer. »Ich war meinen Herren immer treu ergeben und habe schwer gearbeitet. Ich bitte Euch um Verzeihung, Engel, aber ich verstehe nicht, warum der Regent darauf beharrt hat, dass ich Euer Unteroffizier sein muss. Ich werde tun, was ich kann, aber mit diesen Leuten werde ich nicht viel ausrichten können.«

Nylan verstand. Tonsar hatte sie nach Lornth gebracht und Fornal war der Typ, der dem Boten die Schuld an der schlechten Nachricht gab.

»Ich muss Euch wirklich um Verzeihung bitten, Sers«, fuhr der Unteroffizier fort, »aber wenn ich diese Leute anführe, dann werden sie mir nicht folgen, und von hinten kann man die Truppe nicht führen.« Er schürzte die Lippen. »Ich würde sie bei der ersten Gelegenheit gegen die Weißen Dämonen marschieren lassen und sie würden alle sterben.«

»Ganz so einfach ist es nicht«, widersprach Nylan. »Es gibt keinen, der sie ersetzen kann.«

»Dann wollt Ihr sie nicht gegen die Weißen Dämonen in den Kampf schicken?« Tonsar wandte sich hoffnungsvoll an Ayrlyn. »Können wir vielleicht irgendwo andere Soldaten finden?«

»Wo denn?« Ayrlyn hob die Augenbrauen. »Fornal musste sich schon mächtig ins Zeug legen, um diese hier zu bekommen, wie wir gehört haben.«

»Das ist wohl wahr.« Tonsar seufzte wieder.

Zwei Stimmen übertönten das gedämpfte Gemurmel und die vom Staub gedämpften Hufschläge.

»... elendes Stück Dreck ...«

»... musst du gerade sagen ...«

Nylan drehte sich im Sattel um und blickte zu den beiden Reitern zurück, die zum Straßenrand ausgewichen waren.

»Und was jetzt?«, fragte die Heilerin mit dem roten Haar.

»Zwei Leute streiten über irgendetwas.« Er schüttelte den Kopf und sah Tonsar an. »Habt Ihr einen Vorschlag?«

»Die meisten sind hoffnungslose Fälle, einige sind Unruhestifter. Die anderen sind verrückt.« Tonsar runzelte die Stirn. »Ihr könntet einen von ihnen töten. Fornal würde es tun.«

»Denk an Ryba«, sagte Ayrlyn. »Dies ist nicht der Augenblick, um Nachsicht zu üben.«

»Meinst du ...« Nylan zog es den Magen zusammen.

»Ja.«

Nylan nahm sein Pferd herum und steuerte es den beiden Störenfrieden entgegen. Drei weitere Reiter hatten angehalten und wollten den Streit begaffen. Kopfschüttelnd brachte der Ingenieur seine Stute nahe an die Gruppe heran.

»… kannst doch keinen Bogen von einer Hacke unterscheiden …«

»… noch keinen einzigen Tag mit ehrlicher Arbeit verbracht … noch nicht einmal mit unehrlicher …«

Der Ingenieur fragte sich, ob er vielleicht gemeinsam mit Ayrlyn hätte eingreifen sollen. Nein, dachte er. Jeder musste seine Probleme allein lösen, sonst würde es noch mehr Schwierigkeiten geben.

»Dein Geburtsort Owara ist so klein, dass ein Hase es verfehlen könnte, mal ganz abgesehen davon, dass es so übel riecht, dass ein Hase gar nicht erst in die Nähe käme.« Der Mann mit dem zu einem Zopf geflochtenen schwarzen Haar lachte gehässig.

»Du musst der einzige Mann in Runnel sein«, rief der Blonde mit dem hageren Gesicht, »und wahrscheinlich auch der letzte, denn deine Mutter muss das Zeitliche gesegnet haben, als sie dich bei der Geburt sah, und keine Frau würde …«

»Hört auf.«

Die Männer schauten auf und warteten, während Nylan sich ihnen näherte. Beide verhöhnten ihn, der Schwarzhaarige offen grinsend, der Blonde mit blitzenden Augen.

»Es ist mir egal, wie ihr euch verspottet, solange ihr in Reih und Glied bleibt. Ihr verzögert unseren Marsch. Los jetzt, reitet weiter.«

»Und wenn ich nicht will?«, fragte der Schwarzhaarige.

»Nun …«, überlegte Nylan. »Ich glaube, es wäre nachsichtig, wenn ich dich nur verletzen würde, aber damit würdest du für den Kampf ausfallen und vielleicht noch eine Entschädigung bekommen. Ich könnte dich auch windelweich prügeln, aber dabei könnte ich dich für dein Leben verstümmeln und das würde zu ähnlichen Problemen führen.« Er zuckte mit den Achseln. »Also … also entscheide dich. Entweder du führst den ersten Angriff gegen die Cyadoraner oder du bekommst jetzt auf der Stelle ein Schwert in die Brust.«

»Du machst große Worte, aber du bist auch nur ein kleiner Gernegroß«, fauchte der Schwarzhaarige. »Ich mache, was mir gefällt.«

»Du kehrst sofort ins Glied zurück«, sagte Nylan kalt. Gleichzeitig aktivierte er die Reflexverstärkung, denn er wusste, was kommen würde.

»Leck mich doch.«

Mit einer einzigen fließenden Bewegung zog Nylan das Kurzschwert aus dem Schultergeschirr und warf es.

Die Klinge drang bis zum Heft in die Brust des Mannes ein. Der Rekrut wollte nach seinem großen Schwert greifen, aber er zuckte nur noch einmal und sank auf dem Pferd zusammen.

Die Weiße Woge des Todes und der Schmerzen verdrängend, die ihn überspülte, die spitzen Dolche ignorierend, die ihm in die Augen stachen, hatte Nylan die zweite Klinge in der Hand, bevor auch nur einer der übrigen vier geblinzelt hatte. Ihre Münder standen offen. »Der Regent würde so etwas nicht hinnehmen und wir nehmen es auch nicht hin.«

Der Ingenieur ritt zum Toten, riss die Klinge heraus und wandte sich an den Blonden. »Du da, dein Name?«

»Wuerek, Ser.«

»Du bindest die Leiche auf dem Pferd fest und wenn wir heute Abend nach Clynya kommen, wirst du ihn begraben. Jetzt haben wir keine Zeit dazu. Verstanden?«

»Ja, Ser.« Wuerek schlug die Augen nieder.

»Ich werde mich bemühen, euch alle heil durch diesen Krieg zu führen, aber auch ihr müsst euch bemühen und das bedeutet zuerst einmal, dass ihr die Befehle befolgt.« Er lenkte sein Pferd zurück in Richtung des Staubs, der von Fornals Gruppe aufgewirbelt wurde. »Reitet in Zweierreihen«, fauchte Nylan. »Dies ist kein müßiger Ritt zur nächsten Schänke.«

Als er vorbeikam, schlugen alle Soldaten die Augen nieder.

»... Schwarzer Engel ... scharfer Hund ...«

»... hat Gysil seine Chance gegeben ... der Dummkopf ... sich besser nicht mit solchen Kämpfern anlegen ...«

Der Schmied unterdrückte den Impuls, den Kopf zu schütteln. Anscheinend spielte es keine Rolle, wo er war. Es gab immer den einen oder anderen Narren, der nur auf Gewalt reagierte. Nachsicht, Vernunft oder Freundlichkeit bedeuteten diesen Leuten nichts. Er holte tief Luft. In wie viele solcher Situation würde er noch geraten?

Er ritt am Straßenrand entlang und überblickte die Truppe. Insgesamt waren es etwa vier Züge, allerdings konnte man sie schlecht zählen, weil die meisten nicht einmal in der Lage waren, ihr Pferd mit gleicher Geschwindigkeit neben ihrem Nachbarn laufen zu lassen.

Er wollte sich die pochende Stirn reiben, aber er wagte es nicht, weil er den Leuten damit ein falsches Signal geben würde.

»Was ist passiert?«, fragte Ayrlyn. »Ich habe gespürt, wie ...«

»Der Narr hat sich geweigert, meine Befehle zu befolgen.« Nylan schüttelte den Kopf. »Ich musste an Mran und Ryba denken. Ich glaube, ich bin auch nicht anders als sie. Ich dachte, ich wäre anders, aber ...« Er zuckte die Achseln.

»Sie hätten dich in Stücke gerissen, wenn du es nicht getan hättest«, meinte Ayrlyn.

»Traurig, was?« Jetzt rieb er sich die Stirn, um das Pochen zu vertreiben.

»So ist das Leben.«

»Verzeihung, Ser?«, fragte Tonsar.

»Ein Unruhestifter, ein großer schwarzhaariger Kerl namens Gysil, wollte eine Meuterei anzetteln. Er hat sich geweigert, meine Befehle auszuführen. Ich sagte ihm, er könne sich entscheiden, ob er gehorchen oder sterben will. Er hat mir nicht geglaubt.«

»Und was ist geschehen?«, wollte der Unteroffizier wissen.

»Er ist tot.«

Tonsar riss den Mund auf, dann schloss er ihn wieder. »So … so schnell?«

»Wenn Ihr jemanden töten müsst, dann ist es besser, ihn schnell zu töten, denn dann kann er Euch nicht noch im Todeskampf verletzen.«

Tonsar schluckte, dann sah er sich über die Schulter um. »Ihr habt die Leiche nicht zurückgelassen?«

»Nein. Ich habe dem zweiten Streithahn befohlen, die Leiche aufs Pferd zu binden. Er wird den Toten in Clynya begraben.«

Wieder schluckte Tonsar. »Es hätte niemanden gestört, wenn Ihr …«

»Wenn sie danach aufräumen müssen«, erwiderte Nylan, »nimmt ihnen das vielleicht ein wenig die Lust am Streiten.«

»Aber … aber …«, stammelte Tonsar.

»Glaubt Ihr, sie werden es mir übel nehmen?« Nylan zuckte mit den Achseln. »Soldaten haben immer etwas, das sie den Vorgesetzten übel nehmen. Solange sie sich daran gewöhnen, mir zu gehorchen, und keine Dummheiten mehr machen, soll mir das egal sein.«

Tonsar schloss den Mund. Ayrlyn, die hinter ihnen ritt, nickte nachdenklich. Sylenia war auf einmal emsig damit beschäftigt, die Riemen am Sitz des schlafenden Kindes zu überprüfen.

Nylan bemerkte, dass die Baumreihe am Ostufer des

Flusses verschwunden war. Nur eine Reihe von Büschen folgte noch dem Wasserlauf. Am Westufer, zwischen der Straße und der Klippe, die bis in die Nähe des Flusses reichte, war nur Gras zu sehen.

Über ihnen glitt ein Schatten vorbei, eine dicke Wolke, die von den Westhörnern her nach Osten zog.

»Wir werden Clynya bald erreichen«, sagte Tonsar. »Gut ist auch, dass uns Regenwetter bevorsteht. Ein ordentlicher Regen, und der Staub legt sich auf der Straße nach Süden.«

»Wenn der Regen zu gut wird, verwandelt sich die Straße in ein Schlammloch«, wandte Ayrlyn ein.

»Ah, geehrte Engelsfrau, der Regen hier im Süden fällt niemals lange.«

Nylan hoffte, der Mann hatte Recht. Jedenfalls war es für den Augenblick eine Erleichterung, dass die Wolken das Sonnenlicht dämpften. Er drehte sich zu Ayrlyn um. »Du bist dran.«

»Genau.« Mit grimmigem Lächeln zog sie das Pferd herum und ritt zurück, um ihre beiden Züge Auszubildende und Unruhestifter zu inspizieren.

Die Sonne stand knapp über den Hügeln im Westen, als sie eine etwas größere Erhebung erreichten. Auf der anderen Seite senkte sich die Straße in ein sanftes Tal, das vom Fluss durchschnitten wurde. Brücken gab es keine, nur eine anscheinend recht flache Furt.

»Clynya … Clynya …«

Ein Murmeln lief durch die Reihen und verriet Nylan, dass sie sich ihrem Ziel näherten.

»Dabei ist noch nicht einmal die Sonne untergegangen«, verkündete Tonsar.

»Gut so«, murmelte Sylenia.

Nylan wischte sich Staub und Schweiß vom Gesicht und blickte zu den dunklen Wolken hinauf, die inzwischen zwei Drittel des Himmels bedeckten. Sie fühlten sich wie Regenwolken an, aber bisher hatte es keinen

Regen gegeben. Der leichte Ostwind, der ihn auf dem Ritt kaum hatte kühlen können, hatte nicht die geringste Feuchtigkeit mitgebracht.

Als sie langsam zur Furt hinunterritten, sah er sich im Tal um. Im Gegensatz zu Rohrn lag Clynya am Ostufer des Flusses auf einem kleinen Hügel, beinahe zwei Meilen nördlich der Furt. War der Ort in geschützter Lage entstanden, weil die Jeraner die größere Bedrohung darstellten?

Den Fluss zur Verteidigung einzusetzen war durchaus sinnvoll, aber er fragte sich, ob Städte und Orte immer nach solchen Regeln gegründet wurden. Die Hochebene, die er für Westwind ausgewählt hatte, war als Standort einer Siedlung besser geeignet als die Stelle, wo Lornth lag, aber auf der Hochebene gab es noch nicht einmal eine richtige Stadt.

Auf der anderen Seite der Furt, knapp eine Meile vom Fluss entfernt und links neben der Straße, war aufgeworfene Erde zu sehen, dahinter lagen verkohlte Balken. Bis zur halben Höhe des Erdwalls war Gras gewachsen, doch es hatte die verbrannten Schanzanlagen und die Asche noch nicht völlig verdeckt.

»Was ist das?«, fragte Ayrlyn.

»Ich glaube, das ist die ehemalige Festung der Jeraner, die Fürst Sillek zerstört hat. So weit war ich bisher noch nicht im Süden, aber Huruc kennt sich hier aus und er sagt, Fürst Sillek hätte die Festung zerstört und die Jeraner durchs Grasland zurückgetrieben.« Tonsar zuckte mit den Achseln. »Sie werden es wieder versuchen, sie sind eben so.«

»Gab es nicht irgendein Abkommen?«, fragte Ayrlyn weiter.

Nylan sah sich zu Sylenia um, die sich ihrerseits gerade im Sattel umgedreht hatte, um Weryl etwas zu trinken zu geben.

»Ildyrom kann man nicht trauen, er ist ein Jeraner.«

Wieder zuckte Tonsar mit den Achseln. »Sie werden zurückkommen.«

Nylan runzelte die Stirn. Wenn die Jeraner auf der Seite des Flusses, die zu Lornth gehörte, eine Festung errichtet hatten ... dann hatte Sillek tatsächlich einige Probleme gehabt. Und nachdem er die Jeraner vertrieben hatte, war er auch noch gezwungen worden, gegen Westwind zu kämpfen ... Der Ingenieur schüttelte den Kopf. Die Grundbesitzer in Lornth schienen außergewöhnlich dumm zu sein, aber vielleicht gab es auch Faktoren, die ihm und Ayrlyn nicht bekannt waren. Vielleicht.

»Es gibt hier nicht viele Bäume«, unterbrach Ayrlyn seine Gedanken, »nicht einmal am Fluss.«

»Die Schafe fressen die jungen Bäume ab«, erklärte Tonsar. »Und es regnet hier nicht viel.«

Nylan sah zu den Wolken hoch. »Das verstehe ich nicht. Es gibt hier doch genügend Regen, dass Bäume wachsen könnten.«

»Es sei denn, der Sommer ist sehr trocken, sehr heiß und sehr lang«, wandte Ayrlyn ein.

»Heiß, sehr heiß ist er«, stimmte Tonsar zu. »Und was den Regen angeht ... es regnet hier nur selten.«

Der Ingenieur dachte lieber nicht weiter über einen heißen, trockenen Sommer nach.

Eine Bö, in die sich ein paar Regentropfen mischten, fegte über die niedrigen, strohgedeckten Dächer Clynyas hinweg, den marschierenden Soldaten entgegen. Doch so schnell wie der Schauer gekommen war, hörte er auch wieder auf.

Nach dem Regen waren ein paar feuchte Flecken auf der Straße zu sehen und die Luft roch ein wenig feucht.

Nylan stellte sich in den Steigbügeln auf, als die Marschierenden vor ihm langsamer wurden, weil sie einen freien Platz vor einigen Gebäuden erreichten. Das aus Holz gebaute, zweistöckige Mannschaftsquartier war mit dicken Balken gedeckt, der Stall nur mit Grassoden.

Lange Halme von braunem Gras hingen über die Dachkanten herunter. An einigen Stellen war frisches Gras nachgewachsen.

Die Gebäude und der Stall waren offenbar groß genug, um ein paar hundert Rekruten aufzunehmen.

Nylan wandte sich an Tonsar. »Sorgt Ihr bitte dafür, dass Wuerek den Toten möglichst tief begräbt.«

»Ja, Ser Engel«, antwortete Tonsar ein wenig ängstlich.

»Falls er auch nur die geringsten Schwierigkeiten macht, sagt ihm, ich werde ihn direkt daneben begraben.«

»Ja, Ser.« Tonsar lächelte fast unmerklich.

»Tonsar ...«, schaltete sich Ayrlyn ein. »Ich hoffe, Ihr versucht jetzt nicht, von Euch aus einen Streit anzuzetteln.«

Nylan dachte, der Unteroffizier würde gleich entnervt die Augen verdrehen, aber der Mann nickte nur. Als Tonsar zum hinteren Teil des Heerzuges ritt, sagte er nur noch ein Wort, das gerade laut genug war, dass die beiden es verstehen konnten. »... Engel ...«

»Er ist nicht daran gewöhnt, dass man versteht, was in ihm vorgeht«, meinte Ayrlyn trocken.

»Und genau das ist dir natürlich sehr gut gelungen«, antwortete Nylan.

Sylenia sah zwischen Nylan und Ayrlyn hin und her. Das Kindermädchen öffnete den Mund und wollte etwas sagen, hielt sich aber zurück, weil sich in diesem Augenblick ein Reiter näherte.

»Die vorderen Ställe sind für uns reserviert. Ihr Engel bekommt die mittleren Kammern im oberen Stockwerk«, sagte Fornal. Er deutete zur Holztreppe des Gebäudes. »Die Zimmer sind groß genug für Eure Bedürfnisse. Wir essen alle im Speisesaal der Kaserne, wenn zwei Glocken angeschlagen werden.«

»Danke.« Nylan lächelte höflich. »Wo sind die Unteroffiziere einquartiert, falls wir Tonsar finden müssen?«

»Da hinten.« Fornal deutete in die Richtung des langgestreckten Gebäudes. »Sie haben alle eine eigene kleine Kammer.«

Nachdem der Regent sich in Richtung der Ställe entfernt hatte, folgten ihm die beiden Engel mit Sylenia und Weryl. Sie ließen Fornal als Ersten die Ställe betreten. Ein paar Hühner flohen gackernd vor den Pferden und versammelten sich vor einem windschiefen, zugigen Schuppen südlich des Stalls. Eine Art Hühnerhaus, dachte Nylan, am niedrigen Dach und dem Geruch gut zu erkennen.

»Hier entlang, Sers«, rief ein dreckverschmierter Bursche. »Die Offiziere hier nach vorne.«

Im Stall war es eng, es stank und der Boden war glitschig.

Nylan hob die Augenbrauen und sah über die Wand der Box hinweg zu Ayrlyn. Sie zuckte mit den Achseln. Was konnten sie schon tun, außer ergeben zu lächeln?

Nachdem sie die Pferde untergebracht und gestriegelt hatten, gingen die drei zur Kaserne und stiegen über die Außentreppe zu ihren Zimmern hinauf.

Nylan öffnete die Tür und eine Wolke von Staub und etwas anderem wehte ihm entgegen. Sie hatten zwei Kammern bekommen, ein kleines Schlafzimmer mit einem Doppelbett und eine Art Wohnzimmer mit zwei Behelfsbetten und einem kleinen Kamin. Holz zum Heizen gab es keines, aber in der sommerlichen Hitze würden sie ohnehin kein Feuer anzünden. Eine freie Fläche vor dem Fenster, auf der sich helle Spuren abzeichneten, verriet ihnen, dass dort einige Möbelstücke entfernt worden waren.

»Es ist nicht schlecht, doch hier liegt etwas in der Luft ...« Ayrlyn runzelte die Stirn.

Auch Nylan hatte es bemerkt. »Chaos. Es ist aber schon eine Weile her. Dies sind nur die Überreste, die Quelle ist nicht mehr da.«

Sylenia, die den strampelnden Weryl festhielt, sah von einem Engel zum anderen.

»Einer von Silleks Magiern?«, meinte Ayrlyn.

»Wahrscheinlich. Einer war doch hier im Grasland stationiert, um die Jeraner in Schach zu halten, wie uns jemand erzählt hat. Wahrscheinlich war es auch derjenige, der die Festung der Jeraner eingeäschert hat.«

»Sillek war ein entschlossener Mann …« Ayrlyn unterbrach sich und wandte sich an Sylenia. »Du kannst Weryl auf den Boden setzen und ihn herumlaufen lassen. Hier gibt es nichts, woran er sich wehtun könnte.«

»Aber Ihr sagtet doch …«, begann die schwarzhaarige junge Frau.

»Hier ist jetzt nichts mehr«, beruhigte Nylan sie mit einem etwas gezwungenen Lächeln. »Wir wissen nur, das hier einmal ein Magier gewohnt hat.«

»Ihr seid doch auch Magier«, wandte Sylenia ein.

»Eigentlich nicht … oder jedenfalls nicht von der gleichen Sorte«, erklärte der Ingenieur.

Das Kindermädchen runzelte die Stirn.

»Es gibt Unterschiede zwischen den Magiern«, erklärte Ayrlyn. »Nicht alle Heiler und Magier sind wie die Weißen Magier. Wir können keine Feuerkugeln schleudern, sie können nicht heilen.«

Langsam setzte Sylenia Weryl ab. Der Junge hockte einen Augenblick neben einer Liege, dann zog er sich hoch und lief schwankend zu Nylan.

»Daaa …«

Der Ingenieur hob seinen Sohn auf. »Na, das war aber ein langer Tag, was? Leider ist er noch nicht ganz vorbei. Wir müssen uns jetzt noch ums Abendessen kümmern.«

»Wahdah!«

»Und Wasser brauchen wir auch, ja.« Nylan lachte.

»Wasser brauchen wir sogar besonders dringend«, fügte Ayrlyn hinzu. »Ich fühle mich, als würde ich Kleider aus Staub tragen.«

Nylan nickte. Wahrscheinlich würde es noch schlimmer werden und sie mussten noch drei Tage reiten, bis sie die Umgebung der Kupfermine erreicht hatten. War es wirklich eine gute Idee gewesen, Weryl mitzunehmen? Wahrscheinlich nicht, aber sie hatten keine Wahl gehabt. »Da drüben stehen Eimer. Ich werde mal sehen, ob ich eine Pumpe oder einen Brunnen finde.« Er setzte seinen Sohn wieder auf den Holzboden.

LX

Nylan nieste einmal, zweimal heftig und wünschte sich, die Regengüsse des vergangenen Tages wären etwas ergiebiger gewesen, wenigstens stark genug, dass der Straßenstaub liegen blieb. Aber der Regen hatte nur ein paar feuchte Flecken hinterlassen, die im Sonnenlicht schnell wieder trockneten.

»Kula liegt fünf Meilen vor uns«, erklärte Tonsar. »Der Regent sagt, dass wir dort unseren Vorposten einrichten sollen. Ich wäre ja lieber in Clynya geblieben.«

»Das wäre zwar bequemer gewesen«, meinte Ayrlyn, »aber es ist wohl zu weit vom Bergwerk entfernt.«

»Außerdem«, fügte Nylan hinzu, »bekommen wir diesen Haufen hier umso schneller auf Vordermann, je weniger Ablenkungen es gibt.« Er musste eben versuchen, das Positive zu sehen. Das verdorrte braune Gras am Rand der staubigen Straße übersah er lieber, genau wie die Hitze unter der erbarmungslos brennenden Sonne.

»Glaubt Ihr wirklich?«, fragte Tonsar.

»Wir wollen es doch hoffen«, antwortete Ayrlyn.

Mit jeder Meile, die sie sich in südlicher Richtung von Clynya entfernten, wurden die Bäume niedriger und spärlicher. Ein Hügel sah aus wie der andere, überall hing das Gras schlaff in der heißen Sonne. Einzelne Flecken voller Unkraut waren bereits braun geworden und immer öfter waren jetzt ausgedehnte Flächen von völlig kahlem Boden zu sehen, wo rötlicher Lehm zum Vorschein kam.

Nylan fragte sich, ob noch vor dem Sommer die ganze Gegend braun und leblos sein würde. Er wandte sich an Sylenia. »Warst du schon einmal hier im Süden?«

»Nein, Ser. Ich war einmal in Rohrn, aber weiter bisher noch nicht.« Sie runzelte die Stirn. »Es ist sehr trocken hier.«

»Und es wird immer trockener, wie ich hörte«, warf Tonsar ein. »Es ist kein schönes Leben, hier unten als Bergmann zu arbeiten. Der Mann meiner Schwester war mal hier, aber er hat es aufgegeben. Zwei Kupferstücke am Tag, eine Matratze, das Essen ... es war viel zu weit von zu Hause weg, auch für den jungen Burschen, der er damals noch war.« Tonsar lächelte Sylenia freundlich an.

»Wie lange ist das her?« Ayrlyn rieb sich die Nase.

»Das muss, oh, es ist jetzt sicher zehn Jahre her. Nuria war die Älteste. Sie ist vor zwei Jahren im Winter am Chaos-Fieber gestorben.« Tonsar zuckte mit den Achseln. »Jedenfalls wollte Wesay nicht ins Bergwerk zurück.« Er deutete zum langen Hang, der vor ihnen lag. »Im Spätsommer, sagte er, rollt der Staub wie eine Regenwolke von den Bergen herunter.«

Nylan zuckte zusammen. Noch mehr Hitze und Staub waren das Letzte, was sie gebrauchen konnten.

Aus dem Dunst vor ihnen tauchte ein Reiter auf und wich zum Straßenrand aus, um die Gesichter anzustarren, an denen er vorbeiritt. Als er Ayrlyn sah, nahm er sein Pferd herum und setzte sich neben sie.

Die Heilerin sah ihn an und wartete.

»Ser Fornal bittet Euch, zu ihm zu kommen«, stammelte der junge Bewaffnete. »Beide Engel, bitte.«

»Damit seid Ihr der Herr über unsere Rekruten, Tonsar«, sagte Nylan lachend.

»Leider …«

Sylenia lächelte Tonsar verstohlen an, als Nylan an den Zügeln zog und sein Pferd antrieb.

»Ob sich da eine Liebelei anbahnt?«, fragte Ayrlyn.

»Daran habe ich noch gar nicht gedacht«, gestand Nylan. »Ich weiß nicht einmal, ob Tonsar verheiratet ist.«

»Ich glaube nicht, aber spielt das eine Rolle?«, fragte die Rothaarige ironisch lächelnd.

Falls Sylenia sich wirklich für irgendjemanden interessierte, dachte Nylan, dann sollte Tonsar ihm lieber sein als die meisten anderen, ob es nun frische Rekruten oder vernarbte Haudegen waren. Er hoffte nur, sie würde nicht unter dem Mann zu leiden haben, aber er konnte nicht viel tun. Wenn er ihr den Umgang mit ihm verbot, würde er es nur noch schlimmer machen und womöglich noch Weryl in Gefahr bringen. Er seufzte.

Der Bote folgte ihnen gerade weit genug, damit Fornal sehen konnte, dass er die Befehle ausgeführt hatte, bevor er sich wieder in den Heerzug einordnete.

»Vor uns liegt Kula«, erklärte Fornal ihnen. »Die Späher sagen, die Weißen hätten vor ein paar Tagen einige Gehöfte niedergebrannt, hätten sich aber wieder zurückgezogen. Es sei noch genug da, das wir für unsere Zwecke verwenden können.«

»Ich vermute, sie werden zurückkehren.«

»Sie werden natürlich wieder auftauchen, aber Kula ist das am weitesten vom Bergwerk entfernte Dorf, es sind beinahe zehn Meilen, und es hat dank des Flusses den ganzen Sommer über Wasser.« Fornal kratzte sich am staubigen Bart. »Derlya hat eigentlich mehr zu bieten, aber es liegt zwanzig Meilen nordwestlich des Bergwerks und für meinen Geschmack viel zu nah an Jerans. Wenn ich nur die Wahl zwischen den Jeranern und den Weißen Dämonen habe, gefällt mir das zwar nicht, aber die Jeraner greifen aus dem Hinterhalt an, die Dämonen jedoch nicht. Daher …«

»Daher lagern wir in Kula«, vollendete Ayrlyn den Satz.

»Genau.«

Schweigend ritten sie den langen Hügel hinauf, bis sich vor ihnen ein weiteres Tal ausbreitete, eigentlich eher eine flache Mulde zwischen niedrigen Anhöhen, als ein Tal zu nennen. Kula selbst bestand aus einem halben Dutzend Bauernhöfen, die dicht an einem schmalen Fluss lagen. Nylan überblickte das Tal und versuchte, die Spuren der Cyadoraner zu entdecken.

Eins der Gehöfte besaß drei Gebäude – Wohnhaus, Scheune und Stall –, die allesamt schwarz und verkohlt waren und keine Dächer mehr hatten. Auch der Boden ringsherum war verbrannt und versengt. Wie ein schwarzer Tintenklecks lag das Anwesen in der Landschaft.

»Die Weißen Teufel«, bemerkte Fornal. »Sie brennen alles nieder, damit die Leute fliehen, dann nehmen sie ihren Besitz an sich und schlachten das Vieh.« Der Regent deutete zur anderen Seite des Tals. »Wir quartieren uns dort drüben in dem großen Anwesen ein, das sie nicht niedergebrannt haben. Im Haus ist Platz für uns und die Unteroffiziere, außerdem gibt es drei Schuppen und Scheunen.« Er lächelte leicht. »Und daneben ist auch noch reichlich Platz, damit Ihr Eure Auszubildenden in Form bringen könnt.«

»Wie weit ist die Mine entfernt?«, fragte Ayrlyn.

»Von dort aus etwa zehn oder zwölf Meilen nach Süden, sie liegt da drüben hinter den Hügeln.«

Die Straße wand sich am niedergebrannten Hof vorbei und lief dann auf der anderen Seite des Flusses weiter. Als er über die kleine Brücke ritt, sah Nylan nach unten ins Wasser. Es war kaum mehr als ein Bach, zwei Ellen breit und halb so tief, inmitten von Wiesen, die von Schafen kurz gefressen worden waren. Tiere sah er nur in der Ferne, kleine weiße Punkte auf dem Hügel hinter ihrem Ziel. Hatten die Cyadoraner alle anderen Tiere mitgenommen und geschlachtet? Oder hatten die Bauern sie fortgetrieben und waren aus Kula geflohen?

Als sie sich dem Gehöft näherten, sah Nylan sich um. Auf der Türschwelle lag ein zerbrochener Stuhl, die Tür hing nur noch an einem Scharnier. Dunkle Flecken zeichneten sich auf dem grauweißen Pflaster neben der Tür ab. Die Fensterläden waren geschlossen.

Nylan ließ die Sinne schweifen, konnte aber hinter den stummen Mauern nirgends ein Lebenszeichen entdecken. Ayrlyn, die neben ihm ihr Pferd gezügelt hatte, schüttelte den Kopf.

Auf den Wiesen im Süden standen noch ein paar Schafe.

»Ha, da hätten wir ja sogar noch etwas Nahrung für uns gefunden«, rief Fornal. »Die Weißen Dämonen haben nicht alles zerstört.«

Nylan schnüffelte und rümpfte die Nase.

»Wir müssen die Toten begraben«, fuhr Fornal fort. »Huruc?«

»Ser, wir kümmern uns darum.«

»Weit genug vom Bach entfernt«, warnte Nylan ihn.

»Ja, Ser.«

»Wir werden im Haus unterkommen. Die Leute können sich die Scheune als Kaserne einrichten«, schlug Fornal vor. »Der Schuppen hier … dort könnt Ihr Eure Trupps unterbringen.«

Nylan blickte zum langgestreckten Schuppen. Ein paar Bretter fehlten, genau wie bei den meisten anderen Nebengebäuden, die er bisher in Lornth gesehen hatte, aber das mit Stroh gedeckte Dach schien verhältnismäßig dicht zu sein. Wenn sie bis zum Winter in Kula bleiben mussten, würden sie die Lücken in den Wänden schließen müssen, aber im Sommer war es eher angenehm, dass der Wind durchs Gebäude wehen konnte.

Ayrlyn hob die Augenbrauen und wechselte einen Blick mit Nylan, bevor sie antwortete.

»Das Gebäude muss in Stand gesetzt werden.«

»Hier muss alles in Stand gesetzt werden«, erwiderte der Regent. »Am besten, wir fangen sofort damit an.« Er drehte sich im Sattel um. »Huruc!«

»Ser?«

»Lass deine Leute die Scheune ausräumen. Die Engel nehmen den Schuppen für ihre … für ihre Züge. Wir vier oder fünf werden uns das Haupthaus teilen.«

Fornal lenkte sein Pferd zur Scheune, die unmittelbar im Westen hinter dem Wohngebäude stand. Nylan, Ayrlyn und Sylenia ritten zum Schuppen rechts neben dem Haus.

Hinter dem Gebäude lagen drei aufgedunsene Leichen. Nylan schluckte. Kein Wunder, dass Fornal sicher war, dass die Bewohner nicht mehr zurückkehren würden.

Er drehte sich um. »Sylenia?«

»Ser?«

»Erkundige dich, welches Zimmer im Haus wir bekommen, und richte es wohnlich ein. Nimm Weryl mit.«

»Ja, Ser.« Die schwarzhaarige Frau nickte.

»Wir sind hier draußen und bringen unsere Truppe unter.« *Und wir müssen uns um ein paar sanitäre Probleme kümmern. Um ein paar sehr grundlegende Probleme.* »Und binde dein Pferd vorerst direkt am Haus an.«

Als das Kindermädchen das Pferd herumzog, sagte Ayrlyn leise: »Das wird ja immer schlimmer.«

»Du hast es geahnt, nicht wahr?«

»Eine Art heruntergekommener Überlegenheitswahn der Rationalisten. Ich hatte gehofft, es würde nicht dazu kommen.«

»Sie haben sich nicht geändert, aber eigentlich war

es auch nicht anders zu erwarten.« Das war das Problem mit den Rationalisten, dachte Nylan. Immer missbrauchten sie die Logik, um sich die eigene Überlegenheit zu beweisen und ihr Bemühen zu rechtfertigen, mit äußerster Brutalität alles zu vernichten, was sich ihnen in den Weg stellte. Irgendwie hatte er gehofft, er und Ayrlyn würden in Candar nicht mehr die gleichen Schlachten schlagen müssen wie an Bord der *Winterspeer,* aber es sah so aus, als würden überall dort, wo es Menschen gab, immer wieder die gleichen Probleme entstehen.

»Nein, sie haben sich nicht geändert und sie werden sich nie ändern.« Ayrlyns Stimme klang belegt. »Und du weißt, was das bedeutet.«

Nylan wusste es. Schon wieder Leute, die nur auf überlegene Gewalt reagierten. Seine Nase juckte. Ayrlyn rieb sich die Nase, schluckte und versuchte gleichzeitig, ein Niesen zu unterdrücken. Er dagegen ließ dem Impuls freien Lauf und nieste wie aus Herzenslust.

Als sie die Pferde an einem stabilen Geländer vor dem Schuppen festgemacht hatten, betraten Nylan und Ayrlyn das Gebäude. Nylans Stiefel versanken sogleich in Mist und Staub.

»Bei der Dunkelheit ...«

»So schlimm ist es gar nicht. Ich habe Schlimmeres gesehen«, meinte Tonsar, der zu Fuß zu ihnen kam und sein Pferd am Zügel führte. Die ungefähr dreißig Auszubildenden und Unruhestifter blieben ein Stück entfernt auf den Pferden sitzen.

»Lasst uns hier aufräumen«, sagte Nylan leise. »Nehmt, was nötig ist, um den Boden bis auf die nackte Erde frei zu kratzen, und dann wischt ihn sauber, bevor irgendjemand hier sein Nachtlager aufschlägt. Oh, und hinter dem Schuppen liegen drei Leichen und ein paar tote Schafe. Sie müssen begraben werden, und zwar mindestens hundert Ellen vom Wasserlauf entfernt.«

Tonsar sah Nylan fragend an. »Die Männer sind wahrscheinlich müde.«

»Lieber müde als in zwei Tagen krank. Und sie werden krank, wenn sie in diesem Dreck schlafen, noch dazu mit ein paar verwesenden Leichen gleich um die Ecke.«

Tonsar seufzte leise. »Ja, Ser.«

»Tonsar, wir … wir sind nicht …« Nylan schüttelte den Kopf. »An Krankheiten sterben mehr Männer als durch die Klingen des Feindes. Ich kann nicht alle Schwerter aufhalten, aber ich weiß, wie man dafür sorgt, dass die Leute nicht krank werden.«

»Wir werden außerdem dafür sorgen, dass sie sauberes Wasser bekommen, damit sie nicht an Durchfall erkranken.«

Tonsar sah sie skeptisch an.

»Wir sind Heiler, schon vergessen?«, sagte die rothaarige Frau. »Und falls sie das nicht überzeugt … nun ja. Hat jemand Lust, ein Schwert durch die Brust gesteckt zu bekommen?« Jetzt klang ihre Stimme bitter und Nylan wusste, warum. Er fühlte sich ganz ähnlich.

»Nein, Engel. Es soll erledigt werden.« Er schien unendlich müde.

»Wir sind uns nicht zu fein zum Arbeiten«, erklärte Nylan. »Ich werde unter dem vorstehenden Dach dort den Amboss und einen provisorischen Schmiedeofen aufbauen. Dazu brauche ich ein paar Steine oder Ziegel …«

»Ja, Ser«, sagte Tonsar noch einmal.

»Und wenn ich Schwerter repariere und schärfe, Tonsar, dann können sie auch Steine schleppen.«

Ayrlyn nickte. Sie wussten beide, dass es Augenblicke gab, in denen man sich durchsetzen und ein Beispiel geben musste. Er hoffte nur, sie hatten den richtigen Augenblick gewählt.

LXI

Als am Morgen die Kochfeuer abgedeckt wurden, schluckte Nylan den letzten Bissen Brot herunter und stand auf. Die Bank war zu hart, um lange zu sitzen. Er wunderte sich immer noch, wie man über einem Kochfeuer ein halbwegs genießbares Brot backen konnte. Der armen Kadran war es jedenfalls nicht gelungen.

»Das Brot ist nicht übel.« Er folgte Ayrlyn zum Schuppen, wo Tonsar ihre auszubildenden Rekruten beaufsichtigte. Auf der Türschwelle vor dem Haupthaus saß Sylenia und fütterte Weryl, unter dem vorspringenden Dach des Schuppens waren schon einige Steine und zerbrochene Ziegel zu einem primitiven Schmiedeofen aufgetürmt. Nylan hoffte, das Provisorium würde ausreichen, aber bisher hatte er noch keine Zeit gehabt, sich über die anstehenden Schmiedearbeiten den Kopf zu zerbrechen. Er hatte schon wieder von Bäumen geträumt, von alten Bäumen, in denen Ordnung und Chaos umeinander flossen.

»Auch der Käse ist nicht schlecht«, fügte Ayrlyn hinzu. »Was beschäftigt dich? Du fliegst durch eine andere Galaxis, seit du aufgewacht bist.«

»Bäume ...«, sagte Nylan nur.

Ayrlyn drehte sich zu ihm um. »Bäume voller Weiß und Dunkelheit?«

»Ordnung und Chaos.« Der Schmied nickte.

»Seltsam ... ich habe auch von ihnen geträumt. Ich frage mich nur ...« Sie schüttelte den Kopf und sah sich zu den ausgehenden Kochfeuern um. »Nun denn ... unsere Schutzbefohlenen warten schon.«

Die meisten angehenden Bewaffneten standen vor dem teilweise umgebauten Schafstall und aßen die letzten Bissen Brot, harten Käse und scharfen Hammeleintopf. Der Ingenieur hatte Schwierigkeiten mit scharfem Hammel zum Frühstück, aber die Leute in Lornth schienen diese Kost zu lieben.

»Ich weiß«, sagte Ayrlyn. »Hammel zum Frühstück. Ob das schwere Fleisch die seltsamen Träume macht?«

»Es ist ein gutes, sättigendes Frühstück«, warf Tonsar munter ein. »Davon bekommt man doch keine schlechten Träume.«

Der Ingenieur schüttelte den Kopf, als Tonsar zu ihm trat. »Seid Ihr bereit fürs Training? Habt Ihr die Leute in Gruppen eingeteilt, wie wir es besprochen haben?«

»Ja, Ser.« Tonsar runzelte die Stirn. »Aber sie sind nicht begeistert davon, mit Holzschwertern zu üben.«

»Sie wären noch viel unglücklicher, wenn mir mit kaltem Eisen üben würden«, erwiderte Ayrlyn.

»Holz ist etwas für kleine Kinder … sagen sie.«

»Die Dunkelheit möge uns beistehen und uns vor männlicher Eitelkeit schützen«, murmelte die rothaarige Frau. »Sie wollen lieber mit Eisen spielen und sterben.«

Tonsar schluckte schwer.

»Die meisten sind nicht gern hier und fast alle hassen uns.« Ayrlyn betrachtete die zerlumpte Gesellschaft. Obwohl die Sonne gerade erst über dem Horizont stand, flimmerte die Hitze schon über dem Staub.

»Das ist wahr«, stimmte Tonsar zu. »Nur dass sie Euch außerdem noch fürchten.«

»In diesem Fall werde ich wohl lieber gefürchtet als geliebt«, gab Nylan zurück.

»Denk an Ryba«, erinnerte Ayrlyn ihn. »Dies ist nicht die Zeit, um nachsichtig zu sein.«

»Es scheint so, als wäre fast nie die richtige Zeit dazu«, antwortete Nylan. »Jedenfalls nicht hier in Candar.«

»Ich halte dir den Rücken frei«, fügte Ayrlyn hinzu.

»Dann darfst du die zweite Runde übernehmen«, sagte Nylan. »Wir müssen ihnen klarmachen, dass wir beide gefährlich sind.«

»Ihr werdet sie noch einen nach dem anderen umbringen«, sagte Tonsar.

Nylan war nicht sicher, ob der Mann ihn auf den Arm nehmen wollte. »Nein, so leicht kommen sie mir nicht davon. Sie sollen leiden.«

Als Tonsar Nylan mit großen Augen anschaute, ob er wohl einen Scherz gemacht hätte, verdrehte Ayrlyn die Augen.

Der Engel mit dem Silberhaar verzog keine Miene.

Als die Bewaffneten bis auf ein paar unvermeidliche Nachzügler mit dem Essen fertig waren, gab er Tonsar nickend das Signal. »Lasst sie Aufstellung nehmen.«

»Aufstellen!«, brüllte der stämmige Unteroffizier. »Los jetzt, Dersio! Du bist auch gemeint! Und du auch, Ungit!«

»Er klingt wie ein Einschleifer daheim«, meinte Ayrlyn.

»Aber die hier sind schlimmer«, erwiderte Nylan halblaut. »Schlimmer als ein Dutzend Mrans.«

»Hoffentlich nicht. Wir können es uns nicht erlauben, so viele zu töten.«

Nylan atmete langsam durch und ging zur Truppe hinüber, den Blick auf die vorderste Reihe geheftet. Er blieb stehen und betrachtete die Männer noch einen Augenblick, ehe er zu sprechen begann. »Ich halte nicht viel davon, lange um den heißen Brei zu reden.« Nylan sah die zwanzig unfreundlichen, zweifelnden Gesichter an. »Ihr seid Ayrlyn und mir zugeteilt worden, weil man euch als unerfahrene Kämpfer oder Unruhestifter betrachtet. Ehrlich gesagt ist mir ziemlich egal, was andere Leute denken. Wenn ihr die Befehle befolgt und hart arbeitet, kann ich euch versprechen, dass eure Aussichten, zu überleben und wieder nach Hause zu kommen, erheblich besser werden.« Er zuckte mit den Achseln. »Wenn ihr das nicht wollt, soll es mir recht sein. Dann werdet ihr eben beim ersten Scharmützel von den Cyadoranern abgeschlachtet und ich brauche mich nicht mehr mit euch herumzuschlagen.«

Er holte sich einen der Holzstäbe, die Tonsar bereithielt. Er und Ayrlyn hatten elf Stäbe vorbereitet. Er wünschte, sie hätten mehr. Es war nicht möglich, diese Bande mit echten Waffen zu unterrichten, ohne die meisten Leute zu töten oder zu verstümmeln. »Das hier ist ein Übungsschwert. Warum benutzen wir Holz? Weil ihr eure Fehler überleben sollt. Es zwickt und manchmal tut es sogar weh und ab und zu könntet ihr richtig verletzt werden. Die Schmerzen helfen euch hoffentlich beim Lernen.«

»Der hat gut reden …«

Nylan sah den großen jungen Mann an, ein grobknochiger Bursche mit zottigem Bart. »Hast du etwas gesagt?«

»Verzeihung, Ser, aber so hart, wie Ihr tut, seid Ihr nicht, Ser.«

Ayrlyn sah Nylan an und schüttelte den Kopf. Der Ingenieur wusste, was sie dachte, und stimmte ihr innerlich zu. Er hasste, was jetzt kommen würde. Manche Leute lernten einfach nichts, solange man es ihnen nicht einprügelte.

»Fuera – dein Name ist doch Fuera? Nimm den Stock und sieh zu, wie du damit zurechtkommst.« Nylan warf dem jungen Mann einen Stock zu.

Fuera hob ihn auf und ging, wild herumfuchtelnd, auf Nylan los.

Der Schmied sprang zur Seite, wich den wildesten Hieben aus, parierte ein paar und schlug dem Mann den Stock aus der Hand.

»Heb ihn auf.«

Fuera starrte Nylan böse an, hob aber den Stock auf und begann den nächsten Angriff.

Nylan schlug ihm auf den Handrücken und der Stock fiel zum zweiten Mal zu Boden.

Fuera drehte sich um, brüllte und griff an.

Der Ingenieur, der automatisch die Reflexverstärkung aktiviert hatte, ließ seinen Stock fallen, duckte sich, wich zur Seite aus und ließ die wenigen Bewegungen, die er kannte, fast automatisch ablaufen.

Der Bursche flog beinahe in hohem Bogen über Nylan weg, schlug mit einem satten Knall auf den Boden und blieb benommen liegen.

Nylan bückte sich, hob seinen Stock wieder auf und tippte Fuera damit auf die Schulter, fest genug, dass es wehtat. »Steh auf und hol dir deinen Stock. Ich werde dich nicht entlassen, nur weil dein Stolz verletzt ist. Wenn ich einen der Prügel benutzt hätte, wie sie bei den Kämpfern in Lornth sonst üblich sind, wärst du jetzt tot oder verstümmelt.«

Der Bursche starrte Nylan böse an, rappelte sich auf und sammelte die Kräfte für den nächsten Angriff.

Nylan lächelte gelassen, er war bereit.

Mit einem Schrei griff Fuera noch einmal an.

Die zwanzig Rekruten sahen schweigend zu.

Nylan wich blitzschnell aus und stieß den jungen Mann mit dem Ellenbogen nieder. Dann blieb er ruhig stehen und wartete, während der angehende Bewaffnete torkelnd wie ein Betrunkener wieder auf die Beine kam.

»Heb den Stock auf oder lass es, wie du willst«, sagte Nylan. »Ich versuche, dir genug beizubringen, damit du überlebst. Du willst aber anscheinend lieber jung sterben.«

Die Zuschauer begannen zu kichern.

Fuera griff noch einmal an. Dieses Mal trat der Schmied dem Mann direkt in den Weg und streckte ihn mit zwei raschen Schlägen mit der flachen Hand zu Boden.

Fuera stand nicht wieder auf.

»… noch nie gesehen … so schnell …«

»… hätte ihn ohne weiteres töten können …«

»... verdammt scharfer Hund ...«

Als das Gemurmel verstummt war, wandte Nylan sich an die anderen. »Ich würde diese Lektion nur ungern noch öfter wiederholen. In einem echten Kampf hätte ich keine Rücksicht genommen. Fuera wäre schon beim ersten Schlag tot gewesen.« Er sah den Bewusstlosen kurz an und wandte sich wieder an die anderen. »Ein Grund dafür, dass er noch lebt, ist der, dass wir zu wenig Kämpfer haben. So ... ist sonst noch jemand hier, der beweisen möchte, dass er der härteste, brutalste und gemeinste Trottel in ganz Lornth ist?« Nylans grüne Augen überblickten die neunzehn Mann, die im Halbkreis um ihn herum standen.

Jeder Einzelne schlug die Augen nieder, als Nylans Blick auf ihn fiel.

LXII

Lephi beugte sich vor. Die braunen Augen zeigten keine Regung, als der schlanke Magier mit dem schütteren weißen Haar über die polierten Fliesen zu dem mit Silber und Malachit geschmückten Thron kam und sich verneigte.

»Ihr habt mich gerufen, Hoheit?«

»In der Tat. Habt Ihr nun eine Lösung für die Schwierigkeiten mit dem Verwunschenen Wald gefunden, Triendar? Eine Lösung, die mich nicht sämtliche Weißen Magier kostet, die ich noch habe? Oder weitere Truppen, die ich nicht mehr habe?«

»Haben Euer Hoheit die Geheimnisse der Eisenvögel wiederentdeckt oder wie man Eisenfedern macht, welche die Sonne reflektieren? Oder habt Ihr vielleicht einen Weg gefunden, die Eislanzen der alten Engel neu zu erschaffen und auf Euer Feuerschiff zu bringen?« Triendars Stimme war ruhig, freundlich.

Lephi hob die Hand. »Spottet nicht über mich, Triendar, denn sonst …«

Der weißhaarige Magier verneigte sich wieder. »Ich verspotte Euer Hoheit nicht. Aber was Ihr von mir verlangt, ist für mich ebenso leicht wie das, wonach ich Euch gefragt habe.«

»Ihr seid der Magier, nicht ich.«

»Kann ich in den Himmel fliegen, Hoheit? Kann ich das große Westmeer in Dampf verwandeln, bis die Fische auf trockenem Land und verkohltem Tang liegen und nach Luft schnappen?« Wieder verneigte sich der Magier.

»Ich habe Euch eine Aufgabe übertragen und bitte Euch jetzt zu gehen und erst zurückzukehren, wenn Ihr mir berichten könnt, dass Ihr sie erledigt habt.« Lephis Stimme war kalt und hart, aber die Hände packten die Armlehnen des Throns so fest, dass die Finger zitterten.

»Sehr wohl, Euer Majestät. Ich werde also nicht mehr zurückkehren.« Triendar verneigte sich ein weiteres Mal.

Lephi hob die rechte Hand, ließ sie wieder sinken. »Was meint Ihr damit, dass Ihr nicht mehr zurückkehren werdet?«

»Euer Hoheit«, meinte der Weiße Magier, »wir alle sind an das gebunden, was uns möglich ist. Ihr könnt nicht fliegen. Ich kann nicht alle Meere in Dampf verwandeln und ich kann auch nicht ohne Weiße Magier, Feuer und Männer mit Fackeln und Hacken den Verwunschenen Wald aufhalten. Ihr könnt befehlen und anordnen, was immer Ihr wollt. Ihr könnt den Bogenschützen der Rationalen Sterne meinen Körper als Ziel zur Verfügung stellen, aber was ich nicht tun kann, das kann ich eben nicht tun, und ich will nicht die Illusion nähren, ich könnte es vielleicht doch.«

Lephi packte wieder die Armlehnen, noch fester als zuvor, und ein langes Schweigen senkte sich über den

Raum. Kein Flüstern und kein Seufzen war im Thronsaal zu hören.

Schließlich ergriff der Herr von Cyador wieder das Wort. »Ihr wart immer aufrichtig und Ihr setzt Euer Leben aufs Spiel, um weiterhin aufrichtig zu sein. Ich kann nicht behaupten, dass ich erfreut bin, aber mehr als dies kann ich von einem Mann und Magier nicht erwarten.« Lephi hielt inne. »Macht mir einen Plan. Sagt mir, was Ihr mit wie vielen Magiern und wie vielen Männern erreichen könnt. Sagt mir, wie viele Ihr braucht, um den Wald möglichst für immer zu bändigen.«

Triendar verneigte sich ein letztes Mal. »Es soll geschehen, Hoheit.«

Als der Weiße Magier gegangen war, wischte Lephi sich die Stirn trocken, knüllte ein duftendes weißes Schweißtuch zusammen und ließ es neben dem Thron fallen, wo es lautlos von einem weiß gekleideten Mädchen aufgehoben und entfernt wurde.

»Wenigstens … wenigstens werde ich die Feuerschiffe und die Feuerkanonen zurückbekommen.« Er lächelte. »Und dann werden sie alle wieder das große Cyad fürchten lernen.«

LXIII

Nylan rückte den letzten Stein des Schmiedeofens zurecht, dann legte er eine Pause ein und wischte sich mit dem Rücken des Unterarms die Stirn ab. Er sah sich zum Übungsgelände um.

»Ich arbeite lieber hier mit Euch als da drüben, Ser«, sagte der schlaksige junge Bursche, der noch nicht lange als Mann bezeichnet werden konnte, während er den Schleifstein mit den Füßen in Gang hielt.

»Du wirst beides zu schmecken bekommen, Sias«, erklärte Nylan seinem halb unfreiwilligen Lehrling. »Morgen wirst du zu Pferd trainieren.«

Sias stöhnte.

»Achte auf die Klinge«, warnte ihn der Ingenieur. »Nicht einmal ein Heiler kann einen abgeschnittenen Finger wieder anwachsen lassen.«

Sie hatten inzwischen die meisten der kunterbunt gemischten Klingen ihrer beiden Züge geschärft. Wenn es nur genauso einfach gewesen wäre, die Fähigkeiten im Schwertkampf und die Reitkünste der Leute zu verbessern.

Aber es musste doch möglich sein. Nylan hatte beides gelernt, wenngleich es ihm half, die Ordnungs-Felder manipulieren zu können, und dank der implantierten Reflexverstärkung, über welche die Einheimischen nicht verfügten. Allerdings hatten auch die Frauen, die nach Westwind geflohen waren, diese Vorteile nicht gehabt.

»Sind die Weißen Dämonen wirklich sechs Ellen groß?«, fragte Sias unschuldig.

»Du weißt genau, dass sie es nicht sind, es sei denn, sie sitzen auf dem Pferd und das Pferd steht auf einem Dach. Wer hat eigentlich diesen Unsinn erzählt?«

»Nachts ... gibt es Getuschel.« Sias nahm das Schwert und wischte die Klinge vorsichtig mit einem geölten Tuch ab, bevor er sie in die Scheide steckte und die nächste zu schleifen begann.

Hufschläge übertönten Ayrlyns Befehle einen Moment, als zwei Züge Rekruten und ein Trupp erfahrener Soldaten hinter Fornal die Straße hinunter in Richtung Süden ritten.

Nylan hustete. Wie üblich war der leichte sommerliche Wind gerade kräftig genug, um den allgegenwärtigen Dreck und Staub aufzuwirbeln – im Augenblick noch verstärkt durch Fornals Streitmacht –, aber nicht kräftig genug, um lindernde Kühle zu bringen.

Die Späher des Regenten hatten am vergangenen

Abend Bericht erstattet. Die Cyadoraner hatten rings um das Bergwerk einen Wall aus Felsen und Erde errichtet und verstärkte Tore eingesetzt. Auf dem höchsten Punkt des Hügels stand jetzt außerdem ein Aussichtsturm. Die meisten Truppen waren bereits in Baracken untergebracht, die ihrerseits ebenfalls von Erdwällen geschützt wurden. Zweifellos hatte man es dort kühler als in Zelten, überlegte der Schmied.

Bisher hatten sich die Weißen Streitkräfte meist auf dem Gelände des Bergwerks aufgehalten und höchstens einige Ausfälle unternommen, um die Gegend auszukundschaften, um Überfälle durchzuführen oder Proviant zu beschaffen. Und sie hatten wieder damit begonnen, Kupfer abzubauen, wie der Rauch und die Feuer der Schmelzöfen verrieten.

Fornal wollte sich Gewissheit verschaffen und gleichzeitig die Spähtrupps der Cyadoraner ausschalten, wo er sie nur erwischen konnte. Nylan hoffte, die Gegner würden nicht umgekehrt Fornal ausschalten.

Ein stämmiger Mann kam von der Scheune zur behelfsmäßigen Schmiede herüber. Nylan nickte bei sich, dann richtete er sich auf und überließ die Konstruktion, die fast schon ein Schmiedeofen war, vorerst sich selbst.

Huruc betrachtete Nylans Werk, dann sah er den Amboss, der zwischen zwei im Boden versenkten Holzklötzen eingeklemmt war. »Die Schmiede scheint ja fast fertig zu sein.« Er deutete zur Staubwolke auf dem Hügel. »Wir wollen hoffen, dass Ser Fornal nur schartige und stumpfe Schwerter mit zurückbringt.«

»Und nicht etwa reiterlose Pferde?«, ergänzte Nylan.

Huruc nickte und blickte zum Übungsgelände, wo Ayrlyn die zu zweit übenden Soldaten beaufsichtigte.

»Halt das Handgelenk steif, Meresat! Und heb die Klinge hoch. Hoch damit!« Die Stimme der rothaarigen Frau war hart, scharf und doch unpersönlich.

»Sie sehen schon besser aus«, meinte der Bewaffnete.

Dann senkte er vertraulich die Stimme. »Ist es wahr, dass Ihr den jungen Dummkopf Fuera habt angreifen lassen, um ihn dreimal hintereinander noch dümmer aussehen zu lassen, als er ist?«

Nylan nickte. »Ich hatte nur die Möglichkeit, ihn zu demütigen oder ihn zu töten, und wir haben nicht genug Leute, um leichtfertig einen Soldaten zu verlieren.«

»Man sagt, Ihr hättet Augen im Hinterkopf, Ihr beide.«

»Ich bin froh, dass man das denkt«, gab der Ingenieur lachend zurück.

»Ihr verseht die Schwerter mit scharfen Schneiden und Spitzen.«

»Ja«, antwortete Nylan.

Huruc schüttelte leicht den Kopf und Nylan verstand ihn. Gute scharfe Waffen – und was man mit ihnen anfangen konnte – stellten auch für einen übermütigen Herrscher aus Lornth eine Gefahr dar.

»Wir brauchen gegen Cyador jede scharfe Klinge, die wir nur aufbieten können«, fügte der Schmied hinzu.

»Halte die verdammten Füße auseinander«, fauchte Ayrlyn hinter Huruc. »Dich könnte doch ein Zweijähriger umwerfen.«

Sias grinste und trieb den Schleifstein an.

Der stämmige Bewaffnete schüttelte nur den Kopf.

LXIV

Der Soldat, der im oberen Stockwerk der umgebauten Scheune Wache hielt, schlug zweimal die Glocke an.

»Haltet euch ruhig«, wies Nylan die Rekruten an. Er blickte zum Wachtposten, einem bärtigen, purpurn uniformierten Bewaffneten, der den Horizont absuchte. Der Ingenieur richtete sich im Sattel auf und spähte nach

Süden, konnte aber außer dem Staub von Reitern nichts erkennen. »Macht euch bereit.«

»Ser …«, murmelten die Berittenen.

Der Ingenieur wandte sich an Tonsar, der neben ihm auf einem Braunen saß. »Wahrscheinlich ist es nur Fornal, aber ihr hört am besten mit Üben auf, bis wir es wissen. Wenn er es ist, werden wir es bald erfahren, und dann könnt ihr sie noch einmal scheuchen.«

»Ja, Ser.« Der Unteroffizier mit dem braunen Bart holte tief Luft und musterte seine Truppe.

»Nehmt Haltung an!«

Ayrlyn lenkte ihr kastanienbraunes Pferd zu Nylan, während dieser sich von der freien Fläche hinter dem umgebauten Schafstall entfernte.

»Sie sind immer noch keine guten Kämpfer«, sagte er.

»Aber sie werden besser«, antwortete sie und nickte in Richtung Süden. »Glaubst du, es ist Fornal?«

»Ich hoffe es«, murmelte Nylan, indem er sein Pferd vor dem Gebäude zügelte. Er blickte zur Straße, die nach Süden führte. Die Nachmittagssonne stach unangenehm heiß in seinem Rücken.

Ayrlyn zügelte das Pferd neben ihm. Er sah sich rasch zur Koppel um, wo sich die Pferde, überwiegend requirierte Tiere aus Lornth, an einem Ende drängten.

»Ser Fornal, es ist Ser Fornal«, rief der Wachtposten.

Hinter ihm begann Tonsar die angetretenen Rekruten anzutreiben. »Ihr seid ein armseliger Haufen alter Weiber und keine Soldaten. Wir fangen noch einmal von vorn an. Haltet eure Stöcke nicht wie Besen, sonst zerschneide ich sie euch mit echtem kaltem Eisen …«

Mit einem leisen Lächeln ließ Nylan seine Stute langsam zur Straße laufen. »Ich möchte vor den Männern sehen, wie es ihm ergangen ist.«

»Hast du Angst, es könnte ihm nicht gut ergangen sein?«

»Wer weiß? Ein vorzeitiger Erfolg kann so nachteilig

sein wie eine Niederlage.« Nylan ruckte an den Zügeln, damit die Stute in schnellem Schritt ging.

Fornal und die älteren Bewaffneten in seiner Umgebung trugen den Staub wie eine zweite Haut. Als die Engel sich ihnen näherten, zügelten sie die Pferde.

»Seid gegrüßt, Ser Fornal«, grüßte Nylan höflich.

Fornal nickte unwirsch, erhob aber keine Einwände, als Nylan sein Pferd neben ihm laufen ließ. Ayrlyn ritt ihrerseits neben Nylan.

Fornal war mit drei vollen Zügen aufgebrochen, ein Zug mit erfahrenen Kämpfern, zwei Züge mit halbwegs ausgebildeten Rekruten. Ein halbes Dutzend Sättel waren leer, noch einmal doppelt so viele Reiter waren mit Blut bespritzt. Da von den Reitern nicht sehr viel Chaos ausstrahlte, konnte Nylan annehmen, dass das meiste Blut nicht von den Kämpfern aus Lornth stammte.

Außer dem halben Dutzend Pferden mit grauen Decken unter leeren Sätteln oder Sätteln, über die Leichen geschnallt waren, gab es fast ein Dutzend weitere Pferde, die mit Blut bespritzte weiße Decken trugen. Auf zweien waren Schwerter festgebunden, auf zwei weiteren türmten sich verschiedene Satteltaschen, die man willkürlich hier und dort befestigt hatte.

»Es sieht so aus, als wärt Ihr recht erfolgreich gewesen«, meinte Nylan.

»Dafür, dass es der erste Kampf war, ging es besser, als ich befürchtet hatte«, erklärte der schwarzhaarige Regent. »Wir haben sie überrascht.« Er ließ sein Pferd langsamer laufen, als sie die Abzweigung zum Bauernhaus und der umgebauten Scheune erreichten, und wandte sich im Sattel um. »Kümmert euch zuerst um die Pferde und die Verwundeten. Die Verwundeten kommen in den vorderen Teil.« Fornal drehte sich wieder um und ritt weiter zum Mannschaftsquartier in der Scheune.

»Werdet Ihr die Verwundeten heilen? Ihr seid doch

Heiler.« Fornal sah zwischen Nylan und Ayrlyn hin und her.

Nylan warf einen Blick zu Ayrlyn, ehe er antwortete. »Wir werden tun, was wir können. Es kommt ganz darauf an, wir müssen uns jeden einzeln ansehen.«

Fornal nickte, als er die beiden Reihen berittener Rekruten bemerkte, die vor Tonsar angetreten waren. »Sie sehen schon beinahe aus wie Bewaffnete. Wir brauchen jeden einzelnen Mann. Die Weißen sind so zahlreich wie die Aasfliegen.« Er zügelte das Pferd unterhalb des Wachtpostens, zögerte kurz und wandte sich an Huruc, der ihn reglos erwartete. »Gibt es eine Gruppe, die sich um das Beerdigen der Toten kümmert?«

Der Anführer der Bewaffneten nickte.

»Wir haben ein halbes Dutzend Männer verloren. Mehr als mir lieb ist, aber so geht es eben.« Fornal nickte Huruc zu und lenkte sein Pferd nach rechts zur Koppel. Die Engel folgten ihm. Fornal zügelte das Pferd vor dem Unterstand am nördlichen Ende der Koppel, wo die Tiere der Unterführer und Offiziere eingestellt waren.

Nylan und Ayrlyn stiegen ebenfalls ab und banden ihre Pferde fest. Absatteln und striegeln konnten sie die Tiere auch später noch.

»Wir beginnen gleich mit den Verwundeten«, sagte Nylan zu Fornal.

»Jeder, den ihr retten könnt, wird weiterleben und Weiße Dämonen töten«, sagte der Regent. »Ich habe gehört, dass Eure Heilkünste in Candar unübertroffen sind. Wir wollen hoffen, dass Ihr viele retten könnt.«

»Das hängt ganz von den Verletzungen ab«, gab Ayrlyn zurück.

»Tut, was Ihr könnt.«

Keiner der Engel sagte ein Wort, als sie zum Übungsgelände zurückkehrten.

»Tonsar?«, sagte Nylan leise. Er blieb kurz stehen und schaute zum berittenen Unteroffizier auf.

»Ser?«

»Es war sehr klug, die Männer aufzustellen, um Ser Fornal willkommen zu heißen. Ich hätte selbst daran denken müssen und bin froh, dass Ihr es getan habt.«

»Ich wäre ein schlechter Unteroffizier, wenn es nicht einige Dinge gäbe, von denen ich mehr verstehe als Ihr«, erwiderte Tonsar grinsend.

»So ist es richtig.« Nylan erwiderte das Grinsen. Doch er wurde sofort wieder ernst, als er an die Verwundeten dachte. »Lasst sie die letzte Übung wiederholen, danach sollen sie bis zum Abendessen ihre Pferde striegeln. Wir müssen jetzt die Verletzten heilen.«

Der stämmige Unteroffizier nickte.

Als sie sich der Scheune näherten, ergriff Ayrlyn die Hand des Schmieds und drückte sie. »Ich weiß, dass du Fornal am liebsten umbringen würdest, aber vielen Dank.«

»Wofür denn? Dafür, dass ich vernünftig bin? Dass ich diese Falle ignoriere, die darin besteht, dass man uns vorwerfen wird, wir hätten versagt, wenn wir nicht alle retten?«

»Natürlich.«

Die sechs verwundeten Bewaffneten waren inzwischen schon auf Strohmatratzen auf den staubigen, ausgetretenen Bohlen der Scheune untergebracht.

Der erste Mann saß auf seinem Lager und hielt sich den Arm, ein zweiter stand neben ihm und schüttelte den Kopf. »Er will sich nicht helfen lassen.«

»Nein, ich lasse ihn mir nicht abschneiden … nein!« Schweiß lief ihm über die staubige, verschmierte Stirn. Der Verletzte starrte vor sich auf den Boden.

»Haben wir Schienen?«, murmelte Nylan. »Oder etwas, das wir als Schiene verwenden können?«

»Ich habe keine gesehen.« Ayrlyn wandte sich an den unverletzten Soldaten. »Besorge uns zwei gerade Holzstücke, ungefähr so breit wie ein Schwert und nicht länger als sein Unterarm, dazu ein paar Streifen Tücher.« Sie hielt inne. »Ach, besorge uns am besten gleich ein Dutzend Holzstücke.«

»Ja … Ser.« Der Mann eilte davon.

»Wir werden nicht …«, begann Nylan.

»Ihr werdet mir nicht den Arm abschneiden, ich will lieber vorher sterben!«

»Wir schneiden überhaupt nichts ab«, sagte Nylan sanft.

»Dann seid ihr aber nicht wie die Heiler, die ich kenne.«

»Nein, das sind wir nicht. Wir sind gleich wieder da. Halte du deinen Arm fest.« Nylan konnte spüren, dass es ein komplizierter Bruch war, der jedoch mithilfe der Ordnungs-Felder geheilt werden konnte, wenn sie rasch handelten.

Sie gingen zum zweiten Mann. Es war ein junger Bursche mit verfilztem blondem Bart und geröteten Wangen. Ein schmutziger Verband war über einen tiefen Schnitt in der Schulter gelegt. Der zusammengesunkene Körper und die Schmerzen, die aus den Augen strahlten, warnten Nylan.

»Ein tiefer Stich, ein paar Knochen gebrochen«, murmelte Ayrlyn.

Nylan konnte das Chaos der Infektion spüren, das sich zum Glück jedoch noch nicht sehr weit ausgebreitet hatte.

»Wir sind nur zwei, aber wir können es schaffen«, sagte Ayrlyn. »Lass uns noch schnell die anderen untersuchen.«

Der dritte Mann war bereits an inneren Blutungen gestorben.

Sie wechselten einen Blick und gingen zum Nächsten.

»Knochenbrüche in der Hand«, lautete Ayrlyns Diagnose. »Vielleicht können wir sie wieder hinbekommen.«

Der fünfte Patient starrte ihnen stumpf entgegen. Der

Atem ging abgerissen, das Weiß des Chaos hatte bereits den größten Teil des Körpers erobert.

Der sechste Mann hatte einen tiefen Schnitt oder Stich am rechten Oberschenkel abbekommen, der fast bis auf den Knochen reichte. Ein älterer Bewaffneter stand neben ihm und hielt Faden und eine Nadel bereit.

»Ich kann die Wunde verschließen, aber das Chaos würde ihn umbringen.«

Nylan lächelte. »Bei diesem hier ist es einfach.«

»So eine tiefe Wunde …« Er senkte die Stimme. »Die meisten sterben daran.«

»Er wird überleben«, versprach Ayrlyn.

»Er ist der Mann meiner Schwester.«

»Sollen wir nicht versuchen … was du mit Nesslek gemacht hast?«, fragte die rothaarige Heilerin.

»Bei der Infektion wird es helfen, aber es ist nicht genau dasselbe.«

Sie nickte. »Trotzdem …«

Nylan ließ die Wahrnehmung wandern, verband sich mit Ayrlyns Energie und entdeckte einige von Infektion und Chaos verschmutzte Stellen, hatte aber keine Mühe, sie zu säubern und eine Art Barriere aufzubauen, die das Weiße Chaos band und die Wunde schützte. Der junge Mann sah sie stumpf an.

Ayrlyn berührte seine Stirn und der Bewaffnete schloss die Augen. »So … jetzt kannst du die Wunde vernähen.«

»Ja, Heilerin.«

Als die Stiche gesetzt und die Fäden verknotet waren, drängten die Heiler das restliche Chaos aus der Wunde und der Naht.

»Wir müssen das sicher noch öfter machen«, meinte sie.

»Wenn wir es jeden Tag tun, wird es nicht sehr viel Energie erfordern.«

Sie richteten sich wieder auf. Im Zwielicht stand der Mann, der die Holzstücke geholt hatte.

»Richtig, die sind für die Knochenbrüche.« Sie kehrten zum ersten Verwundeten zurück, der sie ängstlich und schweißüberströmt anstarrte.

Als sie fertig waren, verließen sie die Krankenstation eher taumelnd als aufrecht gehend.

»Vier von sechs ... nicht schlecht.«

»Auf Himmel wäre das ein Kunstfehler«, sagte Nylan.

»Hier ist es ein Wunder.« Ayrlyn hustete und drängte Nylan zu den Kochfeuern. »Wir müssen etwas essen.«

Nylan stimmte ihr zu und folgte ihr zum kleinen Feuer, das am Ende des Bereichs brannte, wo die Offiziere aßen.

»Habt Ihr Gerrit geheilt, Engel?«, fragte der Koch, während er einen halben Brotlaib auf Ayrlyns Brett legte.

Ayrlyn sah den Mann mit dem roten Bart verwirrt an.

»Ein blonder Mann, hat sich wohl den Unterarm verletzt.«

»Er wird wieder gesund werden. Es kann ein paar Achttage dauern, aber es wird heilen.«

Ein anderer Mann mit schütterem Haar näherte sich ihnen schwer atmend. »Was ist mit Giste? Er war der Große.«

»Es tut mir Leid.« Nylan holte tief Luft. »Er war schon tot, ehe wir zu ihm kamen.«

»Wie viele werden überleben? Wird es überhaupt einer schaffen?«, fragte der Mann.

»Vier. Der mit der verletzten Hand wird wahrscheinlich kein guter Schwertkämpfer mehr, aber die Hand wird er behalten.« Ayrlyn drehte sich um und ging unsicher zum Gebäude, das als Unterkunft und Hauptquartier diente.

»Warum hat Giste nicht überlebt?«, bedrängte sie der Mann, der sich jetzt vor Nylan aufbaute.

»Weil ihm die verdammte Klinge die Eingeweide aufgeschnitten hat. Nicht einmal der beste Heiler der Welt könnte zerstückelte Därme wieder in Ordnung bringen.« Nylan drehte sich um und folgte Ayrlyn.

»Übertreib's nicht, Delman«, warnte jemand anders den Mann. »Wir haben schon großes Glück, dass wir überhaupt Heiler dabei haben.«

Nylan ging mit seinem Brett zum Haus und ließ sich auf der schattigen Veranda an der Ostseite nieder.

Fornal saß bereits auf einem Hocker und kaute ein Stück fettiges Hammelfleisch. Offenbar gab es hier nichts anderes und selbst diese Tiere gingen allmählich zur Neige. Nylan überlegte, dass die noch übrigen verstreuten Tiere und verlassenen Herden sicher nicht bis zum Ende des Sommers reichen würden. Aber wie sollten sie und die Menschen in Lornth überhaupt den Sommer überleben, wenn die Cyadoraner sich ernstlich zum Handeln entschlossen?

Huruc saß auf der obersten Stufe und kaute geräuschvoll.

Der Schmied wich dem Bewaffneten aus und setzte sich zu Ayrlyn auf die Bank. Nach einem Bissen vom harten Brot zwang er sich, ein Stück Hammelfleisch zu essen. Es war fettig und deftig.

»Etwas streng«, meinte Ayrlyn lächelnd, »aber es hilft.«

»Das ist gutes Essen«, sagte Huruc. »Es hat Zeiten gegeben, da haben wir im Grasland nur schimmeligen Käse und Wurzeln bekommen. Und wilde Zwiebeln.«

»Ich fände es schön, wenn es nicht schlimmer wird, als es jetzt schon ist«, antwortete Nylan.

»Das denken alle Soldaten«, erwiderte Huruc mit halb vollem Mund. Er schluckte und fragte: »Wie ging es mit dem Heilen, Engel?«

»Vier werden wohl überleben, drei werden wieder kämpfen können«, antwortete Ayrlyn.

»Das ist gut«, sagte Huruc. »Sonst sterben die meisten.«

»Ich habe gehört, dass die Heiler der Engel fast alles heilen können«, warf Fornal ein.

»Die Marschallin von Westwind wünscht sich sicherlich, dies wäre wahr«, erwiderte Nylan freundlich, nachdem er längere Zeit über eine passende Antwort nachgedacht hatte. »Aber wenn dies so wäre, dann gäbe es jetzt dreimal so viele Wächterinnen.«

»Was ist mit dem Blonden?«, fragte Huruc.

Nylan lächelte. »Er wird überleben. Wir haben das Chaos rechtzeitig aufgehalten. Aber er wird lange kein Schwert mehr führen können. Es dauert, bis die Knochen wieder richtig zusammengewachsen sind. Ihr müsst ihn vorerst als Küchenhilfe oder für ähnliche Aufgaben einsetzen. Dadurch wird aber vielleicht jemand anders frei, der an seiner Stelle kämpfen kann.«

»Was ist eigentlich passiert?«, fragte Ayrlyn sehr höflich.

»Wir sind auf einen ihrer Plünderungstrupps gestoßen. Sie haben nicht mit uns gerechnet.« Fornal lächelte. »Es sind nur wenige entkommen.«

»Wie viele waren in der Gruppe?«

»Anderthalb Züge, würde ich sagen.«

Nylan runzelte unwillkürlich die Stirn. Er nahm an, dass Fornal eine Art Spähtrupp aufgerieben hatte. Gegen die Entscheidung des Regenten, den Trupp anzugreifen, konnte er keine Einwände erheben, nachdem die Leichen der unschuldigen Menschen in Kula ihm gezeigt hatten, wie es die Weißen hielten. »Noch ein paar solcher Begegnungen und sie werden sich wünschen, sie hätten sich ein anderes Land ausgesucht.«

»Nicht die Weißen Dämonen. Sie werden bis zum letzten Mann hier ausharren.«

»Dann müssen wir sie eben bis zum letzten Mann bekämpfen, und wenn wir einen nach dem anderen einzeln angreifen.«

Huruc lachte leise. »So stellt sich ein Krämer den Krieg vor.«

»Nein«, erwiderte Nylan, nachdem er einen Happen

Brot und Hammel verschluckt hatte, »so denkt einer, der hart arbeiten kann.«

»Ihr Engel habt Euch aber in Westwind anders verhalten«, wandte Fornal ein.

»Wir hatten kaum eine andere Möglichkeit, aber wo wir diese Regel befolgen konnten, hatten wir praktisch keine Verluste. Westwind hat zwei Drittel seiner ursprünglichen Streitkräfte in großen Schlachten gegen zahlenmäßig weit überlegene Gegner verloren.« Nylan runzelte die Stirn, als er ein Stechen im Kopf spürte. Er hatte vergessen, dass die Ordnungs-Kräfte dieses verdammten Planeten keinerlei Übertreibung zuließen und ihn sofort und manchmal auch schmerzhaft erinnerten, wenn er sich darüber hinwegsetzte. Aber im Grunde hatte er die Situation richtig beschrieben.

»Da wir das gegnerische Lager nicht angegriffen haben, werden manche Grundbesitzer behaupten, ich hätte meine Ehre verloren.« Fornal zuckte mit den Achseln. »Aber ich lege keinen Wert darauf, die Ehre zurückzugewinnen, indem ich in der Schlacht den Tod suche.«

Nylan war nicht sicher, ob dies eine Art Rechtfertigung darstellen sollte oder ob es nur eine sachliche Beobachtung war. »Wird es nicht ausreichen, wenn Ihr die Cyadoraner vertreiben könnt?«

»Manchen wird es reichen, anderen nicht. Es gibt welche, die finden immer und überall ein Haar in der Suppe.« Fornal schüttelte mit traurigem Lächeln den Kopf und stopfte sich ein großes Stück Käse in den Mund, ohne noch einmal zu Nylan zu blicken.

Nach dem Essen ging Nylan zur vorderen Veranda, wo Sylenia mit Weryl saß.

»Weryl!« Nylan streckte die Arme aus.

»Daaa!« Der Junge löste sich sofort aus den Armen des Kindermädchens und krabbelte über die Bretter.

Nylan hob ihn hoch und hielt den Jungen mit dem silbernen Haar einfach nur fest, um die Wärme und die

Lebendigkeit zu spüren. Schließlich begann Weryl zu strampeln.

»Entschuldige, mein Sohn. Du hast dich so gut angefühlt.« Nylan setzte sich wieder auf die Bretter und ließ Weryl neben sich auf den Boden herunter. »So gut.« Manchmal fragte er sich immer noch, ob er auch wirklich das tat, was er Istril versprochen hatte. Er hoffte es.

»Ser Nylan?«, fragte Sylenia.

»Ja?«

»Darf ich mich für eine Weile zurückziehen?«

»Natürlich.« Er überlegte kurz. »Aber versuche, mit deinem Bewaffneten nicht in Schwierigkeiten zu geraten.«

Sylenia errötete und stand auf.

»Das war unfair, Nylan«, sagte Ayrlyn, die in der Tür aufgetaucht war.

»Entschuldige, Sylenia.«

Das Mädchen errötete noch einmal, lächelte schüchtern und huschte am Schmied vorbei.

Ayrlyn setzte sich auf die Bank.

»Ah-yah!« Weryl lief unsicher zu der Rothaarigen. »Ah-yah!«

Nylan sah dem Kindermädchen nach, das in Richtung der Quartiere eilte.

Ein vierschrötiger Bewaffneter lenkte sein Pferd zu Sylenia, gab ihm aber gleich wieder die Sporen und entfernte sich, nachdem er ein paar Worte mit ihr gewechselt hatte. Der Schmied runzelte die Stirn und sah Ayrlyn fragend an.

»Das müssen wir im Auge behalten.«

Er nickte langsam. Und dazu natürlich all die anderen Dinge, dachte er.

LXV

»Wir waren noch nicht für den ersten Kampf bereit.« Nylan lächelte die in drei Reihen vor dem ehemaligen Schafstall angetretenen Rekruten grimmig an. »Das ist ein Grund dafür, dass wir euch so angetrieben haben. Wir hatten Glück, aber darauf kann man sich nicht immer verlassen.« Er wandte sich nickend an Tonsar. »Lasst sie aufsitzen und überprüft die Rüstung der Männer, danach überprüfe ich sie noch einmal.«

»… dem entgeht nichts …«

»… er redet … sie sieht durch dich durch … dabei soll sie verglichen mit den meisten anderen Engeln noch warmherzig sein …«

Immer die gleichen Vorurteile. Nylan warf einen Blick zu Ayrlyn, die mit ihm zum Pferch und den Pferden ging. »Und sie glauben, du wärst kalt«, sagte er leise lachend. Er musste an Ryba denken.

»Für sie bin ich das auch. Ryba hat, was die Männer in Candar angeht, ziemlich richtig gelegen.« Sie schüttelte den Kopf. »Würde ich menschliche Züge zeigen, dann würden sie mich nicht respektieren. Das Gleiche gilt auch für dich, aber du bist ein scharfer Hund, während ich ein eiskaltes Biest bin. Hunde genießen ein höheres Ansehen als Biester.«

»Und beide müssen es sich mit Gewalt verdienen.«

»Leider ja, so ist das nun einmal. Aber so ähnlich war es doch auch bei den Vereinigten Glaubenstruppen, nur nicht ganz so offensichtlich.« Ayrlyn überprüfte ihre Sachen und schwang sich mit einer Anmut und Eleganz in den Sattel, die, wie Nylan wusste, auf langer Übung beruhte.

Die gesattelten Tiere am anderen Ende der Koppel liefen unruhig hin und her, als wüssten sie, dass dieser Tag anders verlaufen sollte als die anderen.

Nylan stieg ebenfalls auf. Mit einem letzten Blick zu den Rekruten, die jetzt ebenfalls ihre Pferde holten, ritt er zum Wohnhaus, wo Sylenia mit Weryl an der Vordertür stand. Er zügelte sein Pferd am Rand der Zufahrt neben Ayrlyn und sah sich zu Weryl und Sylenia um, lenkte das Pferd noch etwas näher zur Veranda, bis er nur noch zehn Ellen von ihnen entfernt war.

»Pass nur gut auf ihn auf«, sagte er schließlich.

»Das werde ich tun, Ser, ganz gewiss.« Sylenia sah ihm offen in die Augen.

»Und pass auch auf dich selbst auf.« Nylan nickte und lächelte Weryl an.

»Daa.«

»Und du, sei mir ja gut zu Sylenia, Weryl.« Mit einem letzten Lächeln nahm er das Pferd wieder herum und ritt zur Nordseite des Schafstalls, wo die Rekruten inzwischen aufsaßen und sich in Reih und Glied aufstellten. Er musste blinzeln, als er nach Osten blickte, wo die Sonne gerade über den niedrigen Hügeln aufging.

»Wenn man Kinder hat, wird es schwerer«, bemerkte Ayrlyn. »Das spüre sogar ich.«

Er sah sie an.

»Er ist ein reizendes Kind. So musst du auch einmal gewesen sein«, sagte sie. Es zuckte leicht um ihre Mundwinkel.

»Ich? Der schreckliche Engel?«

»Damit sie überhaupt kämpfen können, müssen sanfte Seelen oft die grausamsten sein, weil sie gegen ihre eigene Natur handeln.«

War es wirklich so, fragte Nylan sich, oder waren die sanften Seelen eigentlich gar nicht so sanft? Er sah zu dem Durcheinander von Männern und Pferden hinüber.

»Formiert euch!«, befahl Tonsar, indem er sich kurz über die Schulter zu Ayrlyn und Nylan umsah. »Nesru! Ja, du bist gemeint!«

»Ser!«

Nylan verkniff sich ein Lächeln, als ein einsames Huhn über die Bretter des ehemaligen Schafstalls rannte und gierig nach einem Brotkrumen pickte, den einer der Rekruten fallen gelassen hatte. Wie hatte das Huhn nur überlebt? Oder musste man die Hühner inzwischen schon als wilde Tiere ansehen?

»Die Männer sollen noch einmal überprüfen, ob ihre Wasserflaschen auch wirklich voll sind«, sagte Nylan leise, indem er sein Pferd dicht neben den Unteroffizier lenkte. »Falls Ihr das nicht schon erledigt habt.«

»Ich hab's ihnen zweimal gesagt, Ser.«

»Das ist einmal mehr als nötig gewesen wäre«, warf Ayrlyn ein, »aber sie sind neu.«

Sogar noch unerfahrener als wir, dachte Nylan. Er verkniff sich ein Lächeln, als er Ayrlyns braune Augen aufblitzen sah.

Langsam ritten sie die Reihe der Rekruten ab.

»Mearet ... wo ist deine Wasserflasche?«

»... hinten im Geschirr ...«

Schließlich nickte er Tonsar zu. »Wir warten auf den Regenten.«

»Seid Ihr bereit, Engel?«, kam der Ruf schon wenige Augenblicke später.

»Wir sind bereit«, bestätigte Nylan.

Mit einem letzten Blick zum Gebäude, wo Sylenia und Weryl standen und den Reitern nachsahen, wandte Nylan sich ab und begann den Ritt nach Hersa, dem angeblich nächsten Ziel der Cyadoraner, wenn Hurucs Späher sich nicht irrten. Allerdings musste man nicht einmal besonders erfahren sein, um sich auszurechnen, was die Weißen als Nächstes tun würden. Nach den ersten blitzartigen Überfällen zogen die Cyadoraner anscheinend von Dorf zu Dorf und entfernten sich nach und nach immer weiter vom Kupferbergwerk.

Staub wirbelte auf und hüllte die Engel ein, noch bevor ihr Zug das Anwesen verlassen hatte, das sie in ihr Lager verwandelt hatten. Schweiß lief dem Ingenieur in den Nacken.

Fornal, der vor ihnen ritt, winkte.

»Ich glaube, der Regent will uns sprechen«, sagte Ayrlyn.

»Den Eindruck habe ich auch.« Nylan wandte sich an Tonsar. »Ich weiß nicht, wie lange wir brauchen, aber ich bin sicher, Ihr könnt hier unterdessen für Ordnung sorgen.«

»Ich brauche ihnen nur zu erklären, was Ihr tun werdet, wenn der Regent sieht, dass sie sich dumm benehmen, während Ihr mit ihm redet.« Tonsar grinste breit.

»Das Thema wäre dann wohl erledigt«, meinte Ayrlyn trocken, ohne eine Miene zu verziehen, »aber wir müssen wenigstens ein paar am Leben lassen, damit sie gegen die Cyadoraner kämpfen können.«

Der stämmige Unteroffizier schüttelte immer noch den Kopf, als die beiden Engel ihre Pferde zum Straßenrand lenkten, um die Marschsäule der Rekruten zu überholen und zu Fornal zu stoßen, der weiter vorn inmitten seiner Berufssoldaten ritt.

Der Regent mit dem dunklen Bart blickte noch eine Weile zu der vor ihnen nach Süden führenden Straße, ehe er sich an Nylan und Ayrlyn wandte.

»Eure Ausbildung war gut, aber jetzt müssen wir sehen, inwieweit sich die Männer daran erinnern, wenn echte Klingen geschwungen werden.« Fornal sah sich zu den drei Zügen um, die seinen Soldaten folgten. Die letzten beiden waren die der Engel.

Eines konnte Nylan spüren. Die Rekruten ritten jetzt besser, in besserer Ordnung und leiser als auf dem Weg nach Kula.

»Jedenfalls sehen sie allmählich wie richtige Bewaffnete aus«, bemerkte der rothaarige Unteroffizier, der links neben Fornal ritt.

Nylan warf einen Blick zu dem Mann. An das Gesicht

erinnerte er sich, aber er wünschte, er hätte ein besseres Namensgedächtnis.

»Das ist Lewa, nach Huruc der nächste Unterführer«, erklärte Fornal freundlich. »Er hat die Rekruten aus Rohrn unter sich.«

»Ich habe ihn schon einmal gesehen, aber leider entfallen mir Namen viel zu oft«, erwiderte der Ingenieur.

»Mir auch, Ser«, antwortete Lewa. »Aber Engel sind natürlich auffälliger.«

»Wie weit ist es noch bis Hesra?«, fragte Nylan.

»Wir werden am Spätvormittag dort eintreffen, die Cyadoraner erst nach uns. So früh stehen sie nicht auf.« Lewa schnaubte. »Sie reiten nie anders als in makelloser Ordnung, jeder hat einen Zahnstocher aus Neusilber genau wie der Reiter vor ihm und der Reiter hinter ihm.«

»Und wie gut sind sie?«, fragte Ayrlyn.

»Solange sie mehr sind als wir … siegen sie.« Lewa fuhr sich mit einer Hand durchs kurze rote Haar.

Ein sanfter Hügel folgte auf den nächsten, mit jeder Stunde wurde der Staub dichter und das Gras spärlicher und brauner, je weiter sie nach Süden kamen. Ob sie durch die Einschnitte zwischen den Hügeln ritten oder auf dem Hügelkamm, die Straße führte doch immer nur zu neuen Hügeln, die aussahen wie die letzten.

Am Spätvormittag wandte Lewa sich auf einem Hügel, der kaum anders aussah als die anderen, an Fornal und sagte: »Hesra liegt hinter der nächsten Hügelkette.«

Fornal brummte. Als sie der Straße ins Tal und in östlicher Richtung bis zu einem Einschnitt zwischen zwei Hügeln gefolgt waren, hob der Regent den Arm. »Wir verlassen die Straße hier und wenden uns nach Süden.«

»Damit haben wir gegenüber der Straße, die vom Bergwerk hierher führt, eine bessere Position«, erklärte Lewa.

Gut zweihundert Ellen unterhalb der Hügelkuppe hielt Fornal sein Pferd im welken braunen Gras an und nickte dem Unteroffizier zu.

»Zügelt die Pferde«, befahl Lewa. Die Rekruten aus Lornth und die Berufssoldaten hielten an.

Nylan ließ sein Pferd im staubigen Gras anhalten und stellte sich in den Steigbügeln auf, um den Befehl für seine Leute zu wiederholen.

»Zügelt die Pferde!«, wiederholte Tonsar.

Da sich kein Lüftchen regte, legte sich der Staub sofort, als die Pferde ruhig standen.

Fornal kam zu den Engeln geritten. »Wir reiten über die Hügelkuppe und dann auf dem Hügelkamm entlang. Ihr solltet von dort aus einen guten Überblick bekommen«, erklärte er. »Die Weißen Dämonen werden von der Straße ausschwärmen, so haben sie es bisher immer gehalten. Wenn sie uns sehen, werden sie uns für Späher halten.«

Nylan machte sich seine Gedanken, sagte aber nichts, als er an den Zügeln seiner Stute ruckte, um Fornal zu folgen. Schweiß lief ihm den Nacken hinunter und zwischen den Schulterblättern juckte es, dabei war noch nicht einmal die Mittagszeit gekommen.

Ein paar Fliegen summten um seine schweißnasse Stirn. Er verscheuchte sie und sehnte sich nach den kühlen Westhörnern.

»Es ist ziemlich warm«, bemerkte Ayrlyn.

»Verglichen mit dem Spätsommer ist es kühl, Engel«, wandte Lewa ein.

Der Höhenzug war von braunem Gras bedeckt, nur zwei kleine Bäume standen dort, einer von ihnen war tot. Keiner der beiden war höher als ein Berittener.

Fornal zügelte sein Pferd auf der Hügelkuppe und nickte in Richtung des rothaarigen Unteroffiziers.

»Hesra liegt am Eingang des Tals an einer Flussbiegung. Dort gibt es auch einen mit Erde aufgeschütteten Damm.« Lewa deutete auf eine ovale blaue Fläche und einen dunklen Fleck links daneben. »Sie nehmen das Wasser zum Bewässern der Felder und zum Tränken der

Tiere.« Der Rothaarige drehte sich im Sattel um. »Und dort ist die Straße, die vom Bergwerk herunterführt. Ich würde sagen, es dauert jetzt nicht mehr lange.«

Die leere Straße, die von Südwesten herankam, führte an der Westseite ins Tal hinein, lief über den flachen Talgrund und vereinigte sich mit dem Weg, über den sie selbst gekommen waren. Die Kreuzung lag weniger als eine Meile vor dem dunklen Flecken, der nach Lewas Auskunft Hesra sein musste. Aus der Ferne war die Straße vom Bergwerk als rotbrauner Streifen zu sehen, der sich über einen Hügel mit braunem Gras zog. Der Hügel selbst war steil genug, dass die unteren Abschnitte noch im Schatten lagen, obwohl es bereits spät am Morgen war.

War der Dunst hinter dem Hügel eine Staubwolke? Nylan schüttelte den Kopf, als der Staub hinter dem Hügel nach und nach höher stieg.

»Wir warten, bis sie den unteren, ebenen Teil der Straße erreicht haben«, sagte Fornal. »Dann schlagen wir zu. Lewa und ich werden die Führung übernehmen. Eure Aufgabe, Engel, ist es, ihnen den Rückweg abzuschneiden.«

Die vier lenkten ihre Pferde wieder hinunter in die Deckung des Hügels, gerade weit genug, dass sie noch die Straße beobachten konnten, ohne von den Cyadoranern sofort bemerkt zu werden.

Im Staub schimmerte etwas Weißes und die Sonne funkelte auf polierten Schilden, als die Weißen Lanzenkämpfer bergab geritten kamen. Die Vorhut hielt sich weniger als eine Meile vor dem Haupttross. Späher konnte Nylan nirgends sehen. Vielleicht lag es daran, dass Fornal in den letzten Tagen mit großem Erfolg die Spähtrupps dezimiert hatte.

Nylan betrachtete die makellose Marschformation der Weißen und schätzte insgeheim die Größe der Einheit ab. Es mussten etwa drei Züge sein, denen viereinhalb

Züge aus Lornth gegenüberstanden, wenngleich die Truppen, die Nylan befehligte, unerfahren waren wie Neugeborene.

»Habt Ihr genug gesehen?«, fragte Fornal. »Dann lasst uns die Leute vorbereiten.«

»Die Cyadoraner sind Berufssoldaten«, sagte Ayrlyn leise zu Nylan, als sie zu der Stelle zurückritten, wo Tonsar mit den Rekruten wartete.

»Sie sind gut ausgebildet. Das bedeutet aber nicht, dass sie Berufssoldaten sind. Wenn Gethen und die Schriftrollen die Wahrheit sagen, dann haben wir und Fornal sogar mehr Erfahrung als sie. Außerdem habe ich keine Bogenschützen gesehen.«

»Warum nur reicht das nicht aus, um mich zu beruhigen?«, gab die rothaarige Frau zurück.

»Weil sie dank ihrer guten Ausbildung trotzdem eine Menge unserer Hitzköpfe töten können?«

»Ja, daran musste ich denken.«

»Und weil Bogenschützen nicht sehr viel ausrichten können, wenn zwei berittene Truppen gegeneinander kämpfen?«

»Auch das.« Ayrlyn, die ein wenig vor Nylan geritten war, zügelte ihr Pferd.

Tonsar und die Rekruten warteten schweigend, dass die Engel das Wort ergriffen.

»Die Cyadoraner reiten gerade auf der anderen Seite des Hügels ins Tal hinein«, begann Nylan. »Wir werden sie auf der Straße treffen. Unsere Aufgabe ist es, uns hinter das Ende ihrer Kolonne zu setzen und ihnen den Rückweg abzuschneiden.« Der Ingenieur sah sich um. »Wir haben mehr Bewaffnete als sie, also rechne ich nicht mit Schwierigkeiten.«

Einige Rekruten, unter ihnen auch Fuera und Wuerek, schluckten schwer. Beide waren Nylans Trupp zugeteilt.

»Wir nehmen jeder einen Trupp, wie wir es geübt haben«, fuhr Nylan fort. »Tonsar, Eure Gruppe bleibt links,

Ayrlyns Truppe rechts und ich übernehme die Mitte. Wir wollen es möglichst einfach machen. Reitet von der Flanke auf die Gegner los und macht alles nieder, was sich euch in den Weg stellt.«

»… einfach so?«, murmelte irgendwo jemand.

»Einfach so«, bekräftigte Ayrlyn.

»Das Kämpfen ist nicht schwer«, fügte Nylan hinzu. »Ihr schlagt sie und tötet sie, bevor sie euch erwischen. Ihr könnt das und ich erwarte, dass ihr es tut.« Er sah sich um. Die anderen Trupps ritten schon den Hügel hinauf.

»Los jetzt.« Die Stute folgte willig, als er an den Zügeln ruckte, und trabte sogleich bergauf.

Ayrlyn ritt quer zu seiner Marschrichtung, um die Abteilung auf der rechten Seite zu übernehmen, Tonsar hob grinsend sein Schwert.

Sein Schwert? Nylan hätte sich beinahe selbst in den Hintern getreten, als er die Hügelkuppe erreichte und auf der anderen Seite bergab ritt, den Weißen entgegen, die bisher, wie es schien, noch nicht einmal zu ihnen heraufgeschaut hatten. Der Ingenieur zog die dunkle Klinge aus dem Schultergeschirr. Sollte er sie jetzt schwenken? Er wusste nicht, wie sich der Anführer eines bewaffneten Kommandos verhalten musste.

Er schürzte die Lippen und winkte kurz mit dem Schwert. Nur kein übertriebenes Pathos, dachte er. »Die Schwerter ziehen«, befahl er, nur für den Fall, dass jemand anders den gleichen Fehler gemacht hatte wie er. Aber er sah sich nicht um, sondern konzentrierte sich auf das Gras vor ihm, ob dort Schlaglöcher oder andere Hindernisse lauerten.

Falls es welche gab, wich die Stute offenbar von selbst aus. Nylans Abteilung hing etwa fünfzig Ellen hinter den anderen zurück, als sie die ebene Fläche neben der Straße erreichten, aber das spielte keine große Rolle.

Dreimal zwei Trompetensignale wurden gegeben und die Lanzenreiter wandten sich in Richtung der Angreifer.

Sie machten keine Anstalten zu fliehen, sondern bauten sich fast automatisch neu auf, während die Truppen aus Lornth anrückten. Die Sonne funkelte auf den kleinen polierten Schilden, sodass es Nylan schwer fiel, sich auf einzelne Lanzenreiter zu konzentrieren.

Ein leichter weißer Dunst umwehte die Abteilung, ähnlich dem Weiß, das die Weißen Magier beim Angriff auf Westwind umgeben hatte, aber doch ein wenig anders. Das Weiß der Lanzenreiter war … besser geordnet, während die Sonne auf den kleinen und schweren Spiegelschilden funkelte.

Nylan fasste einen Cyadoraner ins Auge, der eine Abteilung anzuführen schien, aber ein großer, in glitzerndes Weiß gekleideter Kämpfer neben dem Offizier oder Unteroffizier drehte sich im Sattel um und ein langes Stück Metall sauste unglaublich schnell in Nylans Richtung. Viel zu schnell, um die Stute noch herumzuziehen.

»Deshalb heißen sie Lanzenreiter, du Narr«, schalt er sich selbst, während er sich umdrehte und die funkelnde Lanze mit seiner dunklen Klinge, die ihm viel zu kurz schien, abwehrte.

Die Lanze zerbrach, als wäre sie aus Glas gemacht, aber sofort ging ein weiterer Lanzenreiter auf Nylan los. Sein Säbel funkelte in der Mittagssonne, wurde niedrig gehalten, um den Ingenieur in der Mitte entzwei zu schneiden, und wieder wurden Nylans Augen durch grelles Funkeln geblendet.

Er warf die Klinge fast blind in Richtung des Spiegelschildes und ließ sich im Sattel zur Seite kippen. Er spürte, wie der Säbel sich im Saum seines Hemdes verfing, bevor der Lanzenreiter im Sattel zusammenbrach. Das Kurzschwert steckte bis zum Griff in seiner Brust.

Nylan zog das zweite Schwert, hatte etwas Mühe, es herauszubekommen, und überlegte abwesend, dass er eigentlich das an der Hüfte befestigte Schwert hätte als Erstes schwingen müssen, weil das Schwert im Schultergeschirr leichter zu ziehen war. Er zwang sich, nicht mehr an die Weißen Todesqualen zu denken, die überall zu spüren waren, sondern sich nur vor Augen zu halten, dass er zu Weryl zurückkehren musste.

Er blickte kurz zu den Nahkämpfen, die sich rechts neben ihm abspielten. Nur Ayrlyn war genau wie er in die feindlichen Reihen eingedrungen. Sie war von drei weiß gekleideten Cyadoranern umgeben. Er machte kehrt und trieb seine Stute an, um seinerseits die drei Lanzenreiter anzugreifen.

Die Klinge der Heilerin flocht ein graues Netz und als Nylan sich ihr näherte, brach einer der Säbel aus Neusilber. Die Klinge segelte auf den aufgewühlten rotbraunen Boden wie ein havariertes Landefahrzeug. Der entwaffnete Lanzenreiter wich zurück und trieb sein Pferd an, als er Nylan bemerkte.

Keiner der beiden verbleibenden Lanzenreiter zuckte auch nur mit einer Wimper, als Nylan sich mit donnernden Hufschlägen näherte. Die Angreifer teilten sich gerade, um die Heilerin von zwei Seiten anzugehen.

Nylan zuckte zusammen, als seine Klinge blitzte und den ungeschützten Hals des rechten Angreifers durchschnitt. Der Ingenieur schwankte im Sattel, wieder einmal halb geblendet von den weißen Messern, die ihm bei jedem getöteten Kämpfer durch die Augen und den Schädel fuhren. Instinktiv, obwohl er die Umgebung eher fühlte als sah, hob er die Klinge noch einmal.

Der letzte Angreifer duckte sich und zog sein Pferd in die andere Richtung.

Ayrlyn hätte den Cyadoraner mühelos töten können, doch sie hielt nur die Klinge hoch und steckte sie schließlich langsam in die Scheide, als die restlichen paar Lanzenkämpfer sich durchs Grasland zurückzogen und im Kreis zur Straße zurückkehrten.

Einen langen Augenblick sahen sich der Mann mit dem silbernen und die Frau mit dem hellroten Haar nur an, beinahe wie betäubt, bis Nylan blinzelnd das Brennen aus den Augen vertrieb und das Schlachtfeld überblickte.

Auf der linken Seite führte Tonsar seine Gruppe zu Nylan zurück.

»Ihr habt ihn fliehen lassen«, wunderte sich der Unteroffizier. Vor den Nüstern seines Pferdes stand Schaum.

»Ich musste«, sagte der Heiler müde.

Tonsar sah von einem zum anderen Engel, dann zuckte er mit den Achseln. »Jeder allein gegen drei, jeder hat zwei getötet. Das ist nicht schlecht.«

»Nicht schlecht … will er sie auf den Arm nehmen?«, rief einer aus einer Gruppe von Rekruten, die sich ein Stück entfernt gesammelt hatten.

Nylan hätte trotz der bohrenden Kopfschmerzen beinahe gegrinst, aber er schaffte es, ernst zu bleiben.

Der Staub auf der Straße legte sich wieder, nachdem die restlichen Cyadoraner in Richtung des Bergwerks verschwunden waren.

Nylans Impuls zu grinsen verflog, als das Pochen im Kopf anhielt und er die zertrampelte Straße und die aufgewühlte Erde auf den Äckern in der Nähe sah, die kleinen weißen Hügel und die wenigen dunkel gekleideten Gestalten, die im Gras verstreut lagen, die Schilde, die immer noch das Sonnenlicht spiegelten und reflektierten.

War es wirklich vorbei? Nylan holte tief Luft, dann noch einmal, und bemühte sich, das rasende Herz zu beruhigen. Sogar in den Handflächen schwitzte er jetzt und abgesehen vom pochenden Kopfschmerz und den spitzen Messern in den Augen taten ihm auch noch die Augenwinkel weh, weil salziger Schweiß hineingelaufen war.

Noch einmal holte er Luft und sah sich um.

Fornals Männer plünderten bereits die Toten, im Süden auf der Straße war nur noch eine kleine Staubwolke zu sehen.

Ein kurzes Geplänkel und … wie viele? Fünfunddreißig Cyadoraner waren tot, mehr als ein Dutzend Kämpfer aus Lornth waren gefallen, wer weiß wie viele verletzt und angeschlagen.

Ayrlyn war schon neben einem stöhnenden Mann abgestiegen. Der Ingenieur rieb sich kurz die Stirn, dann lenkte er seine Stute zu ihr. Früher oder später musste er sein Schwert holen und es aus dem Leib des toten Lanzenkämpfers ziehen, falls das nicht schon jemand getan hatte.

Eines war völlig klar – dieser Kampf und diese Toten, das war erst der Anfang.

LXVI

Fornal trank einen kleinen Schluck, als wollte er den essigsauren Wein so lange wie möglich genießen, und stellte den Tonbecher auf den wackligen Tisch, der einst als Esstisch im Bauernhof in Kula gedient hatte.

Nylan trank einen Schluck vom geordneten Wasser und beobachtete den Schatten von Ayrlyns Profil an der Wand. Die Heilerin trank Wein, aber in noch kleineren Schlucken und noch seltener als Fornal. Sie hatte tiefe Ringe unter den Augen.

Lewa hustete.

Nylan bemühte sich, im Dreck und Staub nicht zu tief zu atmen.

Alle vier sahen im Zwielicht Huruc an, der mit einem geschnitzten Stock auf eine primitive Karte deutete, die er neben der Laterne ausgebreitet hatte.

»Die Späher melden, dass die Weißen zu einem kleinen Ort namens Yisara unterwegs sind«, sagte der Unteroffizier. »Sie haben fast fünfzehn Züge aufgeboten, beinahe so viel wie für den zweiten Angriff auf Hesra.«

Lewa starrte den verkratzten Holzboden an.

Nylan ließ sich nicht gern daran erinnern. Jedes Mal, wenn die Cyadoraner auf Schwierigkeiten stießen, setzten sie einfach mehr Truppen ein.

Nicht mehr lange, und auch die kleinsten Trupps würden aus mindestens fünf oder sechs Zügen Lanzenreitern bestehen.

»Das sind wohl im Augenblick noch zu viele für uns, nicht wahr?«, meinte Ayrlyn.

»Wir haben jetzt sechs Züge, in etwa einem Achttag soll noch ein weiterer aus Carpa kommen.« Fornal zuckte mit den Achseln und spielte nervös mit dem Becher. »Wenn wir es mit fünfzehn Zügen zu tun haben, können wir nicht angreifen oder uns verteidigen.«

»Warum schicken wir dann nicht einfach einen kleinen Trupp, um die Einheimischen zu warnen?«

Fornal runzelte die Stirn.

»Unsere Männer könnten etwas Bewegung gebrauchen und die Warnung würde es den Weißen Dämonen etwas schwerer machen. Sie würden dadurch keine oder weniger Vorräte bekommen.«

»Wir wissen nicht sicher, dass sie nach Yisara wollen«, wandte Huruc langsam ein. »Und vielleicht hören die Leute nicht einmal auf uns.«

Nylan überlegte. Gut möglich, dass die Leute nicht auf sie hören würden. Die Bauern waren grundsätzlich nicht gut auf Bewaffnete zu sprechen, aber man konnte es wenigstens versuchen und vielleicht waren die Einheimischen ja doch zu bewegen, ihre Vorräte zu verstecken. Das würde wenigstens die Proviantversorgung der Cyadoraner behindern.

Die Kerze flackerte in der rußigen Laterne, als eine heiße Bö durch die offene Hintertür in den Hauptraum des Gebäudes wehte.

Der Regent mit dem schwarzen Bart spielte weiter mit dem Tonbecher und wartete.

Nylan schluckte. Nach dem Hammel musste er ständig aufstoßen.

»Also gut«, sagte Ayrlyn nach kurzem Überlegen. »Wir beobachten sie, und wenn sie wirklich nach Yisara wollen, können wir schnell dorthin reiten und die Einwohner warnen. Vielleicht können sie sich dann vorübergehend in Sicherheit bringen. Das sollte den Cyadoranern doch ein paar Steine in den Weg legen.«

»Auf jeden Fall wäre es eine gute Übung für Eure Rekruten«, meinte Fornal. »Wir müssten natürlich die Späher zurückhalten und uns gegen andere … gegen mögliche andere Angriffe wappnen.« Endlich entschloss er sich, doch noch einen Schluck aus dem Becher zu trinken.

»Möglicherweise, ja.« Nylan stimmte ihm zu, weil er genau wusste, was Fornal meinte. Der Regent wollte sich keinesfalls Unfähigkeit vorwerfen lassen. Derartige Vorwürfe sollten die Engel auf sich lenken und damit ihren Ruf schädigen. Aber Fornal würde der makellose Inbegriff des Adligen aus Lornth bleiben.

»Habt Ihr denn Vorschläge, wie wir ihre Zahl vermindern könnten? Gegen endlose Schlachtreihen von Lanzenkämpfern können wir uns nicht behaupten, aber …«, Fornal runzelte die Stirn, »… aber viele Grundbesitzer in Lornth werden uns zweifellos Vorwürfe machen, wenn wir nicht bald Ergebnisse erzielen. Sie würden einen Befehlshaber verurteilen, der Dorfbewohnern sagt, er könne sie nicht beschützen.«

»Es gibt immer und überall mächtige Leute, die so denken. Überall«, erwiderte Nylan.

»Das mag zwar wahr sein, aber da wir im Augenblick nur einen Regentschaftsrat haben, sind wir verletzlicher als sonst. Deshalb, Engel, sind alle Vorschläge, die Ihr möglicherweise habt, höchst willkommen.«

Nylan versuchte sich zu konzentrieren. Die Weißen Truppen hatten leichte Waffen benutzt, im Nahkampf hatten die Kämpfer aus Lornth fast immer gesiegt. Aber es war nur selten zum Nahkampf gekommen. Warum? Weil die Cyadoraner in der Überzahl waren und meistens in großen Verbänden kamen?

»Wir müssen irgendeine Art von Fallen aufbauen. Lasst mich darüber nachdenken, ich werde Euch Bescheid geben, wenn wir zurückgekehrt sind.« Als ob er nicht schon genug Stoff zum Nachdenken hätte. Er blickte zur verschlossenen Tür in der hinteren Ecke des Raumes, wo Sylenia strickte oder nähte und Weryl beaufsichtigte oder beides gleichzeitig tat – besonders wenn Nylan keine Zeit hatte, sich um seinen Sohn zu kümmern. Er unterdrückte ein Kopfschütteln.

»Ich werde voller Interesse darauf warten«, erwiderte der Regent mit leichtem Lächeln, bevor er den Becher hob und den Rest austrank.

LXVII

Im grauen Licht, das weder Nacht noch Dämmerung war, betrachteten Ayrlyn und Nylan die Mauern, die im Norden das Bergbaulager umgaben. Schon trieben von den verschiedenen Schornsteinen hinter dem Wall die ersten Rauchfahnen hoch.

»Trotz Fornals abfälliger Bemerkungen über den Tagesablauf der Cyadoraner muss dort jemand früh aufgestanden sein«, flüsterte die rothaarige Frau. »Und zwar nicht nur einer.«

»Das ist auch vernünftig. Es wird hier heißer als an allen Orten, an denen wir bisher waren.« Nylan tupfte sich den Schweiß ab, der ihm in die Augenwinkel zu laufen drohte. »Heute werde ich Brandblasen bekommen.«

»Da kommen sie«, sagte Ayrlyn.

Nylan blickte zum Gelände des Bergwerks. Mit einem Kreischen, das über mehrere Meilen hinweg bis zu ihrem Aussichtspunkt auf einem Hügel noch gut zu hören war, wurden die Tore geöffnet. Zwei lange Reihen Weißer Lanzenreiter trabten heraus. Hinter ihnen wallten Rauchfahnen aus den Schornsteinen der älteren Gebäude. Wahrscheinlich standen dort die Schmelzöfen oder was auch immer man brauchte, um das Kupfer aus dem zerkleinerten Erz zu lösen.

»Wir haben genug gesehen«, sagte Nylan nickend. Sie schlichen zu ihren Pferden zurück. Unter den Hufen raschelte das trockene Gras.

Hinter ihnen lugte im Osten die Sonne über den Horizont und ließ die kleinen Spiegelschilde der Lanzenkämpfer funkeln.

Drei Meilen die Straße hinunter stießen Ayrlyn und Nylan wieder zu ihrem Zug.

»Werden sie nicht unsere Spuren bemerken?«, fragte Tonsar.

»Natürlich«, erwiderte Ayrlyn. »Das wollen wir ja auch. Wir wollen, dass sie sich beobachtet fühlen.«

Tonsar dachte kurz nach und nickte.

Nylan wandte sich an die beiden Männer, die er und Ayrlyn als Späher ausgewählt hatten. »Diess, Restr, wenn wir die erste Kreuzung erreichen, werdet ihr warten. Wenn es den Anschein hat, als würden sie *nicht* nach Yisara reiten, dann kommt Diess zu uns und unterrichtet uns. Wir werden vor Yisara warten. Wenn sie direkt in Richtung Yisara reiten, halte dich einfach vor ihnen, Restr, wie wir es besprochen haben, bis du nahe an der Stadt bist. Dann biegst du ab und reitest zum Wald. Hast du verstanden?«

Ob sie es verstanden hatten oder nicht, die beiden Männer nickten.

Nylan sah zweimal zurück, bis er die beiden hinter dem Hügel nicht mehr erkennen konnte. Er hoffte nur, dass sie seine Anweisungen verstanden hatten, aber hier stieß er auf ein weiteres Problem in dieser Kultur, die so großen Wert auf Ehre legte. Nicht einmal der größte Trottel wollte als Feigling oder Dummkopf erscheinen, selbst wenn seine Selbstüberschätzung geradewegs in die Katastrophe führte.

Als die Späher nicht mehr zu sehen waren, wechselte Nylan einen Blick mit Ayrlyn und der Zug setzte sich in Richtung Yisara in Bewegung.

Es war schon später Vormittag, als Diess im Galopp zum kleinen Hain geritten kam. Nylan wusste nicht, aus welchen Bäumen das Wäldchen bestand, nur dass es keine Oliven waren. Jedenfalls spendete dieser Hain auf Meilen in der Umgebung den einzigen Schatten außerhalb von Yisara.

Nylan streckte sich, tupfte sich wieder einmal die Stirn ab und ging dem Bewaffneten entgegen. Der Ingenieur schien jetzt die ganze Zeit zu schwitzen, während seine Rekruten sich noch in langärmligen Hemden wohl fühlten.

»Sie kommen«, keuchte der Bewaffnete, als er sein Pferd gezügelt hatte.

»Ruh dich einen Augenblick aus und trinke etwas«, sagte Ayrlyn.

Diess warf einen fragenden Blick zu Nylan, der sich den Impuls verkniff, Ayrlyns Vorschlag zu wiederholen. Schließlich löste Diess die Wasserflasche, nahm den Stöpsel ab und trank einen langen Schluck. »Sie reiten geradewegs nach Yisara, Sers. Mehr als zehn Züge sind es.«

»Wann werden sie hier sein?«, fragte Ayrlyn mit einem Blick zu den verstreuten Wohnhäusern und Nebengebäuden, die eine Meile entfernt in einem mit braunem Gras bewachsenen Tal standen.

»Gegen Mittag, Ser, vielleicht etwas später.«

Nylan tupfte sich die schweißnasse Stirn ab. Er hatte einen Sonnenbrand im Gesicht. Wenn es noch heißer wurde, musste er einen Hut als Schutz tragen, sonst würde sich seine Haut schälen.

»Aufsitzen!«, befahl die rothaarige Frau.

»Was hat der Späher gesagt?«, fragte Tonsar an Nylan gewandt.

»Sie kommen recht schnell in Richtung Yisara, sie wollen eindeutig hierher.« Der Ingenieur hustete, um den Staub aus dem Hals zu bekommen, und schwang sich in den Sattel.

Als er auf dem Pferd saß, blickte er zu Ayrlyn, dann sah er sich im Wäldchen um. Zwei Männer rangen noch mit ihren Pferden.

»Nun macht schon!«, fauchte die Rothaarige und Nylan grinste. Dann verkniff er sich das Grinsen, als sie wütend das Pferd herumnahm.

Tonsar, Nylan und Ayrlyn an der Spitze, ritten sie nach Yisara hinein. Die Straße war kaum breit genug für drei Pferde nebeneinander.

»Schade, dass wir keine Möglichkeit haben, sie aufzuhalten, abgesehen von den Schwertern.« Nylan rutschte etwas im Sattel herum, um die wunden Stellen zu entlasten, die kaum noch abheilen wollten. »Aber alles … wir müssen hier alles selbst machen, sogar den Draht herstellen, wenn wir welchen brauchen. Mit Draht könnten wir Messer und ein paar andere Dinge machen. Sogar Nägel kann man daraus herstellen.« Er ließ seinem Unmut freien Lauf. Manchmal half es sogar, meistens nicht.

»Draht?«, fragte Tonsar, als hätte er das Wort noch nie gehört.

»Dünn ausgezogenes Metall, nicht viel dicker als ein Faden«, erklärte Nylan.

»Juweliere benutzen so etwas«, antwortete der Unteroffizier. »Aber wozu braucht Ihr Draht?«

»Eisendraht«, erklärte Nylan hilflos, indem er noch einmal hin und her rutschte. »Stellt jemand Eisendraht her?«

»Davon habe ich noch nie gehört.«

Ayrlyn lächelte grimmig. Auch sie rutschte im Sattel hin und her.

Der Schmied zuckte mit den Achseln. Wahrscheinlich konnte er den Eisendraht selbst herstellen. Allerdings brauchte er ein Rad zum Drahtziehen und eine Lehre aus möglichst hartem Metall, durch die das Metall beim Ausziehen laufen konnte. Aber wäre es wirklich der Mühe wert? Vielleicht wäre es ohnehin besser, in Gräben Piken aufzustellen.

Nylan zügelte sein Pferd mehr oder weniger in der Mitte des Dorfes vor einem verlassenen Gebäude, das weder Fensterläden noch Türen besaß. Er sah sich um, während die Soldaten hinter ihm anhielten.

Yisara zählte kaum mehr als hundert Einwohner. Es gab höchstens ein Dutzend Häuser und doppelt so viele Nebengebäude. Wie in Clynya waren die Nebengebäude überwiegend mit Grassoden gedeckt, die Häuser waren mit hellem Putz oder Stuck verkleidet, der abbröckelte oder in der Sonne ausgebleicht war und durch den allgegenwärtigen roten Staub einen rosafarbenen Schimmer bekommen hatte. »Und wohin jetzt?«

»Das größte Gebäude?«, schlug Ayrlyn vor.

»Da sein Besitzer am meisten zu verlieren hat? Warum nicht?« Nylan lenkte sein Pferd nach Norden zum einzigen zweistöckigen Gebäude, das quadratisch, vermutlich um einen Innenhof herum, angelegt war.

Als die Reiter sich näherten, wurden die Läden geschlossen und ein einziges Gesicht lugte aus der halb geöffneten Vordertür heraus.

»Hallo!«, rief der Engel.

»Was wollt Ihr?«, fragte ein kräftiger Mann in grauem Hemd.

»Wir wollen Euch vor den Cyadoranern warnen, vor den Weißen Dämonen. Sie kommen nach Yisara. Sie wollen Euch alles wegnehmen, was sie bekommen, und werden jeden töten, den sie finden.«

»Und warum sollen wir Euch das glauben?«, fragte der grauhaarige Mann. »Und warum kümmert Ihr Euch überhaupt um uns? Lornth und Cyad sind weit entfernt. Ihr Herren aus Lornth habt Euch bisher noch nie um uns gekümmert, außer dass wir Rekruten für Eure Kriege und Essen für die Bergleute stellen müssen.«

Der Mann hatte sicher nicht ganz Unrecht. Dennoch …

Der Engel zuckte mit den Achseln. »Wir bringen nicht jeden Menschen in der Stadt um. Das haben die Cyadoraner gemacht, als die Leute nicht gehen wollten.«

»Ihr werdet uns nicht beschützen?«

Nylan deutete zu den Berittenen, die hinter ihm warteten. »Wir tun, was wir können. Aber kann man damit fünfzehn Züge Lanzenreiter aufhalten?«

»Warum sagt Ihr es uns dann, wenn Ihr doch nichts zu bieten habt?« Der Mann zuckte mit den Achseln.

Nylan holte tief Luft. »Nichts kann Euch davon abhalten, die Stadt zu verlassen und Euch zu verstecken, wenn Ihr überleben wollt.«

»Und was für ein Leben ist das, wenn unsere Häuser und das Korn nicht mehr da sind?«

»Was ist das für ein Leben, wenn Euer Kopf nicht mehr da ist, wo er jetzt sitzt?«, gab Nylan zurück. »Ihr habt noch etwas Zeit, Euer Vieh und Eure Familien in Sicherheit zu bringen.«

»Weit genug, um den Weißen Dämonen zu entgehen?« Der Mann zuckte mit den Achseln. »Das glaube ich nicht.«

»Na gut«, sagte Nylan. »Wir haben Euch gewarnt. Wenn Ihr Euch entscheidet, hier auf den Weißen Tod zu warten, dann ist das Eure Sache.«

»Und die Eure, Ihr Herren aus Lornth, denn Ihr habt keine Ehre, wenn Ihr Euer Land nicht schützt.«

»Am Ende werden wir die Cyadoraner vertreiben«, sagte Nylan, »aber Lornth wurde nicht an einem Tag erbaut. Auch Cyad nicht.«

»Wie die Dunkelheit will.« Der Mann ging ins Haus.

»Seht Ihr? Und was hat es genützt?«, fragte Tonsar.

»Manche Bauern sind noch schlimmer als Fornal«, murmelte Nylan.

»Ich wette, die meisten werden sich verstecken oder weggehen«, meinte Ayrlyn. »Sie wollen dir nur nicht die Genugtuung geben.«

»Hoffentlich. Ich hoffe es wirklich.«

»Sie werden bleiben und sich abschlachten lassen wie die Schweine, die sie sind«, prophezeite Tonsar.

Nylan und Ayrlyn wechselten einen Blick.

»Mag sein«, sagte sie schließlich.

»Wir müssen einen anderen Weg finden, sie aufzuhalten«, murmelte Nylan mehr zu sich selbst, als zu den anderen. »Es muss doch einen Weg geben … es muss einen geben.«

LXVIII

Nylan drehte die schwere Klinge mit der Zange herum und schlug einmal, zweimal mit dem kleineren Hammer auf die Kante des kirschrot glühenden Metalls.

Die Sonne stand gerade erst über den Hügeln im Osten und die kühle morgendliche Brise war noch nicht abgeflaut, aber Nylan war dennoch in Schweiß gebadet, obwohl er nur in Hosen und Lederschurz arbeitete.

Wieder hob er den Hammer und walzte die Klinge dünn aus, damit sie scharf wurde. Sollte er eine Rinne einziehen, damit das Blut besser ablaufen konnte?

Nein, das würde zu viel Zeit kosten und er würde alle Klingen nacharbeiten müssen.

»Was glaubst du eigentlich, was du hier machst?«, murmelte er.

»Ser?«, fragte Sias, der den Blasebalg bedient hatte.

»Nichts, nichts.« Nylan drehte das Schwert wieder herum und prüfte mit Augen und Ordnungs-Sinnen, wie heiß das Metall noch war.

Westlich der Koppel, wo Ayrlyn und Tonsar die Rekruten zu Pferd üben ließen, wirbelte Staub auf. Die Rekruten sollten lernen, die Bewegungen der Spiegellanzenkämpfer rechtzeitig zu erkennen und möglichst schnell zu reagieren.

»Also … also schärft der Engelsschmied die Schwerter und die Engelsheilerin arbeitet mit den Männern?«

Nylan blickte vom Amboss auf. Fornal saß vor ihm auf dem Pferd und betrachtete die Kohlen und das dunkler werdende Stück Eisen, an dem Nylan gearbeitet hatte.

Sias, die Hände auf den Blasebalg gelegt, sah den Schmied fragend an.

»Du kannst dir etwas Wasser holen, mach nur eine kurze Pause«, sagte Nylan zu seinem Lehrling. Der schlaksige blonde Mann verneigte sich vor Fornal und ging zum Brunnen hinter dem Wohnhaus.

»Wie ich sehe, unterweist Ihr sie auch in der nötigen Höflichkeit.«

Da er wusste, dass Fornal noch eine Weile brauchen würde, ehe er zur Sache kam, legte Nylan die Klinge wieder ins Schmiedefeuer.

»Warum macht Ihr das mit dem Schwert?«

»Ich walze die Schneide aus und härte sie dabei.« Jedenfalls war es das, was herauskommen sollte, nachdem die Klinge schmaler ausgewalzt und mit einer dünnen Schicht von härterem Eisen verstärkt worden war.

»Vor zwei Achttagen hätte ich gesagt, dass es Zeitverschwendung ist.« Fornal runzelte die Stirn, als sein Hengst nervös zur Seite tänzelte. »Aber bisher hat keiner Eurer Rekruten versagt. Einige sind gestorben, aber kein Einziger ist davongelaufen.« Der Regent mit dem schwarzen Bart zwang sich zu einem Lächeln. »Ihr werdet mir ausgebildete Bewaffnete geben ... aber sie werden niemals Westwind angreifen, nicht wahr?«

Jetzt war es an Nylan, verwundert die Stirn zu runzeln.

»Sie sehen, was Ihr zwei tut, es spricht sich herum. Sie sagen: ›Die Engel lässt man besser in Ruhe.‹ Oder: ›Besser, sie sind auf unserer Seite als auf der anderen.‹«

Nylan zuckte mit den Achseln und wischte sich den Schweiß ab, bevor er ihm in die Augen lief. »Wir versuchen die Cyadoraner aufzuhalten.«

Der Regent nickte. »Vielleicht gelingt es Euch sogar, aber danach wird Lornth nicht mehr sein wie früher. Und darüber, Engel, bin ich alles andere als erfreut.« Fornal schürzte die Lippen. »Wir müssen uns zwischen den Schwarzen Engeln und den Weißen Dämonen entscheiden, aber ich mag beide nicht. Doch wie dem auch sei, Ihr haltet, was Ihr versprochen habt, und das ist weit mehr, als man über die Weißen Dämonen sagen kann.«

Nach kurzem Überlegen fragte Nylan: »Wohin wollt Ihr?«

»Wir glauben, sie wollen Jirec auskundschaften. Die Einheimischen in Yisara haben sich an Euren Rat gehalten, aber ... wenn wir die Späher beseitigen, werden die Weißen erst recht in diese Richtung vorstoßen und dann können wir dort noch mehr Dämonen bekämpfen.« Fornal lächelte leicht. »Eure Rekruten sollen morgen eingesetzt werden.«

»Wir werden bereit sein.«

»Gut.« Fornal nickte noch einmal knapp und zog sein Pferd zu den Berittenen herum, die sich bereits vor der Scheune versammelt hatten.

Nylan zog die Klinge aus den Kohlen. Wenigstens eine Hand voll Schwerter konnte er noch härten, vielleicht noch mehr, und das würde eine Hilfe sein. Vielleicht waren die Klingen dann stark genug, um noch viele Lanzen der Weißen zu zerschmettern.

LXIX

Ein einzelner cyadorischer Späher lenkte sein Pferd eilig von der Straße herunter und trieb es im Galopp zur rechten Flanke der Abteilung aus Lornth, in deren Mitte Nylan stand. Vor den Hufen des Pferdes stieg der Staub auf wie eine braune Gewitterwolke, bis Nylan die anderen Trupps, die weiter links hinter der Kurve warteten, nicht mehr sehen konnte. Sonnenlicht spiegelte sich auf dem runden Schild und ließ Nylan blinzeln.

Der Engel hob die zweite Klinge zum Wurf, aber es war nicht nötig, weil Ungit und Wuerek, gefolgt von Meresat, sich dem Lanzenkämpfer entgegenstellten. Der weiße Säbel fuhr auf Ungit zu und rote Spritzer benetzten den Oberarm des Rekruten, während sein Schwert, sich um sich selbst drehend, in den roten Staub fiel. Wuereks schwere, mit Stahl verstärkte Klinge drückte den leichten Säbel des Angreifers zur Seite, dann schlug Meresats schwerer Prügel durch die vergleichsweise leichte Rüstung des Weißen. Der runde, glänzend polierte Schild rollte durchs Gras.

»Verdammt ...« Ungit hielt sich den Arm, dicke Schweißtropfen standen auf seiner Stirn. »Verdammt, verdammt ...«

»Wuerek! Hilf Ungit, seinen Arm zu verbinden«, sagte Nylan. »Ich will nicht, dass jemand den Angriff der Cyadoraner überlebt und hinterher doch noch verblutet.«

»Ser.« Wuerek lenkte sein Pferd zu seinem Gefährten mit dem schütteren Haar.

Der Staub legte sich so schnell, wie er in der heißen, stillen Luft hochgestiegen war. Alle Bewaffneten aus Lornth, Nylan selbst und die auf dem Schlachtfeld verstreuten Toten waren mit Staub bedeckt. Nylans Nacken tat weh, sein schweißnasses Haar juckte. Die Ohren schmerzten und brannten, wo sich die von der Sonne versengte Haut zu schälen begann.

Nylan betrachtete die Straße – kein Staub, keine fliehenden Reiter waren zu sehen, nur zehn reiterlose Pferde. Ein Rekrut war verwundet – Ungit –, einer war tot. Nylan konnte sich nicht einmal an den Namen des Gefallenen erinnern, er wusste nur noch, dass er sich bei den Übungen sehr ungeschickt angestellt hatte. Eine Hand voll Bewaffneter – Nylan schätzte, dass sie diese Bezeichnung inzwischen ebenso verdienten wie Fornals Männer – war abgestiegen und plünderte die toten cyadorischen Späher aus.

»Beeilt euch«, rief Tonsar. »Cuplek, du bindest Fiencs Leiche auf sein Pferd.«

»Ich?«

»Du. Es sei denn, du willst genauso nach Hause kommen wie Fienc.«

»Ja, Ser.«

»Siplor – du kümmerst dich mit Meresat um die Pferde. Frische Pferde können wir immer gebrauchen.«

Nylan ritt zu der Stelle hinüber, wo er das erste Schwert geworfen hatte. Unterwegs steckte er das zweite ins Schultergeschirr zurück.

Ein Bewaffneter, der gerade eine Leiche plünderte, schaute zu ihm auf und zog rasch das dunkelgraue Schwert heraus. »Eures, Ser?« Nesru hielt es ihm mit dem Griff zuerst verlegen hin. »Dann könnt Ihr auch seine Börse ...«

»Du kannst sie behalten.« Nylan nahm die Klinge und wischte sie an dem Tuch ab, das er sich an den Sattel gebunden hatte, dann steckte er sie in die Scheide und massierte sich die Stirn. Der eine Gegner, den er getötet hatte, reichte ihm völlig aus.

Der stämmige Unteroffizier erwartete ihn mitten auf der Straße. Ayrlyn führte gerade ihre Abteilung von Osten heran.

»Wir haben sie alle erwischt«, sagte sie gerade laut genug, dass man sie verstehen konnte. Sie hatte dunkle Flecken auf der Brust.

Nylan starrte sie erschrocken an. »Das ist nicht mein Blut. Er ist mir näher gekommen, als mir lieb war. Die verdammten Schilde blenden und lenken dich ab.«

»Ich verstehe.« Er hob die Augenbrauen.

»Ich bin im Werfen nicht so gut wie du und das bedeutet, dass sie mir näher kommen.«

»Die Schilde stören mich auch. Deshalb habe ich das Schwert geworfen. Ich mache das nur, wenn ich richtig in Schwierigkeiten stecke«, gestand Nylan. Er zog sein Pferd herum und nickte Tonsar zu.

»Wir stecken in der letzten Zeit eigentlich ständig in richtigen Schwierigkeiten«, murmelte sie.

Er musste ihr Recht geben.

»Formiert euch!«, befahl Tonsar.

Eine Weile ritten sie schweigend durch den Nachmittag. Der Straßenstaub dämpfte die Hufschläge, doch er sickerte, so kam es Nylan vor, durch jede Ritze in seine Kleidung hinein. Er versuchte, sich nicht zu oft zu kratzen, und lenkte sich damit ab, die leisen Kommentare der Kämpfer zu belauschen, die hinter ihm ritten.

»Woher wussten die Engel, dass sie hier waren?«

»… hatten doch keine Späher …«

»… du Späher werden? Die Weißen Dämonen machen keine Gefangenen.«

»… egal, wie sie es angefangen haben …«

Nylan warf einen Blick zu Ayrlyn. Trotz der gerunzelten Stirn, die ihm verriet, dass sie ähnliche stechende Kopfschmerzen hatte wie er, konnte er das Funkeln in ihren Augen sehen.

»Du wirst immer besser darin, die Gegner aufzuspüren«, sagte er leise.

»Das Wetter macht es mir leicht.« Sie nickte. »Manchmal kann ich fast mit den Winden fliegen.«

Nylan schüttelte den Kopf. »Wie machst du das nur ...«

»Jedem das, was er kann. Du kannst die Körnung des Metalls spüren, das du schmiedest, während es mir einfach nur vorkommt wie ein dunkler, undurchsichtiger Klotz.«

Nylan zog ein Stück verschlissenes graues Tuch aus dem Gürtel und tupfte sich den Schweiß und Dreck von Stirn und Wangen. Dann verstaute er es wieder und rutschte im Sattel hin und her. Die Stute wieherte, lief aber weiterhin gemessenen Schrittes nach Norden.

Nylan sah sich einstweilen wieder nach Süden um.

»Es ist niemand in der Nähe«, sagte Ayrlyn. »Aber sie werden nicht mehr lange tatenlos zusehen.«

»Die Cyadoraner?«

»Wir haben einige ihrer kleinen Trupps erledigt. Das Leben eines Bewaffneten mag hier in Candar nicht viel wert sein, aber sogar die Cyadoraner werden früher oder später damit aufhören, in kleinen Gruppen auszureiten.« Die Heilerin stellte sich in den Steigbügeln auf und massierte sich eine Hüfte. »Ich werde mich wohl nie daran gewöhnen.«

»Du hast dich doch schon daran gewöhnt.«

»Nein, eigentlich nicht.«

»Glaubst du, sie werden bald in größeren Verbänden angreifen?«, fragte der Schmied. »Mit einem ganzen Heer?«

»Das würde ich an ihrer Stelle tun. Ich hätte schon längst damit begonnen.« Ayrlyn schloss einen Moment lang die Augen und Nylan konnte beinahe körperlich spüren, wie sie sich ein wenig entspannte.

»Warum setzen sie eigentlich nicht die Weißen Magier ein?«

»Vielleicht gibt es nicht sehr viele davon.«

»Selbst das mächtige Cyador hat nur ein paar Weiße Magier«, bestätigte Tonsar. »Sie behalten die Magier lieber hinter ihren weißen Mauern. Das hat mir der Mann meiner Schwester gesagt. Er hat einmal den großen Hissl begleitet.«

»Könnte es sein, dass auch die Weiße Magie ihre Grenzen hat?«, fragte Nylan ein wenig spöttisch.

»Warum nicht? Alles hat seine Grenzen.«

Nylan nickte. Aber wo genau lagen die Grenzen der Magie, Zauberei oder wie es auch hieß, sei sie nun schwarz oder weiß? Er blickte nach Norden zur staubigen Straße, die nach Kula führte … zu Weryl.

LXX

»Gestern habt Ihr mir zehn Pferde gebracht und zehn tote Späher liegen lassen. Vor drei Tagen haben wir zwanzig niedergemacht. Seit fast drei Achttagen fügen wir ihnen jetzt Verluste zu, aber sie haben Lornth immer noch nicht verlassen.« Fornal hob die Augenbrauen und sah zwischen Lewa und Huruc hin und her, dann wandte er sich an Nylan und Ayrlyn.

Der Kerzenstummel in der Laterne flackerte. Lewa nahm einen leeren Becher in die Hände und sah unsicher zwischen dem Regenten und den Engeln hin und her.

»Hätten wir sie vor drei Achttagen angegriffen«, sagte Nylan leise, »dann hättet Ihr jetzt kaum noch Bewaffnete und die Cyadoraner würden nach Clynya marschieren. Falls sie es nicht schon längst besetzt hätten.«

Fornal starrte seinen Becher an. »Warm und sauer … sauer wie Eure Wahrheiten.« Er stellte den Becher auf den wackligen Tisch, der sofort zu schwanken begann. Auch die Schatten auf der schmutzig braunen Wand waberten hin und her. »Dann haben wir Lornth also bisher einigermaßen schützen können. Aber die Cyadoraner werden sich das nicht gefallen lassen. Was werden sie Eurer Ansicht nach tun, Engel?«

»Früher oder später werden sie eine große Streitmacht zu uns schicken«, prophezeite Nylan. »Ihnen bleibt nichts anderes übrig.« Den Wein in seinem Becher hatte er kaum angerührt. Ein Schluck von der Flüssigkeit, die beinahe Essig war, hatte ihm gereicht, auch wenn das Gebräu den Geruch von Schweiß und Blut etwas überdeckte.

Huruc nahm einen raschen, kleinen Schluck, ohne Nylan aus den Augen zu lassen.

»Ich hätte längst gehandelt. Ich glaube, Ihr seht das genauso. Aber sie haben sich ruhig verhalten. Was glaubt Ihr nun, was sie tun und wann sie es tun werden?« Fornal trank noch einen Schluck aus dem Becher, verzog das Gesicht und stellte ihn weg.

»Wenn Ihr … wenn Ihr die Befehlshaber der Streitmacht aus Cyador wärt, wie würdet Ihr Euren Vorgesetzten erklären, dass Ihr ständig Männer und Pferde in Scharmützeln mit Barbaren verliert?«, fragte Ayrlyn. »Sie halten uns für Barbaren, so denken sie nun einmal, und sie müssen etwas unternehmen.«

»Seid Ihr sicher?«

»Was, glaubt Ihr, haben sie mit den Einwohnern von Kula gemacht?« Ayrlyn hob die Augenbrauen. Ihr Haar glänzte im Licht der einsamen Kerze, obwohl die Glashülle der Laterne voller Ruß war.

»Sie haben sie getötet.«

»Sie haben sie verstümmelt«, fügte Nylan hinzu. »Sogar die Kinder. Erinnert Ihr Euch, welche Antwort der Herrscher von Cyador auf Eure Schriftrollen gegeben hat?«

»So seht Ihr das also«, überlegte Fornal.

»Wenn sie einen großen Truppenverband losgeschickt haben, so haben wir die Einheimischen gewarnt. Wir haben nicht angegriffen, aber sie haben nicht viel bekommen. Ihre Späher und die kleineren Trupps haben wir sehr wirkungsvoll bekämpft. Wie würdet Ihr Euch an ihrer Stelle fühlen?«, drängte Ayrlyn weiter.

»Ich wäre wütend«, gab der Regent zu. »Aber Ihr habt die Leute gewarnt. Haben sie auf Euch gehört?«

»Sie sagten, es wäre nicht ehrenhaft«, räumte Ayrlyn ein, »aber sobald wir weg waren, haben sie sich in Sicherheit gebracht.«

»Bauern ... die reden immer nur ...« Fornal trank noch einen Schluck Wein und verzog abermals das Gesicht. »Ihr stellt nur Fragen, Engel. Warum sagt Ihr nicht einfach, was Ihr denkt?«

»Würdet Ihr immer weiter kleine Gruppen von Lanzenreitern und Bewaffneten ausschicken, wenn Ihr mehr Truppen hättet als Eure Gegner?«

Fornal runzelte die Stirn und Nylan hätte am liebsten gegrinst. Auch Ayrlyn ließ sich von dem großen jungen Adligen nicht einschüchtern.

»Ja ...«, meinte Fornal schließlich nickend. »Ich verstehe, was Ihr meint. Was soll ich tun?«

»Macht Euch bereit, in einen anderen Stützpunkt umzuziehen«, schlug Nylan vor. »Sie können nicht ständig ihr ganzes Heer in der Gegend herumschicken. Wenn sie es das nächste Mal versuchen ... ich habe einige Ideen, wie wir ihr Lager um das Bergwerk beschädigen können, während sie im Land nach uns suchen.«

»Manche Grundbesitzer würden das einen feigen Rückzug nennen, wenngleich wohl nur hinter meinem Rücken«, erwiderte Fornal.

»Ein Herr zu bewegen ist kein Rückzug. Es besteht ein Unterschied, denn wir beziehen eine neue Position und kämpfen weiter.«

»Ich muss mir überlegen, wie ich dies auf eine Weise melde, die nicht missverstanden wird.« Der Regent mit dem schwarzen Bart stand auf und streckte sich. »Nachdenken und warmer Wein ... das kann einem die Laune verderben.« Er grinste kurz und schlenderte aus dem Hauptraum des Wohnhauses heraus in die warme Nacht.

»Gute Nacht, Engel«, verabschiedete sich auch Lewa, indem er aufstand und Fornal folgte.

Huruc blieb sitzen und starrte seinen Becher an. Nach einer Weile wandte er sich an Ayrlyn. »Was Ihr sagt, ist vernünftig, aber es macht mir Angst.« Er hielt inne. »Sagt mir, Heilerin, warum ich Angst vor Euren Ratschlägen habe.«

Nylan und Ayrlyn wechselten einen raschen Blick.

»Es scheint, als hätte ich einen guten Grund für mein Gefühl«, fügte der Bewaffnete lachend hinzu.

Ayrlyn nickte. »Was wir getan haben, war wirkungsvoll, oder nicht? Und es wird noch wirkungsvoller werden. Es wird den Herrscher von Cyador reizen, bis er weitere Bewaffnete schickt. So ist es immer.« Sie holte tief Luft. »Dann müssen wir einen Weg finden, auch noch diese Männer zu töten, und wenn wir Erfolg haben, wird er wieder neue Männer schicken. Am Ende wird entweder Cyador oder Lornth untergehen.«

»Das stand von Anfang an fest«, ergänzte Nylan leise. »Das Bergwerk war nur ein Spiel, eine Prüfung, weil der Herr von Cyador sehen wollte, ob es leicht wäre, Lornth zu erobern. Cyador wird nicht von einem Banditen aus dem Grasland wie Fürst Ildyrom beherrscht. Und Cyador schaut nicht so sehr wie Fürst Fornal auf die Ehre.«

»Das ist mir bekannt«, antwortete Huruc, »und es ist beunruhigend.« Er stand auf. »Ich danke Euch für Eure aufrichtigen Worte. Viele andere wären Euch nicht dankbar gewesen, hätten sie diese Worte gehört, und daher ist es wohl besser, sie hören sie gar nicht erst. Gute Nacht.«

Als der ältere Bewaffnete gegangen war, standen auch Nylan und Ayrlyn auf. »Und was jetzt?«, fragte er.

»Wir können uns überlegen, wie wir die Welt verändern, oder wir sterben hier.« Ihre Stimme war kalt, so kalt wie ihre Hände, obwohl es ein warmer Abend war.

LXXI

»Die schleichen herum und beobachten uns«, fauchte Miatorphi. »Wenn wir mit weniger als zwei Zügen Lanzenkämpfern ausreiten, lauern sie uns auf, greifen an und laufen sofort wieder weg. Wir haben die Hälfte unserer Späher verloren, zweimal sogar zehn auf einen Schlag, und mehr als nur ein paar in kleinen Scharmützeln. Einmal haben wir fast eine halbe Kompanie verloren.« Er starrte finster vor sich hin. »Drei Männer sind desertiert.«

»Sie greifen nur an, wenn sie überlegen sind«, fügte Azarphi hinzu. Sein Gesicht glänzte vor Schweiß. »Wenn wir mit einer größeren Einheit ausreiten, passiert nichts.«

»Eins gegen eins haben sie keine Chance gegen einen Spiegellanzenkämpfer«, fügte Miatorphi hinzu.

Major Piataphi runzelte die Stirn. »Ein paar wohl doch. Einer ihrer Anführer hat mit einem Hieb eine Klinge und einen Schild glatt durchgeschlagen. Funssa hat den Schild mitgebracht. Ein anderer hat mit einem Kurzschwert eine Lanze und einen Säbel zerstört.«

»Dann … dann müssen wir größere Gruppen schicken.«

»Das ist nicht das Entscheidende«, gab Piataphi zurück. »Es bedeutet, dass sie neuerdings Klingen mit scharfen Schneiden schwingen und nicht mehr die Metallprügel, die sie Schwerter nennen.«

Die beiden Hauptleute warteten.

Nach kurzem Überlegen fuhr der Major fort. »Je eher wir sie beseitigen, desto besser. Habt Ihr das Lager ausfindig gemacht?«

»Wir glauben, es ist dort.« Azarphi deutete auf die Karte. »Einer der kleineren Orte, wo wir beim ersten Angriff jeden Widerstand gebrochen haben.«

»Nehmt die Vierte und die Sechste Kompanie der Lanzenreiter.« Major Piataphi runzelte die Stirn. »Und nehmt auch die Achte mit. Greift ihr Lager an. Ihre Ehre wird sie zwingen, es zu verteidigen, wenn wir angreifen – und das wird ihr Ende sein.«

»Und wenn sie nun etwas Vernunft zeigen und sich zurückziehen?«, fragte Miatorphi.

»Dann verlieren wir nichts. Zerstört das Lager, macht es dem Erdboden gleich. Dann können sie es nicht mehr benutzen. In dieser Weise machen wir weiter, bis sie keinen Platz mehr für ihr Lager finden.« Der Major lächelte grimmig. »Und wir bewegen uns jetzt nur noch in Gruppen von mindestens zwei Kompanien Stärke. Das sollte ihre Versuche vereiteln, unsere Soldaten einen um den anderen einzeln zu töten.«

LXXII

Nylan ließ den Hammer sinken und drehte die abkühlende Klinge. Sie sah gut aus und fühlte sich richtig an. Aus dem Halbschatten unter dem vorspringenden Dach blickte er zum zertrampelten Gras hinter der Koppel, wo Ayrlyn die Rekruten in der schon recht heißen Vormittagssonne die letzte Übung wiederholen ließ.

Er lächelte. Nach den Gefechten in der letzten Zeit gab es kein Murren mehr, wenn die Leute üben sollten. Ein Grund dafür war sicher die Tatsache, dass einige von denen, die sich ungeschickt oder störrisch gezeigt hatten, gefallen oder verletzt waren. Weder die anderen Rekruten noch die Berufssoldaten nahmen am Training teil. Nicht mehr lange, und die Ausbildung der Trupps, die von den Engeln geführt wurden, wäre abgeschlossen.

»Du kannst jetzt aufhören zu pumpen«, sagte der Schmied zu Sias. »Mach eine kurze Pause.«

Fornal kam zur improvisierten Schmiede geschlendert, als der Lehrling zum Brunnen trottete und Nylan die Klinge ins Abkühlbecken steckte. Es war nur Brackwasser darin, das bei weitem nicht so gut wirkte wie die Mischung, die er auf dem Dach der Welt verwendet hatte.

»Jetzt verstehe ich, warum Ihr Euren Rekruten nicht erlaubt habt, mit Schwertern zu üben«, sagte Fornal. »Aber brechen die schmaleren Klingen nicht öfter?«

Nylan legte das Schwert auf die Steine des Schmiedeofens, wo es weiter abkühlen konnte, ehe er sich umdrehte und dem schwarzbärtigen Regenten antwortete. »Das ist möglich. Wir bilden die Rekruten aber darin aus, die Schläge nicht direkt abzufangen, weil das für den Kämpfer wie für die Klinge eine große Belastung ist. Außerdem geht es ja nicht darum, das Schwert zu beschädigen, sondern den Feind zu töten.«

Fornal nickte. »Ihr habt ganz andere Vorstellungen von Waffen als wir.«

»Das mag sein. Wir kämpfen nicht gern.« Der Schmied zuckte mit den Achseln. »Aber wenn wir schon kämpfen müssen, dann wollen wir es wenigstens so schnell wie möglich hinter uns bringen und dafür sorgen, dass wir selbst und unsere Leute so wenig wie möglich gefährdet werden.«

»Denken alle Engel so?«

»Die meisten schon. Ryba liebt es, ihre Gegner so schnell wie möglich zu demütigen. Sie ist gut genug, dass sie in dieser Hinsicht noch nie ein Problem hatte.« Er blickte über Fornals Schulter und bemerkte eine Staubwolke auf der Straße, die in den Süden führte. »Habt Ihr Späher ausgeschickt? Da reitet jemand sehr schnell.«

Der dunkelhaarige Regent blickte kurz nach Süden, dann drehte er sich wieder zu Nylan herum. »Das sind unsere Leute. Vielleicht sind die Cyadoraner im Anzug.«

»Es würde mich überraschen, wenn sie nicht allmählich in Bewegung kämen. Imperien mögen es nicht, wenn sie von Wespen gestochen werden, auch wenn es nur barbarische Wespen sind.« Nylan grinste.

»Bereitet es Euch Vergnügen, Euch als Insekt zu sehen?«

»Fornal … wie Ihr schon bemerkt habt, ist für mich die Frage, ob etwas funktioniert, viel wichtiger als die Frage, welches Ansehen ich dabei genieße.« *Nur dass du Wert darauf legst, ebenso angesehen zu sein wie alle anderen.* Nylan unterdrückte ein Stirnrunzeln, nachdem er sich selbst zurechtgewiesen hatte. Was auch der Grund war, hier in Candar hatte er immer größere Schwierigkeiten, sich etwas vorzumachen, egal in welcher Hinsicht. »Nicht, dass ich Einwände hätte, wenn ich angesehen bin«, fügte er hinzu, um das Stechen im Kopf zu besänftigen.

»Es ist gut zu wissen, dass sogar ein schrecklicher Engel ein paar Eitelkeiten hat.« Auch Fornal hätte beinahe gegrinst.

»Mehr als nur ein paar«, gab Nylan zu.

Fornal lächelte leicht.

Der Reiter hielt mit seinem staubbedeckten Pferd direkt auf Fornal zu, zügelte es und schluckte schwer, bevor er dem Regenten Meldung machte. »Es müssen mehr als zwanzig Züge sein, die hierher kommen. Aber sie sind noch mindestens zehn Meilen entfernt im Süden«, keuchte der Späher.

»Zwanzig Züge? Alle beritten?«

»Ja, Ser.«

»Los«, befahl Fornal, »schicke Huruc, Lewa und die Engelsfrau sofort zu mir.«

Der Späher zog an den Zügeln und lenkte sein Pferd zur Scheune.

»Sollen wir kämpfen?«, fragte der Regent, nachdem der schwitzende Späher zur Scheune getrabt war.

»Gegen eine so große Zahl von Gegnern? Warum? Wir können sie Mann für Mann einzeln erledigen. Dieser Angriff beweist nur, dass unsere Überlegungen richtig waren.« Nylan unterbrach sich, als Ayrlyn zu ihnen geritten kam und abstieg.

Sie band den Braunen an einem Eckpfosten fest und trat zu den beiden Männern. Ihr Gesicht verriet nicht, was sie dachte. »Schlechte Neuigkeiten? Eine große cyadorische Streitmacht?«

»Gifrac sagt, es wären zwanzig Züge«, bestätigte Fornal.

»Wir müssen sie ziemlich geärgert haben«, meinte Ayrlyn.

»Ich glaube, dazu braucht es nicht sehr viel«, sagte Nylan.

Die drei warteten, bis sich auch Huruc und Lewa zu ihnen gesellt hatten. Das einsame Huhn pickte östlich der alten Scheune herum und ignorierte die Männer und Bewaffneten, die sich sammelten und warteten, was die fünf Anführer entschieden.

»Gifrac sagt, die Weißen Dämonen führen zwanzig Züge gegen uns ins Feld«, erklärte Huruc ruhig.

Lewa nickte nur und wartete.

»Es gefällt mir nicht, mich zurückzuziehen«, begann Fornal. »Das wisst Ihr. Aber ein toter Kommandant kann nicht mehr kämpfen und ein Kommandant, der keine Bewaffneten mehr hat, kann es auch nicht.« Er lächelte grimmig. »Wir ziehen nach Syskar um und dann … dann fahren wir fort, die Weißen Dämonen zu töten.«

»Ich mache die Männer marschbereit«, sagte Huruc.

Lewa nickte knapp und folgte dem älteren Bewaffneten.

»Unsere Leute sitzen zum größten Teil schon auf den Pferden, weil sie heute Morgen trainiert haben, aber sie müssen noch ihre Sachen packen.« Ayrlyn nickte dem Regenten zu, drehte sich um und band ihr Pferd los.

Als Fornal zum Wohnhaus ging, um auch seine Sachen zu holen, kehrte Nylan zur Schmiede und zu Sias zurück, der offenen Mundes auf ihn wartete.

»Sias! Löse den Amboss aus der Verankerung. Schlage ihn mit dem Hammer los, wenn nötig. Wir haben keine Zeit zu verlieren. Lade den Amboss, den Blasebalg und das Werkzeug auf den Wagen. Außerdem die Kohle, die noch in den Säcken ist. Die lose Kohle kannst du liegen lassen.«

»Dann wollen wir die Stellung nicht halten?« Der schlaksige blonde Mann sah Nylan verwirrt an und wischte sich eine schweißfeuchte Strähne aus dem Gesicht.

»Nicht dieses Mal.«

Sias schüttelte den Kopf. »Ich dachte, Ihr Engel ...«

Nylan hielt inne. »Sias, wir sind keine Götter. Wir sind ganz normale Menschen und die Cyadoraner schicken zwanzig Züge gegen uns ins Feld. Wenn ich Glück habe und zum Selbstmord entschlossen bin, kann ich vielleicht ein Dutzend von ihnen aufhalten – ein Dutzend Kämpfer meine ich, nicht ein Dutzend Züge. Wie viele könntest du besiegen?«

Der Lehrling starrte auf den staubigen Boden. »... hatte gehofft ...«

»Wir geben nicht auf, verdammt. In ein paar Tagen werden wir wieder gegen die Cyadoraner ins Feld ziehen.« *Leider.* »Und jetzt pack die Sachen, denn wir brauchen das Zeug, um sie zu piesacken.«

Er sah sich zum Gebäude um, wo Sylenia stand, Weryl auf den Armen. Ihr Körper drückte aus, was sie fühlte: Verwirrung und Sorge. »Ich bin gleich wieder da. Ich muss auch Sylenia sagen, dass sie packen soll. Fang hier schon mit dem Amboss und dem Werkzeug an.«

LXXIII

Nylan sah auf die Reihe von Ziegeln und anderen Steinen hinunter. Dieses Mal war seine improvisierte Schmiede in den Überresten eines Hühnerstalls untergebracht, aber er brauchte noch eine Art Dach als Schutz, weil die Sonne mit jedem Tag heißer vom Himmel brannte. Er blickte zu dem mit Dachziegeln gedeckten Wohnhaus hinüber, hinter dessen dicken Wänden die zwei Unteroffiziere, der Regent, zwei Engel, ihr Kindermädchen und sein Sohn untergebracht waren. Die dicken Mauern sorgten dafür, dass es tagsüber im Haus höchstens so warm wurde, dass man sachte schmorte, aber das Gebäude war ein dunkles, schimmelig riechendes Loch. Freilich war dem Schmied nicht ganz klar, wie ein Haus gleichzeitig überwärmt sein und nach Schimmel riechen konnte.

Syskar lag ein paar Meilen weiter vom Bergwerk entfernt als Kula und zehn Meilen weiter im Westen und war daher auch zehn Meilen weiter von Lornth entfernt. Das Dorf war noch kleiner als Kula, der Bach ein winziges Rinnsal, das für all ihre Pferde kaum ausreichte. Nylan schnaubte. Weit mehr als hundert Pferde waren es. Wenn sie weiterhin mit diesem Tempo Pferde gewannen, würden sie bald jeden Einwohner von Lornth mit einem eigenen Tier versorgen können.

In der Nachmittagshitze saß die Hälfte der Truppe unter dem weit vorspringenden Dach des ehemaligen Schafstalls. Es war in der stillen Luft viel zu warm, um sich drinnen hinter den dicken Holzbalken aufzuhalten. Ayrlyn hatte eine Hälfte der Bewaffneten mitgenommen, um die Gegend zu erkunden und herauszufinden, ob es nötig wäre, Wachtposten aufzustellen.

Hufschläge durchbrachen die Stille, als Sias mit einem Wagen zum Haus gefahren kam. Der Wagen blieb weniger als zehn Ellen vor der Hühnerstall-Schmiede mit einem Ruck stehen, dann legte Sias, das Gesicht schwarz vor Dreck, die Bremse an und kletterte herunter.

In Syskar gab es einen kleinen, fast erschöpften Kohleflöz, der aber für Nylans Schmiede noch genug hergab. Es war Sias' Aufgabe, in der nahe gelegenen Grube die dunklen Steine zu schlagen und die Kohle abzubauen.

»Das sollte für einen Achttag reichen, Ser.«

»Du weißt nicht, wie schnell ein Schmiedeofen die Kohle verbraucht.«

Der schlaksige Helfer schüttelte langsam den Kopf.

»Lass uns abladen, dann kannst du dich um die Pferde kümmern.«

Nachdem sie die Kohlebrocken auf einen Haufen geschaufelt hatten, führte Sias die Pferde zur Koppel, während Nylan an den Schmiedeofen trat und den kleinen Haufen Klingen aus Neusilber betrachtete. Als Erstes brauchte er einen geschlossenen Behälter, die Leitungen konnten noch warten.

Die Klingen aus Weißbronze enthielten, genau wie seine eigenen Klingen aus dunklem Eisen, ein wenig Ordnung. Damit hätte er nicht gerechnet, nachdem er das Weiße Chaos gespürt hatte, das um die cyadorischen Streitkräfte zu wabern schien.

Eine Weile betrachtete er die oberste Klinge und drehte sie hin und her, wobei er die Wahrnehmung durch das Metall wandern ließ, dann legte er sie wieder auf den Stapel, zog seine eigene Klinge aus der Scheide, die in einer Ecke hing, und untersuchte auch sie.

Er runzelte die Stirn. Auch in seinem Schwert war eindeutig etwas Weiß, gerade so, als hätte er, ohne es zu bemerken, die Ordnung um das Chaos gelegt und es damit eingehüllt. Bisher hatte er noch nie darüber nachgedacht, erst die Träume von den Bäumen und Nessleks Heilung, als er das Chaos mithilfe der Ordnung eingeschlossen hatte, schienen diesen neuen Weg eröffnet zu haben.

Schließlich legte er sein Schwert wieder weg. Spekulationen würden ihm nicht helfen, die technischen Probleme zu lösen.

Als von den Kochfeuern Rauch und Ruß in die staubige Luft stiegen, begleitet vom Geruch nach verbranntem Fett und deftigem Hammel, und bis schließlich die Glocke zum Essen rief, hatte Nylan kaum mehr als zwei Bronzeplatten gewonnen. Oder war es Messing? Nein, Messing war weicher, dachte er, und man benutzte Zink, um es zu legieren.

»Lass uns das Feuer abdecken«, sagte er zu Sias. »Es reicht für heute Abend. Die Bronze ist schwer zu bearbeiten und …« Er unterbrach sich.

»Schwer zu bearbeiten?«

»Ich muss vorsichtiger sein. Ich habe mehr als einmal versehentlich Löcher hineingeschlagen und du hast ja gesehen, welche Probleme mir das bereitet hat.« Der Schmied legte das Werkzeug weg. Als er die Schmiede so gut wie möglich aufgeräumt hatte und die Kohlen abgedeckt waren, ging er zum Brunnen. Er musste sich unbedingt waschen, ehe er zum Essen ging.

Das Abendessen war so deftig geraten, wie die Gerüche angedroht hatten, und die Gesellschaft am wackligen Tisch im Wohnhaus, wo Fornal, Lewa und Tonsar saßen, war nicht geeignet, seine Nase zu beruhigen. Die Einheimischen legten keinen großen Wert auf Körperpflege. Auch Ayrlyn fühlte sich nicht wohl. Sie zog sich sogar noch vor Nylan zurück, von Fornal mit einem Brummen verabschiedet.

Nylan zwang sich, so viel wie möglich zu essen, aber auch er floh kurz nach Ayrlyn aus dem warmen Hauptraum nach draußen. Ayrlyn saß mit Sylenia auf der Veranda und sang.

Ein starker Schmied war Nylan und ein Magier auch
Wie ein Blitz sein Hammer auf den Amboss kracht' …

Der Schmied unterdrückte ein Stöhnen und trat ganz hinaus. Ayrlyn ließ sich zwar nicht täuschen, aber für Weryl bemühte er sich zu lächeln.

Ayrlyn spielte und sang und beobachtete ihn amüsiert. Dann wandte sie sich an Sylenia. »Du kannst dir eine Weile frei nehmen, aber glaube nicht alles, was Tonsar dir erzählt.«

Das Kindermädchen errötete.

Nylan hob seinen silberhaarigen Sohn hoch und umarmte ihn. Er hielt ihn eine Weile, bis Weryl zu strampeln anfing.

»Schon gut, schon gut …« Nylan setzte sich auf die gebrannten Lehmziegel der Veranda und stellte Weryl zwischen seine Knie, damit der Junge sich festhalten konnte.

»Enyah …« Weryl zielte mit einer Hand auf das schwarzhaarige Kindermädchen, das durch die langen Schatten in der Dämmerung zum Brunnen ging. Dahinter stand der langgestreckte, niedrige ehemalige Schafstall, der jetzt den Bewaffneten als Quartier diente. »Enyah.«

»Sie heißt Sylenia und sie ist gut zu dir.« *Und zu uns.*

»Machst du dir Sorgen?«, fragte Ayrlyn, die neben der Tür saß, die Nylan mit einem grob zugeschnittenen Stück Leder und einem selbst geschmiedeten Zapfen wieder funktionstüchtig gemacht hatte.

»Weil er sie mag?« Nylan zuckte mit den Achseln. »Ich weiß nicht. Wäre er bei Zeldyan geblieben, dann würde er Zeldyan mögen. In gewisser Weise ist es hier besser, aber er hat Ausschläge, einen Sonnenbrand und Insektenstiche gehabt. Nur gut, dass du eine Heilerin bist.«

»Du hast so viele kleine Verletzungen geheilt wie ich. Vielleicht sogar noch mehr.« Ayrlyn lächelte leicht. »Warum willst du dich eigentlich nicht als Heiler sehen? Denkst du, du könntest kein Heiler sein, wenn du dich gleichzeitig als Schmied und Ingenieur betrachtest?«

Der silberhaarige Engel rieb sich das stoppelige Kinn und streckte einen Arm aus, den Weryl sofort packte.

»Daaa!«

Nylan lächelte seinen Sohn an.

»Nun?«, drängte die rothaarige Frau. »Warum willst du nicht anerkennen, dass du ein Heiler bist?«

Lag es daran, dass er der Ansicht war, als Heiler würde er irgendwie … nicht als vollwertiger Mann gelten? Nein … nein, das war es nicht. Nachdem er seine Begabung entdeckt hatte, hatte er in Westwind eine ganze Reihe von Leuten geheilt. Fürchtete er, ihm könnten immer größere Leistungen abverlangt werden, wenn er sich als Heiler bezeichnete? Oder dachte er, ein Schmied und Ingenieur zu sein wäre auf irgendeine Weise mit höherem Ansehen verbunden?

»Ich bin nicht sicher … wahrscheinlich spielen da viele Dinge hinein.« Er setzte sich eine Treppe tiefer, um Weryl zu folgen, der schon ganz hinuntergeklettert war.

Nylan bemerkte aus den Augenwinkeln eine Bewegung und er unterbrach das Spiel mit seinem Kind. Der vierschrötige Rekrut mit dem braunen Bart war Sylenia in den Weg getreten. Sie schüttelte mit ernstem Gesicht den Kopf.

Nylans Finger griffen unwillkürlich nach dem Schwert, aber er entspannte sich sogleich wieder, als Tonsar aus dem Quartier kam und auf das Kindermädchen zusteuerte. Der Bewaffnete wich sofort zurück.

Die Schatten konnten Sylenias erfreutes und dennoch schüchternes Lächeln nicht verbergen, als der Unteroffizier sich ihr näherte.

»Tonsar scheint trotz aller Großspurigkeit ein anständiger Kerl zu sein.« Nylan überlegte. »Oder sollen wir mit ihm über Sylenia reden?«

»Seine Großspurigkeit schützt ihn, genau wie es dich schützt, dich als Ingenieur zu betrachten. Ja, ich finde, wir sollten mit ihm reden.«

»Weißt du, wer dieser Rekrut ist?«

»Tregva oder Trevgo oder so ähnlich.«

»Er stellt ihr nach.«

»Ich habe Tonsar schon darauf aufmerksam gemacht«, erwiderte Ayrlyn. »Er sagte, niemand würde es wagen, Sylenia anzurühren.«

»Enyah!« Weryl machte sich auf den Weg zum Brunnen.

Der Schmied folgte dem Jungen schnell und hob ihn hoch. »Lass sie doch mal in Ruhe, junger Mann.« Er setzte sich seinen Sohn auf die Schultern und kehrte zum Haus zurück, wo er Weryl wieder auf die Treppe beförderte. Sich selbst setzte er breitbeinig davor, um mit Körper und Beinen den Fluchtweg zu blockieren.

»Enyah?«

»Später.« Obwohl die Abenddämmerung gekommen war, tropfte Nylan immer noch der Schweiß von der Stirn. »Bei der Dunkelheit, ist das heiß. Die Leute hier sind wohl wirklich Nachkommen der alten Rationalisten-Dämonen.«

»Dabei ist noch nicht einmal Hochsommer.« Ayrlyn zog die Mundwinkel hoch. »Sie glauben übrigens, wir wären Nachkommen der Eisengel, wie du weißt.«

»Ein verrücktes Universum …«

»Ich glaube, wir haben noch lange nicht herausgefunden, wie verrückt es tatsächlich ist.«

Trotz der Wärme schauderte Nylan, als er die Gewissheit hörte, die aus ihren Worten sprach.

LXXIV

Fornal saß auf dem einzigen Hocker am Ende des Tisches vor einem Becher und einer offenen Flasche essigsaurem bernsteinfarbenem Wein. Er hob die Flasche und füllte sein Glas. »Ich hoffe, das Zeug hier ist besser als die letzte Flasche.«

»Ich denke schon.« Nylan hatte versucht, die Hand voll Weinflaschen mit den Sinnen zu prüfen und die herauszusuchen, in der das größte Maß an Ordnung zu spüren war.

Fornal trank einen Schluck und wischte sich den Mund mit dem Handrücken sauber. »Der Beste unter den Schlechten. Es ist hier zu heiß für guten Wein.« Wieder nahm er einen Schluck. »Ihr wolltet mich sprechen?«

Auf der anderen Seite des Tisches saßen Huruc und Lewa auf ihrer Bank. Als sie nickten, warf der Kerzenschein groteske Schattenbilder ihrer Bewegungen an die fleckige Wand hinter ihnen.

»Wir sollten Jirec zu unserem ›offiziellen‹ Lager erklären«, meinte Ayrlyn, nachdem sie einen Schluck Wasser getrunken hatte.

»Sogar ich weiß, dass Jirec kein guter Ort für ein Lager ist«, erwiderte Huruc. »Der Bach trocknet aus, die Brunnen geben nur noch Brackwasser.«

»Ja, Brackwasser«, wiederholte Lewa. »Es ist zu nahe am Lager der Weißen Dämonen.«

»Fahrt fort«, sagte Fornal freundlich, während er seinen Becher nachfüllte.

»Wir bauen ein paar große Lagerfeuer auf, verbringen einen Tag dort, machen Lärm mit den Glocken und sorgen dafür, dass unsere Freunde uns besuchen kommen. Und dann werden sie eine unangenehme Überraschung erleben.«

Fornal und Lewa wechselten verwirrte Blicke, Huruc und Nylan grinsten.

»Was für eine Überraschung meint Ihr?«, fragte Fornal misstrauisch.

»Wir stellen ihnen eine Falle. Bisher haben wir immer offen angegriffen. Barbaren greifen ja nicht zur Hinterlist«, erklärte Nylan. »Die Cyadoraner wissen, dass Ihr keinesfalls etwas so Hinterhältiges tun würdet.« Er wollte noch etwas in der Art hinzufügen, dass die Ehre dem im Wege stehe, aber er entschied sich, Fornal nicht unnötig zu ärgern.

»Wenn Ihr tatsächlich ein … eine solche Hinterlist anwenden wollt«, sagte Fornal schließlich, »dann wünsche ich Euch und Euren Rekruten alles Gute.« Er trank seinen Becher mit einem großen Schluck aus. Anscheinend, dachte Nylan, hielt sich der junge Regent in bewundernswerter Selbstdisziplin zurück.

Jedenfalls hatte er nicht offen ausgesprochen, dass es unehrenhaft sei, überlegte Nylan. »Wir sollten in der Lage sein, einen großen Teil der Gegner zu töten, wenn wir es richtig anfangen.« Er lächelte Fornal an. »Auf diese Weise müsst Ihr später umso weniger auf dem Schlachtfeld bekämpfen.« Der Magen drehte sich ihm um – die Ordnungs-Felder duldeten keinerlei Täuschung, jedenfalls keinen Selbstbetrug, und sein Unbehagen wurde immer schlimmer.

»Ich freue mich inzwischen wirklich darüber, dass Ihr für Lornth kämpft«, sagte Fornal langsam. »Dieses Ausweichen und Pläneschmieden gefällt mir nicht, aber die Weißen Dämonen haben sich nicht ehrenhaft verhalten. Während Ihr Euren Plan ausführt, werde ich nach Clynya zurückkehren und neue Bewaffnete ausheben, um diejenigen zu ersetzen, die wir verloren haben. Ich hoffe, das wird Euch keine Schwierigkeiten machen?«

»Nein«, erwiderte Nylan. »Wir werden versuchen, dafür zu sorgen, dass Ihr Euch bei Eurer Rückkehr mit erheblich weniger Cyadoranern auseinanderzusetzen habt. Wir müssen noch Hacken, Schaufeln und Spitzhacken besorgen und ich werde etwas schmieden.«

»Tut, was Ihr für nötig haltet.« Fornal stand auf und hob die Flasche hoch. »Der Wein war beinahe genießbar, Engel.« Er nickte steif. »Guten Abend.« Dann verschwand er mit der Flasche in seinem Zimmer und schloss hinter sich fest die Tür.

»Ich muss wieder ins Quartier.« Auch Lewa stand auf.

Erst nachdem der Unteroffizier gegangen war, schüttelte Huruc den Kopf. »Ihr Engel seid ihnen nicht geheuer«, sagte er leise. »Ser Fornal weiß, dass er siegen muss, aber er hat Schwierigkeiten mit den alten Traditionen. Lewa will ohnehin nur das anerkennen, was schon seit jeher gilt.«

»Und was ist mit Euch, Huruc?«, fragte Nylan.

»Die Welt verändert sich. Eine Hand voll Frauen und ein einziger Magier haben die mächtigste Truppe von Bewaffneten vernichtet, die ich je im Leben gesehen habe. Drei Weiße Magier fanden den Tod. Ein Schmied und Magier nimmt eine kleine, schwere Klinge, entwaffnet den Machthaber und entschuldigt sich für seine Geschicklichkeit.« Huruc lächelte wehmütig. »Aber … aber die Ehre soll den Menschen dienen und sie nicht zerstören.« Er stand auf. »Ich muss jetzt nach meinen Männern sehen.«

An der Tür drehte er sich noch einmal um. »Ich hoffe, Ihr habt beim Kampf gegen die Weißen Dämonen so viel Erfolg wie beim Kampf gegen Lornth.« Damit verschwand er in der Dunkelheit.

»Das hoffe ich auch«, sagte Nylan. Er betrachtete Ayrlyns Schatten an der Wand, der sich im flackernden Kerzenschein ständig veränderte.

»Wir werden siegen.« Ayrlyn nahm seine Hand. »Heute Abend können wir nichts weiter tun. Ob wir Erfolg haben oder nicht, das Leben ist viel zu kurz. Sylenia trifft sich mit Tonsar im alten Heuschober und Weryl schläft.«

Nylan drückte ihre Hand. Sie standen auf und gingen eng umschlungen in ihr Zimmer.

Der Schmied hoffte, er würde später nicht wieder von Bäumen träumen, die von Ordnung und Chaos zugleich erfüllt waren. Mit beidem hatte er tagsüber schon genug zu tun. Und doch … er wusste, dass er herausfinden musste, was der Traum von den Bäumen ihm zu sagen hatte. Er wusste nur nicht, wann er die Zeit dafür finden würde.

»Später«, flüsterte Ayrlyn.

LXXV

… und so geschah es, dass Ryba als letzter Engel im Himmel regierte und die Legende begründete, der alle folgen müssen. Doch Ryba wünschte nicht, dass die Legende von Westwind hinausgetragen wurde.

Denn als der Prophet Relyn von dannen gezogen war und überall östlich der gewaltigen Westhörner von der Legende und dem Triumph der Ordnung erzählte, wurde Ryba unzufrieden und rief ihre Wächterinnen zu sich.

Von diesem Tag an nahmen die Engel keinen ausgewachsenen Mann mehr auf, wie krank oder gebrechlich er auch sei. Jeder Mann, der sich im Reich von Westwind blicken ließ, musste entweder aus eigener Kraft gehen oder auf dem Dach der Welt den Tod finden.

Und kein Mann wurde in Westwind erzogen, der ein Schwert erheben konnte, denn es ward vorhergesagt, dass Westwind fallen würde, sobald ein Mann die Klinge erhob. Bis dahin aber würde der Schwarze Turm ganz Candar vom Osten bis zum Westen Stand halten, sogar allen Magiern der Welt.

Als aber die Kunde zum Schwarzen Turm drang, dass der Schmied Nylan wieder mächtige Klingen schmiedete und dass die Menschen in Lornth mit dem alten Cyador Krieg führten, bebten die Schwarzen Steine unter den Vorahnungen des Engels.

Nun kündigte Ryba an, dass Lornth den Tag bereuen sollte, an dem es sein Vertrauen auf Nylans Eisen und Ayrlyns Lieder gesetzt hatte, denn alles, was ein Mann mit Eisen baut, wird vom Eisen zerstört, und die Lieder, an denen ein Mann Gefallen findet, enthalten keine Wahrheit.

Und die Wächterinnen von Westwind verschlossen ihre Herzen und wurden kalt und schrecklich wie das Eis, das niemals von Freyja weicht …

BUCH AYRLYN
Abschnitt I [Gekürzter Text]

LXXVI

Nylan klopfte der Stute auf den Hals und ließ sie einem weiten Bogen folgen, um gemächlich zum südlichen Rand von Jirec zurückzureiten und den Weg ins Dorf so zu sehen, wie die Cyadoraner ihn sehen würden. Rechts von der Straße stand die Ruine eines ehemaligen Stalls. Eine Seite war völlig zusammengebrochen, sodass eine Art Rampe entstanden war. Hinter dem mit Gras gedeckten Schuppen waren die geschwärzten Mauern eines Wohnhauses zu sehen, das von den Cyadoranern vor einigen Achttagen zusammen mit den anderen Häusern im Dorf in Brand gesteckt worden war.

Dünne Rauchfahnen von den Kochfeuern des angeblichen Lagers stiegen auf der anderen Seite der in einem Oval angeordneten Häuser, die sich um einen ausgetrockneten Bach drängten, in die Höhe.

Wenn Kula und Syskar Backöfen gewesen waren, überlegte Nylan, dann war Jirec ein Schmelzofen. Ein leichter Wind wehte heiße Staubkörner hierhin und dorthin, schliff Narben in die Mauern und wetzte die Farbe ab, malträtierte nackte Haut und Gesichter, reizte die ohnehin schon überlasteten Augen, zerrte an den Nerven und verwandelte jeden Bissen Proviant in etwas, das an Sandpapier erinnerte.

Er blinzelte, ließ die Tränen laufen, damit sie den Staub aus den Augen spülten, und ritt langsam über den holprigen Weg bis zu dem kleinen Olivenhain, wo acht Bewaffnete und Ayrlyn schufteten.

»Ich bin doch kein Bauarbeiter«, fluchte Fuera halblaut. Er blickte von der Arbeit im hüfttiefen Graben auf, wandte aber sofort den Blick ab, als er Ayrlyns Augen blitzen sah.

Nylan drehte sich im Sattel um. »Ayrlyn will dein Gejammer nicht hören, Fuera, und ich will es auch nicht. Wir bemühen uns, euch am Leben zu halten, aber ihr hört nicht auf, euch zu beschweren. Glaubst du, Ayrlyn mag es, Grasmatten zu flechten? Glaubst du, mir macht es Spaß, Pfähle anzuspitzen?« Er kratzte sich an den nackten Unterarmen. »Du bist inzwischen im Schwertkampf gut genug, um wieder in Hurucs Trupp zurückzukehren. Wenn du so weitermachst, erlaube ich es vielleicht. Außerdem, was beschwerst du dich? Du bist fast fertig.«

Fuera starrte die Schaufel an und grub weiter.

»... ist vielleicht hart, Fuera, aber die meisten hätten dich verprügelt oder getötet ...«

»... der arme Fuera will sich nicht die Hände schmutzig machen ...«

Ayrlyn fuhr damit fort, Grashalme und Schilf zu Matten zu flechten, die sie an den Gräben entlang aufstapelte. Meresat legte Stöcke über die Gräben, dann kamen die Matten darauf und verbargen die Reihen zugespitzter Pfähle, die schräg nach oben zielten. Schließlich wurden die Matten mit einer dünnen Schicht aus Kies und Staub bedeckt, der teilweise jedoch schon fortgeweht wurde, ehe er überhaupt die Matten berührte.

Nylan lenkte die Stute auf der Straße hin und her und betrachtete die Gräben, die dem Olivenhain gegenüber lagen. Dieser Teil war bereits fertig gestellt. »Du hast schon wieder so ein böses Glitzern in den Augen«, sagte er, als er neben Ayrlyn das Pferd zügelte. »Dieses Glitzern, das mir sagt, dass einige Leute verletzt werden.«

»Wenn ich Grasmatten flechten muss, dann muss irgendjemand dafür büßen. Immerhin komme ich nicht dazu, herumzureiten und mich wichtig zu fühlen.«

»Ich habe die meisten Pfähle geschnitten und angespitzt«, erinnerte er sie. »Und ich habe Steine geschleppt, um die Barriere zu bauen.«

»Wollen wir hoffen, dass es funktioniert.«

»Es müsste klappen. Die Cyadoraner sind überheblich und werden unsere Anlagen übersehen. Außerdem greifen sie meist erst spät an.« Er deutete zu den Bäumen. »Die Schatten der Olivenbäume – ich glaube jedenfalls, dass es Oliven sind – liegen jetzt schon auf den Gräben.«

»Bist du sicher, dass sie nichts sehen werden?«

»An dieser Stelle werden die Bogenschützen wichtig. Wenn jemand dich mit Pfeilen eindeckt, schaust du nicht auf den Boden. Besonders dann nicht, wenn deine Gegner nur dumme Barbaren sind.«

»Also … also werden sie einfach weiter vorstoßen?«

»So denke ich es mir.«

Ayrlyn warf eine weitere Matte auf den Boden und streckte sich. »So, das sollte reichen.« Sie ging zur Straße zurück und zu der Seite des Hains, die am weitesten von der Straße entfernt war. Dort hatte sie ihren Braunen festgebunden. Sie nahm die Wasserflasche aus der Halterung, zog den Stöpsel ab und nahm mehrere große Schlucke.

»Ah, schon besser. Es ist so staubig hier.«

»Lass uns noch die Stelle ansehen, die wir für die Bogenschützen vorbereitet haben, und dann müssen wir überprüfen, ob Tonsar seine Leute eingewiesen hat.« Nylan wartete, bis Ayrlyn aufgestiegen war, ehe er langsam von den acht Männern fortritt, die den letzten Graben fertig stellten. Wenn die Cyadoraner vorläufig noch nicht auftauchten, würden sie in der Abenddämmerung mit einem weiteren Graben beginnen und ihn am Morgen fertig stellen.

Nördlich des Olivenhains standen noch einige weitere niedergebrannte Gebäude: ein Wohnhaus, zwei Schuppen, die mit Erde isolierten Steinmauern eines langgestreckten Stalls. Der schwache Geruch von Tod und Holzkohle wehte ihnen entgegen, durchsetzt mit scharfen Staubpartikeln, die der warme Wind emporwirbelte.

Nylan schluckte und deutete zum Haupthaus. »Die Pferde können wir hier unterstellen. Man kann sie vom Wald oder von der Straße aus nicht sehen.«

»Dies ist das dritte Mal, dass du es sagst.« Ayrlyn lachte heiser. »Ich habe es dir schon beim ersten Mal geglaubt.«

Nylan grinste verlegen. »Entschuldige.«

Sie ritten am niedergebrannten Gebäude vorbei, wo Nylan eine zehn Ellen lange Barriere aus Steinen errichtet hatte, hinter der sie geschützt waren, während sie die Pfeile abfeuerten. Er hoffte, seine Geschicklichkeit im Umgang mit einem Kompositbogen hatte noch nicht zu sehr nachgelassen.

Dann ritten sie nach Norden, zu ihrem derzeitigen Quartier und ihrem so genannten ›Lager‹, das im Augenblick hauptsächlich aus übergroßen Kochfeuern und äußerst primitiven Schlafstellen in einer Scheune bestand, die praktisch kein Dach mehr hatte.

Tonsar kam den beiden entgegen, als sie die Pferde zügelten. Fast lässig schwang er ein kurzes Stück einer rostigen Kette.

»Wie lange werden wir noch hier sein?«, fragte Tonsar. Hinter ihm, im Schatten der halb niedergebrannten Scheune, standen die Pferde der Bewaffneten gesattelt bereit. Die meisten Bewaffneten saßen oder standen unter den Teilen des Dachs, die noch intakt waren und etwas Schatten und damit einen Schutz vor der erbarmungslos brennenden Sonne boten. Ayrlyn und Nylan hatten die Leute abwechselnd als Gräber und Fallenbauer eingesetzt, sodass zu jedem Zeitpunkt höchstens ein Drittel ihrer Streitmacht mit den Arbeiten beschäftigt war. »Jetzt sind es beinahe drei Tage … aber niemand kommt.«

»Sie werden kommen«, prophezeite Nylan. Er rutschte im Sattel hin und her und tupfte sich die Stirn ab. »Sie werden kommen.«

»Vielleicht müssen wir gar nicht mehr so lange warten.« Ayrlyn deutete nach Südosten, wo ein einzelner Reiter über die staubige Straße nach Jirec galoppiert kam und dabei, genau wie Nylan, einen Bogen um den Olivenhain machte.

»Er reitet, als wären die Weißen hinter ihm her«, meinte der stämmige Unteroffizier.

Die drei sahen zu, wie der Reiter in den Hof hereingeritten kam, sich in der Scheune umsah und zu ihnen eilte, kaum dass er sie entdeckt hatte.

»Sie kommen, es sind mehrere Züge. Sie haben diese langen Stangen dabei«, keuchte der schlanke Bewaffnete.

»Wie weit sind sie hinter dir?«, fragte Ayrlyn.

»Höchstens fünf Meilen.«

»Und sie reiten schnell?«, wollte Nylan wissen.

»Nein, Ser.« Der Späher schluckte. »In gemächlichem Tempo wie immer.«

»Wir haben genug Zeit, es richtig zu machen«, sagte Ayrlyn, indem sie Tonsar zunickte.

»Siplor! Reite zu den Fallen und sage den Männern, sie sollen aufräumen und aufsitzen.« Tonsar winkte und marschierte zu ihrem heruntergekommenen Quartier. Die Kette warf er über das Ende eines verkohlten Balkens. »Formiert euch!«

»Buretek, Ailsor! Holt die Bogen!« Ayrlyns Stimme hallte wie eine Peitsche. »Wir müssen uns aufstellen.«

Die anderen zwei Bogenschützen liefen über den Hof

zu ihren Pferden, Ayrlyn nahm den Braunen herum und ritt schon voraus zu der Stelle, wo sie den Hinterhalt legen wollten.

Unter heißer Sonne und klarem Himmel wartete Nylan. Die Haut juckte vor Schweiß und Staub, das Gesicht brannte aus den gleichen Gründen. Er zwang sich, ruhig zuzuschauen, und holte seine Wasserflasche, um ein paar große Schlucke zu nehmen. Befehlshaber mussten Ruhe ausstrahlen, selbst wenn ihnen das Herz bis zum Halse schlug. Betont gelassen steckte er die Wasserflasche wieder weg und drehte sich ein wenig im Sattel um.

Die Bewaffneten schienen sich zu bewegen, als wateten sie durch Schlamm, aber als sie auf den Pferden saßen und der Schmied sein Pferd antrieb, war Ayrlyn erst eine halbe Meile vor ihnen.

»Los dann.«

»Ich kann noch keine Staubwolke sehen«, meinte Tonsar.

»Gut.«

Als sie die Gruppe zerstörter Gebäude halb hinter sich gelassen und den langgestreckten Stall erreicht hatten, der sie vor den Blicken der Cyadoraner schützen würde, wenn die Weißen Lanzenkämpfer Jirec erreichten, nahm Nylan sein Pferd herum und hob die Hand, um die Männer zum Schweigen zu bringen. Siplor und die Gräber waren aufgesessen und warteten schon. Meresat grinste, aber Fuera wich Nylans Blicken aus.

»Ich habe es euch gesagt und Tonsar hat es euch gesagt, aber ich werde es euch trotzdem noch einmal sagen. Wie lange ihr noch lebt, hängt einzig und allein davon ab, wie leise ihr jetzt seid. Also sprecht kein einziges Wort. Wir kommen bald zurück und führen euch im Kampf gegen die Dämonen an.« Er deutete zur anderen Seite des zerstörten Stalls. »Wir sind weniger als zweihundert Ellen entfernt und werden versuchen, die Weißen so sehr zu verwirren, wie wir nur können. Danach liegt es bei euch, die Arbeit zu Ende zu bringen.« Er nickte knapp und nahm sein Pferd herum.

Ayrlyn und die anderen beiden Bogenschützen hatten schon die Bogen vorbereitet und die Pfeile bereitgelegt, als Nylan sein Pferd festband und mit seinem eigenen Kompositbogen und den Pfeilen hinter der Barriere südlich des zerstörten Gebäudes seine Position bezog.

»Tonsar hat sie ja ganz schön angetrieben«, meinte Ayrlyn. Sie rückte ein wenig zur Seite, damit Nylan hinter den Brettern Platz fand.

»Er will möglichst schnell nach Syskar zurück.«

»Ich frage mich warum.«

Sie lachten.

Das Schweigen, durchbrochen nur vom Rauschen des heißen Windes, dehnte sich.

»Immer noch nichts von ihnen zu sehen«, murmelte Buretek.

Ailsor nickte.

Wieder legte sich Schweigen über die kleine Gruppe.

»Was meinst du?«, fragte Ayrlyn.

»Ich wundere mich, dass sie nicht öfter Bogenschützen einsetzen.«

»Nachdem du in Westwind selbst gesehen hast, wie schwer es ist, Pfeile zu machen, wunderst du dich noch darüber?« Ayrlyn lachte leise. »Pfeile herzustellen ist mühsam, man verliert sie leicht und viele treffen nie das Ziel. Es braucht Zeit und Mühe, einen Bogenschützen auszubilden. Schwerter verliert man nicht so leicht und jeder kann ein Schwert schwingen.«

»Oh ... in gewisser Weise ist das natürlich einleuchtend, aber Bogen sind so ungefähr die einzige Distanzwaffe in einer primitiven Kultur.«

»Du unterstellst, dass die Leute, die hier kämpfen, überhaupt Interesse an Distanzwaffen haben.«

Nylan nickte. Fornal oder die unbekannten Grundbesitzer, die er immer anführte, schienen solche Waffen nicht zu mögen, das war sicher.

Wieder schwiegen sie eine Weile.

»Da hinten kann man eine Staubwolke über der Straße sehen«, sagte Ayrlyn leise. »Dort.«

Der Staub stieg höher, als die ersten weiß gekleideten Reiter auftauchten. Sie bewegten sich in der gemessenen Gangart, mit der sich alle cyadorischen Streitkräfte bewegten. Lichtblitze funkelten auf den Spiegelschilden und den polierten Klingen.

Als die Lanzenreiter noch fast eine Meile vom ersten Gebäude des Dorfes entfernt waren, ertönten drei melodische Hornsignale. Der ganze Zug schien anzuhalten, dann wurde er breiter und die Lanzenreiter stießen in Dreierreihen weiter vor.

Die erste Reihe der Lanzenreiter kam im schnellen Trab heran, die kleinen schimmernden Schilde am linken Arm befestigt, die langen weißen Lanzen in die Köcher gesteckt und in exakt dem gleichen Winkel ausgerichtet.

Die Cyadoraner passierten den ersten zerstörten Schuppen, der an eine Rampe erinnerte, und schwenkten ab in Richtung des Olivenhains und der »Kochfeuer« dahinter. Kein Wort ertönte aus ihren Reihen, nur die Hufschläge trommelten auf dem harten, trockenen Boden.

»Also gut«, sagte Nylan. Er hob den Kompositbogen und ließ den ersten Pfeil fliegen.

Soweit Nylan sehen konnte, blinzelten die Lanzenreiter nicht einmal, als der Pfeil durch ihre Reihen flog, ohne Schaden anzurichten. Auch der zweite war ein Fehlschuss.

Verdammt auch, natürlich tut es mir selbst weh, wenn ich jemanden treffe, aber wenn ich nicht treffe, bin ich tot und das tut noch mehr weh. Der dritte Pfeil traf sein Ziel, ein Lanzenreiter schwankte im Sattel.

Ayrlyn schoss einen Pfeil ab. »Deine Zielgenauigkeit ist nicht ganz so gut wie dein Bogen.«

Auch Buretek begann zu schießen.

Bevor die cyadorischen Lanzenreiter das ebene Gelände vor dem Olivenhain erreicht hatten, waren ungefähr vierzig Pfeile geflogen und acht oder zehn Lanzenreiter, meist verwundet, vom Pferd gekippt. Allerdings, überlegte Nylan, waren in einer primitiven Kultur oft auch leichte Verletzungen tödlich.

»Schneller jetzt«, befahl er, als die Lanzenreiter sich den verborgenen Gräben näherten. Ein wahrer Pfeilhagel schlug für ein paar Augenblicke den Weißen Reitern entgegen.

Dann auf einmal sackten mehr als ein Dutzend Pferde ab, wo die unterhöhlte Straße einbrach, die nächsten Reihen drängten nach und wichen den gestürzten Pferden und Reitern aus und damit auch den Pfählen in den Gräben und den zuckenden Tieren. Das Funkeln der Spiegelschilde breitete sich in alle Richtungen aus.

Die Schreie der Pferde setzten Nylan zu, aber er schob sein Unbehagen beiseite. »Schießt weiter!«

Da sich die Ziele kaum noch bewegten, konnten sie mehr Treffer landen als zuvor, aber die Hauptmasse der Lanzenreiter wich seitlich aus und ging den Fallen aus dem Weg.

»Lass uns verschwinden.« Er berührte Ayrlyn am Arm. Sie gab Buretek einen Stoß, der seinerseits Ailsor anstieß.

Der Schmied und Ayrlyn sprangen auf die Pferde, die hinter dem ausgebrannten Haus warteten, Buretek und Ailsor folgten ihnen.

Als Nylan um die zerstörte Scheune herumritt, Ayrlyn neben und die anderen hinter sich, hob er das Schwert, das er aus der Scheide an der Hüfte gezogen hatte. Er sah Tonsar an. »Jetzt!«

Langsam, viel zu langsam folgten ihm die beiden Züge, die sich hinter den niedrigen Mauern des zerstörten Gebäudes formiert hatten, nach Westen. Es sah beinahe aus, als wollten sie fliehen, bis sie den sanften Hügel erreichten, der sie von den Blicken der Verfolger und Beobachter abschirmte. Dort wandten sie sich wieder nach Süden und ritten parallel zur Straße weiter.

Wenn die Lanzenreiter den Staub sahen, so hoffte Nylan, würden sie annehmen, dass die Gegner aus Lornth sich zurückzogen. Aber niemand verfolgte sie. Die Cyadoraner waren diszipliniert – vielleicht disziplinierter, als gut für sie war.

Nylan merkte sich dieses Detail als etwas vor, das er später gründlich durchdenken musste, und konzentrierte sich auf die holprige Seitenstraße, die im Rücken der Cyadoraner wieder auf die Hauptstraße führte. Viel Deckung hatten sie nicht, aber wenn die Lanzenreiter vorbereitet waren und sich allzu heftig wehrten ... nun, sie hatten ihre Ausrüstung bei sich. Sie konnten jederzeit nach Syskar zurückkehren und hätten weiter keinen Verlust erlitten. Sogar das Werkzeug war in kleinen Päckchen auf die Trupps verteilt worden.

Die Truppe aus Lornth näherte sich in raschem Trab der Nachhut der Lanzenreiter. Die letzten Einheiten wurden durch die Verwirrung an den Gräben vor dem Olivenhain aufgehalten. Sie blickten nach vorn und beobachteten das Durcheinander vor ihnen.

Nylan hasste es, einen Angriff anzuführen. Er ritt noch nicht lange und hatte immer noch das Gefühl, er könnte jederzeit vom Pferd fallen oder irgendein anderes Unglück erleiden. Aber wenn er oder Ayrlyn nicht die Führung übernahmen, wer sollte es sonst tun?

Nur ein einziger Cyadoraner sah sich um. Er riss wie in Zeitlupe den Mund auf. Das letzte Dutzend der Nachhut fiel, bevor die anderen auch nur begriffen hatten, wie ihnen geschah.

Dann machten die Lanzenreiter kehrt, die schimmernden runden Schilde und die Säbel aus Neusilber wurden gehoben und hin und her geschwenkt, als die letzten Reihen der Weißen sich dem Angriff stellten.

Nylan ging einen Lanzenreiter an, dessen Zaumzeug sich mit dem seines Nachbarn verheddert hatte. Der Mann hatte den langen Speer fallen lassen und wollte nach dem Säbel greifen, aber das Schwert des Engels war schneller.

Nylan zwang sich, die Klinge festzuhalten, als die unvermeidliche Woge von Weißem Schmerz auf ihn einbrach. Er behielt seine Deckung bei, obwohl er im Sattel schauderte, während Chaos und Tod auf ihn hereinbrachen.

Aus den Augenwinkeln und während er eine Lanze abwehrte, die eine ganze Meile lang zu sein schien, konnte der Schmied spüren, wie eine, zwei ... drei purpurn uniformierte Gestalten taumelten. Es war Zeit, sich in Sicherheit zu bringen.

»Zurück, sofort zurück!« Seine Stimme verlor sich im Grunzen der Männer, im aufgewirbelten Staub und den Hufschlägen, aber Tonsar wiederholte den Befehl und langsam lösten sich die Bewaffneten aus Lornth von ihren Gegnern und zogen sich in kleinen Gruppen zurück.

Nur die grauen Wipfel der Olivenbäume waren noch zu sehen, so hoch wallte der Staub auf.

»Zurück nach Lornth!«, rief Nylan noch einmal. Er hob das Schwert und wehrte den Stoß einer weiteren langen Lanze ab, bevor er das Kurzschwert herumschwenkte und das Holz durchschnitt. Der Lanzenreiter zog sein Pferd zurück, Nylan ließ ihn fliehen und ritt nach einem letzten Blick auf die umeinander kreisenden purpurnen und schwarzen Gestalten aus dem Schlachtgetümmel heraus.

Rot blitzte es auf, als Ayrlyns Klinge in einem kurzen Bogen herumgeschwungen wurde. Wieder schwankte ein Lanzenreiter im Sattel. Ayrlyn und Nylan schauderten.

»Zurück!«, rief er noch einmal keuchend.

»Du … zuerst …« Sie grinste wild, als sie ihm antwortete.

»Na gut …« Irgendwie fanden er und sein Pferd den Weg zur Straße, unterwegs winkte er den anderen. »Hört auf … hört jetzt auf … sofort, verdammt!«

Eine Hand voll Männer, unter ihnen Wuerek, wandten sich in seine Richtung, eine zweite Gruppe folgte ihnen.

Als er den Rückzug anführte, sah Nylan sich mehrmals über die Schulter um und konnte beobachten, wie drei weitere Bewaffnete ihre Pferde antrieben, um zu den fliehenden Kämpfern aus Lornth zu stoßen, die nach Syskar zurückkehrten. In seinem Kopf pochte es heftig, die Finger taten ihm weh und die Unterarme waren voller Kratzer und Risse. Keine der Verletzungen war tief, aber alle bluteten.

»Wir hätten sie noch einmal angreifen können«, sagte Drossa, der hinter Tonsar ritt. Seine kehlige Stimme übertönte mühelos die Hufschläge. »Wir hätten sie alle erwischt.«

»Wie viele von uns wären bei diesem Angriff getötet worden?«, fragte Ayrlyn. Sie rieb sich die Stirn. »Wir haben auch so schon zu viele Leute verloren.«

Nylan stellte sich in den Steigbügeln auf und sah nach Jirec zurück, wo immer noch Staubwolken aufwallten, während die Cyadoraner in Richtung der Kochfeuer weiterritten. Er versuchte, seine Leute zu zählen, musste aber mehrmals neu beginnen, weil die Kopfschmerzen seinen Gesichtssinn trübten. Neunzehn waren es, abgesehen von Ayrlyn und ihm selbst und Tonsar. Er hatte nur sechs bis acht Leute aus Lornth fallen sehen. Vielleicht würden einige der Vermissten später nach Syskar zurückkehren. Vielleicht auch nicht.

»Wir haben acht, vielleicht bis zu zwölf Leute verloren«, sagte Nylan, als er sich wieder auf die Straße konzentrierte und sich unwillkürlich die Stirn massierte. »Wie viele haben sie verloren?«

»Vierzig – zwei Züge, würde ich sagen. »Vielleicht noch mehr.«

»Zwei Züge«, sagte Tonsar lachend. »Nicht einmal Ser Fornal hat mit all seinen Männern so viele erledigt.«

Nylan wäre beinahe zusammengezuckt. Das würde dem empfindlichen Regenten überhaupt nicht gefallen. Andererseits nahm Nylan an, dass Fornal die Ergebnisse ohnehin nicht anerkennen würde, weil sie durch ehrloses, heimtückisches Vorgehen erzielt worden waren.

Er hatte Kopfschmerzen und in seinen Augen flackerte es, als würde er direkt in die Lichtreflexe der verdammten cyadorischen Schilde starren, aber er ritt unbeirrt weiter. In gewisser Weise hatte ihr Feldzug gegen die Cyadoraner gerade erst begonnen und er fragte sich, wie lange er es noch aushalten würde.

»So lange wir müssen«, sagte Ayrlyn leise.

Nylan wunderte sich.

LXXVII

Die Nacht war heiß und Syskar war ein Backofen. Nylan lag auf der unebenen Strohmatratze, rieb sich die Schläfen und versuchte, die Kopfschmerzen zu vertreiben, die wie Hammerschläge in seinem Schädel pochten.

»Ooooh …« Weryl drehte sich auf seinem kleinen Lager um und Nylan konnte spüren, dass der Junge unter der Hitze litt. Oder fing Weryl auf, was sie selbst empfanden?

»Noch einmal können wir das nicht machen«, sagte Nylan leise. Er hätte fast gegrinst, als er Sylenias leeres Lager sah. Er hoffte nur, sie würde es nicht bereuen, dass sie sich Tonsar hingegeben hatte; und hoffentlich würde er sie nicht am Ende noch mit einem Kind sitzen lassen.

»Das hast du jetzt dreimal gesagt«, flüsterte Ayrlyn. »Wir haben getan, was wir konnten. Wir haben neun von fünfunddreißig verloren und vier- oder fünfmal so viele Feinde getötet.«

»Sie haben mehr Bewaffnete als wir. Insgesamt würde ich sagen, dass wir in weniger als vier Achttagen anderthalb Züge verloren haben. Die Cyadoraner haben mindestens sieben Züge verloren, vielleicht sogar neun, aber sie sind mit zwanzig Zügen angerückt und können wahrscheinlich viel leichter als wir Verstärkung bekommen.«

»Ich frage mich, ob die Rechnung stimmt. Fornal hat fast einen Zug neuer Rekruten mitgebracht.«

»Wie schön für uns, dann dürfen wir wieder die Einpeitscher spielen.«

»Tonsar kann das zum Teil übernehmen.«

Nylan zuckte die Achseln, dann fragte er: »Und jetzt? Welchen neuen Trick können wir aus dem Unterraum oder dem örtlichen Gegenstück herbeizaubern?« Er schüttelte den Kopf. »Schießpulver haben wir nicht ... es fehlt die nötige Industrie ... keine Chemie, um die Rohstoffe aufzubereiten. Ich weiß nicht, wie wir das anfangen sollten.«

»Wie wäre es mit Brandgranaten oder so?«, fragte Ayrlyn. »Können wir nicht einen Weg finden, die Geschosse bis in ihre Stützpunkte zu befördern?«

»Das könnte klappen, aber was gibt es hier, das gut brennt?«, überlegte Nylan. »Öl oder Pech, aber das habe ich in dieser Gegend bislang nicht gesehen ... Schmierfett, Talg. Mehr ist wohl nicht da.«

»Kohlevergasung?«, fragte die rothaarige Heilerin.

»Wie soll ich das Gas erzeugen? Wenn ich einen Weg fände, Kohle in einem luftdichten Ofen zu erhitzen ... das wäre eine Trockendestillation, aber die Technologie dazu existiert hier nicht. Vielleicht könnte ich sogar das Gas herstellen, aber wie soll ich es lagern oder transportieren? Nein, wir sind auf natürliche Ressourcen wie Pech oder

Asphalt angewiesen, aber danach hast du Fornal und Huruc wohl schon gefragt, oder?«

»Irgendwo in Cyador soll es einen Asphaltsee geben, einen weiteren im Osten Candars. Hier in der Gegend ist nichts.«

»Damit bin ich wieder da, wo ich angefangen habe, bei einer Art behelfsmäßiger Destillation. Ich habe Sias gefragt, wie hier die geistigen Getränke gemacht werden. Er hat etwas herumgedruckst, aber es ist das Gleiche wie überall. Etwas mit hohem Zuckergehalt – Früchte, Beeren, Trauben und ein langstieliges Gewächs, sie nennen es Dickgras …«

»Oh, waren das nicht die Pflanzen, die wir ausgegraben haben?« Ayrlyn verzog das Gesicht. »Tonsar hat darauf bestanden, dass ich etwas davon kauen sollte. Es schmeckt wie Leim mit Lösungsmitteln.«

»Genau … da ist mehr Stärke als Zucker drin, aber davon eine Menge.« Nylan seufzte. »Also müssten wir es gären lassen und destillieren. Etwas Wachs darunter mischen … ich weiß nicht. Und wir haben immer noch das Problem, die Geschosse ins Ziel zu bringen. Ich habe mal gelesen, dass man früher brennende Pfeile verschossen hat, aber das wird bei einer Truppe, die so diszipliniert ist wie die Cyadoraner, nicht funktionieren. Wenn der zweite Pfeil einschlägt, ist ihre Feuerwehr schon im Einsatz.«

»Brandgranaten«, sagte Ayrlyn noch einmal. Ihre Stimme klang etwas schroffer. »Alkohol in Glasflaschen. Ich könnte ein Katapult bauen.«

»Könntest du es so bauen, dass es die Geschosse weit genug befördert? Ich habe bisher immer angenommen, Katapulte wären große, schwere Apparate, die man mit Pferdegespannen herumschleppen muss.«

Sie lächelte. »Wie wäre es mit einem tragbaren Katapult, das in wenigen Augenblicken aufgebaut und wieder zerlegt werden kann? Wir könnten uns nachts anschleichen, ein paar Dutzend Brandgranaten abschießen und wieder verschwinden.«

»Ooooh …«, machte Weryl auf seiner Matratze.

Nylan tätschelte beruhigend seinen Rücken und sah Ayrlyn im Dunkeln nachdenklich an. »Könntest du das schaffen?«

»Ich kann's versuchen.«

Der Schmied hätte beinahe die Stirn gerunzelt.

»Ich kann es«, fauchte Ayrlyn.

»Entschuldige … ich habe über etwas anderes nachgedacht. Über die Frage der Ehre. Wir sind besser dran, wenn wir einer offenen Schlacht ausweichen und inzwischen Ausrüstung und Vorräte zerstören. Die Hälfte der Bewaffneten – ganz zu schweigen von Fornal – hält das jedoch für feige. Wir müssen also vermutlich nach wie vor ein paar Ausfälle machen, es dabei aber vermeiden, großen Abteilungen der Cyadoraner über den Weg zu laufen.« Der Schmied schnaubte. »Natürlich werden sie versuchen, möglichst keine kleinen Gruppen mehr auszuschicken. Und wenn Fornal Recht behält, dann wird es nicht mehr lange dauern, bis die Hälfte der Grundbesitzer in Lornth uns in Stücke reißen will, weil wir so feige wären.«

»Je schneller wir die Vorräte und den Proviant der Cyadoraner zerstören, desto mehr Zeit bekommen wir.«

»Weil sie uns nicht so leicht hinterherlaufen können, wenn sie in der Defensive sind?«

»Genau. Außerdem werden die Einheimischen dann begreifen, dass wir immerhin etwas getan haben.« Jetzt runzelte Ayrlyn die Stirn. »Und was ist, wenn die Cyadoraner das Bergwerk stark befestigen?«

»Das wird nicht so schnell geschehen. Zuerst einmal wird kein Kommandant, der mit überlegenen Kräften angerückt ist, so ohne weiteres nach Hause laufen und den großen Bruder holen. Wenigstens ist mir so einer bisher noch nicht begegnet, weder hier noch bei den Vereinigten Glaubenstruppen. Und zweitens …«

»Wer nicht selbst dabei war, wird ihm nicht ohne weiteres glauben wollen?«

»Genau.«

»Aber was sollen wir tun, wenn sie ihm am Ende doch glauben?«

»Wir lassen uns ein paar neue Feigheiten einfallen«, meinte Nylan. »Vorausgesetzt, Fornal besteht nicht darauf, den Krieg auf die traditionelle Weise zu führen und sicher zu verlieren.«

»Jedes Mal, wenn wir mit etwas Neuem kommen, fällt es ihm schwerer, darauf einzugehen«, wandte Ayrlyn ein.

»Damit hast du leider vollkommen Recht.« Nylan drehte sich auf der unebenen Matratze herum und stieß gegen Ayrlyn.

»He, pass auf.«

»Entschuldige.«

»Schöne Träume.«

Im Dunkeln zuckte der Schmied die Achseln. »Ich weiß nicht, ich träume ständig von Bäumen.«

»Du auch? Immer noch?«

»Soll das heißen, dass die Bäume auch in deine Träume eindringen?«

»Eigentlich sind es keine Träume«, sagte Ayrlyn nachdenklich. »Die Bilder fühlen sich nicht wie Träume an. Es ist eher so, als würde ich lernen, die Dinge auf eine neue Art und Weise zu betrachten.«

»Auf eine neue Art und Weise? Das muss doch etwas bedeuten.«

»Es ist ja schon etwas geschehen«, erklärte sie. »Es hat geholfen, Nesslek zu heilen. Vielleicht gibt es noch mehr, bei dem die Bäume helfen können.«

»Bäume sollen uns helfen, unser Problem zu lösen?« Der Schmied schüttelte den Kopf. »Wohl kaum. Ich wünschte nur, ich wüsste, was es zu bedeuten hat.« Wieder drehte er sich herum, etwas vorsichtiger dieses Mal, und berührte ihre Schulter.

Sie hauchte ihm einen Kuss auf den Hals. »Schlaf gut.«

LXXVIII

Nylan schob den Schlapphut zurück, den er seit einiger Zeit trug, wenn er in der Sonne arbeitete, soweit er nicht gerade die Ausbildung der Rekruten beaufsichtigen musste oder mit einem Spähtrupp unterwegs war. Der Stoff war jetzt schon von Schweiß getränkt, dabei war der Vormittag noch nicht einmal sehr weit fortgeschritten.

Er rührte den Brei im zweiten Behälter um, setzte den Deckel aus Steingut rasch wieder auf und ging zum dritten weiter, wo ein feuchter Fleck unter dem Boden verriet, dass schon wieder ein Stück seiner Kupferarbeiten nicht hielt, was es versprochen hatte. Warum musste er immer durch solch unangenehme Fehler lernen?

Weil man anders überhaupt nicht lernen kann, du Trottel. Er holte noch einmal tief Luft und versuchte, die harten Muskeln zu entspannen, die sich wie Drähte vom Nacken bis zu den Füßen spannten.

Sylenia, die Weryls Hand hielt, ging mit dem Jungen langsam an den Tontöpfen vorbei zum Brunnen. Der gelblich graue Staub stob vor ihren Sandalen auf. Naserümpfend blickte sie zu Nylan. »Es riecht schrecklich. Schlimmer als die Bierfässer in Niset.«

»Riech … tah«, meinte Weryl. Abrupt setzte er sich auf den Hosenboden.

»Es wird bald nachlassen.« Nylan schob den Deckel auf den Topf. Wenigstens kam die Gärung in der sommerlichen Hitze in Lornth rasch in Gang.

Sylenia bückte sich und nahm Weryls Hand, um ihn wieder auf die Füße zu ziehen. »Komm schon, wir müssen Wasser holen.«

»Wasah.«

»Ja, Wasser«, stimmte Sylenia zu.

Nylan ging zum nächsten Topf. Er hatte zwei Destillierkolben aus Bronze und Messing vorbereitet. Einer musste repariert werden, denn er hatte ein kleines Loch, das Nylan vorher nicht gesehen oder gefühlt hatte, der zweite hatte keinen Deckel. Er hatte die Herstellung des Deckels zurückgestellt, bis er wusste, ob er überhaupt die nötigen Rohrleitungen bauen konnte.

Der heiße Wind fegte über den gelben Boden, wirbelte kleine Sandkörner hoch, die auf der bloßen Haut wie Nadelstiche zwickten. Nylan blinzelte sich ein Sandkorn aus dem Auge, als der Wind sich wieder legte.

Lewa kam und rümpfte ebenfalls die Nase. »Ihr braut da einen dämonischen Saft, Ser Nylan.«

»Das ist erst der Anfang, Lewa.« Nylan rückte sich den schweißfeuchten Hut zurecht. »Wir brauchen noch viel mehr Gärbehälter oder Messingtöpfe. Dies hier ist eigentlich erst ein Versuch, um zu sehen, wie die Gärung abläuft.«

»Ich bitte um Verzeihung, Ser … aber warum kocht Ihr das Dickgras?«

»Sagen wir einfach, wir arbeiten an einer Methode, um möglichst viele Cyadoraner zu erledigen und dabei möglichst wenig eigene Leute zu verlieren.«

»Ah … hmm.«

Nylan reagierte auf den Gesichtsausdruck und die Bemerkung, die Lewa sich verkniffen hatte, mit einem freundlichen Lächeln. »Glaubt Ihr nicht, die meisten Männer würden lieber mit ein paar Cyadoranern weniger kämpfen und bessere Chancen bekommen zu überleben?«

»Nun … ja, Ser.« Lewa nickte.

Lewa ging und Nylan beobachtete, dass der Mann zielstrebig zum Regenten marschierte, um wieder einmal mit einer neuen Klage über die seltsamen Engel seine Aufwartung zu machen. Er holte tief Luft und kehrte den Töpfen den Rücken. Nicht mehr lange und Fornal würde auftauchen, aber Nylan hasste es, Lewa gegenüber irgendeine Erklärung abzugeben, weil der Bewaffnete unweigerlich alles verdrehte.

Als er über den staubigen Hof zum ehemaligen Hühnerhaus ging, wo Sias den primitiven Schmiedeofen mit frischer Kohle versorgte, dachte Nylan über die Batterie von Gärbehältern nach, die Sylenia und Ayrlyn und ein halber Trupp Rekruten in Syskar und der Umgebung gesammelt hatten.

Er musste Deckel herstellen und die Leitungen einpassen, die Schläuche verbinden und die Dampfsammler anschließen. Hoffentlich gelang es ihm.

»Die weißen Klingen, Ser?«, fragte Sias, als der Schmied zu ihm kam.

»Es sei denn, jemand hat sein Schwert zerbrochen. Reparaturen haben Vorrang.«

»Nein, es war niemand da, Ser.«

Dankbar für den Schatten, den er unter den unebenen, rissigen Planken des Hühnerhauses finden konnte, legte Nylan den feuchten Hut weg und tupfte sich die Stirn ab. In Syskar war es so heiß, dass hier nicht einmal Hühner lebten. Nur Sandratten, Schlangen und ein paar Ziegen.

Nylan machte sich Gedanken über die Ziegen. Soweit er sich erinnern konnte, waren sie für trockenes Grasland nicht geeignet. Er betrachtete einen Augenblick den Amboss, dann schob er eine zerbrochene cyadorische Klinge ins Feuer. Die gehärtete Bronze war leichter zu bearbeiten als Eisen, war aber auch anfälliger für Risse und andere Schäden.

»Ein wenig stärker pumpen«, wies er Sias an.

Der Bewaffnete pumpte und Nylan prüfte mit den Sinnen das Schwert, das im Schmiedefeuer lag. Nach einer Weile zog er es heraus und hämmerte das weichere Metall rings um den dünnen Eisenstab, den er aus kleinen Eisenresten, die aus Jirec und Kula stammten, geschmiedet hatte. Er ließ die Ordnungs-Sinne wandern, um sich zu vergewissern, dass kein Loch im Metall war, und arbeitete weiter, bis nach und nach ein kurzes Stück Rohr entstand.

Wahrscheinlich gab es einen besseren Weg, das Kupfer und die Bronze zu formen oder woraus die Legierung auch bestand. Das Problem war nur, dass er das Verfahren nicht kannte. Seine Versuche mit Gießformen waren ein Fehlschlag gewesen. Er hatte es mit Kaltschmieden und Warmschmieden versucht, aber es waren nur Blechplatten voller Löcher dabei herausgekommen.

Er hatte höchstens eine Elle Bronzeleitung fertig, als Fornal aus dem niedrigen Gebäude kam, das den Befehlshabern als Unterkunft und Hauptquartier diente.

»Sias, du kannst jetzt eine Pause machen.«

»Ja, Ser.« Sias sah den Regenten kommen und entfernte sich in einem weiten Bogen in Richtung Brunnen.

Nylan tupfte sich die Stirn ab und wartete.

»Was soll das werden?«, fragte Fornal, noch ehe er richtig angekommen war. Er starrte die Rohre an.

»Leitungen für eine Destille.«

Der Befehlshaber und Regent wartete, als wäre es Nylans Pflicht und Schuldigkeit, alles haarklein zu erklären.

»Eine Destille. Mit ihrer Hilfe müsste es gelingen, den Brei im Kupferkessel in eine Art Wein zu verwandeln, aber wir werden die Flüssigkeit danach noch weiter erhitzen, bis sie hoch genug konzentriert ist, um brennbar zu sein.«

»Sie soll brennen?« Fornal hob die Augenbrauen. »Warum sollte man schlechten Wein verbrennen?«

»Brandsätze. Wisst Ihr, ob einer Eurer Rekruten etwas von Glasbläserei versteht? Ayrlyn hat daran gearbeitet, aber die Behälter sind zu grob und schwer. Es ist gut, dass wir den größten Teil des Materials schon hier haben … Sand, Kalkstein …« Nylan hielt inne, als er Fornals verwirrte Blicke bemerkte. *Zu dumm, dass er immer diesen Gesichtsausdruck hat, sobald er etwas Neues sieht.*

»Ser Engel … könntet Ihr das bitte erklären?«

»Oh … wir werden den Cyadoranern schon einheizen. Es wird ihnen sehr unangenehm werden, besonders nachts.«

»Ser Nylan«, sagte Fornal langsam, »ich bin wirklich froh, dass wir nicht in der Nähe der alten Grundbesitzer von Lornth sind. Einige waren alles andere als erfreut, als Sillek die Jeraner nachts angriff, aber Brandsätze … sie würden … sie würden es nicht für ehrenhaft halten.«

»Ich bin tatsächlich nicht sehr ehrenhaft, Fornal«, erwiderte Nylan leise. »Ich will tun, was ich versprochen habe. Ich bin entschlossen, die cyadorischen Truppen zu vernichten, egal mit welchen Mitteln, und dabei so wenig eigene Leute wie möglich zu verlieren.«

»Ihr redet genau wie Fürst Sillek.« Fornal kratzte sich am Bart.

Nylan verstand. Sillek hatte den Machtkampf mit den Grundbesitzern verloren, weil diese die Ehre ins Spiel gebracht hatten.

»Ich habe Fürst Sillek nur ein einziges Mal auf dem Schlachtfeld gesehen. Vielleicht sind wir uns ähnlich, aber sicher bin ich nicht. Ich glaube, ich hätte ihn schätzen lernen können, aber es ist zu spät, um jetzt noch darüber nachzusinnen.«

Ein Hauch von Unwillen zog über Fornals Gesicht, dann schien der Mann wieder unbeteiligt. »Solange Ihr die weißen Dämonen umbringt … Nur darauf kommt es an, wenn wir ganz Lornth zurückgewinnen wollen.«

»Wir arbeiten daran.« *Aber nicht gerade auf eine Art und Weise, die dich glücklich macht. Wir sind selbst nicht glücklich damit.*

Als Fornal im Haus verschwunden war, hob Nylan wieder den Hammer. Sias kam zurück und pumpte wortlos und ohne eine Frage zu stellen am Blasebalg. Nylan war ihm für sein Schweigen dankbar.

Sie konnten noch zwei Ellen Rohre herstellen, ehe sie das nächste Mal unterbrochen wurden.

»Ser?«, fragte ein vierschrötiger Bewaffneter, den Nylan nicht kannte. »Ser Ayrlyn lässt fragen, ob Ihr kommen und das Gerät ansehen könnt.«

»Sage ihr, ich komme gleich.« Nylan fuhr fort, das heiße Kupfer um den Eisenstab zu hämmern.

»Ja, Ser.« Der Bewaffnete entfernte sich wieder. Nylan schaute nicht einmal auf, sondern konzentrierte sich auf das Metall, das vor ihm auf dem Amboss lag.

Als er fertig war und den Hammer ins grob gezimmerte Regal legte, nickte er Sias zu. »Lege noch ein paar Kohlen nach, aber setze den Blasebalg nicht mehr ein, und danach kannst du eine Pause machen. Geh nicht zu weit weg und achte darauf, wann ich zurückkomme.«

Der schlaksige blonde Bursche nickte. »Ja, Ser.«

Der Engelsschmied schnappte sich den Schlapphut, der inzwischen in der Backofenhitze von Syskar getrocknet war, setzte ihn auf und ging rasch an der Scheune vorbei.

Auf der ebenen Fläche nördlich der Koppel, weit genug von den Pferden entfernt, die alle an einem Seil befestigt waren und das spärliche braune Gras abweideten, wartete Ayrlyn vor einem filigranen, würfelförmigen Gestell. Zwei lange Pfähle ragten heraus und liefen in einer Art halbiertem Korb zusammen, der hinten herausschaute. In diesem Korb lag ein annähernd zylinderförmiger Behälter, der in der erbarmungslosen Sommersonne hell schimmerte.

»Entschuldige«, sagte Nylan, als er zu ihr geeilt kam. »Du hast mich mitten beim Rohreschmieden erwischt.«

»Das dachte ich mir schon.« Ayrlyn lächelte. »Deshalb habe ich Jinwer schon losgeschickt, ehe wir ganz so weit waren. Wir haben jetzt gerade die Steine auf den unteren Teil des Rahmens gelegt.«

»Was ist in … was ist das?«

»In der Granate? Einfach nur lauwarmes Wasser. Es ist schwerer als der Alkohol, was aber bei dieser Größe nicht viel ausmacht. Juusas Vater war Töpfer. Wir haben die Glasbläserei aufgegeben. Ich nehme an, die Wände der Granate sind noch zu dick, aber das soll er selbst sehen.« Die Engelsfrau mit dem hellroten Haar lächelte Nylan amüsiert an.

Der Schmied verstand sie nur zu gut. Die »Fachleute« wussten immer alles besser, auch wenn sie noch nie mit einem Raumschiff geflogen oder die Kraftströme gelenkt hatten … ganz zu schweigen vom Bau von Destillen und Katapulten.

Ayrlyn drehte sich um. »Fertig?«

»Ja, Ser«, antworteten die beiden Bewaffneten am Katapult.

»Feuer!«

Der Arm des Katapults federte nach vorn, der Tonbehälter flog etwa achtzig Ellen weit, kam dabei aber kaum höher als Nylans Kopf. Er fiel auf den staubigen Boden, sprang noch einmal zwanzig Ellen weiter und blieb vor einem braunen Grasbüschel liegen.

»Ein neuer Entwurf muss her«, meinte Ayrlyn trocken.

Nylan drehte sich um. Das Katapult selbst hatte einen Satz nach vorn gemacht.

»Ich brauche eine bessere Methode, um die hinteren Stützen zu verankern. Wir können ja kaum einen Haufen Steine mit uns herumschleppen.«

»Und der Behälter ist nicht, wie vorgesehen, zerbrochen. Fornal hielt mich für verrückt, als ich nach Glasbläsern gefragt habe. Vielleicht sind wir wirklich verrückt.« Der Schmied zuckte mit den Achseln, Ayrlyn ebenso.

Dann grinsten sie einander an.

LXXIX

Als die Trupps, einer Nebenstraße folgend, nach Süden ritten, stand die Sonne grell und heiß am grünblauen Himmel.

Nylan nahm einen weiteren großen Schluck, mit dem er die zweite Wasserflasche endgültig leerte, drückte den Stöpsel wieder hinein und verstaute die Flasche in der Halterung. Die Hitze brannte im Handumdrehen die Flüssigkeit aus seinem Körper und er litt fast ständig unter Austrocknung. Er tupfte sich mit dem Unterarm die Stirn ab, richtete sich etwas im Sattel auf und versuchte, seine Arm- und Beinmuskeln zu entspannen.

Dann drehte er sich im Sattel um. Kein Lüftchen wehte und der gelblich-graue Staub, der von den Pferden ihres Trupps hochgewirbelt wurde, sank sofort wieder zu Boden. Anzeichen anderer Reiter, etwa der Weißen Lanzenreiter, konnte er nicht erkennen. Abgesehen von den endlosen Hügeln mit dem braunen Gras, das mit jeder Meile, die sie weiter nach Süden vordrangen, spärlicher wurde, gab es nicht viel zu sehen.

Rechts neben ihm kämpfte Ayrlyn im Reiten mit der einfachen Landkarte und blickte mehrmals zwischen dem Weg und der Karte hin und her.

»Wie kommen wir voran?«

»Wenn die Karte und die Späher richtig liegen, dann müssten wir bald einen Wasserlauf erreichen.«

»Ich hoffe es.« Er betrachtete die beiden leeren Wasserflaschen. Eine dritte, noch gefüllt, hing an den Sattelgurten.

Vor ihnen wand sich der Weg um einige Hügel, auf denen wie überall sonst braunes Gras stand. Nach jedem Hügel, den sie hinter sich ließen, tauchte ein neuer auf, als würden sie sich bis zu einem Horizont erstrecken, den man nie erreichen konnte. Den letzten Baum hatten sie kurz hinter Syskar gesehen.

»Hab Vertrauen«, sagte Ayrlyn lachend.

»Ich habe Vertrauen. Ich vertraue fest darauf, dass alles so schwierig werden wird, wie es überhaupt möglich ist.«

»Das ist Skepsis, kein Vertrauen.«

»Ich setze großes Vertrauen in meine Skepsis.«

Tonsar räusperte sich, schwieg aber dazu.

Von den Reitern hinter ihnen war ein leises Raunen und hin und wieder ein Murmeln zu hören. Worte, die nicht die Ohren der Anführer erreichen sollten. Nylan konnte sich freilich denken, in welchem Tonfall welche Gedanken geflüstert wurden.

Die Sonne stand fast senkrecht über ihnen und Nylan hatte ein Drittel der letzten Wasserflasche ausgetrunken, als der Weg auf einmal in eine Senke hinunterführte, tief zwar, aber nicht direkt eine Schlucht zu nennen, weil die Hänge auch hier überwiegend mit Gras bedeckt waren. Hier und dort ragten Felsen hervor, wo ein schmaler, gewundener Wasserlauf das Erdreich weggeschwemmt hatte.

»Siehst du?«, wandte Ayrlyn sich grinsend an Nylan.

»Dann hat Siplor also Recht behalten«, warf Tonsar ein.

»Gut.« Nylan blickte nach Süden und nach Westen, aber nichts rührte sich. Es gab nur Hügel mit braunem Gras, die Sonne und sie selbst.

»Füllt ein Stück bachaufwärts die Wasserflaschen nach und sorgt dafür, dass die Pferde getränkt werden«, befahl Ayrlyn.

»Es wird eine Weile dauern«, bemerkte Nylan mit einem kurzen Blick zum Bach. »Er ist höchstens eine Elle breit. Und wir sollten mit den Ordnungs-Kräften oder wie du es nennst das Wasser reinigen.«

»Das hatte ich auch vor.«

Tonsar zog sein Pferd herum und richtete sich in den

Steigbügeln auf. »Zeit zum Tränken! Wechselt euch ab, versaut mir nicht das Wasser und füllt eure Flaschen ein Stück weiter den Bach aufwärts. Passt auf, dass die Pferde nicht in den Bach trampeln.«

Leises Murmeln erhob sich und erstarb wieder. Der stämmige Bewaffnete lenkte sein Pferd zu den Engeln zurück.

»Ist dies der letzte Bach?« Nylan stieg ab und blieb auf dem staubigen Ufer neben einem zottigen Busch mit grauen Blättern stehen, während sein Pferd trank.

»So steht es jedenfalls auf der Karte«, bestätigte Ayrlyn, nachdem auch sie abgestiegen war.

»Er verliert sich ein paar Meilen weiter im Süden, während der Weg nach Westen abbiegt und auf eine Hauptstraße trifft, die von Lornth zu einem Ort namens Syadtar führt. An dieser Straße liegt auch das Bergwerk. Ich nehme an, dass es früher eine Handelsstraße war, bevor die Cyadoraner den freien Handel unterbanden.«

Nylan sah sich zu Tonsar um.

Der Bewaffnete spreizte die Finger beider Hände. »Ich kann dazu nichts sagen. Ich komme aus dem Norden von Lornth, aus der Nähe von Carpa. Siplor stammt aus einem Dorf östlich von Clynya. Er sagt, es gäbe keine weiteren Wasserläufe mehr, aber …«

Nylan löste seine drei Wasserflaschen vom Sattelgeschirr und sah sich zu Ayrlyn um. »Kannst du auf die Pferde aufpassen, während ich die Wasserflaschen fülle?«

»Kannst du sechs Stück schleppen?«

»Es wird schon gehen.«

»Drei Wasserflaschen für jeden?« Tonsar balancierte auf dem schmalen Kiesstreifen, während sein Grauer das Wasser schlürfte.

»Wir kommen aus einem viel kühleren Land«, erklärte Nylan. »Ich glaube, das sagte ich schon.«

»Aber dies hier … wir haben noch nicht einmal Hochsommer.«

»Ich kann's kaum erwarten«, meinte Ayrlyn trocken.

Nylan ging mit den Flaschen ein Stück bachaufwärts. Die Unruhe hinter sich ignorierte er.

»Hör auf, das Wasser zu versauen, Ungit ...«

»... halte doch den Hintern deines Pferdes aus dem Wasser ...«

»... nimm die Zügel ... für uns beide Wasser holen ...«

Hier und dort wieherten Pferde, Männer fluchten.

Nylan blendete den Lärm aus und füllte bedächtig die Wasserflaschen. Mit Hilfe der Ordnungs-Felder drängte er die Spuren von Chaos – Bakterien? – heraus.

Als sie nach Westen weiterritten, spähte Tonsar nervös zum Horizont, dann zum Weg hinter ihnen, dann wieder nach vorn. Schließlich stellte er sich sogar in den Steigbügeln auf und starrte in die Ferne.

»Immer mit der Ruhe, Tonsar«, ermahnte Ayrlyn ihn freundlich.

»Wir kommen südlich vom Bergwerk heraus«, prophezeite Tonsar, als sie auf dem Weg, der früher einmal eine Straße gewesen sein mochte, weiter nach Westen ritten. »Und dann werden überall die Weißen Dämonen auftauchen.«

»Wir sind jetzt schon südlich der Kupfermine«, erwiderte Ayrlyn, »und wir haben noch keinen einzigen Weißen Dämon gesehen. Wir werden auch weiterhin keinen sehen. Solange wir keine große Staubwolke aufwirbeln, werden wir auch niemandem begegnen, und wenn sie mit so vielen Reitern unterwegs sind, können sie nicht mit uns Schritt halten.«

Tonsar deutete nach Westen, wo sich eine Rauchsäule erhob. »Die Weißen Dämonen ... Wenigstens werden wir einen ehrenvollen Tod finden.«

Ayrlyns Augen schienen ins Leere zu starren. Sie schwankte beinahe im Sattel, als die Stute sie nach Westen trug, während Nylan besorgt näher an sie heran ritt. Er machte sich immer Sorgen, wenn sie das tat.

Nach einer Weile richtete sie sich wieder auf und wandte sich an den stämmigen Bewaffneten. »Tonsar, das ist nur ein Staubteufel. Außerdem, wenn die Cyadoraner bisher noch keine Angst vor uns hatten, dann werden sie bald Angst bekommen.«

Trotz der Hitze schauderte Nylan, als er die rothaarige Frau so reden hörte. Die Worte passten nicht zu einer Heilerin, aber irgendwie schienen sie doch Ayrlyn immer mehr zu entsprechen. War es das, was Candar mit ihnen machte? Wurden sie härter und kälter? Blieb ihnen überhaupt etwas anderes übrig, wenn sie überleben wollten?

Er fragte sich, wie zuverlässig Istrils Visionen waren ... ihre Überzeugung, dass Nylan seinem Sohn ein besseres Leben bieten könnte. Bisher ... bisher wäre Weryl wahrscheinlich in Westwind gut aufgehoben gewesen, aber das war nicht die entscheidende Frage. Die Frage war, was passieren würde, wenn der Junge mit dem silbernen Haar älter wurde. Doch wie oft opferten die Menschen die Gegenwart für die Zukunft? Und wie klug war dies, wenn es vielleicht überhaupt keine Zukunft mehr gab?

Er richtete die Aufmerksamkeit wieder auf die Straße und auf das, was sie finden mussten, und wandte sich an Ayrlyn. »Es weht doch fast kein Wind. Wie kann da ...«

»Ein Staubteufel entstehen?«

Er nickte.

»In der Luft droben entstehen Wirbel, sobald die Erde sich erhitzt und kältere Luftströmungen aus den Westhörnern dazukommen. Ich kann nur raten, aber ich nehme an, es ist etwas wie eine Inversionswetterlage. Die kältere Luft schlägt durch die anderen Luftschichten ... so ungefähr. Ich glaube, die Winterwinde hier dürften ziemlich heftig sein. Vielleicht nicht sehr kalt, aber sehr stark, und es müsste im Frühling Unwetter mit heftigen Niederschlägen geben. Dadurch kann das Gras überleben. Im Sommer vertrocknet es und ...« Ayrlyn lächelte strahlend. »Und dann fängt alles wieder von vorn an.«

»Die Pferdenomaden sind wegen der Winde weitergezogen. Das hat mir meine Großmutter erzählt«, warf Tonsar ein.

Fast so plötzlich, wie er entstanden war, verschwand der Staubteufel wieder.

»Ich habe eine Frage, Tonsar«, sagte Nylan nach einer Weile.

»Ser?«

»Es geht um Sylenia. Was empfindet Ihr für sie?«

Tonsar schluckte. Nach einem Moment hüstelte er verlegen, dann zuckte er mit den Achseln. »Ich mag sie. Ich mag sie sehr. Ist daran etwas nicht richtig?«

»Sie scheint eine anständige junge Frau zu sein.«

»Ihr Mann war Yusek. Er ist auf dem Dach der Welt gefallen. Ihr kleines Mädchen ist am Chaos-Fieber gestorben. Deshalb hilft sie jetzt als Kindermädchen aus.« Tonsar wischte sich die Stirn ab, eine Geste, die Nylan bei dem stämmigen Bewaffneten bisher noch nie gesehen hatte.

»Sie stand Enyka nahe.«

»Enyka?«, fragte Ayrlyn.

»Meine Schwester. Sie ist mit Gidser nach Rulyarth gegangen, als Ser Gethen und Fürst Sillek den Hafen für unsere Händler geöffnet haben.« Tonsar schluckte. »Gidser sagt, der Handel sei dort leichter.«

»Habt Ihr eine Gefährtin?«, fragte Nylan gerade heraus.

»Ich? Nein, Ser. Das ist eine lange Geschichte. Einmal hätte ich beinahe eine gehabt, aber sie hat mich wegen eines Händlers verlassen, genau wie Enyka Gidser genommen hat. Als Bewaffneter findet man nicht so leicht eine Frau.« Tonsar lächelte traurig.

Nylan konnte spüren, dass der Mann nervös wurde, aber er gewahrte nicht das Chaos, das mit einer Täuschung einherging. Er warf einen kurzen Blick zu Ayrlyn, die seine wortlose Frage mit einem Nicken beantwortete.

»Möchtet Ihr Sylenia zu Eurer Frau machen?«

Tonsar starrte die Mähne seines Pferdes an. »Ich würde es gern … aber ich weiß nicht … sie hat schon einmal einen Mann verloren, der Bewaffneter war …«

Nylan hätte beinahe schallend gelacht. Der selbstbewusste, manchmal beinahe prahlerische Bewaffnete wurde schüchtern und verlegen, wenn es um eine Frau ging.

»Ich glaube, sie würde Euch nehmen, Tonsar«, sagte Ayrlyn. »Ihr dürft nur nicht zu lange warten, ehe Ihr sie fragt.«

»Und Ihr, Engel?«

»Wir haben keine Einwände, dass sie Eure Frau wird, wenn sie das will«, antwortete die Heilerin.

»Und wenn Ihr sie gut behandelt«, fügte Nylan hinzu.

Nach einem langen Blick zu Nylan musste Tonsar schließlich grinsen. »Ich hatte mir schon Sorgen gemacht. Ich habe mir in vielen Nächten Sorgen gemacht, aber sie sagte, es würde alles gut werden. Trotzdem habe ich mir Sorgen gemacht.«

»Vertraut ihr.« Ayrlyns Antwort war trocken und knapp, aber gleichzeitig eine Prophezeiung.

Tonsars Grinsen wurde breiter.

In dem Schweigen, das sich nun über sie senkte, betrachtete Nylan die braunen Hügel. Beinahe konnte er die Felsen darunter spüren, als wäre nur eine dünne Erdschicht über die Steine gelegt worden, lange nicht so dick, wie sie von Natur aus eigentlich hätte sein sollen. Er runzelte die Stirn. Da war noch etwas, eine gewisse Ordnung, eine dünne Linie der Ordnung, die das Erdreich und die oberen Schichten von den Felsen darunter zu trennen schien. Es waren Felsen, die seinen Ordnungs-Sinnen unnatürlich glatt erschienen.

»Da ist eine seltsame Strömung der Ordnung unter der Erde«, sagte er schließlich.

»Ich komme besser mit Wolken zurecht«, erwiderte

Ayrlyn. »Solange ich nicht darauf liege, ist die Erde für mich einfach nur Erde. Ich kann da nicht viel spüren.«

Für Nylan war es genau anders herum. Er konnte die Ordnung in Metallen und in der Erde viel leichter wahrnehmen als die flüchtigen Strömungen der Atmosphäre.

»Vielleicht haben sie nachlässig gearbeitet, als sie den Planeten bewohnbar gemacht haben. Auch ohne deine Sinne kann ich erkennen, dass es instabil ist«, fuhr Ayrlyn fort. »Die Felsen scheinen schon durch. Wenn es stark regnet, setzt hier eine schlimme Erosion ein. Das Gras hält mit seinen Wurzeln die Erde fest, aber das wird nicht mehr lange gut gehen.«

»Gras?«, fragte der Ingenieur.

»Zwischen Grasland wie dem hier und einer echten Wüste besteht ein großer Unterschied. Das Grasland kann genau genommen sogar Regenfälle erzeugen, die es anderswo nicht gibt.« Ayrlyn schüttelte den Kopf und sah sich weiter in der Gegend um.

»Das können Bäume auch.« Nylan senkte die Stimme. »Ich träume immer noch von ihnen. Liegt es etwa daran, dass wir hier keine Bäume zu sehen bekommen?«

»Das ist möglich. Allerdings ... was genau träumst du eigentlich? Sind es immer noch dunkle und weiße Energieströme?«

»Es war nie etwas anderes.«

»Bei mir auch nicht und das macht mir allmählich Sorgen.«

Allmählich? Nylan wunderte sich.

Überraschenderweise stießen sie schon kurz nach der Mittagszeit auf eine Stelle, wo der Weg einen Hügel erklomm und parallel zu einer größeren Straße verlief, die etwas weiter im Westen lag.

»Ist das die Straße, die du meintest?«, fragte Ayrlyn.

»Das ist sie. Wir müssen jetzt nach Stellen Ausschau halten, wo wir einen Hinterhalt legen können. Es müssen unübersichtliche Stellen sein, wo sie die Blockade erst bemerken, wenn es zu spät ist, und wo sie mit den Wagen nicht wenden oder ausweichen können. Außerdem müssen wir in der Nähe einen Vorrat von möglichst großen Steinen finden.«

»Sonst brauchst du nichts?«

Nylan zuckte mit den Achseln. »Wenn wir nicht alles finden, was wir brauchen, müssen wir uns eben etwas einfallen lassen.« In gewisser Weise war dies genau das, was er am meisten fürchtete.

LXXX

Der cyadorische Magier ging langsam zu der mit Asche bedeckten Mauer. Seine ehemals weißen Stiefel waren grau, die passenden Hosen so sehr mit Asche verschmiert, dass sie nie wieder weiß werden würden.

Hinter ihm ging Fissar, der mit seinen langen Beinen Mühe hatte, den Magier nicht zu überholen.

Themphi blieb gut hundert Ellen vor der Grenzlinie aus weißem Stein stehen und wandte sich an den schlaksigen Gehilfen. »Hast du die Kiste?«

»Ja, Magier Themphi.« Fissar hielt ihm den Behälter aus weißem Leder hin. Unsicher schaute er zwischen dem hageren Gesicht des Magiers und den kniehohen grünen Schösslingen hin und her, die aus der Asche gewachsen waren. Die Asche erstreckte sich vor der weißen Steinmauer, die einst unwiderruflich die Südgrenze des Verwunschenen Waldes gebildet hatte, fast eine halbe Meile weit. Die neuesten Schösslinge blieben auf einen Saum vor der Mauer beschränkt, der höchstens hundert Ellen breit war.

Themphi nahm das Glas vom weichen Lederpolster und achtete peinlich darauf, es nur an den Kanten zu berühren, als er es hob und herumdrehte, um das Sonnenlicht einzufangen. Seine mit Ruß bedeckten Hände zitterten. Er runzelte die Stirn, aber seine Augen blitzten.

Die Luft rings um den Weißen Magier schien sich zu verzerren, Schatten schienen auf einmal über den wolkenlosen Himmel zu ziehen.

Aus dem Glas schoss eine feurige Linie und schlug ins Grün. Asche stob hoch, als wäre Wasser auf ein rot glühendes Stück Eisen im Schmiedeofen gefallen, spritzte unter der Wucht der Sonnenflamme in alle Richtungen hoch, als Themphi den Strahl über den Boden wandern ließ.

Nach einer Weile ließ er das Glas wieder sinken.

Fissar nahm es ihm aus den zitternden Händen und bot ihm ein silbernes Fläschchen an.

Der Magier trank einen großen Schluck und gab seinem Schüler die Flasche zurück.

Hinter Dunstschleiern konnte Themphi die Linie aus weißem Stein sehen, stellenweise gebrochen und rissig. Er konnte junge grüne Schösslinge spüren, die schon darauf lauerten, durch die Asche nach oben zu drängen, wie sie es überall an der Südmauer taten, wenn die Magier nicht anwesend waren. Er dachte lieber nicht an das mehr als hüfthohe und manchmal sogar mannshohe Unterholz, das bald eine ganze Meile weit über die Nordmauer hinweg ins Land gewachsen war. All dies, obwohl inzwischen zwei erfahrene und zwei junge Magier daran arbeiteten und drei weitere Kompanien Spiegelinfanteristen abkommandiert worden waren. Trotz ihrer vereinten Bemühungen stellte der Verwunschene Wald nach wie vor eine Bedrohung dar. Würde der Wald den ganzen Osten Cyadors einnehmen, wenn man ihm nicht Einhalt gebot?

»Nicht solange ich hier bin«, murmelte er. »Ganz sicher nicht.«

Fissar öffnete den Mund, als wollte er etwas sagen, doch dann zog er es vor zu schweigen.

Der Weiße Magier seufzte und schloss die Augen, blieb eine Weile stumm in der Sonne stehen, ehe er die müden Augen wieder öffnete und nach Westen zum nächsten Abschnitt des von frischem Grün durchsetzten Aschefeldes ging.

LXXXI

Die Sonne stand im Westen nur noch knapp über dem Horizont, brannte aber noch mit der ganzen Kraft eines windstillen Spätnachmittags oder frühen Abends auf Nylans rechter Wange. Nicht, dass zwischen den beiden Tageszeiten im Süden von Lornth ein großer Unterschied in der Temperatur bestanden hätte. Beide waren gleich heiß.

Unter ihm schnaufte das Pferd und schnaubte leise.

Der Ingenieur rieb sich vorsichtig die Nase, die vom körnigen gelben Staub juckte. Er musste aufpassen, um sich die Haut nicht wund und blutig zu scheuern. Schließlich zwang er sich, die Hand wieder wegzunehmen, obwohl seine Nase noch juckte. Er blickte nach Osten. Nicht, um irgendetwas zu betrachten, sondern nur, um den Kopf von der erbarmungslosen Sonne wegzudrehen.

»Gras, immer nur Gras.«

»Richtiges Gras ist grün und nicht vertrocknet und braun«, erwiderte Ayrlyn, die rechts neben ihm ritt.

Links neben ihm brummelte und murmelte Tonsar vor sich hin, aber der Ingenieur machte sich nicht die Mühe, die Geräusche zu entschlüsseln.

Ein Dutzend der stärkeren Rekruten ritten hinter

den drei Anführern, die letzten beiden Bewaffneten führten die Packpferde, die das Katapult und die Brandgranaten trugen. Alle ritten schweigend, nur das Klappern der Hufe auf dem harten Boden durchbrach die Stille. Der Weg war ausgetrocknet und so stark ausgehärtet, dass nicht einmal der Staub die Hufschläge dämpfen konnte.

Ayrlyns Augen verschleierten sich, als sie die unregelmäßigen Böen und die Höhenwinde benutzte, um die Umgebung zu erkunden.

»Hier entlang«, sagte sie plötzlich. Sie deutete nach rechts zu einem Hügel, der ein wenig höher war als die anderen.

»Das Bergwerk liegt aber direkt vor uns«, erklärte Tonsar.

»Dort ist eine Patrouille der Cyadoraner unterwegs«, antwortete Ayrlyn.

Nylan drehte sich im Sattel um. »Also zum Hügel dort. Folgt uns.«

»Ja, Ser«, antworteten die Männer im Chor. Nylan ignorierte Tonsars Stirnrunzeln und ritt heftig blinzelnd der untergehenden Sonne entgegen. Manchmal hatte er einfach keine Lust, langatmige Erklärungen abzugeben. Tonsar schien dies inzwischen begriffen zu haben.

Der Hügel war weiter entfernt, als Nylan vermutet hatte. Er sah sich über die Schulter um, konnte aber weder eine verräterische Staubwolke noch die Weißen Reiter entdecken. Seine Augen tränten, als er sie zwischen den langgezogenen Schatten und der orangefarbenen Sonne hin und her wandern ließ.

Als die Rekruten eine Senke zwischen den Hügeln erreicht hatten und sich in der Deckung dem höheren Hügel näherten, tauchte im Süden, wo der Weg hinter einem Höhenzug verschwand, eine Staubwolke auf.

»Das sind viele Pferde«, murmelte Tonsar. »Sehr viele Pferde.«

»Vorsicht ist die Mutter der Tapferkeit«, meinte Ayrlyn lachend.

Nylan tupfte sich die Stirn ab, die von der Sonne verbrannt und auch wund gerieben war. Zum Glück gab es in den Grashügeln nur wenig fliegende Insekten. Staub und beißende Körnchen und Hitze, aber so gut wie keine Fliegen oder Mücken.

Nachdem die Bewaffneten hinter dem Hügel abgestiegen waren, ließen die drei Anführer ihre Pferde zurück und kletterten den Hang hinauf. Im glatten trockenen Gras und der bröckeligen Erde fanden sie mit den Stiefeln kaum Halt. Knapp hinter der Hügelkuppe legten sich die Engel und Tonsar ins Gras und beobachteten im Süden die Staubwolke auf dem Weg, dem sie beinahe weiter gefolgt wären. Eine Gruppe cyadorischer Lanzenreiter war dort unterwegs, falls man drei komplette Züge überhaupt noch eine Gruppe nennen konnte.

Aber noch bevor die Weißen die ebene Stelle erreichen, wo Ayrlyn ihre Leute von der Straße heruntergelotst hatte, zügelten die Cyadoraner ihre Pferde und blieben eine Weile stehen. Die weißen Wimpel hingen schlaff in der windstillen Nachmittagshitze.

»Was machen die da?«, flüsterte Tonsar. »Wenn sie nur noch eine halbe Meile weiterreiten, entdecken sie unsere Spuren und ...«

»Sie sind auf Patrouille, sie sehen sich nur um«, erwiderte Ayrlyn. »Sie sind nicht scharf darauf, wirklich etwas zu finden, jedenfalls nicht die Offiziere, die diese Gruppe anführen.«

Nylan lächelte leicht und fragte sich, wie viele Male es schon vorgekommen sein mochte, dass Patrouillen und Späher es vorgezogen hatten, unangenehme Dinge lieber nicht zu entdecken. Er war bereit zu wetten, dass diese Abteilung stets in der Nähe des Bergwerks blieb. Eine Patrouille, die ringsherum nach dem Rechten sah.

»Ich lege jedenfalls keinen Wert darauf, dass sie sich an

unsere Fersen heften«, murmelte Tonsar. »Wir haben ja nicht einmal zwei Züge hier.«

»Dies nützt sowieso nichts«, antwortete Nylan. »In der Befestigung warten noch einmal fünfzehn bis zwanzig Züge, gut geschützt hinter Erdwällen.«

Tonsar sah sich zu den Packpferden um und runzelte die Stirn.

Nach einer Weile, fast so plötzlich, wie sie gekommen waren, machten die Weißen kehrt und ritten wieder nach Süden.

»Das ist seltsam«, meinte Tonsar. »Nicht einmal Lewa wäre so dumm.« Erschrocken über die eigenen Worte sah er Nylan an.

»Ich werde nichts verraten, Tonsar, aber Ihr solltet Fornal gegenüber vorsichtig sein.«

»Ja, Ser.«

»Wir sind weniger als vier Meilen vom Bergwerk entfernt.« Ayrlyn stand auf und streckte sich, nachdem die letzten Cyadoraner im Süden verschwunden waren. »Wir können uns langsam an die letzte Hügelkette vor dem Bergwerk herantasten, solange wir außer Sicht bleiben. Dort richten wir uns ein und nach Einbruch der Dunkelheit kann die Katapultmannschaft in den Einschnitt südlich der Mauern reiten. Im Süden werden sie nicht so gut aufpassen. Tonsar, Ihr haltet Euch dann mit den übrigen Leuten bereit, um jederzeit aufbrechen zu können.«

»Vielleicht haben sie nicht einmal Lust, uns zu jagen, aber darauf verlassen würde ich mich nicht«, sagte Nylan. *Nachdem du sie mit Brandgranaten eingedeckt hast? Was willst du dir da vormachen? Sogar Fornal wird wütend sein ... aber es gibt keine andere Möglichkeit.*

Ayrlyn hob nur die Augenbrauen, Tonsar nickte.

Sie schlichen durchs glatte, braune Gras zu den wartenden Rekruten zurück.

»Die Weißen haben kehrt gemacht und reiten zum

Bergwerk zurück. Es war nur eine Patrouille«, erklärte Nylan.

»Wir reiten jetzt noch ein Stück weiter, dann werden die meisten Bewaffneten zurückbleiben«, fügte Ayrlyn hinzu, als sie aufgesessen waren. »Es sind höchstens noch vier Meilen.«

Ein leises, fast unhörbares Stöhnen war die Antwort auf ihre Ankündigung, aber die beiden Engel ignorierten das Murren und warteten, bis die Rekruten, die allmählich echte Bewaffnete wurden, auf die Pferde gestiegen waren.

Noch bevor sie den Fuß der Hügelkette direkt vor dem Bergwerk erreichten, berührte die Sonne den Horizont. Als sie im Westen hinter den Hügeln versunken war, legte sich ein orangeroter Schein über das braune Hügelland und ließ die Höhenzüge wie ein abgedecktes, noch glühendes Feuer in einem Schmiedeofen aussehen.

»Eines Tages wird es hier tatsächlich mal so heiß werden wie in einem Schmiedeofen oder Schmelzofen«, prophezeite Ayrlyn.

»Das ist es doch jetzt schon«, erwiderte Nylan. Er stellte sich in den Steigbügeln auf und streckte die Beine. Die Knie krachten oder wenigstens fühlte es sich für ihn so an.

»Die Ökologie hat gelitten und es wird noch schlimmer kommen.«

Hatte sie Visionen wie Ryba? Nylan leckte sich die Lippen.

»Keine Visionen, nur Vernunft.«

»Entschuldige.«

»Es ist heiß«, sagte Ayrlyn. »Das zerrt an den Nerven.«

An einer niedrig gelegenen Stelle, wo sie vor Blicken vom Bergwerk und von der Straße geschützt waren, zügelte Ayrlyn ihr Pferd. »Das hier scheint ein guter Platz zu sein«, meinte sie leise.

»Also haltet euch bedeckt«, befahl Tonsar, ebenfalls mit

leiser, aber fester Stimme. »Und seid still. Hier ist jedes Geräusch weit zu hören.«

Die Zügel in einer Hand haltend, weil es nichts gab, woran er das Pferd festbinden konnte, streckte Nylan sich auf dem harten, staubigen Boden aus, den das trockene Gras kaum weicher machen konnte.

Ayrlyn setzte sich neben ihn. »Du bist beunruhigt.«

»Wärst du es nicht? Wir können die meisten Weißen nicht erreichen, wenn sie hinter Erdwällen sitzen. Was ich vorhabe, wird mich bei *allen* unbeliebt machen.« Er richtete sich auf und schüttelte den Kopf. »Aber wenn wir nichts tun, werden wir über kurz oder lang verlieren. Diese verdammte Ehre.«

»Glaubst du, wir kommen hier heil heraus?«, fragte sie.

»Das hoffe ich, aber ich habe meine Zweifel. Ich habe nachgedacht. Man braucht Kraft und Macht, wenn man bequem leben will, ohne auf gesellschaftliche Zwänge Rücksicht nehmen zu müssen.«

»Nur die Leute machen es einem schwer«, erwiderte sie.

»Wirklich nur die Leute? Das setzt voraus, dass die Leute sich in grundlegender Weise von der Natur unterscheiden, aber da bin ich mir gar nicht so sicher. Die Bäume …«

»Schon wieder die Bäume?«

»Die Bäume wollen wachsen und leben oder jedenfalls verhalten sie sich so, als wäre das ihre Absicht«, fuhr der Schmied fort. »Das gilt auch für Tiere. Wenn die Ressourcen knapp werden, und sie sind fast immer knapp, dann werden diejenigen überleben, die die größte Kontrolle über ihre Umwelt haben. Das ist gewöhnlich mit irgendeiner Art von Macht verbunden. Ich weiß nicht, ob man sich diesen Mechanismen entziehen kann.«

»Dann willst du dich also zum Herrscher der Welt aufschwingen?«, fragte sie trocken.

»Schwerlich. Die Zivilisation hilft uns, damit die Dinge

etwas glatter verlaufen, sodass die Schwachen nicht zu sehr unter der Macht der Stärkeren leiden, aber manchmal ist sie für den Rest des ökologischen Systems sogar noch schädlicher. Ich frage mich, ob es nicht einen Weg gibt, diesen glatteren Verlauf und dieses Gleichgewicht auf die Ökologie zu übertragen, ohne dabei die Menschen wieder zu Tieren zu machen …«

»Das ist ein interessanter Gedanke«, sagte Ayrlyn.

»Ich weiß. Aber im Augenblick müssen wir die Macht einer selbstbezogenen, fremdenfeindlichen Kultur eindämmen. Diese Leute halten alle anderen für Barbaren und Tiere und wir werden sie besiegen, indem wir uns so verhalten, wie sie uns beschreiben.« Er setzte sich vollends auf und schüttelte den Kopf. »Ist es jetzt Zeit für das hässliche Kriegshandwerk?«

»Beinahe.« Sie drückte seine Hand. »Ich liebe dich, das weißt du. Teilweise stellst du dir diese Fragen, weil du ein Ingenieur bist. Du versuchst, auch dort noch Antworten zu finden, wo es unmöglich scheint. Und du bist nicht abgestumpft.« Sie drückte noch einmal seine Hand und stand auf.

Er erwiderte den Druck, richtete sich ebenfalls auf und klopfte den Staub von Hosen und Hemd, die kaum noch als jene Kleidungsstücke zu erkennen waren, die Zeldyan ihnen geschenkt hatte.

»Borsa, Vula? Sind die Packpferde bereit?« Ayrlyn blickte zu Nylan, der im Zwielicht nickte.

»Ja, Ser.«

»Die Kanister sind bereit, ebenso die Zünder und der Zündstein.«

»Dann lasst uns aufsitzen«, befahl die rothaarige Frau.

»Tonsar«, sagte Nylan, »wartet hier. Wenn wir zurückkommen, müssen wir sofort aufbrechen.«

»Ja, Ser.«

Nylan schwang sich in den Sattel und sah sich nach Ayrlyn um.

»Bist du bereit?«, fragte sie leise. »Ich kann ein bisschen sehen, aber …«

»Ich bin bereit.« Nylans Nachtsichtigkeit verschaffte ihm einen kleinen Vorteil, als er die anderen drei Reiter und die Packpferde bergab zum Tal zwischen zwei Hügeln führte. Quer durch diesen Einschnitt verlief ein kleines Bachbett. Dieser Wasserlauf, jetzt ausgetrocknet, führte rings um die Westseite der Ebene, auf welcher die Bergwerksanlagen standen. Während er sich nach Süden schlängelte, kam er den Mauern allmählich näher.

Ein beißender Gestank trieb den Reitern entgegen. Nylan rümpfte die Nase. Die Cyadoraner hatten offensichtlich die Mine in Betrieb genommen. Er schaute nach oben zu den immer noch unvertrauten Sternbildern. Sogar in der Hitze der Sommernacht waren sie kalt und unnahbar.

Als sie die Deckung des Hügels verließen, sah der Schmied ein gelbes Flackern, anscheinend von Wachlichtern an der Mauer. Doch ihr Licht vermochte jeweils nur ein paar Ellen weit und nicht einmal besonders hell das Gelände vor der Außenmauer zu erfassen.

Langsam, ganz langsam liefen die sechs Pferde durch die Dunkelheit und trugen die vier Reiter am Bachbett entlang, das sich in südlicher Richtung vor der Mauer des Bergwerks erstreckte. Nylan konnte spüren, dass gelegentlich die Erde bebte. Arbeiten die Cyadoraner auch nachts im Bergwerk?

Er betrachtete den Boden. Sie befanden sich jetzt fast genau südlich der Mauern, die auch hier nur an wenigen Stellen trüb ausgeleuchtet waren. Soweit Nylan es sagen konnte, lagen auf der anderen Seite die Pferche und Ställe. Er sah sich zu Ayrlyn um.

»Sieht gut aus hier«, murmelte sie. Mit einer Geste gab sie den anderen beiden einen Befehl und stieg vom Pferd.

Nylan folgte ihrem Beispiel.

Im Schutz des vergleichsweise stillen Einschnitts bauten Borsa und Vula das Katapult mit raschen, geübten Bewegungen zusammen. Sie setzten schon die letzten Dübel ein, als Nylan den ersten Kanister vom zweiten Packpferd holte. Das Tier tänzelte nervös zur Seite und der Ingenieur klopfte der Stute auf die Schulter und versuchte, ihr etwas Ordnung einzuflößen. »Immer mit der Ruhe, ganz ruhig.«

Wenn hin und wieder ein Pferd einen Laut von sich gab, wurden die Wächter vielleicht nicht gleich aufmerksam, aber je später die Angreifer entdeckt wurden, desto besser. Der Ingenieur sah sich unwillkürlich immer wieder zur Mauer des Bergwerks um, aber die Laternen bewegten sich nicht.

Nylan stellte die mit Alkohol gefüllten Kanister in mehreren Reihen auf. Wieder rümpfte er die Nase. Seine mehr schlecht als recht destillierte Brühe roch nach Orten, die er lieber nicht aufsuchen wollte, aber es war anzunehmen, dass dieser Geruch im allgegenwärtigen Gestank des Bergwerks untergehen würde.

»Alles bereit, Sers.«

Ayrlyn sah im Dunkeln den silberhaarigen Schmied an.

»Kannst du spüren, wo die Zelte sind? Dort fangen wir an.«

»Es sind nur ein paar.«

Nylan seufzte leise. »Wir decken zuerst die Zelte ein, dann die Pferche. Es gefällt mir nicht, aber ein Lanzenreiter zu Fuß ...«

Die Heilerin nickte zustimmend, doch Nylan konnte ihre Trauer spüren. Es ließ sich nicht ändern, es musste sein. Wenn er die Wahl zwischen Lornths Überleben und Cyadors Pferden hatte, mussten die Pferde den Kürzeren ziehen. Es gefiel ihm nicht, aber der Krieg war nun einmal zwangsläufig eine unerfreuliche Angelegenheit.

»Was ist mit den Wagen?«, fragte er.

»Die stehen weit auseinander.«

»Gibt es nicht eine Stelle, wo ein paar zusammen abgestellt sind? Und Heu oder Futter. Das sollte leicht brennen und wenn es verbrannt ist, haben sie umso mehr Schwierigkeiten«, fügte Nylan hinzu.

Schweigen legte sich über sie, während Ayrlyn mit der leichten Brise, die am Abend aufgekommen war, die Sinne ausschickte.

Nylan versuchte ihr mit seiner Wahrnehmung zu folgen, aber er war viel zu sehr von der eigenartigen Verdrehtheit im Boden unter ihm beeinflusst, von den glatten Steinen, die dicht unter trockenem Gras und Erdreich lagen.

»Spannen«, befahl Ayrlyn leise.

»Ser«, bestätigte Borsa. Leises Knacken folgte auf seine Worte. »Gespannt, Ser.«

Der Ingenieur setzte die Zündschnur in den Kanister und legte ihn in die Schaufel des Katapults. Er nahm den Zündstein zur Hand. »Bereit?«

»Bereit, Ser.«

Zischend fing die Zündschnur Feuer und Nylan überprüfte mit den Sinnen, ob die Flamme gut brannte.

Ayrlyn beschäftigte sich mit dem Rahmen des Katapults und zog die Sperre heraus.

Mit dumpfem Knall schleuderte das Katapult die Ladung hinüber.

Nylan konnte spüren, dass Ayrlyn mit den Ordnungs-Sinnen etwas … irgendetwas machte … aber er konnte nicht nachvollziehen, was sie tat.

Hinter den Mauern und Erdwällen loderten Flammen auf.

»Spannen«, sagte Ayrlyn zu Borsa. »Und wartet nicht mehr auf meinen Befehl.«

Nylan zog die nächste Granate aus dem Stapel und bereitete die Zündschnur vor. Als der Wurfarm zurückgebogen und eingerastet war, nahm er wieder den Zündstein und half mit den Sinnen nach, damit die Flamme sauber brannte.

»Jetzt!«, befahl Ayrlyn.

Sobald der Arm nicht mehr vibrierte, kurbelte Borsa den Wurfarm wieder zurück und Nylan bereitete die nächste Granate vor. Er fand, dass das Katapult zu langsam, viel zu langsam arbeitete. Ayrlyn stellte irgendwo noch etwas nach.

Fünf Granaten flogen mit dumpfem Knall über die Mauer und schlugen drüben ein, ehe mehrere Hornsignale ertönten.

Wallte da nicht der Rauch eines Brandes über die Mauer zu ihnen herüber? Nylan bereitete den nächsten Kanister vor und steckte die Zündschnur in Brand. Er bemühte sich, präzise zu arbeiten, obwohl das Stechen und der Druck im Schädel ständig zunahmen.

Die Schreie der Pferde hallten laut durchs nächtliche Dunkel, wurden übertönt von Trompetensignalen und Rufen. Das Weiße Chaos des Todes brandete ins trockene Bachbett hinunter, der Geruch von brennendem Heu und der Gestank von verkohltem Fleisch breitete sich aus.

Nylan schluckte Galle herunter. Ayrlyn, das wusste er, ging es nicht besser, während sie die Sinne ausschickte, beobachtete und das Katapult nachstellte.

Jetzt wurden neue Wachlaternen angezündet, aber die vier zielten weiter, luden und schossen Kanister um Kanister über die weniger als dreißig Ellen entfernten Mauern. Der Rauch wurde dichter, der Geruch von verbranntem Fleisch erfüllte die ganze Senke. Borsa übergab sich, fuhr aber fort, unermüdlich das Katapult neu zu spannen.

Nicht lange, und gelbe und rote Flammen loderten hoch in den dunklen Himmel, höher sogar als die Mauern. Nylans Kopf pochte wie wild, nachdem er Pferde und einige Bewaffnete mit seinen Granaten getötet hatte.

»Es wird Zeit zu verschwinden«, sagte Ayrlyn schließlich. »Jemand stellt einen Trupp zusammen. Wenn wir bleiben, werden wir entdeckt. Außerdem haben wir sowieso nicht mehr viele Kanister.«

Gegen die stechenden Schmerzen in Augen und Schädel ankämpfend, schob Nylan die restlichen Kanister in die Satteltaschen der Stute und gab Ayrlyn den Hammer, mit dem sie die Zapfen aus den Verbindungen schlagen konnte – ein primitiver Ersatz für richtige Splinte –, während Borsa und Vula eilig den Rahmen abbauten und die Einzelteile auf das zweite Packpferd luden.

Jetzt zahlte es sich aus, dass Ayrlyn darauf bestanden hatte, in Syskar im Dunkeln zu üben, dachte Nylan, als sie durch den trockenen Wasserlauf zurück und zum Hügel hinaufritten, hinter dem die restliche Truppe wartete.

Während er ritt und sich bemühte, die bohrenden Kopfschmerzen zu vergessen, musste Nylan, auf seltsame Weise distanziert und entsetzt zugleich, daran denken, dass sie in kurzer Zeit doch ein beachtliches Durcheinander angerichtet hatten, und sie konnten offensichtlich sogar fliehen, bevor die Cyadoraner ihre Truppe neu organisiert hatten. Aber andererseits fiel es ihnen natürlich auch schwer, in der Wüste einen Brand zu löschen.

Er fuhr zusammen, als er vor sich die Männer aus Lornth spürte. Ihm wurde klar, dass die Schmerzen seine Sinne getrübt hatten.

»… sie es?«

»… vier Reiter … silberne Haare …«

»Ja, wir sind die Gruppe mit dem Katapult«, rief er, weil er nicht wusste, was er sonst sagen sollte. »Wir sind wieder da.«

Tonsar erwartete sie, er hatte die anderen schon aufsitzen lassen. »Die Flammen reichen bis zu den Sternen.«

»Das wohl nicht«, antwortete Nylan, »aber lasst uns aufbrechen. Es wird nicht lange dauern, bis sie uns Reiter hinterherschicken.«

»Du übernimmst die Führung«, sagte Ayrlyn. »Du kannst nachts am besten sehen.«

Nylan zog die Stute herum, ließ sie in schnellem Schritt laufen und widerstand dem Impuls, sie traben oder galoppieren zu lassen.

»Kommt jemand?«, fragte er Ayrlyn.

»Ich kann niemanden spüren. Sie haben eine Patrouille zu der Stelle geschickt, wo wir waren, aber auf der Straße im Norden ist niemand.«

Nylan nickte. Vielleicht fürchteten die Cyadoraner, sie könnten im Dunkeln in einen Hinterhalt laufen. Er hoffte es.

Er sah sich immer wieder um, während Ayrlyn sich die Stirn rieb und mit dem Nachtwind die Sinne fliegen ließ, aber niemand verfolgte sie. Genau das bereitete Nylan in gewisser Weise große Sorgen.

Der Feuerschein am südlichen Horizont war schon zu einem dünnen hellen Streifen zusammengesunken und das Knirschen der Hufe auf dem staubigen Weg hatte einen monotonen Rhythmus angenommen, bevor das nächste Mal jemand das Wort ergriff.

»Die Weißen ... sie werden ausgesprochen wütend sein«, meinte Tonsar.

»Das geschieht eigentlich immer, wenn jemand im Krieg einen Schaden erleidet.« Nylan massierte sich mit einer Hand den Nacken und hoffte, er könnte die Kopfschmerzen lindern, indem er die Spannung aus den Muskeln vertrieb. Warum erzeugte auch der Tod der Pferde diese Weißen, chaotischen Schmerzen? Es war nicht ganz so schlimm wie beim Tod von Bewaffneten, aber schlimm genug. Er holte tief Luft.

»Ihr Engel habt einen weiteren Sieg errungen«, sagte Tonsar. »Trotzdem seid Ihr nicht erfreut.«

»Wir haben Bewaffnete und Pferde getötet und Pferde zu töten ist nicht gerade das, was ich einen glorreichen Sieg nennen würde«, gab Nylan müde zurück. »Niemand kämpft gern auf diese Weise. Aber uns bleibt kaum etwas anderes übrig.«

»Ihr wart nicht froh darüber, Euer Magier-Feuer gegen die Pferde schleudern zu können, aber Ihr habt es getan«, meinte Tonsar.

»Wir haben auch das Heu in Brand gesteckt, das sie gesammelt hatten«, fügte Ayrlyn seufzend hinzu. »Und ein paar Wagen. Es ist doch immer das Gleiche.« Sie rutschte im Sattel hin und her.

Nylan konzentrierte sich auf den Weg und versuchte herauszufinden, ob er so leer war, wie seine Nachtsichtigkeit ihm zu sagen schien, doch er wurde von den Weißen Schmerzwellen behindert, die auch Ayrlyn quälten.

»Aber warum?«, wollte der stämmige Unteroffizier wissen.

»Tonsar, wir haben annähernd zwei Züge Bewaffnete und die doppelte Zahl von Pferden getötet, denke ich«, erwiderte die rothaarige Frau. Nylan hörte am Tonfall, dass sie Schmerzen hatte. Auch sein eigener Kopf tat weh. »Obwohl sie auch Kämpfer verloren haben, werden den Cyadoranern jetzt vor allem die Pferde knapp, außerdem das Futter für die restlichen Pferde. Woher sollen sie es jetzt bekommen?«

»Aus unserem Lager, würde ich sagen. Oder aus den Dörfern. Irgendwoher.«

»Fornal würde es ihnen nicht freiwillig überlassen. Außerdem, wie sollen sie dorthin kommen? Und werden sie wirklich bereit sein, ein Drittel ihrer Streitmacht ohne Pferde zurückzulassen?«

»Nein«, prophezeite Nylan. »Sie werden ihre Wut an jemand anders auslassen. So geht das normalerweise.«

Er blickte zur langen Straße, die vor ihnen lag, zu einer Straße, die sich bis in die Ewigkeit zu erstrecken schien. Nicht einmal der Gedanke, dass Ayrlyn neben ihm ritt und Weryl in Syskar auf ihn wartete, konnte ihn trösten.

LXXXII

»So viel zum Ehrgefühl der Barbaren«, fauchte Azarphi. Eine längliche rote Verbrennung zierte seinen Unterarm, kleine Brandwunden waren über die Stirn getupft.

»Diese Ehrlosigkeit war zu erwarten«, antwortete Major Piataphi. »Die Feuerkugeln jedoch nicht. Wo haben sie das nur gelernt?« Er wandte sich an den dritten Offizier.

»Das ist schwer zu sagen, Ser.« Miatorphi runzelte die Stirn, zuckte zusammen. Wie die anderen hatte auch er mehrere Brandwunden abbekommen. »Sie konnten die Gebäude nicht verbrennen, weil sie durch Erdaufschüttungen geschützt sind, aber sie haben die Leute erwischt, die noch in Zelten schliefen. Dann haben sie die Pferde, die Wagen und das Heu angezündet.«

»Und trotz der Erdwälle haben sie auch ein Mannschaftsquartier und die kleine Mühle zerstört«, fügte der Major hinzu.

»Das hat eine Weile gedauert. Die meisten Leute konnten noch heil herauskommen. Die Pferde hatten weniger Glück.« Miatorphi zupfte den Ärmel von einer Brandwunde auf seinem Arm.

»Das ist keine Taktik, wie die Barbaren sie anwenden würden«, erklärte Azarphi. »Kein Barbar, von dem wir gehört haben, würde sich so verhalten. Es müssen Dutzende gewesen sein.«

»Nein«, erwiderte Miatorphi langsam. »Es waren weniger als ein Zug. Sie hatten auch keine Wagen. Wir haben die Spuren gefunden. Die Feuerkugeln sind aus dem trockenen Bachbett im Süden gekommen. Sie mussten nahe heran.«

»Weiße Magie?«, fragte der Major. »Aber ich kann mir nicht vorstellen, wie das gegangen sein soll. Eine Weiße

Feuerkugel, wie die Magier sie abschießen, sieht man kommen. Diese hier haben erst gezündet, als sie eingeschlagen sind.«

»Wir haben Tonscherben gefunden«, fügte Miatorphi hinzu.

»Also dann ...« Piataphi schürzte die Lippen. »Ein disziplinierter Angriff bei Nacht. Das haben die Barbaren noch nie getan. Gezielte Feuerkugeln, aber keine Wagen, keine Magier und weniger als ein Zug Kämpfer. Dennoch haben wir beinahe achtzig Pferde verloren, abgesehen von denen, die weggelaufen sind oder so schlimme Verbrennungen abbekommen haben, dass wir sie später haben töten müssen. Futter gibt es kaum noch, drei Wagen mit Vorräten sind eingeäschert. Ganz zu schweigen von den achtzehn Mann, die verbrannt sind, von den Quartieren und der Mühle. Habt Ihr einen Vorschlag, wie ich dies Seiner Majestät erklären soll?«

Die Hauptmänner schluckten. Miatorphi starrte auf die Asche, wo einst eine Pferdekoppel gestanden hatte.

Azarphi grinste nervös. »Könntet Ihr nicht den Engeln die Schuld geben?«

»Wo habt Ihr von ihnen gehört?«, fragte der Major.

Der jüngere Hauptmann zuckte mit den Achseln. »Man hört eben so Einiges, Ser. Gut möglich, dass ein paar Engel den Barbaren helfen.«

»Wie wahrscheinlich ist das? Angeblich haben die Barbaren doch im letzten Herbst noch gegen die Engel Krieg geführt. Warum sollten die Engel sie jetzt gegen uns unterstützen?«

»Es sind schon seltsamere Dinge geschehen. Übrigens, Ser, Ihr müsst ja nicht direkt sagen, dass es die Engel waren. Ihr könntet es gewissermaßen andeuten ... ich meine, wie sollten die Barbaren von selbst auf Feuerkugeln kommen? Und sie mögen Pferde ... die Barbaren meine ich. Ihr habt doch sicher den Witz gehört ... Wisst Ihr, wer bei den Barbaren als abartig gilt?« Um der Wirkung willen machte Azarphi eine kurze Pause. »Einer, der seine Frau lieber mag als sein Pferd.«

Miatorphi schüttelte den Kopf.

Der Major kratzte sich abwesend am Kinn, zuckte zusammen, runzelte die Stirn. »So hatte ich es mir noch nicht überlegt. Ja … wir könnten diese Punkte zur Sprache bringen.« Er lächelte hart. »Aber wir müssen auch zurückschlagen. Wir müssen nicht unbedingt ihre Krieger treffen, aber wir müssen ihnen zeigen, dass man Cyador nicht zum Narren halten kann.«

Die anderen beiden nickten.

LXXXIII

Die Kerze flackerte hinter dem rußigen Glas und schickte ihre Wärme, so gering sie auch war, in den Hauptraum des Wohnhauses.

Nylan wünschte, er könnte sie löschen. Er hätte sich über jedes Nachlassen der Hitze, und sei es noch so gering, gefreut. Aber er beschränkte sich darauf, seinen Becher Wasser auszutrinken und nachzufüllen. Dann sah er zu Ayrlyn, die nickte. Er füllte auch ihren Becher auf.

Auf der anderen Seite des Tisches saß Fornal, der gerade einen kleinen Schluck vom beinahe umgeschlagenen Wein trank und das Gesicht verzog. Er nahm noch einen zweiten Schluck und stellte den Becher fest genug auf den wackligen Tisch, dass die Flüssigkeit hin und her schwappte.

»Einen ganzen Achttag lang haben sie nichts unternommen. Und wir haben nichts unternommen, außer sie zu beobachten«, sagte der Regent. »Nichts. Die Bewaffneten werden unruhig.«

»Also … wollen sie lieber früher sterben?«, fragte Ayrlyn.

Fornal warf einen harten Blick zu der rothaarigen Frau. »Die Cyadoraner werden uns nicht direkt angreifen. Wenn Ihr kämpfen wollt, müsst Ihr sie hinter ihren Mauern angreifen. Könnt Ihr schätzen, wie viele Bewaffnete Ihr dabei verlieren würdet?«

»Die sitzen einfach nur da herum«, klagte Fornal.

»Sie werden es uns heimzahlen«, prophezeite Nylan, »aber sie werden nicht unsere Bewaffneten angreifen. Sie werden ihre Wut an einem Dorf oder einer Stadt auslassen.«

»Feiglinge.«

»Was erwartet Ihr?«, fragte Nylan. »Sie haben wahrscheinlich einen Zug Bewaffnete und ein Viertel ihrer Pferde verloren.«

Lewa runzelte die Stirn und leckte sich nervös die Lippen. Huruc beobachtete Lewa einen Augenblick gelassen, bevor er die Aufmerksamkeit wieder auf den Regenten mit dem schwarzen Bart richtete.

»Eine Verschwendung. Fast einhundert Pferde.« Fornal schüttelte den Kopf. »Und wozu?«

»Das wird gut einhundert ihrer Bewaffneten daran hindern, in den Sattel zu steigen und den Versuch zu unternehmen, Euch zu töten«, erwiderte Nylan. Er machte sich nicht die Mühe, Fornals Übertreibung richtig zu stellen. Sie hatten schätzungsweise achtzig Pferde getötet oder verstümmelt. Schlimm genug, wenn man bedachte, dass die Pferde keine Schuld trugen. Auch die Lanzenreiter waren im Grunde unschuldig. Die Folgen eines Krieges trafen nur selten die Herrschenden, die ihn befohlen hatten. Pferde, einfache Bewaffnete, Außenstehende … sie alle traf der Krieg mit voller Härte. Er hätte beinahe vor Zorn geschnaubt, als er an den armen Fürsten Sillek denken musste. Dem war es nicht egal gewesen und soweit Nylan wusste, war er einer der wenigen Anführer gewesen, die selbst den Tod gefunden hatten. »Euer Feind kann nicht gegen Euch kämpfen, wenn er nicht zu Euch kommen kann.«

Huruc setzte ein leises ironisches Lächeln auf.

»Warum könnt Ihr nicht heute Nacht oder morgen noch einmal angreifen?«, fragte der Regent. »Auf die gleiche Weise wie das letzte Mal? Vielleicht könnt Ihr noch einmal Feuerkugeln auf die Bewaffneten schleudern.«

»Beim letzten Angriff haben wir den gesamten Alkohol verbraucht. Ich werde frühestens in einem Achttag genug für einen kleinen Angriff haben.« Nylans Kopf pochte, deshalb fügte er hinzu: »Es könnten auch ein paar Tage weniger sein. Außerdem rechnen die Cyadoraner mit einer Wiederholung. Wir müssen jetzt etwas Neues versuchen.«

»Diese Art zu kämpfen ...« Fornal schüttelte wieder den Kopf. »Ich bin wirklich froh, dass die älteren Grundbesitzer weit entfernt sind.«

»So muss man es machen, wenn der Gegner mehr Gerät und Leute hat. Ihr sorgt dafür, dass seine Stärke sich zu seinem Nachteil auswirkt. Was glaubt Ihr, was die Lanzenreiter, die keine Pferde mehr haben, jetzt empfinden?«

»Sie sind wütend«, meinte Huruc. »Einige werden sich wohl fragen, warum ihre Anführer nicht die Pferde beschützen konnten. Es wird noch schlimmer werden, wenn ihre Bewaffneten so sind, wie ich sie kenne.«

»Dann werden sie umso mehr unschuldige Bauern abschlachten. Bauern sollten nicht in einem Krieg sterben, Bewaffnete schon.« Fornal schüttelte den Kopf. »Anführer sollen ihr Volk beschützen.«

Lewa nickte weise, dass ihm die Ohren wackelten.

»Wie viel Schutz werden sie haben, wenn die Cyadoraner sich Euretwegen keine Gedanken mehr machen müssen?«, fragte Nylan leise.

»Ihr … Ihr seid schlimmer als ein Weißer Magier, Engel.« Fornal trank wieder einen Schluck Wein. »Die Bauern müssen wir schützen. Deshalb dulde ich Eure Taktik, aber ich muss nicht glücklich darüber sein, dass ich mich wie eine Schlange aufführen und durchs Gras schleichen soll, oder wie eine Bergkatze, die nur im Schutz der Nacht angreift.«

»Ich wünschte, es wäre einfacher«, gab Nylan zurück, »aber wir tun unser Bestes, um sie aufzuhalten.«

»Niemand stellt Eure Tapferkeit infrage, Engel.« Fornal stand auf. »Auch ich wünsche mir, es gäbe einen anderen Weg, aber ich kann keinen sehen. Niemand wäre in der Lage, einen anderen Weg zu gehen, und das erzürnt mich. Ich bin eben nicht froh darüber, wenn ich zusehen muss, wie gute Pferde sterben … sie hätten uns nützlich sein können.« Er trank einen letzten Schluck Wein und zuckte zusammen, als er den Becher abstellte. »Immer noch zu warm, immer noch zu sauer.«

Ohne ein weiteres Wort ging Fornal in seine Kammer und schloss hinter sich die Tür. Fest genug, dass der Tisch wackelte.

Langsam, mit versteinertem Gesicht, stand Lewa auf und verabschiedete sich mit einem Nicken. »Wir werden morgen eine Patrouille ausschicken.« Er ging durch die offene Vordertür hinaus. Eine Motte kam hereingeflogen und flatterte um das rußige Glas der Laterne, nachdem der Unteroffizier draußen in der Dunkelheit verschwunden war.

»Sie haben keine Antworten«, sagte Huruc. »Ich auch nicht. Ich fürchte, noch viele Menschen werden sterben, bevor dies alles vorbei ist.« Er wandte sich an Ayrlyn. »Ihr seid eine Seherin. Ist es nicht so?«

»Es würden so oder so viele Menschen sterben«, gab Ayrlyn langsam zurück. »Wir können nur darauf Einfluss nehmen, welche es sind, die sterben müssen.«

Wieder einmal lief es Nylan kalt den Rücken herunter,

als er ihre Worte hörte. War das Leben denn wirklich nichts weiter als der Versuch, die Namen und Daten des Todes zu verändern, weil sowieso jeder sterben musste, sodass es letzten Endes nur auf das Wo und Wann ankam?

»Ihr habt keinen Trost zu bieten, Engel.« Huruc stand auf. »Dennoch klingen Eure Worte wahr und die Wahrheit ist mir lieber als ein falscher Trost. Trügerische Sicherheit hat schon mehr als einen Bewaffneten vorzeitig getötet.« Er nickte und ging hinaus.

Nylan und Ayrlyn schwiegen eine Weile. Dann blies Nylan die Kerze aus und sie blieben im Dunkeln sitzen. »Niemand mag Seher und Wahrheiten«, murmelte er schließlich. »Ich bin nicht einmal sicher, ob wir Seher sind und die Wahrheit sagen oder ob wir uns einfach nur wie alle anderen bemühen, nicht zu viele Fehler zu machen.«

»Ist es denn richtig, was wir tun?«

»Ich hoffe es.« Wenigstens bekam er bei dieser Antwort nicht die Kopfschmerzen, die ihm zu zeigen schienen, dass er jemand anders oder sich selbst täuschte.

»Du hast dich verändert. Ich mich auch.«

»Jeder verändert sich«, meinte er ausweichend.

»Du sprichst jetzt öfter als früher das aus, was du für wahr hältst. Auf dem Dach der Welt hast du es meist für dich behalten.«

»Ryba hätte mich in Stücke geschnitten«, wandte er ein.

»Nein, das glaube ich nicht. Du riskierst es, dass Fornal oder Gethen oder sonst jemand ein Heer gegen dich ausschickt.«

»Du auch, sogar noch mehr als ich. Und du hast in anderer Hinsicht einen hohen Preis zu zahlen. Du spielst nicht mehr mit der Lutar, das beunruhigt mich.«

»Mich auch, aber das wird sich wieder ändern.«

»Bist du sicher?«

»Ich bin sicher. Ich *weiß* es und das macht mir manchmal Angst.«

Nylan schluckte.

»Es ist nicht mit Rybas Visionen vergleichbar, es ist eher ein sehr klares Gefühl«, erklärte sie.

»Das macht jetzt wieder mir Angst.« Er zwang sich zu einem Lachen.

»Ob Angst oder nicht«, gähnte sie, »ich bin müde.«

Nylan stand auf und reichte ihr die Hand, um sie in ihr Zimmer zu führen. Heiß und stickig war es, obwohl die Läden vor dem kleinen Fenster geöffnet waren.

Weryl lag, alle Viere von sich gestreckt, auf dem Rücken auf seinem kleinen Lager. Er lächelte leicht im Schlaf. Sylenia schnarchte leise, sie lag mit dem Rücken zur Tür.

»Sylenia macht sich Sorgen wegen Tregvo«, flüsterte Ayrlyn, indem sie sich näher zu Nylan beugte.

»Wen meinst du?«

»Das ist der Bewaffnete, der immer wieder Annäherungsversuche macht. Sie sagte mir, sie fürchtete schon, keiner von uns würde zurückkehren.«

Jetzt mussten sie sich also Sorgen um das Kindermädchen machen, das sie mitgenommen hatten, damit sie sich nicht um Weryl zu sorgen brauchten.

Bei der Dunkelheit, dass auch immer wieder neue Probleme auftauchen mussten. Aber so schien das Leben eben zu sein. Nylan holte tief Luft, zog sich das schweißnasse Hemd aus und versuchte, sich im stillen, warmen Zimmer zu entspannen.

Ayrlyn legte ihm die Arme um die Hüfte und hauchte ihm einen Kuss auf den Hals, ehe sie sich wieder von ihm löste. Er konnte spüren, dass auch ihr Hemd feucht war. Was hatten sie nur in diesem Schwitzkasten im Süden von Lornth verloren?

Er lächelte unwillkürlich.

»Du lächelst?«, flüsterte Ayrlyn.

»Ich dachte nur, dass wir vor einer Weile noch geglaubt haben, es wäre eine gute Idee, hierher zu kommen. Vielleicht wird eines Tages mal auf meinem Grabstein stehen: ›Er dachte, es wäre eine gute Idee.‹«

Ayrlyn küsste ihn noch einmal und der Kuss wog beinahe alles wieder auf. Nylan lächelte.

LXXXIV

Der kleine Spähtrupp aus Lornth hielt auf der Hügelkuppe an. Im Westen führte die Straße in einer Kurve den sanften Hügel hinunter, nicht zu scharf, aber doch eng genug, dass die cyadorischen Wagenlenker an dieser Stelle langsamer werden mussten. Die Kutscher der Wagen, die auf der Straße von Syadtar hierher unterwegs waren, wie Ayrlyn mithilfe ihrer Lufterkundung festgestellt hatte, konnten in diesem Gelände, wo sich die Straße durch die Hügel wand, jeweils immer nur bis zur nächsten Kurve sehen.

»Ob das hier ausreicht?«, fragte Ayrlyn. Sie sah sich über die Schulter nach Nordwesten um. Dort lag das Bergwerk und dort patrouillierten auch die cyadorischen Lanzenreiter, denen sie früher am Tage ausgewichen waren.

»Sie wollten nicht in unsere Richtung«, sagte Nylan, auf ihren Gesichtsausdruck und nicht auf ihre Frage antwortend. »Sie wollten auch Fornal nicht angreifen.«

»Nein, sie sind nach Jerans geritten«, erklärte Tonsar. »Das wird Ildyrom nicht schmecken.«

»Von mir aus sollen sie lieber Ildyrom als Fornal angreifen.« Nylan sah sich um und nickte. Die cyadorischen Proviantwagen konnten auf dem ansteigenden Weg zum Bergwerk nur sehr langsam fahren. »Die Stelle ist gut geeignet.«

»Schön«, grunzte Ayrlyn. Sie massierte sich die Stirn.

»Was tun wir überhaupt hier?«, wollte Tonsar wissen. »Wir haben den anderen Teil der Straße schon fast vor einem Achttag ausgekundschaftet und Ihr habt gesagt, er sei gut geeignet. Jetzt ist dieser Teil hier gut geeignet. Werden wir nun die andere Stelle nehmen oder doch lieber diese hier …« Der stämmige Bewaffnete hob hilflos die Hände.

»Die andere Stelle war gut, diese hier ist es auch. Die andere Stelle war für eine andere Gruppe von Wagen gedacht.«

Ayrlyn schüttelte den Kopf, als sie Nylans ausweichende Antwort hörte.

»Die Cyadoraner können nicht von dem leben, was das Land ihnen bietet. Es sind zu viele. Sogar wir müssen ab und zu Vorräte mit Wagen bringen lassen. Was wird passieren, wenn ihnen der Proviant knapp wird?«

»Aber der Herrscher von Cyador wird ihnen …«

»Was er ihnen schickt, werden wir hier zerstören«, erklärte Nylan.

»Das ist nicht …«

»Ja, das ist nicht ehrenhaft. Der Krieg ist nie ehrenhaft und die Cyadoraner sind es ganz bestimmt nicht. Ist es ehrenhaft, Kinder abzuschlachten?« Er versuchte, nicht daran zu denken, was geschehen würde, wenn die cyadorischen Truppen, denen sie ausgewichen waren, Jerans erreichten. Oder was im ganzen Süden von Lornth geschehen würde, wenn die Engel mit ihrer Taktik erfolgreich waren.

Nach einem Moment rieb er sich die Stirn. Er bekam schon Kopfschmerzen, wenn er nur daran dachte. Wurde er mehr und mehr wie Ryba? Bereit, alles zu tun, wenn es nur das Überleben sicherte?

Er zuckte zusammen, als es im Kopf zu stechen begann, schloss kurz die Augen und atmete tief durch.

LXXXV

»Meine Tochter.« Gethen verneigte sich und versteckte die Schriftrolle hinter dem Rücken. »Wie geht es meinem jungen Freund Nesslek?«

»Er schläft, der Dunkelheit sei Dank.« Zeldyan lächelte leicht und schloss hinter ihrem Vater die Tür des Wohnzimmers. Ein Kerzenleuchter spendete etwas Licht, Schatten tanzten an den Wänden. »Er hat genug Energie für drei Jungen, aber nur eine einzige Mutter.« Sie senkte die Stimme. »Es ist so schwer zu glauben … das Chaos-Fieber … und wie munter er jetzt ist …«

»War es wirklich das Chaos-Fieber?«, fragte Gethen. »Fornal schien anderer Ansicht zu sein.«

»Fornal ist … Doch, das war es. In der Stadt sind mehrere Kinder gestorben. Du hast nicht gesehen, wie die Engel danach ausgesehen haben.« Sie deutete auf den großen Lehnstuhl.

»Danke.« Er blieb vor dem Stuhl stehen. »Sie sind anscheinend, was sie zu sein behaupten, und sie haben bisher nur Gutes für uns getan. Dennoch …« Er reichte ihr die Schriftrolle, bevor er sich setzte. »Ich wüsste gern, was du davon hältst.«

Zeldyan nahm sich den Stuhl mit der geraden Lehne und zog ihn näher an die Kerzen, ehe sie sich setzte. Abwesend rückte sie das Haarband aus Malachit zurecht, bevor sie leise vor sich hin murmelnd das Dokument zu lesen begann. »Der Herr des Graslandes, der große Ildyrom, ist unglücklich … Fornals barbarische Taten … weil gute Pferde vernichtet wurden, auch wenn sie den Cyadoranern gehörten … hätten die Weißen Dämonen veranlasst, Bestayna in Brand zu stecken und dem Erdboden gleich zu machen.« Zeldyan schluckte. »Die Weißen haben alle Einwohner verstümmelt …

noch bevor sie gestorben sind.« Nach einer kurzen Pause fragte sie: »Hast du eine Nachricht von Fornal bekommen?«

»Nichts, aber er hat sich noch nie besonders bemüht, andere auf dem Laufenden zu halten«, meinte Gethen trocken. »Besonders seinen Vater nicht. Ich dachte, du hättest vielleicht etwas gehört.«

»Keine Schriftrolle, kein Bote.« Die blonde Regentin schüttelte den Kopf. Nach einem Augenblick las sie weiter.

»Lornths unkluges Vorgehen ... hat das Weiße Imperium in den Nordwesten Candars gelockt ... müssen darauf bestehen, dass Lornth ein Abkommen mit Cyador schließt ... sonst nicht nur den Zorn des Hüters des Paradieses fürchten, sondern auch die unversöhnliche Feindschaft von Jerans ...« Sie lachte mit belegter Stimme. »Sillek hatte auch in diesem Punkt Recht.«

»Dein Gefährte und Fürst hatte in vielerlei Hinsicht Recht. Er war ein besserer Mann, als es die Grundbesitzer verdient gehabt hätten, das beginnen viele jetzt einzusehen.«

»Das freut mich sehr«, bemerkte sie mit eisiger Stimme.

»Zeldyan ...«

»Ich weiß, ich weiß ... aber wer sonst ist in der Lage, es zu begreifen? Fornal ganz sicher nicht. Wie die Fürstin Ellindyja denkt er nur an die Ehre, die uns letzten Endes vernichten wird.« Sie unterbrach sich und betrachtete wieder die Worte auf dem Pergament.

»Was meinst du?«, fragte Gethen, als sie den Blick wieder hob.

»Ildyrom macht sich Sorgen, aber er will, dass wir uns allein mit Cyador abgeben. Wenn wir schwach werden, nimmt er sich das Grasland zurück.«

Gethen nickte. »Ich mache mir immer noch Gedanken wegen der Pferde ... so etwas sieht Fornal nicht ähnlich.«

»Nein, das dürften die Engel gewesen sein.« Zeldyan

runzelte die Stirn, dann fragte sie: »Kann ein Lanzenkämpfer ohne Pferd kämpfen? Und kann man im Sommer in den Grashügeln frische Pferde finden?«

Gethen rieb sich das Kinn. »Du meinst, die Engel haben die Pferde getötet, um die Weißen Dämonen aufzuhalten?«

»Ich weiß es nicht, aber wenn sie es für sinnvoll hielten, würden sie es tun.«

»Vielleicht hatte Fornal ja doch in einer Hinsicht Recht«, meinte Gethen. »Diese Engel wollen Ergebnisse sehen.«

»Fragst du dich, ob der Preis zu hoch sein könnte? Frag Sillek ... wenn du kannst.«

»Zeldyan ...«

»Ich bin ungerecht, Vater. Sillek war gerecht und hat versucht, die Grundbesitzer zufrieden zu stellen. Jetzt ist er tot.«

Eine warme Bö wehte durch die offenen Läden herein. Die Kerzen flackerten, eine wäre beinahe spuckend erloschen, ehe die Flamme wieder an Kraft gewann.

Der ältere Regent seufzte und kratzte seinen fast vollständig ergrauten Bart. »Die Engel bemühen sich, unsere Bewaffneten und deinen Bruder zu schützen, während er zweifellos jeden Tag an ihren Methoden etwas auszusetzen hat. Ildyrom will, dass wir die Weißen Dämonen aufhalten, aber er mag es nicht, wenn er in die Kämpfe verwickelt wird, und es darf ihn keinen einzigen Bewaffneten kosten, weil er die Leute für den nächsten Vorstoß ins Weideland braucht.« Er schnaufte empört. »Es hat gerade erst begonnen, aber Fornal hatte Recht. Lornth wird sich wegen der Engel verändern.«

»Lornth würde sich auch ohne sie verändern und sicher nicht zum Besseren. Was können wir denn sonst tun?«

»Ich weiß es nicht. Wie würdest du Ildyrom antworten?«

»Das fragst du mich?« Zeldyan lachte. Nach kurzem Überlegen fuhr sie fort: »Ich würde andeuten, dass der mächtige Herr des Weidelandes, das sehr weit westlich von Clynya liegt, jederzeit willkommen ist, gemeinsam mit uns gegen die Weißen Dämonen zu kämpfen. Bis dahin sollte er besser keine Forderungen an jene stellen, die auch seine Grenzen schützen.«

»Das wird ihm nicht gefallen.«

»Ihm wird nichts gefallen, was gut für uns ist.«

Gethen lächelte. »Du hast eine schöne Handschrift. Willst du den Brief aufsetzen? Ich werde ihn dann gemeinsam mit dir unterzeichnen und versiegeln.«

»Aber natürlich, mein Vater.«

»Und dann wollen wir hoffen, dass die Engel uns wirklich helfen können.«

Zeldyan nickte ernst.

LXXXVI

Im Licht der Vormittagssonne betrachtete Nylan den Staub auf der Straße, die von Syadtar her in ihre Richtung führte. Ayrlyn saß mit glasigen Augen neben ihm und ließ in der warmen, windstillen Luft die Sinne fliegen.

Tonsar sah von einem zum anderen Engel. »Wird es wirklich etwas nützen, wenn wir ihre Wagen aufhalten?«

»Was wird geschehen, wenn wir ihren Proviant vernichten?«, fragte Nylan.

»Sie schicken einen Boten und lassen sich Nachschub liefern.«

»Und wenn der Bote nicht ankommt?«

»Dann müssen sie plündern.«

»Und wenn wir ihre Trupps, die sie zum Plündern ausschicken, mit Pfeilen eindecken?«, schaltete Ayrlyn sich in die Auseinandersetzung ein.

»Ah ... und wenn sie neue Vorräte schicken, dann machen wir das einfach noch einmal?« Tonsar strahlte, dann runzelte er die Stirn. »Aber sie werden beim nächsten Mal noch mehr Lanzenkämpfer schicken.«

»Mehr Lanzenkämpfer brauchen mehr Proviant«, meinte Nylan trocken.

Tonsar kratzte sich am Kopf.

Ayrlyn schüttelte sich und hustete. Ihr Pferd tänzelte im dünnen Gras auf dem Sand, der auf dem Hügel lag, zur Seite und warf mit den Hufen Staubwolken hoch, die sich als neue Schicht über die bereits grau gefärbten Beine des Braunen legten. Die rothaarige Frau beruhigte das Tier und sah sich zu Nylan um. »Es sind drei Proviantwagen. Soweit ich es sehen kann, ist weniger als ein Zug zur Bewachung dabei und der Begleitschutz ist nicht sehr aufmerksam.«

»Bogenschützen?«

»Ich habe keine ausmachen können.«

Der Engel mit dem silbernen Haar nickte.

»Ich habe schon einmal beobachtet, wie jemand mit einem Glas gespäht hat, doch so etwas habe ich noch nie gesehen. Aber sie ist schließlich auch ein dunkler Engel.« Der Unteroffizier, der neben Nylan auf seinem Pferd saß, hustete.

»Danke, Tonsar, aber ich bin nur eine Heilerin, die den Wind spüren und nutzen kann, um einige Dinge zu erkennen, die nicht zu weit entfernt sind.« Sie richtete sich etwas auf und setzte sich im Sattel zurecht. »Wir müssen uns jetzt bereit machen.«

»Auf die Positionen«, befahl Nylan.

»Nehmt die Positionen für den Angriff ein! Für den Angriff!«, befahl Tonsar. »Wir werden die Weißen Dämonen vernichten.«

Die Engel lenkten ihre Pferde hinunter zur Kurve und

zum Hügel, wo schon ein getarnter Ansitz für die Bogenschützen vorbereitet war. Tonsar ritt zur zweiten Kurve. Dort sollte sich der Rest der Truppe für den Angriff bereithalten.

Zwei weitere Reiter – Ailsor und Buretek – lösten sich aus Tonsars Gruppe und setzten sich hinter die Engel. Zu viert ritten sie zur Straße hinunter, die Lornth mit Syadtar verband.

Nylan warf einen letzten Blick zu den hüfthohen glatten Felsen, die sie mühsam aus dem Erdreich befreit hatten. Die Steine blockierten die Straße und versperrten ihren Gegnern den Weg. Bergab oder seitlich ausweichen konnten sie auch nicht, weil dort ein steiler Abhang lag. »Da kommt kein Wagen vorbei.«

»Ganz besonders keiner, der von einem Weißen Dämon gelenkt wird«, meinte Buretek.

»Daran würde sich auch nichts ändern, wenn ein Schwarzer Engel ihn lenken würde«, antwortete Nylan.

Buretek und Ailsor wechselten einen verwunderten Blick und der Ingenieur unterdrückte ein Seufzen. Eine Barriere auf der Straße war eine Barriere auf der Straße. Warum nahmen die Leute in Candar immer alles so persönlich?

»Weil«, antwortete Ayrlyn leise, »weil in primitiven Kulturen alles persönlich ist. Die tieferen Strukturen werden überdeckt durch die Stärke der Persönlichkeiten und die anscheinend willkürlichen Eingriffe natürlicher Kräfte.«

»Woher weißt du …«

»Ich wusste es einfach.« Sie lächelte leicht und zuckte mit den Achseln.

Ayrlyn schien neuerdings immer häufiger seine Gedanken zu lesen. War auch das eine Folge ihres Umgangs mit den Ordnungs-Feldern?

Die rothaarige Frau zog ihr Pferd nach links herum und ritt noch einmal dreihundert Ellen weit die staubige

Straße hinauf, bis sie einen Einschnitt erreichte, von dem aus man hinter den Hügel gelangen konnte.

Die drei Männer folgten ihr schweigend den Hügel hinauf und hinter die Erhebung zu einer flachen Stelle, wo sie von der Straße aus nicht mehr zu sehen waren.

Ayrlyn hielt noch einmal inne, ehe sie abstieg. Wieder verschleierten sich ihre Augen. »Sie sind noch auf der Straße, Späher sind nirgends zu sehen.«

»Dumm«, meinte Buretek.

»Eigentlich nicht«, erwiderte Ayrlyn nachsichtig. »Wer hätte schon jemals die Macht Cyadors herausgefordert und einen Nachschubtransport angegriffen? Gegen Dinge, mit denen man nicht rechnet, wappnet man sich auch nicht. Jedenfalls nicht beim ersten Mal – und manche Leute lernen es nie.« Sie stieg ab und führte den Braunen zu einem Seil, um ihn festzubinden.

»... kommt mir immer noch dumm vor ...«, murmelte der Bogenschütze mit dem kantigen Kinn, während auch er sein Pferd festband. Dann ging er den Hang hinauf.

Was für ein Ungeheuer bist du eigentlich, dass du den Leuten in Candar zeigst, was der totale Krieg bedeutet? Wie willst du diesen Krieg überleben und wie viele werden dafür zahlen müssen? Nylan zuckte zusammen, als er abstieg und seine Stute an das Seil band, das zwischen zwei Pfählen gespannt war, die er vorher in den Boden getrieben hatte. Er schob die Gedanken beiseite. Hoffentlich hielt die Verankerung. Andererseits würde ein gut zugerittenes Pferd sich nicht ohne weiteres einfach losreißen. Er blickte zur braunen Stute, die lustlos am spärlichen braunen Gras knabberte. Sie war sicher stark genug, um das Seil zu zerreißen, wenn sie es wirklich wollte, aber sie hatte bisher noch nichts dergleichen versucht. Wurden die Tiere von Strukturen beeinflusst, die dafür sorgten, dass sie das Offensichtliche nicht bemerkten? Und was alles übersah er selbst?

»Wir müssen jetzt unsere Positionen beziehen«, warnte Ayrlyn.

»Oh … entschuldige.« Nylan nahm den Kompositbogen und die Klingen vom Pferd und folgte ihr den Hang hinauf und dann wieder hinunter bis zu dem Graben, den sie hinter einer Sichtblende aus Gras und Büschen ausgehoben hatten.

Buretek und Ailsor warteten schon, einer an jedem Ende der Sichtblende, und legten die Pfeile bereit.

»Ich habe vom Hügel aus noch keinen Staub gesehen«, meinte Ailsor.

»Sie lassen sich Zeit«, erklärte Ayrlyn. »Und wenn man langsam fährt, wirbelt man nicht sehr viel Staub auf. Sie werden bald hier sein.«

Nylan hätte beinahe genickt. Er freute sich nicht auf den Hinterhalt, auch wenn er hoffte, ihr Plan werde erfolgreich verlaufen.

»Ich wünschte, wir könnten zu Pferd angreifen«, sagte Buretek, nachdem sie eine Weile geschwiegen hatten. »Es könnte gefährlich werden und wir könnten rechtzeitig verschwinden, wenn etwas schief geht.«

»Es wird nichts schief gehen«, sagte Nylan.

»Es wird nichts schief gehen«, bestätigte Ayrlyn. »Aber ich bin auch nicht sehr glücklich, ohne Pferd mitten im Niemandsland zu sitzen.« Sie hockte auf dem Boden des kleinen Grabens und überprüfte wohl zum vierten Mal ihren Bogen. An den Fingern und Händen hatte sie kleine Schnittwunden, die entstanden waren, als sie die Sichtblenden aus Gras und Büschen geflochten hatte.

Nylan betrachtete die eigenen Hände – weniger Schnitte, aber auch er hatte gegraben und geflochten. »Die Pferde sind angebunden und sicher aufgehoben.«

»Wollen wir's hoffen, Ser …«, murmelte Ailsor, der neben Nylan hockte. Im Gegensatz zu Ayrlyn hatten die drei Männer sich nicht gesetzt, sondern auf den Boden gekniet. Auch Ailsor hatte Schnittwunden an den Händen.

Ayrlyns Augen trübten sich wieder für einen Moment. »Sie sind jetzt am Fuß des Hügels.«

»Leise …«, befahl Nylan.

Die vier warteten.

»… an der Biegung … macht euch bereit …«

Ayrlyns Augen klärten sich wieder, die vier standen auf, legten Pfeile ein und warteten, im Augenblick noch verborgen durch die Sichtblenden aus Gras und Büschen.

Das Holpern der Wagen und ein leises Murmeln wurden vom Wind bergauf zu ihnen geweht.

»Bei der Dunkelheit … nicht ein Felsen weit und breit und dann das hier.«

»… nicht damit gerechnet …«

Nylan wartete, während die Weißen sich berieten, bis alle drei Wagen angehalten hatten und die Abteilung von einem Dutzend Lanzenreitern sich dem vermeintlichen Erdrutsch näherte. Nylan hoffte, keiner von ihnen würde allzu schnell bemerken, dass ein Erdrutsch voller Felsen in einer Graslandschaft etwas deplaziert wirkte.

»Also gut, Feuer!«, zischte Nylan.

Buretek und Ailsor ließen die Pfeile in die ungeordneten Reihen der Cyadoraner fliegen, Ayrlyn und Nylan folgten ihrem Beispiel.

»Ein Hinterhalt!«

»Eine Falle!«

»Reitet zu den Büschen da, dort drüben …«

Nylan rechnete kurz nach. »Lass die Steine fallen, Tonsar!«

Ein halbes Dutzend Steine, die sie ebenfalls ausgegraben hatten, rollten in den schmalen Bereich der Straße, wo sich Reiter und Wagen drängten. Einer nach dem anderen schlug unten auf, bis eine Staubwolke bergab wallte.

Das Kreischen eines verletzten Pferdes übertönte die Rufe der Männer.

»Los jetzt!«

»… wohin denn …«

Die erste Hälfte der Gruppe, angeführt von Fuera, dem blonden Hitzkopf, donnerte von Süden heran, den verwirrten Cyadoranern entgegen. Die geschärften Klingen gezogen und zum Stoß bereit, erledigten die Kämpfer aus Lornth die ersten Weißen Reiter, ehe die Cyadoraner überhaupt erkannten, dass sie von zwei Seiten zugleich angegriffen wurden.

Nylan konzentrierte sich auf die Weißen Wagenlenker und die vordersten Weißen Wächter und ließ den nächsten Pfeil mit einer Spitze aus Schwarzem Eisen fliegen.

Der Pfeil schlug ein und traf einen Lanzenreiter mit grüner Schärpe – und explodierte. Nylan taumelte, als ihm von unten das Weiße Chaos entgegenschlug.

»Was war das denn?«, zischte Ailsor.

»Ein Zusammenprall von Ordnung und Chaos«, erklärte Ayrlyn. »Schießt weiter, bei den Dämonen. Verdammt noch mal!«

Nylan verschoss drei weitere Pfeile, bis endlich wieder einer traf. Dieses Mal war die Explosion kleiner, aber die Weiße Woge war schlimm genug, um seine Finger zittern zu lassen. Er schwankte leicht, stützte sich mit der Hand ab, um sich abzufangen. Weiße Sterne schienen in seinen Augen zu detonieren.

»… verdammt … verdammt«, murmelte Ayrlyn. »Dieser verdammte Rückschlag …«

Als Nylan wieder einigermaßen klar sehen konnte, waren die meisten Weißen gefallen und lagen reglos auf den Wagen oder auf dem Boden.

Der letzte cyadorische Bewaffnete nahm sein Pferd herum und wollte zum fernen Syadtar fliehen.

Trotz des Weißen Feuers im Kopf schrie Nylan: »Schnapp ihn dir, Buretek.«

Der junge Bogenschütze brauchte drei Pfeile, aber dann war der Bewaffnete wie die anderen gefallen.

Ailsor sah Nylan müde an, der Bogen hing ihm in der

kraftlosen Hand. »Das … also … das war ja keine richtige Schlacht, nicht wahr?«

»Nein«, gab Nylan achselzuckend zu. »Das war es nicht.« Er hustete und versuchte, sich zu räuspern. »Und ehrenhaft war es auch nicht. Der Krieg ist nie ehrenhaft und die Cyadoraner sind es ganz sicher nicht. Ist es ehrenhaft, Kinder abzuschlachten?«

Ailsor starrte den Ingenieur verständnislos an.

»Was wäre schon passiert, wenn ein paar entkommen wären? Ist es das, was du dich fragst, Ailsor?«, wollte Nylan wissen.

Der Bogenschütze starrte die zertrampelten Sichtblenden an.

»Das hätte uns die ganze Wirkung zerstört«, antwortete Ayrlyn mit heiserer, müder Stimme. »Sie sollen nicht erfahren, was geschehen ist.« Sie legte den Bogen weg. »Holt die Schaufeln. Wir müssen das Loch wieder auffüllen. Buretek kann hier bleiben, du bringst sein Pferd mit.«

Nach einem Augenblick nickte Ailsor.

»Ich hole unsere Schaufeln und bringe dein Pferd mit«, sagte der Ingenieur zu Ayrlyn, die müde nickte. Nylan folgte dem Bogenschützen. Es fiel ihm schwer, einen Fuß vor den anderen zu setzen.

Nachdem er beide Pferde losgebunden hatte, löste Nylan einen der Pfähle und dann den zweiten und rollte das Seil darum herum, ehe er die Vorrichtung in der Satteltasche verstaute. Ailsor war längst fort, er war schon zum Ort des Hinterhalts geritten und hatte Bureteks Pferd mitgeführt.

Der Ingenieur stieg auf und führte Ayrlyns Pferd um den Hügel herum und die Straße hinunter bis zur rothaarigen Heilerin. Sie nahm gerade die Sichtblenden auseinander und warf die Reste in den Graben. Noch bevor Nylan ihr die Schaufel reichen konnte, verlangte Ayrlyn mit ausgestrecktem Arm danach.

»Bist du sicher, dass du graben willst?«

»Ich grabe ja nicht, ich schiebe nur die Reste in den Graben zurück. Außerdem hilft mir die körperliche Anstrengung irgendwie.« Sie schaute zu ihm hoch. »Lass die Zügel fallen. Sie wird nicht weglaufen.«

Angesichts des Tonfalls der Rothaarigen wäre auch Nylan widerspruchslos an Ort und Stelle geblieben, wenn er ein Pferd gewesen wäre. Er lenkte sein eigenes Pferd den Hang hinunter und suchte sich langsam einen Weg zur Straßensperre.

Tonsar erwartete ihn auf der anderen Seite. »Es hat funktioniert. Ihr habt Recht gehabt, Ser Engel.«

»Wie viele haben wir verloren?«

»Drei. Winse, Ungit und Duira. Ungit ...« Tonsar schüttelte den Kopf. »Er wollte nicht hören.«

»Es gibt immer den einen oder anderen, der nicht zuhören will.« Der Ingenieur zog sein Pferd herum. »Siplor, du übernimmst den ersten Wagen. Meresat, du den zweiten. Ihr müsst das gebrochene Rad ersetzen. Nehmt dafür das Reserverad vom dritten Wagen.«

Nylan dirigierte seine Stute zum ersten Wagen, auf dem hauptsächlich Fässer standen. »Das ist echtes cyadorisches Bier«, sagte Siplor grinsend. »Und Zwieback und zwei Laibe Käse.«

»Wir werden es mit den anderen im Lager teilen, aber du übernimmst die Verteilung«, sagte Nylan mit gezwungenem Lächeln. Er zog leicht an den Zügeln, um zum zweiten Wagen zu reiten. Auch er war mit Fässern voll beladen. Das weißlich braune Pulver, das hier und dort herausrieselte, verriet ihm, dass sie mit Mehl gefüllt waren.

Meresat starrte düster das gebrochene linke Vorderrad an.

»Du schaffst das schon«, ermunterte Nylan ihn. Er ignorierte die Kopfschmerzen und die weißen Blitze, die immer wieder sein Gesichtsfeld durchzuckten. »Oder möchtest du lieber Gräber ausheben?«

»Nein, Ser.« Meresat trollte sich zum hinteren Wagen, um das Reserverad zu holen.

Ayrlyn, die auf der Barrikade stand, räusperte sich und wandte sich an die Bewaffneten. »Wuerek, du kannst mit deiner Gruppe die Toten beerdigen. Da drüben, außer Sicht der Straße und tief genug, damit sie nicht von Raubtieren wieder freigescharrt werden.«

Nylan konnte spüren, dass Ayrlyn die gleichen oder ähnliche Kopfschmerzen und Sehstörungen hatte wie er. Buretek und Ailsor wechselten sich mit dem Schaufeln ab und füllten den Graben auf, in dem sie den Weißen aufgelauert hatten.

Ayrlyn stieg auf ihren Braunen, ritt aber noch nicht los.

»Fuera – ihr anderen«, schnaufte der Ingenieur. »Schafft die Felsen wieder an die Stellen zurück, die wir vorbereitet haben.«

»Warum müssen wir denn die Steine von der Straße schleppen?«

Nylan sah sich um, konnte den Sprecher aber nicht identifizieren, weil er immer noch nicht richtig sehen konnte. Er holte tief Luft, ehe er antwortete. »Die Cyadoraner sollen nicht erfahren, was hier geschehen ist. Wenn Bewaffnete und Lanzenreiter einfach verschwinden, werden die Leute sehr nervös und hoffentlich unzufrieden mit ihren Kommandanten. Wie würdest du dich fühlen, wenn unsere Proviantwagen und ein paar Verstärkungstruppen spurlos verschwinden würden?«

»... hässliche Ideen hat der Mann ...«

»... sag's dir doch, lass dich nicht mit Engeln ein ...«

»... seltsam, diese Engel ...«

Tonsar sah zwischen Ayrlyn und Nylan hin und her und schüttelte den Kopf.

Nylan befürchtete, dass es noch viel mehr Kopfschütteln geben würde, ehe der Krieg vorbei wäre – falls er überhaupt jemals enden würde. Irgendwie führte eine Schlacht zwangsläufig zur nächsten. Verlief denn die Geschichte auf allen Planeten im Universum immer gleich?

»... Regent ... würde es unehrenhaft nennen ...«

»... ha ... lieber ehrlos als tot ...«

Fornal war nicht begeistert von Nylans Taktik, aber gegen Nahrung und Bier hätte er sicher keine Einwände. Auch Nylan und die Bewaffneten durften sich über die bessere Verpflegung freuen.

Mit der linken Hand rieb Nylan sich den Nacken, dann die Schläfen. Die Kopfschmerzen ließen nicht nach.

Ayrlyn ritt um die Straßensperre herum und den Hügel hinauf. Die meisten Steine waren schon entfernt und hier und dort am Hang verteilt worden.

»Die Kopfschmerzen werden immer schlimmer«, sagte sie, als sie das Pferd neben Nylan zügelte.

»Bei mir ist es genauso.«

Nach einem Augenblick fügte sie hinzu: »Denk an diesen Traum von den Bäumen und an die Verbindung von Ordnung und Chaos. Das hilft ein wenig.«

Träume von Bäumen? Wie konnte die Erinnerung an einen Traum gegen Kopfschmerzen helfen? Aber andererseits gab es in Candar viele Dinge, die er noch nicht verstand. Wie vorgeschlagen, versuchte er, an die dunklen Bäume zu denken, in denen Ordnung und Chaos umeinander strömten.

Ayrlyn lächelte leicht, als Fuera mit seinem Trupp die letzten Felsblöcke von der Straße räumte und einer der neuen Rekruten die Straße mit einem improvisierten Besen zu fegen begann.

LXXXVII

Das Dorf Syskar brütete zwei Meilen entfernt in sengender Spätnachmittagssonne unter dem grellen grünblauen Himmel. Eine gelblich graue Staubwolke wirbelte vor den Hufen der Bewaffneten aus Lornth auf, als Nylan und die eroberten Wagen sich dem Ort näherten.

Fornal zügelte das Pferd, der Trupp Bewaffnete hinter ihm hielt noch abrupter an. Die Leute steckten widerwillig die Klingen weg, die sie nicht brauchen würden.

»Seid gegrüßt«, sagte Nylan. »Wir haben ein paar Vorräte mitgebracht.«

Der Regent sah nachdenklich die schwer beladenen Vorratswagen an. »Die Vorräte sind willkommen, aber …« Er unterbrach sich und überlegte eine Weile, ehe er weitersprach. »Unsere Grundbesitzer würden die Ansicht vertreten, dass es nicht unsere Aufgabe ist, uns als Wegelagerer zu betätigen. Sie würden sagen, es sei unser Auftrag, die Weißen Dämonen zu vernichten.«

»Das haben wir getan«, sagte Ayrlyn. Sie zog die Mundwinkel hoch, doch die Augen lächelten nicht. »Wir haben fast einen Zug Weißer Bewaffneter getötet. Es schien eine Verschwendung, nicht mitzunehmen, was sie nicht mehr gebrauchen konnten.«

»Die Cyadoraner würden es unehrenhaft nennen und es wird uns mehr kosten als sie. Was kann sie davon abhalten, als Nächstes unsere Vorratswagen zu überfallen?« Fornal zog sein Pferd herum, als wollte er den zurückkehrenden Kräften voraus nach Syskar reiten.

»Wie denn?«, gab Nylan zurück. »Wenn sie eine kleine Gruppe schicken, könnt Ihr sie vernichten. Eine große Abteilung kann sich nicht sehr schnell bewegen. Außerdem werden sie, wenn wir ihnen weitere Verluste zufügen, nicht mehr genug Männer haben, um Überfälle durchzuführen und gleichzeitig das Bergwerk zu halten.«

»Werden wir genug Männer haben, um einen Angriff durchzuführen oder einem ihrer Angriffe standzuhalten?«, fragte Fornal. »Wie viele Männer habt Ihr beim Angriff auf die Wagen verloren?«

»Drei«, sagte Nylan. »Einen, weil der verdammte Narr nicht hören wollte. Wir haben beinahe einen Zug ihrer Leute getötet, sobald sie an der Sperre stehen geblieben waren.«

»Einen ganzen Zug?«

»Nicht ganz«, warf Ayrlyn ein. »Es waren sechzehn. Die Bogenschützen haben die Hälfte erwischt, als sie vor der Sperre standen. Dann hat Tonsar Felsblöcke auf sie fallen lassen und die Bewaffneten haben die Lanzenreiter angegriffen.«

»Es war, als hätten wir gefangene Ziegen geschlachtet, Ser Regent. Als die Weißen Dämonen eingepfercht waren …«

»Sie waren eingepfercht und ihr habt sie getötet?«

»Wollen … wollen die großen, geliebten Grundbesitzer von Lornth, dass ein Zug feindlicher Bewaffneter zum Bergwerk reitet und die Besatzungstruppen verstärkt?«, fragte Nylan müde. »Die Grundbesitzer wollen, dass Ihr die Cyadoraner besiegt. Genau das tun wir.«

»Ich muss zugeben, Engel, dass Ihr viele Weiße Dämonen getötet habt. Vielleicht muss man wirklich so vorgehen wie Ihr, wenn man Erfolg haben will.« Fornal sah Nylan an, dann wandte er sich an Ayrlyn, deren braune Augen bläulich zu blitzen schienen. Schließlich starrte er Tonsar an, aber der stämmige Bewaffnete begegnete gleichmütig dem Blick des Regenten. Nach kurzem Schweigen ergriff Tonsar wieder das Wort. »Ihr habt Euch so gut geschlagen, Engel, dass ich Euch nicht um die Ehre bringen will, Euch als Erste einer großen Streitmacht der Weißen entgegenzustellen.« Fornal lächelte lässig, ruckte an den Zügeln und ritt zurück zum Quartier. Der Staub, den die Hufe seines Pferdes hoch schleuderten, fiel fast senkrecht wieder herunter.

Tonsar schüttelte langsam den Kopf. »Wenn wir sie weiter Mann für Mann töten, dann werden sie bald nicht mehr viele Bewaffnete haben. Aber wenn es nicht gelingt, dann …«

Nylan wünschte, Fornal wäre in der Lage, diese einfache Rechnung zu verstehen. Oder bereitete Fornal eine Intrige vor, um ihn und Ayrlyn auszubooten? Nylan holte tief Luft und wünschte sich sofort, er hätte es nicht getan. Er stank. Seine Kleidung stank und es würde schwierig werden, genug Wasser zum Waschen zu finden.

Alles war schwierig.

»Das ist es immer«, sagte Ayrlyn.

Nylan nickte.

LXXXVIII

Die blonde Frau fächelte sich mit einem schmalen, aus einem dünnen Knochen und Vogelfedern gefertigten Fächer kühle Luft zu. Sie trank einen Schluck Grünbeerensaft aus dem Kelchglas auf dem Tisch. Die Luft im Wohnzimmer war drückend und still, die Kerzenflammen flackerten nicht und die Schatten standen reglos an den Wänden, während die beiden Regenten sich berieten.

»Dein Bruder ist außer sich«, begann Gethen langsam. »Ich habe noch nie solche Worte in einer Schriftrolle gesehen.«

»Dann muss es wirklich schlimm sein«, erwiderte Zeldyan, während sie sich weiter Luft zufächelte.

Gethen schob die Rolle über den Tisch zu seiner Tochter hinüber. »Ich würde sie nur ungern laut wiederholen.«

Zeldyan legte den Fächer weg und begann zu lesen,

während Gethen sein Glas nachfüllte und mit einem großen Schluck gleich wieder zur Hälfte leerte. Er tupfte sich die Stirn ab, während sie las.

»Es ist viel zu warm«, sagte er schließlich, um das Schweigen zu brechen.

Seine Tochter nickte und las weiter.

Gethen füllte noch einmal sein Glas auf.

»Er redet wie Fürstin Ellindyja«, sagte die blonde Frau langsam, indem sie die Schriftrolle zur Seite legte. »Er redet immer nur über die Ehre und macht sich Sorgen wegen der Grundbesitzer.«

»So ist es und wir können dies wirklich nicht völlig außer Acht lassen.« Gethen hob sein Glas, ließ es aber unberührt wieder sinken. »Auch mich beunruhigt, was die Engel tun. Sie bilden Rekruten zu brauchbaren Bewaffneten aus und das ist gut. Aber ihre Taktik ... sie würden einfach alles tun, um zu siegen.«

Zeldyan berührte ihr Kinn und runzelte die Stirn. »Ist es denn so schrecklich, dass sie einen Weg gefunden haben, möglichst viele Weiße Dämonen zu vernichten? Oder um sie davon abzuhalten, unsere Dörfer zu überfallen?«

»Was wird geschehen, wenn die Engel Erfolg haben?«

»Meinst du denn, unsere Rekruten werden von ihnen lernen?«, fragte Zeldyan.

»Das ist immerhin möglich.«

»Und es könnte Aufstände gegen gemeine Grundbesitzer geben?«

»Fornal hatte Recht. Die Engel werden Lornth verändern. Sie haben es schon verändert.« Gethen schürzte die Lippen, kratzte sich am rechten Ohr. »Ihr Eingreifen wird alle Weißen Dämonen aus Cyador bis vor unsere Türschwelle locken. Und wie sollen wir sie dann aufhalten?«, fragte der ältere Regent.

»Ohne die Engel würde Lornth ihnen kampflos in die Hände fallen.« Zeldyan stand auf und ging zur Tür des benachbarten Schlafzimmers, um eine Weile zu lauschen, ehe sie sich wieder setzte. »Er schläft, aber ich dachte, ich hätte etwas gehört.« Sie nahm das Weinglas, trank einen Schluck und ging mit geschmeidigen Bewegungen, dass keine Kerze vom Luftzug flackerte, zum Fenster. »Du hast natürlich Recht, mein Vater. Aber was bleibt uns schon anderes übrig? Mit den Engeln wird Lornth sich verändern und vieles, was wir schätzen, wird untergehen. Ohne sie wird alles zerstört werden.«

»Wir wollen hoffen, dass die Engel einen Weg finden, um Zehntausende der Weißen Dämonen aufzuhalten. Denn sie werden kommen.«

Zeldyan blickte zu den wenigen Lichtern hinunter, die in Lornth noch brannten, und schwieg eine Weile, ehe sie sich umdrehte. »Muss es denn wirklich so weit kommen? Wenn wir uns energisch verteidigen, müssen wir mit umso mehr Gewalt und Hass rechnen – nicht nur von draußen, sondern auch von unseren Grundbesitzern. Doch wenn wir uns nicht wehren, müssen wir sterben oder Vasallen werden. Sind das nicht die Möglichkeiten, auf die wir uns einstellen müssen, mein Vater?«

Gethen holte tief Luft, scharf genug, dass die Kerzen flackerten, aber er antwortete nicht.

»Habe ich nicht zutreffend beschrieben, wie unsere Möglichkeiten aussehen, mein Vater?«, fragte Zeldyan etwas leiser nach.

Gethen starrte in sein Glas, aber als er auch dort keine Antworten finden konnte, hob er den Kopf wieder und begegnete ihrem Blick. »Du siehst vieles so, wie dein Gemahl es sah. Vielleicht können die Engel die Weißen Dämonen aufhalten … vielleicht. Aber es gefällt mir nicht, ihnen und ihrer fremden Magie vertrauen zu müssen. Und ich mag nicht in einem Land leben, wo Grundbesitzer von Bauern zur Rede gestellt werden können. Doch dazu wird es kommen.«

»Ich mag es auch nicht, ganz sicher nicht.« Sie hielt

inne. »Aber … aber lieber ein verändertes Lornth als überhaupt keines.«

Ein leichter Hauch heißer Luft wehte in den Raum, immer noch zu schwach, um die Schatten zu stören, die wie gemalt auf den Wänden des Wohnzimmers lagen.

LXXXIX

Nylan legte den Hammer auf die Bank neben dem Amboss und trat blinzelnd aus dem Schatten in die grelle Morgensonne hinaus, um Tonsar zu begrüßen. Der Bewaffnete mit dem braunen Bart zügelte sein Pferd und sah den Schmied an.

»Wir sind bereit zum Aufbrechen, Ser Nylan.« Tonsar deutete nach Süden.

»Behaltet das Bergwerk im Auge. Wenn es auch nur ein Zeichen gibt, dass die Cyadoraner ihre Wagen in Marsch setzen, dann will ich sofort unterrichtet werden.« Nylan räusperte sich. »Weicht aber Kämpfen aus. Wir haben für den Augenblick genug Männer verloren. Versucht, Euch nicht blicken zu lassen. Aber wenn sie Euch entdecken, werden sie schon wütend genug sein, dass Ihr Euch überhaupt in ihre Nähe wagt.«

Tonsar runzelte die Stirn.

»Glaubt mir, so wird es kommen.« *Außerdem brauchen wir für den nächsten Trick jeden Mann, den wir haben.*

»Wollt Ihr wieder Nachschubwagen abfangen?«, fragte Tonsar nach einem etwas unbehaglichen Schweigen. »Es wird mindestens noch einen Achttag dauern, ehe wieder eine Lieferung aus Cyador kommt.«

»Es gibt noch einen anderen Weg, ihnen Schaden zuzufügen. Einen schnelleren, wie ich hoffe.« Nylan lächelte böse.

Der Bewaffnete kratzte sich am Hinterkopf.

»Wir nehmen ihnen das Kupfer weg, wenn sie es nach Hause schicken wollen.«

»Das werden sie aber gar nicht mögen. Nein, das werden sie überhaupt nicht mögen. Aber werden sie es denn wagen, eine Lieferung nach Cyad zu schicken, nachdem …« Der Bewaffnete hielt inne, sein Pferd schnaubte und tänzelte zur Seite.

»Versteht Ihr jetzt, warum ich wollte, dass niemand entkommt? Die Weißen wissen nicht, warum ihre Vorratswagen nicht angekommen sind. Sie können Vermutungen anstellen, aber sie wissen es nicht.« *Aber du weißt es. Und du weißt, dass die meisten Männer, die du getötet hast, unschuldig waren.* Nylan rieb sich die Stirn.

»Euer Feind möchte ich wirklich nicht sein.« Tonsar grinste. »Aber das bin ich nicht und wir sind bereit.«

»Dann brecht jetzt auf …« Nylan lächelte verkrampft und sah der kleinen Truppe nach, die Syskar in südlicher Richtung verließ. Eine gelblich graue Staubwolke stieg unter den Hufen der Pferde auf, sank aber in der stillen, heißen Luft rasch wieder zu Boden.

Er ging auf der Sonnenseite am Stall vorbei. Angesichts des Gestanks, der aus seiner primitiven Destille drang, hätte er beinahe gewürgt. Zwei weitere Leitungen hatten Lecks bekommen. Er wickelte sie mit Lumpen ein und schmierte aus dem Topf, der eigens zu diesem Zweck bereitstand, feuchten Lehm darüber.

Dann ging er zum Brunnen und wusch sich zweimal die Hände und anschließend das Gesicht. Nicht, dass die lindernde Kühle lange vorhalten würde.

Von der Stirn des Schmieds tropfte schon wieder der Schweiß, als er zum vergleichsweise schattigen Arbeitsplatz unter dem Dach des Hühnerhauses zurückkehrte und sich das Gesicht abtupfte.

Sias schaute vom Blasebalg auf und blickte zum Fass,

das als Abkühlbecken diente. »Braucht Ihr mehr Wasser, Ser?«

»Nur einen Eimer, Sias.« Nylan nahm sich die Zange, um das Metall vom Amboss zurück ins Schmiedefeuer zu befördern. Er hatte Ryba nicht versprochen, für sich und Ayrlyn keine Pfeilspitzen aus Schwarzem Eisen mehr herzustellen, aber als er das Metall ansah, drehte sich ihm fast der Magen um.

Er verzog das Gesicht und wartete, bis das Eisen weit genug erhitzt war und kirschrot glühte. Je länger der Krieg oder der Konflikt andauerte, desto unbehaglicher wurde ihm. Was für einen großartigen Krieger und Kommandanten er doch abgab.

Aber wie sollte er verleugnen, was er empfand? Die Mächtigen trafen die Entscheidungen im Allgemeinen in der Weise, dass ihre Macht erhalten blieb. Und diejenigen, die die Entscheidungen umzusetzen hatten, litten darunter oder starben. Aber er fühlte, dass das Wachstum Cyadors falsch war. Ebenso falsch freilich wie Fornals Sicht der Welt. In beiden Fällen ging es darum, mit Gewalt eine Ordnung zu erzwingen. Es handelte sich nur um unterschiedliche Arten der Ordnung.

War das der Grund für seine Träume von den verdammten Bäumen? Von ihren Chaos- und Ordnungs-Strömen? Stellten sie eine Antwort dar, die sein Unterbewusstsein ihm übermitteln wollte? Oder waren sie etwas Reales, das sein Unterbewusstsein zu erreichen versuchte?

Willst du es wissen? Willst du es wirklich wissen?

Trotz der Hitze im Hühnerhaus, das ihm als Schmiede diente, lief es ihm kalt den Rücken herunter. Ob er nun eine Ausbildung zum Ingenieur genossen hatte oder nicht, ihm fehlte die kalte Rationalität einer Ryba oder einer Zeldyan und er besaß auch nicht die Abgebrühtheit eines Fornal.

»Alles in Ordnung, Ser?«, fragte Sias, der gerade mit

dem Eimer zurückkehrte. »Ich dachte, es wäre zu heiß für Euch.«

»Ist es auch.« Nylan verzichtete darauf, seinem Gehilfen eine Erklärung zu geben, sondern nahm das erhitzte Eisen aus dem Feuer und legte es auf den Amboss. »Kannst du noch ein paar Kohlen ins Feuer legen?«

»Ja, Ser.« Sias kippte das Brackwasser in den Abkühltank, dann beförderte er mit einer Schaufel eine Ladung bräunliche und schwarze Kohle ins Schmiedefeuer.

Der Ingenieur hob den Hammer und schlug zu.

Ein halbes Dutzend Pfeilspitzen später legte Nylan den Hammer weg, ließ Sias die Kohlen abdecken und ging zur Türschelle des Haupthauses, die im Schatten lag. Ayrlyn hatte ihm von dort gewinkt – wahrscheinlich wollte sie ihm zu verstehen geben, dass sie etwas zusammengestellt hatte, das an ein Mittagessen erinnerte. Die Köche in Lornth bereiteten normalerweise nur ein Frühstück und ein Abendessen zu.

»Daa, daaa!« Weryl kam den staubigen Weg herunter Nylan entgegengelaufen.

Sylenia folgte ihm etwas langsamer. Sie lächelte schüchtern und behielt das Kind im Auge.

»Schön dich zu sehen.« Lächelnd setzte Nylan Weryl auf seine Schultern und ging mit ihm zum Haus, wo Ayrlyn wartete. »Und vielen Dank, Sylenia. Wahrscheinlich sage ich es dir nicht oft genug, aber wir sind froh, dass du bei uns bist.«

»Ich bin auch froh, Ser. Es war gut, einmal aus Lornth herauszukommen, wo ich immer so traurig war.« Sie schob sich eine schwarze Strähne aus dem Gesicht. Es schien Nylan, als würde sich in ihr etwas Dunkles regen, ehe sie ihn wieder schüchtern anlächelte.

Nylan klopfte Weryl auf den Rücken. »Du wirst jeden Tag stärker und beweglicher.«

»Vor allem schneller«, meinte Sylenia.

Nylan bückte sich und setzte Weryl vor der Türschwelle ab, dann ging er die zwei Treppenstufen hinauf. Aber noch bevor er im Schatten verschwinden konnte, hatte Weryl ihm beide Arme um das linke Bein gelegt.

Sylenia hob den Jungen auf. »Lass deinen Vater mal etwas essen. Er hat den ganzen Tag gearbeitet und die Arbeit in der Schmiede ist schwer.« Sie setzte sich auf die Treppe, ließ die Beine im Sonnenlicht baumeln und legte einen Arm locker um das Kind mit dem silbernen Haar.

»Daa baa tieht.«

»Ja, ich habe schwer gearbeitet.« Nylan lachte. »Nein, eigentlich nicht so schwer. Es ist immer noch besser, als den ganzen Tag in Lornth durch die Gegend zu reiten.« *Und erheblich besser, als Leute umzubringen.* Er warf einen Blick zu Ayrlyn, die im Schatten saß, und lächelte, als er das Funkeln ihrer braunen Augen sah, die Wärme hinter ihnen.

Sie deutete auf einen kleinen Keil Käse und ein dunkles Brot, die auf einem Stück Wachstuch neben ihr auf der Bank lagen. »Hier, bedien dich. Du bist hungriger als du glaubst.«

»Danke.«

»Es ist nur Brot und Käse und etwas kaltes Wasser«, sagte Ayrlyn.

»Daaa!« Weryl wand sich aus Sylenias Arm und stürmte über die Steine, bevor Nylan sich gesetzt hatte.

»Weryl ...« Nylan hob seinen Sohn hoch. »Du bist aber fest entschlossen, was?«

»Und nach wem ist er da wohl geschlagen?«, meinte Ayrlyn.

»Das musst du gerade sagen.« Nylan setzte sich aufs schattige Ende der Bank, nahm Weryl auf das rechte Knie, damit der Junge weit von Brot und Käse entfernt war, und hielt ihn mit einer Hand fest. Mit der anderen langte er nach dem Brot.

»Boot, daaa?« Weryl wollte sich das Stück Brot schnappen, das der Schmied sich genommen hatte.

Nylan runzelte die Stirn. »Du hast schon gegessen, ich nicht.«

Sylenia hob Weryl auf. »Wir machen einen Spaziergang, junger Mann«, sagte das Kindermädchen. »Lang genug, damit dein Vater essen kann.«

Nylan aß langsam ein paar Bissen dunkles Brot, ehe er wieder den Kopf hob. Er folgte Ayrlyns Blicken.

Sylenia hatte Weryl schützend hochgehoben. Ein vierschrötiger Bewaffneter – Tregvo – hatte sich ihr in den Weg gestellt und redete laut auf sie ein. »... dir zeigen ... mit diesem Unteroffizier ... so ein Hampelmann ...«

Nylan wollte aufstehen, aber Ayrlyn hielt ihn am Arm fest.

»Soll ich die Engel rufen, Tregvo? Oder Tonsar? Geh weg und lass mich in Frieden.« Sylenias Stimme war kalt und fest.

»Eines Tages ... eines Tages wirst du mein sein.«

Sylenia sah ihn zornig an und Tregvo wich zurück. Nach einem Augenblick kehrte er ins Quartier zurück. Er sah sich noch einmal über die Schulter um.

»Das gefällt mir nicht«, sagte Nylan leise.

»Sie hat sich aber richtig verhalten.«

»Was ist, wenn wir mal nicht da sind?«

»Nicht einmal Fornal würde es hinnehmen, wenn er ihr Gewalt antun würde.« Ayrlyn trank einen Schluck aus der Wasserflasche. »Was mich noch stärker beunruhigt, ist die Unterstellung vieler Männer, Frauen würden Gewalt und Grobheit schätzen und sich bereitwillig unterwerfen.«

»Immer geht es nur um Gewalt ...«, grübelte der Schmied. Er nahm die Wasserflasche von ihr entgegen und trank. Dann aß er noch etwas Brot, ehe er wieder das Wort ergriff. »Meine Liebe?«

»Was denn, mein liebster heimtückischer Gefährte?« Ayrlyns Augen funkelten.

»Ich und heimtückisch?«

»Du. Wenn du so ansetzt, gibt es Ärger.«

Nylan lachte. »Vielleicht. Ich habe eine etwas seltsame Bitte. Kannst du mit dem Wind fliegen und etwas suchen? Ich meine, ich weiß ja, dass du es kannst, aber ich wüsste gern, ob du in der Nacht versuchen kannst, eine Art Oase zu finden – Bäume, die mit Ordnung und Chaos erfüllt sind und die sich im Gleichgewicht befinden. Vielleicht nicht zu weit entfernt?«

»Du willst wissen, was hinter den Träumen steckt.« Sie lächelte. »Ja, ich habe auch schon daran gedacht.«

»Träumst du auch immer wieder?«

»Ja, so ist es.« Sie hielt inne. »Ich kann auch nicht mehr singen. Die Töne fühlen sich an, als wären sie aus Kupfer oder aus Blei. Sogar Weryl zuckt zusammen, wenn ich es versuche.«

»Liegt es an den vielen Toten?«

Sie nickte.

Was geschah hier mit ihnen? Wenn es ihnen nicht gelang, die verhältnismäßig kleine cyadorische Expedition aufzuhalten, würde Lornth für nichts und wieder nichts fallen – und er, Ayrlyn und Weryl würden durch ein feindseliges Land fliehen und nach wie vor gezwungen sein, sich mithilfe ihrer Waffen zu behaupten. Auch Westwind würde dann umzingelt sein. Aber wenn sie die cyadorischen Streitkräfte vernichteten, dann forderten sie einen noch massiveren Vergeltungsschlag heraus, wie Nylan genau wusste.

»Es ist eine dieser Situationen, in denen man nicht gewinnen kann, ganz egal, was man macht«, sagte Ayrlyn.

Immer öfter hatte Nylan das Gefühl, dass sie wusste, was in ihm vorging, noch ehe er es selbst ausgesprochen hatte. Auch das war seltsam.

»Du kannst das auch. Du schaust nur nicht richtig hin.«

Nylan schluckte. Warum tat er es nicht? Weil er das fürchtete, was er sehen würde?

»Mach nur … sieh mich an …«

Er schluckte noch einmal, ließ aber seine Augen und seine Sinne die rothaarige Heilerin und Kämpferin, seine Geliebte, erfassen. Außer den Mustern von Dunkel und Licht, die an seine eigenen Träume und sein Unterbewusstsein erinnerten, außer der Flamme eines Liedes … war dort noch etwas.

»Ich bin nicht so zerbrechlich, wie du manchmal glaubst«, sagte sie. ***Ich liebe dich, Schmied und Ingenieur … wirst mich nie mehr los, wenn du mich nicht wegschickst … und ich liebe deinen Sohn … weil er ist wie du … und doch er selbst …***

Die Augen des Ingenieurs brannten. … ***nicht gut genug für dich … stolpere blind in der Gegend herum … kann dich meistens nicht einmal beschützen …***

»Ich brauche keinen Schutz. Ich brauche dich.« Sie nahm seine Hand, zärtlich und doch fest. ***Und du sollst mich sehen, wie ich bin … auch ich tappe blind umher … werde wütend, ungeduldig … Wende dich nicht ab … es ist schwer, aber … habe Angst, du könntest gehen, wenn … du mich wirklich kennst …***

»Das … davor hatte ich die ganze Zeit Angst.« ***Wie kann mich jemand lieben, wenn … wenn er sieht …***

Sie lachte leise und berührte mit der anderen Hand sanft seine Wange. »Aber ich wusste es doch die ganze Zeit.«

»Die ganze Zeit …« Und er hatte es nicht gesehen oder nicht sehen wollen. ***Ein schöner Magier bist du …***

Eine schöne Heilerin bin ich …

Sie lachten beide und hatten Tränen in den Augen.

XC

»Dann ist kein Bier mehr da?«, fragte der Hauptmann mit dem schmalen Gesicht.

»Nein, Ser«, erwiderte Sergeant Funssa, der im Halbdunkel weiter hinten im Raum saß. Trotz der offenen Fenster und der leichten Brise, die mit der Dämmerung aufgekommen war, musste er sich ständig den Schweiß von der Stirn wischen. »Aber die Proviantwagen hätten schon längst hier sein müssen.«

»Sie hätten schon vor einem Achttag hier sein müssen«, knurrte Miatorphi. Er starrte düster seinen Becher mit lauwarmem, abgestandenem Wasser an.

»Sie werden nicht mehr kommen«, sagte Piataphi leise. Leise genug, damit es außerhalb des Offizierszimmers nicht zu hören war. »Die Lanzenreiter sind immer pünktlich, sogar an Orten wie Syadtar.«

»Was ist dann passiert?«, fragte Funssa. Seine Blicke wanderten suchend durch den düsteren Raum, von einem Offizier zum nächsten.

»Was passiert ist? Ich weiß es nicht.« Der Major hustete. »Dieser von den Engeln verdammte Staub. Die Barbaren haben sie wohl erwischt – der Schlaue, würde ich sagen.«

Dieses Mal wechselten Azarphi und Miatorphi einen Blick. Funssa zupfte an seinem kurzen roten Bart.

»Da draußen müssen zwei Gruppen von Barbaren unterwegs sein«, erklärte der Major langsam. Er sprach zögernd, als hätte er zu viel Bier getrunken. »Es passt einfach nicht zusammen. Es gab zwei Lager. Sie verhalten sich unterschiedlich. Einmal die alte Taktik der Barbaren – zuschlagen und weglaufen, aber sie wahren wenigstens einen Anschein von Ehre. Der andere weicht Gefechten aus und kämpft nur dort, wo er unsere Streitkräfte völlig vernichten oder unsere Lanzenreiter fast ohne eigene Verluste ausschalten kann. Er war es auch, der die Feuerkugeln auf die Koppeln geworfen hat. Ist Euch aufgefallen, dass er auch auf das Futter gezielt hat? Welcher Barbar denkt schon an das Viehfutter, bei der Dunkelheit?«

»Ein Barbar ist ein Barbar«, wandte Miatorphi ein.

»Ihr habt damit mehr Recht, als Euch selbst bewusst ist, Azarphi«, fuhr Piataphi fort, als hätte Miatorphi nichts gesagt. »Ein Barbar denkt nicht ans Futter, ein Engel schon. Und ein Engel würde auch an die Proviantwagen denken.«

»Was sollen wir tun?«, fragte Azarphi. »Wir können doch nicht um noch mehr Lanzenreiter und Fußsoldaten bitten.«

»Nein. Wir können aber dafür sorgen, dass Seine Majestät sie uns aufdrängt.«

Die anderen drei sahen ihn zweifelnd an.

»Handel und Gold – das ist alles, was in Cyad zählt. Pah … sie reden von Ehre, aber wir haben einzig und allein deshalb keine Flotte, weil es viele Goldstücke kosten würde, sie aufzubauen. Sogar Seine Hoheit lässt nur ein einziges Feuerschiff bauen, obwohl wir viele davon gebrauchen könnten. Die Dampfwagen fallen aus, weil es zu viele Goldstücke erfordern würde, sie in Ordnung zu bringen, und da wir sowieso nur von Barbaren umgeben sind, wozu brauchen wir sie da überhaupt?« Piataphi starrte in die Dunkelheit. »Also … also werden wir das ganze Kupfer, das wir gewonnen haben, nach Syadtar schicken. Und wir werden alles tun, was wir können, um die Barbaren wissen zu lassen, wann wir es schicken.«

Funssa schluckte. »Aber Ser … die Männer?«

»Ich bin sicher, dass Ihr die Männer auswählt, die am besten für einen solchen Auftrag geeignet sind, Funssa. Und einen Boten und Späher dazu, der wie das Himmelsfeuer reiten kann, wenn etwas Unvorhergesehenes geschieht.« Piataphi sah die anderen Männer ernst an.

»Seine Majestät und die Weißen Magier werden es doch sicher sofort erfahren wollen, wenn dem kostbaren Kupfer Seiner Hoheit etwas zugestoßen ist.«

»Das verstehe ich nicht«, wandte Funssa ein.

»Soll ich etwa gute Lanzenreiter und Fußtruppen opfern, nur um einen Haufen Kupfer zu schützen?«, fragte Piataphi. »Und nach den Verlusten, die wir bisher schon hatten und weil unsere Truppen nicht gerüstet sind, in zwei barbarischen Ländern zugleich zu kämpfen ... oder sind es mit den dunklen Engeln sogar schon drei? Jedenfalls kann ich keine weiteren gut ausgebildeten Lanzenreiter mehr erübrigen und zugleich die Kupfermine halten, die Seine Majestät uns anvertraut hat. Deshalb müssen die weniger gut ausgebildeten ...« Der Major zuckte mit den Achseln und stand auf. »Wir tun, was wir können.«

»Ser.« Funssa schluckte noch einmal.

»Sehr gut, wir haben uns also verstanden«, meinte Piataphi. »Einen angenehmen Abend noch, meine Herren.« Er drehte sich um und ging zur halb offenen Tür hinaus. Sehr vorsichtig und behutsam und bemüht, nicht zu fest aufzutreten, wie es schien.

Funssa sah Azarphi und Miatorphi an. »Meine Herren?«

»Ihr habt den Major gehört«, sagte Miatorphi.

Mit einem tiefen Seufzen verabschiedete sich auch der Serjant.

»Er muss sich etwas Bier beiseite geschafft haben«, murmelte Azarphi.

»Hättet Ihr das nicht getan? Wisst Ihr, was sein Leben im Augenblick noch wert ist? Oder unseres?«

»Warum macht er das?«, fragte der Hauptmann mit dem schmalen Gesicht.

»Damit die Händler wütend werden und Seine Majestät drängen, noch mehr Lanzenreiter zu schicken, bevor wir noch weiter dezimiert und getötet werden.«

»Wir haben immer noch mehr Reiter als sie, erheblich mehr.«

»Wie lange noch?«, fragte Miatorphi. »Wir werden einer nach dem anderen erledigt. Sie nicht. Außerdem, es scheint ihnen egal zu sein, wenn sie sterben, solange sie nur ehrenhaft sterben. Mir ist es nicht egal.«

Azarphi schüttelte im Zwielicht den Kopf.

XCI

Ein leichter Wind wehte flüsternd über das braune und staubige, von der Sonne verbrannte Gras. Die beiden Engel blieben auf den Pferden sitzen. Vor ihnen hatten sich drei Trupps aufgebaut, die im Augenblick noch hinter einem flachen Hügel verborgen waren. Westlich des Hügels, es war eine jener zahllosen Erhebungen im Grasland, die nicht voneinander zu unterscheiden waren, verlief die holprige Straße vom Bergwerk nach Syadtar. Das Bergwerk selbst und damit die Hauptmasse der cyadorischen Truppen war gut fünfzehn Meilen entfernt.

Ein einziger Mann kam von Norden her geritten, Staubwolken und Grassoden wurden von den Hufen des Pferdes hochgeworfen.

Die Engel warteten, bis der Reiter das Pferd gezügelt hatte. Reiter und Pferd atmeten schwer.

»Die Wagen kommen«, rief Wuerek. Er wandte sich an Ayrlyn. »Sie haben weniger als einen Zug zum Schutz dabei. Und sie sind langsam … ich konnte sie stöhnen hören.«

Als Ayrlyns Augen wieder lebendig wurden, lächelte sie.

»Die Wagen fahren höchstens im Schritttempo und es sind nicht mehr als fünfzehn Lanzenreiter dabei«, wiederholte Wuerek.

Nylan und Ayrlyn wechselten einen Blick. Es schien ja durchaus sinnvoll. Kein Militärführer würde sich aller Ressourcen berauben – Wagen, Pferde oder was auch immer –, wenn es lediglich darum ging, ein paar Zivilisten etwas zu liefern. So waren die Wagen, die mit den Kupferbarren nach Cyador fuhren, schwer beladen und – wenigstens dieses erste Mal – nur leicht bewacht.

»Wir bauen uns wie abgesprochen unterhalb des nächsten Hügels auf«, sagte Ayrlyn. »An der Biegung vor der Steigung.« Sie drehte sich im Sattel zu Tonsar um, der langsam nickte.

Es war ein einfacher Plan. Von einem Trupp Bewaffneter begleitet, sollten zwei Bogenschützen – Buretek und Ailsor – warten, bis der Wagenzug die Biegung erreichte, wo die Straße anstieg. Dann würden sie zu schießen beginnen und weiterschießen, bis sie keine Pfeile mehr hatten oder die Lanzenreiter sich zurückzogen.

Anschließend sollte Nylan den Trupp mit den Bogenschützen nach unten führen, während Ayrlyn und Tonsar von hinten angriffen.

Es war, dachte Nylan, wirklich ein einfacher Plan, wenn er funktionierte. Einfach genug, dass wieder einmal ein paar Bewaffnete umkommen konnten. Aber er musste die Wagen in der Nähe einer Seitenstraße abfangen, über die er östlich des Bergwerks in einem weiten Bogen nach Syskar zurückkehren konnte – und das bedeutete, dass sie den Überfall an einer Stelle durchführen mussten, wo sie keine Felsblöcke ausgraben konnten.

Wenn es so verlief, wie es immer ging, würde er wahrscheinlich mit etwas anderem dafür zahlen müssen, dass sie sich die schwere Arbeit gespart hatten – wahrscheinlich mit Menschenleben. Er zog die Zügel der Stute an und führte seine Abteilung zur südwestlichen Seite des Hügels, gerade außer Sichtweite der Straße und der Wagen. Hoffentlich, so dachte er unterwegs, hoffentlich war es nicht seines oder Ayrlyns Leben, mit dem er würde zahlen müssen.

Fuera tauchte neben Nylan auf. »Bleibt es dabei, dass ich die zweite Gruppe anführe, Ser?«

»Ja«, antwortete der blonde Engel. »Warum auch nicht?«

Der blonde Mann zuckte mit den Achseln.

»Du bist zu ungeduldig«, fuhr Nylan fort. Er rutschte ein wenig im Sattel hin und her, als die Stute weiterlief. »Aber ich brauche jemanden, der die Führung übernimmt und nicht viele Worte macht. Warte einfach, bis ich den Befehl gebe, das ist alles.«

»Was ist, wenn ...«

»Fuera, du wartest, bis ich den Befehl gebe. Der einzige Grund, nicht zu warten, wäre es, wenn mich der Blitz erschlägt. Dann übernimmst du das Kommando. Wenn das passiert, würde ich an deiner Stelle allerdings trotzdem nicht angreifen. Ich würde alle umkehren lassen, die noch leben, und so schnell wie möglich von hier verschwinden.«

Fuera zog die dicken blonden Augenbrauen zusammen.

»Pass auf«, erklärte Nylan langsam. »Wenn es etwas gibt, das den Kommandanten einer Einheit ausschalten kann, noch bevor der Kampf wirklich begonnen hat, ist die ganze Truppe aus dem gleichen Grund in höchster Gefahr. Wenn das passiert, halte dich an Ayrlyn und Tonsar. Befolge ihre Befehle. Falls sie auch nicht mehr da sind«, meinte er achselzuckend, »machst du das, was du für das Beste hältst.«

Der blonde Mann nickte. »Glaubt Ihr, wir können die Lanzenreiter ausschalten?«

»Das sollte uns eigentlich gelingen, wenn wir uns an den Plan halten. Als Erstes sollen die Bogenschützen ein paar Weiße erledigen.«

»Das kommt mir nicht ... nicht fair vor.«

»Der Krieg ist nie fair. Es war auch nicht fair von den Weißen, in Kula oder Syskar oder in dem jeranischen Dorf die Kinder abzuschlachten. Wir sind nicht hier, um fair zu sein. Wir sind hier, um zu gewinnen.« Innerlich zuckte Nylan zusammen. Anscheinend übernahm er immer mehr Charakterzüge, die er bei Ryba missbilligt hatte. Machte das der Krieg mit jedem, der überleben wollte?

Als seine Truppe die Rückseite des Hügels umrundet hatte, sah er nach Norden zu der Stelle, wo die Straße bergab und nach Süden verlief. Eine niedrige Erhebung versperrte vom nördlichen Abschnitt der Straße aus den Blick auf diesen Bereich. »Gut, zügelt die Pferde. Wir werden hier warten.«

Ayrlyn und Tonsar würden ein Stück weiter im Norden hinter der Hügelkuppe lauern, bis die Wagen vorbei waren und die Bogenschützen das Feuer aufnahmen.

Leder quietschte, Geschirre klirrten, Pferde schnaubten leise. Das braune Gras hing schlaff in der Mittagssonne. Von Norden her schien ein leises Stimmengewirr zu kommen. Die Unterhaltungen gelangweilter Lanzenkämpfer?

Nylan drehte sich im Sattel um und winkte den Bogenschützen. »Buretek … Ailsor.«

Die beiden lenkten ihre Pferde neben Fueras Grauen und blieben stehen.

»Sie kommen. Macht eure Bogen bereit.«

Buretek nickte nur, Ailsor lächelte traurig. Sie wickelten die Langbogen aus und nahmen die Schutzhüllen von den Köchern.

Immer noch war das Gemurmel zu hören, hin und wieder krachte etwas und ein lauter Ruf erklang.

Nylan wischte sich die Stirn mit dem Unterarm ab. Fetzen getrockneter, von der Sonne verbrannter Haut blieben an den silbernen Haaren auf dem Unterarm kleben. Schon wieder ein Sonnenbrand. Das brachte dieses Leben eben mit sich.

Das Krachen der Wagen wurde lauter und Nylan richtete sich in den Steigbügeln auf. Dann winkte er die Bogenschützen zu sich nach vorne. »Es dauert jetzt nicht mehr lange.«

»Ser«, bestätigte Ailsor leise.

Die Sonne brannte heiß in Nylans Nacken, während sie warteten, bis die Weißen Lanzenreiter um die Biegung kamen.

Er ließ sein Pferd noch etwas weiter laufen, bis er eine Stelle erreichte, von der aus Ailsor und Buretek ein gutes Schussfeld hatten. Er fragte sich, wie lange es dauern würde, bis man sie entdeckte. Die beiden zügelten neben ihm die Pferde und sahen ihn fragend an. Immer noch blickte keiner der Lanzenreiter nach oben.

»Feuer!«, befahl Nylan.

Buretek und Ailsor begannen ihre Pfeile abzuschießen. Einige flogen unbemerkt an den Lanzenreitern vorbei, bis der erste sich in ein verschmutztes, fleckiges Hemd bohrte. Sogar die zivilisierten Weißen Lanzenreiter hatten Probleme mit der Wäsche, dachte Nylan abwesend und fragte sich zugleich, warum er es nicht schon längst bemerkt hatte.

»Barbaren!«

»Wo?«

Ein Cyadoraner stellte sich auf einem Wagen auf und deutete zu den drei Angreifen. »Da! Auf sie!«

Nylan wartete, während die Truppe der Lanzenreiter sich scheinbar planlos bewegte, um sich schließlich zu formieren und bergauf zu stürmen.

»Schießt einfach weiter«, befahl der Engel mit dem silbernen Haar. »Und haltet die Pferde ruhig«, sagte er noch, während er sich zu Fuera umsah, dem jungen Hitzkopf, der, für die Weißen Lanzenreiter unsichtbar, mit den anderen Kämpfern auf das Zeichen wartete. Konnte der Trottel eigentlich nicht sehen, dass jeder Pfeil, der traf, dafür sorgte, dass ein Lanzenreiter ausgeschaltet oder wenigstens in seiner Kampfkraft stark behindert wurde?

Staub stieg im Norden auf, als Ayrlyn die anderen beiden Züge von hinten gegen die Wagen führte. Vier der Lanzenreiter, die unten geblieben waren, drehten sich, wie es Nylan schien, fast wie ein Zeitlupe zu der neuen Gefahr um. Der Fünfte durchschaute die Taktik der Angreifer, riss sein Pferd herum und trieb es zur Ebene im Südosten und damit in die einzige Richtung, wo keine Kämpfer aus Lornth waren.

»Den schnappe ich mir, den kriege ich«, rief Fuera.

»Nein!«, wies Nylan den blonden Bewaffneten heftig zurecht. »Wir nehmen die Weißen direkt vor uns.«

Fuera bleckte wütend die Zähne, gehorchte aber.

Nylan wartete. Die Weißen sollten sich ruhig verausgaben und noch ein Stückchen bergauf reiten.

Die weißen Lanzen gezückt, kamen die Cyadoraner im Handgalopp heraufgeritten. Drei Lanzenreiter waren bereits gefallen, ein vierter hielt sich den Arm und fiel zurück, als wäre er unsicher, was er jetzt tun sollte.

Ein fünfter starrte benommen seine Brust an, in die gerade ein Pfeil geschlagen war.

»Die Bogen weg«, wies Nylan die Bogenschützen an. »Fuera, du übernimmst die linke Flanke. Ich komme von rechts. Nicht vergessen, wir packen sie von der Seite, immer von der Seite. Sie können die Lanzen nicht so leicht wie ein Schwert herumschwenken.« Er unterbrach sich, weil ihm bewusst wurde, dass er zu viel redete. Wenn sie es im Training nicht gelernt hatten, dann nützte es auch nichts, wenn er es ihnen jetzt erklärte.

Als der silberhaarige Engel sah, dass die beiden Bogenschützen ihre Waffen verstaut hatten, zog er das Schwert aus der Scheide an der Hüfte und hob es. »Jetzt!«

Die Stute lief sofort los. Er wurde im Sattel herumgeworfen und hatte Mühe, sich festzuhalten. Nylan lächelte müde. Er hatte sich immer noch nicht richtig daran gewöhnt, einen Angriff zu führen, eine schwere eiserne Klinge in der Hand zu halten und gleichzeitig auch noch zu reiten.

Reflexe und Lichtblitze funkelten auf den kleinen polierten Schilden der Weißen Lanzenreiter, als sie bergauf stürmten.

Nylan führte seine Abteilung nach links, wo sie oberhalb der Lanzenreiter Aufstellung nehmen konnten. Er wollte die Cyadoraner zwingen, gegen die Sonne und bergauf anzugreifen. Er hoffte, die Pferde der Weißen würden dadurch schneller ermüden. Andererseits schlug ihnen in dieser Aufstellung das Funkeln von den verdammten Schilden entgegen.

Der Schmied sah nach rechts, wo Fuera fast auf einer Höhe mit der Straße war und in Richtung der Ebene im Osten ritt.

Mit einer weiteren Bewegung seines Schwerts wandte Nylan sich bergab, seine Leute folgten ihm.

Also los dann, wieder einmal heißt es zu töten …

Die Weißen wurden langsamer, als verwirrte es sie, von zwei Seiten gleichzeitig angegriffen zu werden. Die Hälfte der Lanzen wurde langsam in die andere Richtung geschwenkt.

Im letzten Augenblick sah Nylan, wie eine lange weiße Lanze in seine Richtung zielte. Er fegte sie mit dem schweren Kurzschwert beiseite. Die Augen tränten ihm vom Licht, das vom Schild reflektiert wurde. Die erfolgreiche Abwehr hatte er nur den Instinkten zu verdanken, die durch Rybas intensive Ausbildung geschult worden waren. Er schlug seitlich von unten gegen die Lanze, sein Schwert durchtrennte sie, drang in den Rumpf des Lanzenkämpfers ein und hätte den Schmied fast aus dem Sattel gerissen, bevor er es wieder herausziehen konnte.

Der nächste Lanzenreiter ließ von sich aus die Lanze

fallen. Nylan musste sich flach aufs Pferd drücken, um dem Säbel auszuweichen, mit dem der Mann ihm den Arm abschlagen wollte. Bevor er sein eigenes Schwert wieder heben konnte, war Nylan schon durch die Reihen der feindlichen Kämpfer geschossen.

Er hatte Kopfschmerzen, die Augen brannten und er musste das Pferd in einem Bogen zurück zum Kampfgeschehen lenken.

Ein weiterer Weißer stieß eine abgebrochene Lanze mit schartiger Spitze gegen den Engel, aber Fueras Schwert schlug sie dem Mann im vollen Galopp aus der Hand.

Nylans schwere kurze Klinge drang dicht am Hals tief in die Schulter des Weißen ein. Überall schien Blut zu spritzen, dann kam wieder die unsichtbare Weiße Woge, die Nylan immer spürte, wenn er andere Kämpfer verletzte und tötete.

Halb geblendet und gegen die Messer ankämpfend, die ihm in die Augen stachen, hielt er seine eigene Klinge in Abwehrposition und ließ sich vom Pferd durch das Gewühl neben der Straße bergauf tragen, wo er die Stute zügelte. Im Augenblick war er allein.

Zwei Gegner getötet … das soll reichen … beinahe mehr, als du aushalten kannst … Aber er hatte Schuldgefühle und als er die Augen mit Gewalt wieder öffnete, brannten sie nicht nur wegen der erbarmungslosen Sonne, sondern auch wegen der Gegner, die er getötet hatte.

Die meisten Weißen Lanzenreiter waren gefallen und der Weiße Dunst, den anscheinend nur er und Ayrlyn wahrnehmen konnten, schien überall im ebenen Bereich rings um die Wagen und die letzten cyadorischen Pferde zu wallen.

Ein zweiter Weißer Lanzenreiter galoppierte nach Süden, als hinge sein Leben von dieser überstürzten Flucht ab, was, wie Nylan dachte, gar nicht einmal so falsch war.

Er sah sich in der Umgebung der Wagen um und atmete erleichtert auf, als er Ayrlyn entdeckte, die neben einem der Wagen ihr Pferd gezügelt hatte.

Nach all dem Warten und Planen war das Scharmützel beinahe so schnell vorbei gewesen, wie es begonnen hatte. Er lenkte sein Pferd den Hügel hinunter zu den drei großen Wagen, die jeweils mit vier Pferden bespannt waren.

»Ser?« Das Wort kam krächzend, fast unverständlich heraus.

Nylan drehte sich um.

Ailsor ritt langsam und ohne Waffe in seine Richtung. Blut benetzte den rechten Arm, mit dem er sich den linken hielt. »Ser …«

Nylan zügelte sein Pferd.

Das Gesicht des Bogenschützen wurde bleich und leer und er sank auf dem Pferderücken in sich zusammen.

Unbeholfen schob der Engel sein Schwert in die Scheide zurück. Er schenkte sich die Mühe, es zu säubern. Für Ailsor kam jede Hilfe zu spät, der Bogenschütze war tot, das Hemd mit Blut getränkt. Nylan holte tief Luft. Er wusste, dass er dem Mann nicht hätte helfen können. Nicht einmal, wenn er schneller reagiert hätte.

Wie viele ihrer eigenen Leute waren gefallen? Er sah sich rasch um. Nur ein einziges ihrer Pferde schien reiterlos zu sein. Fuera und die anderen nahmen bereits den gefallenen Feinden die Waffen und alle Wertgegenstände ab.

»Ser?«, fragte Wuerek. Er kam zu Nylan geritten, hielt aber nicht an. »Müssen wir jetzt Gräber ausheben?«

»Nein. Mindestens zwei sind geflohen. Wir müssen möglichst schnell verschwinden. Nehmt alle freien Pferde mit.«

»Gut.«

»Wir müssen auch unsere Toten mitnehmen.« Nylan deutete zu Ailsors Leichnam.

»Ja, Ser.« Wuerek schien nicht gerade begeistert, aber das war Nylan egal.

»Sage Fuera Bescheid.« Nylan zog an den Zügeln und lenkte sein Pferd zu Ayrlyn. In der Hoffnung, es werde den Druck im Schädel lindern, massierte er sich den Nacken. Es half nicht.

Sollte er an die Bäume denken? Aber woher die Zeit nehmen? Er schnaubte.

Tonsar kam gleichzeitig mit Nylan bei Ayrlyn an. Der Unteroffizier zügelte sein Pferd und salutierte. »Diese Burschen …« Der stämmige Bewaffnete nickte in Richtung der toten Bewaffneten, die noch auf dem Kutschbock hingen, »die waren nicht sehr gut. Ein paar von unseren Leuten waren schon nach ein paar Tagen Training mit Euch besser.«

Ayrlyn und Nylan wechselten einen Blick.

War es eine Hinterlist gewesen? »Was ist auf den Wagen?«

»Oh, das ist Kupfer, viele Barren Kupfer.« Tonsar lächelte breit. »Große Barren.«

Der Schmied lenkte sein Pferd zum Wagen und stieg ab. Er zog die staubige Plane weg. Auf dem schweren Stoff waren ein paar Blutspritzer, und als er sie bemerkte, wurde ihm bewusst, dass sein Hemd nicht besser aussah. Staub stieg auf, er rieb sich mit der linken Hand die Nase, doch das Niesen wollte nicht aufhören.

Schließlich rieb er sich ein paarmal kräftig die Nase und betrachtete die Ladung. Richtig, es waren Kupferbarren, einige hatten Grünspan angesetzt.

Nylan deckte die Plane wieder darüber. Das Niesen wollte und wollte nicht aufhören. »Dieser von Dämonen verdammte Staub.« Er rieb sich noch einmal die Nase und stieg wieder auf. Ayrlyn sah ihn nachdenklich an.

»Meinst du, es ist verdächtig leicht gegangen?«, fragte sie ihn. Sie musste blinzeln, als wäre die Sonne plötzlich viel heller geworden.

»Daran habe ich auch schon gedacht«, meine Nylan nickend. »Lasst uns sofort alles einpacken und verschwinden.«

»Ich habe mich schon mit dem Wind umgesehen, soweit sich hier überhaupt ein Lüftchen regt. Weit und breit keine Cyadoraner zu sehen, höchstens Späher.« Ayrlyn schloss die Augen und massierte sich Nacken und Stirn mit der rechten Hand.

»Ich glaube, einer ist entkommen. Nein, eigentlich sogar zwei, aber einer hat nicht einmal zu kämpfen versucht«, sagte Nylan. »Das kam mir seltsam vor.« Er sah Tonsar an. »Wir können später darüber reden. Lasst die Kutscher aufsitzen und die Wagen anfahren. Je eher wir wieder in Syskar sind, desto besser.«

Ayrlyn nickte zustimmend.

XCII

Lephi stand auf dem Balkon und blickte zum Hafen. Seine luftigen silbernen Gewänder wallten im leichten Wind, der vom blauen Wasser von Süden herüberwehte. Der Duft der Leydar und Orangenbäume mischte sich in die salzige Luft.

Jetzt, am Spätnachmittag, warf die Sonne lange Schatten. Der des Palastes reichte beinahe bis zu den Steinpieren, die in makellos reinem Weiß funkelten, seit Cyad vor vielen Generationen gegründet worden war. Jede der Dutzend Piere reichte mehr als fünfhundert Ellen weit ins tiefe Hafenwasser hinein und war jeweils um den doppelten Abstand von seinem Nachbarn entfernt. Hinter den Pieren ging das grünblaue Wasser des Hafenbeckens langsam ins Dunkelblau des großen Westmeeres über.

Der Hüter der Stufen des Paradieses betrachtete die weißen Wolken, die im Süden über dem Ozean hingen. Sie schienen Regen anzukündigen. Dann blickte er wieder zu den schier endlosen weißen Pieren, vor denen die Küstenschiffe, die hier und dort festgemacht waren, zwergenhaft klein erschienen.

»Cyad wird wieder so mächtig werden wie … sogar noch mächtiger als früher …«, murmelte er. »Keine Barbaren, keine Wälder, kein Leben in Dekadenz und Luxus mehr … nein …«

Obwohl der Schatten des Palastes die Große Hauptstraße bis fast zu den Pieren hinunter bedeckte, funkelten die weißen Pflastersteine und Bordsteine in einem Weiß, das aus dem Zwielicht unter den dunkelgrünen Bäumen förmlich hervorzuspringen schien. Alle Straßen in Cyad waren von diesem Weiß, makellos und in der Nachmittagssonne schimmernd, auch im Zwielicht noch und sogar des Nachts im Schein der Straßenlaternen. Und jede Straße war sicher, sauber und gut.

Dann fiel sein Blick auf den sechseckigen weißen Marktplatz unterhalb des Palastes, der von seinem Balkon aus gesehen etwas im Südwesten lag. Er runzelte die Stirn, als er zwischen den grünen und weißen Markisen eine einzige blaue entdeckte.

»Blau? Blau … das wird verschwinden, genau wie die Barbaren.«

Lephi nickte, blickte wieder zu den Pieren und zur Werft, wo die Aufbauten des ersten Feuerschiffs, das seit Generationen auf Kiel gelegt worden war, sich bereits höher als die umliegenden Gebäude erhoben.

»Cyad … auf ewig.«

Der Hüter der Stufen des Paradieses lächelte.

XCIII

Die Nachmittagsstille war dem abendlichen Zirpen der Insekten gewichen, ein leichter Wind wehte von Norden heran und schien eine winzige Spur Feuchtigkeit mitzubringen.

Nylan rieb sich den Nacken und dann die Schläfen, als er an der Spitze ihrer Truppe neben Ayrlyn ritt. Hinter ihnen folgten die drei Züge Bewaffneter, dahinter fünf reiterlose Pferde, auf zweien waren Gefallene festgebunden, und wieder dahinter die drei schweren Wagen, die laut genug krachten und quietschten, dass Nylan eine Gänsehaut bekam. Ayrlyn zuckte nur leicht zusammen, aber Nylan wusste, dass die weniger heftige Reaktion lediglich für größere Selbstbeherrschung und nicht für weniger Schmerzen sprach.

»Wir können so nicht weitermachen«, sagte er schließlich leise.«

»Nein.«

»Hast du mit den Bäumen schon etwas erreicht?«

Sie schien unsicher mit den Achseln zu zucken und er wartete.

»Die Bäume, von denen wir träumen, sind weit im Süden. Nordwestlich von Syskar, etwa dreißig Meilen entfernt, ist ein kleiner Hain, der sich ganz ähnlich anfühlt.«

Der Schmied konnte Tonsars Verwunderung spüren.

»Wir müssen etwas tun«, sagte Ayrlyn. »Du kannst nicht gleich wieder ins Feld ziehen und die nächste Schlacht schlagen.«

»Du auch nicht.«

»Nein.«

»Sollen wir zu diesem näheren Wäldchen reiten?«, fragte er.

»Was haben wir dabei zu verlieren?«

Ayrlyn hatte vermutlich Recht. Wären die Lanzenreiter, die die Wagen verteidigt hatten, gut ausgebildet gewesen, dann wären er und Ayrlyn aufgrund ihrer immer heftigeren Reaktionen auf getötete Gegner vermutlich selbst getroffen oder mindestens schwer verwundet worden. Jede weitere Schlacht würde zu einem ähnlichen Ergebnis führen. Aber durften sie einfach wegreiten und hoffen, dass eine Reihe von Träumen, ein Gefühl von Ordnung und ein kleines Wäldchen ihnen irgendeine Antwort liefern könnten? Zumal Nylan nicht einmal wusste, wo genau das Problem lag?

Über ihnen tauchten die ersten Sterne auf, unvertraut und fremd für die Engel. Klar und kalt standen sie über dem hügeligen Grasland, das selbst mit Nylans Nachtsichtigkeit zu fahlem Weiß verblasste.

»Wird … wird es uns irgendwie helfen, wenn wir zu diesem Wald reiten?«, fragte er nach einer Weile.

»Ich weiß es nicht. Willst du Sicherheit in Zeiten wie diesen? Sicher ist nur, dass wir nicht überleben werden, wenn wir nicht etwas verändern.«

Das war klar. Es war so klar, dass er sich die Antwort schenkte. Ayrlyn wusste ohnehin, was in ihm vorging. Er massierte sich wieder die Schläfen.

Es wurde dunkel, immer mehr Sterne waren zu sehen, die Wagen krachten und quietschten.

»Da ist Syskar«, sagte Ayrlyn.

Nylan blickte in die Dunkelheit und bemerkte vor sich ein paar Lichtpunkte. »Tonsar, schickt einen Boten zum Lager. Lasst Ser Fornal, Lewa und Huruc wissen, dass wir kommen und gutes Kupfer und ein paar Vorräte mitbringen.« Wieder rieb Nylan sich die Stirn und wünschte, die Kopfschmerzen würden endlich nachlassen.

»Ja, Ser.« Der Unteroffizier drehte sich um und rief einen Mann zu sich. »Kysta, hierher.«

Die Engel ritten schweigend weiter, während Tonsar seinem Untergebenen den Auftrag erklärte und dem jungen Rekruten, der einen roten Bart hatte, im Handgalopp vorausschickte.

»Ihr werdet doch nicht lange für … für Eure Reise brauchen?«, fragte Tonsar, nachdem Kysta fort war.

»Es dürfte nicht lange dauern«, meinte Ayrlyn.

So oder so wird es nicht lange dauern, fügte Nylan in Gedanken hinzu.

»Die Männer … sie fühlen sich besser, wenn Ihr das Kommando habt«, gestand der Unteroffizier. »Wenn man einen Engel auf seiner Seite hat, kann man nicht verlieren.«

»Im Augenblick könnte mich ein einarmiger Cyadoraner aus dem Sattel werfen«, widersprach Nylan.

»Und deshalb müsst Ihr …«

»So in etwa«, antwortete Ayrlyn ausweichend.

Tonsar nickte nachdenklich und schwieg, bis sie das Lager erreichten.

Fackeln brannten vor dem Offiziersquartier und an der Scheune, warfen aber nur ein trübes Licht auf das Gelände.

»Fornal ist da drüben«, sagte Ayrlyn, indem sie nach links deutete.

Sie ritten zum Haus und zügelten die Pferde, ohne abzusteigen.

»Schon wieder Räuberei und Mord, Ihr Engel?«, fragte der Regent amüsiert.

»Kupfer und Vorräte … und wir haben noch einen Zug Weiße Lanzenreiter erledigt«, antwortete Nylan müde.

»Wie viele Männer habt Ihr selbst verloren?«

»Zwei«, antwortete Ayrlyn.

»Wir haben einfach eine Menge Pfeile abgeschossen und angegriffen, wie es in Lornth üblich ist, Ser Fornal.« Nylan konnte spüren, dass hinter dem Regenten zwei weitere Männer im Schatten warteten – Huruc und Lewa.

»Nun denn ... die Grundbesitzer werden darüber sehr erfreut sein. Dann habt Ihr also tatsächlich offen gekämpft.«

»Ja, das haben wir.« Nylan richtete sich mühsam auf. »Ihr müsst ein paar Wächter abordnen, wenn Ihr die Wagen nach Lornth schickt.«

»Wächter? Wozu?«, fragte Fornal. »Ich dachte, Ihr hättet Vorräte mitgebracht.«

»Die Wagen sind voller Kupferbarren. Die Vorräte behalten wir hier, sehr viel ist es ohnehin nicht. Aber ich nehme doch an, dass Ihr das Kupfer nicht an Wegelagerer verlieren wollt, und auch die Wagen sind etwas wert.«

»Dann wollt Ihr die Wagen nicht selbst nach Lornth bringen?«

»Nicht unbedingt«, erwiderte Nylan.

»Selbst nach ein paar Zugängen aus Hurucs Truppe haben wir höchstens anderthalb Züge«, sagte Ayrlyn müde. »Die Wagen mit dem Kupfer brauchen mindestens einen Trupp als Begleitschutz.«

»Wächter für Kupfer. Wir sind doch Krieger, keine Krämer.«

Fornal war keines von beidem, sondern eher eine wandelnde Nervensäge, dachte Nylan. Kein Wunder, dass Gethen seinen Sohn auf Abstand hielt. Der Ingenieur fragte sich, welch seltsame Wege das Erbgut manchmal ging. Wie konnte ein Mann eine so kluge Tochter und einen so beschränkten Sohn haben? Oder führten die kulturellen Eigenheiten dieses Landes dazu, dass Männer zur Dummheit erzogen wurden?

»Ser Fornal«, sagte der Ingenieur langsam, »das Kupfer auf diesen Wagen ist einige Dutzend Goldstücke wert, vielleicht noch mehr. Eure Schwester und Euer Vater brauchen das Gold, um Eure Truppe zu unterhalten. Außerdem ist es nötig, dass sie den Grundbesitzern gegenüber einen Sieg für sich reklamieren können. Wenn Ihr die Wagen nach Lornth schickt, erreicht Ihr beides mit einem Schlag. Besonders wenn Eure Bewaffneten den Transport begleiten.«

Nach kurzem Überlegen nickte Fornal. »Das klingt vernünftig, Ser Engel. Und ich könnte auch gleich die Bitte übermitteln, unsere Gefallenen durch frische Rekruten zu ersetzen.«

Nylan spürte Ayrlyns Zorn und Unmut, zugleich aber auch eine Art grimmige Belustigung.

»Der zweite Punkt ist der, dass wir uns für ein paar Tage abmelden müssen. Nennt es eine Art magische Suche.« Nylan hob eine Hand. »Es ist wichtig, aber ich kann Euch den Grund nicht nennen.«

»Wollt Ihr Eure Truppen mitnehmen?«

»Nein. Ich dachte an höchstens drei Männer und natürlich Sylenia und Weryl. Die drei Männer, die wir mitnehmen, werden hier kaum fehlen.«

»Eine magische Suche – das kann ich Euch schlecht verwehren. Nicht nachdem Ihr mit Euren Waffen so erfolgreich gekämpft habt.«

Du wirst uns mehr denn je brauchen, wenn die Weißen ernstlich angreifen. Und das werden sie. Nylan sah Fornal in die Augen, bis der Regent den Blick abwandte. Dann lenkte der Schmied sein Pferd zur Koppel.

Ayrlyn folgte ihm, sie strahlte immer noch eine eisige Kälte aus.

XCIV

… und als die Weißen Lanzenreiter von Cyad endlich die Kupfermine im Norden erreichten, warfen die Menschen aus Lornth ihre Spitzhacken und Schaufeln und Klingen weg und flohen in die Grashügel, denn sie wussten genau, dass die Kupfermine ihnen nicht gehörte, und sie hatten Angst vor dem gerechten Zorn des Herrn von Cyador.

Die Weißen Lanzenreiter bauten das Bergwerk wieder auf und richteten die Mine ein und brachten Ordnung und Disziplin in die Grashügel, ohne die Menschen in ihren Dörfern bei ihrem Tagewerk zu stören.

Der hinterhältige Nylan aber, einer Bergkatze gleich, die es nicht wagt, sich dem gut gerüsteten Jäger im Tageslicht zu stellen, redete dem arglosen Rat von Lornth hinter verschlossenen Türen zu und sprach: Wenn die Cyadoraner nicht essen und schlafen können, dann werden sie das Bergwerk, in dem Eure Väter und Vorväter arbeiteten, nicht lange halten können. Dann müssen sie sich zurückziehen.

Die Schürfer und Gräber aus Cyad arbeiteten schwer und unter großen Mühen, um das Kupfer aus dem Berg zu holen, und vertrauten auf die Ehre der Menschen in Lornth und die Streitmacht der ehrenwerten Weißen Lanzenkämpfer.

Denn zu jener Zeit wollte niemand glauben, dass der hinterlistige Nylan fähig wäre, unschuldige Pferde zu metzeln und rechtschaffene Wagenlenker zu morden und im Schutze der Nacht Feuerkugeln zu schleudern und Lanzenreiter und Schürfer im Schlaf zu verbrennen. All dies jedoch tat Nylan und noch viel mehr. Schreckliche und unehrenhafte Dinge tat er, die man besser in der Vergangenheit ruhen lässt. Aber nicht vergessen wollen wir, dass auf diese Weise die dunklen Engel in Candar an die Macht gekommen sind …

DIE FARBEN DER WEISSE
(Handbuch der Gilde von Fairhaven)
Vorwort

XCV

Die Engel zügelten auf der Kuppe des niedrigen Hügels die Pferde. Nylan löste die Wasserflasche vom Geschirr und trank einen großen Schluck. Sylenia drehte sich im Sattel um und bot Weryl Wasser an. Der

Junge griff begierig zu und spritzte sich das Wasser auf die gebräunten Beine. Ehe Sylenia sich's versah, hielt er ihr schon wieder die Flasche hin. Die Flasche rutschte herunter, fiel zu Boden und blieb im Straßenstaub liegen.

Noch bevor Nylan seine eigene Flasche wegstecken konnte, war Fuera vom Pferd gesprungen und hatte die Wasserflasche geborgen. Er reichte sie Sylenia. Auf der Straße breitete sich ein feuchter, dunkler Fleck aus.

»Danke.« Das Kindermädchen mit den dunklen Haaren lächelte freundlich.

»Sag nur Tonsar, dass wir gut auf dich aufgepasst haben.« Fuera grinste sie offen und charmant an.

Sylenia schüttelte den Kopf, sah aber lächelnd zu, wie Fuera ebenso elegant, wie er vom Pferd gesprungen war, wieder in den Sattel stieg.

Ayrlyn lächelte ein wenig amüsiert. Nylan unterdrückte ein Grinsen und konzentrierte sich auf den Ausblick, der sich ihnen nun darbot.

Unter der warmen Nachmittagssonne und dem grünblauen Himmel, auf den nur einige dicke weiße Wolken getupft waren, schlängelte sich die Straße nach rechts den Hügel hinunter, um gleich danach wieder den nächsten Hügel hinaufzuführen. Dort oben stand ein kleiner Hain niedriger Bäume, eine Schafherde graste auf der überwiegend grünen Wiese im Westen der Straße. Hinter den Tieren waren mehrere niedrige Gebäude und ein mit Grassoden gedecktes Wohnhaus zu sehen.

»Immer noch in diese Richtung?«, fragte Nylan. Er nickte in Richtung der Straße vor ihnen.

»Da ist eine Spur von Ordnung. Ja, es ist in dieser Richtung stärker«, erklärte Ayrlyn.

Nylan ließ sich von seinen Ordnungs-Sinnen leiten. Auch er konnte jetzt im Nordwesten einen Faden der Ordnung und noch etwas anderes spüren.

»Es wird stärker.«

Er nickte, verstaute die Wasserflasche und fragte sich, ob sie noch vor Sonnenuntergang den Wald mit seiner Ordnung erreichen könnten und was sie dort erwarten würde.

Etwa zehn Meilen und drei Hügelketten weiter stand die Gruppe abermals vor einem niedrigen Höhenzug und blickte auf einen Flickenteppich aus Äckern und Wiesen hinunter, auf denen hier und dort Schafherden grasten.

»Wir sind nahe«, sagte Ayrlyn.

Nylan wollte das Gelände unterhalb des Hügels betrachten, aber sein Blick wanderte wie von selbst zur gegenüberliegenden Erhebung. Er runzelte die Stirn. Eigentlich hatte er doch nach unten sehen wollen.

Statt noch einmal zu schauen, lauschte er in die Stille, die nur hin und wieder von einer leichten Bö gestört wurde. War da nicht das Glucksen eines Baches zu hören?

Wieder wollte er nach unten schauen, aber es verschwamm ihm vor den Augen.

»Da ist irgendetwas.« Die rothaarige Heilerin runzelte die Stirn.

»Ich weiß. Es ist irgendwie abgeschirmt.«

»Es sind Bäume, irgendeine Art von Kiefern, und sie sind groß.«

Aus dem Augenwinkel konnte Nylan sehen, wie Sylenia in der niedrig stehenden Sonne verwirrt blinzelte und zu verstehen versuchte, worüber sich die beiden Engel unterhielten.

»Nur ein Hügel …«

»Warum halten wir hier?«, wollte Fuera wissen.

»Der Schmied und die Heilerin sehen etwas«, antwortete Sias.

»Ich kann nichts erkennen«, erwiderte Buretek.

»Sie sehen eine Menge Dinge, die wir nicht erkennen können. Er kann ins Innere von Metallen sehen, sie kann in Leute hineinschauen.« Nylans Lehrling überlegte. »Ich glaube, es ist gar nicht so gut, wenn man so viel sieht wie sie.«

»Abwarten«, meinte Buretek fröhlich. »Entweder sie sehen etwas oder eben nicht.«

Nur dass es nicht ganz so einfach war, dachte Nylan. Nichts, was die Felder von Ordnung und Chaos betraf, war einfach. Das hatten sie zu ihrem Leidwesen schon mehr als einmal herausgefunden.

»Da ist nichts«, sagte Ayrlyn. »Ich meine, da sind keine großen Tiere. Nur Bäume und der Bach.«

»Wir werden es gleich wissen.« Nylan lenkte sein Pferd links von der Straße hinunter und ritt bergab.

»Nicht einmal eine Straße …«

»… wird schon wissen, wohin er will …«

»… genau wie sie …«

Als sie ins Tal hinunterritten, das sie spüren, aber nicht sehen konnten, weil es hier anscheinend eine Kraft gab, die ihre Augen verwirrte, gewahrte Nylan vor sich eine zunehmende Ruhe, ein tiefes Gleichgewicht und hinter sich eine wachsende Verwirrung.

»… ist etwas … aber meine Augen …«

»… sag's dir doch …«

Schließlich drehte er sich um. »Es ist nur ein kleiner Wald. Er ist durch eine Art von magischem Schild geschützt, damit man ihn nicht abholzt oder zerstört. Das ist alles.« *Nicht ganz, wenn man es genau nimmt, aber wenigstens droht den Männern hier keine Gefahr.* Ob er selbst und Ayrlyn hier genauso sicher waren, das war eine ganz andere Frage. *Und eigentlich ist es auch kein Schild.* Er holte tief Luft.

»Nein, nicht ganz«, murmelte jetzt auch Ayrlyn, die dicht neben ihm ritt.

»Ich weiß. Ich kann es spüren, aber es ist nicht gefährlich.«

Als sie den Talgrund erreichten, waren sie nicht mehr

auf die Ordnungs-Sinne angewiesen. Jetzt konnten alle den Hain sehen.

»Oh ...«

»Wo ... wo kommen auf einmal die Bäume her?«

Sogar Weryl gab ein erstauntes »Ooooh« von sich.

Weniger als ein Dutzend riesige Fichten mit ausladenden Ästen standen dort im Kreis und bildeten ein grünes Dach über einem geschützten Raum, in dem die Nadeln als weiches Bett lagen.

Ein schmaler, rasch fließender Bach umrundete den Hain. Er kam anscheinend im Südosten aus einem Dickicht von Dornen- und Rotbeerenbüschen. War dort eine Quelle? Nylan war sicher, südlich des Hains keinen Bach gesehen zu haben.

Am nordwestlichen Rand des Hains verschwand der Bach wieder im Dickicht.

Der kühle, schattige Bereich unter den Bäumen war dem Schmied höchst willkommen. Er holte tief Luft und konnte, seit sie vor einer ganzen Jahreszeit die Westhörner verlassen hatten, endlich einmal frei atmen, ohne Staub in die Nase zu bekommen. Es roch sauber und frisch nach Fichten.

Der Schmied drehte sich im Sattel um. »Wir lagern hier im offenen Bereich an der Seite des Hains. Schlafen können wir auf den Fichtennadeln unter den Bäumen, aber passt auf, dass ihnen das Feuer nicht zu nahe kommt.«

Sias starrte die großen Bäume an. »Habt Ihr das vom Hügel aus gesehen?«

Fuera streckte den Arm zur Seite aus und klopfte auf die rissige, alte Borke eines Baumes. »Fest ... ganz fest ...« Er schüttelte den Kopf.

Nylan lächelte leicht. Vielleicht bargen die Bäume ein Geheimnis ... eine Erklärung für die merkwürdigen Träume ... vielleicht. Er hoffte es.

»Wir finden die Antwort«, bekräftigte Ayrlyn, die gerade abgestiegen war und ihren Braunen zum Bach führte. Als das Pferd trank, fügte sie hinzu: »Die Rotbeeren sind reif und es gibt reichlich davon. Aber achtet auf die Dornen.«

Achtet auf die Dornen – war das nicht ein Rat, den es im ganzen Leben zu beherzigen galt? Welche anderen Überraschungen mochten hier noch auf sie warten?

Nach einem Augenblick folgte er Ayrlyns Beispiel. Auch die anderen saßen jetzt ab.

Über ihnen wisperten die Fichten leise im Nachmittagswind.

XCVI

»Niemand stiehlt Cyador auch nur eine Kupfermünze. Niemand verhöhnt die Spiegellanzenkämpfer. Triendar … ich will den Barbaren eine Lektion erteilen«, fauchte Lephi. »Richtet das Weiße Feuer auf sie, zermalmt sie zu weißem Staub … Ihr wisst schon, lasst das alte Chaos auf sie los.«

»Ich fürchte, ich weiß ganz genau, was Ihr meint, Euer Majestät«, erwiderte der schmächtige Mann mit dem schütteren Haar. Er strich sich eine weiße Strähne hinter das linke Ohr.

»Ihr fürchtet, Ihr wisst, was ich meine?«, gab Lephi humorlos lachend zurück.

»Ihr wollt Euch selbst und Cyador vernichten. Von mir selbst ganz zu schweigen«, meinte Triendar trocken.

»Erklärt es mir«, verlangte der Herrscher von Cyador und der Hüter der Stufen zum Paradies. Schweigen senkte sich über den Saal und die polierten weißen Fliesen waren so kalt wie das Eis auf dem Nordmeer im Winter.

»Die alten Spiegeltürme beruhten auf den Kräften des Chaos, genau wie unsere eigenen Fähigkeiten. Das

Chaos muss von Natur aus durch die Ordnung ausgeglichen werden. So funktionieren auch die Feuerwagen. Die Ordnung der Kessel und Druckkammern und Leitungen dämmt das Chaos des verdampfenden Wassers ein. Die chaotischen Kräfte der sich drehenden Räder werden durch die Ordnung des Straßenpflasters ausgeglichen.« Triendar hielt inne.

»Über derlei Dinge habt Ihr Euch schon öfter ausgelassen, Triendar. Aber was hat das damit zu tun, dass Ihr das Chaos nicht gegen die Barbaren richten könnt?«

»Das habe ich nicht gesagt, Euer Majestät. Ich sagte, wenn wir das Chaos gegen sie richten, werden wir damit wahrscheinlich Cyador und uns selbst vernichten. Ein solches Chaos würde es dem Verwunschenen Wald erlauben, mit großer Kraft seine Grenzen zu überschreiten ...«

»Einen Augenblick, alter Triendar. Ihr habt immer behauptet, der Wald enthielte zu gleichen Anteilen Ordnung und Chaos. Wie kann dann die Anwendung des Chaos dazu führen, dass er wächst?«

Der Weiße Magier seufzte. »Es ist nicht einfach zu erklären, aber ich will es versuchen. Wenn ich das Chaos gegen die Barbaren richte, dann wird dieses Chaos dazu führen, dass sich irgendwo in Candar die Ordnung konzentriert. Der Wald wird diese Ordnung benutzen, um zu wachsen, aber wenn er gewachsen ist, wird er abermals Ordnung und Chaos in seinem Innern ausgleichen. Wir werden noch mehr Chaos brauchen, um ihn zurückzuwerfen, was erneut Ordnung freisetzt, die ihn noch weiter stärkt.«

»Wie kommt Themphi damit voran, den Wald zurückzudrängen?«

»Nicht sehr gut und mithilfe von weniger stark konzentriertem Chaos, indem er Männer mit Fackeln einsetzt. Bereits jetzt arbeitet die Hälfte Eurer Fußsoldaten allein in Geliendra.«

»Genau deshalb müssen wir Eure Waffen gegen die Barbaren einsetzen«, erklärte der Herrscher von Cyador.

»Dann ist da auch noch, wie ich bereits erklärte, das Problem des Feuerschiffs und des hoch konzentrierten Chaos, das es in sich bergen muss«, fuhr Lephi fort, als hätte er seinen Herrscher nicht gehört.

»Was hat das mit dem Verwunschenen Wald zu tun? Sogar die Werft ist aus Steinen im Wasser gebaut und das Wasser enthält Ordnung, sehr viel Ordnung, wie Ihr selbst gesagt habt.« Lephis Stimme wurde schärfer. »Ihr habt mir nicht zugehört.«

»Ich habe zugehört, aber das Chaos ist nicht so einfach zu beherrschen. Ein Feuerschiff, ausgerüstet mit den Kanonen, die Ihr vorgesehen habt, dazu die Geschosse und die Chaos-Maschinen, erzeugt viel Chaos. Rechnet dies zu dem hinzu, was dieses Jahr an Chaos entstanden ist …« Triendar sah den silbern und weiß gekleideten Mann an.

»Wollt Ihr mir sagen, dass ich nicht gleichzeitig das Chaos gegen die Barbaren einsetzen und den Verwunschenen Wald zurückdrängen kann? Dass ich das Feuerschiff nicht zu Ende bauen darf?«

»Nein. Das Feuerschiff wird nicht rechtzeitig bereit sein. Es enthält zwar viel Chaos, das aber teilweise vom Wasser des Hafens und von dem geordneten Eisen der Maschinen und Feuerbüchsen ausgeglichen wird. Das meiste Chaos entsteht, wenn die Maschine in Betrieb genommen wird, aber Ihr könnt sie ja ohnehin nicht nach Lornth bringen, nicht wahr?«

»Ich hatte daran gedacht, das Schiff um die Landzunge bei Dellash herumfahren zu lassen und den nördlichen Hafen unter Beschuss zu nehmen – ich glaube, er heißt Rulyarth, nicht wahr?«

Triendar schauderte.

»Vergesst das Feuerschiff für den Augenblick. Wie Ihr schon gesagt habt, ist es noch nicht bereit. Aber ich werde nicht einfach tatenlos zuschauen, wir müssen das Risiko auf uns nehmen. Man kann doch einem kleinen Barbarenstamm nicht erlauben, straflos unser Kupfer zu stehlen und die Weißen Lanzenreiter zu töten … und was wird die Jeraner davon abhalten, auch noch nach Westen in die Grashügel einzufallen? Und dann die kyphrischen Händler …«

»Euer Hoheit … Cyador ist, wie Ihr selbst ganz richtig gesagt habt, alles andere als wehrlos.«

»Triendar … wir haben nur wenige Feuerwagen, die außerdem nur auf den gepflasterten Straßen fahren können. Wir haben keins der alten Feuerschiffe mehr, ein einziges ist gerade im Bau …«

»Die alten Schiffe wurden zerstört, weil sie versagt haben«, stimmte Triendar nickend zu. »Auch das neu gebaute Schiff wird nach ein paar Jahren unter dem Druck des Chaos versagen.«

»Wir werden neue bauen.«

»Und Ihr werdet das Chaos verstärken, das der Verwunschene Wald benutzen kann, um weiter zu wachsen.«

»Dieses Problem werden wir lösen, wenn es sich uns stellt. Im Augenblick müssen wir die Barbaren schlagen, weil sie die größere Bedrohung darstellen.« Der Hüter der Stufen zum Paradies hielt inne und betrachtete die geschlossenen Türen des Saales. Kleine Dampfwolken spielten um die Scharniere. »Wir haben unserem Volk Ordnung und Gehorsam eingeimpft. Wir können die Menschen nicht über Nacht in Krieger verwandeln, und falls wir es doch versuchen sollten …« Lephi schüttelte den Kopf.

»Ihr fürchtet, sie würden sich als Erstes gegen die Spiegelkasten wenden?«

»Nein. Aber die Steuern und Zölle würden steigen und damit zugleich auch der Ungehorsam. Spiegellanzenkämpfer und Fußsoldaten würden überheblich werden …«

Triendar lachte leise. »Niemand würde vermuten, dass der Herrscher von Cyad seinem Volk gegenüber so rücksichtsvoll ist.«

Lephi schnaubte. »Wir haben keine andere Wahl, als das Chaos einzusetzen.«

»Wie Ihr wünscht, Ser. Ich habe Euch vor den Risiken gewarnt.«

»Und ich habe Euch erklärt, welche Risiken uns drohen, wenn wir das Chaos *nicht* einsetzen.« Lephi deutete zum breiten Fenster, hinter dem sich das Westmeer erstreckte. »Versteht Ihr es nicht? Ihr macht Euch Sorgen, was in den kommenden Jahren geschehen *könnte.* Aber wenn wir die Barbaren *jetzt* nicht aufhalten, wird keiner von uns mehr Gelegenheit haben, sich über die Zukunft irgendwelche Sorgen zu machen. Es gibt jetzt schon Bauern, die den Weißen Thron herausfordern. Händler im Osten wollen von unseren Kaufleuten die doppelten Preise verlangen, weil sie Cyad nicht mehr fürchten. Barbaren wollen unsere Kupfermine erobern. Wir haben keine Feuerschiffe, keine überzähligen Feuerwagen und seit Generationen keine Feuerkanonen mehr. Wir haben Lanzenreiter und Fußtruppen … und wir haben die Macht des Chaos, über die Ihr gebietet. Ihr werdet Euer Chaos gegen die Barbaren aufbieten. Der Wald kann warten, muss warten.«

Triendar verneigte sich. »Wie Ihr wünscht.«

XCVII

Buretek, Fuera und Sias saßen an einem niedrig brennenden Feuer. Die Feuerstelle war mit uralten Steinen eingefasst und offenbar seit sehr langer Zeit nicht mehr benutzt worden. So alt waren sie, dass sich im Laufe der

Jahrhunderte der Ruß tief in die Poren und Spalten der Steine gefressen hatte. Sylenia hielt sich ein Stückchen abseits von den Bewaffneten. Leises Murmeln wehte nach Süden, wo Ayrlyn und Nylan zwischen knorrigen Wurzeln auf den weichen Nadeln saßen, den Rücken an die unebene Borke gelehnt. Nylan lauschte einen Moment.

»... so friedlich hier ...«

»Sie brauchen es ... wir wahrscheinlich auch ...«

»... ist aber gespenstisch ... beinahe vorbeigeritten und nichts gesehen ...«

»Die Engel haben ihn gesehen.«

»Sie sehen manchmal viel zu viel ...«

Da musste Nylan zustimmen. Er sah sich nach links um. Hinter der Wurzel lag Weryl auf seiner Decke, die Augen noch geöffnet, aber schon schläfrig, und sah müde zum dunklen Dach hinauf, das die Sterne verdeckte.

»Dies ist ein sehr alter Ort«, murmelte der Schmied. Er fuhr mit den Fingern über die Risse und Spalten in der Borke, schaute nach oben zu den Wipfeln. Neben diesen Baumriesen wären sogar die Haine der Nomaden von Sybra wie junge Schösslinge erschienen.

»Älter als alle Bäume, die wir je gesehen haben«, stimmte die Heilerin zu. Ihre Haar, noch feucht, nachdem sie sich im sauberen, reinen Bach gewaschen hatte, schienen im Zwielicht von innen heraus zu leuchten. »Und der Hain fühlt sich an wie die Träume.«

»Was sollen wir jetzt tun?«

Ayrlyn schüttelte den Kopf. »Wir lehnen uns an und entspannen uns. Öffne dich einfach deinen Gefühlen. Ich weiß, wie schwer dir das fällt, aber es wird schon gut gehen. Ich weiß es einfach.«

Mit einem tiefen Atemzug veränderte Nylan ein wenig seine Position auf den weichen Nadeln, die sich zwischen den knorrigen Wurzeln gesammelt hatten, bis ein Sitz entstanden war, der einem Pilotensitz nicht unähnlich war, wenn nicht sogar noch bequemer. Der Duft der Kiefernnadeln, ein feuchter Lufthauch vom Bach, der süße Geruch der Rotbeeren – all das erzeugte ein Gefühl von Lebendigkeit, wie Nylan es schon seit vielen Achttagen nicht mehr verspürt hatte.

Lächelnd folgte er Ayrlyns Beispiel und schloss die Augen. Die leisen Gespräche der Gefährten am Feuer ignorierte er.

Zuerst empfand er nur Frieden oder Trost, aber da war noch mehr.

Brennende Linien flackerten. Weiße Fäden sah Nylan, Kraftströme, die einem chaotischen Energienetz glichen, Feuerkugeln mit weißem Kern und Spuren von Rot, ähnlich denen, die von den Weißen Magiern beim Versuch, Westwind einzunehmen, geschleudert worden waren …

… und dann verflochten sich die dunklen Ströme der Schwarzen Energie mit dem Weißen Chaos – und die Kräfte glichen einander aus. Die Bäume wuchsen und wuchsen, einige starben zwar und stürzten um, aber bei allen Veränderungen spielten Weiß und Schwarz umeinander und waren stets im Gleichgewicht … bis der Himmel erzitterte und die Erde erbebte.

Dann brannten weiße Linien durch den Wald. Es war ein Feuer, in dem Licht und Dunkelheit zugleich brannten, während graue Asche wie Regen fiel.

Die Flüsse traten über die Ufer, die weißen Feuer der Spiegel verwandelten Wasser in Dampf. Berge aus Metall rumpelten über die vom Wasser abgeschliffenen Hügel und glätteten sie, ebneten sie ein und erstickten sie unter neuer, fremder Erde und mit Gräsern, die dort nicht wachsen durften.

Grüne Schösslinge kämpften sich durch die Asche und wurden wieder zu Asche verbrannt und ein weiteres Mal bebte und zitterte die Erde.

Reihen aus weißen Steinen fuhren wie Mauern herab und hielten die Bäume hinter Kraftlinien fest, die brannten … die brannten und brannten, weil die Kräfte des geordneten Chaos eine verkehrte Kraft darstellten, weil das Chaos die Ordnung band …

Dann kam ein Gefühl, als würde eine sehr lange Zeit verstreichen. Nichts regte sich hinter den Mauern, bis der Himmel wieder bebte und die weißen Wände Risse bekamen und zerfielen und Fäden von weißem Feuer und schwarzer Dunkelheit von eisgekrönten Gipfeln heruntergriffen.

Und der ausgeglichene Strom von Licht und Dunkelheit schwoll wieder an, erfüllt von neuer Zielstrebigkeit und Freude, auch wenn diese menschlichen Gefühle nicht wirklich beschrieben, was ihn bewegte.

Nylan richtete sich abrupt auf und tastete nach Ayrlyn. Aber es hatte sich nichts verändert. Die Äste wisperten immer noch leise im Wind, Insekten zirpten und der Bach gurgelte in der Dunkelheit. Die vier Gefährten am Feuer unterhielten sich mit leisen Stimmen.

»Weißt du, was das war?«, fragte Ayrlyn.

»Die Bilder erinnern mich an die Kräfte, die von den Rationalisten früher bei der Kolonisierung eingesetzt wurden«, meinte Nylan. »Es sah aus, als hätten sie die einheimische Ökologie zähmen wollen.« Er schüttelte den Kopf. »All die Energie.«

»Der Hain … die Bäume erinnern sich. Das … das ist schwer zu glauben.« Ayrlyn sprach jetzt mit gedämpfter Stimme. »Glaubst du denn, dieses … dieses Cyador … ist womöglich ein Überrest einer Expedition der Rationalisten?«

»Ich glaube schon, aber wie willst du das beweisen? Und würde es etwas ändern?« Nylan zuckte mit den Achseln. »Ich weiß nicht. In gewisser Weise ist es ein großes Reich.« Er räusperte sich. »Ich frage mich nur, ob dieser Hain ein Teil eines früheren größeren Waldes ist, der ein eigenes Bewusstsein besessen hat … oder ein Vorposten einer neuen Kolonie … oder …«

»Wie du schon sagtest, spielt das keine Rolle. Im Süden ist ein großer Wald, der irgendwie in Zusammenhang mit unserer Ankunft seine Ketten gesprengt hat.«

»Glaubst du, die Cyadoraner sind darüber im Bilde? Ist dies der Grund dafür, dass sie nach Lornth vorstoßen?«, fragte Nylan.

»Ich glaube nicht. Sie können nicht wissen oder fühlen, was die Bäume tun und was der Wald will. Wenn sie es fühlen könnten, dann hätten sie nicht so viel davon zerstört.«

»Das alte Problem … sorgsame Kultivierung ist immer der bessere Weg.« Der Schmied schüttelte den Kopf. »Glaubst du, unsere Wälder in Guljolm oder Sybra …«

»Es könnte sein«, sagte Ayrlyn. »Aber da wir vermutlich niemals mehr zurückkehren werden …«

»Genau.« Nylan rutschte etwas hin und her und sah sich in der Dunkelheit nach Weryl um.

»Da … reee.« Weniger als zwei Ellen entfernt saß Weryl auf seiner Decke und drehte lächelnd einen Kiefernzapfen in den Händen. Hinter ihm stand eine braune Baumratte auf den Hinterbeinen. Das Tier zirpte einmal und verschwand.

»Er kann nachts sehen wie du«, sagte Ayrlyn.

»Glaubst du, er hat auch gefühlt, was wir …«

Sie zuckte mit den Achseln. »Wahrscheinlich, aber das Gefühl zu empfangen und zu wissen, was es bedeutet, sind zwei verschiedene Dinge. Am stärksten war das Gefühl des Gleichgewichts und das kann ihm nicht geschadet haben. Jedenfalls scheint er guter Dinge.«

Nylan hoffte es. Sein Sohn war zu jung, um wegen der Bedeutung der Bilder belastet zu sein. »Was können wir tun?«

»Auch das weiß ich nicht. Ich weiß nur, dass wir, was den Ausgleich zwischen Ordnung Chaos angeht, die gleiche Botschaft erhalten haben.«

»Und sonst niemand außer uns? Warum gerade wir?«

Ayrlyn leckte sich die Lippen, zögerte aber noch etwas, ehe sie antwortete. »Warum gerade wir?«, sagte sie schließlich. »Ich weiß es nicht. Warum können wir heilen? Warum haben wir seltsam gefärbte Haare?« Sie lachte leise. »Vielleicht war diese ganze Verwerfung des Unterraums … der Sprung der *Winterspeer* in dieses Universum … vielleicht ist das alles nur geschehen, weil wir gebraucht wurden, um das Gleichgewicht wieder herzustellen …«

»Ein automatisch ablaufender Mechanismus, der die Dinge stabilisieren will … und der stark genug ist, um über Universen hinweg zu wirken?«

»Vielleicht war es auch nur Zufall und jetzt, da wir hier sind, versucht dieses … dieses Gleichgewicht, uns anzusprechen. Spielt es eine Rolle?«

»Ich bin eigentlich nur ungern eine Schachfigur … auch wenn das Schachbrett das ganze Universum ist.« Der Gedanke beunruhigte Nylan, zumal er wusste, wie sehr er sich verändert hatte … oder verändert worden war. Der arme Sillek, wahrscheinlich hatte er die Zusammenhänge erkannt. Der tote Herr von Lornth war intelligent und klug gewesen, geschickt und tatkräftig und ein geborener Anführer – und war doch von den Kräften der Unwissenheit, von sexistischen Barbaren ausgelöscht worden. Waren er und Ayrlyn jetzt in einer ähnlichen Situation? Standen sie unter dem Einfluss einer … einer ausgleichenden Kraft, die die Dinge ins Lot bringen wollte … und würden auch sie am Ende dem blinden Machtstreben dummer Menschen zum Opfer fallen?

»Das ist ziemlich unerfreulich«, sagte sie.

»Ja, ich habe unerfreuliche Gedanken.« Nylan rieb sich die Stirn und stellte fest, dass die Kopfschmerzen, die ihn ständig begleitet hatten, verschwunden waren. Er runzelte die Stirn.

»Ein Gleichgewicht … zwischen Ordnung und Chaos«, murmelte er.

»Da ist noch etwas«, sagte Ayrlyn. »Ich glaube, wir sollen eine Weile hier bleiben. Nicht lange. Gerade lange genug, dass wir sehen und verstehen.«

»Vielleicht kannst du bald wieder singen?«

»So weit würde ich jetzt noch nicht gehen ... noch nicht.« Aber ein leichtes Lächeln spielte um ihre Mundwinkel und blitzte in ihren Augen.

»Sind wir hier auch sicher?« Er sah besorgt zu Weryl.

»Sind wir irgendwo auf dieser Welt sicher?« Ayrlyns Antwort konnte ihn nicht beruhigen, aber sie hatte natürlich Recht.

XCVIII

Nylan sah sich über die Schulter um und schon wieder wollten seine Augen vom Hain im Tal abirren. Aber dieses Mal, da er wusste, was er sehen wollte, konnte er dem Impuls widerstehen und einen langen Blick hinunter zu den mächtigen Bäumen werfen.

»Er ist weg ...«

»Er ist immer noch da«, meinte Buretek. »Wir können ihn bloß nicht sehen. Er hat einen magischen Schild, wie die Engel es gesagt haben.«

Sylenia, die zwischen und ein wenig hinter den beiden Engeln ritt, nickte. Weryl, der hinter ihr auf seinem Sitz thronte, winkte mit einem kleinen Kiefernzapfen, den er fest in der Hand hielt.

Der Schmied warf einen Blick zur rothaarigen Heilerin, deren glasige Augen ihm verrieten, dass sie in Gedanken weit entfernt war von der staubigen Straße, die in Richtung Südosten nach Syskar, zu den Cyadoranern, zu Fornal und zu neuen Schlachten führte. Er holte tief Luft.

Sie hatten zwei Tage im Hain verbracht und sich ausruhen können, aber weder er noch Ayrlyn hatten mehr herausgefunden als das, was ihnen schon am ersten Abend bewusst geworden war. Die »Träume« oder Visionen wiederholten sich praktisch ohne jede Veränderung. Im Wald herrschte ein Gleichgewicht zwischen Ordnung und Chaos, wobei die Ordnung – und ein tiefer Friede – die Vorherrschaft zu haben schien.

»Das ist der Schlüssel, weißt du?«, sagte Ayrlyn schließlich.

»Was meinst du?«

»Das Gleichgewicht.«

»Es war überall zu spüren«, stimmte Nylan zu. »Aber das Problem ist doch, dass die Menschen so ein Gleichgewicht nicht akzeptieren wollen. Wir reden vielleicht darüber, aber unsere Taten sprechen eine andere Sprache. Die Gier der Menschen nach allen möglichen Dingen – Liebe, Macht, Reichtum – scheint grenzenlos und das passt nicht zu dem Wunsch, es müsse ein Gleichgewicht herrschen.« Er hielt inne, als er ein leichtes Stechen im Schädel spürte. Machte er sich etwas vor? »Ich bin so schlimm wie alle anderen«, fügte er hinzu. »Wir mussten überleben. Wir haben es geschafft. Dann brauchten wir Schutz und etwas Bequemlichkeit. Wir haben es erreicht. Dann wollte ich mir nicht immer Gedanken über das machen, was Ryba gerade im Sinn hatte ...« Er zuckte die Achseln. »Es geht einfach immer weiter. Natürlich würde es helfen, wenn wir die Dinge ins Gleichgewicht bringen können. Aber wie sollen wir die Cyadoraner daran hindern, ganz Candar zu erobern? Wir können ihnen doch nicht einfach sagen, dass sie alles aus dem Gleichgewicht bringen.«

Ayrlyn blickte zu einem sterbenden verkrüppelten Baum neben der Straße. »Ich weiß es nicht. Noch nicht. Aber es ist klar, dass hier noch mehr als an anderen Orten die Dinge am Ende ins Gleichgewicht kommen.«

Nylan dachte nach. War es wirklich so? War es ein

Gleichgewicht, das darauf beruhte, dass die Kräfte gleich stark waren? Oder siegte am Ende doch nur derjenige, der die größere Macht besaß? Einseitige Machtkonzentrationen wie Cyador und Westwind konnten sich anscheinend lange halten.

XCIX

Es war immer noch heiß, als sie im Zwielicht, ein orangefarbenes Glühen im Rücken, über den letzten Hügel ritten. Im Tal unter ihnen, im Südosten, funkelten ein paar Lichtpunkte – die Fackeln an der Scheune, die den Truppen aus Lornth als Unterkunft diente, und die Lichter vor dem Hauptquartier.

Vor dem purpurn verfärbten Himmel und den dunkelbraunen Hügeln, die sich bis in die Unendlichkeit zu erstrecken schienen, wirkten die paar Lichter im Lager vergänglich und klein… unbedeutend. Aber war wirklich etwas wichtig, abgesehen von dem, was die Menschen auf ihrer Suche nach dem Sinn für wichtig hielten? Spielte das überhaupt eine Rolle? War Fornals Glaube an die Ehre, den er nicht einmal aufgeben wollte, wenn die Ehre in den Untergang führte, nicht ebenso vergänglich wie wichtig und vielleicht sogar noch verständlicher als die Bemühungen der Engel, Lornth in eine weniger stark unterdrückte, freiere Gesellschaft zu verwandeln? Besonders da die Ehre in dieser Gesellschaft eine Funktion hatte?

»Beides ist unwichtig«, meinte Ayrlyn leise. »In größeren Zusammenhängen jedenfalls. Ein Mensch zu sein bedeutet, in einem Universum einen Sinn zu suchen, wo Ordnung und Chaos weitgehend bedeutungslose Strukturen bilden, die halbwegs im Gleichgewicht zu sein scheinen.«

»Du bist zynisch«, sagte Nylan lachend.

»Aber natürlich.«

»Wada, Enyah? Wadah ham?«, verlangte Weryl.

Sylenia drehte sich im Sattel herum und gab dem Jungen einen Schluck aus der Wasserflasche.

Auf dem Rückweg nach Syskar hatten sie so wenig gesprochen wie die drei Bewaffneten. Sogar die Wächter nickten nur knapp, als die Heimkehrenden in den Hof ritten und die Pferde absattelten und striegelten.

Lewa kam etwa zwanzig Schritte aus dem Quartier heraus und betrachtete sie, dann verschwand er wieder im Zwielicht.

Nylan und Ayrlyn gingen zur Tür hinauf. Dort am Haus war es wärmer als auf dem Hof. Nylan trug Weryl, Sylenia folgte ihm mit ein paar Schritten Abstand. Die Scharniere, die Nylan angefertigt hatte, quietschten, als er die Tür öffnete.

Fornal saß allein auf dem einzigen Hocker am wackligen Tisch. Auf dem Tisch standen ein Becher, eine Flasche und eine Laterne mit einer Kerze, daneben lag eine Schriftrolle. »Willkommen, Ihr Engel.« Fornal starrte die halb leere Flasche auf dem Tisch an, dann seinen Becher. »Es wird Euch freuen, dass meine Mitregenten die Kupferlieferung gut gebrauchen konnten.«

»Ja, das freut uns.«

»Ser?«, murmelte Sylenia.

Nylan drehte sich um und gab ihr Weryl. Mit einem raschen Nicken in Fornals Richtung ging sie um die Engel herum in ihr Zimmer. Die Satteltaschen klatschten gegen den Türrahmen, ehe sich die Tür mit einem dumpfen Knall schloss. Die Engel traten ganz hinein und ließen sich zur Linken des Regenten auf der Bank nieder.

Hinter der geschlossenen Tür war ein leises Lied zu hören, ein Schlaflied. Nylan lächelte.

Die Kerze flackerte in der Glasröhre, deren dicker Rußbelag kaum noch Licht durchließ. Die Schatten zuckten wild auf den Wänden hin und her.

Nylan wischte sich mit dem Unterarm die Stirn ab.

»Sogar mir ist heiß, Ser Engel«, räumte Fornal ein.

»Ihr wisst, dass wir an diese Hitze nicht gewöhnt sind.« Nylan wartete eine Weile, ehe er weitersprach. »Gibt es etwas Neues von den Cyadoranern?«

»Nichts bisher. Sie sitzen in ihrer Festung und rühren sich nicht«, erklärte Fornal. »Sie reiten nur noch in großen Einheiten aus, Züge um Züge, mit ihren funkelnden Schilden und Lanzen. Manchmal versuchen sie hier und dort einen Überfall. Wir tun nicht viel. Wir haben beinahe die Hälfte ihrer Bewaffneten getötet, aber sie haben immer noch fünfmal mehr Männer als ich.«

»Cyador ist größer als Lornth«, gab Nylan zu bedenken. Er überlegte ein wenig besorgt, worauf Fornal wohl hinauswollte.

Ayrlyn wartete schweigend, den Blick auf den Regenten geheftet.

»Was soll ich Eurer Ansicht nach tun? Ihr seid die Schwarzen Magier. Der Sommer nähert sich dem Ende, aber wir haben das Bergwerk noch nicht zurückerobert. Sie haben ein Dutzend Dörfer gebrandschatzt und sie werden damit fortfahren. Ihr ratet mir zur Geduld. Meine Bewaffneten kämpfen schon untereinander, wenn Lewa, Huruc oder ich nicht scharf aufpassen.«

Fornal hob die Schriftrolle und gab sie Ayrlyn. »Lest das. Selbst mein geduldiger Vater und meine praktisch denkende Schwester teilen meine Sorgen. Auch mit dem Kupfer und sogar nachdem wir die Streitmacht der Weißen um die Hälfte reduziert haben, kritisieren die Grundbesitzer die Aushebungen und die Zölle … weil sie keine Ergebnisse sehen. Wir haben die Mine nicht zurückerobert.« Fornal schnaubte. »Die Grundbesitzer fragen, ob die Engel uns den Rat geben, dass Lornth sich in den Grashügeln ausblutet … sodass die dunklen Engel sich an Lornths Leichnam laben können. Habe ich Euch nicht gewarnt, was die Grundbesitzer angeht?«

»Ja, das habt Ihr. Waren es nicht dieselben, die Sillek in den Tod getrieben haben?«

»Wenn sie nicht zufrieden sind, werden sie auch uns das Leben kosten.«

Die rothaarige Frau öffnete die Schriftrolle. Als sie las, konnte Nylan die dunklen Ringe unter ihren Augen sehen. Sie las zu Ende und gab das Dokument an Nylan weiter.

Er überflog den Text und sah scheinbar höfliche Worte, die mehr, viel mehr andeuteten.

> … haben die Grundbesitzer darum gebeten, dass Regent Fornal für eine rasche Rückeroberung des Bergwerks Sorge trägt oder eine Alternative findet, die nicht dazu führt, dass bei der im Herbst bevorstehenden Ernte aufgrund von Aushebungen Arbeitskräfte fehlen …
>
> … Fürstin Ellindyja und Fürstin Erenthla berichten, dass eine Anzahl junger Frauen in die Westhörner geflohen sind … deren Gefährten und Grundbesitzer bitten den Regentschaftsrat … der Ansicht, dass solche Probleme nicht ignoriert werden dürfen, weil ein Bergwerk im Süden von Lornth …
>
> … suthyanische Händler, allen voran Lygon von Bleyans, den Preis für Roheisen erhöht …

Nylan rollte das Dokument wieder zusammen und gab es dem Regenten zurück. Fornal hatte von Zeldyan offenbar eine Abschrift des Originals bekommen, denn die Handschrift war die einer Frau.

»Nun, meine Engel, hat Eure magische Reise irgendeine Antwort erbracht, die ich meinen Männern oder Mitregenten mitteilen kann? Oder wenigstens den Grundbesitzern von Lornth?« Fornal trank die Flasche leer und starrte Nylan an. »Ich weiß, dass Ihr viel erreicht habt, aber es ist nicht genug. Die Erntezeit kommt und die Forderungen, dass die Rekruten zurückkehren müssen, werden lauter werden. Gleichzeitig werden die Weißen

Lanzenreiter Verstärkung bekommen. Die Grundbesitzer werden behaupten, dass Eure Art zu kämpfen nutzlos und ehrlos sei. Könnt Ihr mir irgendeine Hoffnung geben?«

»Vielleicht«, sagte Nylan. Dachte Fornal denn wirklich, sie könnten einen Ausweg herbeizaubern? Oder war er so frustriert wie die beiden Engel? »Morgen werden wir Euch erklären, wie wir alle Cyadoraner in Lornth vernichten können.«

Fornal stand abrupt auf. »Darauf freue ich mich. Ihr wisst ja gar nicht, wie sehr ich mich darauf freue.« Mit den präzisen Schritten eines Mannes, der zu viel getrunken hat und es weiß, ging er langsam und vorsichtig in sein Zimmer und schloss hinter sich die Tür.

»Du hattest Recht«, sagte Ayrlyn müde.

»Was meinst du?«

»Du hattest Recht damit, dass die Menschen sich nicht für das Gleichgewicht interessieren und nicht einmal erkennen, was auf lange Sicht für sie das Beste ist.«

»Fornal sieht keinen Ausweg mehr. Deshalb schiebt er uns die ganze Verantwortung zu.«

»Entspricht das nicht der menschlichen Natur?« Ayrlyn betrachtete die Kerze und die rußige Glashülle. »Ich werde sie bestimmt nicht putzen.«

»Niemand hat dich darum gebeten. Das letzte Mal habe ich sie geputzt.«

»Nylan, wir wollen das doch nicht aufrechnen.«

»Entschuldige.« Wieder einmal wischte er sich die Stirn ab.

»Du sagst, wir hätten einen Plan. Was sollen wir machen? Noch mehr cyadorische Pferde verbrennen und dafür sorgen, dass alle noch wütender auf uns werden?«

Nylan schüttelte den Kopf. »Wir müssen etwas in die Granaten stecken, das klebt und sich durch Holz frisst.« Er hielt inne. »Ich weiß nicht, vielleicht noch mehr Wachs oder tierische Fette? Ich bin Ingenieur, kein Chemiker.«

»Es müsste mit höheren Temperaturen verbrennen«, sagte Ayrlyn. »Mit viel höheren Temperaturen.«

»Also müssen wir wieder einmal experimentieren ... und wir brauchen etwas, das als Oxidationsmittel brauchbar ist.« Nylan holte tief Luft. »Damit die Pferdeliebhaber Candars nicht beleidigt sind.«

»Das ist nicht der einzige Grund und das weißt du auch.«

»Nein«, räumte er ein. »Wir müssen verbessern, was wir bis jetzt gebaut haben. Wir müssen im Stützpunkt der Cyadoraner noch mehr Zerstörung anrichten und die Quartiere und Soldaten einäschern. Vielleicht reicht das aus, sie aus Lornth zu vertreiben.«

Sie verzog das Gesicht.

»Ich weiß.« Und ob er es wusste. Sie konnten den ganzen Stützpunkt verbrennen, aber das würde nicht das Problem lösen.

»Für eine Weile hilft es. Es könnte uns etwas Zeit erkaufen. Vielleicht ziehen sie sich sogar bis Syadtar oder sonst wo in Lornth zurück«, überlegte die Rothaarige, »aber sie werden mit einem großen Heer zurückkommen, das im Vergleich zu dem, welchem wir auf dem Dach der Welt gegenüber gestanden haben, winzig klein erscheinen wird.«

»Und sie werden stark genug sein, um ganz Lornth in Schutt und Asche zu legen.«

Sie nickte.

»Nun ... das würde jedenfalls dazu führen, dass die Grundbesitzer aufhören zu jammern. Sie müssten sich dann von der Illusion verabschieden, sie könnten mit Cyador einen Kompromiss schließen und einfach weitermachen wie bisher, ihre Frauen misshandeln und ihre kleinen ehrenwerten Schlachten schlagen ...«

»Nylan, in gewisser Weise haben sie sogar Recht. Wenigstens was die ehrenwerten Schlachten angeht. Solange sie nur untereinander gekämpft haben, herrschte mehr oder weniger ein Gleichgewicht ...«

Er sah, worauf sie hinauswollte, und nickte. »Aber Cyador hat eben, genau wie Ryba, ganz eigene Vorstellungen von sozialem Gleichgewicht.«

»Sillek und Zeldyan saßen zwischen den Stühlen. Und nun sind wir dran«, fügte sie hinzu.

»Wollen wir das wirklich alles noch schlimmer machen, indem wir den Stützpunkt der Cyadoraner in die Luft jagen oder niederbrennen?« Nylan blies die Kerze aus. Das Flackern und die zuckenden Schatten waren für seine Augen unangenehmer als völlige Dunkelheit. Er fragte sich, ob es etwas nützen würde, Kerzenwachs ins Destillat zu geben ... und ob sie sonst noch etwas zur Hand hatten, um die Mischung zu verbessern.

»Ich würde lieber in den Wald zurückkehren und mich verstecken«, gestand Ayrlyn. »Aber das würde nichts nützen. Nicht lange.«

Nein, nicht lange.

Wessen Gedanke war das gewesen? Aber spielte das eine Rolle?

Sie gingen in ihr Zimmer, im Dunkeln und mit vorsichtigen, behutsamen Schritten.

C

Triendar konzentrierte sich auf das Spähglas, das mitten auf dem polierten weißen Steintisch lag. Schweißtropfen sammelten sich auf seiner Stirn, weiße Nebel wallten über die Scheibe.

Schließlich schälte sich ein Bild heraus und der Magier schluckte. »Dies ist etwas für jüngere Magier ... mit zunehmendem Alter wird es immer anstrengender.«

Wie die Händler berichtet hatten, erhob sich vor den mächtigen Gipfeln im Westen ein steinerner Turm.

Rauchwolken über den Schornsteinen zeigten, dass er bewohnt war. Auch von einigen Nebengebäuden stieg Rauch auf. Wege und eine Brücke aus Stein verbanden die Gebäude. Eine nicht zu Ende gebaute niedrige Mauer im Westen des Turms bewies, dass die Siedlung der Engel weiter wuchs.

»Das ist nur ein kleiner Ort«, sagte Lephi beinahe geringschätzig.

»Ja, er ist klein«, erwiderte Triendar, indem er das Bild verblassen ließ. »Aber er wächst. Vor drei Jahren hat er noch nicht existiert. Vor einem Jahr haben sie zwei Heere vernichtet. Und Eure Lanzenreiter erleiden große Verluste durch Barbaren, die noch vor einem Jahr nichts hätten ausrichten können.«

»Barbarische Heere und weniger als ein Korps Spiegellanzenkämpfer«, erwiderte der Hüter der Stufen zum Paradies und der Seher der Rationalen Sterne.

»Genau«, antwortete der schlanke Magier mit dem weißen Haar. »Eure Lanzenreiter, sagt Ihr, haben nicht mehr als fünfhundert Barbaren gezählt, wenn überhaupt. Ihr habt mehr als zehn Züge Lanzenreiter und erheblich mehr gute Pferde verloren. Ihr habt Versorgungswagen und eine ganze Fuhre Kupferbarren eingebüßt. Was hat sich verändert? Haben sich die Barbaren verändert?«

»Wie könnten sich die Barbaren verändern? Sie haben sich noch nie verändert.« Lephi stand auf und wandte sich zum offenen Durchgang, der zum westlichen Balkon führte. Drunten, von hier aus nicht zu sehen, lag die Schiffswerft.

»Dann dürften sie eigentlich nicht fähig sein, Spiegellanzenkämpfer zu besiegen.«

»Ihr und Themphi, Ihr mit Euren Worten und Eurer Logik.«

Triendar hob die Schultern, ließ sie wieder sinken. »Was soll ich dazu sagen? Soll ich sagen, dass Major Piataphi mühelos die Truppen aus Lornth besiegt? Dass die dunklen Engel nicht existieren? Dass der Verwunschene Wald nicht den ganzen Osten Cyadors zu überwuchern droht?«

»Genug. Was soll ich Eurer Ansicht nach tun? Soll ich entsetzt die Hände ringen und mich unter dem Malachitthron verstecken und mit meinem Schicksal hadern? Soll ich zulassen, dass ganz Candar nach Cyad hereinströmt und unsere Zivilisation zerstört? Nein, das werde ich nicht zulassen.« Triendar rieb sich das glatt rasierte Kinn.

»Nun? Ihr wollt Eurem Imperator immer nur erklären, was er nicht tun sollte. Jetzt sagt mir, was ich tun soll, um Cyador zu schützen.«

»Auf lange Sicht, Hoheit, wird nichts und niemand Cyador schützen können.« Triendar lächelte ironisch. »Im Augenblick ... ich würde den Verwunschenen Wald einfach wachsen lassen und mit aller Macht gegen die Barbaren und ihre Engelsverbündeten vorgehen. Seit den Tagen der Rationalen Sterne haben die Engel nur Unruhe und Ärger gebracht. Selbst der Verwunschene Wald kann nur um ein paar Meilen im Jahr wachsen, aber ein Barbarenheer kann erheblich mehr zerstören.«

»Genau das sagte ich doch. Ihr habt mir aber widersprochen.«

»Widersprochen habe ich als Magier. Jetzt habt Ihr mich gefragt, was ich an Eurer Stelle tun würde.«

»Cyad wird in neuem Glanz erstrahlen. Ja, das wird es. Versammelt all Eure Magier in Syadtar und ich werde sämtliche Lanzenkämpfer und Fußsoldaten und alle Waffengattungen und die nötigen Vorräte dort aufmarschieren lassen. Endlich werden die Barbaren den Zorn Cyadors zu spüren bekommen.«

CI

Nylan saß am Ende der Bank im Schatten und aß die letzten Krümel hartes Brot und Käse auf. Dann trank er noch einen Schluck Wasser aus seinem Becher und blickte zum Brunnen. Obwohl die Sonne kaum über die Hügel im Osten gestiegen war, sammelten sich bereits die ersten Schweißtropfen auf seiner Stirn.

Er sah zur Schmiede und zu dem windschiefen Schuppen, der ein wenig abseits von der Schmiede und den Quartieren stand. Dort waren viel zu viele ihrer primitiven Granaten gelagert. Sie waren mit einer zähflüssigen Emulsion gefüllt, die ein wenig an Petroleum erinnerte. Er runzelte die Stirn.

»Jedes Mal, wenn du in diese Richtung schaust, zuckst du zusammen«, sagte Ayrlyn leise.

»Du doch auch. Unser Erfolg wird ... wir werden den totalen Krieg nach Candar bringen.« Er riss sich vom Schuppen und den Keramikgeschossen los und sah zum Brunnen, wo Sylenia und Weryl Wasser hochzogen. Auf der Koppel hinter den beiden drängten sich zahlreiche neue Pferde.

»Wir haben nicht viele Möglichkeiten«, meinte sie.

»Es sieht so aus, als hätte Fornal ein paar Verstärkungen bekommen.« Er berührte unwillkürlich den Schwertgriff an der Hüfte, aber es kam natürlich nicht infrage, den Regenten mit dem Schwert anzugehen, wenn er unangenehm wurde. Allerdings war Fornal seit ihrer Rückkehr ständig sehr gereizt gewesen und hatte voller Unruhe beobachtet, wie Nylan und Ayrlyn mit Mischungen und Bauteilen hantiert hatten. An sich hätte Nylan das nicht weiter gestört, aber leider setzte Fornal zu sehr auf den Kampf Mann gegen Mann, wenn es galt, Schwierigkeiten auszuräumen. Oder reagierte Nylan übertrieben besorgt?

Wahrscheinlich, aber du hast in der letzten Zeit auch selbst öfter das Bedürfnis verspürt, zur Klinge zu greifen. Wie kommt das?

»Viele Neuzugänge sind es nicht.« Ayrlyn saß neben ihm auf der Bank und nippte an dem bitteren Wurzeltee, den Nylan schon seit einer ganzen Jahreszeit nicht mehr trank.

»Und die Grundbesitzer üben Druck auf die Regenten aus, weil sie Ergebnisse sehen wollen. Wir können siegen, verlieren oder aufgeben, aber unsere Leute müssen zur Ernte zurück sein.«

Sie sah zur halb offen stehenden Tür in den Hauptraum des Wohnhauses, dann fuhr sie leise fort: »Deshalb begrüßt er es umso mehr, dass wir die Drecksarbeit erledigen.«

Die Tür ging auf und der Regent mit dem schwarzen Bart trat ins volle Sonnenlicht heraus. »Aaah ...«

Nylan sah ihn gleichmütig an. Dass jemand zusätzliche warme Kleidung brauchte, wo es ohnehin schon drückend heiß war ... aber so war es ja nur für ihn, nicht für die Einheimischen.

»Ihr habt versprochen mir zu zeigen, wie Ihr alle Cyadoraner in Lornth vernichten könnt.« Fornal wandte sich mit freundlichem Lächeln an die beiden Engel.

»Das bedeutet, dass wir sie töten oder vertreiben müssen«, sagte Ayrlyn beiläufig. Sie hielt die Tasse aus braunem Steingut in beiden Händen. »Ihr habt gesehen, dass wir bereits daran arbeiten.«

Nylan richtete sich auf und wartete, was da noch kommen würde.

»Das war doch bisher kein Problem für Euch«, erwiderte der schwarzbärtige Regent.

»Ihr hattet aber bisher immer ... gewisse Vorbehalte«, wandte Nylan ein.

»Ich hatte gehofft, ihre Niederlage und unseren Sieg auf ehrbare Weise zu erringen.« Der junge Mann zuckte mit den Achseln. »Jetzt befinde ich mich in einer schwierigen Lage. Ich habe nach wie vor nicht genug Leute, um die Weißen Dämonen in einer großen Schlacht auf eine Art und Weise zu besiegen, die von den Grundbesitzern als ehrbar akzeptiert werden würde. Ich habe auch keine Zeit, die Feinde mit einer Reihe kleinerer Kämpfe zu besiegen, selbst wenn sich diese Möglichkeit ergeben sollte.« Sein Gesicht wurde hart. »Ich bin kein Narr, Engel, auch wenn mir manch einer nachsagt, ich legte zu großen Wert auf die Ehre. Aber die Grundbesitzer werden vor allem eine Niederlage in der Schlacht als unehrenhaft und eine Verzögerung bei der Rückkehr ihrer Leute als ungebührlich empfinden.« Fornal lächelte bitter.

»Auch wenn wir alle cyadorischen Truppen am Bergwerk vernichten, ist der Krieg damit noch nicht vorbei«, warnte Nylan.

»Nein«, räumte Fornal ein. »Wenn Ihr die Streitkräfte dort vernichtet, wird ganz Cyador nach Lornth einmarschieren. Wenn nicht, wird der Herr der Weißen Dämonen die Truppen verstärken, die schon dort sind. Er wird sie weiter nach Norden marschieren lassen und auf äußerst unehrenhafte Weise alles vernichten, was sich ihm in den Weg stellt.«

»Wollt Ihr also, dass wir die Truppen am Bergwerk vernichten?«, fragte Nylan.

Fornal lachte, nicht mehr ganz so verbittert. »Habe ich eine andere Wahl, Engel? Ich halte Eure Art der Kriegführung nicht für ehrenhaft und ich fürchte das, was Ihr nach Candar bringt. Aber Eure Fähigkeiten nicht zu nutzen wäre gleichbedeutend damit, dass der Weiße Anführer Lornth zugrunde richtet.« Er schüttelte den Kopf. »Tut, was Ihr für richtig haltet.« Er lächelte, doch seine Augen blieben kalt, als er noch einen Schritt machte und dann den Kopf neigte. »Ich darf doch annehmen, dass Eure Einheiten für das ausreichen, was Ihr plant?«

»Sie werden ausreichen«, sagte Nylan.

»Gut.«

Einen Augenblick herrschte Schweigen, nur das Knirschen der Schritte des Regenten auf dem sandigen und staubigen Weg zur Koppel war zu hören. Fornal wich dem Kindermädchen und Weryl am Brunnen aus, ohne den beiden auch nur einen Blick zu schenken oder sich zu den beiden Engeln umzusehen.

Hatte Fornal mit seinem Vater oder seiner Schwester gesprochen? Nylan schürzte die Lippen und wandte sich an Ayrlyn. »Das war aber ziemlich direkt.«

»Mir bleibt ohnehin keine Ehre, also könnt ihr auch gleich die Cyadoraner niedermachen?« Ayrlyn trank einen Schluck bitteren Tee. »Er ist in einer schwierigen Situation.«

»Er will im Kampf offen und ehrenhaft sein, aber er weiß, dass es erstens nicht funktionieren wird und dass wir zweitens mit dem, was wir tun, seine ganze Welt verändern werden. Aber wenn wir es nicht tun, wird er überhaupt keine Welt mehr haben.«

»Und wenn wir es tun und siegen«, fügte Ayrlyn leise hinzu, »dann wird er auch keine mehr haben.«

»Das ändert aber nichts an unserer Lage«, meinte Nylan. »Wir sind so oder so die Sündenböcke, weil wir uns freiwillig gemeldet haben.« Er stand auf und überblickte den Hof. Weryl trottete hinter Sylenia her, die kleinen Sandalen wirbelten gelben Staub auf.

»Hältst du das für falsch, nachdem wir im Wald waren?«, fragte die rothaarige Heilerin. »Es könnte auch alles vergebens sein.«

»Das könnte es, aber was sind die Alternativen? Nach allem, was Ryba und wir schon getan haben, könnten wir uns anderswo keine Sekunde halten. Wir müssen es jetzt durchstehen und ich habe das Gefühl, wir haben das Schlimmste noch vor uns.« Er zwang sich zu einem Lächeln. »Warum denke ich das wohl?«

»Weil es immer so läuft.«

Er seufzte. »Es ist Zeit, meine improvisierte Destille und die improvisierte Schmiede zu überprüfen. Und natürlich die improvisierte Granatenfabrik und die improvisierte was weiß ich …« Er starrte nachdenklich sein Schwert an. Das brauchte er nun wirklich nicht – oder?

»Nein! Lass mich in Ruhe!«

Keine zwei Dutzend Ellen von Nylan entfernt hatte sich ein vierschrötiger Bewaffneter an Sylenia herangemacht und hielt sie am Arm fest. Er lachte einmal, zweimal.

Das Kindermädchen warf den vollen Wassereimer nach dem Mann. Noch bevor der Eimer in sein Gesicht knallte, hatte Sylenia Weryl aufgehoben und rannte zum Wohnhaus.

Nylan sprang auf und näherte sich dem Bewaffneten.

Aus Richtung des Mannschaftsquartiers kam ein weiterer Mann in Sylenias Richtung gelaufen. Im Rennen zog er das Schwert. Eine Hand voll Rekruten sah sich wie in Zeitlupe um.

Während Wasser und Blut über sein Hemd liefen, zog Tregvo – denn kein anderer konnte es sein – seinen Prügel von Schwert und trabte hinter Sylenia her – und damit auch hinter Weryl.

Weryl! Fast ohne nachzudenken riss Nylan sein Kurzschwert aus der Scheide. Als Sylenia ihn erreichte, trat er einen Schritt zur Seite und warf sein Schwert, wobei er den Strom der Luft um das fliegende Schwarze Eisen glättete.

Die schwere Klinge traf Tregvo mitten in der Brust und ließ ihn zurücktaumeln. Der Mann stürzte zu Boden, festgenagelt von der Klinge. Der vierschrötige Bewaffnete öffnete den Mund, schloss ihn wieder, öffnete ihn … und blieb mit gebrochenen Augen liegen.

»Beim Licht der Dämonen …«

»… sehen, was passiert, wenn man einen Engel ärgert …«

»… von Glück reden, dass er auf unserer Seite ist …«

Sylenia stand auf der Türschwelle und zitterte trotz

der Wärme. »… hat mir schreckliche Dinge gesagt … was er … was er tun würde …«

»Enyah …«, klagte Weryl. »Enyah.«

Ayrlyn legte der schwarzhaarigen Frau beruhigend die Hand auf die Schulter. »Schon gut, es ist vorbei.«

Aber das war es nicht, wie Nylan genau wusste, als er sich dem Toten näherte.

Tonsar erreichte die Leiche als Erster und wollte die Klinge herausziehen. Weder Schwert noch Leiche bewegten sich. Er zerrte heftig am Schwert und zog Tregvos Hemd weg. Metall funkelte darunter. Der Unteroffizier riss erstaunt die Augen auf.

Nylan blieb neben dem stämmigen Tonsar stehen und versuchte, die rasenden Kopfschmerzen zu unterdrücken. Im Lager einen Mann zu töten war das Letzte, das er gewollt hatte. Er bückte sich und barg sein Schwert, wischte es am Hemd des Toten ab und steckte es in die Scheide. Er musste blinzeln, nicht nur wegen der grellen, niedrig stehenden Sonne, sondern auch wegen seiner Kopfschmerzen.

»Ich bin froh, dass Ihr in der Nähe wart, Ser Engel«, sagte Tonsar. »Aber ich hätte ihn lieber selbst niedergestreckt.«

»Ich hätte Euch das gern überlassen«, sagte Nylan und er meinte es ernst. Sein Kopf pochte wie wild, die Augen tränten vor Schmerzen. Zum hundertsten Mal fragte er sich, warum es so war. Was war der Grund? Warum schlug jeder Tod so drastisch auf ihn und Ayrlyn zurück? Hing diese Empfindsamkeit mit der Fähigkeit zusammen, die Ordnungs-Felder des Planeten zu benutzen?

Und warum hatte er überhaupt ein Schwert dabei? Normalerweise trug er im Lager nie eine Waffe.

Hegte er einen unbewussten Groll gegen Fornal? Wäre Tregvo jetzt auch tot, wenn Nylan nicht am vergangenen Abend wegen Fornals Sticheleien wütend geworden wäre?

»Früher oder später hätte er auch mein Schwert kennen gelernt«, meinte Ayrlyn leise. Sie war fast unbemerkt neben ihn getreten. »Aber ich frage mich, warum er ein Kettenhemd trägt.«

Auch Nylan wunderte sich. War auch das eine von Fornals Intrigen, die dazu dienen sollte, allen anderen die Unberechenbarkeit der Engel vor Augen zu führen und zu beweisen, dass sie in die Rechte »richtiger« Männer eingriffen? Oder war es nur Zufall? Oder steckte noch etwas ganz anderes dahinter?

Irgendwie fürchtete Nylan, er würde wohl nie eine eindeutige Antwort darauf finden. Nichts war jemals völlig klar. Nur dies war sicher.

»Iyltar, Borsa – zieht diesen Mistkerl aus und begrabt ihn«, befahl Tonsar. Er steckte sein Schwert in die Scheide und drehte sich zum Wohnhaus um, wo Sylenia auf der Terrasse saß und Weryl festhielt, als wäre das Kind ein Talisman.

CII

In der Dunkelheit nach Mitternacht war die Luft beinahe kühl und angenehm. Nylan stand auf und streckte sich ausgiebig.

»Bereit?«, fragte Ayrlyn.

»Ich bin so bereit, wie man es bei einer solchen Sache nur sein kann.« Er drehte sich um und umarmte die rothaarige Frau. Sie hielten sich einen langen Augenblick fest und schwiegen. Nur das leise Zirpen einiger Insekten war zu hören.

»Nun, dann …«, sagte sie schließlich.

Nylan ließ sie los. Während sie Borsa weckte, drehte er sich zu Tonsar um, der rechts neben ihm schlief. »Zeit zum Aufstehen.« Der Engel tippte den Stiefel des Mannes mit dem Fuß an. Er war unsicher, wie der kräftige Bewaffnete reagieren würde.

»Was … bei der Dunkelheit«, murmelte Tonsar.

»Genau, die Dunkelheit ist ein wichtiger Faktor«, meinte Nylan betont munter.

»Jetzt schon?«, fragte Borsa. »Es ist doch noch dunkel.«

»Jetzt schon«, bekräftigte Ayrlyn, die schon zu Vula unterwegs war.

Langsam kamen die Bewaffneten zu sich und begannen, die Pferde und Waffen zu überprüfen.

»Niemand rechnet in dieser von den Dämonen verfluchten Frühe mit einem Angriff«, grollte Tonsar, während er sein Sattelzeug vorbereitete. Im Dunkeln fummelte er unsicher herum. »Und ob, sie sind die dunklen Engel. Wir tasten blind herum und straucheln, aber sie bewegen sich, als würde die Sonne scheinen.«

So gut war Nylans Nachtsichtigkeit natürlich nicht – mitten in der Nacht kam es ihm vor, als herrschte trübes Zwielicht –, aber die hilflos umhertappenden Bewaffneten mochten es durchaus so einschätzen.

Ein kräftiger Wind wehte und machte Nylan klar, warum manche Tiere in den Grashügeln die Nacht dem Tag vorzogen. Er hätte es selbst nicht anders gehalten, wäre er nicht darauf festgelegt, tagsüber aktiv zu sein.

Nachdem er sein Pferd überprüft hatte, wandte er sich an Ayrlyn, die sich wieder auf dem Boden ausgestreckt hatte. Wahrscheinlich schickte sie noch einmal ihre Wahrnehmung mit dem Wind aus, um das cyadorische Lager zu überprüfen. Nylan wartete, während die Kämpfer ihre Bettrollen packten und sich hinter Tonsar aufstellten.

»Gibt es etwas Wichtiges?«, fragte er, als Ayrlyn sich schließlich regte und ihm zu verstehen gab, dass ihre Wahrnehmung wieder in den Körper zurückgekehrt war.

»Nichts. Ich glaube, die Hälfte der Wachen schläft.«

Nylan konnte die Trauer hinter ihren Worten hören. Er

nickte leicht. Allmählich begann er Fornal zu verstehen. Was sie jetzt tun würden, war verächtlich – und doch notwendig, um die Leute aufzuhalten, die sich ständig und nicht nur in Kriegszeiten schändlich verhielten.

Die Geschichte allzu vieler Planeten bewies, dass die Ehre eher hinderlich war, wenn man gegen einen überlegenen Feind kämpfte und keine große Streitmacht besaß. Und genau die hatten sie nicht. Sie besaßen ein verbessertes Katapult, das größere Brandgranaten mit einem hässlicheren und länger brennenden Inhalt schleudern konnte, und einen noch größeren Vorrat an Granaten. Alles in allem, so hoffte er, würden ihre »Verbesserungen« ausreichen, um die dicken Wände der Kaserne zu durchdringen. Was die tödliche Wirkung dieser Granaten bei Menschen und Pferden anging, hatte er keine Zweifel.

Ayrlyn war fest überzeugt, dass die Ladungen ausreichen würden, um die Quartiere der Cyadoraner zu zerstören. Nylan schluckte und zwang sich, an die aufgedunsenen Körper der unschuldigen Bauern in den Dörfern zu denken.

»Was bleibt uns schon anderes übrig«, antwortete Ayrlyn auf seine unausgesprochenen Gedanken. »Wir wissen, dass Cyador versuchen wird, ganz Lornth zu erobern. Sie haben ein neues Heer losgeschickt oder werden es bald tun. Wir müssen versuchen, die Chancen zu verbessern, solange wir das noch können.« Sie schnaubte. »Ich rede schon wie Ryba – bessere Waffen herstellen und möglichst schnell einsetzen.«

»Der Unterschied ist, dass sie es gemocht hat«, sagte Nylan. Er spürte ein leises Stechen im Kopf. Bei der Dunkelheit! Nicht einmal sich selbst konnte er über Ryba täuschen.

»Ich mag sie aus einer ganzen Reihe von Gründen nicht, aber auch sie liebt es nicht, Menschen zu töten. Sie liebt es, mit ihrer Macht zu spielen, aber sie liebt nicht das Töten.« Ayrlyn hielt inne. »Sie benutzt die Menschen und du hast gute Gründe, verbittert zu sein, aber mach sie nicht schlimmer als sie ist.« Ayrlyn lachte leise. »Was sie ist ... das ist schon schlimm genug.«

»Ich dachte schon, du würdest ihr gegenüber nachsichtig werden.«

»Nicht nachsichtig. Fällt es dir nicht immer schwerer, etwas verzerrt darzustellen, sogar dir selbst gegenüber?«

Er nickte nur, denn er wusste, dass sie sein Unbehagen gespürt hatte.

»Wenn ich nicht etwas übersehen habe, droht uns keine Gefahr.« Sie drehte sich noch einmal um. »Also los.«

Sie stiegen als Letzte auf die Pferde.

Die Hufschläge der langsam laufenden Pferde wurden im Gras und Staub gedämpft, als die Truppe durch eine flache Senke zwischen zwei Hügeln ritt, um eine ebene Stelle vor den Mauern des Bergwerks zu erreichen. Leise und in gleichmäßigem Tempo bewegten sie sich in Richtung der nordwestlichen Ecke. Am Wachturm brannte eine einsame Kerze, deren Licht kaum drei Ellen weit reichte.

Ayrlyn schwankte etwas benommen im Sattel, weil sie versuchte, ihre Aufmerksamkeit zu teilen und herauszufinden, wo der beste Platz für das Katapult wäre. Nylan bemühte sich, ihren schweifenden Sinnen zu folgen, aber wie beim letzten Mal war er viel empfänglicher für den Boden unter ihnen, der sich irgendwie falsch anfühlte, als wäre dem Land große Gewalt angetan worden und als wären unter dem sterbenden Gras und der Erde auf irgendeine Weise mächtige Energien gebunden. Er unterdrückte ein Schaudern, als sich ein schwaches Abbild des Hains und des fernen Waldes in sein Bewusstsein drängte. Das Bild verstärkte noch den Kontrast zwischen den ausbalancierten Kräften des Waldes, immer in Veränderung begriffen, aber immer im Gleichgewicht, und dem gewaltigen, erstarrten Ungleichgewicht unter ihm, das den größten Teil der südlichen Grashügel zu beherrschen schien.

»Alles klar, hier sind keine Wachen, die uns sehen könnten.« Ayrlyn zügelte das Pferd.

Nylan fuhr ein wenig zusammen, als ihn ihre Worte aus den Gedanken rissen, dann hob er die Hand, um Tonsar ein Signal zu geben.

»Alles in Ordnung«, wiederholte sie leise. »Geht es dir nicht gut?«

»Mir geht es gut. Es ist nur … ich war abwesend.« Er schüttelte sich. »Wir fangen jetzt besser an.« Er drehte sich im Sattel herum. »Wir bauen das Katapult hier auf«, flüsterte er.

»Das habe ich auch schon vorgeschlagen«, meinte Ayrlyn ebenso leise und offensichtlich amüsiert, während sie vom Pferd stieg.

Der Schmied folgte ihrem Beispiel und stieg ebenfalls ab.

Sias übernahm die Zügel von Nylans und Ayrlyns Pferden und führte die Tiere langsam von der Stelle weg, wo die rothaarige Frau, Borsa und Vula das Katapult aufstellen wollten.

Nylan holte tief Luft. Das Zirpen der Insekten hatte aufgehört, als sie gekommen waren. Würde es außer ihnen jemand im Lager bemerken? Doch hinter den dunklen Mauern blieb es still, nur ihr eigener Atem und hin und wieder das Schnauben eines Pferds waren zu hören. Die anderen Bewaffneten ihres Trupps warteten etwas abseits und hielten sich bereit. Wenn nötig, sollten sie die Katapultmannschaft lange genug verteidigen, bis alle wieder auf den Pferden saßen.

Nylan stellte die aus Ton gebrannten Behälter auf der ebenen Fläche neben dem Katapult auf und war fertig, bevor die anderen das Gerät aufgebaut hatten.

Dann schob er die Zünder in die Kanister. Als er beim vierten war, richtete Ayrlyn sich auf.

»Lasst uns das Katapult spannen«, sagte sie.

Leises Krachen folgte auf ihren Befehl, als Borsa am Rad zu drehen begann.

»Fertig, Ser.«

Ayrlyn nickte knapp und Nylan legte den ersten mit einem Zünder versehenen Kanister ins Katapult. Er nahm den Zündstein. »Können wir?«

»Ja, Ser.«

Beim zweiten Versuch fing die Lunte Feuer. Nylan wartete noch einen Augenblick, bis er sicher war, dass die Flamme ruhig brannte.

Ayrlyn stellte am Rahmen des Katapults noch etwas nach und löste die Sperre.

Der Schuss aus dem Katapult kam Nylan in der Stille der Nacht so laut vor wie Donnerschlag. Ein Lichtbogen aus Funken folgte der Flugbahn des Kanisters, grell wie eine Signalrakete.

Die Schwärze, die von Ayrlyn ausging, verriet dem Ingenieur, dass sie die Flugbahn glättete und änderte und … etwas tat.

»Getroffen«, sagte sie leise, auch wenn Nylan nicht erkennen konnte, was hinter den Wänden war.

»Bereit«, meldete Borsa.

Mit etwas Verspätung legte Nylan den zweiten Kanister in die Schaufel des Katapults und steckte die Zündschnur in Brand. Dieses Mal klappte es gleich beim ersten Versuch.

Wieder löste Ayrlyn die Sperre und die zweite Brandgranate flog in hohem Bogen in die Dunkelheit hinter der Mauer. Der Ingenieur hatte bereits den nächsten Kanister in der Hand, als Vula, der sich mit Borsa abwechselte, das Katapult wieder aufgezogen hatte. Ayrlyn stellte noch etwas nach und er zündete.

Direkt nach dem Schuss, während der Wurfarm noch vibrierte, begann Borsa schon wieder, das Katapult zu spannen. Nylan legte die nächste Granate in die Schaufel, um den Vorgang zu beschleunigen. Bis jetzt spürte er nur ein leichtes Stechen im Kopf, aber wenn sie Erfolg hatten, würde es erheblich schlimmer werden.

Drei weitere Granaten flogen in die Dunkelheit, bevor flackerndes Licht – die Spitzen der Flammen – über den Mauern zu sehen waren. »Feuer, Feuer!«, riefen ein paar Stimmen.

Als mehr und mehr Brände im Lager aufflackerten, waren auch Hornsignale zu hören, mit denen die Leute zusammengetrieben und eingeteilt wurden.

Die vier schossen die Brandgranaten ins Dunkel, aber nach wie vor blieben die Mauern mit Ausnahme des Wachturms dunkel.

Nylan schnüffelte. Der Rauch wallte über die Mauern hinweg nach Süden. Trotz des zunehmenden Drucks im Kopf bereitete Nylan eine Granate nach der anderen vor. Ayrlyn taumelte neben ihm und nachdem er den nächsten Kanister in die Schaufel gelegt hatte, nahm er sie in die Arme. »Ruhig.«

»So schwer ...«, murmelte sie. »Die Leute ... sie sterben schon.«

»Ich weiß.« Er legte die nächste Granate in die Schaufel und zündete sie.

Nicht nur Rauch wallte jetzt herüber, sondern auch der Weiße Nebel des Todes. Kleine scharfe Messer fraßen sich in ihre Schädel. Dann kam von hinten ein kühler Wind auf, der aber die Hitze vom Bergwerk, das sie mit ihren Granaten in Brand gesetzt hatten, nicht vertreiben konnte.

Wieder waren Trompetensignale zu hören. Pferde kreischten, brennende Balken knackten.

Der Schmied legte den nächsten Kanister in die Schaufel des Katapults, schluckte den bitteren Geschmack herunter und spürte, dass Ayrlyn gleichzeitig das Gleiche tat. Es war der bittere Geschmack des Todes und der Zerstörung, durchsetzt mit dem Gestank von verkohltem Fleisch.

Ayrlyns Finger zitterten, aber sie warf unbeirrt die Sperre des Katapults herum.

Vula krümmte sich und übergab sich, während Borsa das Katapult wieder spannte.

»Am besten wir verschwinden jetzt«, zischte Tonsar, indem er Nylan an der Schulter berührte. »Da gibt jemand den Befehl, Aufstellung zu nehmen.«

Der Schmied nickte und ließ den nächsten Kanister in die Schaufel fallen, schlug wieder den Zündstein an.

Wie viele Granaten hatten sie noch? Es konnten doch eigentlich nicht mehr viele sein? Nylan taumelte in die Richtung, wo er sie aufgestellt hatte, und tastete umher, bis er die nächste Ladung gefunden hatte.

»Ser, wir sollten jetzt aufsitzen«, drängte Tonsar.

Jetzt wurden einige Laternen angezündet, wenngleich nicht an der Außenmauer. Die vier schossen weiter, luden und schickten eine Brandgranate nach der anderen hundert Ellen weit über die Mauer.

Mit dumpfem Knallen schlugen drüben die Granaten ein. Gelblich blaue Flammen züngelten hoch, schmieriger schwarzer Rauch wallte in den Nachthimmel hinauf.

Und dann starrte Nylan benommen zu Boden. Sie hatten keine Granaten mehr.

»Wir müssen einpacken.« Er wischte sich die Stirn ab. Angstschweiß hatte sich dort gesammelt, Schweiß von der Anspannung und von der Hitze des Flammenmeers, das sie selbst geschaffen hatten.

»Ich sage Euch, Ser Engel, ich habe Pferde und wütende Lanzenreiter gehört«, sagte Tonsar.

Halb blind und mehr auf seine Sinne als die Nachtsichtigkeit vertrauend, da er mit den Augen doch nur flackernde Bilder wahrnehmen konnte, fummelte er ungeschickt herum und versuchte, die Plane, in der sie die Brandgranaten transportiert hatten, zusammenzufalten und aufs Packpferd zu legen.

»Das kann ich doch machen, Ser«, bot Vula an.

»Danke.« War seine Unsicherheit sogar im Dunkeln so deutlich zu erkennen? Er taumelte zu seinem Pferd.

Nein … so viele Tote … Hitze und Feuer …

Auf wackligen Beinen näherte er sich Ayrlyn.

»Oooh ...« Mit diesem leisen Seufzen gaben die Knie der rothaarigen Heilerin nach und sie sackte auf dem Boden zusammen.

Nylan und Tonsar hoben sie auf Nylans Pferd. Der Ingenieur hoffte, sie würden nicht zu weit reiten müssen. Ayrlyns Pferd führte er hinter sich mit.

Vula und Borsa zerlegten und verstauten eilig das Katapult und folgten ihnen.

»Lasst uns aufbrechen«, befahl Nylan heiser und mit zitternder Stimme.

»Also los«, wiederholte Tonsar den Befehl.

Sie trabten durch die Senke. Hinter ihnen wurde das Licht des brennenden Lagers allmählich schwächer. Nylan konzentrierte sich darauf, Ayrlyn zu halten und im Sattel zu bleiben.

Alles andere wäre zu viel gewesen.

CIII

Die leichte Brise, die von Norden kam, wehte einen schwachen Geruch von Holzkohle, Rauch, Staub und verbranntem Fleisch zu den beiden Offizieren, die an der Spitze ihrer Truppe in südwestlicher Richtung durch die Grashügel ritten.

Sie sahen sich zu der kurzen Kolonne von Reitern um, die geschlagen nach Süden ritten. Die einstmals weißen Uniformen waren von Ruß verschmiert, einige sogar von Blut. Fast zwei Züge gehfähiger Verletzter humpelten vor den drei Wagen, die den Abschluss bildeten.

»Seine Majestät wird nicht erfreut sein«, prophezeite Azarphi. Eine ausgedehnte, frische Verbrennung verunstaltete seine linke Wange, die Augenbrauen waren zu Stoppeln versengt. Wie alle anderen trug auch er eine

Uniform, die längst nicht mehr weiß war, sondern grau und überall mit dunklen Flecken übersät: Ruß, Holzkohle und hier und dort ein dunkelbrauner Fleck.

»Nein«, antwortete der Major mit gepresster Stimme. Er starrte die staubige Straße nach Syadtar an. »Zweifellos werde ich den Bogenschützen der Rationalen Sterne als Ziel dienen.« Er zuckte mit den Achseln und wollte sich die Stirn abtupfen, hielt aber sofort inne, als er mit dem Handrücken die Brandwunde auf der Stirn berührte. »Es ist sinnlos, noch länger zu bleiben. Wir bekommen keine Vorräte mehr und die Einheimischen haben fast alles beiseite geschafft, was wir gebrauchen könnten. Einem offenen Kampf wollen sie sich nicht stellen. Wir wissen nie, wann und wie die Barbaren zuschlagen werden. Die Männer können nicht schlafen, weil sie Angst haben, im Schlaf zu verbrennen. Die neuen Feuerkugeln waren noch viel schlimmer als die letzten. Sie brennen sich sogar durch Erdwälle bis zu den Balken der Häuser durch und bleiben überall kleben.«

»Das waren nicht die Barbaren.«

»Es spielt keine Rolle. Wir haben keine Koppeln mehr und kein Holz, um neue zu bauen. Wenn wir bleiben, können die Barbaren jederzeit noch mehr Pferde töten, und dann wären wir nicht einmal mehr in der Lage, uns zu bewegen. Die Grashügel sind zu trocken, Syadtar ist für Fußtruppen zu weit entfernt und wir haben nur noch eine Hand voll Wagen übrig.« Piataphi blickte zurück zu den Rauchsäulen, die in den Morgenhimmel stiegen.

»Seine Hoheit wird alle Lanzenreiter und die Weißen Magier schicken, um sie zu Asche zu verbrennen. Das gebietet der Stolz Cyads.«

»Vielleicht tut er es. Ich muss aber zugeben, dass mich dieser Gedanke im Augenblick kaum zu trösten vermag.« Piataphi blickte zur langen, staubigen Straße nach Süden. Er wollte den Rauch, der hinter ihm in den Himmel stieg, nicht mehr sehen.

CIV

Eilig rollte Nylan seine Bettrolle zusammen, als Nächstes verstaute er ein paar Sachen in den Satteltaschen. Er hielt kurz inne, um sich die Stirn abzuwischen. Das Zimmer war für vier Bewohner nicht nur zu klein, sondern auch zu warm. Es war immer zu warm. Er nahm das Schultergeschirr von seiner Matratze und legte es an. Wieder einmal hoffte er, er würde die schwere Klinge nicht einsetzen müssen.

»Fornal ist ausgeritten und sieht sich um.«

»Natürlich«, knurrte der Schmied. »Er kann nicht glauben, dass die Cyadoraner fort sind.«

»Würdest du es glauben?«, fragte Ayrlyn, die noch mit ihrer eigenen Bettrolle beschäftigt war.

»Sie werden zurückkommen und bis dahin sollten wir möglichst etwas in diesem Zauberwald gefunden haben, sonst …«

»Sonst was? Wir werden wieder Flüchtlinge sein, was immer noch besser ist, als hier zu bleiben und getötet zu werden, weil wir mit Blindheit geschlagen sind, sobald wir die Klinge erheben und mehr als einen Cyadoraner umbringen. Wir können doch nicht einfach hier sitzen bleiben und hoffen.«

»Also suchen wir einen Ausweg aus diesem Dilemma und letzten Endes einen Weg, um Macht zu bekommen und einzusetzen. Mit Hilfe eines verzauberten Waldes?« Der silberhaarige Schmied schüttelte den Kopf. »Warum läuft eigentlich alles nur auf Macht hinaus?«

»So ist es immer«, antwortete sie. »Ryba hatte Recht.«

Ganz egal, wie oft er durch die Ereignisse daran erinnert wurde: die Vorstellung, dass die Marschallin von Westwind Recht behielt, was den Gebrauch der Macht anging, machte dem Schmied zu schaffen.

… mir macht es auch zu schaffen …

Nylan berührte sie an der Wange. »Ich liebe dich.«

»Das sagst du nicht sehr oft. Warum sagst du es gerade jetzt?« Sie rümpfte die sonnenverbrannte Nase.

Weil … nun ja, weil es jetzt wichtig ist … weil du verstehst … Der Ingenieur räusperte sich und starrte verlegen auf den Holzboden. »Wir müssen durch den Westen Cyadors schleichen, wenn die Karten stimmen.«

»Du wechselst schon wieder das Thema.«

Nylan grinste verlegen.

»Schon gut, ich weiß ja, wie schwer es dir fällt.« ***Du gibst dir immerhin Mühe.***

»In mehr als einer Hinsicht«, räumte er ein.

Nach einem langen Schweigen lachte Ayrlyn leise. »Aber jetzt müssen wir uns mit der Realität des Südens von Lornth befassen. Ich kann spähen und dafür sorgen, dass wir großen cyadorischen Abteilungen ausweichen können. Wir kommen vielleicht nur langsam voran, aber ich glaube nicht, dass die Cyadoraner sich wegen drei Reitern mit einem Kind große Gedanken machen, zumal wir den Hauptstraßen ausweichen werden.«

Ayrlyn hob die Satteltaschen und sah sich noch einmal um. »Anscheinend haben wir nichts vergessen.«

»Wir hatten sowieso nicht viel. Weryl besitzt mehr als wir zwei zusammen«, meinte er. Er hob seine eigenen Sachen und die größeren Beutel mit Weryls Sachen hoch. »Meinst du, es ist richtig, ihn mitzunehmen?«

»Wer soll sich denn hier um ihn kümmern? Tonsar würde ihn natürlich beschützen, aber du kannst nicht damit rechnen, dass er immer da ist. Außerdem würdest du dir so große Sorgen machen, dass du keinen klaren Gedanken mehr fassen könntest.«

»Das stimmt wohl.« ***Und außerdem hast du Istril versprochen, auf den Jungen aufzupassen, und das bedeutet, dass du ihn nicht einfach in die Obhut eines anderen geben kannst.*** « Nach einem letzten prüfenden Blick ins

Zimmer trat Nylan in den leeren Hauptraum hinaus, der fast genauso warm war wie ihre Kammer. An der Außentür blieb er noch einmal stehen.

Sylenia saß auf der schattigen Seite der Veranda auf einer Bank und hielt Weryl. »Wir werden einen langen, langen Ritt machen, Weryl. Er wird viel länger als der Ritt hierher …«

»… geht Ferdchen, Enyah?«

»Du kommst auf deinen Kindersitz …«

Der Schmied wich etwas aus, um Ayrlyn nach draußen treten zu lassen.

Das Kindermädchen schaute zu ihnen auf. »Wir wären dann so weit. Ich habe seine Sachen gewechselt und ihm einen Biskuit gegeben.«

»Du musst nicht mitkommen, Sylenia. Es kann ein langer Ritt werden.« Nylan lachte leise und fügte hinzu: »Du hast es Weryl ja gerade selbst gesagt.«

Die schwarzhaarige Frau blickte zum fast menschenleeren Quartier, dann zum Staub auf dem Weg zum Brunnen, wo immer noch dunkle Blutflecken zu sehen waren. »Ich komme besser mit. Tonsar soll sich nicht ständig wegen meiner Sicherheit Sorgen machen müssen.«

»Bist du sicher?«, fragte Nylan.

Sylenia nickte und nahm den strampelnden Weryl aufs andere Knie. »Bei Euch bin ich weniger in Gefahr als hier.«

Nylan war sich in dieser Hinsicht gar nicht so sicher. Ganz gefahrlos war es gewiss nicht, durch die Grashügel zu reiten und durch einen Teil Cyadors zu schleichen, um einen Wald zu finden, der möglicherweise verzaubert war. Und dies alles auch noch auf der Grundlage von Wahrnehmungen, die irgendwie mit den Ordnungs-Feldern verbunden schienen, welche Ayrlyn und eine Hand voll Flüchtlinge aus dem Weltraum und die einheimischen Magier spüren konnten …

»Da?«, fragte Weryl.

Nylan bückte sich und küsste ihn auf die Wange. »Immer mit der Ruhe. Wir holen jetzt die Pferde und laden die Sachen auf.«

Als er mit Ayrlyn zur Koppel ging, sagte er leise: »Sie macht sich Sorgen, er könnte sich ihretwegen Sorgen machen. Macht er sich auch Sorgen, sie könnte sich seinetwegen Sorgen machen?«

»In diesem Fall … ja. Unser prahlerischer Unteroffizier hat ein weiches Herz.«

»Ganz im Gegensatz zu Fornal.«

»Der hat nur noch nicht die richtige Frau gefunden.«

»Du meinst, das würde alles ändern?«

»Es hilft, wenn man die richtige Frau gefunden hat. Oder den richtigen Mann«, fügte sie lächelnd hinzu.

Nylan schüttelte den Kopf. »Das wird Fornal wohl nie gelingen.«

»Da könntest du sogar Recht haben.«

Nachdem sie die Sättel zur Koppel geschleppt hatten, drängte Nylan die Pferde in eine Ecke. Ayrlyn sattelte sie beinahe schneller, als Nylan sie in den Schatten unter dem Dach an der Seite der Koppel führen konnte.

Als sie das Geschirr des Packpferdes eingerichtet hatten, kam Tonsar vom Quartier über den staubigen Hof zu ihnen. Seine Stiefel warfen kleine Staubwolken hoch. »Dann geht Ihr jetzt weg?«

»Für eine Weile«, wich Ayrlyn aus.

»Tonsar … wir müssen noch einmal auf eine magische Reise«, erklärte Nylan. »Ich hoffe, wir sind bald wieder da.« Er hob die Hand. »Ihr sollt inzwischen die Truppe anführen. Ihr wisst genug und die Männer vertrauen Euch.«

»Das ist nicht dasselbe, als wenn Ihr sie selbst anführen würdet«, protestierte der stämmige Bewaffnete.

»Es wird schon gehen.« Ayrlyn sah ihm fest in die Augen.

»Und vergesst nicht«, fuhr Nylan fort, »es liegt keine

große Ehre darin, sich töten zu lassen, wenn es einen Weg gibt zu siegen, ohne jemanden zu verletzen.«

»Eines Tages, Magier … eines Tages werde ich Euch wohl verstehen.« Tonsar zuckte mit den Achseln.

»Wir kommen so bald wie möglich zurück.« Er überlegte. »Vielleicht erscheint es Euch nicht so, aber wenn wir im Augenblick eine Schlacht schlagen müssten, könnten wir kaum etwas ausrichten. Wir müssen sehen, ob wir daran etwas ändern können. Jedenfalls sind fürs Erste keine Weißen Dämonen mehr in der Nähe, das könnt Ihr Fornal ausrichten. Wir haben ihm auch einen Brief hinterlassen.«

»Ich habe es gesehen.« Tonsar sah sich zum Mannschaftsquartier um. »Bei Tregvo habe ich es auch gesehen. Ihr empfindet jeden Tod, als hätte die Klinge Euch selbst getroffen. Aber wenn es nötig ist, schlagt Ihr dennoch zu.« Er runzelte die Stirn. »Dann habt Ihr also die Kraft, den Tod zu ertragen und noch einmal zuzuschlagen … Engel sind schrecklich.« Dann lächelte er breit. »Aber Ihr empfindet auch Liebe und … und Ihr seid gut zu Sylenia.«

»Wir versuchen es.«

»Ihr nehmt sie mit.« Es war keine Frage.

»Sie hat gebeten, uns begleiten zu dürfen, obwohl sie viel für Euch empfindet«, meinte Nylan stirnrunzelnd. »Ich weiß nicht, ob es gut ist, aber sie hat sich entschieden. Sie hat Angst, sie könnte Euch zu sehr ablenken, wenn sie bleibt.«

»Sie muss Euch begleiten. Ihr werdet sie beschützen.« Wieder blickte der Bewaffnete zur Scheune, als fürchtete er, einer der Bewaffneten könnte ihn hören.

»Wir werden sie beschützen, so gut wir nur können«, versprach Ayrlyn ihm.

Ein schlaksiger Kerl kam aus der Schmiede, die früher einmal ein Hühnerhaus gewesen war, und lief eilig zu ihnen herüber. Einen Schritt hinter Tonsar blieb er unsicher stehen.

Tonsar drehte sich überrascht um.

»Genau, Sias. Du bist jetzt der Waffenmeister und für alle Reparaturen zuständig.« Nylan nickte seinem ehemaligen Lehrling zu. »Und du bringst alles in Ordnung, was Tonsar repariert haben will. Oder Ser Fornal«, fügte er noch hinzu.

Der ungelenke Junge machte noch einen Schritt auf sie zu. »Wenn Ihr wieder da seid, werde ich Euch zeigen, was ich gemacht habe.«

»Das ist gut.«

Sias strahlte. »Ich könnte ja Schmied werden. In einem kleinen Dorf jedenfalls. Nur dass ich kein Werkzeug habe.«

»Wenn wir nicht zurückkehren, kannst du das Werkzeug behalten. Ich habe alles außer dem Amboss selbst gekauft, also ... ganz egal was passiert, den kleinen Hammer und die zweite Zange kannst du haben. Sie gehören dir, du hast sie dir verdient.«

Das Strahlen wurde breiter.

»Und sei vorsichtig mit dem Schwert. Du willst doch überleben und als Schmied arbeiten«, riet Nylan ihm.

Sias starrte etwas betreten zu Boden und scharrte mit der Stiefelspitze im Staub.

»Ihr geht jetzt besser«, meinte Tonsar mit einem raschen Blick zu den Hügeln im Osten.

Nylan nickte wortlos, drehte sich um und führte seine Stute und das Packpferd zur Veranda, wo Sylenia wartete. Ayrlyn folgte mit ihrem eigenen und Sylenias Pferd.

Das Kindermädchen kam ihnen entgegen und übergab Weryl an seinen Vater. Der Schmied hob den silberhaarigen Jungen in den Kindersitz hinter Sylenias Sattel, während sie ihre Sachen holte – und natürlich zwei Beutel mit harten Biskuits und Käse und anderen Vorräten, die Nylan zusammengesucht hatte.

»Ferdchen, Ferdchen.« Weryl zielte mit dem Zeigefinger auf seinen Vater.

»Ja, wir reiten jetzt auf einem Pferd.« Nylan schnürte

die Riemen fest, trat einen Schritt zurück und zog den Schlapphut aus dem Gürtel. Er hatte keine Lust, sich noch mehr Haut von der Sonne verbrennen zu lassen, die die meiste Zeit des Jahres viel zu heiß am Himmel glühte.

»Alles bereit?«

»Schon lange«, antwortete Ayrlyn.

»Ich weiß, ich habe zu viel geredet.« Er schwang sich in den Sattel, verabschiedete sich mit einem letzten Winken, das an einen militärischen Gruß erinnerte, von Tonsar und Sias und lenkte das Pferd zur Zufahrt und zur Straße nach Süden.

Tonsar zog das Schwert und hielt es eine Weile über dem Kopf, dass die Sonne sich auf der Klinge spiegelte. Sias stand schweigend neben dem Unteroffizier und sah den vier Pferden nach, die in südlicher Richtung das Lager verließen und Kurs auf die braunen Hügel im Süden nahmen.

»Wassah pitte, Enyah?«, verlangte Weryl.

»Gleich, gleich«, sagte die Frau mit tränenerstickter Stimme.

Nylan blickte noch einmal zum Tal zurück. Gelb und staubig lag es unter der erbarmungslos brennenden Sonne und dem grünblauen Himmel. Dann sah er wieder zur langen, staubigen Straße, die vor ihnen lag.

CV

Themphi überprüfte noch einmal die Satteltaschen und stieg auf. Die Offiziere der Lanzenreiter folgten seinem Beispiel, mit etwas Verspätung auch Fissar.

Der Weiße Magier blickte zum kleinen Haus zurück, das für mehr als eine Jahreszeit sein Quartier gewesen war. Er runzelte unwillig die Stirn, als er im Norden dahinter die grüne Mauer sah.

»Ich verstehe das nicht, Ser«, sagte Fissar, indem er sein Pferd neben Themphis lenkte. »Seine Majestät schickte uns her, um den Wald zu bändigen, aber jetzt, da Ihr ihn hier im Süden gerade ein wenig zurückgedrängt habt, sollen wir wieder weggehen und uns in Syadtar melden? Auf diese Weise wird doch alles wieder zunichte gemacht, was wir erreicht haben.«

»Ja«, antwortete Themphi.

»Es ist sehr gefährlich, die Entscheidungen des Herrschers von Cyador zu kritisieren«, warf Major Jyncka ein, der links neben Themphi ritt. »Ich weiß das aus eigener Erfahrung.«

»Seid Ihr denn froh, diese Gegend zu verlassen?«, fragte Themphi ihn.

»Es ist eine Gelegenheit, mich in einer Schlacht zu bewähren.«

»Eine Schlacht?«, fragte Fissar. »Die Mitteilung … dort war nicht von einer Schlacht die Rede«, schloss er lahm.

»Wie ich sehe, hast du einige meiner Lektionen immer noch nicht gelernt. Ich meine jetzt vor allem jene, in denen es darum geht, Dinge zu erkennen, die dem Auge verborgen bleiben.« Themphi lachte. »Ich wünschte, du wärst manchmal etwas strebsamer.«

Fissar starrte verlegen auf die Mähne seines Pferdes.

»Junger Magier«, erklärte der Major, nachdem sie eine weitere Meile in Richtung zum Großen Kanal geritten waren, »man darf nicht nur das lesen, was geschrieben steht, sondern man muss erkennen, was gemeint ist. Manchmal sind die wichtigsten Worte diejenigen, die man überhaupt nicht auf dem Pergament findet.«

Fissar nickte feierlich und wartete, was noch kommen würde, wich dabei aber den Blicken des Weißen Magiers aus.

»Syadtar ist die nördlichste Stadt Cyadors. Wenn eine

Sache dringend genug ist, dass Seine Hoheit Euren Herrn und einen in Ungnade gefallenen Lanzenoffizier vom Kampf gegen den Verwunschenen Wald abzieht, dann steht entweder ein großer Feldzug gegen die Barbaren im Norden bevor oder sie bedrohen uns. Beides bedeutet, dass es eine Schlacht oder sogar viele Schlachten geben wird.«

»Das sind keine angenehmen Neuigkeiten«, fügte Themphi hinzu. »Keine guten Neuigkeiten für Cyador.«

Fissar drehte sich zu seinem Meister um.

»Trotz seiner Größe besitzt Cyador nicht viele Lanzenkämpfer, Fußsoldaten und Magier. Triendar weiß, dass der Verwunschene Wald in unserer Abwesenheit weiter wachsen wird, und hat sich dennoch entschieden, uns zu rufen.«

»Nein, das sind wirklich keine guten Neuigkeiten«, stimmte Jyncka zu. »Aber Cyador hat letztlich immer den Sieg davongetragen. Wie könnte es auch anders sein?«

Themphi runzelte die Stirn, ritt aber schweigend weiter nach Westen.

CVI

Nachdem er den Schlapphut zurechtgerückt und sich die Stirn abgetupft hatte, stellte Nylan sich in den Steigbügeln auf, um die Oberschenkel zu strecken und die eingerosteten Knie zu bewegen. Als er wieder saß, blickte er zu den Hügeln mit dem sonnenverbrannten Gras, das sich bis in die Ewigkeit zu erstrecken schien. »Zwei Tage, und die Hügel nehmen immer noch kein Ende.«

»Noch einen Tag, dann werden sie flacher und wir reiten durch eine Steppe mit hohem Gras«, sagte Ayrlyn voraus. »Stell dir nur vor, wie das zu Fuß gewesen wäre.«

Nylan zuckte zusammen. Lippen und Mund schienen ständig ausgetrocknet, das Wasser in ihren Flaschen war fast verbraucht. »Wir haben nicht mehr viel Wasser.«

Nach dem ersten Tagesmarsch hatten sie die Hauptstraße verlassen und waren einem Weg gefolgt, der direkt nach Südosten führte und sie näher an die immer noch fernen Westhörner brachte. Nylan glaubte sich zu erinnern, dass die Berge im Süden Candars weiter nach Westen reichten, aber das konnte auch Wunschdenken sein. Andererseits musste er sich fragen, ob es überhaupt etwas gab, das kein Wunschdenken war.

Ein schmaler Bach, der aus einer unterirdischen Quelle entsprang und bald darauf schon wieder versickerte, war das einzige Wasser gewesen, das sie gefunden hatten. Er leckte sich die trockenen Lippen mit einer fast ebenso trockenen Zunge.

»Wenn wir auf diesem Weg bleiben, werden wir bald einen kleinen See erreichen.«

»Und wahrscheinlich auch eine Stadt mit einer Garnison Weißer Lanzenreiter oder etwas Ähnlichem.«

»Davon habe ich nichts gespürt. Es gibt höchstens ein paar Bauernhöfe.«

»Wie weit noch?«

»Einen guten halben Tag, vielleicht etwas länger.«

»Wir brauchen vorher Wasser.

»Ja, wir brauchen Wasser«, sagte Sylenia. »Ihr seid mir schöne Magier.«

»Wassah ...«, klagte Weryl, der hinter Sylenia im Kindersitz festgeschnallt war.

»Ich bin kein Magier«, protestierte Nylan. Doch noch während er die Worte sprach, begann sein Kopf zu pochen. Wollte sein innerer Lügendetektor etwa darauf beharren, dass er ein Magier wäre? »Und überhaupt, wenn man ein Magier ist, dann heißt das noch lange nicht, dass man jederzeit Wasser finden kann.«

Die Sonne brannte in ihrem Rücken, während sie nach

Südosten ritten und dem Weg folgten, dessen Staub allmählich vom Gelb Syskars zu einem gräulichen, mit Sand durchsetzten Braun wechselte.

Aber unter dem versengten Gras konnte Nylan immer noch Steine und Felsen spüren, die viel zu dicht unter der Oberfläche lagen, von Sonne und Licht nur durch eine dünne Linie chaotischer Ordnung getrennt.

»Es ist immer noch wie zuvor«, sagte Ayrlyn. »Sie müssen … ich weiß nicht, was sie gemacht haben.«

Auch Nylan wusste es nicht, aber es fühlte sich falsch an. Er wollte sich wieder die Lippen lecken, doch seine Zunge war trocken und die Wasserflaschen waren leer. Hatte er seinen Vorrat zu schnell verbraucht?

Am Nachmittag hatten sie zwei oder drei weitere Hügelketten hinter sich gelassen und immer noch kein Anzeichen von Bächen, Teichen oder Quellen gefunden – auch nicht von Siedlern. Nur immer neue Hügelketten voller braunem Gras tauchten auf.

Auf einer Hügelkuppe, vielleicht zwei Erhebungen weiter, zügelten sie die Pferde.

»Da unten ist etwas.« Ayrlyn deutete fast genau nach Süden, wo ein etwas höherer Hügel einen Schatten über eine ebene, leicht glänzende Fläche warf.

»Ich hätte nicht gedacht, dass ein See schon so nahe ist. Das ist nicht derjenige, den du gemeint hast, nicht wahr?«

»Es fühlt sich nicht wie ein See an«, räumte die Rothaarige ein.

»Es muss ein See sein«, sagte Sylenia. »Es muss einfach einer sein.«

Nylan stimmte ihr von Herzen zu.

Als sie bergab ritten und sich der Stelle näherten, konnte Nylan sehen, dass die Fläche ein kleiner See oder ein großer Teich war, aber die Oberfläche war auch in den Schatten des Spätnachmittags noch hellgrün. Häuser waren keine zu sehen.

Nylan betrachtete das Gelände rings um den See. Schließlich bemerkte er an höher liegenden Stellen mehrere Steinkreise, zwischen denen kein braunes Gras wuchs. »Hier hat jemand gelagert, aber es ist schon lange her.«

Unter den Hufen der Stute knisterte es, als sie das Gras verließen und den sanften Hang zum Wasser hinunterritten. Nylan stieg langsam ab und schluckte.

Er bückte sich, schöpfte eine Hand voll Wasser, roch daran und leckte sich die Finger ab. Er zuckte zusammen. Es war salziger als bloßes Brackwasser. Die weißen Flecken, auf denen die Hufe der Stute geknirscht hatten, waren Salzkristalle.

»Ein Salzsee?«, fragte Ayrlyn.

»Er nickte. »Vielleicht … vielleicht kann ich Ordnung hineingeben und es trinkbar machen.«

Sein Pferd schnaubte und drängte näher zum Wasser.

Nylan wusste nicht, ob die Stute wirklich versuchen würde, es zu trinken, aber er gab vorsichtshalber Ayrlyn die Zügel, ehe er zum Packpferd ging, um den kleinen Eimer zu holen.

Er füllte den Eimer zu Hälfte mit dem Salzwasser, stellte ihn ans Ufer und versuchte, die dunklen Ordnungs-Felder zu aktivieren. Er begann sofort zu schwitzen, obwohl er sich sicher war, nicht mehr genug Wasser zum Schwitzen im Körper zu haben. Es verschwamm ihm vor den Augen.

Das Wasser im Eimer wirbelte hoch und weiße Haufen erschienen daneben. Der Schmied holte tief Luft, sah das Wasser an, tauchte den Finger hinein und leckte. »Es schmeckt, als wäre es in Ordnung.«

»Wassah?«, verlangte Weryl.

Nylan kippte vorsichtig etwas Wasser in die Flasche, die Sylenia ihm reichte, und gab sie ihr zurück.

Weryl trank glucksend, ohne etwas zu verschütten.

Dann füllte der silberhaarige Engel zwei weitere Flaschen auf, eine für Ayrlyn und eine für Sylenia, ehe er den kleinen Rest direkt aus dem Eimer trank.

Beim zweiten Eimer ging es etwas leichter. Nylan füllte auch die restlichen Wasserflaschen auf.

»Was ist mit den Pferden?«, fragte Sylenia.

Der Schmied drehte sich zu den Pferden um. Die Tiere standen mit offenen Mäulern keuchend in der Sonne. Ganz sicher war Nylan nicht, aber er hatte den Eindruck, dass sie nicht keuchen würden, wenn sie nicht in sehr schlechter Verfassung wären.

Nylan stöhnte leise. Er dachte an die Mühe, die nötig war, um mithilfe der Ordnungs-Felder genug Wasser für die Pferde zu reinigen. Aber wenn er es nicht tat …

Und selbst wenn er es tat … er schickte seine Wahrnehmung zu seiner Stute, dann schüttelte er den Kopf.

»Was ist los?«, fragte Sylenia.

»Wir müssen heute Nacht hier lagern, so oder so.«

»Die Pferde?«, fragte Ayrlyn.

Er nickte.

Sylenia stieg vom Pferd, ließ aber Weryl vorerst noch auf seinem Sitz, während Nylan zum dritten Mal den Eimer mit Brackwasser auffüllte und die Ordnungs-Felder rief.

Außer dem Eimer hatten sie kein anderes Gefäß bei sich. Also hielt Nylan den Eimer, wie er war, der Stute hin. Etwas Wasser spritzte ihm auf die Unterarme, aber es war nicht viel. Der Schmied nahm den Eimer wieder weg, als die Stute die Hälfte getrunken hatte, dann war Ayrlyns Brauner an der Reihe. Wieder verschwamm es ihm vor den Augen.

»Ich kann die nächste Ladung übernehmen«, bot Ayrlyn an. »Ja, lass mich das machen. Du siehst halb tot aus.«

Nylan gab ihr den Eimer. Seine Beine zitterten so sehr, dass er sich direkt auf die Salzkruste am Seeufer setzen musste.

»Ihr müsst etwas essen.« Sylenia drängte Nylan einen Biskuit auf und reichte ihm eine der Wasserflaschen, die er soeben gefüllt hatte.

Im wachsenden Schatten des Hügels im Nordwesten saß er und aß langsam. Ayrlyn hatte inzwischen im grasbewachsenen Untergrund bei einem der alten Lagerfeuer eine Leine gezogen und die Pferde festgebunden.

Als die Beine nicht mehr zitterten, stand der Schmied auf und ging langsam zu ihr. Zusammen mit Weryl und Sylenia setzten sie sich und aßen noch etwas.

Abrupt stand Weryl auf und lief unsicher zu einem Stein, der aus dem graubraunen Schmutz ragte. Der Stein reichte dem Jungen ungefähr bis zum Knie. Die drei Erwachsenen beobachteten ihn.

»Ich wünschte, ich könnte mich so schnell erholen wie er«, sagte Nylan.

»Das kannst du doch. Du hast dich bloß viel mehr angestrengt als er.« Ayrlyn lächelte ihn an und drückte seine Hand.

Viel mehr angestrengt?, dachte Nylan. Vielleicht sogar überanstrengt? Er trank einen Schluck Wasser und sah seinem Sohn zu, der den alten Felsen erkundete.

CVII

Nylan fuhr in der ersten Morgendämmerung auf. Er schwitzte, obwohl ein leichter Wind wehte. Mund und Lippen waren trocken, das Herz raste. Einen Augenblick blieb er benommen sitzen, atmete tief durch und blickte zum sanften Hang, der zur Ebene und zum grünen Wasser des Salzsees hinunterführte.

»Schon wieder ein Traum?« Ayrlyn, die neben ihm lag, drehte sich herum und sah ihn an.

Nylan rieb sich mit der rechten Hand die Schläfen, blinzelte und nickte.

»Vom Wald?«

»Hast du auch geträumt?« Nylans Mund war ausgetrocknet, die Lippen aufgesprungen, als wäre er durch eine Wüste gelaufen. Er blickte nach links, wo Weryl leise schnarchte, den Mund halb geöffnet. Neben Weryl lag Sylenia, das Gesicht nach Süden gerichtet und mit dem Rücken zu Nylan.

»Ich glaube schon. Es ging um Bäume und Erdbeben, weiße Blitze und dunkle Wolken.« Ayrlyn sprach leise, flüsterte beinahe.

»Sie suchen mich heim.« Er hustete und blickte nach Osten, aber die Pferde standen ruhig an der Leine. »Es müssen Symbole sein, die etwas zu bedeuten haben.«

»Aber es wird immer schwerer, den Unterschied zwischen Realität und Symbol zu erkennen.« Ayrlyn richtete sich auf, bis sie saß, und wischte sich das kurze rote Haar von den Ohren.

»Wirklich? Eigentlich wird es doch immer klarer ... nein, es ist überhaupt nicht klar. Aber ich habe ein deutliches Gefühl, dass es sehr wichtig ist, diesen verzauberten Wald zu erreichen. Allerdings glaube ich, dass er nicht wirklich verzaubert ist.«

Ayrlyn holte tief Luft. »Wir müssen damit rechnen, dass die gesamte Streitmacht von Cyador über die Grashügel kommt, sobald es ihr nur möglich ist – oder sobald sie erfahren, was am Bergwerk passiert ist.«

»Besteht noch irgendein Zweifel, dass sie kommen werden?«

»Das fragst du mich jetzt?« Sie schüttelte den Kopf. »Wenn ich mir überlege, wie sich Herrscher und Imperien verhalten, und wenn ich bedenke, dass die meisten Menschen zur Gewalt greifen, wenn sie die Macht dazu haben, dann gehe ich jede Wette ein, dass sie bald mit einem großen Heer aufmarschieren. Sogar Fornal glaubt das.«

»Und wir reiten durch Hügel und Staub, um einen Wald zu finden, von dem wir noch nicht einmal genau wissen, ob er überhaupt existiert?«

»Er existiert.«

Nylan wollte sich die Lippen lecken, aber es nützte nichts. Er langte nach der Wasserflasche, die er neben seinem Kopf abgelegt hatte, zog vorsichtig den Korken ab und trank. »Ich weiß nicht einmal, ob der Wald uns einen Weg eröffnet, die Cyadoraner aufzuhalten.« Wieder trank er einen Schluck. »Aber alles andere wird ganz sicher nicht funktionieren.« Er zuckte mit den Achseln.

Überraschenderweise grinste Ayrlyn. »Erstaunlich.« Sie langte nach der Wasserflasche.

Nylan gab sie ihr. »Was?«

»Zum ersten Mal seit mehreren Jahreszeiten bist du nicht der kalte, logisch denkende Ingenieur. Du rechnest nicht mehr damit, eine überlegene Kraft mit kleinen, genau geplanten Angriffen zermürben zu können. Du sagst einfach: ›So empfinde ich es‹ und das kann ich gut verstehen.«

»Wirklich?« Nylan war nicht einmal sicher, ob er es selbst verstand. Er räusperte sich leise.

»Genug jetzt. Wir müssen etwas essen.« Ayrlyn richtete sich auf und holte ihre Stiefel, schüttelte sie aus und zog sie an. »Ich hasse es, ständig dieselben Sachen zu tragen, aber wir haben ja nichts anderes.«

»Oooh ...« Weryl rollte sich auf die Seite.

Nylan folgte dem Beispiel seiner rothaarigen Gefährtin und zog sich ebenfalls die Stiefel an. Dann drehte er sich zu seinem Sohn herum, aber sein Lächeln verflog sofort wieder und er rümpfte die Nase. »Du stinkst, Kleiner. Ich werde wirklich froh sein, wenn du so weit bist, dass du gewisse Dinge allein erledigen kannst.«

Weryls Grinsen verflog und der Junge drehte sich zu Sylenia herum. »Enyah?«

»Dein Vater hat vollkommen Recht, mein Kind.« Sylenia schüttelte den Kopf, als Nylan Weryl hochhob und mit ihm zum See hinunterging.

Als er den Jungen zuerst mit Salzwasser und dann mit gereinigtem Wasser, das ihm neue Kopfschmerzen bescherte, gewaschen hatte und zum Lager zurückkehrte, hatte Ayrlyn schon Biskuits und Käse bereitgelegt.

Der gelbe Käse war so hart, dass Nylan ihn beinahe mit dem Dolch in kleine Stücke zersägen musste, die er kauen konnte.

Weryl spuckte prompt das Bröckchen aus, das Nylan ihm angeboten hatte.

»Benimm dich, Weryl«, sagte Nylan müde. Er rieb sich die Stirn.

»Wassah, pitte.«

Sylenia gab ihm die Wasserflasche.

Die vier aßen schweigend, während die orangeweiße Sonne über den Hügeln im Osten aufging.

»Wir müssen bald aufbrechen«, drängte Ayrlyn. »Bevor es zu heiß wird.«

»Ich wünschte, wir wüssten mehr«, erwiderte Nylan, nachdem er die letzten Krümel des trockenen Biskuits heruntergeschluckt hatte. »Zum Beispiel wüsste ich gern, in welche Richtung wir uns eigentlich bewegen. Eine Karte wäre sicher eine Hilfe.«

»Die Cyadoraner lassen solche Dinge nicht einfach irgendwo herumliegen«, murmelte Ayrlyn, die ebenfalls gerade an den letzten Resten ihres Biskuits kaute.

»Die Weißen Magier benutzen ein Glas, um etwas zu sehen«, warf Sylenia ein. »Könnt Ihr das nicht auch? Ich habe ein kleines flaches Glas dabei.«

Nylan schauderte. Allein schon der Gedanke, diese verdrehte Weiße Energie zu irgendetwas zu benutzen … er konnte es nicht.

»Das dürfte schwierig werden«, meinte Ayrlyn.

»Könnt Ihr nicht irgendetwas tun?«

Der Ingenieur runzelte die Stirn. Laserstrahlen … ein

Laserstrahl hatte eine Entsprechung in den Ordnungs-Feldern und diese Entsprechung hatte er beim Schmieden eingesetzt. Das Glas war eine Entsprechung für die Elektronik. Gedanken jagten durch seinen Kopf … Piezoelektrizität … Glas … was war Glas eigentlich? Silizium war es. Sand. Ordnung aus Chaos? Sand war für sich genommen chaotisch, aber man konnte Glas, Spiegel, Laser und Spiegelschilde daraus machen …

»Verdammt auch, ich hätte es gleich sehen müssen!«

»Was denn?«, fragte Ayrlyn.

»Es ist so offensichtlich …«

»Was denn?« fragte Ayrlyn noch einmal, ein wenig entnervt.

»Die Spiegelschilde. Traditionen halten sich nur, wenn sie einen Sinn haben. Ich habe angenommen – vielleicht genau wie du –, dass diese reflektierenden Schilde halb aus praktischen Gründen und zum Teil auch wegen der Tradition benutzt werden.«

»Oh …« Ayrlyn nickte. »Sie sind ein Schutz gegen Laserstrahlen … und gegen die Feuerkugeln der Weißen Magier. Sie haben keine Laser mehr, aber …«

»Genau. Was haben sie sonst noch?«

»In den Schriftrollen wurde eine Feuerkanone erwähnt. Ein Laser?«

»Mag sein. Vielleicht auch einfach ein Flammenwerfer.«

Nylan runzelte die Stirn.

»Das ist eine alte Waffe. Du schießt einen Strahl einer brennbaren Flüssigkeit ab und zündest ihn an. Wenn der Druck hoch genug ist, läuft die Flamme nicht zu dir zurück und du bist nicht in Gefahr. So ähnlich funktioniert es.« Ayrlyn trank einen Schluck Wasser, stand auf und streckte sich. »Es ist nicht gerade sehr bequem, auf dem Boden zu sitzen.«

»Flammenwerfer … damit können wir zurechtkommen. Magische Laser, die mit Weißer Energie arbeiten, wären etwas anderes«, sagte Nylan.

Weryl hielt sich an Sylenias Schulter fest und richtete sich auf, dann torkelte er zu Ayrlyn und umarmte ihr Bein. »Ahwen … Ahwen.«

»Du bist mir einer.« Ayrlyn hob den silberhaarigen Jungen lächelnd hoch und umarmte ihn.

Nylan drückte den Korken wieder auf die Wasserflasche und stand auf. Er konnte das Brackwasser unten riechen, obwohl ein frischer Nordwind wehte. *Salz und Sand, Grashügel und ein verzauberter Wald, ein Weißes Imperium …*

»Worüber denkst du nach?«

»Landkarten, Gläser, Wälder … alles Mögliche.« Der Schmied rieb sich die Schläfen. Das war das Problem beim Nachdenken. Je mehr er nachdachte, desto mehr Schwierigkeiten und Hindernisse fielen ihm auf – und jede Ablenkung war unangenehmer als die letzte.

Er schürzte die Lippen. Konnte er eine Karte herstellen, ein Bild? Nun ja … wenn er es versuchte und scheiterte, würde er nichts verlieren, ganz im Gegensatz zu einem Versuch mit der Weißen Chaos-Energie. Sand, Sandkörnchen … er ging langsam zu den alten Lagerfeuern der Salzsammler.

»Nein, Weryl … lass deinen Vater mal einen Augenblick nachdenken.«

Ayrlyns Worte erreichten ihn wie aus weiter Ferne, als er vor dem alten Steinring eines Kochfeuers stand. Er scharrte mit dem Stiefel auf dem Boden herum. Lag hier genug Sand?

Nach kurzem Überlegen ging er wieder zum ausgetrockneten Bereich am Seeufer hinunter. Am nördlichen Ende, wo früher einmal ein Bach den Salzsee gespeist hatte, fand er eine knapp drei Ellen weite Vertiefung, die mit Sand gefüllt war.

Eine Karte, dachte er. Eine Karte.

Nichts geschah, außer dass er ein ganz leichtes Ziehen im Kopf spürte.

Piezoelektrizität, Kristalle, Ordnungs-Ströme ... wie kann man daraus eine Karte machen? Ströme ... Chaos-Ströme, die Muster bilden?

Beim zweiten Mal dachte er nicht mehr an Landkarten, sondern konzentrierte sich auf die Ströme von Ordnung und Chaos.

Der Sand wirbelte auf, dunkle Körner traten hervor, bis ein Muster entstand.

»Das wäre schon einmal etwas ...« Der silberhaarige Engel starrte blinzelnd das Muster im Sand an und setzte sich abrupt daneben auf den Boden. Schon wieder raste sein Herz und die Knie wurden weich.

Ayrlyn und Weryl kamen zu ihm und blieben am Rand des ausgetrockneten Bachs stehen.

»Alles in Ordnung?«

»Das braucht ... viel Kraft.«

Sie betrachtete den Sand. »Hast du das gemacht?«

»Irgendwie schon, aber es sagt mir nicht viel.«

Ayrlyn deutete auf eine Stelle im Sand. »Das da könnte Westwind sein, hier ist der Fluss, dort ist Lornth, da ist die Grenze und der rötliche Sand dort – könnte das nicht der Umriss von Candar sein?«

»Möglich.« Der Ingenieur hatte noch keine Karten von Candar gesehen und bei der Landung, als er mit einem instabilen und überladenen Landefahrzeug rüttelnd durch die Atmosphäre gestürzt war, hatte er kaum Zeit gehabt, sich das Aussehen des Kontinents einzuprägen. Zwischen dem, was diese Sandkarte zeigte, und dem, was er gesehen hatte, bestand eindeutig eine gewisse Ähnlichkeit, aber er fragte sich, ob es tatsächlich etwas zu bedeuten hatte.

Er richtete sich mühsam wieder auf.

»Und dieser dunkle Fleck hier ... das muss der Wald sein. Wir sind hier ... demnach sind wir nicht mehr weit entfernt.«

Nylan hoffte, dass sie Recht hatte, und dachte über

Ayrlyns Deutung nach. Jetzt waren sie also wirklich so weit, dass sie das Unbeweisbare einfach glauben mussten – Magie, Hexerei oder was auch immer. Sie mussten ihren Instinkten und der Sonne folgen und waren auf eine Karte angewiesen, die durch eine halb bewusste Manipulation des Sandes entstanden war. Und er hatte das Oberkommando der Vereinigten Glaubenstruppen für verrückt gehalten!

CVIII

Eine kleinere Ausgabe des Throns aus Malachit und Silber, nicht höher als vier Ellen, stand auf dem Podest aus weißem Marmor. In der Marmorwand hinter dem Thron war ein Balkon mit einem Gitter, hinter dem die Bogenschützen der Rationalen Sterne Wache hielten.

Lephi betrachtete den Thron und wandte sich an Triendar. »Seid still, alter Freund, und hört einfach zu.«

Er winkte den beiden großen Spiegellanzenkämpfern, die an der Doppeltür standen, und sie öffneten das Portal. Ein großer Mann betrat den Saal. Er trug die Uniform der Spiegellanzenkämpfer. Allerdings fehlte der Uniform die grüne Schärpe und sie war auch nicht mehr weiß, sondern mit Ruß und Blut verschmiert und mit gelbem und rotem Staub bedeckt. Die Tür wurde geschlossen, der Major verneigte sich. »Euer Majestät.« Seine Stimme war leise, resigniert, müde.

»Man hat mir berichtet, dass Euch die Truppe unterstand, die das Bergwerk erobert hat. Ihr habt es wieder verloren und seid mit weniger als einem Drittel Eurer Soldaten zurückgekehrt.« Lephis Stimme war kalt. »Trifft das zu?«

»Ja, Hoheit.«

»Trifft es auch zu, dass es Euch nicht gelungen ist, Kupfer abzubauen und nach Cyad zu schicken?«

»Abgebaut haben wir es, Hoheit, und wir haben den Wagen nach Syadtar geschickt. Was danach geschehen ist, entzieht sich meiner Kenntnis. Während des ganzen Feldzuges habe ich keinerlei Mitteilungen und Nachschub erhalten.«

»Ich will mir das nicht anhören müssen!« Lephi sah sich im Raum um, der weniger als ein Zehntel der Ausmaße seines Saales in Cyad hatte.

Major Piataphi stand resigniert vor dem Podest und wartete.

»Warum seid Ihr zurückgekehrt? Warum habt Ihr Euch überhaupt die Mühe gemacht? Die Bogenschützen der Rationalen Sterne haben viele Leute schon aus geringeren Anlässen vernichtet, ebenso die Weißen Magier.« Lephi nickte leicht in Triendars Richtung, der einen Schritt seitlich hinter dem Thron stand.

»Ich sah keinen Sinn darin, die restlichen Fußsoldaten und Lanzenreiter abschlachten zu lassen«, sagte Piataphi achselzuckend. »Wir haben keinen Nachschub bekommen. Wir hatten nicht mehr genug Pferde, um die Gegner anzugreifen, wir konnten in den Dörfern in der Umgebung nichts plündern. Die Barbaren haben sich keinem offenen Kampf gestellt, sondern kleinere Abteilungen angegriffen, wenn sie weit überlegen waren.«

»Ihr seid mit mehr als genug Pferden aufgebrochen.«

»Mitten in der Nacht haben die Barbaren Feuerkugeln über die Mauern auf die Quartiere, Ställe und Koppeln geschleudert. Sie waren nicht wie die Feuerkugeln der Weißen Magier, denn sie haben keine Spuren am Himmel gezogen. Wir haben die Barbaren schließlich vertrieben, aber bis dahin hatten wir bereits annähernd hundertvierzig Pferde verloren.«

Triendar ballte die Hände, die in weiten Ärmeln verborgen waren, unwillkürlich zu Fäusten. Sein Gesicht blieb unbewegt.

»Ich will nichts mehr von Euren Fehlschlägen hören«, sagte Lephi lächelnd. »Ihr hofft wohl, ich würde die Bogenschützen der Rationalen Sterne auf Euch schießen lassen, Major. Nein, das werde ich nicht tun. Ihr werdet die Vorhut gegen das Grasland der Barbaren führen und Ihr werdet in vorderster Reihe der vordersten Abteilung reiten.«

»Ja, Ser.«

»Geht jetzt.«

Der Major machte kehrt, statt sich rückwärts zurückzuziehen, und ging zur Doppeltür, die ihm von den Lanzenkämpfern geöffnet wurde.

Nachdem die Tür sich hinter ihm geschlossen hatte, trat Lephi ans Fenster auf der rechten Seite des Raumes und blickte über die weißen Steinmauern hinweg zum braunen Grasland. »Feuerkugeln, kein Proviant bekommen und eine Kupferlieferung, die nicht durchgekommen ist – was haltet Ihr davon?« Er drehte sich nicht zum Magier um, sondern starrte unverwandt zu den Grashügeln hinaus.

»Er sagt die Wahrheit ...«

»Das weiß ich!« Lephi drehte sich um, blieb jedoch am Fenster stehen. »Der Mann ist ehrlich und hat Soldaten gerettet, sie sonst niedergemacht worden wären. Aber es hätte nicht so kommen dürfen. Die Barbaren sollten tapfer angreifen und von den Lanzenreitern getötet werden, wie es immer geschehen ist. Kämpfer aus Lornth sollten keine Feuerkugeln schleudern. Ihr habt mir gesagt, die drei Weißen Magier der Barbaren wären getötet worden.«

»Vergesst nicht die Engel.«

»Wissen wir sicher, dass Engel in Lornth sind?«

»Dort ist ... etwas ...«, räumte Triendar ein. »Ich habe einen Mann und eine Frau und ein Kind gesehen, aber eben nur diese drei.«

»Nur drei?«

»Nur drei. Dann ist da noch der Verwunschene Wald …«

»Immer der Wald … er wird Cyad noch …« Lephi unterbrach sich und biss sich auf die Lippen. »Findet mehr über diese drei heraus. Und bereitet Euch darauf vor, die Barbaren mit Eurer ganzen Feuerkraft einzudecken, wenn wir ihnen auf dem Schlachtfeld gegenüberstehen.«

»Ja, Herr.« Triendar verneigte sich gerade tief genug, dass die Geste nicht als spöttisch empfunden werden konnte.

CIX

»Da ist endlich ein richtiger See.« Nylan deutete auf die silbrig schimmernde, ovale Fläche im Tal unter ihnen, die er sehen konnte, nachdem die Stute ihn auf der staubigen Straße, hier kaum mehr als ein Weg, über eine niedrige Hügelkuppe getragen hatte. Die stille Luft erweckte den Eindruck, es sei nicht erst früher Morgen, sondern schon erheblich später.

»Ich sagte doch, dass es einen See gibt.« Ayrlyn überblickte das Tal. »Aber sonst gibt es hier nicht viel.«

Nylan nickte. Links vor ihnen stand eine Art Bauernhof. In der Nähe des Sees, noch einige Meilen vor ihnen, stieg eine dünne Rauchsäule in den blaugrünen Himmel.

»Da das Wasser so knapp ist, sollte man eigentlich meinen, dass sich an einem See viel mehr Leute niederlassen würden«, fügte Ayrlyn hinzu.

»Vielleicht ist er auch salzig.« Nylan blickte nach vorn zum Bauernhof, während sie weiterritten.

»So hat er sich nicht angefühlt.«

Der Schmied zügelte sein Pferd und rieb sich die Stirn trocken. Wie überall in Candar außerhalb der Westhörner war es heiß. Und wie im ganzen Süden von Lornth oder im Norden von Cyador wehte anscheinend kaum eine nennenswerte Brise.

Sylenia bremste ihr Pferd nur langsam ab. Mit leichtem Stirnrunzeln bemühte sie sich, den schlafenden Weryl nicht durch einen Ruck zu wecken.

Der Weg auf der linken Straßenseite führte schnurgerade zu drei Gebäuden, die etwa hundert Ellen weiter im Westen standen – ein quadratisches Haus, eine Art Scheune und ein großer Schuppen. Ein dunkles, rechteckiges Loch klaffte dort, wo die Tür der Scheune gewesen war. Das Dach des Schuppens war teilweise eingefallen und verstärkte den Eindruck, dass das Gebäude mehr als baufällig war. Spuren gab es auf dem Weg nicht, aber an den Stellen, wo die Wagenräder sich tief eingegraben hatten, wuchs kein Unkraut.

»Kein Zeichen eines Brandes«, überlegte Nylan. »Einfach nur alt und heruntergekommen.« Er ruckte an den Zügeln und ließ die Stute weiterlaufen.

»Sind wir das nicht alle?«

»Ich hoffe nicht.« Nylan musste grinsen.

»Du bist schwierig und wenn du nicht schwierig bist, dann bist du unmöglich.« Ayrlyn lächelte ihn an.

»Das ist gut so.«

Eine halbe Meile hinter dem verlassenen Hof bog die Straße wieder nach Süden ab und lief ins östliche Ende des Tals hinunter. Der See befand sich am westlichen Ende.

»Man kann erkennen, dass der See früher größer war.« Ayrlyn deutete zu einer Wiese. »Siehst du die ebene Wiese dort? Das war früher Seegrund. Am Ostufer gibt es Sandbänke und sumpfige Stellen.«

Eine dünne Rauchwolke stieg aus dem Haus, das südwestlich des Sees auf einem kleinen Hügel stand.

»Wer baut sein Haus so weit vom Wasser entfernt?«, überlegte Nylan.

»Wassah?«, fragte Weryl.

»Gleich, mein Kind«, sagte Sylenia leise.

Nylan lächelte.

»Ich möchte wetten, dass der Wasserspiegel mit den Jahreszeiten schwankt«, erklärte Ayrlyn. »Früher hat der See vielleicht das ganze Tal ausgefüllt. Auch das verlassene Haus stand auf einem Höhenzug. Wahrscheinlich ist der Brunnen versiegt, als der Wasserspiegel gefallen ist.«

»Wieder ein Teil des Rätsels.«

»Das ist kein Rätsel«, erklärte die rothaarige Frau. »Dieser Teil Candars verändert sich und bekommt nach und nach ein trockeneres Klima.«

Die Straße folgte am Nordrand des Tals einer Linie, die mehr oder weniger der früheren Hochwassermarke des Sees entsprechen mochte. Hier war das Gras kräftiger als in den Hügeln und stellenweise sogar grün.

Auf der rechten Straßenseite weideten ein paar grauweiße Schafe, aber ein Hirte war nirgends zu sehen.

»Hier leben nicht viele Menschen«, bemerkte Ayrlyn.

»Ich habe den Eindruck, dass wir an der Grenze zu Cyador angelangt sind.«

»Dies ist das wirkliche Rätsel«, sagte sie. »Warum ist Cyador so sehr daran interessiert, Lornth zu erobern? Das Tal hier ist viel freundlicher als das südliche Lornth und trotzdem haben die Menschen es verlassen.«

»Vielleicht ist es wegen des Kupfers oder der Kohle oder anderer Bodenschätze, die sie brauchen.«

»Vielleicht ... aber ich bin mit dieser Antwort irgendwie nicht zufrieden.«

»Sie mögen die Leute in Candar nicht«, warf Sylenia ein, die hinter ihnen ritt. »Sie mögen überhaupt niemanden, der jenseits der weißen Mauern lebt.«

Das leise Blöken der Schafe wehte zu den Reitern herüber. Nylan blickte zu den Tieren hinunter. Nirgendwo waren Hirten und Hirtenhunde zu sehen. Ein goldener Vogel, schwer und unförmig, erhob sich neben der Straße aus dem kniehohen Gras in die Luft und flog nach Süden, wo das Gras sogar noch höher war.

»Das sah aus wie eine Art Fasan …«

»Wenn es wie ein Fasan ausgesehen hat …«

»… dann war es vermutlich auch einer«, beendete Ayrlyn den Satz.

»Ich möchte wetten, dass die gut schmecken.« Nylan lief das Wasser im Mund zusammen.

»Sie sind wirklich köstlich«, bestätigte Sylenia. »In Lornth dürfen nur die Fürsten Fasane jagen.«

Das sah den Leuten ähnlich. Nylan betrachtete den See vor ihnen. Am Südufer entdeckte er eine mit Schilf bewachsene Fläche.

»Glaubst du, wir sind hier sicher? Oder sollen wir lieber warten, bis es dunkel ist?«

»Wenn jemand uns gesehen hat, dann hat er sich längst entschlossen, etwas zu unternehmen … oder eben auch nicht. Und wenn er sich entschlossen hat, dann werden wir es bald erfahren. Wenn nicht, wäre es sinnlos, ihm noch mehr Zeit zu geben. Außerdem brauchen wir das Wasser.« Ayrlyn hielt inne. »Und ich habe nicht das Gefühl, dass viele Menschen in der Nähe sind.«

»Wahrscheinlich nicht.«

Goldener Sand lag hundert Ellen breit und fast doppelt so weit am Seeufer. Es sah beinahe aus wie ein Badestrand in Svenn.

»Der Zulauf trägt den Sand hierher. Das Schilf hält den Boden und organische Stoffe fest. Wahrscheinlich ist der See sehr sauber. Ich würde gern baden.« Ayrlyn blickte zum Haus, das am Westufer auf dem Hügel stand. »Das ist die erste größere Wasserfläche, seit … ich weiß gar nicht mehr, wie lange es her ist.«

»Weryl könnte auch ein Bad gebrauchen«, fügte Sylenia hinzu.

Nylan war überzeugt, dass sie Recht hatte. »Lasst uns

zuerst die Pferde tränken und die Wasserflaschen füllen«, schlug er vor. »Vorsichtshalber.«

»Wahrscheinlich hast du Recht, aber es fühlt sich an, als wäre das Haus da oben das einzige, in dem sich überhaupt Menschen aufhalten.«

Sie zügelten die Pferde direkt vor der Sandfläche. Nylan blickte noch einmal zum Haus, aber dort drüben ließ sich nach wie vor niemand blicken. Nur die dünne Rauchsäule kräuselte sich in den Himmel hinauf.

»Ich tränke da drüben die Pferde und du kannst mit Sylenia die Wasserflaschen auffüllen. Wenn niemand kommt, könnt ihr drei baden und ich halte Ausschau.«

»Das kann ich mir vorstellen, dass du Ausschau hältst. Aber wirst du auch in die richtige Richtung schauen?«

»Ich wollte es doch nur gut organisieren«, protestierte Nylan. »Selbst wenn jemand kommt, wird es noch eine Weile dauern, bis er hier ist.«

Ayrlyn nickte. »Ich verstehe. Und dann müssen wir die Angreifer abhalten, während du eilig in die Hosen steigst?« Sie grinste. »Vielleicht gebe ich mal eine falsche Warnung ab, nur um dich dabei beobachten zu können. Vor allem wenn deine Augen zu sehr schweifen, während wir baden.«

»Vielen Dank auch.«

»Du bist gewarnt.«

Als die Wasserflaschen gefüllt waren, zog Sylenia sich und Weryl eilig die Sachen aus, watete in den See und tauchte Weryls Füße ein. Nylan gab sich zwar Mühe, hauptsächlich das Haus und die Straße in beiden Richtungen im Auge zu behalten, aber er kam nicht umhin zu bemerken, warum Tonsar die junge Frau so anziehend fand. Andererseits war er froh, dass Tonsar nicht in der Nähe war und Ayrlyn bewundern konnte.

»Passt du wohl auf die Straße auf?«, rief die Heilerin.

Er errötete und drehte sich demonstrativ um.

»Schon besser.«

Als die drei das Wasser verließen, konzentrierte er sich noch verbissener auf die Straße und den Hügel.

»Alles klar«, rief Ayrlyn, als sie sich die Stiefel angezogen hatte. »Du kannst jetzt aufhören, den verklemmten Märtyrer zu spielen. Du hast mehr als genug gesehen und sag mir nicht, es wäre nicht wahr.«

Er musste unwillkürlich grinsen, als sie sich über ihn lustig machte.

»Jetzt bist du dran.«

Er stieg ab und gab der Rothaarigen die Zügel. Dann zog er die Stiefel und Kleider aus. Das Wasser war fast nicht mehr kühl zu nennen und beinahe schon zu warm. Ihm war sehr bewusst, dass Ayrlyn und Sylenia ihn beobachteten. Es wurde nur langsam tiefer und er musste beinahe hundert Ellen weit laufen, ehe ihm das Wasser bis zu den Schenkeln reichte. Der Sand war inzwischen weichem Schlamm gewichen, der sich zwischen die Zehen presste.

Schließlich tauchte er unter und genoss die Kühle auf der Haut. Der goldene Sand half ihm schließlich, den Dreck abzuscheuern, der sich seit mehr als einer Jahreszeit auf seiner Haut gesammelt zu haben schien. Doch auch während er sich wusch, behielt er ständig das Haus auf dem Hügel im Auge.

Als er auf den Sandstrand zurückkehrte, drehte er sich noch einmal um und blickte zum Haus, aber er konnte dort keine Veränderung wahrnehmen, keine Staubwolken, die herankommende Reiter verraten hätten. Nur die Rauchfahne war zu sehen. Buk oder kochte dort jemand und war zu beschäftigt, um nach draußen zu schauen?

Er blieb einen Augenblick im Sonnenlicht stehen und versuchte, das Wasser mit bloßen Händen abzustreifen, bevor er sich mit dem kleinen Stück Tuch abtrocknete, das ihm als Handtuch diente.

Ayrlyn sah zwischen dem Haus und dem silberhaarigen Engel hin und her. »Ein hübscher Anblick.«

»Danke.« Nylan errötete unwillkürlich. Sylenia war eifrig damit beschäftigt, nicht in seine Richtung zu sehen und Weryl aus der Wasserflasche zu versorgen. »Hast du jemanden gesehen?«

»Niemanden, aber es gibt andererseits auch reichlich Deckung hier.«

Nylan war nicht sicher, ob es ihn gestört hatte, sich in aller Öffentlichkeit zu waschen, und ob das seltsame Gefühl im Bauch entstanden war, als er sich vorgestellt hatte, dass sie überrascht werden könnten. Er zog sich wieder an.

Anschließend wuschen er und Ayrlyn abwechselnd die wenige Wäsche, die sie besaßen … und immer noch ließ sich niemand auf der Straße blicken.

»Vielleicht sollten wir gleich hier lagern?«, schlug Sylenia vor.

Nylan und Ayrlyn wechselten einen Blick.

Beide schüttelten den Kopf.

»Das Gelände ist zu offen und wir müssen rasch weiterkommen«, sagte Nylan schließlich. Er hatte kein gutes Gefühl bei dem Gedanken, hier zu lagern, und er konnte spüren, dass Ayrlyn genauso empfand.

Er stieg wieder in den Sattel und vergewisserte sich, ob die vom Waschen feuchte Unterwäsche auch gut auf den Satteltaschen befestigt wäre.

Die Straße lief in einer Kurve den Hügel hinauf und an dem einsamen Gebäude vorbei, aus dessen Schornstein nach wie vor die Rauchwolke stieg. Aber die Türen waren verschlossen und die Läden des unteren Stockwerks waren verrammelt.

»Man mag hier keine Fremden«, bemerkte Nylan.

»Ich kann mir nicht vorstellen, dass so weit in den Süden noch Räuber kommen. Ob sie grundsätzlich gegen Fremde eingestellt sind?«

»So weit von der nächsten Stadt entfernt? Ich weiß nicht.«

Sylenia warf einen sehnsüchtigen Blick zum blauen See zurück, als sie über die nächste Hügelkuppe ritten.

CX

Nesslek saß vor Zeldyans Lehnstuhl auf dem Teppich und beschäftigte sich mit einem Stapel polierter Holzklötze. Der Junge kaute auf der Ecke eines Klotzes herum und der Speichel lief ihm aus dem Mundwinkel.

Seine Mutter las schweigend eine Schriftrolle, während Gethen gekühlten Grünbeerensaft aus einem Becher trank.

Schließlich schaute Zeldyan auf. »Er schreibt, dass die Engel in der Nacht Feuer auf das Bergwerk geworfen und viele Weiße Dämonen vernichtet haben. Die Überlebenden wären nach Cyador zurückgeritten und hätten nur verkohlte Ruinen zurückgelassen.« Sie ließ das Dokument los, das sich sofort zusammenrollte, und gab es ihrem Vater. »Nachdem sie die Weißen Dämonen besiegt haben, sind die Engel verschwunden«, fuhr sie fort. »Sie haben Sylenia und das Kind mitgenommen und niemand weiß, wohin sie wollten. Sie haben eine Schriftrolle zurückgelassen und gesagt, dass sie zurückkehren werden.«

»Ich werde später lesen, was Fornal geschrieben hat.« Der grauhaarige Regent schüttelte den Kopf. »Dann haben wir also eine ausgebrannte Mine und keine Weißen Dämonen mehr, aber auch keine Engel. Sind sie mit dem Wind geritten?« Er lachte heiser. »Als ich sie das letzte Mal sah, sind sie mit Pferden geritten.«

»Wenn Magier nicht gesehen werden wollen, dann kann man sie oft auch nicht sehen.«

»Das ist wohl wahr, meine Tochter.«

»Ich glaube nicht, dass sie uns für immer verlassen haben«, überlegte Zeldyan. »Auch wenn ich den Grund nicht genau sagen kann.«

»Sie haben Fornal im Stich gelassen.«

»Wirklich? Sie haben die Weißen Dämonen vertrieben.« Zeldyan lächelte leicht. »Sie haben nicht einmal dies versprochen.«

»Der Herrscher von Cyador wird jetzt seine ganze Streitmacht gegen uns ins Feld schicken«, meinte der ältere Regent, eine Hand locker um das Kristallglas gelegt. »Du hast dies bereits vorhergesagt. Sie werden mehr Bewaffnete und Lanzenreiter schicken, als wir je gesehen haben.«

»Wir waren uns doch einig, dass wir keine Wahl haben.«

Ein Holzklotz fiel auf den Teppich, rollte weiter und klapperte über die Steinkacheln. Nesslek stand auf, hielt sich am Lehnstuhl fest und zerrte an Zeldyans Bein.

Zeldyan lachte, aber das Lachen klang bitter.

»Mama«, sagte Nesslek und zog noch einmal an der dunkelgrünen Hose seiner Mutter. »Mama.«

»Oh, mein Kind.« Sie nahm ihn auf den Schoß und umarmte ihn.

Nach kurzem Schweigen fuhr Gethen fort. »Was sagt dir dein Herz über die Engel?«

Zeldyan runzelte die Stirn.

»Dein Herz«, beharrte er.

»Sie sind gut«, räumte sie ein. »Haben sie nicht die Cyadoraner vertrieben und uns eine Ladung Kupfer geschickt?«

»Das ist wahr, aber … aber die Pferde … die Feuerkugeln und die heimlichen Angriffe in der Nacht …«

»Sie haben getan, was getan werden musste.«

»Doch selbst wenn wir siegen, wird Lornth danach nicht mehr so sein wie zuvor. Das ist es, was die Grundbesitzer noch mehr fürchten als die Niederlage.«

»Auf die eine oder andere Weise wird Lornth sich verändern.« Die blonde Regentin löst Nessleks Finger aus ihrem Haar. »Und doch, mein Vater ... du weißt, dass ich nicht alles mit den Augen Fornals sehe ... aber er macht sich Sorgen und er muss sich zuerst mit den Weißen Dämonen befassen.«

»Er hat guten Grund, besorgt zu sein. Wir übrigens auch, wenngleich ...«

»Wir sollten den Grundbesitzern zum Fraß vorwerfen, was wir haben?«

»Und ihnen berichten, dass wir getan haben, was sie von uns verlangt haben.« Gethen schnaubte. »Und dann sollten wir eine Botschaft an Fürstin Ellindyja schicken, dass wir das Erbe ihres Enkelsohnes zurückerobert haben.«

»Das sollten wir am besten rasch tun, bevor ...«

Gethen nickte.

»Anschließend schicken wir Fornal eine Botschaft und lassen ihn wissen, dass wir ausheben, was wir nur an Truppen bekommen können«, fügte Zeldyan hinzu.

»Es werden nicht viele sein.«

»Nein, es werden nicht viele sein.«

CXI

Nylan betrachtete die Straße, die sich fast eben nach Westen wand und einer kleinen, höchstens zehn Ellen hohen Erhebung auswich. An Stelle der armseligen, sonnenverbrannten Halme stand hier kräftigeres Gras auf den Wiesen, das, obwohl die Erntezeit nahe sein musste, noch weitgehend grün war. Auf den sanften Hügeln, eigentlich kaum mehr als kleine Buckel, standen hier und dort Wäldchen, deren Säume so scharf gezogen schienen, als hätte man sie mit einem Laser zurechtgestutzt.

Manchmal sah man neben den Wäldchen vereinzelte Bauernhöfe, die über kleine Zufahrten mit der Hauptstraße verbunden waren. Anders als im Tal mit dem See konnten sie hier in großen Abständen auch Bauern und Hirten ausmachen. Aber keiner kam der Straße nahe.

»Merkst du es?«, fragte Ayrlyn.

»Was soll ich merken?«

»In Lornth stehen die Häuser nahe an der Straße, hier nicht. Und ich glaube, wir haben noch keine einzige Frau draußen herumlaufen sehen. Ein paar kleine Kinder, aber keine einzige Frau. Wir sind jetzt, seit wir den See gefunden haben, zwei Tage ohne Unterbrechung geritten …«

»Wir haben etwas geschlafen.«

»Wenn du das Schlafen nennst, was wir in unserem Versteck im Wäldchen getan haben …«

Nylan atmete tief durch. »Ich habe geschlafen.«

»Du und Weryl, ja – ihr habt geschlafen.«

»Ich konnte auch nicht schlafen«, fügte Sylenia hinzu.

»Was ist nun mit den Frauen hier?«, fragte Nylan, um das Thema zu wechseln, nachdem er so sehr auf Widerspruch gestoßen war.

»Es ist nur so ein Gefühl …«

»Das ist sicher nicht nur ein Gefühl«, meinte Sylenia. »Sie sperren hier ihre Frauen ein. Das ist jetzt sogar noch schlimmer als damals zur Zeit meiner Vorfahren, als Edelfrauen noch nach Lornth geflohen sind.«

»Gethen oder sonst jemand hat es erwähnt.« Ayrlyn blieb stehen und blickte zur Kurve vor ihnen.

Ein kleiner Wagen, der von einem schmächtigen

grauen Pferd gezogen wurde, kam hinter dem Hügel hervor und näherte sich den drei Reitern. Er fuhr langsam, die gelb bemalten Räder wirbelten kaum Staub hoch.

»Der erste Einheimische, dem wir auf der Straße begegnen«, meinte Nylan.

Der dunkelhaarige, glatt rasierte Mann auf dem Kutschbock starrte die drei Reiter an, vor allem Ayrlyns hellrotes Haar. Mit aufgerissenen Augen sah er zwischen Ayrlyn und Sylenia hin und her und nahm Nylans Anwesenheit kaum zur Kenntnis.

Die Engel und Sylenia wichen zum rechten Straßenrand aus, Nylan zog das Packpferd hinterher.

Der Kutscher lenkte sein Zugpferd zum anderen Straßenrand, ohne die Fremden auch nur eine Sekunde aus den Augen zu lassen.

Nylan lächelte freundlich und sagte »Guten Tag« auf Alt-Rationalistisch.

Der Kutscher riss den Mund auf, schloss ihn wieder, schluckte schwer und wandte den Blick ab. Im Vorbeifahren ruckte er heftig an den Zügeln.

Nylan sah ihm nach. Der Wagen fuhr eindeutig schneller. »Ich denke, diese Begegnung wird er wohl den örtlichen Machthabern melden.«

»Das würde mich nicht wundern«, sagte Ayrlyn. »Er hat uns ja angestarrt, als wären wir … Huren oder noch Schlimmeres. Ich habe ein ungutes Gefühl, was die Stellung der Frauen in Cyador angeht … ein sehr ungutes Gefühl.«

Nylan musste zugeben, dass sie vermutlich Recht hatte. »Je eher wir diesen Wald finden, desto besser. Nach Möglichkeit noch bevor wir den örtlichen Machthabern begegnen.«

»Nylan …«, sagte Ayrlyn leise. Sie lenkte ihr Pferd dicht an seines.

»Ja?«, fragte er beunruhigt.

»Du hattest vermutlich Recht damit, dass wir uns nachts verstecken sollten. Wir müssen vorsichtiger sein.«

»Meinst du, wir sollten querfeldein reiten?« Er sah sich über die Schulter um. Vom Wagen war nichts mehr zu sehen.

»Nur wenn wir unbedingt müssen. Auf der Straße kommen wir schneller voran.«

Sie hatte Recht und hinter der Kurve war die Straße wieder völlig frei. Hier und dort standen, wie schon zuvor, einzelne Gehöfte in der sanft gewellten Landschaft. Wie lange die Straße noch frei bleiben würde, war freilich eine andere Frage.

Nylan tupfte sich die Stirn ab und sah sich über die Schulter um, aber auch hinter ihnen war die Straße leer. Die letzten Staubwölkchen, die der Wagen hochgewirbelt hatte, legten sich gerade wieder.

CXII

Am Spätnachmittag strömte das Sonnenlicht hell durchs Fenster, aber der weiße Marmor wirkte so kalt wie der in weiße und silberne Gewänder gekleidete Mann, der auf dem Thron aus Silber und Malachit saß.

»Habt Ihr alle nötigen Vorräte beschafft, Queras?« Lephi beugte sich vor, sein Umriss spiegelte sich auf der weißen Marmorwand hinter dem Thron. Rechts neben dem Thron stand ein Mann, der die weißen Gewänder eines Magiers trug.

Der Offizier mit den dunklen Augen und den überkreuzten grünen Schärpen verneigte sich vor dem Podest. »Wir tragen alles zusammen, was nötig ist.«

»Einen Achttag seid Ihr nun mit der Angelegenheit betraut und mit dem Beschaffen von Vorräten immer noch nicht fertig? Was ich gesehen habe, kann doch nicht ausschließlich für die Spiegellanzenreiter und ihren Tross gedacht sein, oder?«

»Verzeiht, Majestät ...«

»Ja?« Lephis Stimme war kalt. »Erklärt Euch, Marschall Queras. Bitte erklärt Euch.«

»Drei weitere Feuerwagen sind ausgefallen ... wir haben jetzt nur noch weniger als ein Dutzend. Wir haben Pferdegespanne aus Sommerhafen beschafft, aber das hat einige Zeit erfordert ...« Queras blickte nervös zum Balkon mit dem Gitter, auf dem die Bogenschützen der Rationalen Sterne Wache hielten.

»Was war sonst noch? Das Versagen von drei Feuerwagen kann doch eine solche Verzögerung nicht erklären. Könnt Ihr die Vorräte nicht auf dem Großen Kanal verschiffen?«

Queras schluckte und starrte die frisch polierten, nicht mehr ganz weißen Fliesen des Thronsaales an, dann den grünen Läufer, auf dem er stand.

»Bitte?« Lephis Stimme blieb ruhig und kühl.

»Vor drei Achttagen sind schon einmal zwei Feuerwagen ausgefallen ... und Ihr habt befohlen, dass die Eisenmagier sich zuerst um das Feuerschiff bemühen.«

»Das mag ich befohlen haben. Aber auch der Verlust von fünf Feuerwagen kann in einem Land wie Cyador keine so große Verzögerung bewirken.« Lephi lächelte.

»Der Große Kanal ... auch dort gab es Schwierigkeiten.«

»Was für Schwierigkeiten?«

»Wurzeln, Euer Majestät. Sie haben den Kanal verstopft. Und es gab mehrere große Wasserechsen.«

Das sonst eher gerötete Gesicht des Weißen Magiers, der hinter Lephi stand, wurde bleich.

Schweigen senkte sich über den kleinen Saal.

Schließlich nickte Lephi. »Geht jetzt. Kehrt erst zurück, wenn Ihr bereit seid zu marschieren oder wenn ich Euch rufen lasse.«

»Ja, Majestät.«

Die Tür wurde geschlossen und Lephi wandte sich an Triendar. »Soll ich den Verwunschenen Wald in Ruhe lassen, alter Freund?«

»Nein.« Triendar trat vor und neigte knapp den Kopf. »Ich habe Euch gesagt, dass der Versuch, die Grenzen Cyadors mithilfe des Chaos zu erweitern, uns alle vernichten könnte. Ihr sagtet, es müsste dennoch geschehen. Wir haben alles versucht, aber wie Ihr können die Weißen Magier nicht an zwei Stellen zugleich sein.« Triendar überlegte kurz, ehe er fortfuhr. »Es gibt nicht viele Eisenmagier und mit jeder Generation werden weniger Menschen mit dieser Gabe geboren. Wir haben nicht genug, um die Feuerkanonen für das Feuerschiff zu bauen und gleichzeitig alle versagenden Feuerwagen zu reparieren.«

»Und niemand anders kann es tun?«

»Nein, Herr. Wie Ihr es befohlen hattet, wurde schon vor Jahren jeder Weiler und jedes Dorf abgesucht. Wir haben sogar Frauen zu Eisenmagiern gemacht und Ihr wisst, welche … welche Schwierigkeiten sich daraus ergeben haben. Aber immer noch sind es zu wenige, die diese Begabung besitzen.« Er trat unruhig von einem Fuß auf den anderen.

»Ist es denn wirklich zu viel verlangt, Triendar? Ist es zu viel verlangt, wenn ich Euch und die Weißen Magier beauftrage, einfach nur das zu erhalten, was da ist?«

»Nach den alten Aufzeichnungen, Hoheit …«

»Ihr habt mir immer wieder von den höchst ehrenwerten alten Aufzeichnungen erzählt … seit ich ein kleines Kind war. Ihr sagt, die Fähigkeit, das Chaos und die Ordnung zu beherrschen, nehme ab. Aber warum?«

»Wir wissen es nicht. Wir haben sogar Gefangene aus anderen Ländern geholt, aber keiner von ihnen hatte die Gabe.«

»Und was … was ist mit diesen drei Engeln?«

»Sie reiten irgendwo durch die Grashügel.«

»Ist das alles, was Ihr mir sagen könnt?«

»Das Glas zeigt nur, dass sie reiten. Es kann mir nicht verraten, über welchen Hügel sie kommen. Ich werde sie weiter beobachten, bis ich im Gelände etwas erkenne.«

»Bis Ihr etwas erkennt? Was nützen uns Eure Fähigkeiten nun?«

»Die Welt ist, wie sie ist, und ich kann sie nicht verändern, Herr. So sehr ich es auch wünsche.«

»Ist diese ganze verdammte Welt denn darauf aus, Cyador zu vernichten? Sieht es so aus?« Lephi sah den Weißen Magier böse an. »Ihr könnt mir nichts über diese Engel sagen, die meine Lanzenreiter vernichtet haben. Ihr behauptet, ich müsste entweder überhaupt nichts tun und zusehen, wie Cyador zerfällt, oder ich könnte versuchen, die Macht und den Ruhm des Landes wieder herzustellen, und würde dabei alles zerstören, was meine Vorfahren aufgebaut haben.«

»So habe ich das nicht …«

»Ihr habt Eure Worte vorsichtiger gewählt, aber sie liefen genau darauf hinaus.«

Triendar wartete.

Schließlich schüttelte Lephi den Kopf. »Ich werde das nicht hinnehmen. Cyad wird wieder zu Ruhm und Ehre gelangen. Noch zu meiner Zeit und unter meiner Herrschaft. So muss es sein. Ist das klar, Triendar?«

»Eure Worte sind völlig klar, Euer Majestät. Völlig klar.«

»Dann versammelt Eure Magier. Geht jetzt!«

CXIII

Je weiter Nylan und Ayrlyn vom See aus nach Süden vordrangen, desto flacher wurden die Hügel, bis schließlich nur noch eine sanft gewellte Ebene vor ihnen lag. Inzwischen ritten sie durch gleichförmiges Ackerland.

Auf den Äckern links neben der Straße standen niedrige Pflanzen. Verblichene gelbe Blumen hoben die Köpfe ein wenig höher als die anderen Pflanzen, deren dunkelgrüne Blätter sich bereits an den Spitzen einzurollen begannen. Ein Duft, der an Reisera erinnerte, wehte ihnen entgegen, wann immer eine leichte Brise aufkam. Die Landschaft war wie so vieles in Candar – vertraut, aber doch nicht ganz so wie auf ihrer eigenen Welt.

Graue Gewitterwolken, die ersten, die Nylan seit ihrer Ankunft in Lornth vor mehr als einer Jahreszeit zu sehen bekam, bedeckten den Himmel. Vereinzelt fielen sogar ein paar Tropfen und hinterließen dunkle Punkte im Straßenstaub.

»Das gefällt mir nicht«, murmelte Ayrlyn.

»Der Regen? Es ist doch gut, dass die Sonne nicht so brennt.«

»Nein, Cyador. Die ganze Gegend hier.«

»Meint du, dass wir zu ungeschützt sind? Sollen wir anhalten?« Nylan blickte nach vorn, wo offenbar einige Gebäude standen. »Da ist ein Dorf und da kommt noch ein Wagen.«

»Lass es mich überprüfen.« Ayrlyns Augen verschleierten sich und sie sackte ein wenig im Sattel zusammen, während die vier Pferde langsam nach Süden liefen und der Wagen, der nur mit einem einzigen Zugpferd bespannt war, sich ihnen näherte.

Nylan beobachtete ihn aufmerksam, aber wie die anderen, die sie schon gesehen hatten, war auch dieser Wagen klein. Er hatte Speichenräder und eine Federung über den Achsen, war also erheblich aufwändiger gebaut als alles, was sie bisher in Lornth gesehen hatten. Der Fahrer war ein dunkelhaariger Mann, der den Wagen sofort in eine Seitenstraße lenkte und die Zügel knallen ließ, als er die Reiter bemerkte.

Nylan runzelte die Stirn. Hatten sie sonst schon einmal jemanden reiten sehen? Wohl nicht.

»Hinter der Stadt ist ein großer Fluss«, verkündete Ayrlyn, indem sie sich wieder aufrichtete.

»Wie weit ist es noch bis zum Wald?«, wollte Sylenia wissen.

»Er ist hinter der Stadt«, antwortete Nylan trocken.

Ayrlyn hob die Augenbrauen.

»Sollen wir einfach mittendurch reiten oder dem Ort ausweichen?«, fragte er rasch.

»Es ist keine große Stadt«, sagte Ayrlyn. »Wir können entweder über das Land eines Bauern reiten und durch den Fluss waten und dafür sorgen, dass alle möglichen Leute sich fragen, wer wir sind. Oder wir können durch die Stadt reiten und die Brücke nehmen und eine Menge Zeit sparen. Dort ist niemand, der nach einem Bewaffneten oder sonst wie nach Kommiss aussieht.«

»Kommiss?« Sylenia wiederholte das Wort verwundert und Nylan wurde klar, dass es ein sybranischer Begriff war. In der alten Sprache der Rationalisten gab es nur Wörter wie »Truppe« oder »Heer«.

»Ich glaube, wir reiten einfach mittendurch, als wären wir hier zu Hause, und halten uns bereit, die Klingen zu ziehen, falls es nötig wird.«

»Wenn hier keine Bewaffneten sind«, meinte Ayrlyn, »dann werden wir auch kein Schwert ziehen müssen. Die Einheimischen weichen aus, sobald sie Bewaffnete sehen. Ist euch das noch nicht aufgefallen?«

Nylan nickte. »Ja«, sagte er, als ihm bewusst wurde,

dass Ayrlyn seine Geste nicht gesehen hatte. »Ich glaube nicht, dass hier jemand reitet, der nicht zum Militär gehört.«

»Das könnte stimmen.«

Sylenia sah etwas verwirrt zwischen Nylan und Ayrlyn hin und her.

»Enyah, Bisskitt?«

»Ach, da ist gerade jemand wach geworden«, sagte Nylan.

»Gleich, gleich.« Sylenia drehte sich um und öffnete den kleinen Beutel, der eigens neben ihrem Sattel hing, damit sie jederzeit Zugang zu den rasch schwindenden Vorräten hatte.

Je länger der Schmied das Dorf vor ihnen betrachtete, desto stärker wurde sein Gefühl, dass etwas nicht stimmte. Auch das war ein Problem dieser Welt. Er konnte die Energien spüren, die in der Erde aufgestaut waren, und er konnte fühlen, dass sie in Cyador auf Schwierigkeiten stoßen würden, aber er konnte nichts Konkretes und erst recht keine Beweise für seine Mutmaßungen finden. Verlor er allmählich den Verstand? Oder hatte er ihn längst verloren und irrte jetzt durch ein Labyrinth des Wahnsinns?

Er blickte zu einem Waldstück hinter dem Bauernhof, der rechts neben der Straße lag. Der Hof war wie alle anderen ein gutes Stück von der Straße entfernt und wurde von Büschen abgeschirmt. Von Buschwerk, nicht von Bäumen.

Noch einmal blickte er zum Wald. Die Bäume – was hatten sie nur an sich? Dann schluckte er. Es war so offensichtlich – und doch sehr schwer zu bemerken.

»Schau dir die Bäume an«, sagte Nylan.

»Die Bäume? Also gut. Es sind Bäume, die in einem kleinen Wäldchen stehen.«

»Hast du noch woanders Bäume gesehen?«

Nach einer Weile kam ein leises »Oh«.

»Erinnerst du dich an irgendwelche Bäume, die einzeln und nicht in einem dieser Wäldchen gestanden haben?«

»Nein ... jetzt, da du es erwähnst. Glaubst du ...«

»Ich weiß es nicht, aber wir wollen hoffen, dass der Wald nicht mehr weit entfernt ist.«

Sie näherten sich einem durch Büsche abgeschirmten Haus, das höchstens vierzig Ellen von der Straße entfernt stand. Eine Frau pflückte grüne Beeren von einem Busch. Als sie die Hufschläge hörte, drehte sie sich um und die Reisenden sahen, dass die Frau hochschwanger war. Sie riss die Augen auf, schnappte sich den Korb mit den Beeren und eilte um die Büsche herum ins Haus, um hinter sich die Tür zuzuknallen.

»Dass sie hier auch immer die Türen zuschlagen müssen«, meine Ayrlyn.

»Das liegt wohl daran, dass die Fensterläden sowieso schon geschlossen sind.«

Nylan sah sich um. Sie kamen an einigen weiteren Gebäuden vorbei, die immer noch ein Stück abseits der Straße standen. Die Häuser waren aus großen gelben Lehmziegeln gebaut, die jeweils mehr als zwei Drittel einer Elle lang waren. Sämtliche Gebäude waren von derselben gelblichen Farbe, einige zwar mit Stuck oder Putz verziert, aber alle aus den gleichen Ziegeln gebaut und mit grünen Läden mit grünen Riegeln vor den Fenstern im untersten Stockwerk.

Der silberhaarige Engel runzelte die Stirn.

Ein grauhaariger Mann mit einem Besen in der Hand schaute zu ihnen auf, verneigte sich rasch und eilte über den Gehweg am Straßenrand davon, um hinter dem Buschwerk vor einem Haus zu verschwinden.

Als wäre eine unsichtbare Welle durch den Ort gelaufen, wurden vor den Reitern Türen geschlossen und die Straße leerte sich fast geräuschlos.

»Sie mögen anscheinend keine Fremden«, sagte Sylenia gelassen.

»Vielleicht liegt es auch daran, dass wir reiten«, wandte Ayrlyn ein.

Ein leichter Wagen fuhr vor ihnen eilig über die Straße, offenbar in Richtung Brücke unterwegs.

»Wir sollten uns beeilen«, schlug Nylan vor. »Ich wäre lieber auf der anderen Seite des Flusses, ehe die örtlichen Machthaber auftauchen.« Er ruckte an den Zügeln der Stute.

Im Zentrum des Ortes gab es ein zweistöckiges Gebäude, vor dem aus Ziegelsteinen gemauerte Säulen standen. Die Tür stand offen und Nylan konnte drinnen Menschen erkennen, die sich in kleinen Gruppen sammelten, jedoch die Blicke abwandten, sobald sie die Reiter bemerkten.

»Eine Markthalle«, meinte Ayrlyn.

Links neben der Straße stand ein schöner Springbrunnen vor der Markthalle, der einem unbekannten Baum nachgebildet war. In alle Richtungen breiteten sich Äste aus, von denen das Wasser wie ein seidiger Vorhang herunterfiel, sodass der Eindruck entstand, das Wasser würde bei starkem Regen von den Zweigen perlen.

»Das ist schön«, sagte Ayrlyn.

»Ja, das ist es.« Aber immer noch fand Nylan die Stadt beunruhigend. »Es riecht hier nicht«, sagte er auf einmal.

»Was?«

»Die meisten unterentwickelten Ansiedlungen riechen. Diese hier riecht nicht, sie ist sauber.«

»Die alten Rationalisten waren recht gut organisiert.«

Sie ritten weiter, schnellen Schrittes jetzt, während die Leute vor ihnen flohen und die Türen verschlossen.

Am Südrand des Ortes stießen sie auf den Fluss. Die auf drei Pfeilern ruhende Brücke war aus den gleichen gelben Ziegeln gebaut wie die Häuser, nur das Fundament, das aus dem trüben grauen Wasser ragte, bestand aus Stein. Im Osten, flussabwärts, stachen mehrere aus

Ziegeln gebaute Piere in den Fluss hinein, dahinter war das Ufer zu einem Deich aufgeschüttet, um jahreszeitlich bedingtes Hochwasser abzuhalten.

An einer Pier war ein langes, schmales Boot festgemacht, auf dem jeweils zwei geflochtene Körbe übereinandergestapelt waren. Drei Männer reichten von der Pier aus weitere Körbe ins Boot. Keiner von ihnen schaute auf, als die vier Pferde vorbeikamen, obwohl die Hufe auf den gemauerten Brückenbögen laut klapperten.

Der Fluss selbst war mächtiger, als Nylan erwartet hätte, beinahe hundert Ellen breit. Das graue Wasser schien nur langsam zu fließen, aber Nylan konnte spüren, dass es zu tief war, um durchwatet zu werden.

Die Zufahrt vor der Brücke war schmal, höchstens sieben oder acht Ellen breit. Sylenia ließ ihr Pferd zurückfallen und ritt hinter den Engeln neben dem Packpferd. Ihre Beine waren nur noch eine Elle vom Brückengeländer entfernt.

Nach jahrelangem Gebrauch hatten die Wagenräder Rinnen in den Straßenbelag geschliffen. Nylan untersuchte die Brücke mit seinen Sinnen und sah sich um. »Der Fluss ist neu, wenigstens das Flussbett.«

»Neu? Er sieht aus, als wäre er schon eine Weile hier«, wandte Ayrlyn ein.

»Seit ein paar hundert Jahren«, erklärte Nylan. »Für einen Fluss ist das keine lange Zeit.«

»Also haben sie auch hier den Planeten angepasst.«

Aber warum? Warum hatten sie einen Fluss verlegt? Nylan schwankte etwas im Sattel, als die Stute auf der anderen Seite des Brückenbogens wieder bergab lief.

Jenseits des Flusses ging es wieder durch Felder, doch auf dieser Seite standen keine Häuser mehr und der Damm war niedriger.

»Ein Überschwemmungsgebiet«, sagte Ayrlyn. »Der Damm ist auf dieser Seite niedriger. So planen die Rationalisten.«

»Ich bin beeindruckt«, sagte Nylan, »aber ich bin auch beunruhigt, obwohl ich den Grund nicht nennen kann.«

»Da ist noch etwas«, fügte Ayrlyn hinzu. »Es gab keine Schilder. Im ganzen Ort war kein Schild und kein geschriebenes Wort zu sehen.«

»Das ist aber seltsam.«

»Ja.« Ayrlyn hielt inne und überprüfte die Umgebung. »Vor uns, wo die Straße sich gabelt, sind Leute. Reiter.«

»Verdammt.« Nylan tastete unwillkürlich nach dem Schwert im Schultergeschirr und dem zweiten an der Hüfte. Er rückte beide Waffen zurecht und vergewisserte sich, dass er sie im Notfall leicht erreichen konnte. »Sollen wir querfeldein ausweichen?«

»Es sind nur drei. Sie kennen sich hier aus und wahrscheinlich sind ihre Pferde frischer als unsere.«

»Glaubst du denn, wir können uns da herausreden?«

»Vielleicht. Jedenfalls werden sie eine größere Überraschung erleben, wenn wir ihnen einfach entgegenreiten, statt die Flucht zu ergreifen.«

Das war durchaus vernünftig und Ayrlyn hatte ja tatsächlich viel öfter Recht behalten als er, überlegte Nylan. Trotzdem, da kamen ihnen drei Bewaffnete entgegen und nur er und Ayrlyn trugen Waffen.

Die drei grün uniformierten Berittenen hielten Säbel aus Neusilber in den Händen und erwarteten sie an der Kreuzung.

»Sylenia, du hältst dich zurück.« Nylan zügelte das Pferd gut zwanzig Ellen vor der einheimischen Patrouille, hielt sich aber bereit, das Kurzschwert aus Westwind zu ziehen, falls es nötig würde.

»Ihr müsst mit uns kommen«, verkündete der Reiter in der Mitte.

Es war unverkennbar die alte Sprache der Rationalisten. Nylan brauchte einen Augenblick, um sich darauf einzustellen.

»Warum denn?«, fragte Ayrlyn. »Wir haben niemandem etwas getan.«

»Ihr seid Fremde. Fremde haben hier keinen Zutritt. Cyad darf nicht besudelt werden.« Der beinahe lüsterne Blick des Sprechers passte nicht recht zu seinen Worten.

Nylan betrachtete das Gelände hinter den Bewaffneten, konnte aber niemanden sonst spüren.

»Kommt jetzt!«, fauchte der cyadorische Anführer, als wäre es ihm völlig unvorstellbar, dass man sich ihm widersetzte.

Nylan riss die Augen auf, als Ayrlyns Pferd einen Satz machte und ihre schwere Klinge die Schulter des Sprechers spaltete. Viel zu spät zog auch er sein Schwert aus der Scheide an der Hüfte und trieb sein Pferd an.

Der Bewaffnete auf der rechten Seite sah zwischen Nylan und dem toten Anführer hin und her, dann hob er langsam sein Schwert. Nylan schlug die Klinge aus Neusilber weg und traf den Mann in der Schulter, dann schlug er dem Mann die Klinge endgültig aus der Hand.

»Ser!«

Als er Sylenias Schrei hörte, drehte er sich sofort um. Der dritte cyadorische Reiter drang auf Ayrlyn ein, die sich nur schwach mit ihrer Klinge wehrte. Eher blindlings als aufgrund von kühler Überlegung handelnd, warf Nylan seine schwere Klinge und glättete den Energiefluss, während sie flog.

Der Schwall des Chaos ließ ihn im Sattel erstarren. Einer Nova gleich explodierte grelles Licht in seinen Augen und er tastete blind nach dem Schwert im Schultergeschirr.

»Das ist nicht mehr nötig, Ser Nylan.« Sylenias Stimme drang nur mit Unterbrechungen zu ihm durch. »Das ist nicht mehr nötig, sie sind alle tot.«

Er ließ die Hand sinken und kniff vergebens die Augen zusammen, um die Blitze des Chaos zu vertreiben, die in ihnen zuckten.

»Was machen wir jetzt?«, fragte das Kindermädchen.

»Wir reiten einfach weiter. Schneller Schritt«, keuchte Nylan. »Wir müssen ein Waldstück erreichen ... wo wir Schutz finden ... aber nicht zu nahe. Übernimm du die Führung.«

»Ich ... das kann ich nicht.«

»Du bist die Einzige, die sehen kann.«

»Oh.«

Nylan schauderte im Sattel und ließ sich von Sylenia führen. Sein Pferd folgte ihr gehorsam. Er wusste, dass Ayrlyn in noch schlechterer Verfassung war und kaum noch reiten konnte. Aber es war richtig gewesen, dass sie als Erste angegriffen hatte. Hatten sie denn eine andere Möglichkeit gehabt? Nein, nicht in dieser Situation. Nicht mit Sylenia und Weryl, die verletzlich und unbewaffnet waren. Nicht in einer Kultur, in der Außenseiter als wertlos galten.

Wieder und wieder ... immer wieder schien sich zu bestätigen, dass nur die rohe Gewalt zählte. Die Leute reagierten allein auf Gewalt. Nicht auf Gefühle, nicht auf Vernunft, nicht auf das Gleichgewicht ... allein auf die Gewalt.

... verdammt ... immer nur Gewalt ...

Er schluckte und hielt sich mühsam im Sattel und verließ sich einstweilen darauf, dass seine Stute Sylenia folgte.

CXIV

Eine Grille ... oder ein Grashüpfer ... oder etwas anderes ... zirpte in der Dunkelheit vor dem Wäldchen im Gras. Der leichte, an Reisera erinnernde Geruch schien sich in der abendlichen Windstille zu verstärken.

Nylan blickte durch die Dunkelheit kurz zu Sylenia

und Weryl, die ruhig schliefen, dann zu Ayrlyn. »Bist du nicht müde?« Er schloss die Lider, weil er immer noch das Gefühl hatte, jemand würde ihm glühende Messer in die Augen stoßen.

»Schon, aber kann nicht schlafen. Mir tut der Kopf weh …«

»Ich weiß.« Auch Nylan hatte Kopfschmerzen und hin und wieder verschwamm es ihm vor den Augen. Weiße Blitze oder Funken blendeten ihn. Auf dem Weg vom Fluss hierher war es so schlimm gewesen, dass er manchmal hatte blind reiten müssen und nur gehofft hatte, dass die Stute ihn nicht im Stich ließ und dass Sylenia einen halbwegs sicheren Platz für sie fand.

Es war ihm vorgekommen, als wären sie eine Ewigkeit geritten. Ein Regenschauer hatte, so seltsam es auch war, die schlimmsten Nachwirkungen des Chaos weggespült.

Er war nicht sicher, wo sie sich befanden, aber sie waren jedenfalls weiter im Süden und näher am Wald. Oder besser, er hoffte es, aber er war zu müde, um sich große Gedanken zu machen oder weiter zu reiten.

»Es gibt so viele Dinge, die ich einfach nicht verstehe«, gestand er.

»Das liegt daran, dass du kein Kommunikationsoffizier oder Soziologe bist«, erklärte sie. »Ich habe es zuerst auch nicht verstanden. Aber schau es dir mal in aller Ruhe an. Ganz rationalistisch, wenn du so willst.«

Er stöhnte über die Anspielung und rieb sich die Schläfen.

»Diese Kultur ist stark reglementiert und gut organisiert. Frauen genießen nur sehr wenig Ansehen, sie gelten höchstens als wertvoller Besitz. Es gibt hier eine Art Aristokratie mit weit reichenden Privilegien. Die ganze Stadt hat es praktisch herausgeschrien.«

»Was?« Nylan hatte immer noch Kopfschmerzen. Aber er hatte ja auch zwei Einheimische getötet.

»Die Fensterläden der Häuser sind trotz der Hitze verschlossen. Die Eingänge sind mit Büschen abgeschirmt oder in der Stadt sogar mit Gittern gesichert. Es gibt keine Hinweise darauf, was sich wo befindet, die Häuser sehen einander sehr ähnlich. Haben wir auch nur ein einziges Mädchen gesehen? Eine schwangere Frau ist uns begegnet, mehr nicht. Die einzigen Reiter, die wir sahen, waren Vertreter der Machthaber. Die Leute rennen weg, sobald ein Berittener kommt, noch bevor sie überhaupt erkennen, wer es ist. Was glaubst du, warum ich schnell angegriffen habe? Es ist ja nicht so, dass ich etwas Derartiges gern mache und dass ich besonders blutrünstig wäre«, erklärte sie. »Wir sind hier Fremde, wir sind beritten und wir haben Waffen. Das bedeutet, dass wir praktisch Freiwild sind und dass sie sofort angreifen wollten, als wir uns weigerten, sie zu begleiten. Die gute Nachricht ist allerdings, dass wir im Augenblick nicht verfolgt werden«, meinte Ayrlyn.

»Wir sind Fremde und haben drei Angehörige der einheimischen Polizei getötet und sie jagen uns nicht? Bist du sicher?«

»Ich möchte wetten, dass die drei Bewaffneten die gesamte örtliche Polizei dargestellt haben. Sie sind jetzt tot, aber das war außerhalb der Stadt. Zuerst einmal werden nur wenig Einheimische die Initiative ergreifen und sich vergewissern, was passiert ist. Und jene, die es tun, werden nicht unbedingt sofort alles erzählen, weil sie Angst haben, hineingezogen zu werden. Die Einheimischen werden eher darauf achten, in nichts verstrickt zu werden, und die meisten werden wegschauen. Und wer will schon in einem solchen System zur nächsten Stadt oder zur nächsten Garnison oder was auch immer reisen, um zu erklären, was geschehen ist – und sich dabei einer peinlichen Befragung aussetzen? Nein, die Leute hier werden langsam und zögerlich reagieren.«

»Systeme wie dieses funktionieren einfach nicht.«

»O doch, sie funktionieren«, erwiderte sie grimmig. »Diese ... diese Cyadoraner haben den passiven Widerstand bis zur Perfektion entwickelt und üben andererseits eine absolute militärische oder autoritäre Kontrolle über jeden aus, der sich nicht anpasst. Es ist ziemlich offensichtlich, dass Frauen, die sich draußen bewegen, als Freiwild gelten, während sie hinter ihren vier Wänden sicher sind. Einheimische Männer werden vermutlich von den Adligen geachtet, solange sie in der Öffentlichkeit den Kratzfuß machen. Die Einheimischen halten sich den Adligen nach Möglichkeit fern. Schau dir nur die Häuser an. Wenn du dich hier nicht auskennst, kannst du nicht wissen, wer in welchem Haus lebt. Die Einheimischen tragen keine Waffen und ich möchte wetten, dass auch die Adligen mit strengen sozialen Sanktionen rechnen müssen, wenn sie die ihren im falschen Augenblick einsetzen.« Sie dachte einen Moment nach. »Wenn wir uns die Lebensmittel nicht vom Acker stehlen, werden wir keine Vorräte bekommen, weil alles eingeschlossen ist und kontrolliert werden kann und weil jeder Laden die schwere Tür zuknallt, bevor wir auch nur in die Nähe kommen. Wenn wir innerhalb eines Hauses sind, haben die Einheimischen das Sagen und wir sind wieder Freiwild. Ich möchte wetten, dass diese Leute eine Menge Aggressionen aufgestaut haben. Jeder Bewaffnete hat zudem das Recht, uns zu töten oder zu foltern«, fuhr sie fort. »Oder Sylenia und mich zu vergewaltigen – oder dich, falls ihnen das liegen sollte. Die Grenzen sind geschlossen, das Land liegt geographisch isoliert und Fremde kommen nur selten her und fallen sofort auf.« Ayrlyn gähnte. »Nein, solange sie Fremde weitgehend draußen halten können, wird das System sehr gut funktionieren. Und in gewisser Weise sogar besser als die anderen Gesellschaften in Candar.«

Nylan schluckte in der Dunkelheit. Was Ayrlyn sagte,

war einleuchtend, absolut einleuchtend. Irgendwie fügten sich jetzt auch die exakten Grenzen der Waldstücke ins Bild. Aber er hatte Schwierigkeiten, dies alles zu glauben.

»Mir fällt es auch schwer, es zu glauben, aber es passt alles zusammen.«

»Ich frage mich, ob wir uns nicht zum Narren machen.«

»Das frage ich mich schon länger.« Sie kicherte, doch es klang ein wenig bitter. »Aber welche anderen Möglichkeiten haben wir schon? Können wir uns noch einer Schlacht stellen?«

»Nein.« Die kurze Begegnung mit den cyadorischen Bewaffneten hatte es bewiesen. Wie Ayrlyn erklärt hatte, hätten sie vielleicht nicht überlebt, wenn sie die Cyadoraner mit dem Angriff hätten beginnen lassen. Selbst wenn sie beim nächsten Mal wieder als Erste blank zogen und angriffen, würde es möglicherweise nicht mehr so günstig für sie ausgehen.

»Willst du den Rest deines Lebens damit verbringen, in Candar herumzuschleichen und dich zu verstecken? Oder willst du lieber zu Ryba zurückkriechen?«

Nylan zuckte zusammen.

»Nun … hast du noch andere Ideen?«

Nein, er hatte keine – keine Ideen, die besser waren. Wenn sie wenigstens etwas im Wald finden würden … irgendetwas … einen Weg, um die Cyadoraner aufzuhalten … dann konnten sie sich vielleicht irgendwo in einer entlegenen Ecke von Lornth auf einen Hügel zurückziehen.

»Wir werden uns nie irgendwohin zurückziehen können, Nylan«, unterbrach Ayrlyn seine Gedanken. »Wir können schon von Glück reden, wenn wir irgendwo ein halbwegs sicheres Heim finden, das uns als Stützpunkt für unsere Reisen dient.«

Der Grashüpfer oder die Grille zirpte wieder, das

Geräusch schien entsetzlich laut in Nylans Ohren und Schädel zu hallen.

»Du musst jetzt schlafen, du bist müde. Ich wecke dich, wenn ich selbst schläfrig werde.«

»Du bist doch auch müde«, protestierte er.

»Lange nicht so müde wie du.«

Nylan legte den Kopf an ihr Bein und schloss die Augen. Vielleicht … vielleicht würde er schlafen können.

CXV

Nylan blickte vom Nebenweg, dem sie durch die Felder folgten, zur mehr oder weniger parallel verlaufenden Hauptstraße. Aber nirgends konnte er eine Menschenseele entdecken, auch wenn auf dem kleinen Weg, dem sie jetzt folgten, frische Spuren zu sehen waren. Er rieb sich die Stirn und tupfte den Schweiß ab. Jetzt, da die Luft feuchter wurde, beinahe schon dunstig, aber kaum kühler, schwitzte er sogar noch stärker als zuvor, obwohl er nicht einmal den schweren Schlapphut trug.

Hinter Sylenias Sattel stieß jemand einen klagenden Ruf aus. »Wassah ham, pitte.«

Das Kindermädchen verdrehte etwas entnervt die Augen. Nylan presste die Lippen zusammen und drehte sich zu seinem Sohn um. So durstig konnte Weryl doch eigentlich nicht sein. Alle paar Schritte verlangte er nach Wasser, aber Nylans Sinne verrieten ihm, dass Weryl nicht durstig war. Dies bedeutete, dass der Junge Aufmerksamkeit brauchte oder zumindest danach verlangte. Nylan wusste, dass er Weryl in der letzten Zeit etwas vernachlässigt hatte, aber er hatte ihn nicht völlig links liegen lassen und außerdem hatte sich Sylenia intensiv um ihn gekümmert.

»Spar dir die Schuldgefühle«, wies Ayrlyn ihn zurecht. »Du strahlst sie förmlich aus und genau das will er. Kleine Kinder kennen keine Moral und keine Zurückhaltung, wenn es um Zuneigung geht. Dein Sohn ist da keine Ausnahme.«

»Ich selbst übrigens auch nicht.«

»In deinem Fall gibt es aber eine gewisse Zurückhaltung. Ich halte dich zurück.«

Der Ingenieur grinste. »Was glaubst du denn, wie du das schaffst? Oh, ich kann da etwas spüren ...«

»Was denn?«

»Bäume machen es dir leichter, freies Gelände ist für mich besser. Die Kräfte unter uns werden schwächer.«

»Ja, das spüre ich auch.« Ayrlyn legte den Kopf schief, als wollte sie lauschen. »Ich würde sagen, noch ein paar Meilen. Vielleicht schon hinter dem kleinen Hügel dort.«

Sie waren vorsichtig gewesen und mehreren Orten ausgewichen. Bisher hatten sie noch keine Verfolger spüren können. Sie hatten Glück gehabt und einen Acker mit fast reifen Melonen und einen kleinen Garten mit Früchten gefunden, die an Äpfel erinnerten.

Nylan hatte sich mit dem Obst ein wenig den Magen verdorben, aber nachdem es lange Zeit nur harten Käse und noch härtere Biskuits gegeben hatte, war es die Sache beinahe wert gewesen. Er wünschte nur, er hätte die Geistesgegenwart gehabt, die Satteltaschen der cyadorischen Soldaten, die sie getötet hatten, zu durchsuchen. Aber weder er noch Ayrlyn waren in der Verfassung gewesen, eine solche Umsicht an den Tag zu legen.

Er dachte lieber nicht weiter darüber nach, was sie auf dem Rückweg essen sollten – oder während sie sich im Wald umsahen.

Ein leichter Wind kühlte sein Gesicht, kleine Tropfen fielen nieder. Ein richtiger Regen war es nicht, eher eine Art Nebel oder Dunst. Er rutschte im Sattel hin und her, um die wunden Stellen zu entlasten. Hinter dem Hügel konnten sie in der Ferne etwas Dunkles, leicht Grünliches sehen.

»Wird der Regen stärker werden?«, fragte Sylenia.

»Nein«, antwortete Ayrlyn. »Er wird bald wieder aufhören.«

Nylan betrachtete die grüne Dunkelheit vor ihnen und fragte sich stirnrunzelnd, ob Ayrlyn Recht behalten würde.

Die drei ritten an verlassenen Bohnenfeldern vorbei den kleinen Hügel hinauf.

Oben zügelte Ayrlyn das Pferd, Nylan folgte ihrem Beispiel.

Jenseits der kleinen Senke, die vor ihnen lag, etwa zwei Meilen entfernt hinter einigen Äckern, erhob sich eine grüne Mauer, die im Dunst und im Regen nur unscharf zu sehen war.

Nylan schauderte. Dort hingen keine niedrigen Wolken am Horizont, dort ragten turmhohe Bäume auf.

»Der Wald … so etwas habe ich noch nie gesehen«, staunte Sylenia.

Nylan blickte zum freien Gelände vor ihnen, zu den unregelmäßigen grünen Ausläufern, die gegen die verlassenen Felder vorzudringen schienen. Dann versuchte er, mit den Sinnen hinauszugreifen, um mit den dunklen Wahrnehmungen, die ihm beim Schmieden so nützlich waren, die Gegend vor ihnen zu erkunden.

Zwei unsichtbare Peitschen, eine dunkle und eine weiße Linie, schlugen nach ihm, dass er im Sattel schwankte und sich am Leder festhalten musste, um nicht das Gleichgewicht zu verlieren. Seine Augen tränten, er sah nichts als grelle Blitze und keuchte, weil er kaum noch Luft bekam.

»Was hast du gemacht?«, fragte Ayrlyn leise.

Nylan rieb sich die Stirn. »Ich habe … ich wollte nur fühlen, was dort unten passiert ist.« Er schluckte und massierte sich den pochenden Schädel.

»Die Gegend ist verlassen«

»Aber noch nicht lange.« Er deutete zu einem Feld. »Siehst du, die Erde wurde umgegraben. Wahrscheinlich erst im letzten Herbst.«

»Aber so schnell können Bäume doch nicht wachsen. Es würde Jahre dauern ...« Ayrlyn unterbrach sich.

»Der Verwunschene Wald«, erinnerte Nylan sie. »Da drüben sieht es aus, als hätte jemand versucht, den Wald mit Bränden zurückzudrängen.« Er rieb sich die Stirn. »Es gibt hier eine schwache Überlagerung von Chaos.«

Ayrlyns Augen verschleierten sich für einen Moment. »Diese Schicht unter der Erde?«

»Nein, eigentlich nicht.« Nylan holte tief Luft. »Das Chaos liegt an der Oberfläche. Die Chaos-Schicht, die ich in der Erde gespürt habe, ist fast verschwunden.« Der Schmied schloss die Augen und rieb sich die Schläfen. »Ich bin müde und wir müssen nachdenken. Lasst uns hier rasten.« Er deutete zu einem Haus auf der Anhöhe, die zu klein war, um ein Hügel genannt zu werden. Wie alle anderen Gebäude in diesem Land war das Haus aus Ziegeln gemauert und mit Dachziegeln gedeckt. Trotz des leichten Regens konnte er spüren, dass die Tür hinter der Abschirmung aus Büschen offen stand. Ein Stück unterhalb des Hauses gab es einen Schuppen, dessen Tür ebenfalls offen stand. Die Anstrengung, etwas zu spüren, das er nicht sehen konnte, verstärkte seine Kopfschmerzen. Wieder massierte er sich die Schläfen.

»Alles in Ordnung?«

Er nickte und zog an den Zügeln der Stute. Aber sicher doch, bei ihm war alles in Ordnung. Er befand sich mitten in Feindesland am Rande eines von Ordnungs-Kräften verzauberten Waldes, der nicht unbedingt freundlich zu sein schien, er hatte kaum eine Möglichkeit, sich zu verteidigen, nicht mehr viel zu essen, rasende Kopfschmerzen und unzuverlässige Augen. Er musste versuchen, seinen Sohn zu beschützen und Istril gegenüber Wort zu halten, und er musste zu Ayrlyn stehen, ganz zu schweigen davon, dass er einen Weg finden musste, die Invasionspläne des mächtigsten Landes in Candar zu vereiteln. Natürlich war bei ihm alles in Ordnung, es war einfach wunderbar.

CXVI

Nylan öffnete langsam die Augen und fragte sich, was für ein seltsames Geräusch ihn geweckt hatte. Es dauerte eine Weile, bis ihm klar wurde, dass es Regentropfen waren, die von den Dachpfannen des Hauses fielen. Regen … wie lange war es her, dass er das letzte Mal Regen gehört hatte?

Er setzte sich auf seinem Lager auf. Ayrlyn, Sylenia und Weryl schliefen noch. Sie hatten sich entschieden, in der ersten Nacht gemeinsam im Hauptraum zu schlafen.

Leise, ohne sie zu wecken, sah er sich im Haus um und versuchte, aus der Einrichtung etwas über Cyador zu erfahren. Es gab nur drei Räume, die Böden bestanden aus glasierten Kacheln, die mit versetzten Dreiecken ein kompliziertes Muster bildeten. Die Innenwände waren sauber und gelb verputzt. Die Möbel, soweit es hier Möbel gegeben hatte, waren verschwunden. Dies bedeutete, dass die früheren Bewohner ihr Haus nicht Hals über Kopf aufgegeben hatten. Lange konnte es noch nicht her sein, denn auf dem Boden lag nur eine dünne Staubschicht.

Zwei Ellen von der Tür entfernt stand ein bis zur Decke reichender gekrümmter Sichtschirm aus grün lackierten, feuerfesten Kacheln, der offenbar dazu diente, jeglichen Blick ins Innere des Hauses zu versperren. In die westliche Wand des Hauptraums war ein Heizofen gebaut, der eine Kochfläche aus Kupfer besaß und mit Kacheln eingefasst war. Die Ofentür bestand aus poliertem Kupfer, das mit einem gehämmerten Muster aus verflochtenen Rosen verziert war.

Von draußen drang das gedämpfte Schnauben der Pferde herein. Sie standen im Schuppen, der gerade eben groß genug für sie war. Nylan hatte sie nur ungern dort gelassen, denn er wusste nicht, was in der Nacht aus dem Wald heraus auf Beutezug gehen mochte.

»Wie lange bist du schon wach?«, fragte Ayrlyn verschlafen. Sie sprach leise, um Sylenia und Weryl nicht zu wecken.

»Eine Weile«, gab er flüsternd zurück. Er umarmte sie.

»Oooh …« Weryl stieß die pummeligen Fäuste in die Luft.

Sylenia fuhr sofort auf und starrte benommen ins Leere.

»Alles in Ordnung«, beruhigte Nylan sie.

Ayrlyn löste sich aus Nylans Umarmung und sah sich um. »Das hätte ich nie vermutet. Von außen sieht es so schlicht aus.«

»Es ist ein ganz gewöhnliches Haus«, sagte Nylan. »Man sieht es an der Größe.«

»Aber … ein Herd und …« Ayrlyn runzelte die Stirn, streckte sich.

Der Schmied zog die Stiefel an und stand langsam und steifbeinig auf. Das Dach hatte einen willkommenen Schutz geboten, aber der Boden war trotz der Bettrolle hart gewesen.

Nylan gab sich keine Mühe, es noch einmal ausführlich zu erklären, auch wenn er den Eindruck hatte, dass seine Erklärung am vergangenen Abend alles andere als ausreichend gewesen war. »Der Herd ist völlig in Ordnung, aber wir würden Lebensmittel zum Kochen brauchen – die wir im Augenblick nicht haben – und etwas Holz.«

»Wassah? Bisskitt?« Weryl stakste zu seinem Vater.

»Wir haben noch einen oder zwei Biskuits, junger Mann, und Wasser haben wir auch.« Nylan nahm seinen Sohn in die Arme und hob ihn hoch.

»Wassah?«

»Also gut.« Nylan setzte den Kleinen ab.

Der Junge stapfte zu Ayrlyn, umarmte auch sie und sagte: »Wassah, pitte?«

»Ich gehe schon.« Der Schmied sperrte die hintere Tür auf, die doppelt so dick war wie die Vordertür. Es gab sogar zweifach ausgeführte Halterungen für Riegel, doch Nylan hatte nur eine benutzt, weil es im ganzen Haus nur zwei Riegel zu geben schien – für jede Tür einen.

Der Brunnen hatte eine Pumpe mit langem Schwengel. Der Griff bestand aus poliertem dunklem Holz, die Gelenke und das Gestänge aus Neusilber, das in Cyador offenbar sehr häufig verwendet wurde.

Nachdem er den Eimer gefüllt hatte, der keinen Griff, aber dafür ein Loch hatte und wahrscheinlich aus genau diesem Grund zurückgelassen worden war, wusch Nylan sich so gut wie möglich. Dann füllte er ihn noch einmal mit klarem Wasser auf und pumpte weiter, um den Trog vor der Pumpe zu füllen. Ayrlyn kam in den wolkenverhangenen Morgen herausgestolpert. Sie öffnete die Tür des Schuppens und führte die Pferde zur Tränke.

Beim Pumpen blickte Nylan zur grünen Wand im Süden und den verlassenen Feldern. Die grünen Sprossen, die das Feld eroberten, schienen über Nacht etwas größer geworden zu sein. Dann fiel sein Blick auf die niedrigeren, feuchten Stellen im Hof, wo sich nach dem nächtlichen Regen das Wasser gesammelt hatte. Er sah mehrere grüne Flecken und Risse im braunen Lehm – es waren ringsum verästelte Risse, die ankündigten, dass dort bald Pflanzen durch die Erde brechen würden.

»Nylan?«

»Was?«

»Du hast jetzt genug gepumpt«, sagte Ayrlyn. Sie deutete zum überlaufenden Trog. »Worüber hast du nachgedacht?«

Die braune Stute schnaubte und stieß Nylans Stute ein wenig zur Seite, ehe sie den Kopf senkte und zu trinken begann.

»Der Wald. Ich könnte schwören, dass er seit gestern gewachsen ist. Nicht der Wald selbst, sondern die Ausläufer hier auf den Äckern.«

»Wahrscheinlich ist er tatsächlich gewachsen, aber dein Sohn verlangt immer noch nach Wasser und mir knurrt der Magen.« Die Rothaarige schnappte sich den Eimer und hielt ihn unter die grünliche Bronzetülle.

Als sie in die Stube zurückkehrten, hatte Sylenia schon die Pakete mit den Lebensmitteln geöffnet und ein halbes Dutzend Biskuits und das letzte kleine Stück Käse bereitgelegt. Weryl kaute bereits auf einem Biskuit herum.

»Ich könnte jetzt einen Tee oder so etwas gebrauchen.« Ayrlyn ließ sich im Schneidersitz auf den Bodenfliesen nieder.

Nylan stellte den Eimer ab, hob ihn sofort wieder hoch. »Ich muss die Wasserflaschen nachfüllen. Der Eimer ist nicht dicht genug.« Mit einer Flasche in der freien Hand ging er wieder zur Pumpe hinaus. Er stellte den Eimer auf den Trog, füllte die Wasserflasche mit der Pumpe und ging wieder hinein. Die Flasche gab er Ayrlyn, bevor er sich setzte. Dann säbelte er mit dem Messer ein Stück vom harten Käse ab und gab ihn an Sylenia weiter, nachdem er für Weryl ein kleineres Stück abgeschnitten hatte.

»Hähse … Hähse!« Der Käse verschwand blitzschnell im Mund des silberhaarigen Jungen.

»Der weiß aber, was er will. Genau wie sein Vater.« Ayrlyn grinste kurz.

»Du weißt auch, was du willst, Frau.«

»Aber natürlich.«

Nylan musste die Flasche abwischen, nachdem Weryl getrunken hatte. Inzwischen hatte er sich schon mehr oder weniger damit abgefunden, dass man hinter einem Kind ständig saubermachen musste.

Der Biskuit und der Käse besänftigten seinen knurrenden Magen, aber es war nicht genug gewesen.

»Müsst Ihr … müsst Ihr wirklich diesen Wald erforschen?«, fragte Sylenia.

»Ja, uns bleibt nichts anderes übrig«, bestätigte Nylan.

»Während Ihr … unterwegs seid, könnte ich vielleicht etwas zu essen besorgen. Ich glaube, es gibt hier Bohnen und Yamswurzeln. Wir haben auch einen Topf. Aber dieser … dieser Ofen dort …«

Ayrlyn sah Nylan fragend an. »Du bist hier der Ingenieur.«

»Ich kann dir zeigen, wie man mit diesem Kochherd umgeht. Er ist im Grunde viel einfacher im Gebrauch als ein offenes Kochfeuer. Glaube mir, dort verbrennt das Essen nicht so schnell. Wenn man sich Mühe gibt, verbrennt es natürlich trotzdem, aber …«

»Ich kümmere mich um die Pferde.« Die rothaarige Frau ging zur hinteren Tür.

Ayrlyn hatte die beiden Pferde schon gestriegelt und gesattelt, als Nylan Sylenia den Ofen gezeigt, den Kamin überprüft und sie etwas beruhigt hatte. Im letzten Augenblick dachte er noch daran, ihr den Zündstein zu überlassen.

Nachdem er aufs Pferd gestiegen war, sah er noch einmal zur Hintertür des Hauses, wo Sylenia mit Weryl stand.

»Passt gut auf Euch auf.« Das Kindermädchen senkte den Blick.

»Das werden wir.« Der Engel mit dem silbernen Haar zog das Pferd herum und folgte Ayrlyn. Sie ritten langsam nach Süden, an einem ordentlich eingefassten, leeren Bewässerungsgraben entlang über einen Bohnenacker.

Nylan betrachtete die Pflanzen und die Blätter, die zu verwelken schienen, obwohl es in der Nacht geregnet hatte. Als er mit den Sinnen die Pflanzen erforschen wollte, hielt Ayrlyn ihn zurück.

»Nicht!«, zischte sie.

Im gleichen Augenblick spürte Nylan das Gewirr von dunklen Ordnungs-Energien und Weißem Chaos, das wie zum Schlag gespannt schien. Er zog sich hastig zurück.

Nylans Stute tänzelte zur Seite und schnaubte nervös.

»Sogar sie kann es fühlen.«

Als hätte sie es verstanden, scharrte die walnussbraune Stute mit den Hufen.

»Ich hab's auch verstanden«, antwortete Nylan.

»Sie waren ziemlich gut organisiert.« Ayrlyn blickte zu den Feldern und den ordentlich angelegten Gräben.

»Wahrscheinlich sind sie es dort, wo der Wald sie nicht stört, sogar immer noch.« Nicht zum ersten Mal fragte er sich, was sie auf die Idee gebracht hatte, sie könnten in einem verzauberten Wald etwas finden, das ihnen helfen würde, ein Land zu besiegen oder wenigstens aufzuhalten, das erstklassige Keramik, Kochherde und ausgedehnte Bewässerungsanlagen bauen konnte, ganz zu schweigen von Feuerwagen, Feuerkugeln und wer weiß was sonst noch.

Schweigend ritt Nylan durch die grünen Schösslinge, die der Stute beinahe bis zum Widerrist reichten, und sah sich um, ob sie nicht bald wieder in offenes Gelände kämen. Hier in der Ebene täuschte man sich leicht mit den Entfernungen. Als er sich zum Haus umsah, wurde ihm bewusst, dass sie schon mehrere Meilen zurückgelegt hatten, ohne den Wald erreicht zu haben. Im Augenblick ritten sie durch Gelände, wo der Boden mit Asche und Schlacke bedeckt war.

»Jemand hat versucht, den Wald mithilfe von Feuer einzudämmen. Wahrscheinlich mit diesen Chaos-Flammen, würde ich sagen«, erklärte Ayrlyn.

Als sie ihn darauf aufmerksam gemacht hatte, konnte auch er den Hauch von Chaos spüren, der das Gleichgewicht überlagerte, das die jungen Pflanzen ausstrahlten.

»Es hat nicht viel genützt.«

»Seltsam. Es gibt hier so vieles, das wir noch nicht wissen.«

Obwohl er sehr neugierig war, verzichtete Nylan darauf, mit seinen Sinnen die Umgebung zu erforschen. Er beschränkte sich auf die Augen, sah sich um und hoffte, er würde im Notfall rechtzeitig gewarnt werden.

»Vorsicht …«

»Ich lausche nur.« Auch ohne sich anzustrengen, konnte er das Pulsieren von Ordnung und Chaos im Wald so deutlich und mit solcher Kraft spüren, dass er sich vorkam wie ein Insekt, das auf einem Riesen herumkroch.

»Ja, so fühlt man sich unwillkürlich«, bemerkte Ayrlyn.

»Du hast es schon wieder gemacht.«

»Na und? Du hättest auch sehen können, dass ich das Gleiche empfinde wie du. Wir haben doch schon darüber gesprochen.«

Er antwortete nicht, sondern beschränkte sich darauf, den Wald und Ayrlyn zu fühlen.

Ayrlyn empfand er wie eine abgedeckte Flamme – aber was ging in ihr vor? Ehrfurcht, Angst und das sichere Wissen, dass im Wald der Schlüssel zu finden war.

Nylan wünschte, er wäre so sicher wie sie.

Die Schösslinge wurden dicker und größer, standen aber nicht enger zusammen. Sie schienen in einem Muster zu wachsen, das sich immer deutlicher herausschälte, je näher sie dem alten Bewuchs kamen, der sich turmhoch in den grauen Himmel erhob.

Auf einmal tänzelte seine Stute wieder zur Seite und wandte sich von der dunklen Linie ab, wo die älteren Bäume begannen. Nylan hielt an.

»Meine will auch nicht mehr weiter«, erklärte Ayrlyn.

»Hmm …« Nylan stieg ab und gab ihr die Zügel seines Pferdes. »Sehen kann ich nichts. Hier gibt es auch nicht viel Unterholz.« Er machte ein paar Schritte in Richtung der älteren Bäume, blieb stehen und sah zu Ayrlyn und den Pferden zurück. Die Rothaarige zuckte mit den Achseln.

Er ging noch einmal zehn Schritte und blieb wieder stehen, blickte zu einem kniehohen Dickicht von Kriechpflanzen hinunter, das sich nach Osten und Westen erstreckte, so weit das Auge reichte. Zwischen den Blättern konnte er einzelne weiße Flecken sehen – anscheinend eine Art Stein.

»Hier hat eine Mauer gestanden«, sagte er.

»Ich kann es fühlen.«

Langsam stieg Nylan über die niedrige Barriere und sah sich um, lauschte mit Ohren und Sinnen. Das übermächtige Gefühl einer dunklen Ordnung und eines pulsierenden Weißen Chaos wurde zwar etwas stärker, aber sonst veränderte sich nichts. In gewisser Weise beunruhigte ihn das sogar mehr, als wenn etwas geschehen wäre.

Abrupt drehte er sich wieder um und ging zu Ayrlyn zurück.

»Lass uns umkehren und darüber nachdenken.«

Sie nickte.

Sie hatten beide verstanden. Wenn sie einfach nur herumliefen und schauten, würden sie nicht finden, was sie suchten.

CXVII

Zwei Offiziere in weißen Uniformen mit grünen Schärpen standen im kleinen Raum, in dem es kaum mehr gab als einen Holztisch, fünf Holzstühle und mehrere Staffeleien, auf denen Landkarten befestigt waren.

»Engel … sie reiten in die Richtung des Verwunschenen Waldes.« Major Piataphi gab dem Marschall die Schriftrolle zurück. »Ser … ich kann dies Seiner Majestät nicht sagen. Ich kann ihm nicht melden, dass drei von ihnen, nur drei, eine örtliche Patrouille vernichtet haben und verschwunden sind.«

»Ihr seid ein Lanzenreiter und untersteht meinem Befehl, Major«, erwiderte Queras ruhig.

»Und genau deshalb, Ser, bin ich verpflichtet, Euch bestmöglich zu beraten. Es ist wirklich keine gute Idee. Ich bin nicht für die Grenzpatrouillen und die örtlichen Patrouillen verantwortlich.«

»Ihr untersteht meinem Befehl, Major.« Queras' Stimme wurde kalt. »Alle Lanzenreiter unterstehen meinem Befehl. Ihr werdet meine Befehle befolgen.«

»Ihr könnt mich höchstens hinrichten lassen, wenn ich mich weigere, einen Befehl auszuführen – und dann müsst Ihr offenbaren, wie Euer Befehl gelautet hat.« Piataphi lächelte bitter. »Seine Majestät ist jetzt schon nicht gut auf mich zu sprechen … er würde mich binnen Sekunden zu Asche verbrennen. Und danach oder wenn er mich nicht verbrennen würde, Ser, was würde er dann dazu sagen, dass Ihr versucht habt, die Verantwortung abzuwälzen? Vergesst nicht, was er mit den Offizieren der Achten Kompanie getan hat.« Piataphi antwortete gleichmütig und wich dem Blick des vorgesetzten Offiziers nicht aus.

»Tapfer seid Ihr vielleicht, Major«, sagte Queras schließlich kopfschüttelnd, »aber klug seid Ihr nicht. Ihr widersetzt Euch meinem Befehl, Ihr habt ein ganzes Kommando verloren und Euch von den Barbaren vertreiben lassen. Noch dazu von unserem eigenen Land. Das spricht nicht für Eure Fähigkeiten.«

»So ist es, Ser. Deshalb muss ich aufrichtig sein. Ich habe kaum noch etwas anderes als dies. Ich weiß, dass der Weiße Magier neben Imperator Lephi steht und es bemerken würde, wenn ich ihn zu täuschen versuchte.«

Queras starrte Piataphi ungnädig an.

»Befolgt die Befehle des Imperators«, fügte der Major hinzu. »Berichtet ihm erst und geht erst zu ihm, wenn wir marschbereit sind.«

»Und die Engel, o weisester aller närrischen Lanzenreiter? Wie, sagt es mir bitte, wie wollt Ihr Euch in Eurer Weisheit mit ihnen befassen?«

»Wenn wir gegen die Barbaren siegen, dann werden wir genug Zeit haben, uns mit ihnen und dem Wald zu beschäftigen. Sogar die Weißen Magier haben den Verwunschenen Wald verlassen, um zunächst die Barbarenhorden im Weideland zu bekämpfen.« Piataphi lächelte wieder, etwas verkrampft dieses Mal. »Und wenn wir scheitern … dann brauchen wir uns sowieso keine Sorgen mehr zu machen.«

»Nein, dann brauchen wir uns keine Sorgen mehr zu machen. Ganz sicher nicht. Ihr werdet jeden einzelnen Angriff anführen.«

»Jawohl, Ser.« Piataphi nickte ergeben.

CXVIII

Die beiden Engel saßen vor den Büschen, welche die Vordertür abschirmten, im Gras. Die Wolkendecke war am Tag zuvor aufgebrochen, unvertraute Sternbilder funkelten hell am Abendhimmel.

Weryl schnarchte drinnen, der schwache Geruch einer Art Gemüsesuppe, an der Sylenia sich versuchte, wehte heraus, durchsetzt mit feuchten, fremden Düften, die vom Wald herüberkamen.

»Angenehm«, sagte Nylan. »Das erste Mal seit wer weiß wie langer Zeit, dass wir nicht rennen oder kämpfen müssen …«

»Friedlich«. Ayrlyn lehnte den Kopf an seine Schulter. Sie hatte sich gerade gewaschen, ihre Haare waren noch feucht.

»Fast als würden wir uns im Schutz eines riesigen unsichtbaren Berges befinden.«

»Eines wachsenden Berges. Hinten sind rings um das Haus und den Schuppen neue Schösslinge durchgebrochen.«

»Er hat lange gewartet«, meinte Nylan.

»Entweder gewartet oder geschlafen hat er«, gab sie zurück.

Nylan gähnte schläfrig und verträumt. Er konnte spüren, dass Ayrlyn sich ähnlich fühlte.

»Ich kann es fühlen«, flüsterte sie.

Er atmete tief und langsam durch, dann noch einmal … und dann konnte er fühlen … es wäre ihm schwer gefallen, das Gefühl zu beschreiben, auch wenn die Bilder, die mit der unsichtbaren Kraft kamen, eindeutig waren.

Lebhafte Bilder waren es … sie schienen vor ihnen aus dem Boden zu wachsen. Alte Bilder, die Bilder einer fernen Vergangenheit … auch das war offensichtlich. Ein Überblick über die Geschichte dieser Welt?

Ein grüner Funke, ein lebendiger Funke, in dem Licht und Dunkel verflochten waren. Aus ihm heraus entstanden neue Funken, alle waren miteinander verbunden. Die Funken breiteten sich langsam, ganz langsam aus, bis sie zu Strömen wurden, zu Strömen von Licht und Dunkelheit, von Ordnung und Chaos, die den ganzen Wald erfassten. Und nach und nach wurden alle

Bäume von den Funken erfüllt, von Licht und von Dunkelheit.

Der Regen fiel und unter grünblauem Himmel wuchsen und starben die Bäume. Hirsche streiften umher, wuchsen und starben, braunen Katzen erging es ebenso, auch die Baumratten und die großen purpurnen Blüten und die Echsen mit den hässlichen Mäulern waren ein Teil des ewigen Kreislaufs.

Der dunkle Strom der Dunkelheit und der weiße Strom des Chaos vermischten und verflochten sich und blieben im Gleichgewicht. Die Bäume wuchsen und wuchsen, einige starben und stürzten um, aber trotz aller Veränderungen und Verlagerungen blieben das Weiß und die Dunkelheit im Gleichgewicht, bis … bis der Himmel erbebte und die Erde zitterte.

Feurige Linien flackerten, weiße Linien, Energieströme flossen wie in einem chaotischen Kraftnetz, Feuerkugeln voller weißer Energie und rotem Flackern flogen, denen ähnlich, die von den Magiern geworfen wurden, als sie versucht hatten, Westwind zu erstürmen … und die Weißen Kräfte, jetzt nicht mehr im Gleichgewicht, zehrten an dem Wald, ergossen sich über das Weideland im Norden und Westen, über die Steinhügel hinter dem Grasland.

Weiße, brennende Linien, erfüllt von einem Feuer, das Licht und Dunkelheit zugleich enthielt, brannten sich durch den Wald und graue Asche fiel wie Regen.

Der Wald wehrte sich und schickte neue Schösslinge aus, aber das Weiße Feuer brannte sie nieder, verdrehte die Kraftströme und ließ den ganzen Boden erbeben, erzeugte Hitze und ein wirres Feuer tief drinnen unter Candars Erde.

Die Flüsse traten über die Ufer und die weißen Spiegelfeuer verwandelten das Wasser in Dampf. Metallene Berge rumpelten über die vom Wasser abgeschliffenen

Steinhügel und warfen sie nieder, schliffen sie ab und erstickten sie unter fremder neuer Erde und mit Gräsern, die dort noch nie gewachsen waren.

Grüne Ableger drangen durch die Asche und wurden wieder zu Asche verbrannt und der Boden bebte und zitterte.

Mauern aus weißem Stein wurden gesetzt, hielten die Bäume hinter brennenden Kraftlinien fest … und sie brannten und brannten, weil auf irgendeine verdrehte Weise die Kräfte des geordneten Chaos die Bäume einsperren konnten, indem das Chaos die Ordnung band.

Eine Ewigkeit schien zu vergehen. Ruhe herrschte hinter den Mauern aus weißem Stein, bis der Himmel von neuem erbebte und die weißen Mauern Risse bekamen und zu Geröll zerfielen. Fäden aus Weißem Feuer und Dunkelheit fuhren von eisbedeckten Gipfeln hernieder.

Und der ausgeglichene Strom von Licht und Dunkelheit erhob sich wieder, beinahe von etwas wie Zielstrebigkeit und Freude erfüllt – auch wenn er zu solchen Gefühlen nicht imstande war –, und der dunkle Wald kam zu sich.

Nylan schauderte und wischte sich die Stirn ab, die plötzlich feucht geworden war. Ein Baum … oder eine eng miteinander verwobene Gruppe von Bäumen, ähnlich den alten Espen vor der Entstehung Himmels … war das der Anfang des Waldes gewesen? Der Wald wusste es nicht, wusste nur, dass er fühlen konnte und Bewusstsein besaß. Er hatte eine unbestimmte Vorstellung von sich selbst, ein Gefühl, das …

»Wie würdest du das übersetzen?«, fragte Nylan nachdenklich.

»Ich würde es nicht übersetzen. Nenne ihn einfach Nados oder Naclos oder Nasclos … so ähnlich würde es klingen. Dem Wald ist es egal.«

»Naclos«, beschloss der Ingenieur. »Auch wenn es nichts bedeutet.«

»Es bedeutet ›Großer Wald‹ oder so ähnlich.«

»Er ist wirklich groß.«

»So viel Kraft«, murmelte Ayrlyn.

»Gegen die alten Rationalisten konnte er nicht viel ausrichten.«

»Wirklich nicht? Woher wissen wir das? Außerdem denkt er in viel größeren Zeiträumen. Die alten Sperren, was immer sie auch waren, haben versagt und der Wald scheint auf dem besten Wege, seine frühere Position zurückzuerobern.«

»Es sei denn, die Weißen Magier kehren mit noch stärkeren Waffen zurück.«

»Vielleicht haben sie sich zurückgezogen, weil sie etwas anderes tun mussten?«, überlegte sie.

»Beispielsweise gegen Lornth kämpfen? Aber warum?«

Ayrlyn zuckte mit den Achseln. »Uns fehlen noch viele Mosaiksteine des Gesamtbildes. Ich habe einfach ein Gefühl, dass es so ist, aber ich kann es nicht begründen.«

Obwohl es ein warmer Abend war, wurde Nylan kalt. Unter dem riesigen und doch unsichtbaren Schatten des Waldes fühlte er sich klein und verlassen. »Ich bin zu müde, um weiter darüber nachzudenken.«

Ayrlyn stand auf. »Ich auch. Vielleicht können wir Klarheit gewinnen, wenn wir darüber geschlafen haben.«

Nylan war sich nicht so sicher, aber er stand langsam auf, atmete noch einmal den Duft der Gemüsesuppe ein und ging im Licht der funkelnden, fremden Sterne in das kleine Haus.

CXIX

Nylan tupfte sich mit einer Hand die Stirn ab, als sie durch die jungen Bäume ritten, die ihm beinahe bis zur Brust reichten. Die Luft war hier feuchter, aber selbst am Nachmittag, wenn er die Sonne voll im Rücken hatte, war ihm lange nicht so heiß wie im südlichen Lornth. Der Wald beeinflusste die Wärmestrahlung, vermutete er.

Als sie die beinahe hundert Ellen hohen alten Bäume fast erreicht hatten, brach die Stute wieder tänzelnd aus, schnaubte und schüttelte unwillig den Kopf.

»Sie will nicht in den älteren Teil des Waldes hinein.« Noch während er sprach, wurde Nylan bewusst, wie dumm seine Worte klangen.

Sie waren an den Grenzen des Waldes hin und her geritten, aber es war überall das Gleiche. Das Grün breitete sich aus, eroberte die verstreut stehenden, verlassenen Häuser, die von einer Kultur gebaut worden waren, die weitaus höher entwickelt war als alles andere in Candar … und die ganze Zeit spürten sie die unsichtbare dunkle Gegenwart des Waldes, in dem die Ströme von Ordnung und Chaos im Gleichgewicht waren.

Es war ein Rätsel, ein einfaches, aber nicht aufzulösendes Rätsel. Und wie immer bei Rätseln kam sich der Schmied ausgesprochen dumm vor. Denn wenn man erst die Lösung wusste, kamen sie einem so einfach vor, dass man Lust bekam, mit dem Kopf gegen eine Mauer zu rennen oder den zu erschlagen, der das Rätsel gestellt hatte. Aber ein Wesen wie den Wald konnte man natürlich nicht erschlagen. Dennoch, allmählich begann er zu verstehen, warum die Cyadoraner ihn den Verwunschenen Wald nannten.

»So schlimm ist es doch gar nicht«, beschwichtigte Ayrlyn.

»Ich bin einfach nur frustriert. Wir laufen Tag um Tag hier herum und vergeuden unsere Zeit. Jeden Augenblick könnten die Cyadoraner Lornth angreifen.« Der silberhaarige Engel stieg ab und band die Zügel der Stute an einem kräftigen jungen Baum fest. Ayrlyn folgte seinem Beispiel.

»Willst du denn nach Syskar zurückreiten und dich beim ersten größeren Angriff der Cyadoraner abschlachten lassen?«

Ayrlyns vernünftige Entgegnung war nicht geeignet, seinen Zorn zu dämpfen. Statt etwas zu erwidern, lief er durch den jungen Wald zu den älteren Bäumen hinüber, zu den turmhohen dunklen Stämmen, die sich dem grünblauen Himmel entgegenreckten.

Unter seinen Stiefeln knisterte es. Er blickte hinunter zu den vertrockneten braunen Blättern und Stängeln der Bohnen. »Von Nutzpflanzen hält er wohl nicht viel.«

»Von Monokultur auch nicht«, fügte die Heilerin mit dem hellroten Haar hinzu.

Nylan blieb vor der mit Ranken überwucherten Mauer stehen, die ihm nur noch bis zum Knie reichte. »Sie ist niedriger geworden. So schnell dürfte das doch eigentlich nicht gehen.«

»Es gibt hier eine Menge Dinge, die eigentlich nicht möglich sind.«

Nylan schnaubte gereizt. Damit hatte sie natürlich vollkommen Recht. Ständig passierte das Unmögliche. Er atmete einmal, zweimal tief durch und stieg über den weißen Kies, der vor gar nicht so langer Zeit einmal eine Mauer aus poliertem Stein gewesen war.

»Vorsicht …«

Der Schmied sah sich um. Er stand jetzt im tiefen Schatten der Bäume, fühlte sich aber nicht anders als im jüngeren Unterholz.

Die Pferde wieherten nervös.

»Ruhig … ruhig …« Die Tiere schienen Ayrlyns Worte gehört zu haben und beruhigten sich wieder.

Die Hand auf den Schwertgriff an der Hüfte gelegt, sah Nylan sich zwischen den höheren Bäumen um und fragte sich, was die Pferde erschreckt hatte.

Im Süden standen die Bäume in etwas weiterem Abstand, eine Art Lichtung schien sich ein Stück weit in den Wald hineinzuziehen wie ein Weg. Es fühlte sich an wie … es schien irgendwie organisiert zu sein. Aber wie konnte ein Wald, der sich gerade eben seiner eigenen Existenz bewusst war, organisiert sein?

»Gleichgewicht«, meinte Ayrlyn, als sie über die Trümmer der Mauer stieg und sich zu ihm gesellte.

»Schön. Und was fangen wir mit dem Gleichgewicht jetzt an?«

»Wir denken darüber nach.«

Er hatte die ganze Zeit schon darüber nachgedacht. Er hatte nachgedacht und war herumgewandert, hatte den Wald studiert … und was hatte er herausgefunden? Nichts.

»Wir haben herausgefunden, dass er dich auf größere Entfernung flachlegen kann«, erinnerte sie ihn. »Und dass nicht einmal die alten Rationalisten ihn zerstören konnten. Sie konnten ihn nur einsperren.«

»Oder sie haben sich entschlossen, ihn nicht zu zerstören.«

»Wenn sie ihn nicht zerstört haben, obwohl sie es gekonnt hätten, dann muss es einen guten Grund dafür geben. Wir wissen ja, wie sie denken. Ich möchte wetten, dass es dabei um Macht ging.«

Nylan riss das Kurzschwert aus der Scheide und drang auf der Lichtung, die wie ein Weg schien, tiefer in den Wald ein.

Nach einem Blick über die Schulter folgte Ayrlyn ihm.

Tiefer drinnen im Wald war es still und schattig. Hier herrschte ein Gefühl, als wäre alles an seinem rechten

Ort. Eine Mischung aus Gerüchen, ähnlich einem unbekannten blumigen Parfüm, wehte durch die kühlen Schatten.

Nylan wich einem Baum mit glatter Borke aus, der gut vier Ellen Umfang hatte.

Und weniger als zehn Ellen vor ihm, auf der anderen Seite einer kleinen Lichtung, hockte vor einem Baum mit grauer, rissiger Borke und einem mächtigen Stamm eine hellbraune Katze. Sie war größer als alle Katzen, die Nylan je in den Westhörnern gesehen hatte, der Rumpf war mehr als fünf Ellen lang. Zähne funkelten im Schatten wie weiße Dolche.

Der Schmied packte den Griff der schweren Klinge fester.

»Nicht …« zischte Ayrlyn. »Lass einfach nur die Klinge sinken und zieh dich zurück.«

Nylan überlegte kurz. Er hatte keine Lust, sich zurückzuziehen, wenn die Katze gerade zum Sprung ansetzte.

»Nylan …«

Er ließ das Schwert sinken, wich einen und noch einen Schritt zurück.

Die Katze knurrte.

Er zog sich noch etwas weiter zurück, verlor sie aus den Augen und lauschte auf Bewegungen, beobachtete angestrengt die Umgebung. Ayrlyn blieb dicht bei ihm. Sie war leiser als er, weil sie die Klinge schon in die Scheide gesteckt hatte.

Während er sich rückwärts bewegte, kam es Nylan vor, als brauchte er den größten Teil des Nachmittags, um die von Ranken überwucherten Mauerreste zu erreichen. Doch als er das dichte Unterholz verließ, stand die Sonne noch hoch am Himmel. »Warum hast du mir gesagt, ich solle das Schwert sinken lassen?«

»Wegen des Gleichgewichts. Es fühlte sich einfach richtig an.«

Mit einem letzten Blick zum alten Bewuchs steckte Nylan die Klinge schließlich wieder ein und wischte sich die Stirn trocken. Er sah sich noch einmal zu den hohen Bäumen um.

»Die Katze wird uns nicht folgen«, erklärte sie.

»Du bist dir aber sehr sicher.«

»Ich bin mir wirklich sicher und das ist seltsam, weil ich selbst den Grund dafür nicht kenne.« Die rothaarige Frau lachte nervös.

»Du hattest jedenfalls Recht. Ich wünschte nur, ich wüsste den Grund«, sagte Nylan.

»Es hat mit dem Gleichgewicht zu tun.« Sie spreizte hilflos die Finger. »Ich weiß nur, dass es so ist. Es gibt immer noch viele Dinge, die wir noch nicht wissen.«

»So wird es wahrscheinlich auch immer bleiben, aber wir müssen etwas tun.«

»Was denn?«

»Wir müssen ihm eine Richtung geben«, schlug Nylan vor.

»Wie denn?«

Nylan richtete sich auf. »Ich weiß nicht. Sobald wir versuchen, die Ströme der Ordnung irgendwie zu kontrollieren, setzt eine heftige Reaktion ein.«

»Gleichgewicht … auf das Gleichgewicht kommt es an.«

»Aber warum? Der Wald denkt doch nicht. Jedenfalls nicht so, wie wir denken können.«

»Muss er das denn?«, fragte die rothaarige Frau trocken. »Das Denken ist unsere Aufgabe und wir sind nicht sehr gut darin.«

Der silberhaarige Engel band sein Pferd los. »Wir müssen noch mehr nachdenken. Oder reden. Oder sonst etwas tun.«

»Du wolltest doch nicht nachdenken«, sagte sie mit leichtem Lächeln.

»Ich muss … wir müssen … wir müssen irgendwie

besser nachdenken und bessere Ideen haben. Außerdem habe ich Hunger.« *Und ich bin müde und besorgt und frustriert, um nur die wichtigsten Punkte zu nennen.*

»Ich weiß«, antwortete Ayrlyn leise. *Ich weiß …*

CXX

Der Engel mit den silbernen Haaren ließ sich vor den Büschen auf den Boden fallen, setzte Weryl zwischen seinen Beinen ab und sah sich im Flachland um, wo meilenweit kleine Bäume wuchsen, die ein Stück vom Haus entfernt in höheren Wald übergingen.

Er fuhr sich mit der Hand übers Kinn, das sauber rasiert war und ein paar frische Schnitte trug. Die Rasierklinge, die er selbst geschmiedet hatte, war äußerst scharf und nicht ungefährlich, zumal er nicht einmal Seife hatte. Wasser tropfte ihm von den feuchten Haaren in den Nacken.

Das Gras, das auf dem Hügel wuchs, war stellenweise braun verfärbt und stellenweise grün. Er fragte sich, welches Muster der Wald dort zeichnete, indem er hier das Gras stehen ließ und woanders nicht.

Weryl packte Nylans rechtes Knie und zog sich hoch, um zum nächsten Busch zu staksen und vorsichtig einen Ast zu berühren.

Ayrlyn setzte sich neben Nylan. Auch ihr kurzes Haar war feucht, nachdem sie mehr schlecht als recht versucht hatte, es zu waschen. »Was denkst du an diesem trüben Morgen?«

Er warf einen Blick zu den niedrigen grauen Wolken hinauf, dann sah er sie an. »Der Wald ist der Schlüssel zu allem anderen.« Wieder einmal kam Nylan sich dumm vor, nachdem er etwas Offensichtliches gesagt hatte, aber mehr als das Offensichtliche wollte ihm nicht einfallen.

»Weißt du den Grund?«

»Nein. Nein, nicht wirklich. Der ganze Planet ähnelt dem Energiesystem eines Schiffs – gewaltige Energien, die von der Ordnung gebändigt werden, und ständig wirbeln kleinere Ströme kreuz und quer dazwischen.« Nylan schluckte und rieb sich die juckende Nase. »Das Weiße Zeug … das, was wir als Chaos bezeichnen … dort liegt die größte Energie. Die Ordnung – die dunklen Ströme … sind eher Begrenzungen als echte Energieströme. Sie sorgen dafür, dass das System reibungslos läuft. Man braucht beides.«

»Du machst Fortschritte.«

»Es kommt eigentlich nur darauf an, die Dinge, die wir schon wissen, auf die richtige Weise zu übertragen.«

Weryl ließ den Ast los und sah sich zu seinem Vater um, dann marschierte er ungefähr zehn Ellen weiter, bis er sich auf den Boden plumpsen ließ, um einen frischen Ableger zu untersuchen, der auf dem Weg in der Fuge zwischen zwei Steinen wuchs. Der kleine Junge streichelte vorsichtig und behutsam die Pflanze.

»Wenn es kein Chaos gibt, dann gibt es auch keine Energie, die das System antreibt«, meinte Ayrlyn. »Aber ohne die Ordnung hättest du einen unkontrollierten Energieausbruch, der einfach verpufft und Wärme erzeugt?«

»Ich weiß es nicht sicher, aber so ähnlich könnte es sein. Es muss ein Gleichgewicht geben und irgendwie haben die alten Rationalisten das Gleichgewicht erhalten. Dann ist etwas passiert …«

»Was willst du jetzt tun?«

»Ich glaube, wir werden als Systemingenieure arbeiten.«

»Ich bin keine Ingenieurin.«

»Das hier ist auch kein Schiffssystem. Hier brauchen

wir unser Gefühl. Und genau an dieser Stelle kannst du helfen.«

»Oh?«

»Ich will versuchen, das System zu erspüren.«

»Nach allem, was schon passiert ist?«

»Wir versuchen es innerhalb des alten Bewuchses.«

»Willst du wirklich da hinein?«, fragte Ayrlyn stirnrunzelnd.

»Warum nicht? Wie wir herausgefunden haben, kann der Wald sogar aus größerer Entfernung zuschlagen. Was macht es schon für einen Unterschied, ob man mitten in einem Energiestrom oder am Rand steht, wenn er chaotisch wird?«

Ayrlyn grinste. »Der Unterschied liegt in der Größe der Partikel, in die man zerlegt wird, und ich glaube nicht, dass ich in der Stimmung bin, mich zerlegen zu lassen.«

»Bevor Ihr mit dem Wald kämpft«, schaltete sich Sylenia ein, die am Rand des Gebüschs aufgetaucht war, »solltet Ihr vielleicht etwas essen.«

»Da hat sie nicht ganz Unrecht.« Nylan stand auf und schnappte sich seinen Sohn, um ihn ins kleine Haus zu tragen. Dabei streifte er mit der Schulter den Sichtschirm aus grün überzogener Keramik. So gut eingerichtet – und so eilig aufgegeben. Dann fiel ihm ein, dass er wahrscheinlich auch selbst möglichst schnell aus einer Gegend verschwunden wäre, wo diese riesigen Katzen in größerer Zahl herumschlichen. Die Einheimischen besaßen ja, wie Ayrlyn richtig bemerkt hatte, im Allgemeinen keine Waffen.

Mehrere Brotlaibe waren auf großen Blättern ausgelegt, dazu gab es Nüsse und eine Art gelber Äpfel.

»Das sind Birnäpfel«, erklärte Sylenia. »Yusek hat mir einmal einen mitgebracht. Die hier sind aber noch besser, weil sie frischer sind.«

Nylan schnitt sich eine Scheibe Brot ab und kaute das feuchte und klebrige Etwas. »Was ist denn das?«

»Das ist Kürbisbrot, es ist leider nicht besser gelungen. Ich kann zwar backen, aber mit nur einem Topf ...« Die dunkelhaarige Frau schüttelte den Kopf. »Weryl ist gut darin, die genießbaren Früchte und ähnliche Dinge zu finden. Ich folge ihm einfach.«

Ayrlyn und Nylan sahen Weryl an. Spürte er den Wald auf die gleiche Weise wie die Töne der Lutar?

»Da! Ahwen!«

»Wie lange hält sich dieses Brot? Können wir es mitnehmen?«, fragte Ayrlyn. »Wir brauchen etwas für den Rückweg.«

Falls wir überhaupt so weit kommen.

»Pessimist«, meinte sie stirnrunzelnd.

»Ich könnte es in Blätter wickeln«, meinte Sylenia achselzuckend. »Wollt Ihr bald aufbrechen?«

»So bald noch nicht«, sagte Ayrlyn, nachdem sie einen Schluck Wasser getrunken hatte. »Die Nüsse sind gut.«

»Sie müssen gekocht werden, sonst sind sie bitter.«

Nylan war froh, dass Sylenia sich mit der einheimischen Vegetation auskannte. Auf sich allein gestellt, wäre er wahrscheinlich verhungert. Aber das wäre ihnen ja im ersten Jahr in Westwind auch schon beinahe so ergangen und zum größten Teil nur deshalb, weil sie das Land nicht kannten. Er probierte die Nüsse, die wirklich gut schmeckten. Er aß weiter, bis ihm bewusst wurde, dass er eigentlich nicht mehr hungrig war, sondern sich nur noch voll stopfte.

»Nervös?«

Nylan nickte. »Und du?«

»Natürlich.«

Nylan wischte sich den Mund ab und trank noch einen kleinen Schluck Wasser. Dann stand er auf.

»Da! Ahwen!«

Nylan bückte sich, hob Weryl hoch und nahm ihn einen Augenblick fest in die Arme. Weryl erwiderte die Umarmung und drehte den Kopf herum.

»Er will dich auch umarmen.« Nylan reichte Weryl an die rothaarige Frau weiter.

Ayrlyn umarmte den silberhaarigen Jungen und Nylan spürte, dass sie weinte. »Mach's gut, Weryl, mach's gut.« Sie stellte ihn auf den gekachelten Boden und Sylenia nahm ihn sofort an der Hand.

Nylan schluckte. ***Ist es auch richtig, was ich jetzt tun will? Gibt es wirklich keine andere Möglichkeit?***

Nein, antwortete Ayrlyn.

Sie gingen rasch zu hinteren Tür, wo die Pferde warteten, die sie schon vorher gesattelt hatten.

»Es ist beängstigend«, sagte er, als er aufgestiegen war.

Sie nickte nur und schürzte die Lippen.

Ohne ein weiteres Wort zu reden, ritten sie dem Wald entgegen und überließen es ihren Pferden, den besten Weg zur unsichtbaren Mauer und der Grenze zwischen dem alten Reich des Waldes und dem neu eroberten Gebiet zu finden.

»Wir können es schaffen. Wir müssen nur an das Gleichgewicht denken.«

»Daran zu denken ist leicht, aber uns darauf einzulassen und es für uns zu nutzen wird alles andere als leicht werden.«

»Nichts Wichtiges war jemals leicht.«

Nylan nickte. Auch damit hatte sie Recht.

Nachdem sie die Stuten an Bäume gebunden hatten, die seit dem vergangenen Tag merklich dicker geworden waren, gingen sie langsam zu den von Ranken überwucherten Mauerresten, die seit gestern merklich kleiner geworden waren.

»Für etwas, das nicht denkt, ist der Wald ausgesprochen zielstrebig«, bemerkte Ayrlyn.

»Gedanken und Intelligenz sind nur Illusionen, denen sich Primaten hingeben«, meinte Nylan. Sein Mund war ausgetrocknet. Die schmalen grün-grauen Blätter der neuen Bäume schienen zu rascheln, obwohl kein Lufthauch zu spüren war. Vom älteren Wald wehte ihnen eine Art Nebel oder Dunst entgegen und brachte den Duft verschiedener Blumen mit, üppig aber nicht zu aufdringlich.

Nylan schluckte und stieg über die Mauer, die beinahe schon unter den Ranken verschwunden war. Noch einmal schluckte er, dann bemühte er sich, ruhiger zu werden.

Ayrlyn berührte ihn am Arm. »Ich bin bei dir, wir tun es zusammen. Vergiss das nicht.«

Und was war es, das sie zusammen taten?

Schließlich ließ Nylan seine Gedanken einfach treiben, als wäre er noch im Energienetz der *Winterspeer.* Er streifte mit den Sinnen durch den Dunst und die grünen Sprossen, durch die verflochtenen heißen und rötlichweißen Ströme des Chaos und die kühlen Fäden der dunklen Ordnung. Neben sich spürte er Ayrlyn, die fest in der Ordnung verwurzelt war, in der Ferne bemerkte er sogar Weryl, der ein unschuldiges Gleichgewicht zwischen Dunkelheit und Chaos gefunden zu haben schien.

Sie kamen fast mühelos voran, während sie äußerlich unbewegt standen und sich mit dem Geist durch die wirbelnde Dunkelheit und die Ströme des Chaos bewegten, durch ein unsichtbares, engmaschiges Netz, in dem zwei Kräfte umeinander spielten. Aber Grau gab es nicht, nur Schwarz und Weiß. Eine Schwärze, die dunkler war als die Nacht, und ein mit stumpfem Rot durchsetztes Weiß, das an die heißen Kohlen eines Schmiedefeuers erinnerte.

Unter den Strömen lag eine zweite, tiefere Ebene, wo Ordnung und Chaos auf noch innigere Weise miteinander verknüpft waren. Warum war der Strom der Energien in der freien Luft besser zu verfolgen? Lag es an der Erde? Wurde es immer komplexer, je tiefer man vordrang?

Nylan holte noch einmal Luft und versuchte, das feine Gemisch von geordneter Dunkelheit und weißrotem, brennendem und zerstörerischem Chaos zu verstehen. Ein unentwirrbares Gemenge aus Ordnung und Chaos war es. Einander überlagernde Muster zerrten an ihm und zogen ihn immer tiefer in sich hinein.

Mitten in einem Hain, der unter seinen Augen zu wachsen schien, wallten gleichzeitig reines Schwarz und weißrotes Chaos auf und strömten umeinander wie eine Fontäne. Hinter dieser Fontäne war ein Pulsieren kleinerer Ordnungs-Ströme vor einem kräftigeren Chaos zu spüren, den Regelkreisen ähnlich, die ein Kraftwerk steuerten.

Nylan räusperte sich. Ayrlyn berührte ihn am Arm, ein dunkler Hauch und eine Spur tröstender Ordnung inmitten der Energieströme, die um ihn aufbrandeten. Er entspannte sich so gut wie möglich und versuchte, das Miteinander von Ordnung und Chaos in sich aufzunehmen, ohne es zu bewerten. Er ließ sich an den Fäden der Ordnung entlang treiben. Angesichts dieser Kräfte wirkte das Energienetz der *Winterspeer* winzig klein.

Schließlich näherte er sich einem dunklen Quell der Ordnung, der irgendwie aus den tiefsten Wurzeln des Waldes selbst zu kommen schien, aus den geschmolzenen Felsen unterhalb von Candar, tief unter Cyador.

Der Quell veränderte sich, während Nylan sich ihm näherte. Auf einmal kochte ein weißer Strom aus der Schwärze hervor, rotes Chaos schoss heraus und strömte in alle Richtungen. Ein kühler Faden der Ordnung winkte und einen Augenblick lang glaubte Nylan das Miteinander der Muster zu verstehen. Es ähnelte dem Geflecht der einander überlagernden Kraftschirme der Schiffe, wenn sie die Energien auf einen Spiegelturm der Rationalisten konzentrierten.

Eine Spur aus geschmolzenem Chaos, rot und mit trübem Weiß durchsetzt, schoss aus dem Nichts heran.

Nadeln, die sich anfühlten wie präzise ausgerichtete Laserstrahlen, schienen ihn zu durchbohren. Ein weiteres, dickeres weißes Band legte sich um die Sinne des Ingenieurs, wickelte sich um seine Knie und strömte immer höher, bis es seine Hüfte umgab.

Nylan fuhr auf, wollte nicht einfach herumstehen und sich einwickeln lassen, wollte sich losreißen – aber schon schlug der nächste dünne weiße Faden nach ihm, bewegte sich unglaublich schnell für etwas, das tief in einem langsam wachsenden Wald verwurzelt war.

Ein schwarzes Band, das sich anfühlte wie geordneter Stahl, schlug nach ihm und seine Knie gaben nach. Und schon kam die nächste weißrote Peitsche. Er hob die Arme und drehte sich um, wollte Ayrlyn vor dem Angriff des Chaos oder was es auch war beschützen.

Seine Seele und sein Gesicht brannten.

»Mir geht es gut.« Er fühlte ihre Worte mehr, als dass er sie hörte.

Nylan sammelte sich wieder und versuchte, sich aus den Strömen herauszuhalten, wie es einem Ingenieur entsprach, er wollte strukturieren, was es zu strukturieren gab, wollte das Chaos fließen lassen, das fließen wollte, und zwang sich und seine Sinne und sein Ich zu einer kompakten Kugel zusammen.

Nylan! Nylan der Ingenieur, der die Kraftströme lenkt, der auf dem Chaos reitet – das bin ich. Das bin ich! Ich bin Nylan … NYLAN!

Die Peitschenhiebe von Ordnung und Chaos gingen weiter, aber Nylan gestattete sich ein grimmiges Lächeln, als er spürte, wie die Angriffe ein wenig schwächer wurden. Noch einmal holte er tief Luft. Mit schweißverklebter Stirn und brennenden Augen konnte er verfolgen, wie die Kräfte des Waldes erlahmten oder sich zurückzogen. Er verdoppelte seine Anstrengungen, versuchte die Ströme zu lenken und sich gleichzeitig vor den Strömen des Chaos zu schützen, die gegen ihn anbrandeten – und er wusste, dass ein heftiger Rückschlag kommen würde, wie es beim Chaos immer der Fall war.

Reite auf den Strömen! Halte die Strukturen fest!

Er schickte den Gedanken zu Ayrlyn, sandte ihr Ordnung und bekam ein ähnliches Gefühl zurück, nur dass Ayrlyn nicht mehr die Ayrlyn war, die er kannte, sondern eine Säule aus Ordnung und Chaos, die miteinander verflochten waren, warm und doch kühl.

Ein Bild schälte sich heraus, von dem Nylan wusste, dass es nicht real war, obwohl es lebendig und klar vor ihm stand.

Eine Gestalt im oliveschwarzen Overall der Marineinfanteristinnen wanderte zwischen den jungen Bäumen über die aufgeworfene Erde. Sie hob ein Kurzschwert mit Schwarzer Klinge, eines der Schwerter, die Nylan geschmiedet hatte.

Nylan bemühte sich, im Licht, das von keiner Sonne geworfen wurde, ihr Gesicht zu erkennen, aber ein Schatten legte sich darüber. Sie hatte weder Schild noch Handfeuerwaffe, nur das kurze Schwert. Dann richteten sich aus der Dunkelheit zwei Augen auf den Ingenieur.

Ich ritt gegen den ersten Chaos-Magier, gegen den du gekämpft hast, ich stand ihm von Angesicht zu Angesicht gegenüber und ich starb. Ich starb und du hast überlebt. Ich habe verstanden, dass wir kämpfen mussten, und bin gestorben. Du wehrst dich dagegen zu kämpfen und du überlebst. Du bist der große Ingenieur, der die Chaos-Felder steuern kann, aber du hast mich in den Abgrund des Chaos gestürzt. Großer Ingenieur, du hast die Ordnung gesucht, wo es keine gab, du hast meinetwegen und wegen der anderen, die sind wie ich, einen mächtigen Turm gebaut. Wir sind vergessen, aber wir werden uns immer an deinen Namen erinnern. Denn du machst dir etwas vor, du bist ein Heuchler. Du sagst, du willst den Frieden, aber wo immer du auftauchst, sterben Menschen. Du baust die Ordnung auf und das Chaos regiert.

Nylan konnte sich nicht rühren. Er glaubte Weryl zu spüren, der in der Ferne strampelte, aber er konnte den Jungen nicht beruhigen, konnte Ayrlyn nicht in die Arme nehmen. Die Worte durchfluteten ihn: »… du bist ein Heuchler … du bist ein Heuchler … Heuchler …«

Dann hob Cessya das Kurzschwert, das Schwert, das er geschmiedet hatte, drehte es ein wenig herum und schlug es ihm von der Seite ins Gesicht. Seine Wange brannte und er taumelte, konnte sich kaum abfangen und hörte die ganze Zeit die Worte: »… du bist ein Heuchler … ein Heuchler …«

Er schluckte, als Chaos und Ordnung wieder um ihn wirbelten, während auf der feuchten Erde zwischen den turmhohen Bäumen, die auf ihn einzudringen schienen, eine neue Gestalt auftauchte.

Eine Frau mit braunem Hemd, dunkelhaarig und barfuß, stand jetzt dort mit gesenktem Kopf. Sie hob den Kopf und winkte ihm, er solle zuhören. Er sah, dass ihre Schulter herabhing, durch einen Schnitt schien der Arm fast vom Körper abgetrennt, dunkles, dunkelrotes Blut breitete sich auf dem Hemd aus. Blut lief aus dem Mundwinkel.

… o großer Magier, du hast mich gerettet und du hast meine Tochter gerettet und dann hast du mich gegen deine Feinde in den Krieg geschickt, weil du selbst nicht kämpfen wolltest. Ich bin gestorben und meine Tochter hat geweint, aber du hattest keinen Trost für sie. Ich bin gestorben und du konntest ihr nicht erklären, warum. Ich bin gestorben und du hast überlebt. Wie viele andere sind gestorben, damit du überleben konntest, großer Magier?

»Nein!«, rief Nylan. »Nein, so war es nicht.« Aber die Worte ertönten nur in seinem Kopf, denn seine Lippen hatten sich nicht bewegt.

… o doch, so war es. Niera ist jetzt allein, allein auf der kalten Hochebene, die du verlassen hast. Sie hat niemanden, der sie trösten kann. Du hast überlebt und du hast deine Welt

aufgebaut, du hast Versprechungen gemacht. Dann bist du fortgegangen und niemand ist da, der sie trösten kann, niemand ist da, der ihr erklären kann …

»Du hast Gallos ohne mein Zutun verlassen. Ich kannte dich nicht einmal.«

Nistayna sah ihn an und spuckte aus, ein Klecks von rotem Blut flog zwischen den Lippen hervor gegen Nylans Hals und brannte auf der nackten Haut wie Säure.

… ich habe die Klinge genommen, die du geschmiedet hast, und ich bin gestorben. Jetzt ist meine Tochter allein und ohne Mutter und Vater … und du hast Westwind verlassen, du hast meine arme Niera allein gelassen …

Kaum dass Nylan Nistaynas Abbild weggeschoben hatte, tauchte aus den endlosen Dunstschleiern des Verwunschenen Waldes schon das nächste auf. Aus den Tiefen der alten Bäume und Büsche wirbelten die Bilder hervor und bauten sich vor ihm auf. Eine rothaarige Marineinfanteristin in geflickten Ledersachen, die sie über den oliveschwarzen Overall gestreift hatte, lenkte ihr Pferd zu Nylan und zügelte das Tier direkt vor ihm. Laserstrahlen gleich richteten sich die Blicke der blauen Augen auf den Ingenieur. Eines der beiden Kurzschwerter stieß ihn vor die Brust.

… großer Ingenieur … großer Schmied … der größte in ganz Candar …

Großer Schmied? Nylan hätte beinahe verächtlich geschnaubt.

Wer hat die Schwarzen Klingen geschmiedet, die durch die härteste Rüstung schlagen können? Wer hat die Bogen und Pfeile gemacht, die alles durchdringen? Wer hat den Turm gebaut, der auf dem Dach der Welt allen Feinden trotzt? Wer, wenn nicht du? Doch dann hast du alles im Stich gelassen, was du aufgebaut hast. Sag mir, dass ich nicht umsonst gestorben bin. Sag mir, dass die Grabhügel in Westwind nicht umsonst aufgeschichtet wurden. Sag mir …

Jede Frage, die Fierral stellte, durchfuhr ihn wie ein

Messer. Jede einzelne Frage. War die Anführerin der Marineinfanteristinnen für nichts und wieder nichts gestorben? Hatte Nistayna Recht gehabt? Nein!

Nylan weigerte sich, dies zu akzeptieren. Die Ordnung verlangte nicht, dass ein Turm oder ein Stück Land auf immer und ewig und über den Tod hinaus verteidigt werde. Auch das Chaos verlangte dies nicht. Es gab eine Zeit, um zu verteidigen, was man hatte, und einen Augenblick, wo dies nicht richtig war. Eine Zeit zum Verteidigen und eine Zeit zum Aufgeben, eine Zeit zum Kämpfen und einen richtigen Augenblick, um zu fliehen, eine Zeit, um etwas aufzubauen, und eine Zeit zum Niederreißen, einen Moment, um das Vergangene zu akzeptieren, und einen, es zu verwerfen.

Er stand reglos da, schob das Bild der toten Marineinfanteristin weg. Aber bevor es verblasste, wirbelte ihm die Klinge, die er geschmiedet hatte, entgegen, drehte sich wie in Zeitlupe. Die rasiermesserscharfe Klinge kratzte über seine linke Schulter und verfehlte Ayrlyn nur knapp. Die Wunde brannte wie Feuer, sein Blut schien wie eine Stichflamme aus der Wunde zu schießen, die Haut brannte und schmerzte.

Komm … du großer Schmied der Zerstörung … du Erzeuger des Chaos … und empfange deinen gerechten Lohn …

Eine weitere Gestalt erhob sich aus dem wirbelnden Dunst von Ordnung und Chaos – ein schwarzhaariger Mann mit schwarzem Bart, der einen purpurnen Mantel und dunkelbraune Lederhosen trug, dazu ein purpurnes Hemd, das zum Mantel passte. Im Schultergeschirr steckte ein Zweihandschwert. Er lächelte, sein ganzer Körper ging in Flammen auf und schien doch unberührt.

Hinter dem Mann mit dem schwarzen Bart spürte Nylan die Horden der Toten, die sich erhoben, er fühlte die purpurn uniformierten Soldaten, die zu einem unsichtbaren Schwarzen Turm marschierten, er fühlte die schattenhafte Gegenwart der weiß gewandeten Chaos-Magier.

Du meinst es gut, großer Schmied und Zerstörer … genau wie ich … geselle dich zu mir, denn wir sind einander gleich.

Nylan blickte hinunter und zu Ayrlyn, die fast unnatürlich still neben ihm stand, dann zu seiner Schulter, aus der Blut, Flammen und rotweiße Asche strömten. Noch mehr Blut und Asche liefen als Tränen über sein verletztes Gesicht. Die Wunden schmerzten unerträglich.

… geselle dich zu mir … denn hast du nicht mit den allerbesten Absichten tausende von Menschen vernichtet … hast du nicht immer neue tödliche Waffen geschmiedet, um eine Hand voll undankbarer Frauen zu retten?

Der Schmied richtete den Blick wieder auf den Anführer aus Lornth. Was war dort zu sehen? Warum musste jede Gestalt, die er wegschob, von einer neuen ersetzt werden, die noch quälendere Fragen stellte?

… geselle dich zu uns … geselle dich zu uns, denn du täuschst dich, wenn du glaubst, die Welt täuschte sich über dich. Du redest vom Gleichgewicht, aber du willst eine Ordnung schmieden, deine Ordnung. Genau wie wir glaubst du nur an die Ordnung, die du selbst geschaffen hast … genau wie wir täuschst du dich selbst … du täuschst dich …

Das große Schwert wurde gegen Nylan geschwungen, er duckte sich, aber in seinem Kopf stach es und ein grausames Feuer brannte in seinen Augen. Qualm stieg auf und er roch brennende Haare. Seine eigenen?

Du kannst nicht vor dir selbst fliehen. Du wolltest ein Held sein … und Helden können niemals fliehen. Sie machen sich etwas vor, um immer neue Zerstörungswerke vollbringen zu können, während sie eine verlorene Seele und ein unschuldiges Opfer retten … bis sie sich in ihren Täuschungen verlieren. Du bist der große Schmied, der große Held von Candar und Westwind … und du wirst dich in deinem Heldentum verlieren, großer Magier … geselle dich zu uns, denn du kannst nicht fliehen … du kannst nicht loskommen von dem Wahn, alle retten zu müssen, die gerettet werden sollen.

… nicht loskommen … kannst nicht loskommen … Der Gedanke hallte durch Nylans Kopf. Warum konnte er nicht davon loskommen, andere Menschen zu retten?

Als die Hitze seine Arme versengte, als sein Kopf unerträglich pochte, schluckte er und ignorierte die Verbrennungen, den Rauch und die Schmerzen. Er ließ den Kopf sinken und nahm hin, dass er die Welt nicht retten konnte. Er nahm hin, dass er versucht hatte, so viele Menschen zu retten, weil er sich unzulänglich fühlte, weil er beweisen musste, dass er … dass er immer … dass er etwas wert war.

Über ihm, unendlich fern, rauschten die Bäume und der Boden bebte, als eine riesige braune Katze mit brennenden Augen zu Nylan getappt kam.

Nylan wartete.

Die Katze schnurrte leise.

Ordnung und Chaos wirbelten um ihn und durch ihn und er begriff, nicht nur mit dem Kopf, sondern mit dem Herzen und seinen Gefühlen, dass sie nicht voneinander getrennt, sondern zwei Seiten derselben Münze waren. Er begriff, dass man weder das Chaos noch die Ordnung bekämpfen musste, sondern nur jene, die eine Seite dieser Münze missbrauchten. Er verstand auch, dass das Unheil, das von Cyador und Westwind in die Welt gesetzt wurde, mit gleichem Unheil vergolten werden würde.

Und die Augen des großen Schmieds brannten, und wie er reglos vor der großen Katze und dem Großen Wald stand, schauderte er.

Neben ihm, fast gleichzeitig, schauderte auch Ayrlyn und Nylan wusste, dass sie gegen ihre eigenen Dämonen zu kämpfen hatte. Zitternd standen sie nebeneinander und spürten eine grausame Kälte und eine zehrende Hitze.

Auch der Boden bebte und die Bäume zitterten und sogar das Gras schauderte unter dem Druck der neu geschmiedeten Fäden des Gleichgewichts, während der Wald versuchte, die alten Strukturen wieder zu finden, die von den mächtigen Maschinen der Rationalisten, die den Planeten umgeformt hatten, zerstört worden waren. Maschinen, die sich nicht um das Gleichgewicht gekümmert hatten, das immer war und immer sein würde.

Die Kraftströme des Großen Waldes und der Tiefe und der ganzen Natur, die sich zu wehren begann, fuhren durch Nylan und Ayrlyn hindurch, die Schmerzen verflochten sich miteinander und schaukelten sich hoch und wieder schauderten sie, während sie unter Qualen das Gleichgewicht zwischen Ordnung und Chaos in sich selbst entdeckten.

Nylan taumelte und blickte zu Ayrlyn, die auf der festen, feuchten Erde zwischen mächtigen Bäumen stand. Ihr Gesicht war mit Verbrennungen überzogen, Blasen bildeten sich auf ihrer Stirn.

»Bei der Dunkelheit …«, murmelte er.

»Du siehst nicht besser aus«, erwiderte sie keuchend.

Sein Kopf pochte, als wäre er mit einer Zange zerquetscht und auf seinem eigenen Amboss von seinem eigenen Hammer zerschmettert worden. Kleine scharfe Lanzen stachen durch die Augenlider. Eine dicke dunkle Schwellung auf dem linken Arm verwandelte sich in eine hässliche Quetschung, quer über den Hals verlief eine weitere.

»Glaubst du immer noch, dass es richtig war?« Ayrlyns Worte drangen nur abgerissen zu ihm.

»Nein, aber ich hatte keine bessere Idee.« Er musste mehrmals schlucken, ehe er sich endlich die aufgesprungenen Lippen lecken konnte.

»Eines Tages … ob wir eines Tages lernen werden, uns nicht mehr einzumischen?«

»Ich glaube nicht.«

»Die Dunkelheit stehe uns bei.« Ayrlyn taumelte, fing sich wieder ab.

Dann drehten sie sich erschrocken zu der großen Katze um, die schnurrend hinter ihnen saß. Nicht einmal ein Dutzend Ellen entfernt hockte sie auf den Hinterläufen und beobachtete sie aus blauen Augen. Die Katze gähnte, bleckte spitze weiße Zähne und streckte sich. Noch ein Gähnen und sie verschwand zwischen den alten Bäumen.

»Puh«, machte Nylan.

»Verdammt ...«

»So kann man es auch ausdrücken.« Der Schmied schluckte und fragte sich, was ihr Erlebnis nun eigentlich zu bedeuten hatte. Er blickte zu den höheren Bäumen und erkannte, dass er, ohne sich groß darum zu bemühen, das Auf und Ab von Ordnung und Chaos, Chaos und Ordnung sehen und beinahe begreifen konnte. Er spürte die Ströme mühelos und sah das Falsche, das hinter ihnen lag.

Er schluckte und sah Ayrlyn an. »Was hast du gesehen?«

»Meine schlimmsten Seiten.« Ayrlyn schauderte. »Und dass ganz Candar schief liegt.«

»Schief?« Noch während er das Wort aussprach, lief es Nylan kalt über den Rücken, denn er musste an seine eigenen schlimmsten Seiten denken – die endlosen Windungen seiner Selbsttäuschungen und die Weigerung, sich als das zu sehen, was er war.

»Es fühlt sich ... es fühlt sich an, als wäre es einseitig angelegt, als wäre es nicht im Gleichgewicht.«

Der Schmied nickte. Sie hatte Recht. So war es, und wenn sie sich etwas ausgeruht hatten, würden sie es sich ansehen. Aber zuerst brauchten sie Ruhe.

Er sah nach oben.

Der triste graue Himmel riss auf, die Wolken teilten

sich zu einzelnen grauen Flecken und der feine Dunstschleier war verschwunden. Es kam ihm vor, als wäre es beinahe Mittag.

Mittag?

»Es hat eine Weile gedauert«, erklärte Ayrlyn. »Solche Selbstprüfungen brauchen ihre Zeit.«

»Und die Katze hat die ganze Zeit hier gesessen?«

»Wahrscheinlich. Wir wären wohl ihr Mittagessen geworden, wenn wir durchgefallen wären.«

Wieder schauderte Nylan. Er sah sich zu den Pferden um.

Über ihnen brodelten die Wolken am Himmel, dumpfes Donnergrollen ertönte über dem Wald.

CXXI

Ayrlyn zupfte vorsichtig die verbrannten Hautfetzen ab und zuckte dabei leicht zusammen.

Nylan pumpte mit der linken Hand, bückte sich gleichzeitig und ließ sich das kalte Wasser übers Gesicht laufen. Auch nach einem Tag spürte er noch jede Blase und jede kleine Brandwunde. Die ganze linke Körperseite war von der Wange bis zur Hüfte geprellt, ganz zu schweigen vom Riss im Arm.

Sein Körper war natürlich fähig, die Verletzungen abheilen zu lassen, aber die Risse und Brandlöcher im Hemd und der Lederhose waren ein ganz anderes Kapitel.

Langsam richtete er sich auf und versuchte, nicht zu tief durchzuatmen, weil ihm sonst Brust und Rippen wehtaten. Die Luft war kühl und feucht, nachdem die ganze Nacht über Gewitter getobt hatten.

»Ihr gebt ja ein schönes Paar ab.« Sylenia füllte den

Eimer, der dank einiger Holzspäne und einer Art Leim, den sie gebraut hatte, nicht mehr ganz so stark leckte. »Ihr seid in einen Wald gelaufen und kehrt zurück, als hättet Ihr gegen die Feuerdämonen gekämpft, Ihr kommt mitten in einem Gewitter zurück und lächelt.« Sie schüttelte den Kopf. »Die Stürme wüten und Ihr schlaft den Schlaf der Gerechten. Heute Morgen seht Ihr kaum besser aus, nein, sogar schlimmer, als nach einer großen Schlacht. Aber Ihr lächelt.«

»Wir haben uns nicht darauf gefreut, dem Wald zu begegnen«, gab Nylan zu.

»Ihr habt aber gegen ihn gekämpft«, schnaubte die dunkelhaarige Frau. »Gegen Weiße Dämonen kämpfen, das kann ich ja noch verstehen, aber gegen einen Wald?«

Ayrlyn lächelte, wenngleich etwas traurig.

»Die Cyadoraner haben gegen ihn gekämpft. Sie haben versucht, ihn einzusperren«, meinte Nylan.

»Hat ihnen wohl nicht viel genützt.«

Sylenia hatte nicht ganz Unrecht, aber Nylan machte sich seine Gedanken. Cyador hatte sich viel länger gehalten als Lornth.

»Ich verstehe das nicht«, sagte Sylenia nach einem Augenblick. Sie hörte zu pumpen auf. »Sie mochten den Wald nicht. Sie haben ringsherum Mauern gebaut. Es gibt viel Land und trotzdem haben manche so nahe am Wald gelebt.«

»Das ist eine gute Frage«, meinte Nylan. »Jetzt ist zwar niemand mehr in der Nähe, der sie beantworten kann, aber ich kann es mir denken.«

»Das würde ich gern hören«, sagte Ayrlyn. Ihr Tonfall verriet, dass sie Nylan genau verstanden hatte. Er wollte es erklären und hätte es auf jeden Fall erklärt, ganz egal, ob sie es hören wollte.

Nylan errötete. »Die alten Rationalisten – die Weißen Dämonen – haben das Land nachhaltig verändert und die Kräfte, die sie eingesetzt haben, ruhen an manchen Stellen noch unter der Erde. Ich kann das fühlen, Ayrlyn spürt es auch. Es ist … es ist beunruhigend … sie haben den alten Wald immer weiter zurückgedrängt. Aber sie konnten ihn nicht völlig vernichten oder sie hatten Angst, es würde ihnen nicht gelingen. Wie auch immer, die Störung unter dem Boden wird schwächer, je näher man dem Wald kommt.« Der silberhaarige Engel zuckte mit den Achseln. »Je näher man kommt, desto weniger stark spürt man die Störung. Das bedeutet, dass die Leute, die empfindlich auf das Chaos unter der Erde reagieren, sich in der Nähe des Waldes wohl fühlen, auch wenn sie nicht genau wissen, warum.«

»Es können nicht viele sein«, meinte Ayrlyn. »Wir haben nur dieses eine kleine Dorf gesehen.«

»Das stimmt wohl.« Nylan trank einen Schluck aus der Wasserflasche und gab sie Ayrlyn. Er presste die Lippen zusammen und verdrängte das Zwicken und Brennen seiner zahlreichen Wunden. Heilten sie wirklich so schnell ab?

»Das geht über meinen Verstand. Und der kleine Weryl räumt schon wieder alle Packtaschen aus.« Sylenia marschierte ins Haus zurück.

Nach einer kleinen Pause wandte sich der Schmied an die Heilerin. »Also gut. Wir haben etwas über das Gleichgewicht gelernt. Was jetzt?«

»Wir gehen wieder in den Wald und lernen noch mehr. Es sollte dieses Mal leichter sein, weil wir schon begonnen haben, das Gleichgewicht in uns selbst herzustellen.«

»Wie viel leichter?«, fragte Nylan besorgt.

»Ich würde auf jeden Fall die Schwerter mitnehmen. Wir wissen nicht viel über die wilden Tiere, die hier leben.«

Es gab noch etliches mehr, das sie nicht wussten, und wahrscheinlich hatten sie viel zu wenig Zeit, um alles zu lernen. Nylan schüttelte den Kopf. Also gut … sie verstanden das Gleichgewicht im Wald und seine Kräfte jetzt etwas besser ... aber wie konnten sie dieses Wissen gegen Cyador verwenden? Und selbst wenn, wie sollten sie Erfolg haben, wenn der Wald zuvor gescheitert war?

»Der Wald hat uns nicht verschlungen«, wandte Ayrlyn ein. »Lass uns die Pferde satteln.«

Nylan spürte, wie fest sie entschlossen war, aber es war Entschlossenheit und kein Plan und ihm war zugleich klar, dass sie nicht mehr viel Zeit hatten. Die Sonne stand schon hoch über dem Wald, als sie das Gelände kurz vor dem älteren Bewuchs erreichten. Noch bevor sie die Pferde an einem Baum festgemacht hatten, der auf einem ehemaligen cyadorischen Acker stand, konnte Nylan spüren, dass sich der Wald verändert hatte – oder hatten sie selbst sich verändert?

»Wir haben uns verändert. Der Wald wächst, aber er verändert sich nicht.«

»Alles verändert sich, der Wald aber nicht?«

»Das ist nicht ...« Ayrlyn hielt inne. »Doch, er verändert sich. Bäume und andere Pflanzen wachsen und sterben. Aber das Gleichgewicht ändert sich nicht.«

»Ist das nicht überall so, wo etwas lebt?«, fragte er, während er die ersten Schritte hin zum älteren Bewuchs machte.

»In großem Maßstab gesehen ja, aber die Menschen bringen alles durcheinander ...«

Nylan verstand, was sie meinte. Die Menschen störten das natürliche Gleichgewicht, bis eine heftige Gegenreaktion einsetzte. Er stieg über die von Ranken bedeckten Mauerreste. »Ich glaube, von den Barrieren der alten Rationalisten hat der Wald nicht viel gehalten«, meinte er mit einem Blick nach unten.

»Er wehrt sich instinktiv gegen Barrieren, die nicht natürlich sind.«

»Wohingegen Menschen instinktiv solche Barrieren errichten?«

Ayrlyn nickte.

Nylan suchte sich durch die dicht stehenden Bäume langsam einen Weg, eine Hand in der Nähe des Kurzschwerts. Er lauschte nach einem ungewöhnlichen Rascheln oder einem anderen Hinweis auf die Nähe einer der braunen Katzen.

Sie gingen weiter und Nylan sah sich aufmerksam um, während sie einem der »Wege« zwischen den hohen Bäumen folgten. Es schien ihm, als würden die Bäume wie Wächter links und rechts neben ihm aufragen. Als sie zwischen zwei Riesen mit grauer Rinde hindurchkamen, blieb Nylan stehen.

Der ganze Wald vor ihnen hatte sich verändert und wirkte jetzt beinahe wie ein Amphitheater. Schweigend betrachteten die beiden die freie Fläche vor ihnen. Hier ragten riesige Bäume mit braunen Stämmen bis zu zweihundert Ellen auf und bildeten mit ihren Wipfeln ein grünes Dach über der Fläche, die sie zwischen sich frei gelassen hatten. Das Sonnenlicht war zu einem sanften grünen Schein gedämpft, aber es war hell genug, dass drunten niedrigere Pflanzen gedeihen konnten. Unter dem hohen Blätterdach wuchsen kleinere Bäume und Büsche, aber keiner berührte den anderen.

»Das ist ganz anders hier. Ich hätte nicht gedacht …«

»Nach draußen hin wirken die Bäume fast wie eine abweisende Mauer«, meinte Ayrlyn.

Nylan nickte und näherte sich einer purpurnen Trompetenblume, deren Staubfäden wie goldene Noten aus dem Bauch eines Blumeninstruments herauszuquellen schienen – ähnlich den Noten, die Weryl aus Ayrlyns Lutar aufgefangen hatte. Rings um die Trompetenblume standen kleinere Pflanzen, die an winzige weiße Siebensterne erinnerten. Auch sie hatten jede einen Platz für sich. Nylan spürte das Gleichgewicht, das sie alle miteinander verband.

»Jetzt könntest du singen, nicht wahr?«

»Ich weiß nicht, ob ich ausgeglichen genug bin. Ich hatte in der letzten Zeit Angst, die Lutar in die Hand zu nehmen.«

Werde ich jemals wieder im Gleichgewicht sein? … So viele Tote … das Töten …

Als er ihre Gedanken und Gefühle auffing, drückte er ihre Hand. »Du bist im Gleichgewicht – oder du wirst es bald wieder sein.«

Die beiden schauten auf, als ein musikalischer Ruf ertönte.

In einem kleinen Baum mit graugrünen Blättern rechts neben dem Weg raschelte es. Halb sah und halb spürte Nylan eine Art Baumratte, die eilig verschwand. Der Eindruck des tiefen Gleichgewichts wurde rings um sie immer stärker, während zugleich ein hässliches Ungleichgewicht von außen her den Wald zu belagern schien.

»Der Wald ist eine Oase der Ausgeglichenheit«, sagte die rothaarige Frau. Sie bückte sich und roch an einer zarten grünweißen Blume mit vier Seitentrieben. »Warum …« *Warum wollten die alten Rationalisten ihn nur zerstören?*

Angesichts der unausgesprochenen Frage runzelte Nylan die Stirn. »Macht … das ist doch immer das Motiv, das die Menschen antreibt. Nur die Verbindung ist mir noch nicht ganz klar.«

»Lass uns weitergehen. Denk nicht darüber nach, lass dein Unterbewusstsein daran arbeiten.«

Er tastete unwillkürlich nach der Klinge an der Hüfte, als er an die Cyadoraner dachte, und in seinem Bauch krampfte sich etwas zusammen. Antworten hatte er immer noch keine und die Zeit drängte, aber er holte tief Luft und versuchte sich zu entspannen. Manche Dinge konnte man nicht erzwingen, ganz egal wie sehr man unter Zeitdruck stand.

CXXII

»Ist alles bereit, Queras?«, fragte Lephi. Er lehnte sich auf dem Malachitthron etwas zurück.

»Ich wollte damit beginnen, die Vorhut übermorgen loszuschicken, Euer Majestät.« Der Marschall nahm auf dem grünen Teppich Haltung an und verneigte sich.

»Warum so spät?«

»Die Zehnte Kompanie der Spiegellanzenreiter ist erst gestern eingetroffen. In den Grashügeln ist es auch zur Erntezeit noch sehr heiß. Um diese Jahreszeit gibt es nur wenig Wasser. Die Pferde müssen getränkt werden und etwas ausruhen, ehe sie eingesetzt werden können.«

»Ich habe gehört, dass Ihr einheimische Truppen rekrutiert habt …« Lephi lächelte.

»Ja, Herr.«

»Ist das nicht ein Zeichen dafür, dass Ihr den Kämpfern Cyadors misstraut?« Lephis weiße Zähne blitzten.

Ein leichter Schweißfilm breitete sich auf Queras' Stirn aus. »Ich glaube nicht. Die Barbaren haben uns in der Vergangenheit einige Überraschungen beschert und ich will lieber vorsichtig sein. Wenn die zusätzlichen Bewaffneten nicht gebraucht werden, dann sollen sie wenigstens Erfahrungen sammeln, damit sie uns bei zukünftigen Feldzügen nützlich sind.«

»Ihr seid zu bescheiden, Queras. Das steht Euch gut zu Gesicht. Wie werdet Ihr nun weiter vorgehen?«

»Zuerst werden wir uns nach Nordwesten wenden und uns zum südlichen Arm des Flusses Jeryna bewegen.«

»Das Bergwerk liegt im Norden, dort sind auch die Barbaren.«

»Im Nordwesten gibt es Wasser und das Gras ist besser. Dort sind andere Barbaren, die wir als Erstes erledigen sollten, damit sie uns nicht in den Rücken fallen können.«

»Hmm …«

Queras wagte es nicht, sich die Stirn abzuwischen.

»Ihr könnt jetzt gehen.«

Der Marschall verneigte sich.

»Und ich hoffe, es wird jetzt keine weiteren Verzögerungen mehr geben.«

»Nein, Herr.«

CXXIII

Nylan betrachtete die beiden Pferde, die in der Morgensonne neben dem Schuppen das frische Gras abweideten. Keine hundert Ellen weiter westlich war dagegen das Gras bereits braun.

»Glaubst du, wir können Weryl mitnehmen?«, fragte er.

»In den Wald? Wir müssen eben vorsichtig sein. Meinst du, es ist wichtig?«

Nylan lächelte unsicher. »Wer weiß schon, was wichtig ist? Ich habe das Gefühl, dass es richtig ist, aber den Grund kann ich wieder einmal nicht nennen.«

»Hat dir deine Logik eigentlich geholfen, den Wald zu verstehen?«

»Ich bin nicht sicher, ob ich ihn wirklich verstehe.«

»Du bist schon wieder zu logisch.« Die rothaarige Frau lächelte Nylan an. »Du musst lernen, deinen Gefühlen mehr zu vertrauen.«

»Das ist schwer, nachdem ich mein ganzes Leben damit verbracht habe, sie zu unterdrücken.«

»Es wird schon werden.« Ihr Lächeln wurde breiter.

»Langsam, viel zu langsam, wie es scheint.«

»Wir tun, was wir können.«

Dagegen konnte er nicht mehr viel einwenden.

Statt die Klammern von Sylenias Sattel auf seinen zu verlagern, legte Nylan einfach den Sattel des Kindermädchens auf seine Stute und richtete den Sitz für Weryl ein. Für den relativ kurzen Ritt zum Wald würde ihm auch der kleinere Sattel reichen.

»Wollt Ihr wirklich Euren Sohn an so einen Ort mitnehmen?«, fragte Sylenia, die an der Hintertür des Hauses stand. Sie hob Weryl hoch, bevor er eine Pfütze neben der Türschwelle erreichen konnte. »Nein, wir haben wirklich keine Zeit, dich schon wieder zu waschen, junger Mann.«

»Er ist dort sicher. So sicher wie an jedem anderen Ort«, fügte Nylan hinzu, als ihn ein leichtes Stechen hinter den Augen daran erinnerte, dass seine erste Aussage eine Art Ungleichgewicht darstellte. Halb abwesend fragte er sich, ob unter dem unmittelbaren Einfluss des Waldes überhaupt eine menschliche Kultur hätte entstehen können, da alles, was als gutes Benehmen gelten konnte, zwangsläufig mit einer gewissen Unaufrichtigkeit verbunden war.

»Ihr hört mir überhaupt nicht zu«, klagte Sylenia.

»Nylan, wo bist du?«, fragte Ayrlyn lächelnd.

»Ich denke an die Zukunft der guten Sitten, wenn es nicht mehr möglich ist zu lügen.« Er bückte sich, um die Riemen festzuzurren.

»Das liegt aber noch weit in der Zukunft.« Ayrlyn rückte das Zaumzeug des Braunen zurecht und blinzelte, als die Stute den Kopf herunternahm, sodass der rothaarigen Frau die Morgensonne ins Gesicht schien.

»Es ist doch nicht klug, den Jungen mitzunehmen in …«

»Wahrscheinlich nicht, aber ich habe das Gefühl, dass es richtig ist.« Außerdem überlegte er sich, dass die Cyadoraner alles andere als freundlich mit Weryl und

Sylenia umgehen würden, wenn sie die beiden erwischten. Allerdings musste er in Gedanken hinzufügen, dass Sylenia ziemlich resolut war und womöglich würde fliehen können. Er runzelte die Stirn. Es wurde immer schwieriger, sich etwas vorzumachen.

»Viel schwieriger«, bemerkte Ayrlyn.

»Ihr Engel … Ihr redet miteinander, als wärt Ihr mitten im Gespräch, dabei habt Ihr kein Wort gesagt.«

Nylan nahm dem Kindermädchen Weryl ab und brachte ihn auf seinem Sitz unter.

»Oh, Ferdchen.«

»Ja, du wirst jetzt reiten.« Der Ingenieur schnallte Weryl an und überprüfte die Schwerter an der Hüfte und im Schultergeschirr. »Alles bereit?«

»Ich bin bereit.«

»Ihr zwei.« Sylenia hob den improvisierten Besen. »Ihr werdet herumstöbern und die Nase in Dinge hineinstecken, die man besser in Ruhe lässt und dann …«

»Wahrscheinlich«, gab Nylan zu. »Aber du willst doch sicher nicht unter der Herrschaft der Cyadoraner leben wollen, oder?« Er zog das Pferd herum und ruckte an den Zügeln.

»Die sind sogar noch schlimmer als Tregvo.« Sylenia schauderte. »Aber passt im Wald nur gut auf Euch auf.«

»Das werden wir«, versprach Ayrlyn. »Und das nächste Mal darfst du mitkommen.«

»Lieber nicht. Ein verzauberter Wald ist nur etwas für Engel.«

»Dann erfüllst du ja beinahe die Voraussetzungen«, sagte Ayrlyn freundlich.

Sylenia sah ihnen nach, als sie den sanft geneigten Hang zum älteren Teil des Waldes hinunterritten. Der jüngere Bewuchs auf der Ebene, wo früher einmal Äcker gewesen waren, stand inzwischen beinahe mannshoch, einige Stämme waren bereits so dick wie die Handgelenke des Schmieds.

»Der Wald verliert wirklich keine Zeit«, bemerkte er, als er die Stute um einen Busch herum auf eine Schneise lenkte, die wahrscheinlich bald eine Art Waldweg sein würde.

»Er gewinnt in jedem Fall.«

Nylan verstand, was sie meinte. Selbst wenn die Cyadoraner bei ihrem Feldzug gegen Lornth Erfolg hatten, würde sich der Wald inzwischen so weit ausbreiten, dass sie ihn ohne die Hochtechnologie der Rationalisten, über die sie nicht mehr verfügten, nicht zurückdrängen konnten. »Sogar hier unterschätzen sie die Natur.«

»Das heißt aber nicht, dass sie nicht Fornal schlagen können«, warnte Ayrlyn.

Nylan holte tief Luft.

»Du willst nicht nach Lornth zurückkehren, nicht wahr?«

»Nein. Aber ich glaube, wir haben keine andere Wahl. Ich will nicht hier als Wilder im Grenzgebiet leben und mich von den Rationalisten einsperren lassen, wenn sie gewonnen haben. Und …«

»Und außerdem haben wir es versprochen.«

»Sind wir wirklich anders als Fornal?«, fragte er lachend.

»In gewisser Weise nicht …« Ayrlyn zügelte das Pferd auf der kleinen Lichtung, die in der Nähe der ehemaligen weißen Steinmauer frei geblieben war.

Der Schmied und Ingenieur betrachtete die Umgebung, stieg ab und band Weryl los. Er hob seinen Sohn herunter. »Ich kann nichts spüren.«

»Es ist still.«

Sie stiegen über die grünen Kriechpflanzen, die damit beschäftigt waren, die ehemalige Mauer endgültig zu zerlegen, und gingen an den ersten hohen Bäumen vorbei. Wieder kamen sie ihm wie Wächter vor. Nylan hielt unwillkürlich den Atem an, sogar Weryl war still.

»Vor uns ist eine Katze.«

Auf eine Art und Weise, die er nicht beschreiben konnte, spürte Nylan, wie Ayrlyn das große braune Raubtier wahrnahm. Doch die Katze schien sich für die Menschen kaum zu interessieren und verfolgte lieber eine Art Nagetier mit langem Schwanz.

Die Engel wurden langsamer und warteten, bis das Raubtier verschwunden war.

Nylan stand vor den Trompetenblumen, hielt Weryl und versuchte zu spüren … irgendetwas. Die Ströme der dunklen Ordnung und der chaotischen weißen Energie wirbelten um sie herum. Der Schmied betrachtete seinen Sohn ebenso abwesend, wie er den Wald betrachtet hatte – und riss den Mund auf. Denn genau wie der Wald war auch Weryl ein Gewirr von Ordnung und Chaos, allerdings weniger im Gleichgewicht und heftigeren Erschütterungen der wetteifernden Kräfte ausgesetzt. Nylan drehte sich zu Ayrlyn um.

Auch in ihr waren beide Energien, aber sie bewegten sich gemessener … beinahe majestätisch.

Gleichgewicht … gab ihm das Gleichgewicht die Möglichkeit, stärkere Kräfte zu mobilisieren? Wie konnte er es herausfinden? Er bewegte sich weiter und versuchte, in die tieferen Energien des Waldes einzutauchen.

Ein paar hundert Ellen hinter der Lichtung, auf der sie bei ihrem letzten Besuch gestanden hatten, durchschritten sie eine weitere Reihe von Baumwächtern und erreichten einen fast ovalen Teich, der mehr als zweihundert Ellen lang war.

Nylan verlagerte Weryl von der linken Schulter, die immer noch wehtat, auf die rechte Seite.

Sie standen am Ostufer des Teichs vor einer kleinen Böschung, die zum klaren grünen Wasser hinunterführte. Ein Fisch mit orangefarbenen Flossen und gesprenkeltem braunem und orangefarbenem Körper tauchte auf und schnappte ein Insekt, vielleicht eine Wasserspinne. Das Wasser bewegte sich kaum.

»Wassah!« Weryl lächelte und zielte mit der rechten Hand auf die silbern schimmernde, von Bäumen beschattete grüne Fläche.

Am anderen Ende des Teichs, neben einem Busch mit schmalen, silbrig-grünen Blättern, tauchte etwas unter, das mindestens zehn Ellen lang war und an einen grauen Baumstamm erinnerte. Gekräusel an der Oberfläche verriet ihnen, dass es sich in ihre Richtung bewegte.

»Wir sollten lieber …«

»Ja.« Nylan spürte die Bedrohung, die von der großen Echse ausging. Trotz der Beschränkungen, die das Gleichgewicht ihm auferlegte, würde es ihm sicherlich erlaubt sein, das Schwert gegen die riesige Echse einzusetzen, aber er hatte gewisse Zweifel, ob die Schwerter ausreichen würden. Im Augenblick war das Tier nur neugierig, das konnte er spüren. Da er Weryl auf den Armen trug, war es wohl besser, vorsichtig zu sein. Nylan drehte sich um.

»Wassah …« Weryl strampelte und wollte zum Teich.

»Ein anderes Mal. Wir wollen uns doch nicht von einer Echse verspeisen lassen.«

»Das ist eine große Echse und sie hat eine Art Speicher, wo Ordnung und Chaos geballt sind wie in einer Waffe.« Ayrlyn machte schnelle Schritte, um zu den beiden aufzuschließen. »Aber die Energieballung ist im Gleichgewicht wie alles andere im Wald.«

»Da draußen … ganz Candar ist im Ungleichgewicht.« Mit den Sinnen, irgendwie weit gespannt und doch passiv, beobachtete Nylan die Echse und ging rasch den Weg zurück, den sie gekommen waren. Weryl trug er auf der Schulter. Sie kamen an einer anderen Gruppe von Trompetenblumen vorbei, an die er sich nicht erinnern konnte. Er fing den Duft von Reisera auf, der von irgendwo zum natürlichen Amphitheater wehte. »Das versucht der Wald ja gerade in Ordnung zu bringen, aber er ist blind.«

»Wie kann er uns oder Lornth beim Kampf gegen Cyador helfen?« Ayrlyn holte tief Luft, ohne langsamer zu werden. »Das riecht gut.«

»Wo ist die Echse?«

»Oh, sie hat am Rand des Teichs angehalten. Dort schleichen auch zwei Katzen herum, eine davon ist vielleicht diejenige, die wir vorhin gesehen haben. Ich glaube, auch sie können die Veränderungen der Ordnung spüren.«

»Warum folgen sie uns nicht?«

»Nylan ... ob du es erkennst oder nicht, du hast eine große Menge Ordnung und Chaos in dir ins Gleichgewicht gebracht. Dagegen wirkt die Echse winzig. Wenn ich eine große Katze wäre, würde ich mich viel eher für die Echse interessieren.«

»Wie schön ... ich weiß nicht einmal, wie ich die Energien einsetzen soll.« Dann fiel ihm etwas ein und er sah in ihr das, was sie in ihm beschrieben hatte. Er schluckte. »Du ...«

Sie schüttelte den Kopf.

Er lachte. »Du! Du bist genau wie ich oder die Echse.«

»Es ist beängstigend«, gab sie zu. Sie sah sich nervös über die Schulter um, aber im grünen Dämmerlicht rührte sich nichts. »Ich hätte nie gedacht, dass man mich als jemanden beschreiben könnte, der Macht besitzt.«

»Der Wald würde es tun.«

»Wassah«, verlangte Weryl und begann wieder zu strampeln.

Nylan griff hoch und hielt seinen Sohn fest. »Wenn wir wieder bei den Pferden sind.« Er kniff die Augen zusammen. »Schau dir Weryl an ...«

»Auch er hat das Gleichgewicht in sich.«

»Glaubst du ...«

»Ich weiß es nicht.«

Auch Nylan wusste nicht wie, aber sein kleiner Sohn, der noch nicht einmal richtig sprechen konnte, war anscheinend in der Lage, instinktiv einen Ausgleich zwischen Ordnung und Chaos herzustellen. Lag es an dem, was sie erlebt hatten, am Wald? Er wusste es nicht.

Sie gingen weiter. Die einzigen Geräusche waren das Zirpen der Insekten, das Rauschen des hohen Blätterdachs, ihr eigener Atem und hin und wieder der Ruf eines Vogels.

Als sie die Wächterbäume des alten Waldes hinter sich gelassen hatten, blieb Ayrlyn vor ihrem Pferd stehen und spielte nachdenklich mit den Zügeln. »Nylan … was haben wir heute gelernt?«

»Wir haben gelernt, dass es Kraftströme gibt, die wie in einem Kraftnetz … je größer der Unterschied im Energiepotenzial und je besser das Gleichgewicht, desto … ja, das ist der Schlüssel.« Er hob Weryl auf den Sitz hinter seinem Sattel. »Und das macht es für Kinder wie Weryl so leicht.«

»Ich finde es immer noch beunruhigend. Wir gehen hinein und kommen heraus und jedes Mal sind wir etwas verändert und ich kann mich kaum erinnern, wie es überhaupt geschehen ist. Nur dass ich die Veränderung spüre und weiß, dass wir anders sind als vorher.«

»Haben wir uns zu unserem Nachteil verändert?« Nylan schnallte Weryl fest.

»Nein … nein, ich glaube nicht. Aber wie könnten wir es wissen? Würden wir es bemerken, wenn der Wald es uns nicht wissen lassen will?«

»Vielleicht nicht. Genau deshalb müssen wir weggehen und es herausfinden.«

»Oh … damit wir erkennen, wie wir uns fühlen, wenn wir außerhalb seines Einflussbereichs sind?«

Er nickte. »Und wenn er uns gehen lässt …«

»Dann bedeutet das, er überlässt uns die Entscheidung.«

»Genau.«
»Wird er es tun?«
»Irgendwie habe ich das Gefühl, dass er uns jederzeit gehen lässt.« Nylan stieg auf. »Der Wald lässt sogar den Tieren in beschränktem Maße ihren freien Willen. Die Echse konnte sich entscheiden, uns anzugreifen oder nicht, ebenso die Katzen.«
»Er will etwas von uns.« Auch Ayrlyn stieg auf.
»Natürlich. Irgendwie … irgendwie werden wir dem Wald helfen.« Er lachte grimmig. »Und er wird uns helfen.«
»Wird er das auch über große Entfernungen hinweg noch können?«
»Die alten Rationalisten haben mit ihren Geräten den Planeten umgeformt und den Westen Candars neu gestaltet. Irgendwie haben sie die alte Topografie überlagert, obwohl es teilweise nicht nötig gewesen wäre. Wahrscheinlich hatten sie nicht genug Energie, um es gründlich und ordentlich genug zu machen. Sie haben den Sumpf und das Wasser neu verteilt, Grasland geschaffen, wo vorher Wüste war, und Flüsse verlegt. Das konnte nicht ewig halten und vielleicht hätte es genau genommen nicht einmal bis heute halten dürfen. Dort unten in der Erde ist eine Menge Energie aufgestaut.« Er zuckte mit den Achseln. »Und jedes Mal, wenn irgendwo etwas nicht im Gleichgewicht ist …«
Ayrlyn nickte. »Aber aus ökologischer Sicht verstehe ich immer noch nicht ganz, was die Rationalisten sich dabei gedacht haben. Ein größerer Wald hätte doch ebenfalls das Grasland erhalten können, weil er die ganze Region abgekühlt hätte.«
»Ich dachte, ein Regenwald wächst …«
»Das ist es! Dies hier ist kein Regenwald.«
Nylan wartete, dass sie es ihm erklärte.
»Ein Regenwald entsteht, wo die Erdschicht dünn ist und die Luftfeuchtigkeit hoch. Hier ist die Erde aber

vergleichsweise fruchtbar und die Regenfälle sind nicht so stark.«

»Und was, Heilerin und Ökologin, ist nun der springende Punkt?«

Sie zuckte mit den Achseln. »Genau weiß ich es immer noch nicht. Die Rationalisten hätten den Wald nicht auf relativ engem Raum einsperren müssen. Sie hätten andere Gebiete für den Ackerbau vorsehen können ... es gibt hier nicht viele Städte und soweit wir es sehen konnten, herrscht keine Überbevölkerung. Also gab es auch keinen großen Druck, eine schnell wachsende Bevölkerung zu versorgen.«

Nylan rieb sich die Stirn. »Du unterstellst dabei, dass der Wald sie in Ruhe gelassen hätte. Aber schau dir nur an, wie schnell er hier alles überwuchert.«

»Die alten Rationalisten waren nicht dumm«, widersprach Ayrlyn. »Sie haben schon Dutzende von Planeten angepasst. Dieser Planet hier hätte überhaupt nicht angepasst werden müssen, wenn der Wald schon da war.«

»Wir sind hier aber nicht einfach auf irgendeinem Planeten«, wandte Nylan ein, »sondern wir sind in einem anderen Universum. Die Fusaktoren funktionieren hier nicht ...«

»Woher haben sie die Energie genommen, um das Land umzuwandeln?«

»Ich weiß es nicht«, räumte er ein. »Sie setzen gern Lasertechnologien ein ... das haben sie schon immer so gemacht. Vielleicht funktioniert die Laserfusion.«

»Wassah, pitte«, unterbrach Weryl.

»Ich weiß, ich hab's versprochen.« Der Schmied holte die Wasserflasche und zog den Stöpsel ab. Er schwankte im Sattel, als die Stute durch einen ehemaligen Bewässerungsgraben lief. Vorsichtshalber hielt er seinem Sohn die Wasserflasche fest.

»Lass uns zur Sache kommen«, sagte Ayrlyn. »Rings

um den Wald herrscht eine tiefe Instabilität, aber nicht im Wald selbst. Warum haben die alten Rationalisten so etwas getan? Sie konnten es doch besser, sie hatten das nötige Wissen und die Fähigkeiten.«

»Vielleicht lag es an der Energie. Wir haben ja gesehen, über wie viel Kraft der Wald verfügt, und dabei hat er jetzt nur noch einen Bruchteil der früheren Größe.« Nylan nahm die Wasserflasche wieder an sich und verschloss sie.

»Das bedeutet … glaubst du, die alten Rationalisten haben absichtlich ein Ungleichgewicht geschaffen, um den Weißen Magiern eine Energiequelle zu geben?«

Nylan nickte. »Das ist die einzig sinnvolle Erklärung. Sie haben große Erfahrung, was die Umwandlung von Planeten angeht, aber ihre üblichen Kraftquellen sind ausgefallen oder schwächer geworden.«

»Natürlich … sie mussten ja wissen, dass sie nicht ewig halten würden.«

»Wahrscheinlich haben sie ziemlich lange gehalten, aber was ist besser – etwas benutzen, das einige Jahrhunderte oder noch länger hält und darauf hoffen, dass die Nachkommen sich etwas einfallen lassen? Oder sich selbst und die eigenen Kinder dazu verurteilen, als Barbaren mit primitivster Technologie zu leben?« Er deutete nach Süden. »Cyador ist die fortschrittlichste und am weitesten entwickelte Kultur, die wir hier bisher gesehen haben.«

»Fortschrittlich … das kann ich akzeptieren. Aber wenn ich mir überlege, wie sie mit Frauen umgehen …«

»Wäre es nicht noch schlimmer gewesen, wenn sie auf eine primitivere Stufe zurückgefallen wären?«

»Das ist eine akademische Frage, die noch unangenehmer ist als die Spekulationen eines Ingenieurs.« Ayrlyn räusperte sich. »Willst du diese Energie einsetzen?«

»Wenn ich es kann, ja.«

»Wenn *wir* es können«, berichtigte Ayrlyn ihn.

Der Schmied lachte, nicht mehr ganz so barsch. »Du hast Recht … wie immer. Wenn wir es können … und wir werden es können. Ich weiß nur noch nicht genau, wie wir es anfangen sollen.«

»Die Energie umzulenken ist wahrscheinlich leichter, als sie direkt zu bekämpfen«, sagte Ayrlyn voraus. »Besonders wenn man es schafft, dabei selbst unversehrt zu bleiben.«

Nylan hielt ihre Einschätzung für zutreffend.

Ayrlyn zügelte das Pferd neben dem Schuppen und sah zur Hintertür des Hauses, wo fast im gleichen Augenblick Sylenia auftauchte.

»Ihr wart ja gar nicht lange weg.«

»Du wolltest uns doch am liebsten überhaupt nicht gehen lassen«, sagte Nylan.

»Wenn man schon unbedingt so etwas tun muss …«

Der Schmied sah hilflos zu Ayrlyn. Sie lächelte leicht, aber sie schwieg.

»Wahrscheinlich müssen wir morgen aufbrechen«, sagte Nylan, als er abgestiegen war und Weryl aus seinem Sitz befreite.

Ayrlyn schürzte die Lippen.

»Könnten wir denn noch etwas lernen, wenn wir bleiben?«, fragte Nylan.

»Wahrscheinlich.« Die rothaarige Frau sprang anmutig vom Pferd.

»Und würden wir schnell genug lernen?«

Ayrlyn runzelte die Stirn. »Wahrscheinlich nicht, aber …«

»Ich weiß. Es ist gefährlich. Alles ist gefährlich.« ***Aber bleibt uns etwas anderes übrig? Und wir haben es doch versprochen und …***

Ayrlyn nickte traurig. ***Und es besteht ein Zusammenhang zwischen dem Einlösen eines Versprechens und der Ordnung …***

»Leider.«

Sylenia räusperte sich laut. Die Engel drehten sich zu ihr um.

»Ich habe so viel Brot gebacken, wie wir tragen können, ich habe getrocknete Bohnen und sogar ein paar Wasol-Wurzeln. Sie waren im Garten.« Sylenia strahlte. »Viel besser als Käse und Biskuits.«

Nylan konnte sich also auf einen etwas abwechslungsreicheren Reiseproviant einstellen, auch wenn er nicht genau wusste, was Wasol-Wurzeln überhaupt waren.

CXXIV

Im Dunkeln huschte Nylan aus den Büschen heraus bergab und hielt an, als er den ersten trockenen Bewässerungsgraben hinter sich gelassen hatte.

Was machte er da nur?

War es ihm wirklich klar, abgesehen davon, dass er irgendwie die Kräfte des Waldes wecken und kanalisieren musste? Ayrlyns Warnungen, dass sie eigentlich noch nicht genug gelernt hätten, beunruhigten ihn sehr. Aber er wusste genau, dass die Truppen aus Cyador schon bald gegen Lornth vorstoßen würden, falls sie es nicht längst getan hatten. Irgendwie, irgendwie mussten sie in Lornth die Macht des Waldes wecken oder eine Macht, die der des Waldes sehr ähnlich war, um die Truppen aus Cyador zurückzuschlagen. Aber genaue Vorstellungen hatte er nicht. Nur eine sehr allgemeine Idee. Viel zu allgemein.

Er holte tief Luft, atmete den Duft von Reisera und anderen Pflanzen ein, die er nicht kannte.

Langsam, ganz langsam öffnete er sich für das Pulsieren des Waldes, für den Herzschlag von Ordnung und Chaos, für die Energieströme, die der Spannung zwischen den Polen eines Fusaktors sehr ähnlich waren, nur dass die Energieströme dort die Folge einer Ladungsdifferenz waren …

Nein! Kümmere dich um das Wesentliche.

Macht … die Macht, um das Chaos einzudämmen.

Nein, nicht eindämmen … du musst es lenken … immer auf das Gleichgewicht achten …

Schweißtropfen sammelten sich auf seiner Stirn, obwohl von Osten ein kühler Wind wehte.

… es lenken … das Gleichgewicht lenken …

Statt hinauszugreifen, versuchte er, sich für die Macht zu öffnen, und stellte sich vor, er wäre eine Art Leitung, ein Kabel, das die Energie übertrug, während er die Ordnung wie eine isolierende Hülle um sich legte.

Unter dem Ansturm der beiden Energieströme taumelte er. Dunkelheit und die erdrückende Gewalt des Chaos sprudelten aus dem glutflüssigen Magma unter Candar hervor. Das Chaos brannte heiß genug, um sogar die Legierung von Raumschiffen zu schmelzen. Überall flogen freie Elektronen, instabile Quarks, Leptonen … die Begriffe wirbelten durch seinen Kopf, aber die Energie war real.

Um ihn entstand ein Licht, ein Glühen zuerst und dann ein heller Schein, der so grell wurde, dass er die Augen schließen musste. Fast taghell wurde es in der Nähe des Hauses.

… Wärme … aber nicht zu viel …

Obwohl er sich bemühte, die Hitze abzuhalten, konnte er spüren, wie sie sich aufbaute, wie immer neue Energiewellen heraufbrandeten.

… vorsichtig …

Der Boden unter ihm bebte leicht, aber beharrlich, als wollte das Chaos unter ihm die dünne Barriere wegfegen, die vor vielen Generationen von den alten Rationalisten zwischen der obersten und den tieferen Schichten gezogen worden war.

... nicht jetzt ... später ... wenn wir nach Lornth kommen ...

Langsam ließ er die Ströme wieder abebben und abklingen.

Sein Atem ging unregelmäßig und sein Herz schlug so heftig, dass er glaubte, die Schläfer im Haus könnten es hören.

Eine Weile stand er nur keuchend da und versuchte, seinen Körper zur Ruhe finden zu lassen.

Dann drehte er sich zum Haus um.

»Sehr beeindruckend.« Ayrlyn stand auf einem Grasflecken, der sich vor den Büschen gehalten hatte. »Ich bin froh, dass ich dich richtig verstanden habe. Jemand anders hätte es vielleicht nicht so gut aufgenommen und geglaubt, du würdest die Macht für dich persönlich einsetzen.«

»Ich wollte nicht ...«

»Ich weiß. Du hattest Angst, es würde nicht funktionieren oder ich könnte verletzt werden. Wie alle guten Ingenieure wolltest du deine Idee testen, während niemand in der Nähe war, der gefährdet werden konnte, falls etwas schief ging, und wie üblich wolltest du mich nicht beunruhigen. Und deshalb ... deshalb wusste ich nur, dass du dir Sorgen gemacht hast, und ich konnte sowieso nicht schlafen.«

»Es tut mir Leid.«

»Manchmal bist du wirklich unglaublich begriffsstutzig. Verstehst du es denn nicht?« ***Nylan ... sperre mich nicht aus ... bitte ...***

»Es tut mir Leid. Ich war unsicher, ich wusste einfach nicht, wie es sich entwickeln würde.« Er nahm sie in die Arme. ***Ich wollte nicht, dass dir etwas zustößt, und wenn ich mich nicht allein hierher zurückgezogen hätte ...***

»Es wird funktionieren. Du hättest mich auch fragen können.«

»Es ist eine so tief greifende Veränderung. Ich vergesse

es immer wieder.« Er schauderte, fühlte sich schwach. Dann ließ er Ayrlyn los und setzte sich ins Gras.

»Versuche es dir zu merken.« ***Oder ich mache ... etwas Schreckliches, bevor wir nach Lornth zurückkehren.*** Sie setzte sich dicht neben ihn.

Der Ingenieur errötete, als er ihre Gedanken auffing.

»Eigentlich ...« ***Eigentlich würde ich sogar gern gleich jetzt etwas ganz Schreckliches tun.*** Ihre Lippen pressten sich auf seine, bevor er noch etwas sagen konnte. Sie drückte ihn hinunter, bis er auf dem Rücken lag. ***Solange du noch zu schwach bist, um dich zu wehren ...*** Ihre Hände waren schon an seinem Gürtel. ***Und wenn dich jemand hört, dann wirst du einiges erklären müssen ...***

CXXV

Gethen öffnete die Schriftrolle nicht gleich, als er sich gegenüber von seiner Tochter und Mitregentin im grünen Polsterstuhl niedergelassen hatte. »Die Händler ... diejenigen, die den Hafen in Rulyarth benutzen ... sie bringen beunruhigende Nachrichten mit, meine Tochter.«

»Dass die Weißen Dämonen sich auf einen Angriff vorbereiten? Das wussten wir schon. Sagen sie auch, wann der Angriff bevorsteht?«

»Sie konnten uns nicht sagen, was uns aus dem Süden droht.« Gethen räusperte sich. »Aber der Herrscher von Cyador baut ein Feuerschiff von der Art wie jene, mit denen die Alten das große Westmeer leergefegt haben. Es ist beinahe fertig.«

»Darüber brauchen wir uns keine Sorgen zu machen.« Nach einem kurzen Blick zu Nesslek, der etwas unkoordiniert zwei Bauklötze aneinander knallte, hob

Zeldyan ihren Becher mit Grünbeerensaft und trank einen kleinen Schluck. »Jedenfalls nicht so bald.«

»Vielleicht nicht. Haben wir etwas von Fornal gehört?«

»Abgesehen von der erneuten Bitte, uns Geld und Rekruten zu schicken … nein. Wir haben ihm alles zukommen lassen, was wir aus dem Verkauf des Kupfers herausschlagen konnten. Es hätte nicht gereicht, klagt er. Doch wie Diwer berichtete, hat er das Kupfer nicht einmal selbst erbeutet. Die Engel waren es und Fornal hat sie Wegelagerer genannt.«

»Ich wünschte, wir hätten mehr solcher Wegelagerer«, schnaubte Gethen.

»Vielleicht sind sie auch genug.«

»Du setzt großes Vertrauen in die Engel, obwohl wir immer noch nichts von ihnen gehört haben.« Gethen stand auf und ging zum Serviertisch, um sein Glas nicht mit Grünbeerensaft, sondern mit dunklem Wein nachzufüllen. »Die Dämonen greifen demnächst an, aber wir haben noch keine Nachricht von ihnen erhalten. Ich muss bald nach Rohrn aufbrechen.«

»Wie viel Zeit bleibt dir noch, mein Vater?«

»Höchstens ein paar Tage.«

»So bald schon?«

»So spät ist es schon.«

»So spät und doch muss ich Vertrauen haben.« Sie stellte den Becher auf den Beistelltisch, beugte sich vor und löste Nessleks Finger vom grünen Saum des Polsterstuhls, an dem er herumgezerrt hatte. »Was gibt es sonst noch? Wir haben keine Münzen mehr. Wir haben keine Möglichkeit, neue Rekruten auszuheben und deine kleine Streitmacht zu verstärken. Unsere Grundbesitzer murren offen und die Ernte war schlecht.«

»Sie wird schlechter dargestellt, als sie war.«

»Die Fürstin Ellindyja?«

»Einige pflegen noch Umgang mit ihr«, meinte Gethen. »Wir können sie nicht einfach beseitigen.«

Zeldyan hob Nesslek auf ihren Schoß. »Ein dezimiertes Erbe wirst du bekommen, mein Sohn, und nur, weil deine Großmutter zu besorgt um das Erbe deines Vaters war.«

»Das ist grausam, besonders deinem Sohn gegenüber«, sagte Gethen.

»Aber es ist wahr. Soll ich ihn belügen, während seine Großmutter sein Erbe aus Trotz und falschem Stolz zerstört? Die Wahrheit könnte eines Tages seine einzige Waffe sein.«

»Die Wahrheit allein ist nie genug. Kaltes Eisen … das ist manchmal die einzige Waffe, auf die sich ein Herrscher verlassen kann. Magier und Zauberer und der Handel … das alles kommt und geht. Kaltes Eisen bleibt. Leider haben wir nicht genug davon.« Der grauhaarige Regent trank einen großen Schluck.

Zeldyan umarmte Nesslek, bis er zu strampeln begann, dann setzte sie ihn neben seinen Bauklötzen wieder auf den Boden. Sie starrte ihren Becher an, trank aber nicht.

CXXVI

Sylenia brachte den Beutel mit dem Proviant heraus und stellte ihn auf die Schwelle der Hintertür. Sie blickte zur Nachmittagssonne, die sich hinter den dicken grauweißen Wolken, die von Nordosten herbeieilten, zu verstecken schien. »So spät am Tag mit der Reise beginnen …«

»Dieses Mal werden wir vor allem nachts reiten, bis wir aus Cyador heraus sind.« Nylan überprüfte Sylenias Sattelgurte und stellte Weryls Sitz noch etwas nach. Er hielt kurz inne und wischte sich die Stirn ab. Die Gegend um den Wald war kühler als die Grashügel, aber auch in der Erntezeit war es hier immer noch wärmer als im Hochsommer auf dem Dach der Welt oder an irgendeinem anderen Ort in den beiden Universen, so weit er sich erinnern konnte. »Ich bin immer noch nicht bereit, mich auf eine Schlacht einzulassen.«

»Du könntest es jetzt aber leichter ertragen.« Ayrlyn blickte nicht auf, sondern fuhr damit fort, ihr Packpferd zu beladen.

»Mag sein.« Nylan war sich in dieser Hinsicht überhaupt nicht sicher. Theoretisch sollte er in der Lage sein, einen Weg zu finden, um die Dinge ins Gleichgewicht zu bringen, aber die Kluft zwischen Theorie und Praxis war schrecklich groß und in vieler Hinsicht schwieriger zu bewältigen als die Steuerung von Energiesystemen und die Technik eines Raumschiffs.

»Ich will hier nicht weg.« Die Satteltaschen in den Händen, blieb Ayrlyn stehen, als wäre sie von einer äußeren Macht aufgehalten worden.

Nylan verstand sie gut. Zum ersten Mal seit Jahren, wenn nicht seit dem Beginn ihres Lebens, waren sie nicht mehr von dem unsichtbaren Ungleichgewicht umgeben, das ihren Lebensweg mal in diese, mal in jene Richtung abirren ließ. Sie hatten begonnen, sich an das Gleichgewicht zu gewöhnen, das der Wald von ihnen verlangte, und Nylan konnte bereits die Veränderungen erkennen, wenn er Ayrlyn ansah. Beinahe schien es ihm, als hätten sich auch ihre Körper bis auf die Ebene einzelner Zellen verwandelt. Sogar Sylenia hatte sich in gewisser Weise verändert, aber was mit Ayrlyn und mit ihm selbst geschah, war wirklich erstaunlich. Lag es daran, dass er als Ingenieur mit den Kraftströmen in einem Raumschiff zu tun gehabt hatte, während Ayrlyn als Kommunikationsoffizierin gearbeitet hatte? Lag es daran, dass der Wald sie in sich aufgenommen hatte, nachdem sie sich dem Wald genähert hatten?

»Dies ist doch nicht das Paradies.«

»Ich will trotzdem nicht weg.« *Es fühlt sich … es fühlt sich beinahe an wie ein Heim …*

Sie umarmten sich.

»Dumm …«, murmelte Ayrlyn ihm ins Ohr. »Wie dumm … dass sich ein Wald wie ein Heim anfühlen kann …«

»Aber so ist es, nicht wahr?« Er drückte sie noch einen Moment und löste sich langsam wieder von ihr.

»In gewisser Weise fühle ich mich genau wie Ihr«, fügte Sylenia hinzu. »Aber Tonsar wartet auf mich …«

»Und wir müssen uns mit den Cyadoranern herumschlagen. Hast du diese verbrannten Stellen gesehen? Früher oder später werden sie wieder herkommen und gegen den Wald kämpfen.« *Besonders wenn wir nicht vorher mit ihnen fertig werden …*

»Ich weiß«, seufzte Ayrlyn. »Und wir haben es ja auch versprochen.« *Wir haben es versprochen …*

Es war nicht nur eine äußere Verpflichtung, dachte Nylan. Wenn sie ihren Verpflichtungen nicht nachkamen, würde in ihnen selbst großes Chaos entstehen. Jeder, der mit Ordnungs-Feldern zu tun hatte, begriff er jetzt, wahrscheinlich viel zu spät, musste sein Leben irgendwie ins Gleichgewicht bringen. Und ein Versprechen, das man nicht einlöste, war nicht gut für das Gleichgewicht.

So kam es ihm jedenfalls vor.

»Ich denke, so sieht es aus«, bestätigte Ayrlyn. »Wir sitzen im selben Boot.«

Er lächelte sie an und genoss die Wärme, die von ihr ausstrahlte, die Wärme, für die er auf dem Dach der Welt so lange blind gewesen war. Dann ging er zum Haus und holte den Proviantbeutel.

Sylenia drehte sich um und machte Weryl reisefertig.

Wieder draußen, betrachtete Nylan noch einmal das Haus mit den glatten hellen Wänden. Er dachte an den Keramikofen, den gekachelten Boden, die Sauberkeit … und das Chaos, das hinter dieser Schöpfung steckte.

CXXVII

Die Sterne funkelten, während Wolken über den Himmel zogen und mal diesen und mal jenen Stern verdeckten. Nur die gedämpften Hufschläge ihrer Pferde waren zu hören, als Nylan, Ayrlyn und Sylenia mit Weryl auf der leeren Straße nach Norden ritten und sich dem Fluss und der gemauerten Brücke näherten.

Die Gerüche von den Feldern, der etwas stechende Duft von Pflanzen, die vor kurzem geschnitten worden waren, wehte mit dem leichten Wind heran.

»Die Bohnen … sie sind abgeerntet«, bestätigte Sylenia.

»Wassah … bohna?«

»Du hast doch gerade erst getrunken.« Sylenia drehte sich im Sattel herum und gab Weryl die Wasserflasche. Der Junge schob sie unwillig weg, das Kindermädchen steckte den Korken wieder darauf und verstaute sie wortlos.

Nylan glaubte nicht, dass er so geduldig gewesen wäre, ob es nun sein eigener Sohn war oder nicht.

Als sie die Kreuzung erreichten, wo sie auf die cyadorische Patrouille gestoßen waren, konnten sie keine Spur Chaos mehr entdecken. Der Ingenieur sah sich um und lauschte gespannt auf alle Geräusche, aber es waren nur einige Insekten zu hören, dann und wann ein leiser Vogelruf, dazu das Schnaufen und Stampfen der Pferde.

Weder mit den Augen noch mit den Sinnen konnte Nylan irgendeine Bewegung jenseits der Brücke wahrnehmen, die als dunkler Umriss über dem noch dunkleren Wasser lag, nur schwach erhellt von den fremden Sternen.

»Still ist es«, murmelte die rothaarige Frau.

Die Hufe der Pferde klapperten nicht gerade leise,

aber auch nicht auffällig laut auf dem Pflaster der Brücke, die mit drei Bögen das tiefe, ruhig fließende Wasser überspannte.

Hier und dort spiegelte sich ein Stern im Wasser des Flusses, der breiter war, als Nylan ihn in Erinnerung hatte. Auch Jahrhunderte nachdem die alten Rationalisten den Planeten umgewandelt hatten, flirrten noch die rotweißen Funken des Chaos unter der Erdoberfläche und unter dem Flussbett. Die unsichtbare Grenzlinie zwischen dem, was vorher existiert hatte, und dem, was daraufgesetzt worden war, schien klarer und schärfer denn je.

Und ich … wir … diese Gewalten sollen wir bändigen?

»Ja«, antwortete Ayrlyn.

»Dann sollte ich mir so langsam Gedanken über die praktischen Einzelheiten machen.« *Bis jetzt habe ich noch keine Ahnung, wie ich es anfangen soll.*

»Ich habe großes Vertrauen zu dir.«

»Danke.«

Immer zwei und zwei liefen die Pferde über die Brücke, bis sie die höchste Stelle des mittleren Brückenbogens erreichten, wo die Hufe hohl und weit durch die Nacht zu hallen schienen. Aber in keinem Gebäude nördlich der Brücke brannte Licht.

Weiter flussabwärts hoben sich am Nordufer die dunklen Umrisse der Piere ab. Ein einsamer Hund bellte unablässig. Nylan fragte sich, ob nicht bald jemand nach dem Rechten sehen würde. Er ermahnte sich, ruhig zu bleiben. Niemand kam, als das Hufeklappern zwischen den ersten Häusern der Stadt hallte.

»Es ist gespenstisch«, sagte Ayrlyn leise. »Als würde die Welt außerhalb ihrer vier Wände nachts nicht existieren.«

»Sie blenden es aus«, flüsterte Nylan, »und das macht es leichter für uns.«

Die Markthalle war verlassen, die Türen offen und

nicht bewacht. Auf der anderen Straßenseite plätscherte leise das Wasser im Baumbrunnen. Es funkelte leicht. Eine Art Chaos?

»Die Stadt riecht nicht«, sagte Nylan.

»Möchtest du denn, dass sie stinkt?«

»Nein. Aber bisher konnte ich nur die geernteten Bohnen und die Feuchtigkeit am Fluss riechen. Keine Blumen … kein Unrat … überhaupt nichts.«

»Das ist wirklich seltsam.«

»Lieber überhaupt kein Geruch als der Gestank von den alten Pieren in Lornth«, bemerkte Sylenia trocken.

Nylan wurde nachdenklich. Cyador war sauber und geordnet, aber wie hoch war der Preis für diese Sauberkeit und wie viel Gewalt musste man dafür einsetzen?

Zu viel …

Und wie viele Leute wollten Ordnung um jeden Preis?

CXXVIII

So zahlreich kamen die Pferde, dass es im ganzen Landstrich dröhnte, als würde eine riesige Trommel gerührt. Die weißen Uniformen verteilten sich weithin auf dem grün und braun gefleckten Grasland, bis die Hügel aussahen, als wäre ein früher Schnee gefallen.

Hinter den Lanzenreitern kamen die Fußtruppen, Reihe auf Reihe und trotz der vielen Meilen, die sie marschiert waren, mit makellos weißer Kleidung. Hinter ihnen rollten unzählige Wagen – Vorratswagen, die Wagen der Waffenmeister und die funkelnden Kutschen der Equipage des Marschalls.

Gleich hinter der Vorhut ritten Marschall Queras, Major Piataphi und die Weißen Magier. Triendar blinzelte unter einem breiten Schlapphut in der grellen Sonne.

Themphis Gesicht war rot und von der Sonne verbrannt. Fissar schwankte wild im Sattel hin und her.

Auf einer Hügelkuppe, von der aus sie ein grünes Tal überblicken konnten, wurde die Vorhut langsamer.

»Da sind die Barbaren aus dem Weideland«, verkündete Queras.

Am Nordrand des Tals sah man an einem großen Teich oder einem kleinen See eine Siedlung. Im Westen, oberhalb des grasbewachsenen Einschnitts zwischen zwei Hügeln, wartete eine dunkle Masse von Reitern unter den Bannern von Jerans, auf denen eine Kiefer abgebildet war.

Die Heerführer konnten beobachten, wie die Jeraner die Pferde herumnahmen, sich in Keilformation aufstellten und durch die Senke zum westlichen Ende des Höhenzuges stürmten, um die linke Flanke der cyadorischen Spiegellanzenkämpfer anzugreifen. Hufschläge donnerten im sonnenverbrannten Weideland.

»Schwenk nach links!«, befahl Piataphi. Er trieb sein Pferd an, während die Vorhut seinen Befehl ausführte.

Die Trompete aus Neusilber stieß ein Signal aus drei Tönen aus, die Schilde wurden gehoben und warfen den jeranischen Reihen Lichtspeere entgegen. Die weißen Lanzen wurden gesenkt und die cyadorische Streitmacht schwenkte herum. Lichtspeere blitzten auf den polierten Schilden und im Geflacker der Reflexe konnten die jeranischen Kämpfer die Feinde nicht mehr klar erkennen. Major Piataphi erreichte die vorderste Reihe der Lanzenkämpfer und hob noch einmal den Säbel.

Klingen und Lanzen prallten aufeinander, Säbel und Kurzschwerter wurden gegeneinander geschwungen und der dunkle Fleck, wo die jeranischen Truppen standen, wurde kleiner, während die Reihen der weiß gekleideten Bewaffneten immer zahlreicher wurden.

Inmitten des Lärms der Schlacht konnte Themphi nur

starren Blickes zusehen, wie Körper aus blutverschmierten Sätteln rutschten. Triendar schüttelte leicht den Kopf. Ganz leicht nur, dass sich der Schlapphut kaum bewegte. Fissar, kreidebleich im Gesicht, sah starren Blicks zum kleinen See, um das Gemetzel nicht anschauen zu müssen. Er schluckte schwer.

CXXIX

Ayrlyn, die neben Nylan ritt, hob die Augenbrauen. »Alles in Ordnung?«

»Entschuldige.« Nylan errötete, weil sein Magen laut geknurrt hatte. »Sylenias kulinarische Findigkeit hat uns sicher vor dem Verhungern gerettet, aber die Nebenwirkungen ...« Statt den Satz zu Ende zu bringen, den er gar nicht erst hätte beginnen sollen, sah er nach Westen zu einem Hügel, der für diese Gegend typisch war, ein Flickwerk von braunen, grauen und schwarzen Flächen.

Bisher waren alle Gehöfte, die sie im Süden von Lornth gesehen hatten, niedergebrannt gewesen. Schwarze Kleckse in großen Kreisen aus versengtem Gras, nicht das kleinste Haus war verschont geblieben. Vier Tage lang ritten sie jetzt schon durch Asche und Schlacke, vier Tage lang hatten sie nichts als zerstörte Gebäude gesehen.

»Wir haben immerhin genug zu essen und müssen nicht anhalten, um Proviant aufzunehmen«, widersprach Ayrlyn.

Nylan wünschte, er hätte den Mund gehalten.

»Ihr müsstet Asche essen, wenn ich nicht ...«, begann das Kindermädchen.

»Es tut mir Leid. Ich weiß es doch.« Nylan schnüffelte, als die Stute ihn einen langen Hang hinauftrug. »Da brennt etwas.«

»Gras.«

»Nein, das ist nicht nur Gras und es ist mehr als nur ein Bauernhof.« Der Ingenieur sah Ayrlyn fragend an.

Die Augen der rothaarigen Frau verschleierten sich und sie sank ein wenig in sich zusammen.

Nylan ließ seine Stute langsamer laufen, um sich dem Schritt von Ayrlyns Braunem anzupassen.

»Gwass … Wassah pitte?« Weryl musste husten, nachdem er seine Bitte vorgetragen hatte.

»Du hast keinen Durst«, informierte Sylenia ihren Schützling.

Nylan vermutete, dass Weryl einfach nur reden wollte, aber so frühreif sein Sohn in gewisser Weise auch zu sein schien, sein Wortschatz war noch sehr begrenzt. Deshalb bat er immer nur um Wasser.

»Vor uns liegen die Ruinen einer Stadt. Vielleicht war es Clynya, aber das ist schwer zu sagen.« Ayrlyn schauderte und richtete sich im Sattel auf.

»Es ist schwer zu sagen?« Aber Nylan glaubte schon zu wissen, was Ayrlyn antworten würde.

»Genau. Du weißt es doch.«

Ja, er wusste es. Die Stadt war ebenso niedergebrannt worden wie die Gehöfte, an denen sie bisher vorbeigekommen waren.

Sie zügelten die Pferde auf der Hügelkuppe und sahen sich um. Vor ihnen lag, Meile auf Meile zu beiden Seiten des Flusses, nichts als verbranntes Land. War das rauchende Durcheinander am rechten Flussufer wirklich alles, was von der Kaserne übrig war, in der sie einmal einquartiert gewesen waren?

Außer dem beißenden Geruch von Asche und Schlacke nahmen sie auch den Gestank von verkohltem Fleisch wahr. Dünne graue Rauchwolken kräuselten sich in den Nachmittagshimmel hinauf. Außer einem

Hund, der über die frühere Hauptstraße Clynyas irrte, bewegte sich nichts.

»Clynya? Ist das Clynya?«, fragte Sylenia mit erstickter Stimme.

»Wir glauben es.« Nylan betrachtete die Ruinen von Kaserne und Stallungen. Soweit er es sehen konnte, schien das eingesunkene Dach aus Grassoden noch zu glimmen.

»Sie sind Dämonen …«

Nylan nickte und fragte sich abwesend, wie diese Leute einerseits derart saubere und angenehme Häuser bauen und andererseits völlig gewissenlos ganze Städte samt den Bewohnern ausradieren konnten. Ayrlyn hatte einmal gesagt, dass eine fortschrittliche Technologie es leichter machte, Milde walten zu lassen, aber die Cyadoraner schienen nicht milder, sondern grausamer als ihre weniger fortschrittlichen Nachbarn zu sein.

»Es liegt wohl daran, dass sie Fremde nicht für echte Menschen halten.« Ayrlyn räusperte sich.

»Und weil sie glauben, dass Gewalt die einzige Sprache ist, die jeder versteht?«

»Wahrscheinlich.« Nylan spürte, was sie empfand. Einerseits musste sie akzeptieren, dass die Menschen hier nur auf Gewaltanwendung reagierten, andererseits hasste sie diese Welt, in der es keine anderen Möglichkeiten zu geben schien.

»Die Cyadoraner und Fornal sprechen in diesem Punkt die gleiche Sprache. Eisen, immer nur kaltes Eisen, etwas anderes gibt es nicht.« Er zog an den Zügeln. Was sie auch tun würden, es half ihnen nicht weiter, wenn sie herumsaßen und die schmorenden Ruinen Clynyas anstarrten. »Und was jetzt? Reiten wir weiter?«

»Hast du einen besseren Vorschlag?«

Er schüttelte den Kopf. Sogar der Hund – falls es ein Hund gewesen war – hatte sich inzwischen verzogen. Nur der Rauch wehte über das Ostufer des Flusses. »Was meinst du, wie lange es her ist?«

»Ein oder zwei Tage.«

Warum hatte alles so lange gedauert? Warum war er so begriffsstutzig gewesen? Und selbst wenn sie jetzt bald die cyadorischen Horden einholten, was sollten sie tun?

»Wir hätten nicht schneller herkommen können, vergiss das nicht«, erinnerte Ayrlyn ihn.

»Du hast gut reden.« *Und ich weiß immer noch nicht, wie ich sie aufhalten soll …*

»Verwende ihr eigenes Ungleichgewicht gegen sie … genau wie du es gesagt hast.« Ayrlyn lenkte ihren Braunen näher an sein Pferd und sie ritten nebeneinander die Straße zu den Ruinen von Clynya hinunter.

»Um sie zu vernichten?« Nylan rieb sich den Nacken, dann schob er die rechte Hand unter die Ledergurte des Schultergeschirrs und versuchte, die steife linke Schulter zu massieren.

»Du bist doch derjenige, der immer wieder darauf hinweist, dass die Leute nur auf Gewalt reagieren.«

»Ich habe aber gewisse Schwierigkeiten damit, dass es so ist.«

»Du willst nicht werden wie Ryba«, meinte Ayrlyn.

»Genau.«

»Gewalt einzusetzen bedeutet nicht, dass man sich dessen rühmen oder es genießen muss.« Ayrlyn beugte sich etwas zu ihm herüber und berührte kurz sein Handgelenk. »Jedenfalls sollten wir uns zunächst überlegen, wie wir das Ungleichgewicht am besten gegen sie selbst richten können.«

Nylan nickte. Wenn sie ihre Fähigkeiten nicht einsetzten, um zu überleben, würden sich moralische Fragen ohnehin von selbst erledigen. Das Problem war nur, dass man, hatte man sich einmal fürs Überleben entschieden, die moralischen Ansprüche schnell vergaß.

»Das macht dir Sorgen.«

»Allerdings. Ich weiß, dass ich nicht besser bin als alle

anderen, vielleicht sogar schlechter. Wie kann ich mir dann selbst glauben, wenn ich mir sage, dass ich nicht wie Ryba werden will?«

»Du bist aber nicht wie sie.«

Nylan hoffte es, aber die Neigung zur Selbsttäuschung war eine grundlegende Eigenschaft aller Menschen und er war sich bewusst, dass er in dieser Hinsicht allzu menschlich war.

CXXX

Das leise Zirpen der Grillen, Grashüpfer, Zikaden oder ihrer candarischen Gegenstücke erfüllte den Abend. Nylan musste aufstoßen, als er sich oberhalb ihres Lagers im Gras niederließ. Er wusste nicht, ob seine Verdauungsstörungen von den schmierigen Wasol-Wurzeln oder dem sättigenden, aber schweren Kürbisbrot herrührten. Er wusste nur, dass sich sein Bauch anfühlte, als hätte er Blei gegessen, dabei hatte er nicht einmal besonders viel zu sich genommen. Er sah sich einer schier endlosen Reihe rötlicher Brotlaibe gegenüber, die Sylenia voller Begeisterung im Keramikofen gebacken hatte. Der Vorrat hätte einen ganzen Zug Soldaten für eine ganze Jahreszeit ernähren können.

»Nur einen halben Zug.« Ayrlyn kam fast geräuschlos zu ihm und setzte sich im kleinen Hain aus verkrüppelten Eichen neben ihn. Hier waren sie etwas abgeschieden von der Senke, wo Weryl, von Sylenia bewacht, leise schnarchte.

Die verwachsenen Bäume, im Grunde kaum mehr als Büsche, stellten in den Hügeln am Flussufer die einzige Deckung dar. Sie hatten sich für die Straße durch die Hügel entschieden, weil Ayrlyn mit dem Wind geflogen war und herausgefunden hatte, dass dieser Weg gerader verlief. Sie konnten so die langsamer ziehenden cyadorischen Streitkräfte überholen, die der Straße am Flussufer folgten. Morgen würden sie die Feinde sehen, hatte Ayrlyn gesagt.

»Ja, morgen.« Ayrlyn rutschte etwas hin und her, um sich auf dem harten Boden so bequem wie möglich einzurichten.

»Was wollen wir tun, wenn sie uns finden oder wenn ihre Späher uns bemerken?«

»Das wollte ich dich gerade fragen. Du bist doch der Ingenieur. Ich vertraue deinen Fähigkeiten.«

»Danke für das Vertrauen, aber ich konnte diese Fähigkeit kaum einmal nutzbringend …«

»Du hast es geschafft, den Laserstrahl zu steuern und den Schwarzen Turm zu bauen. Ich glaube nicht, dass das einfach nur Erfahrung mit der Technik oder reines Glück war.« Ayrlyn klopfte ihm leicht auf die Schulter.

»Das hier ist etwas anderes.«

»Wieso?«

»Hier gibt es überhaupt keine technische Grundlage mehr.«

»Aber es muss ein System geben. Ich zitiere jetzt einen Ingenieur. Einen sehr guten Ingenieur.«

»Danke. Aber der Kollege wusste nicht, was er da geredet hat. Er glaubte es nur.« Nylan hustete leise und drehte sich um. Der Boden war wirklich sehr hart.

»Du hast die Trennschicht im Boden erwähnt«, drängte sie ihn.

»Das ist beinahe wie eine Ladungsdifferenz. Wenn es zwischen zwei Kräften oder Energieladungen eine solche Differenz gibt, dann muss es eine Möglichkeit geben, dieses Ungleichgewicht in nutzbare Energie zu verwandeln.« Er zuckte mit den Achseln. »Ich habe nur noch nicht den Mechanismus gefunden, um dies zu bewerkstelligen.«

»Du sprichst wie ein Ingenieur, aber vielleicht ist es einfacher als du denkst.«

»Vielleicht.« Nylan war nicht überzeugt. Nichts war einfacher, als es schien. Seiner Erfahrung nach nicht. Und wenn es wirklich einmal einfacher war, dann musste man dafür einen unglaublich hohen Preis bezahlen. Hinzu kam noch, dass sie den Wald verlassen hatten, bevor er sich die Dinge wirklich zusammengereimt hatte, denn sie wussten beide, dass sie nicht mehr viel Zeit hatten. Er hatte gehofft, die Mosaiksteine auch noch unterwegs zusammensetzen zu können.

Er schnaubte leise und fragte sich, ob sie durch diese Art von Mosaikarbeit für die Weißen Magier nicht sogar noch angreifbarer würden. Andererseits bestand eine gewisse Hoffnung, dass die Magier entweder weit entfernt waren oder sich auf die Schlachten konzentrieren mussten. Genau wie er konnten sie nicht überall zugleich sein. Hoffentlich.

Das Zirpen der Insekten brach einen Augenblick ab und Nylan sah sich um. Er griff mit den Sinnen in die Dunkelheit hinaus und lächelte, als er ein Raubtier bemerkte, einem Fuchs nicht unähnlich, das einem kleinen, in einer Erdhöhle lebenden Nagetier nachstellte.

Das Nagetier schoss in seinen Bau, der Fuchs kratzte noch eine Weile im Erdreich herum und trollte sich dann bergab ins Tal.

»Das war kein Fuchs«, sagte Ayrlyn. »Es war eher etwas wie ein Coyote, aber es war nur so groß wie ein Fuchs.«

»Wollen wir das Tier also einen Coyuchs nennen?«

»Wahrscheinlich hat es einen einheimischen Namen, den wir nicht kennen.«

»Wahrscheinlich.«

Nylan sah zum Himmel. Es war ein wolkenloser Abend, die fremden Sternbilder funkelten kalt und abweisend.

»Schafft die Ordnung nun im Wald den Ausgleich zum Chaos? Oder schafft das Chaos den Ausgleich für die Ordnung?«

»Was ist das für ein …« Er hielt inne und überlegte. »Oh.« Er schluckte. »Nun ja … die Ordnung liefert zugleich das Gleichgewicht und ist … ich würde sagen, man kann sie als eine Art Isolator oder Scheidewand betrachten.«

»Wenn das so ist, ist das Chaos dann nicht mächtiger? Rein theoretisch gesehen?«

»Ich weiß es nicht.« Er zuckte mit den Achseln und zupfte einen langen, trockenen Grashalm ab. »Ich vermute, dass dies dort zutrifft, wo man es mit hohen Konzentrationen zu tun hat. Aber wenn man das Chaos in kleine Bruchstücke zerlegt, dann wirkt die Ordnung zunehmend besser.« Der Grashalm zerbrach und Nylan begann automatisch am Ende zu kauen, bis ihn der bittere Geschmack eines Besseren belehrte.

»Was ist, wenn du das ganze Chaos bindest?«

»Damit würdest du gleichzeitig auch die gesamte Ordnung binden. Aber das soll nicht unser Problem sein.« Er seufzte. »Eines Tages wird sich jemand damit beschäftigen müssen, und ich wünsche ihm dafür alles Gute, aber wir haben nichts damit zu tun. Ich versuche nur einen Weg zu finden …«

»Wie wäre es, wenn wir mit kleinen Portionen experimentierten?«

Natürlich, genau darum war es ihm bei all dem Gerede gegangen. Unbewusst hatte er versucht, sich davor zu drücken, endlich anzufangen. Er hatte Angst vor dem, was die geballte Weiße Energie anrichten konnte.

»Es ist etwas beängstigend.«

Nylan lachte leise. »Etwas beängstigend?« Er drehte sich um und umarmte sie. »Ich liebe deine Untertreibungen. Etwas beängstigend.« Er lachte noch einmal.

»Es freut mich, dass du mich so amüsant findest.«

»Etwas beängstigend?«

»Nylan.«

Er hielt den Mund. Wusste sie es überhaupt? Hatte sie eine Ahnung, welche Kräfte unter Candar verborgen lagen?

»Ich glaube, ich wusste es nicht. Entschuldige.«

»Das alles macht mir Angst.« Der Schmied schüttelte den Kopf. »Eine Menge Angst.«

»Du schaffst das schon.« Ayrlyn drückte seine rechte Hand. »Wir schaffen es zusammen.« *Ganz sicher.*

»Ich weiß nicht.« Aber er freute sich über ihre Wärme und ihre Bereitschaft, das Risiko mit ihm zusammen einzugehen. Er erwiderte den Druck ihrer Hand.

»Was wäre denn, wenn du einfach nur Fäden der Ordnung ähnlich wie eine Rohrleitung benutzen würdest?«

Nylan runzelte einen Augenblick die Stirn. Vielleicht funktionierte es nicht, aber ein solches Experiment wäre nicht schwierig durchzuführen. Es wäre der Art und Weise ähnlich, wie er den Laserstrahl gebündelt hatte.

»Ich denke, das müsste gehen«, sagte sie leise.

Sicher war er nicht, aber er konnte sich nur Gewissheit verschaffen, indem er es versuchte. Er griff in den Boden hinein, ließ die Sinne wandern und tastete die Grenze zwischen Ordnung und Chaos ab.

»So weit kann ich dir nicht folgen«, sagte Ayrlyn.

»Genau so, wie ich dir nicht folgen kann, wenn du mit dem Wind fliegst«, brummte er. Die ersten Schweißtropfen bildeten sich schon auf seiner Stirn. So sanft wie möglich drängte, schmeichelte und lockte er die Fäden der Ordnung zur Oberfläche und formte sie in einem kleinen Bereich zu einer Art Röhre oder zu einem Trichter mit einem offenen Ende.

Er schluckte, als die Spitze des unsichtbaren Trichters die Erdoberfläche berührte. »Und was jetzt?«

»Den Kreislauf unterbrechen?«

Nein, das war es nicht … eher, dass er eine Art Gegenpol oder so etwas in der Luft brauchte. Er zuckte zusammen, als der Energietrichter oder was es auch war zu glühen anfing. Er konnte jetzt sogar wieder mit bloßem Auge und nicht nur mit den Sinnen sehen.

Mit lautem Zischen fuhr eine feurige Lanze – war es überhaupt Feuer? – aus dem Boden heraus und erhellte die ganze Umgebung. Gleichzeitig kreischte ein unhörbarer Schrei in Nylans Kopf.

Der Ingenieur schluckte und schloss vor dem Licht, der Energie und der Hitze unwillkürlich die Augen. Sein Mund war schlagartig ausgetrocknet, das Herz hämmerte wie wild in seiner Brust. Die brennende Spur stieg beinahe zehn Ellen weit hinauf, eine Fontäne von Chaos-Feuer, das heller leuchtete als die Sonne.

»Na bitte!« Auch Ayrlyn hatte im grellen Licht die Augen geschlossen.

Der Ingenieur zwang sich, mit den Sinnen wieder nach dem Kegel der Ordnung zu greifen. Er drückte und schob und schloss die Spitze des Kegels, bis die Grenze zwischen den Kräften wieder an Ort und Stelle war und der Strom des Chaos versiegte.

»Mann …« Er seufzte, die Augen geschlossen, während rings um sie herum noch die letzten Funken flogen. Als es wieder dunkel wurde, rieb er sich die Augenlider und massierte sich die Schläfen.

»Das kann man wohl sagen«, fügte Ayrlyn hinzu.

»War das ein Blitz? Hat es geblitzt?«, wollte Sylenia wissen, die erschrocken aufgefahren war. »Aber wie kann es blitzen? Wir haben doch kein Gewitter.«

»Mach dir keine Sorgen, Sylenia«, beruhigte Nylan sie nicht ganz aufrichtig. »Wir haben nur experimentiert. Es war bloß ein Experiment.« Er schluckte.

»Ein Experiment? Was ist das? Macht Ihr Blitze aus dem Boden? Ist das ein Experiment?«

In gewisser Weise hatte das Kindermädchen sogar

den Punkt getroffen, denn der größte Teil der Entladung war tatsächlich durch die Ladungsdifferenz zwischen einer Wolke und dem Boden entstanden, aber der Ingenieur wollte nicht in die Einzelheiten gehen. »Es wird keine seltsamen Lichter mehr geben, nicht heute Nacht.«

»Seid Ihr sicher?«

»Ja, ich bin ganz sicher.«

Nylan tupfte sich die Stirn ab, die zugleich heiß und kalt war. Er glaubte, dass er stank – nach Schweiß und nach nackter Angst.

»Er wird es nicht noch einmal machen«, fügte Ayrlyn hinzu.

»Danke, Heilerin.« Sylenia legte sich wieder auf ihre Bettrolle und murmelte gerade laut genug, dass die Engel es hören konnten. »… schlimm genug, wenn sie Schwerter durch Rüstungen werfen. Jetzt holen sie sogar noch Feuer aus dem Boden … würde Tonsar sagen? Oh, eine Menge würde er …«

»Und ob«, flüsterte Nylan.

»Du«, sagte Ayrlyn. »Du redest doch auch selbst gern, wenn …«

»Genug.« Der Schmied berührte sie am Kinn und drückte ihr den Mund auf die Lippen. Er hielt sie fest, ließ sich von ihr halten und versuchte, nicht zu sehr zu zittern.

Was am nächsten Tag geschehen mochte, blieb unausgesprochen. Sie wollten nicht darüber nachdenken. Auch nicht über die Möglichkeit, dass sie im Umkreis von mehreren Meilen jeden Magier aufgescheucht hatten. Aber sie hatten nicht mehr viel Zeit, sie wussten nicht genug und hatten nicht genug Erfahrung. Und sie waren allein und ungeschützt.

CXXXI

Zwei Aaskrähen flatterten vor ihnen von der Straße hoch, schwarze Gesellen, die sich einen Moment lang deutlich vor dem grünblauen Himmel abhoben. Nylan beugte sich etwas vor und betrachtete, was sie hinter sich zurückließen.

Endlich einmal wehte ein kräftiger Wind von Nordosten über die Hügel heran und ließ das Gras, die vereinzelten Bäume und die verkrüppelten Eichen rauschen. Der Wind brachte kühlere Luft von den Westhörnern mit, wo Ryba und die Wächterinnen von Westwind lebten und Anstalten machten, ganz Candar unwiderruflich zu verändern.

Der Ingenieur seufzte, seine Stute schnaubte und tänzelte kurz zur Seite, um einer toten Eidechse auszuweichen, an der die Vögel herumgepickt hatten. Das Chaos und die Ordnung, die noch von dem Kadaver ausstrahlten, verrieten Nylan, dass das Tier noch nicht ganz tot gewesen war, als die Aaskrähen sich darüber hergemacht hatten.

Nylans Stirn war heiß, obwohl der leichte Wind ihn etwas kühlte, sodass er nicht ganz so stark schwitzte wie sonst. Er öffnete die Wasserflasche und trank einen großen Schluck, dann spritzte er sich etwas Wasser ins Gesicht.

»Dein Gesicht ist rot, noch stärker gerötet als gewöhnlich«, bemerkte Ayrlyn.

»Deins auch.« Nylan sah sich zu Sylenia um, die gelassen hinter ihnen ritt. Die Haut des Kindermädchens schien unverändert. »Glaubst du, in der letzten Nacht …«

»Es ist wohl gefährlich, das Chaos auf diese Weise loszulassen.«

»Ich weiß. Haben wir Alternativen?«

»Ich wüsste keine.« Ayrlyn folgte Nylans Beispiel und trank einen Schluck aus der Wasserflasche, verzichtete aber darauf, ihre gerötete Stirn und die Wangen zu benetzen.

Nein, sie hatten keine Alternativen. Das war ja das Problem, seit sie vor beinahe drei Jahren auf dem Dach der Welt gelandet waren. Oder waren es weniger als drei Jahre gewesen? Nylan holte tief Luft. Es kam ihm vor, als wäre es schon viel länger her.

»Engel, da ist jemand hinter uns.« Sylenia deutete mit dem linken Arm nach hinten.

Wieder drehte Nylan sich um. Hinter ihnen war auf einem Hügel eine kleine Staubwolke zu sehen, die von schnell laufenden Pferden herrührte. Geritten wurden die Tiere von weiß uniformierten Bewaffneten, die im Augenblick noch ungefähr drei Meilen hinter ihnen waren.

Nylan hatte gewusst, dass es nicht ungefährlich werden würde ... aber alle anderen Möglichkeiten wären noch schlimmer oder gefährlicher gewesen.

»Lass mich nachsehen.« Ayrlyns Augen wurden stumpf, sie sackte leicht in sich zusammen.

Der Ingenieur lenkte sein Pferd dicht neben ihres, damit er sie festhalten konnte, falls sie aus dem Sattel rutschte. Er war immer sehr beunruhigt, wenn Ayrlyn ihren Körper verließ und die Wahrnehmung ausschickte.

Hinter den mit Gras bedeckten Hügeln im Westen, auf der flachen Straße am Fluss, marschierte die Hauptstreitmacht der Cyadoraner mit so vielen Kämpfern, dass selbst Nylan sie aus mehreren Meilen Entfernung spüren konnte. Ayrlyn hatte ihm erklärt, dass sie die Streitmacht am Morgen überholt hatten, aber sie waren ihr noch nicht sehr weit voraus.

Hinter ihnen kam ein voller Zug Lanzenreiter, vielleicht waren es sogar noch mehr. Im Osten wurden die

Hügel steiler, ungefähr fünf Meilen weiter verlief die Straße parallel zu einem gewundenen Tal mit schroffen Wänden, in dem ein schmaler Bach floss, der sich schließlich, gut drei oder vier Tagesreisen vor ihnen, in Rohrn mit dem Fluss vereinigte.

»Sie reiten schnell«, meinte Sylenia.

»Ooh … Ferdchen«, meinte Weryl, der hinter dem Kindermädchen in seinem Sitz steckte. »Ferdchen.«

»Ja, Pferde. Ich wünschte, sie hätten nicht so viele Pferde«, antwortete Nylan seinem Sohn. Als Ayrlyn ihre Haltung veränderte, wandte er sich aufmerksam an die rothaarige Frau.

»Jetzt haben wir ein Problem.« Ayrlyn hustete und versuchte, sich zu räuspern.

Nylan zog an den Zügeln, damit die Stute schneller lief, und wartete auf ihre Erklärung.

»Nach Osten können wir nicht gehen. Wir sind der cyadorischen Vorhut nicht weit genug voraus, und wenn wir uns in diese Richtung wenden …« Sie hustete wieder.

»Dann werden sie uns einholen, weil wir querfeldein nur langsam vorankommen.«

Die Heilerin nickte. »Außerdem haben sie direkt vor uns eine ziemlich große Gruppe aufgestellt.«

»Verdammt …«, murmelte Nylan. »Wir sind also umzingelt und sie haben auf die Leute gehört, die am Bergwerk eingesetzt waren. Sie schicken jetzt große Spähtrupps aus, die nicht so leicht auszuschalten sind.«

»Sie sind nicht dumm«, bestätigte Ayrlyn, »aber das wussten wir ja schon.«

»Können wir nicht zurückreiten und die erledigen, die uns jagen, um dann in einem Bogen …«

»Ich würde sagen, hinter uns kommen mindestens anderthalb Züge. Ein paar Bewaffnete haben sie nach Osten auf den Seitenweg geschickt, an dem wir vorhin vorbeigekommen sind, um uns den Fluchtweg zum kleinen Fluss abzuschneiden. Vor uns sieht es noch schlimmer aus. Es müssten etwa vier Züge Weiße Lanzenreiter sein und sie haben einen dieser Magier dabei. Ich kann seine Weiße Energie spüren. Ich hätte heute Morgen gründlicher Ausschau halten müssen ... aber es ist ziemlich anstrengend.« Ayrlyn holte tief Luft. »Es tut mir Leid ...« *Es tut mir so Leid ...*

»Es ist nicht deine Schuld.«

»Doch, es ist meine Schuld, aber ich kann es jetzt nicht mehr ändern«, gab sie zu. »So geht das eben, wenn man versucht, dumme Versprechungen einzuhalten.«

Aber so dumm waren sie doch gar nicht. Wir wollen doch auch verhindern, dass Cyador Candar übernimmt. Denn wohin könnten wir dann noch gehen?

»Ungefähr dahin, wo wir jetzt auch hingehen«, meinte Ayrlyn.

»Verdammt, verdammt ...«, murmelte Nylan. »Warum bekommen wir jedes Mal, wenn wir auch nur den kleinsten Fehler machen, eine derart hohe Rechnung präsentiert?«

»Das Gleichgewicht«, erklärte Ayrlyn trocken.

»Liegt es daran, dass wir empfänglicher oder empfindlicher sind?«

Sie zuckte mit den Achseln und sah sich noch einmal nach Süden um.

»Ich weiß. Dies ist nicht der richtige Augenblick für theoretische Spekulationen.«

»Die Weißen sind näher gekommen«, warnte Sylenia.

»Also geht es um alles oder nichts«, sagte Nylan. »Ich habe so ein Gefühl, dass wir im Handumdrehen außer Gefecht gesetzt sind, wenn wir das Gleichgewicht stören. Also müssen wir etwas tun, das sie auf einen Schlag erledigt.«

»Sie kommen aus allen Richtungen.«

»Wir könnten das Chaos wie einen Kuchen formen ...

einen hübschen Kuchen ... mit einem Loch in der Mitte. Wir sitzen in der Mitte im Loch und ...«

»Ich hab's verstanden.« Wieder hustete Ayrlyn. »Entschuldige, es ist so staubig. Aber wir müssen uns beeilen. Wir müssen näher an die Lanzenreiter vor uns heran.«

»Wie weit sind sie noch weg?«

»Etwa drei oder vier Meilen.«

»Verdammt ... also los.« Nylan zog an den Zügeln und ließ die Stute schneller laufen. Wie nannte man das? Handgalopp? Er kannte sich mit dem Reiten im Grunde immer noch nicht richtig aus. Aber er hatte ja auch noch nie ein Pferd aus der Nähe gesehen, bis er auf einer unmöglichen Welt mitten im Gebirge gelandet war und anscheinend ständig gezwungen war, Dinge zu tun, die er eigentlich für unmöglich hätte halten müssen.

Konnte er zwei Schutzwälle aus der Ordnungs-Energie erzeugen und die Weißen Energien zwischen diesen Wänden halten? Er würde es erst wissen, wenn er es versuchte, aber er konnte noch nicht beginnen, weil die Gegner zu weit verteilt waren. Er hätte beinahe mit den Zähnen geknirscht. Im Augenblick konnte er nichts tun, außer sich aufs Reiten zu konzentrieren und gelegentlich über die Schulter nach Osten zu blicken und zuzuschauen, wie von beiden Seiten die Staubwolken näher rückten.

Als sie einen weiteren Hügel und ein Tal hinter sich gelassen hatten und die nächste Steigung in Angriff nahmen, taten ihm die Beine und vor allem die Oberschenkel weh, Schulter und Nacken waren steif. Sein Gesicht brannte inzwischen noch stärker und er schwitzte trotz der leichten Brise. Allerdings brachte der Wind sehr trockene Luft mit, die seine Haut ebenso reizte wie kühlte.

Die Sonne stand beinahe im Zenit und etwas nach

Süden versetzt, die Verfolger ritten bereits den Hügel herunter ins Tal, kaum eine Meile hinter ihnen.

»Wir werden die nächste Hügelkuppe nicht erreichen, sie werden uns vorher einholen«, rief Ayrlyn.

»Haltet an.« Nylan zügelte sein Pferd und stieg taumelnd ab. Die Knie knickten fast unter ihm weg, als seine Stiefel auf die staubige Straße prallten. Er musste sich am Sattel festhalten, um nicht umzukippen.

Sylenia nahm ihr Pferd hart herum, sonst hätte sie Nylan über den Haufen geritten. Sie starrte den Engel wütend an.

Nylan ignorierte den Blick und gab Sylenia die Zügel seines Pferdes. »Halt das mal fest.«

»Ich bin aber kein Stallbursche.«

»Wenn uns nichts einfällt, um die Cyadoraner aufzuhalten, sind wir gleich alle tot. Du kannst uns helfen, indem du dafür sorgst, dass die Pferde nicht weglaufen«, fauchte der Ingenieur.

Das Kindermädchen warf trotzig den Kopf zurück.

»Bitte«, fügte Ayrlyn hinzu. Sie gab Sylenia auch die Zügel ihres Braunen, nachdem sie abgestiegen war. »Nylan hat Recht, auch wenn er etwas kurz angebunden war.«

Kurz angebunden? Wer wäre das nicht im Angesicht von fünf Zügen Cyadoranern, die sich gerade formieren, um uns auszulöschen? Der Ingenieur versuchte, sich auf die Grenzschicht zwischen Ordnung und Chaos unter der Erde zu konzentrieren. Als er die Sinne ausstreckte, bemerkte er, dass die Ladungsdifferenz kleiner war als am vergangenen Abend. Fiel die Energie nördlich der Grashügel rasch ab? Oder hatten sie mit ihren Experimenten die Ladung erschöpft?

»Ich möchte wetten, dass sie hier abnimmt«, beantwortete Ayrlyn die unausgesprochene Frage.

»Wie schön.«

»Aber der Abfall ist nicht sehr groß. Hier ist immer noch viel Energie.«

Nylan holte tief und langsam Luft, versuchte sich ein wenig zu entspannen und die trommelnden Hufschläge zu ignorieren, die von allen Seiten näher kamen. Nein, er hatte keine Zeit, sich wirklich zu entspannen. Er griff mit den Sinnen nach unten zur Grenze zwischen Ordnung und Chaos.

Er fing Ayrlyns Gedanken auf ... ***Kann da nicht allein hin, aber ich kann dir folgen ...*** Und er spürte ihre Wärme neben sich, körperlich und mit den Sinnen.

Der Schweiß lief ihm schon in kleinen Bächen über die Stirn, aber er zwang sich, so sanft wie möglich vorzugehen und zunächst eine innere Grenze der Ordnung über den kleinen Abschnitt des Hügels zu legen, auf dem sie standen.

»Sie kommen näher, Engel!«

Er achtete nicht auf Sylenias Warnung, sondern versuchte, als Nächstes auch noch eine äußere Grenze zu erzeugen. Es spielte keine Rolle, dass sie wankend und unsicher stand. Die innere Grenze war die wichtigere. Zusammen mit Ayrlyn baute er ringsherum dunkle Ströme der Ordnung auf.

»Wassah, pitte?«, bettelte Weryl.

»Still, Kind, sei still.«

»Wassah.«

Nylan ließ sich weder durch Weryl noch durch die immer lauter dröhnenden Hufschläge ablenken. Mit einem Gefühl, als würde es in seinem Kopf laut knacken, durchbrach er die »Isolierung« zwischen Ordnung und Chaos und hielt die Barriere ringsum fest, während unsichtbare brennende weiße Fäden, hässliche rote Fontänen von Energie und geschmolzenem Gestein, nach oben brodelten.

Hier und dort stiegen Staubwolken auf, der Boden bebte. Nylan ging in die Knie, wollte sich wieder aufrichten, blieb aber sitzen, als er Ayrlyn neben sich spürte. Sie kniete nieder und nahm seine Hand.

Während die Flammen aus dem Boden hervorbrachen und sich wie ein brennender Vorhang rings um die vier und ihre Pferde legten, wallten Schwefeldämpfe auf und reizten seine Nase. Beinahe hätte er sich übergeben.

Die Pferde kreischten voller Panik.

Nylan hoffte, Sylenia konnte sie unter Kontrolle behalten. Er wünschte, das Kindermädchen wäre abgestiegen, aber er zwang sich, nur noch an die Barrieren zu denken, die sie vor dem losgebrochenen Chaos schützten. Er konnte jetzt nicht einmal an Weryl denken, er musste sich auf die unsichtbare Grenzlinie zwischen dem Chaos und ihnen konzentrieren.

Wieder kreischten Pferde, dieses Mal aber andere, weiter entfernt.

Ein dünner Faden aus Weißer Energie wurde in ihre Richtung ausgestreckt. Nylan konnte spüren, wie Ayrlyn ihn fast lässig wegschlug, als wäre er ein Insekt – einmal, noch einmal.

Wieder bebte der Boden ... ein weiteres Beben ... und das Feuer, das aus der Erde hervorgebrochen war, brandete durch Nylans Kopf. Er schluckte, hielt die Augen fest geschlossen. Mund und Kehle waren trocken, die Brust wurde ihm eng, sein Herz raste.

Obwohl er inzwischen mit beiden Knien auf dem Boden hockte, fühlte sich der Ingenieur, als würde er im Unterraumsprung auf den Kraftströmen eines Raumschiffs und zugleich auf einem Pferd des Chaos reiten, während ein chirurgischer Laser seine Nervenbahnen in Einzelteile zerschnitt.

Schwärze und ein zornig flackerndes rotweißes Netz wirbelten um den Ingenieur und die Heilerin herum, zerrten an ihnen, ließen sie zittern und rissen sie auseinander. Hitze wallte auf und durchschlug die Barriere. Nylans Gesicht fühlte sich an, als würden sich feurige Linien einbrennen, Sand flog gegen seine Haut.

Kreischend tobte das Chaos vor der Barriere aus Ordnung … immer und immer weiter …

Fast instinktiv verschlossen die Engel den Riss, den Nylan geöffnet hatte, schoben, drückten, drängten die Fäden der Ordnung zurück, bis sie wieder glatt dahinströmten.

Im Gleichgewicht … waren die ganze Zeit im Gleichgewicht … Das waren Nylans letzte Gedanken, während er mit einer Hand Ayrlyns Hand fasste und sich mit der anderen abstützte, damit er nicht auf den heftig bebenden Boden schlug, von dem überall Staub aufstieg.

Doch als der Riss zwischen Ordnung und Chaos versiegelt war, konnte er sich nicht mehr halten. Die Barriere brach zusammen und gleichzeitig kippte er um und die beiden Kräfte, jetzt wieder im Gleichgewicht, brachen wie eine gewaltige Woge über ihm zusammen.

CXXXII

Der Magier taumelte unter der weißen Markise und hielt sich am weißen Klapptisch fest.

»Etwas … etwas Schreckliches …«, murmelte Themphi. Er starrte die Glassplitter auf der weißen Tischfläche an. Blut tropfte aus seinen Schnittwunden auf der Stirn und hinterließ wässrige rote Flecken auf den Scherben und dunkelrote Punkte auf dem chaosgebleichten Holz.

»Was war das?« Fissar schüttelte ihn an der Schulter und bot ihm ein feuchtes weißes Tuch an. »Das Glas ist zersprungen, ich habe es gespürt.«

»Es hat sich angefühlt wie ein anderer, mächtiger Magier, aber es fühlte sich auch an wie der Verwunschene Wald und es war näher, viel näher. Höchstens eine halbe

Tagesreise im Osten.« Der Weiße Magier tupfte sich sachte das Blut ab, blieb stehen und zog sich über dem rechten Ohr einen Glassplitter aus den Haaren. »Geh und berichte es Triendar …«

»Äh …«, stammelte Fissar, während er zwischen Themphi und dem drahtigen weißhaarigen Magier hin und her sah, der gerade aus dem Sonnenlicht in den Schatten unter der Markise getreten war. »Äh, Ser …«

»Sagt mir, Themphi, warum ist Euer Zelt aufgeschlagen? Und mit welcher neuen Magie habt Ihr gespielt? Ich konnte das Pulsieren von Ordnung und Chaos noch in der Kutsche des Marschalls spüren.«

»Ich habe nicht gespielt. Ich habe … ich habe etwas Seltsames gespürt und das Zelt aufgebaut, eigentlich nur das Dach, damit ich mich konzentrieren konnte. Ich habe mit dem Spähglas die Patrouillen in unserer Flanke überprüft. Sie hatten jemanden eingekreist … nicht mehr als vier Reiter. Chaos flammte auf und mein Glas ist explodiert.«

Fissar öffnete den Mund, schloss ihn aber wieder, ohne etwas gesagt zu haben.

Der Magier mit dem schütteren weißen Haar schürzte die Lippen. »Vielleicht sollten wir Marschall Queras unterrichten. Was ist mit der Patrouille geschehen?«

»Ich weiß es nicht.« Themphi spürte, wie sich sein Schweiß mit dem Blut auf der Stirn mischte. Vorsichtig tupfte er beides ab. »Allerdings glaube ich nicht, dass sie überlebt haben. Ebenso wenig wie der junge Weiße Magier, der bei ihnen war.«

Wieder öffnete Fissar den Mund.

»Angesichts dieser Mischung von Ordnung und Chaos würde ich das auch vermuten. Habt Ihr eine Ahnung, was dort geschehen ist?«, fragte Triendar.

»Es verhielt sich, als wäre ein Magier beteiligt, aber es hat sich angefühlt wie der Verwunschene Wald … in gewisser Weise.« Themphi gab Fissar das blutige Handtuch, um sich einen winzigen Splitter aus der linken Hand zu klauben.

»Hattet Ihr tatsächlich das Gefühl, der Verwunschene Wald hätte die Lanzenkämpfer vernichtet?« Triendar runzelte die Stirn. »Selbst in den alten Zeiten hat der Wald immer Tiere, aber niemals die Weißen Kräfte direkt eingesetzt.«

»Es war ein Magier, aber keiner, wie wir ihn kennen. Er war dem Wald ähnlich, aber es war nicht der Wald selbst.« Themphi nahm das Handtuch wieder an sich und hielt inne, um sich noch ein Stück blutiges Glas aus der Haut zu ziehen.

»Seid Ihr sicher?«

Themphi nickte.

»Das klingt höchst beunruhigend. Habt Ihr noch ein intaktes Glas?«

»Ja«, antwortete der jüngere Magier ängstlich.

»Dann versucht, die Ursache dieses … dieses Problems zu finden. Wenn Ihr sie gefunden habt, werden wir dem Marschall erklären, dass wir *möglicherweise* auf ein Problem gestoßen sind.« Triendar rieb nachdenklich sein Kinn. »Und beeilt Euch lieber. Die Lanzenreiter sind mit der Ortschaft hinter dem Hügel fertig und der Marschall wird bald sein Zelt aufschlagen lassen.« Er hielt inne. »Andererseits könnte es vielleicht sogar besser sein, bis morgen zu warten. Wir können jetzt ohnehin nicht viel tun … aber Ihr solltet Euch bemühen, dieses … die Ursache dieses Problems möglichst schnell zu finden.« Triendar hustete und schürzte die Lippen. »Einer unserer Magier ist gefallen?«

»Ich glaube, es war Pirophi.«

»Er war immer ein wenig zu selbstsicher, aber … trotzdem. Tut, was Ihr könnt.«

Themphi nickte und wandte sich an Fissar. Der junge Mann hatte schon die kleine Kiste neben dem Klapptisch geöffnet.

CXXXIII

Im Kerzenleuchter brannten nur noch Stummel, die höchstens einen Finger lang waren. Rinnsale von Wachs hatten sich um den Fuß des silbernen Leuchters gesammelt und waren bis auf das purpurne Tischtuch vorgedrungen. Drei leere Flaschen standen auf dem Tisch, dazu zwei Kelche, einer voll, der andere leer. An der mittleren Flasche lehnte ein halb zusammengerolltes Dokument.

Zeldyan langte noch einmal nach der Schriftrolle, hielt inne und blickte über den Tisch hinweg zu Gethen. »Es wird nichts ändern, wenn ich es noch einmal lese. Von Syskar, Kula und einigen Dutzend weiterer kleiner Orte ist nichts übrig geblieben. Clynya ist zu Holzkohle niedergebrannt, die Feldfrüchte sind vernichtet bis auf das, was rechtzeitig in Sicherheit gebracht werden konnte, bevor die Weißen Dämonen gekommen sind.« Sie blickte zur halb offen stehenden Tür des Nachbarzimmers, wo Nesslek schlief. »Ein schlimmer Anfang, mein schlafendes Kind.«

»Ein schlimmer Anfang«, stimmte Gethen zu. »Ich habe weniger als zehn Züge Bewaffnete auftreiben können, um Fornal in Rohrn zu unterstützen. Zehn Züge! Zwei kleine Kompanien der Weißen Lanzendämonen könnten sie im Handumdrehen niedermachen. Zehn Züge – und die Grundbesitzer murren schon, während sie gleichzeitig verlangen, dass wir die Dämonen zurückhalten.« Er sah Zeldyan an. »Und du, meine Tochter, du lässt mich gehen und bringst Nesslek an diesen erbärmlichen Ort.«

»Sollte ich hilflos in Lornth warten? So konnte ich wenigstens noch die Bewaffneten aus dem Bergfried mitbringen. Du brauchst jede Klinge, die wir nur finden können.« Zeldyan strich sich eine Strähne ihres blonden

Haars aus der Stirn, legte die Hand auf den Tisch, krümmte die Finger um den Fuß des Kristallbechers, in den das Siegel von Lornth eingeätzt war. Das Weinglas war mit bernsteinfarbenem Weißwein aus Carpa gefüllt.

»Ich glaube, nicht einmal alle Schwerter in Candar könnten sie aufhalten.« Gethen kratzte sich am Bart.

»Fornal würde es behaupten.«

»Ja, das ist mir klar.«

»Mein Bruder behauptet vieles.« Zeldyan blickte zum Schlafzimmer ihres Kindes. »Mein Bruder …«

»Du willst doch nicht etwa sagen …«

»Es gefällt mir nicht, wie er Nesslek anschaut«, meinte Zeldyan. »War es nicht Sylenia, die die Engel rief, damit sie meinen Sohn heilten? War es nicht Fornal, der meinte, Nesslek wäre nicht krank? Aber ich fühle mich nicht wohl dabei, wenn ich dies ausspreche.«

»Dennoch sprichst du es aus.«

»Gegen meine Gefühle kann ich nichts tun. Ähnlich habe ich empfunden, als Fornal Relyn vorschlug, er könne die Eisenholzwälder für sich gewinnen.«

»Das hat Fornal vorgeschlagen?«

Zeldyan nickte. »Wusstest du es nicht?«

Gethen räusperte sich, hob seinen Becher, nippte am Wein und setzte den Becher wieder ab. Es dauerte eine Weile, bis er wieder das Wort ergriff. »Wo sind deine Engel jetzt?«

»Ich weiß es nicht. Ich will die Hoffnung nicht aufgeben, solange Lornth noch steht.« Zeldyan trank einen Schluck aus dem Weinglas, das sie bisher nur ein einziges Mal nachgefüllt hatte.

»Du hast mehr Vertrauen als ich, meine Tochter.«

»Vertrauen? Ich weiß nicht mehr, was Vertrauen bedeuten soll. Aber ich kenne die Menschen. Fürstin Ellindyja wird eines Tages sterben, nachdem sie bis zu ihrem Tode über die lächerliche Ehre lamentiert hat. Fornal greift unter dem geringsten Vorwand jederzeit zum

Schwert. Du setzt Waffen ein, aber erst wenn alles andere nichts mehr nützt. Und die Engel werden ihr Wort halten oder sterben. Wenn sie es können, werden sie zurückkehren.« Die Kerzen flackerten, als ein Windstoß durchs offene Fenster hereinfuhr und den säuerlichen Geruch von Rohrn mitbrachte, einer Stadt, die schon bessere Tage gesehen hatte.

»Wenn sie können …«, sagte Gethen nachdenklich.

»Wir sind noch nicht ganz und gar verloren.«

»Noch nicht, aber die Weißen Dämonen sind wie Heuschrecken oder wie ein Steppenbrand. Was sich ihnen in den Weg stellt, wird ein Raub der Flammen.« Gethens graue Haare schimmerten im trüben und unsteten Licht, als die Kerzen im auffrischenden Wind flackerten. »Wenn die Engel nicht zurückkehren … dann müssen wir kämpfen, so gut wir können …«

»Sie werden zurückkehren.« Zeldyans Finger spannten sich um den Weinkelch. Abermals blickte sie zur offenen Tür. »Sie werden zurückkehren.«

CXXXIV

Ein kühler Wind strich ihm übers Gesicht und Nylan schauderte. Er schauderte? In der Hitze im Süden von Lornth? Aber das Schaudern hörte nicht auf.

»Ihr müsst etwas trinken, Ihr seid halb verbrannt«, sagte jemand.

Verbrannt? Wer hatte da gesprochen?

Bilder vom Chaos-Feuer, von Grenzschichten der Ordnung, Schreie von sterbenden Menschen und Pferden wirbelten durch seinen Kopf. Gewalt, Gewalt und wieder Gewalt.

»… Gewalt …«, murmelte er. Nicht Ayrlyn war es

gewesen, die durch die Dunkelheit zu ihm gesprochen hatte. Ayrlyn, die immer für ihn da gewesen war. Nein – Ayrlyn war mit ihm in die Dunkelheit gerissen worden. Ryba? Auch die dunkle Marschallin war es nicht.

»Trinkt.«

Eine Wasserflasche wurde an seine Lippen gedrückt und er trank langsam mit rissigen Lippen und trockenem Mund und spürte schließlich, dass es Sylenia war, die die Flasche hielt.

Nylan öffnete die Augen, schloss sie aber sofort wieder, als er grelle Lichtblitze sah. Er saß halb aufgerichtet – mit Satteltaschen oder Decken im Rücken – und trank das Wasser, das Sylenia ihm anbot. Selbst mit geschlossenen Lidern zuckten die Augen noch unter heftigen Lichtblitzen, als würden Energiestöße durch seinen Kopf laufen. Anders als nach den Schmerzwellen, die ihn nach den bisherigen Schlachten überschwemmt hatten, fühlte er sich jetzt eher ausgelaugt als niedergeschlagen. Der abendliche Wind brachte einen beißenden Geruch mit – nach verbranntem Gras, nach versengter Erde und verkohltem Fleisch. Nylan schluckte den bitteren Geschmack herunter.

»Ayrlyn?«, fragte er schließlich.

»Ich bin wach«, ließ sich im flackernden Licht eine Stimme vernehmen. »Ich bin etwas besser dran als du, aber nicht viel besser. Wir haben es vielleicht ein wenig übertrieben.«

Übertrieben? Ja, wahrscheinlich. Übertreibe ich nicht immer?

»Ach, hör auf damit«, sagte Ayrlyn müde. »Wir hatten keine andere Wahl und wir haben es gemeinsam getan.«

»Es ist schrecklich«, sagte Sylenia in der Dunkelheit. »Ringsherum ist nichts mehr am Leben. Nichts rührt sich.«

»Weryl?« krächzte Nylan.

»Er hat geweint, aber jetzt schläft er. Er ist ein unschuldiges Kind, wie meine Acora.«

Alle Kinder waren unschuldig, dachte Nylan. Weryl war es ganz sicher, aber als er an Ryba, Gerlich und Fornal dachte, wurde er nachdenklich. Er wusste es natürlich besser, aber bei diesen Menschen fragte er sich unwillkürlich, ob sie überhaupt jemals unschuldige Kinder gewesen waren. Er hörte, wie Sylenia sich bewegte und der rothaarigen Heilerin die Flasche reichte.

»Heilerin, Ihr müsst auch etwas trinken.«

»Danke«, sagte Ayrlyn nach einer Weile.

Sylenia gab die Wasserflasche Nylan zurück. »Noch einmal.«

Der Ingenieur trank, beim zweiten Mal ging es besser. Unterdessen schossen ihm unzählige Fragen durch den Kopf.

Wie viel Zeit hatten sie noch? Würden die Cyadoraner ihre gesamten Streitkräfte gegen ihn und Ayrlyn ins Feld schicken? Oder glaubten sie, die beiden Engel wären ebenfalls vernichtet worden? Wie auch immer, die Cyadoraner würden früher oder später weiter nach Norden marschieren, das war sicher. Er musste mit Ayrlyn zusammen etwas unternehmen. Aber was?

Noch während er das Problem zu überdenken versuchte, spürte er, wie die Augen immer schwerer wurden und zufielen, auch wenn er sich innerlich dagegen sträubte.

Schließlich, in der ersten grauen Morgendämmerung, bekam Nylan die Augen wieder auf. Er war erleichtert, dass nicht wieder Blitze zuckten und Bilder flackerten wie am Abend zuvor. Vorsichtig und behutsam setzte er sich in der Stille auf. Unnatürlich ruhig war es, nicht einmal Insekten oder das Raunen von Gras im Wind war zu hören. Wieder war sein Mund ausgetrocknet und schmeckte nach Asche. Eine Asche, die dem Grau des Morgens entsprach. In seinem Kopf pochte es dumpf, die Schultern und der Rücken waren wund und steif. Die Gesichtshaut tat weh, spannte und juckte, alles gleichzeitig.

Mit zitternden Händen suchte er seine Stiefel, die Sylenia ihm ausgezogen hatte. Allein wäre er dazu sicher nicht mehr in der Lage gewesen. Dann angelte er sich die Wasserflasche und trank einen großen Schluck.

Ayrlyn rollte sich auf ihrem Lager herum. Er wartete und trank noch einen Schluck, während sie sich mühsam aufrichtete.

»Guten Morgen.«

»Ich bin völlig erledigt ... und du nimmst mich noch auf den Arm«, grollte sie. Steif, wie sie war, bewegte sie sich nur vorsichtig.

Er gab ihr die Wasserflasche, die sie behutsam nahm, um ebenfalls etwas zu trinken.

»Ihr zwei«, sagte Sylenia, indem sie sich herumdrehte. Sie langte nach ihren Stiefeln und zog sie an. »Es stinkt hier, aber das wird sich wohl vorläufig nicht ändern.«

Nylan sah an Sylenia und Ayrlyn vorbei nach Osten. Das orangefarbene Glühen verriet ihm, dass die Sonne bald aufgehen würde. Dünne Rauchfäden stiegen vom versengten Hügel auf. Die vier Pferde, an eine Leine gebunden, die Sylenia gespannt hatte, grasten mehr oder weniger erfolgreich die paar braunen und grünen Grasbüschel ab, die im Umkreis überlebt hatten.

»Ist es auch sicher, wenn wir jetzt aufbrechen? Nachdem wir gegessen haben, meine ich?«, fragte Sylenia.

»Ja«, antwortete Nylan. »Falls keine weiteren Bewaffneten kommen.«

»Gut.«

Ayrlyn runzelte die Stirn.

»Was ist?«, fragte er.

»Du bist älter geworden«, sagte Ayrlyn. »Aber es ist nicht das Haar.«

Er drehte sich um und sah sie genau an. Ihre Haare waren immer noch feuerrot, aber sie hatte Falten um die Augen und in den Augen und darunter war es dunkel. Ihre Haut war stellenweise verbrannt und schälte sich ab. »Du auch.«

Sie trank noch einen Schluck aus der Wasserflasche. »Wir müssen uns etwas überlegen, um das Ganze ungefährlicher zu gestalten.«

»Hast du Vorschläge?«

»Nein, aber wenn wir gegessen haben und uns besser fühlen, werden wir noch etwas hier sitzen bleiben und mit den Energien spielen, bis wir es verstanden haben, denn wenn wir es noch einmal tun, ohne es richtig zu verstehen, sind wir alt und grau oder sogar tot.«

»Oooh.« Weryl aalte sich auf seinem kleinen Lager und streckte Arme und Beine von sich.

»Er fühlt sich mit Sicherheit besser als wir«, meinte Nylan.

»Das ist auch nicht besonders schwer.« Ayrlyn streckte sich, um ihre Stiefel zu holen. »Ooooh.«

Der Ingenieur kam langsam auf die Beine und humpelte ein paar Schritte zu den Packen mit den Vorräten, die Sylenia abgeladen hatte. Dort bückte er sich mühsam, dass Knie und Rücken knackten, zog das schwere Kürbisbrot hervor und säbelte mehrere Scheiben ab.

Eine bot er Ayrlyn an, als sie die Stiefel angezogen hatte. Sie starrte noch einen Augenblick die graue Einöde an, die sich in der aufgehenden Sonne als brauner, schwarzer und grauer Flickenteppich entpuppte.

»Danke ... das kann ich gebrauchen ... ich habe Kopfschmerzen.« Ayrlyn biss in die Scheibe Brot und kaute mechanisch.

Auf eine Weise, die er nicht hätte beschreiben können, spürte Nylan zugleich ihre und seine eigenen Kopfschmerzen.

»Boot«, meinte Weryl.

Nylan bückte sich und brach seinem Sohn ein Stück vom orangefarbenen Brot ab, dann nahm er schweigend die Wasserflasche von Ayrlyn entgegen.

»Brechen wir denn nicht bald auf? Müssen wir wirklich hier bleiben?« Sylenia machte eine Geste, die den ganzen Hügel einschloss.

»Nicht länger als unbedingt nötig«, erwiderte der Ingenieur ausweichend und durch einen Mund voll vom pappigen, feuchten Brotes.

»Aber … aber die Weißen Dämonen … sie reiten jetzt nach Lornth«, protestierte Sylenia.

»Immer mit der Ruhe«, gab Ayrlyn zurück. »Niemandem ist gedient, wenn wir es überstürzen und getötet werden. Genau das wird aber geschehen, wenn wir diese Sache hier nicht klären können.« Sie überlegte. »Und wahrscheinlich würde auch Tonsar sterben.«

Sylenia machte ein finsteres Gesicht.

»Äääh!« Weryl spuckte Brotkrümel aus und fuchtelte mit einer pummeligen Faust herum. »Wassah …«

Nylan zog den Korken aus der Wasserflasche, trank rasch einen Schluck, wischte den Rand ab und bot sie seinem Sohn an. Nachdem Weryl getrunken hatte, wischte er die Flasche noch einmal ab und reichte sie an Ayrlyn weiter. Während er ein weiteres Stück Brot kaute, wanderte er in dem kreisrunden Bereich herum, in dem sie lagerten.

Der Boden war stellenweise verbrannt, stellenweise aufgewühlt und an wieder anderen Stellen nur aufgerissen, wenngleich einige Risse tief genug waren, um ein ganzes Pferd bis zur Schulter zu verschlingen. Überall roch es nach Chaos, nach unsichtbarem weißrotem Chaos, aber das Weiß war von dunklen Fäden der Ordnung durchzogen.

Nylan schauderte, während er ringsherum ihre Insel der Ordnung abschritt, wo das Gras nicht verbrannt und unverändert war.

»… schrecklichen Engel«, murmelte Sylenia halblaut.

Nylan war geneigt, ihr Recht zu geben. Bisher war es erbärmlich gegangen. Ein Wunder, dass sie überhaupt noch lebten.

Mehr als eine Meile weit erstreckte sich in alle Richtungen eine Einöde voller Asche und Schlacke. Der Ingenieur schauderte. Mit welchen Energien hatten sie sich da eingelassen? Konnten die Weißen Magier ähnliche Kräfte heraufbeschwören?

Er glaubte nicht, dass sie dazu in der Lage waren, auch wenn er wieder einmal den Grund nicht nennen konnte. Falls aber doch …

Irgendwie lief auch hier wieder alles auf das Gleichgewicht hinaus. Instinktiv konnte er es verstehen. Er schauderte, als er an das Chaos dachte. Es war wie ein Fieber … ja, Nesslek hatte das Chaos-Fieber gehabt … Chaos-Fieber, an dem Ellysia gestorben war. Es war ihm auch bei Nesslek nicht gelungen, das Chaos ganz zu vertreiben, er hatte es nur einkapseln können … hatte es mithilfe der Ordnung eingeschlossen.

Hatten sie am Tag zuvor versucht, Ordnung und Chaos zu streng voneinander zu trennen? Hatten sie die Energien zu sehr isoliert und zu rein gehalten?

»Gut möglich«, meinte Ayrlyn, die zu ihm getreten war.

»Wie können wir denn den Abstand zwischen ihnen verringern?«

»Indem wir eine stärkere Ordnungs-Isolierung verwenden? Kleinere, aber deutlich voneinander getrennte Chaos-Röhren?« Sie zuckte mit den Achseln und trank einen Schluck aus der Wasserflasche, die sie mitgebracht hatte. »Wir könnten mit ganz kleinen Röhren experimentieren und vergleichen, wie sie sich anfühlen.«

Nylan nickte. Lernen durch Versuch und Irrtum – ja, so könnte es gehen.

»Es wird klappen«, versprach Ayrlyn ihm.

Er sah sich zu Sylenia um, die gerade Weryl ein Stück vom schweren Brot anbot. »Wir sollten besser beginnen.«

»Erst wenn du etwas mehr gegessen und getrunken hast.«

»Ja, Heilerin.«

Ayrlyn lächelte und gab ihm die fast leere Wasserflasche. »Vergiss es nicht, Meister des Chaos-Gleichgewichts.«

Er musste grinsen.

CXXXV

»Ein junger Magier getötet? Eine ganze Kompanie Lanzenreiter ausgelöscht? Und Ihr wollt dem Marschall sagen, er solle sich keine Sorgen machen?« Eine Hand auf den Säbelgriff gelegt, hob Piataphi die zottigen Augenbrauen. Er hatte dunkle Ringe unter den blutunterlaufenen Augen, die weiße Uniform schlotterte um seinen ausgezehrten Körper.

»Was nützt es denn, wenn er sich Sorgen macht?«, fragte Themphi beinahe flüsternd. »Queras muss so oder so weitermachen, ihm bleibt nichts anderes übrig.«

»Ob ihm etwas anderes übrig bleibt oder nicht, ich muss ihn davon in Kenntnis setzen.« Piataphi machte kehrt und marschierte zum zweiten Zelt, das weniger als dreißig Ellen entfernt war.

»Wie Ihr wollt.« Triendar nickte Themphi knapp zu, als der Major der Lanzenreiter sich umgedreht hatte, um dem Ersten Marschall Seiner Majestät Meldung zu machen. »Aber vergesst nicht, wir dürfen nicht den Wald erwähnen. Auch nicht die drei Engel und die Tatsache, dass sie dem Wald einen Besuch abgestattet haben«, fügte er leise an Themphi gewandt hinzu. »Wir wissen nicht mit Sicherheit, dass sie die Lanzenreiter vernichtet haben. Aber diese Unsicherheit einzuräumen könnte angesichts der derzeitigen Umstände äußerst unklug sein.«

»Gewiss doch«, stimmte Themphi zu. »Doch wie lange können wir es Seiner Majestät noch verschweigen?«

»Lange genug, dass es letzten Endes keine Rolle mehr spielt.«

Themphi verkniff sich ein Stirnrunzeln.

In der ersten Abenddämmerung stand Queras unter der Markise neben dem Stuhl und blickte nach Norden zum herbstlich braunen Gras und den vereinzelten, verlassenen Gehöften am Westufer des Flusses. Rings um ihn rollten weiß gekleidete Männer die Seitenwände des Zelts hoch. Er wandte sich an den Major. »Ja? Welche beunruhigenden Neuigkeiten habt Ihr jetzt schon wieder für mich?«

»Die linke Flanke ist nicht zurückgekehrt und von den Bewaffneten und ihren Pferden lässt sich keine Spur finden. Einer der Magier hat sie begleitet.«

»Major, habt Ihr noch nichts aus Euren Fehlschlägen gelernt? Hat Euch Euer Ausflug zum Bergwerk nichts gelehrt? Wie viele Männer hattet Ihr zur Flanke abkommandiert?«

»Eine ganze Kompanie, viereinhalb Züge.«

»Ersetzt sie durch zwei neue Kompanien und verstärkt auch die rechte Flanke um eine weitere Kompanie. Gerade Ihr solltet doch wissen, dass wir es uns nicht erlauben können, in Unterzahl zu kämpfen.« Queras' Augen blitzten böse.

»Ja, Ser.« Piataphi verneigte sich.

»Ihr macht Euch Sorgen, Major, aber Ihr weigert Euch dennoch, aus Euren Fehlern zu lernen. Ist dies nicht eine Wiederholung dessen, was wir schon einmal erlebt haben?«, fragte der Marschall. »Wenn unsere Abteilungen klein sind, dann sind sie verletzlich. Genau wie die Eure, als Ihr das Bergwerk erobert hattet. Aber die Barbaren waren nicht in der Lage, sich unserer Hauptstreitmacht zu widersetzen, und wir haben alles vernichtet, was sich uns in den Weg gestellt hat.« Er deutete zu den Hügeln am Flussufer. »Und wir werden von hier bis zum Nordmeer das ganze Gebiet erobern.«

Piataphi und Themphi starrten auf das staubige braune Gras, das den grünen Teppich umgab, auf dem der handgeschnitzte, grün lackierte Stuhl des Marschalls stand.

Triendar trat einen Schritt vor.

»Nein, weiser Mann. Ich brauche keine Warnungen. Ich weiß, wie gefährlich der Feind ist. Wir haben uns so gut wie möglich vorbereitet. Vorsicht ist gut, wenn man die Vorbereitungen für einen Feldzug trifft. Vorsicht kann aber jetzt noch nur die Kühnheit dämpfen, die wir zum Sieg brauchen. Jetzt müssen wir den Feind schlagen und den Befehl Seiner Majestät ausführen.«

Alle verstanden, was er nicht ausgesprochen hatte: »Damit nicht eines Tages die Barbaren *uns* vernichten.«

CXXXVI

Ein rötlicher Schein lag im Westen über den Hügeln, als Nylan seinen Sohn auf sein kleines Lager legte und dann auf sein eigenes sank. Er schnappte nach Luft und konnte sich kaum noch bewegen. Rücken und Schultern waren steif, die Schenkel und Beine brannten, nachdem sie mehrere Tage schnell geritten waren, um die Weiße Streitmacht zu überholen. Und Kopfschmerzen hatte er auch.

Die braune Stute schnaubte, hob den Kopf, schüttelte ihn und graste weiter. Sie hatte Mühe, zwischen den braunen Grassoden noch ein paar grüne Halme zu finden. Nylans Stute blieb still. Die vier Pferde standen in einer geschützten Senke an einer Stelle, wo das Gras etwas höher war. Die Halteleine war an den Wurzeln einiger verkrüppelter Eichen festgebunden.

Nach einem Augenblick stand der Schmied müde wieder auf und schlurfte zu dem Beutel mit den Vorräten, den er neben den Sätteln und Decken abgestellt hatte.

»Da!«, rief Weryl. Er schlüpfte unter seiner Decke hervor, stolperte los und schlang die Arme um Nylans linkes Bein. »Da!«

Nylan vergaß die eigenen Schmerzen, bückte sich und hob den Jungen auf, um ihn einen Moment lang, Kopf an Kopf, fest in die Arme zu schließen. »Weryl, manchmal … manchmal bist du …« *Manchmal ist es schwer, sich vorzustellen, dass du sehr bald schon groß sein wirst … erwachsen … auch wenn du jetzt noch so klein bist … so schnell veränderst du dich …*

»Da … Wassah?«

Nylan gab ihn wieder frei und grinste. »Ja, ich hole dir Wasser, du kleiner Racker.«

»Wassah?«

»Ja, du kannst Wasser haben, auch wenn du gar keinen Durst hast.«

»Da!«

»Du hast viel mehr Verständnis, als man dir ansieht, du sentimentaler Kauz.« Ayrlyn gab ihm den Beutel mit den Vorräten, den er gesucht hatte.

»Sicher, und das ist gefährlich.«

Nicht bei mir …

Nylan spürte den Gedanken und die Wärme dahinter. »Ein alter Gaul lernt keine neuen Tricks mehr, aber ich versuch's.«

»Ich weiß.« *Ich weiß …*

Nach einem kurzen Schweigen fragte er: »Wie kommen wir voran? Ich meine, sind wir den Cyadoranern weit genug voraus?«

»Morgen müssten wir Rohrn erreichen«, warf Sylenia ein. Sie trat zu den beiden Engeln. »Falls es nicht schon niedergebrannt ist.«

»Die Cyadoraner sind drei Tage hinter uns, wenn sie sich mit der gleichen Geschwindigkeit weiterbewegt haben«, erklärte die rothaarige Heilerin.

»Ihr Engel … Ihr müsst schließlich wissen, was Ihr sehen und was Ihr nicht sehen könnt. Ich vertraue Euch ja, aber ich würde Rohrn wirklich gern mit eigenen Augen sehen.« Sylenia hob die beiden Wasserflaschen auf. »Da ist ein Bach und wir brauchen Wasser.« Sie wischte sich ihr Haar zurück, das sich aus den Bändern gelöst hatte, die sie normalerweise beim Reiten trug, und wanderte durchs nickende, kniehohe Gras bergab.

»Glaubst du, sie sind so weit hinter uns?« Nylan nahm Weryl auf den anderen Arm. »Sind sie wirklich nur einen Tag von vieren marschiert?«

»Sie sind sehr langsam. Anscheinend achten sie mehr darauf, möglichst gründlich alles zu zerstören, als einen schnellen Angriff zu wagen.« Sie verzog den Mund zu einem ironischen Lächeln. »Was kann man auch von den Nachkommen der Rationalisten anderes erwarten? Sie glauben, sie wären die einzig wahren Menschen. Keine andere Lebensart und kein anderer Glaube kann toleriert werden.«

»Und mit ein wenig Gewaltanwendung im richtigen Moment bringt man jeden auf den rechten Weg des rationalen Glaubens.«

»Zynisch formuliert, aber so ist es.«

»Immer wieder Gewalt.« Nylan seufzte. »Ob wir jemals aus diesem Teufelskreis herauskommen?«

»Das ist möglich, aber nicht indem wir ein existierendes System verändern. Wir müssen ganz von vorn anfangen. Das weißt du auch.«

O ja, er wusste es. Der Wald von Naclos schien einen solchen neuen Weg zu verheißen – ein Leben im Gleichgewicht, wo die Gewaltanwendung nur die allerletzte Möglichkeit war und auch nur infrage kam, um Ordnung und Chaos wieder ins Gleichgewicht zu bringen, statt zum eigenen Vorteil dem einen oder anderen den Vorzug zu geben. Aber vor den alten Rationalisten hatte selbst der Wald zurückweichen müssen.

»Und dann wäre da noch ein kleines Problem«, meinte er schließlich. »Wir müssen dafür sorgen, dass unsere Strategie funktioniert.«

»Das ist kein kleines Problem.« Ayrlyn lachte heiser. »Und du hast mich die Herrin der Untertreibung genannt?«

»Ich orientiere mich eben an deinem Vorbild.«

»Ausgerechnet dort, wo es mehr als zweifelhaft ist, orientierst du dich an meinem Vorbild?«

Nylan, der immer noch Weryl auf einem Arm hielt, starrte betreten das braune Gras an, dann sah er Ayrlyn in die Augen.

Sie musste grinsen und schließlich schmunzelte auch er.

CXXXVII

»Vor uns sind Reiter.« Nylan deutete zur Staubwolke, die südlich der Brücke, die von Osten her nach Rohrn führte, aufgestiegen war.

»Das ist eine Patrouille, aber es sind nicht die Cyadoraner. Die dort haben ein purpurnes Banner.« Ayrlyn berührte den Griff des Kurzschwerts an der Hüfte, dann schob sie sich ein paar Haarsträhnen aus der Stirn, von der sich immer noch die Haut abschälte.

Auch Nylan griff unwillkürlich nach seiner Klinge,

aber sie konnte in der Scheide bleiben. Die Bewaffneten aus Lornth hielten vor ihnen an.

An der Spitze der Truppe ritt ein rothaariger Unteroffizier mit kantigem und ausdruckslosem Gesicht, in das die niedrig stehende Sonne scharfe Schatten schnitt. Auch die Engel blieben stehen.

»Seid gegrüßt, Lewa«, sagte Nylan. »Wir sind zurückgekehrt, wie wir es versprochen haben.«

Lewa sah die beiden Engel und dann Sylenia an.

»Es sind die Engel!«, rief jemand von weiter hinten – vermutlich Fuera, nahm Nylan an.

»Wann wollt Ihr wieder aufbrechen?«, fragte Lewa mit kalter Stimme.

»Erst wenn die Cyadoraner geschlagen sind«, erwiderte Nylan müde.

Lewa überlegte einen Augenblick, dann nickte er bedächtig. »Bis jetzt habt Ihr Euer Wort immer gehalten, so oder so.«

»Es tut uns Leid, dass es so lange gedauert hat«, sagte Nylan, »aber wir mussten erst einen besseren Weg finden, um die Cyadoraner zu bekämpfen.«

»Sie sind wie Heuschrecken, sie hinterlassen kahl gefressenes Land, und sie sind wie Feuer und verzehren alles, was sie erreichen können.«

Nylan schluckte betroffen und staunte über die unerwartete Wortgewandtheit des Mannes.

»Das sagt Ser Fornal immer«, fügte der Unteroffizier hinzu.

»Damit hat er wohl Recht«, bemerkte Ayrlyn.

»Wir müssen unsere Patrouille fortsetzen«, entschuldigte sich Lewa, »sonst würde ich Euch begleiten. Fuera und Sias – sie kann ich entbehren, so bekommt Ihr wenigstens ein kleines Ehrengeleit.«

»Danke.«

»Wir haben die letzten fünfzehn Meilen niemanden gesehen«, sagte Ayrlyn leise.

»Das ist gut«. Lewa nickte höflich und rief: »Fuera! Sias!«

Auf den Befehl des Unteroffiziers nahmen die beiden ehemaligen Rekruten die Pferde herum, lösten sich aus dem Verband und ritten herbei.

»Begleitet die beiden Engel zur Kaserne und in ihr Quartier.«

»Jawohl, Ser.« Fuera nickte und gestattete sich ein kleines Lächeln.

Nylan und die anderen lenkten die Pferde an den Straßenrand. Mit einem lässigen Salut nickte Lewa und führte seinen Trupp weiter nach Süden.

»Ihr seid böse von der Sonne verbrannt«, meinte Sias nach einem Blick auf Nylans Stirn, von der sich die Haut abschälte.

»Das kann man wohl sagen.«

»Wir sind froh, dass Ihr wieder da seid«, fügte Nylans ehemaliger Lehrling hinzu, als die kleine Gruppe zurück zur Brücke ritt. »Könnte ich das Werkzeug noch behalten? Wenigstens einen Teil davon?«

»Das Werkzeug, von dem ich sagte, dass es dir gehört?«, erwiderte Nylan lachend. »Ja. Das andere brauche ich vielleicht, aber wir werden sehen.«

Die Brücke war leer und dunkel, das dumpfe Pochen der Hufe hallte durch die verlassenen Straßen von Rohrn. Alle Fensterläden waren verrammelt, die Straßen leer, die Türen versperrt.

»Wann sind die Leute weggegangen?«, erkundigte Nylan sich bei Fuera.

»Das hat vor fast einem Achttag angefangen. Selbst die bedeutenden Grundbesitzer haben ihre Familien nach Lornth geschickt, einige sogar bis nach Rulyarth.« Fuera spuckte zum offenen Abwasserkanal hin aus. Er war trocken, wie Nylan bemerkte.

»Sie sind Feiglinge«, fügte Sias hinzu. »Nicht so wie Ihr.«

Danke für die Einladung zum großen Kampf, Sias, dachte Nylan. Er spürte, dass Ayrlyn grinste, als sie über den leeren Platz zur geschlossenen Krämerei ritten. Die weiß getünchten Wände der Gebäude wirkten im trüben Licht grau und schmutzig.

Der ausgebrannte Gasthof war unverändert, nur das verkohlte Schild war aus dem Gestell gefallen oder geschlagen worden.

Auch auf der anderen Seite Rohrns war alles still und verlassen.

Einige Bewaffnete wandten sich von einem Holzstoß um, als die Neuankömmlinge die Wachen passierten und sich der Kaserne näherten.

»Die Engel ...«

»Sie sind zurückgekehrt ...«

Das Murmeln und Wispern wollte kein Ende nehmen und noch bevor Nylan und Ayrlyn den Stall erreicht hatten, tauchte Fornal im Zwielicht auf, begleitet von zwei Bewaffneten mit Fackeln, die im leichten Wind flackerten. Ihr Licht jagte Schatten über das Gesicht des Regenten.

»Ich bin wirklich froh, dass Ihr zurückgekehrt seid.« Fornals Stimme war gefährlich kalt. »Die Weißen Legionen stehen weniger als drei Tagesmärsche entfernt im Südwesten. Sie haben auf Meilen im Umkreis das Grasland abgebrannt. Die Grundbesitzer fragen, wozu unser Sieg am Bergwerk gut war, und Ihr wart nicht hier, um zu antworten.«

»Wir sind wie versprochen zurückgekehrt.« Nylan fand selbst, dass seine Stimme schwankte. Es gefiel ihm nicht, Fornal gegenüber Schwäche zu zeigen.

»Das habt Ihr getan.«

Die beiden Bewaffneten schauten zwischen dem Regenten und den Engeln hin und her.

In der darauf folgenden Stille trat Gethen in den von Fackeln trüb erleuchteten Kreis, gefolgt von Zeldyan, deren blondes Haar im Zwielicht schimmerte.

»Ihr seid zurückgekehrt.« Gethens Stimme war tonlos. »Aber Ihr kommt allein.«

»Ihr rechnet mit dem Schlimmsten, aber wir sind zurückgekehrt, bevor der Kampf begonnen hat«, sagte Ayrlyn leise. Sie klopfte auf den Schwertgriff. »Und wir sind gekommen, um zu kämpfen.«

Gethen sah sie einen Augenblick schief an, ehe er sich an Nylan wandte und sich bemühte, etwas freundlicher dreinzuschauen.

»Gut gesprochen«, meinte Zeldyan unwirsch. Sie sah Ayrlyn in die Augen, Sylenia übersah sie völlig. »Aber welche Hoffnung bringt Ihr uns? Gibt es eine Hoffnung?«

»Ja«, antwortete Nylan. *Auch wenn ihr undankbar sein werdet …*

Ayrlyn wäre beinahe zusammengezuckt, als sie seine Gedanken auffing. Der Schmied schämte sich. Die Menschen in Lornth waren verzweifelt und sie hatten gute Gründe dafür.

»Wo wart Ihr?«, wollte Gethen wissen.

»Im magischen Wald … beim Feind Cyadors«, erwiderte Ayrlyn rasch.

Nylan fügte hinzu: »Wir sind zum Verwunschenen Wald gereist. Er existiert wirklich und er ist verflucht – wenigstens in den Augen der Cyadoraner. Und er wird uns helfen, sie zu schlagen.«

»Wie hoch wird der Preis sein?«, fragte Zeldyan. »Müssen wir uns einer grünen Göttin unterwerfen?«

»Er ist kein Gott und keine Göttin«, erklärte Nylan kopfschüttelnd. »Der Wald … er nennt sich selbst ›Naclos‹ oder so ähnlich … er beansprucht nur das Land, das jetzt den Osten Candars bildet. Ich glaube nicht, dass er jemals mehr wollte. Es ist ein Gebiet, das ihm schon immer gehört hat, ehe die alten Weißen ihn zerstört und eingesperrt haben.«

»Das ist alles?«

»Seht Euch Nylan an«, drängte Ayrlyn. »Seht ihn Euch genau an.«

Die Menschen schwiegen. Gethen winkte einen Bewaffneten mit einer Fackel heran, der sich vorsichtig den Engeln näherte.

»Er ist gealtert.«

»Um zehn Jahre, vielleicht noch mehr.«

»Ihr auch«, sagte Zeldyan zu Ayrlyn. »Habt Ihr das für uns getan?«

»Nein«, antwortete Nylan mit leisem Lächeln. »Wir haben es getan, weil es getan werden musste. Wenn wir es nicht getan hätten …« Er zuckte mit den Achseln. »Dann wären wir jetzt vermutlich tot.«

»Ihr habt anscheinend viel für ein Volk aufs Spiel gesetzt, dem Ihr wenig schuldet«, erklärte Gethen.

»Wir hoffen … wir hoffen wirklich, dass wir eines Tages einen Ort finden, an dem wir willkommen sind.« Nylan holte tief Luft. »Wir sind mit einer Ausnahme mehr als einen Achttag lang jeden Tag von Sonnenaufgang bis Sonnenuntergang geritten«, fügte er hinzu. »Wir wollen in Frieden und Harmonie leben.« Er war müde, er wiederholte sich schon, dachte Nylan und schnaubte. »Und wir werden wohl den Rest unseres Lebens damit verbringen, für dieses Ziel zu kämpfen. Menschen sind eben so.« Er hielt inne und überlegte. »Wir würden gern etwas essen und uns ausruhen, ehe die Cyadoraner kommen.«

»Wie Ihr wünscht, mächtige Engel.« Fornal verneigte sich tief. »Wie Ihr wünscht.« Er drehte sich um und marschierte in die Dunkelheit davon.

»Habt Ihr gehört, was in Eurer Abwesenheit geschehen ist?«, fragte Gethen. »Ildyrom ist gefallen, sogar seine Schlampe von Gefährtin ist tot. Ihre Pferde sind zu Asche verbrannt oder hundert Meilen weit über das Grasland davongejagt. Clynya ist auf beiden Seiten des Flusses in Schutt und Asche gelegt, jetzt marschieren die Weißen Dämonen gegen Rohrn.«

»Wir sind durch Clynya gekommen. Wir wissen es.« Nylan stieg langsam ab. »Nur dass Ildyrom gefallen ist, wussten wir nicht. Er war der Herrscher von Jerans, nicht wahr?«

Zeldyan nickte.

»Sie wissen von den Dämonen und ihren Feuern. Sie haben bereits fünf Züge der Weißen Dämonen vernichtet«, fügte Sylenia hinzu. »Nur um nach Rohrn zurückzukehren.«

»Ist das wahr?«, fragte Zeldyan.

»Ja.« Nylan hustete. Seine Beine taten weh wie immer, wenn er den ganzen Tag geritten war, Nacken und Schultern waren schon wieder steif. »Wir lernen noch. Man muss einen hohen Preis zahlen.« Er führte die Stute zum Stall.

»Dadurch sind sie gealtert«, erklärte Sylenia.

»Du hast ja einen Helden gefunden«, sagte Gethen beinahe lachend.

»Du hast dich verändert, Sylenia«, sagte Zeldyan. »Am besten bleibst du bei den Engeln.«

»Wenn ich muss.« Sylenia wandte sich nickend an die Regentin. »Wenn ich muss, Herrin.«

»Ihr seid gefährlich, Engel«, sagte Zeldyan. »Ehe wir es uns versehen, werdet Ihr ganz Lornth verändert haben. In dieser Hinsicht hatte Fornal Recht.«

»Gefährlich sind wir wohl kaum«, meinte Ayrlyn, als sie abstieg. »Nur müde und wund geritten.«

Zeldyan lächelte leicht. »Ich war sicher, dass Ihr zurückkehren würdet. Euer Quartier ist bereit.« Sie neigte den Kopf. »Nesslek wartet auf mich.«

»Wie geht es ihm?«, fragte Nylan.

»Es geht ihm gut und er ist hungrig.« Noch ein Nicken und die blonde Frau zog sich zurück.

»Ich muss mich … um gewisse Dinge kümmern«, sagte Gethen nickend. Auch er verschwand in der Dunkelheit.

»Und wieder einmal werden wir mit großer Herzlichkeit willkommen geheißen.« Nylan lachte leise und bitter.

»Ihr seid zu mächtig für sie«, erklärte Sylenia.

Wirklich? Sie waren müde und fühlten sich schwach. Nylan schüttelte den Kopf. Zu mächtig? Obwohl sie Außenseiter waren, wohin sie auch gingen? Mächtig? Wohl kaum. Sie waren müde Wanderer, die in einer Welt, wo man ständig Gewalt anwenden musste, nach einem Strohhalm griffen.

Der Ingenieur führte seine Stute in den Stall.

CXXXVIII

»Sie sind zurückgekehrt ... wie sie es versprochen haben«, meinte Gethen.

»Ja, mein Vater. Sie halten, was sie versprochen haben. Sie halten immer, was sie versprochen haben, und jedes Mal verändert sich Lornth.« Fornal sprach leise, gemessen. Er ließ die Hand unwillkürlich sinken, bis sie sich um den Griff seines Dolchs spannte. »Was soll ich sagen? Sie haben mehr von den Weißen Dämonen getötet als jeder andere von uns und doch drohen die Weißen Dämonen, alles zu zerstören, was uns teuer ist. Wenn sie eine Magie mitgebracht haben, mit der sie die Cyadoraner vernichten können, werden sie dann nicht auch gleichzeitig Lornth vernichten?«

»Können wir es uns erlauben, jetzt ihre Hilfe zu verlieren?«, fragte Gethen. Er saß aufrecht auf einem alten Holzstuhl, den er ein wenig vom Tisch zurückgeschoben hatte. Ein halber Laib dunkles Brot und ein angeschnittenes Stück Käse lagen darauf. Der ältere Regent hatte sich sein Schwert mitsamt der Scheide quer über die Knie gelegt, eine Hand umfasste locker den Griff.

»Ja, Stück für Stück werden sie Lornth zerstören. Ein Kindermädchen sieht mich an, als wäre ich der Diener. Meine Bewaffneten stellen Fragen. Was wird als Nächstes kommen?« Fornal nahm die Hand vom Dolchgriff.

»Wenn wir siegen, können wir immer noch darüber nachdenken. Rulyarth gehört uns noch und Ildyrom ist tot.«

»Das mag wohl sein, aber ich sage, dass sie, wenn sie die Cyadoraner besiegen, zugleich auch das Lornth zerstören, das ich bisher gekannt und dem ich mein Leben verpfändet habe. Ich kann es nicht beweisen und auf ihre eigene Art haben sie sich stets ehrenhaft verhalten. Aber unser Lornth wird zerstört werden.«

»Wenn sie die Weißen nicht besiegen können, dann wird unser Lornth schon morgen zu existieren aufhören.«

Fornal schüttelte den Kopf. »Nun, *mein* Lornth ist auch jetzt schon der Zerstörung nahe.«

»Das Lornth, das wir schätzen gelernt haben, Fornal, ging an dem Tag unter, an dem die Engel gelandet sind. Was auch kommen mag, ist auf jeden Fall besser, als Lornth von den Weißen Horden niederbrennen und zerstören zu lassen.«

»Ihr werdet es noch bereuen, jemals den schönen Worten dieser Engel gelauscht zu haben. Trotz ihrer Ehre sind sie dunkel und so böse wie die Weißen Dämonen.«

»Haben wir eine Wahl?« Gethen stand auf, die rechte Hand auf seine Klinge gelegt, die so lang und schwer war wie Fornals Waffe. Er ließ seinen Sohn keinen Moment aus den Augen und neigte ganz leicht den Kopf. Dann verzog sich sein Mund zu einem Lächeln. »Hatten wir schon jemals die Wahl, abgesehen von der Entschlossenheit, stets das zu tun, was wir für das Beste halten?«

CXXXIX

Der Major trat aus dem Sonnenlicht unter die Markise des Zelts und schob sich an zwei Spiegelinfanteristen vorbei. Keiner der Wächter rührte sich, als Piataphi sich dem handgeschnitzten, grün lackierten Stuhl näherte, in dem der Marschall saß und wartete. Ein weiterer Wächter fächelte ihm kühle Luft zu.

Der Major verneigte sich.

»Ihr habt Neuigkeiten, Major?«

»Die Barbaren ziehen sich nicht weiter zurück, Ser«, meldete Piataphi. »Die Späher berichten, dass sie sich am Westufer des Flusses gesammelt haben, um die Stadt namens Rohrn zu verteidigen.«

»Der Name spielt keine Rolle.« Queras hob die Hand und ließ sie wieder sinken. »Wie alle anderen Barbarenstädte wird sie stinken. Sie stinken alle. Eine ist dem Erdboden gleich gemacht. Sobald wir das Land ganz beherrschen, werden wir eine richtige Stadt bauen. Häuser mit gekachelten Böden und Bädern und geschlossenen Abwasserkanälen. Eine Stadt, die Cyad und Seiner Majestät würdig ist.«

»Wann wird der Angriff beginnen, Erster Marschall Seiner Majestät?«, fragte Piataphi.

»Morgen.«

»Der einzige Zugang vom Ostufer her ist eine Steinbrücke. Sie haben jedoch den mittleren Brückenbogen entfernt«, gab Piataphi vorsichtig zu bedenken.

Queras runzelte die Stirn. »Die Ingenieure bauen bereits weiter stromaufwärts neue Brücken. Das dürfte kein Problem sein, das Wasser ist nicht tief. Morgen sind alle auf dem Westufer.«

Piataphi verneigte sich. »Ihr habt alles vorhergesehen.«

Queras lächelte leicht. »Die Klippen, die sie vor Angriffen aus dem Osten schützen, werden sich als Falle erweisen, weil sie nicht mehr ausweichen können. Das wird … angenehmer sein, als die armen stinkenden Teufel über die ganze Ebene zu scheuchen.« Das Lächeln wurde breiter. »Ihr müsst wissen, Major, dass es kein Problem gibt, das nicht mit entsprechendem Krafteinsatz zu lösen wäre.«

»Ja, Ser.« Piataphi verneigte sich wieder. Tief, sehr tief verneigte er sich, damit der Marschall seine Augen nicht sah.

CXL

In frühester grauer Dämmerung ertönte einmal, zweimal das unmelodische Alarmsignal.

Nylan sah kurz zu den Pritschen, wo Sylenia lag und Weryl leise schnarchte. Nylan hatte die meiste Zeit wach gelegen. Trotz der offenen Fensterläden war die Luft im Zimmer drückend und warm. Draußen liefen Männer über den gestampften Lehm im Kasernenhof. Ein Pferd wieherte, ein anderes antwortete. Wagengeschirr klirrte.

Er drehte sich zu Ayrlyn um, die ebenfalls die Augen geöffnet hatte. »Du hast wohl auch nicht viel geschlafen, was?«, flüsterte er.

Sie schüttelte den Kopf, beugte sich vor und hauchte ihm einen Kuss auf die Wange. »Ich werde froh sein, wenn alles vorbei ist.«

»Ich hoffe, ich kann überhaupt noch irgendetwas sein, wenn alles vorbei ist.«

»Pessimist.« Ayrlyn reckte sich, rollte sich herum und setzte sich auf, die Knie fast bis zum Kinn angezogen.

»Realist. Wir werden entweder tot sein oder eine gewaltige Veränderung auslösen. Aber die Leute, die so etwas tun, sind nicht sehr beliebt. Ganz besonders nicht bei denen, die unserem Freund Fornal ähnlich sind.«

Nylan gähnte und setzte sich auf die Bettkante. Sein Lager war eine Mischung aus einer Pritsche und einer hölzernen Plattform. Sein Rücken war steif und er stand langsam auf und streckte sich. »Ooooh …«

»So schlimm ist es doch gar nicht«, flüsterte Ayrlyn.

Draußen wurde noch einmal die Triangel angeschlagen.

»Da? Ahwen?« Der silberhaarige Junge setzte sich auf, die grünen Augen weit aufgerissen und die Arme ausgestreckt.

»Gleich, mein Sohn. Lass deinen alten Vater erst einmal die Stiefel anziehen.«

»Kommt man denn hier überhaupt nicht mehr zum Schlafen?«, brummelte Sylenia. Gereizt schlug sie die Decke zurück.

»Genau genommen«, sagte Nylan, »haben wir geschlafen, während du draußen warst und innige Worte mit einem gewissen Bewaffneten gewechselt hast.«

»Schlafen würde ich das nicht nennen, was Ihr gemacht habt, als ich zurückgekehrt bin.«

… das hast du verdient … Ayrlyn schüttelte den Kopf und holte sich den Beutel mit den Vorräten.

Während sie mit dem Dolch das restliche Brot aufteilte, hackte Nylan ein paar Scheiben vom harten gelben Käse ab. Obwohl mehr als einen Achttag alt, war das orangefarbene Kürbisbrot besser als das, was die Köche der Truppen in Lornth zustande brachten. Andererseits war der Käse, auch wenn er hart war, eindeutig eine Verbesserung gegenüber den Wasol-Wurzeln.

»Der Käse ist hart.«

»Es ist nichts anderes da.« Nylan verkniff es sich, seinen Vergleich zwischen Käse und Wasol-Wurzeln laut zu wiederholen. »Das Brot ist noch gut.«

Ayrlyn grinste und reichte Weryl eine kleine Scheibe Brot. Der Junge saß inzwischen am Ende seiner Pritsche und starrte wie gebannt das Essen an.

»Es-sen.«

»Ja, das kannst du essen«, sagte Nylan zu seinem Sohn. Er biss von seinem Brot ab.

Als sie ihr rasches Frühstück beendet hatten, sah sich der Ingenieur zu der rothaarigen Frau um. »Kannst du herausfinden, wo die Cyadoraner sind, ohne dich zu sehr anzustrengen?«

Ayrlyns Augen verschleierten sich und Nylan wartete. Es dauert nicht lange.

»Sie lagern vier oder fünf Meilen weiter im Süden auf den Klippen. Sie formieren sich gerade.«

Nylan nickte. »Dann wurde das Alarmsignal also zu Recht gegeben.«

»Es sieht ganz so aus.«

Die beiden legten ihre Schwerter an.

Dann hob Nylan Weryl auf und drückte ihn fest. Seine Augen brannten, er schluckte. Er wusste nicht, wie lange er seinen Sohn hielt.

»Nylan …« ***… wir müssen gehen …***

»Ich weiß.« Der Ingenieur hob den Kopf und sah seinem Sohn in die grünen Augen. »Und du bist brav, solange Sylenia auf dich aufpasst, verstanden?«

»Pahf? Da?«

»Er ist immer brav«, sagte die dunkelhaarige Frau. »Manchmal etwas gierig, aber er ist immer lieb.«

Nylan setzte den Jungen mit den silbernen Haaren auf seine Pritsche, aber das Kind streckte sofort wieder die Arme nach ihm aus. »Da?«

»Er muss jetzt gehen, Kind.« Sylenia hob ihn hoch. »Sie müssen beide gehen … und Tonsar auch.«

Nylan und Ayrlyn gingen in den Hof hinaus. Der Himmel war von einem dunklen Blaugrün, im Osten hinter den Dächern von Rohrn war ein orangefarbener Schimmer zu sehen. Das Klirren von Zaumzeug, das Schnauben und Wiehern von Pferden, das leise Murmeln unruhiger Bewaffneter erfüllte den Platz zwischen den Ställen und der Kaserne.

Als sie sich dem Stall näherten, kehrte ihnen der dunkel uniformierte Fornal demonstrativ den Rücken und begann, mit Lewa zu sprechen.

»Er will uns nicht sehen.«

»Ich frage mich, was das soll.«

»Er ist mit uns überfordert. Er weiß, dass wir die einzige Hoffnung sind, aber wir lösen auch Veränderungen aus und konfrontieren ihn mit vielen Dingen, die er nicht akzeptieren mag. Und er ist klug genug zu wissen, dass es sinnlos ist, Einwände zu erheben, wo er keinen guten Grund dafür hat«, sagte Ayrlyn.

»Nach der Schlacht wird er damit anfangen. Falls es ein Danach gibt.«

»So denke ich es mir auch. Und es wird ein Danach geben und wir werden uns auch damit auseinander setzen müssen.«

»Dann ... dann sind wir ersetzlich, wenn wir siegen?«

»Ich weiß es nicht«, gab Ayrlyn zu. »Gethen ist schwer zu durchschauen, aber Zeldyan ist auch noch da. Sie ist nicht glücklich über Fornals Verhalten.«

Huruc ritt an ihnen vorbei und winkte knapp.

Die Engel erwiderten den Gruß.

»Manche Leute sehen, dass es uns noch gibt«, meinte Nylan.

»Die Besseren unter ihnen, ja.«

Nylan bemühte sich, möglichst flach zu atmen. Der Stall stank nach Dung, nach dem Urin von Pferden, nach feuchter Streu und nach allerlei anderen unappetitlichen Dingen. Seine Nase juckte und er verzog den Mund.

»Ein angenehmes Aroma«, sagte Ayrlyn.

Nylan dachte über die Welten nach, die sie kannten. Rybas feministische Diktatur – sauber, ordentlich, bedrückend. Lornths auf seltsamen Ehrvorstellungen beruhender, rückständiger männlicher Feudalismus, das auf Chaos begründete Cyador, ein sauberes, von Männern dominiertes und alles beherrschendes Reich.

»Wir haben noch eine weitere Möglichkeit«, erinnerte sie ihn. ***Der Wald … dort fühlen wir uns mehr daheim als irgendwo sonst …***

»Aber das werden wir verlieren, wenn wir Cyador nicht besiegen.«

Er dachte an das kleine, saubere Haus, in dem er sich so wohl gefühlt hatte wie sonst nirgends in Candar. Hatte er sich dort sogar besser gefühlt als in Sybra? Er war nicht sicher. Die Zeit würde es zeigen.

Ihre Pferde waren vorn im Stall untergebracht, wofür Nylan dankbar war. Tiefer drinnen in dem alten Bau wurde der Gestank sicher noch schlimmer.

Rasch und schweigend striegelten und sattelten sie die beiden Stuten. Ayrlyn musste Nylan, der wie immer langsamer war, etwas zur Hand gehen. Als sie die Pferde in die vergleichsweise frische Luft vor dem Stall führten, lugte schon die Sonne über die Dächer von Rohrn. Nur im Westen standen ein paar weiße Wolken am Himmel.

»Engel!«, dröhnte ein stämmiger Berittener. »Ich warte auf Eure Befehle.«

Nylan musste unwillkürlich grinsen. »Tonsar.«

»Fürst Gethen sagte mir, ich solle Euch aufsuchen und tun, was Ihr mir befehlt.« Tonsar senkte die Stimme ein wenig. »Und Sylenia hat mir etwas Ähnliches gesagt und sie war überhaupt nicht zimperlich.«

»Sie ist ein bisschen direkter geworden«, erwiderte Nylan vorsichtig.

»Sie sagt, was sie denkt, und ihr Männer …« Ayrlyn schüttelte den Kopf und stieg auf ihr Pferd.

Nylan folgte ihrem Beispiel und stieg ebenfalls in den Sattel. »Habe ich mich etwa beklagt? Habe ich mich abfällig geäußert?«

»Das war nicht nötig.«

Wieder ertönte das Alarmsignal, lauter als beim letzten Mal.

»Äh … Engel … meine Befehle?« Hinter Tonsar wartete mehr als ein Zug Berittener. Nylan konnte Sias' schmales Gesicht erkennen.

Der Ingenieur überlegte, kratzte sich am Kinn. »Eigentlich ist es sehr einfach. Ihr sollt Euren Zug einsetzen, damit uns niemand stört, während wir arbeiten. Es wird einfacher sein, wenn wir ein Stück aus Lornth herauskommen, aber wir müssen nicht unmittelbar vor den feindlichen Linien stehen.«

Eine schwarz gekleidete Gestalt galoppierte los, eine große schwarze Klinge erhoben. Gut zehn Züge Bewaffnete folgten ihm.

»Da reitet der heldenhafte Kämpfer«, murmelte Nylan.

»Sei nicht so verbittert.«

»Wir sind bereit«, verkündete Tonsar. »Wir werden Euch also abschirmen, während Ihr die Weißen Dämonen vernichtet.«

»Lasst uns aufbrechen.« Nylan zog das Pferd herum und folgte den Bewaffneten, die schon unterwegs waren, ließ sein Pferd aber nur in schnellem Schritt laufen. Ob Schritt oder Galopp, das würde nicht viel ändern, außer dass er vom Galopp einen wunden Hintern bekäme.

Die Truppen aus Lornth sammelten sich im Südosten, weniger als eine Meile vor den letzten Häusern am Stadtrand. Wie bei allen anderen Städten, die die Engel in Candar gesehen hatten, gab es auch in Lornth keine Stadtmauer.

Gethen und Fornal hatten ihre Bewaffneten in vier Verbänden aufgestellt. Fornal befehligte eine kleine berittene Einheit an der Spitze der beiden rechten Verbände, Gethen stand auf der linken Seite. Nylan ritt hinaus, bis er auf gleicher Höhe mit der vordersten Reihe und auf halbem Weg zwischen dem zweiten und dritten Verband war.

Gethen sah in ihre Richtung.

Nylan rutschte etwas im Sattel herum und beobachtete die weißen Schlachtreihen, die schimmernden runden Schilde, die das Sonnenlicht spiegelten. Die Weißen hatten in einem Halbkreis auf Äckern und Wiesen ihre Position bezogen. Es war ein Halbkreis der Vernichtung, noch mehr als zwei Meilen von den Außenbezirken Rohrns und mehr als eine Meile von den Truppen aus Lornth entfernt. Die Weißen Bewaffneten und Lanzenkämpfer nahmen das ganze Gebiet von den Klippen am Fluss südlich der Stadt bis zur Straße im Nordwesten ein, die nach Lornth hineinführte – ein hundertzwanzig Grad weiter Kreisbogen voller Bewaffneter und Waffen, ohne die kleinste Lücke.

»Hier?«, fragte Ayrlyn, indem sie das Pferd zügelte.

»Diese Stelle ist so gut wie jede andere.«

»So viele Bewaffnete habe ich noch nie auf einen Haufen gesehen …«, flüsterte Tonsar.

Nylan hoffte, er würde auch nie wieder so viele sehen. »Stellt lieber Eure Leute auf.« Er stieg vom Pferd.

Ayrlyn folgte seinem Beispiel.

»Jemand muss unsere Pferde festhalten«, sagte er zu Tonsar.

»Sias!«

»Ja, Ser.«

»Keine Sorge, Sias«, sagte Nylan zu seinem früheren Lehrling, als er ihm die Zügel der Stute übergab. »Du wirst nichts verpassen.« *Vielleicht siehst du sogar mehr, als dir lieb ist.*

Der Ingenieur tastete mit den Sinnen den Boden ab, um sich einzufühlen, dehnte seine Wahrnehmung bis zum fernen Wald aus und dann zu der Grenze zwischen Ordnung und Chaos, die viel zu weit entfernt schien.

»Das wird hässlich«, sagte er leise. »So weit weg … hoffentlich klappt es.«

»Es ist jetzt schon hässlich«, widersprach Ayrlyn.

»Wie wollt Ihr sie jetzt aufhalten, Ser Engel?« Von zwei Bewaffneten mit kantigen Gesichtern flankiert und den ebenfalls vierschrötigen Huruc im Schlepp, zügelte Gethen vor ihnen das Pferd. »Ihr habt uns gebeten, Euch diesen Platz zu überlassen. Wollt Ihr sie zu Fuß angreifen?«

»Wollt Ihr es wirklich wissen?«, platzte Nylan heraus. »Entschuldigung, Ser Gethen«, fügte er rasch hinzu. »Wir wollen die Kräfte des Waldes rufen, bevor die Weißen angreifen oder bevor ihre Hauptstreitmacht uns erreicht.«

»Vorher?«

»Warum nicht? Nach allem, was sie mit Jerans und im Süden von Lornth getan haben, besteht doch nicht der geringste Zweifel an ihren Absichten.«

»Nein.« Gethens Stimme war kalt, kälter noch als seine Augen.

Mehrere Hornsignale hallten von Süden herüber.

»Tut, was Ihr tun müsst«, sagte Gethen unwirsch. »Die Weißen Dämonen heben die Banner. Wir werden ihnen standhalten, solange wir können.« Mit einem höflichen Nicken nahm der ältere Regent sein Pferd herum und näherte sich den Bewaffneten, die nördlich von Nylans und Ayrlyns Standort warteten. Inmitten seiner berittenen Truppe hielt er wieder an.

Nylan schluckte, oder besser, er versuchte es. Sein Hals fühlte sich trocken und staubig an.

Ayrlyn gab ihm eine Wasserflasche.

Weitere Hornsignale wurden gegeben, ein Donnern war in der Ferne zu hören und der Boden bebte.

Eine Feuerkugel flog in die Luft und explodierte.

»Wir sollten jetzt ...«

»Fangen wir an!«

Abwesend drückte Nylan wieder den Stöpsel auf die Wasserflasche, bückte sich und legte sie auf den staubigen Boden, der einmal eine Wiese gewesen war. Dann griff er mit den Sinnen nach Süden hinter die weißen und roten Flecken, als welche er die langsam vorstoßenden cyadorischen Streitkräfte jetzt wahrnahm.

Licht spiegelte sich und blitzte auf den Schilden der Cyadoraner. Nylan schloss die Augen, konzentrierte sich, fühlte, suchte.

Die Kräfte, die er anrief, waren so weit entfernt ... so weit im Süden.

»Wir schaffen es.« Ayrlyns Worte und ihre Nähe beruhigten ihn.

Er versuchte sich zu entspannen und griff mit den Sinnen unermüdlich hinaus, aber so sehr er sich bemühte, die Verbindung riss immer wieder ab.

Der Boden bebte unter den Hufen und Füßen, die Hornsignale kamen näher.

Eine weitere Feuerkugel flog von Süden heran und zerplatzte vor den Truppen aus Lornth auf der Wiese. Kleinere Feuerkugeln lösten sich aus der Explosion und rollten den berittenen Bewaffneten entgegen; jede zog eine verkohlte Spur über die Wiese, bevor sie erstarb. Eine Bö trug den Geruch von verbranntem Gras nach Norden. Nylan schnaufte unwillkürlich.

Der Ingenieur versuchte, seine Aufmerksamkeit wieder auf die ferne Barriere zu richten, die Ordnung und Chaos voneinander trennte. Eine weitere Feuerkugel kam geflogen.

Einen Augenblick lang konnte Nylan die dunklen Fäden der Ordnung fassen, mit denen die Erde über den alten Felsen festgehalten wurde. Langsam gab er den künstlichen, bei der Anpassung des Planeten entstandenen Grenzen die Mischung aus Ordnung und Chaos ein, die durch den Wald lief und in Cyador und im Süden von Lornth so deutlich spürbar war.

Dann ... doch dann riss die Verbindung ab und er taumelte zur Seite.

»Noch einmal ...«, flüsterte Ayrlyn.

Der Ingenieur holte tief Luft und versuchte es wieder. Dieses Mal stellte er sich die Verbindung als ein Netzwerk vor, als eine Verbindung im Unterraum. Er konnte die dunklen Fäden der Ordnung etwas länger halten, aber die Fäden des Chaos entglitten ihm und er taumelte noch einmal zurück. Er strauchelte und landete unsanft auf dem Boden.

»Verdammt, was macht der Engel da?«, zischelte jemand.

»Ruhe!«, befahl Tonsar.

Von Ayrlyn unterstützt, stand Nylan wieder auf. Er musste stehen.

Eine riesige weiße Feuerkugel flog zu den Truppen aus Lornth herüber, platzte mitten in der Luft und spritzte flüssiges Feuer über die Berittenen der ersten Schwadron, die weit links von den Engeln stand.

Die Schreie sterbender Männer hallten herüber, Hufe donnerten auf dem Boden, im Süden konnte Nylan die Chaos-Energie der Magier als schrilles Kreischen wahrnehmen. Pferde schrien sogar noch lauter als die Verletzten.

Eine weitere Feuerkugel flog herüber und vor den Truppen aus Lornth stieg eine Feuerwand auf und versengte den Männern und Pferden in der ersten Reihe die Haare und die Haut.

Schweiß strömte über Nylans Stirn und lief ihm in die Augen. Immer noch bemühte er sich, die Energie freizusetzen, die in der Grenze zwischen Ordnung und Chaos in Candar gebunden war. Die Augen brannten vor Anstrengung und vom Schweiß, der hineingelaufen war, und das Brennen schien auf den Kopf und sogar seine Seele überzugreifen. Die Haare kräuselten sich in der Hitze.

Ayrlyn arbeitete neben ihm schon daran, die Fäden der Ordnung zu verändern und neu zu formen. Vor den anrückenden Fußtruppen brach eine Sperrlinie dunkler

Flammen aus dem Boden. Weiße Uniformen färbten sich schwarz und das Fleisch von Soldaten, die gerade noch stolz marschiert waren, verbrannte.

Es drehte Nylan den Magen um. Oder fing er nur Ayrlyns Ekel auf?

Irgendwie, auf irgendeine Weise, musste er die Energie von Ordnung und Chaos anzapfen, bevor sie alle getötet wurden. Aber er konnte sie nicht erreichen!

Wieder flog eine weißrote Feuerkugel herüber und spuckte Flammen und Tod über die Bewaffneten, die links von den Engeln standen, wieder schrien Männer und Pferde. Der leichte Wind trug Schlacke, Asche und den Geruch von verkohltem Fleisch herüber. Und wieder drehte es ihm den Magen um.

Die Sonne brannte ihm unerträglich heiß im Rücken, die Reihen der anrückenden Cyadoraner waren schier endlos. Weiter als das Auge blicken konnte, erstreckten sich die Reihen der Weißen mit schimmernden Schilden und blitzenden Reflexionen.

Sein Hemd war nass geschwitzt, die Augen brannten vom salzigen Schweiß und vor Anstrengung, aber er konnte das Chaos noch immer nicht packen und formen. Wenn es ihm nicht gelang, die ferne Energiequelle anzuzapfen … wie konnten es dann die Weißen Magier? Er hatte nicht den Eindruck, dass sie es überhaupt taten, aber trotzdem setzten sie Ordnung und Chaos ein.

»Wenn du nicht die Energiequelle erreichen kannst, die du brauchst, dann nimm diejenige, die du erreichen kannst«, murmelte er.

Bist du sicher?, fragte eine leise Stimme.

Er schüttelte den Kopf und schickte die Wahrnehmung nach unten, tief hinunter bis zu der Stelle, wo Felsen auf Magma trafen und wo eine andere Art von Ordnung und Chaos umeinander spielten.

Willst du das wirklich tun? Er biss die Zähne zusammen. Blieb ihm etwas anderes übrig? Er war zu weit vom Wald entfernt und hatte keine Zeit mehr. *Es gibt immer eine andere Möglichkeit.*

Wir müssen tun, was wir tun müssen … Ayrlyns Ruhe tat ihm gut.

Mit einem Laut, der irgendwo zwischen Schluchzen und einem wütenden Schrei lag, zerrte er Ordnung und Chaos nach oben, schirmte sie voreinander mit Schichten der Ordnung ab und schützte auch sich selbst und Ayrlyn vor der ungeheuren Weißen Energie.

Ayrlyn half ihm, unterstützte ihn mit ihrer Ordnung und ihrer Kraft. Eine weitere Feuerkugel schlug auf der Wiese ein, dieses Mal weniger als hundert Ellen vor ihnen. Nylan spürte, wie seine Haare sich wieder kräuselten. Die Hitze des Chaos-Feuers brach über sie herein und verbrannte seine und Ayrlyns Haut.

Konzentriere dich auf deine Arbeit … Ayrlyns Gelassenheit gab ihm die nötige Ruhe, als er Ordnung und Chaos noch weiter auseinander drängte und einen Kanal schuf, der aus der Tiefe heraufführte und im Rücken der cyadorischen Truppen mündete, während er gleichzeitig versuchte, vor ihren eigenen Bewaffneten einen Schutzschirm aus Ordnungs-Energie aufzubauen.

Es nützt ja nichts, wenn du uns einäscherst.

Ayrlyn schmeichelte und lockte das unsichtbare Schwarze Netz, die unsichtbaren Schwarzen Strukturen, in den Schutzschirm hinein.

Zwei Feuerkugeln schlugen kurz hintereinander in die unsichtbare Barriere, das Chaos-Feuer prallte zurück und flackerte den vorrückenden Spiegelinfanteristen entgegen.

Ein halbes Dutzend weiß uniformierter Soldaten brannten lichterloh wie trockenes Holz im Kamin. Der Vorstoß wurde vorübergehend langsamer, aber dann rückten die Spiegelinfanteristen weiter vor. Die zweite Reihe stieg einfach über die verkohlten Leichen ihrer Gefährten, die den Angriff angeführt hatten, hinweg.

Die Weißen Magier fuhren trotz der Barriere und obwohl sie nun meist die eigene Infanterie trafen, damit fort, Feuerkugeln zu schleudern.

Wieder ertönten Trompeten, das schwere Trommeln von Hufen ließ den Boden erbeben, näher als je zuvor.

Noch nicht!, dachte Nylan verzweifelt. *Noch nicht!* Er öffnete unwillkürlich die Augen. Die cyadorischen Truppen hatten die Verteidiger aus Lornth fast erreicht und Gethen hatte die Klinge gehoben.

Nylan schloss die Augen und versuchte, die in kugelförmigen Schüben aufsteigende Chaos-Energie schneller heraufzuholen. Er öffnete Hunderte von Ordnungs-Kanälen, bis ihm der Schweiß in kleinen Bächen übers Gesicht lief. Mit den Augen sah er nichts mehr, er konnte nur noch daran denken, dass er Ordnung gegen Chaos pressen musste, gegen die Kräfte aus der Tiefe.

Aber die Spiegelinfanteristen drängten weiter nach Norden, die Lanzenreiter griffen an und näherten sich den Verteidigern aus Lornth und Gethen und damit auch den Chaos-Feldern, die Nylan an die Oberfläche ziehen wollte.

Der Atem des Ingenieurs ging keuchend, die Kehle wurde ihm eng.

»Macht euch bereit«, befahl Tonsar. Die Stimme des Unteroffiziers war fest und verriet eine Sicherheit, die Nylan keineswegs hatte.

Nylan griff weiter hinaus, strengte sich an und lenkte das aufsteigende Chaos.

Quälend langsam stieg das von Dämonen verdammte Chaos nach oben, ließ sich auch durch Nylans Anstrengungen nicht weiter beschleunigen.

Nylan stöhnte, Messer stachen in seinem Kopf, er drängte die Ordnung gegen das Chaos, lenkte die Energien nach oben, ignorierte die Nähe des Chaos, ignorierte das Beben des Bodens. Ständig gingen auf dem Schlachtfeld neue Feuerkugeln nieder.

Jetzt ...

CXLI

Der Major betrachtete die weiße Markise auf der Hügelkuppe, kaum ein Dutzend Ellen oberhalb der Felder und Wiesen, die sich nach Osten und Norden erstreckten. Nach einem prüfenden Blick zu den Lanzenreitern der Vorhut, die sich gerade formierten, um die unorganisierte Stadt der Barbaren unten anzugreifen, zog er an den Zügeln seines weißen Hengstes und lenkte ihn zum Zelt der Magier. Nur einer schaute auf, als Piataphi sein Pferd vor dem Zelt zügelte.

»Seid gegrüßt«, rief Themphi.

»Was sollen all diese Vorbereitungen?«, fragte der Major. »Es gibt nur wenige Truppen da, um die Stadt zu beschützen. Sie ist es nicht wert, beschützt zu werden, sonst wäre sie schon längst unser.« Er grinste böse. »Oder sind die Barbaren stärker als Ihr zugeben wollt?«

»Wie Ihr Euch erinnern werdet, sind die Dinge nicht immer so, wie sie scheinen.« Triendar, der das Spähglas auf dem Tisch beobachtet hatte, schaute auf. »Habt Ihr schon die fünf Züge Spiegellanzenkämpfer gefunden, die unlängst verschwunden sind?«

»Nein.« Der Major runzelte die Stirn. Er sah zu den Weißen Magiern, die sich westlich vom kleinen Zelt, dessen Wände hochgerollt waren, formiert hatten. »Das wisst Ihr doch.«

»Wir wissen es«, erwiderte der weißhaarige Magier mit einer gewissen Schärfe. »Deshalb haben sich die Magier hier versammelt. Jeder ist einer Einheit zugeteilt und wird Feuerkugeln gegen Eure Feinde schleudern.«

»Sorgt nur dafür, dass sie nicht unsere eigenen Leute in Brand stecken.«

»Das werden sie nicht tun.« Triendar lächelte kalt. »Ihr befehligt Eure Männer, ich die meinen.«

Piataphi nickte schließlich unwirsch, als keiner der

Magier sich zu einer weiteren Erklärung herabließ. Dann hob er zum Gruß den Säbel und ritt zur linken Flanke, wo die erste Kompanie der Spiegellanzenkämpfer auf ihren Befehlshaber wartete.

Nachdem der Major fort war, wandte Triendar sich an seine Weißen Magier. »Wenn das Hornsignal für den Angriff gegeben wird, dann werdet Ihr die Barbaren direkt vor Euren jeweiligen Einheiten mit Feuerkugeln vernichten. Ihr werdet Feuerkugeln schleudern, bis kein Feind mehr lebt. Ihr werdet keine Feuerkugeln einsetzen, wenn Ihr dadurch unsere eigenen Leute töten könntet. Ist das klar?«

Die weiß gekleideten Männer nickten.

»Geht jetzt.«

Triendar sah den Magiern nach, die aufstiegen und im grauen Licht des frühen Morgens zu ihren Einheiten ritten.

»Und was tun wir jetzt?«, fragte Themphi. Fissar, der hinter ihm stand, schluckte nervös.

»Wir bekämpfen die Magier, die schon einmal Lanzenkämpfer vernichtet haben. Wir müssen sie töten.« Triendar runzelte die Stirn und konzentrierte sich auf sein Glas.

Ein Mann und eine Frau schälten sich aus den weißen Schlieren heraus. Der Mann hatte glänzendes silbernes Haar, die Haare der Frau waren feuerrot.

»Engel. Nur zwei, nicht drei.«

»Aber sie haben für Lornth gekämpft«, sagte Themphi.

»Sie hassen die Rationalen Sterne«, erwiderte der ältere Magier. »Sie sind nicht rational.«

»Das ist offensichtlich. Sie haben den Verwunschenen Wald aufgesucht.«

Die beiden Weißen Magier beobachteten die Engel durch das Glas. Sie waren auf der Seite von Lornth die Einzigen, die von den Pferden abgestiegen waren. Ein

Zug Bewaffneter, die sich nervös umsahen, war zu ihrem Schutz abgestellt.

»Sie tun überhaupt nichts«, murmelte Themphi.

»O doch, sie tun eine ganze Menge. Sie greifen in den Boden hinein. Vielleicht sind sie Erd-Magier, auch wenn ich noch nie von solchen Magiern gehört habe.«

Die Hornsignale der Cyadoraner hallten über die Ebene, gleich darauf begannen die Soldaten zu marschieren.

Eine Reihe von Feuerkugeln flog in hohem Bogen zur nördlichen Flanke der Truppen aus Lornth und explodierte. Triendar gestattete sich ein kleines Lächeln. Als Schreie zu hören waren, nickte Themphi zufrieden.

»Schießt eine Feuerkugel auf die Engel ab«, befahl Triendar.

Themphi runzelte die Stirn, konzentrierte sich und formte eine weißliche Kugel, die er nach Norden fliegen ließ. Sie schlug im Boden ein und ließ Flammen bis zu den Engeln sprühen.

Die beiden Engel wichen einen Schritt zurück. Triendar lächelte, aber das Lächeln verschwand sofort, als vor den Spiegelinfanteristen eine Wand aus Flammen emporwuchs.

»Wie haben sie das gemacht?«, fauchte der ältere Magier. »Egal. Noch eine Feuerkugel.«

Eine riesige Feuerkugel flog in hohem Bogen zu den Engeln. Wieder wichen die beiden einen Schritt zurück. Ein Bewaffneter der Barbaren klopfte auf seinem Ärmel herum, der Feuer gefangen hatte.

Eine Reihe kleinerer Kugeln flog durch den Morgenhimmel. Pferde und Reiter aus Lornth gingen in Flammen auf und stürzten.

»Noch eine.«

Themphi wischte sich die Stirn ab und konzentrierte sich, doch er taumelte, als der Boden unter ihm bebte.

»… können sie doch nicht machen. Jedenfalls nicht lange«, murmelte Triendar. »Noch mehr Feuerkugeln.«

Der jüngere Magier schluckte.

Wieder ertönten Hornsignale und die Spiegellanzenkämpfer griffen an.

Mitten in der Luft, ein gutes Stück vor den feindlichen Reihen, explodierte eine Feuerkugel.

Schweißtropfen sammelten sich auf Triendars Stirn. »Das können sie doch nicht machen.«

Immer mehr Feuerkugeln explodierten jetzt weit vor den feindlichen Reihen, einige prallten sogar zurück und trafen die cyadorischen Truppen.

Die beiden Magier wechselten einen Blick und der Spiegel wurde leer. Der Boden bebte und zitterte und schien unter ihren Füßen emporzuwachsen.

Themphi spürte die sich aufbauenden Kräfte, blickte zum Glas auf dem Tisch und warf sich auf den Boden. »Runter!«

Triendar runzelte die Stirn und sperrte den Mund auf. Die Erde bebte und der ältere Magier griff nach dem Tisch, um sich festzuhalten. Das Glas auf dem weißen Holztisch explodierte. Triendar schauderte und brach über dem Tisch zusammen. Blut sprudelte auf das geborstene weiße Holz und die Glassplitter.

Wieder bebte der Boden. Verdampfendes Gestein und Schwefeldämpfe wallten hoch, verdeckten die Sonne und verdunkelten das Schlachtfeld. Unter dem Gewicht des weißhaarigen Magiers brach der Tisch zusammen.

Vor dem Zelt bebte wieder der Boden, bekam Risse und klaffte stöhnend auf.

Themphi sank auf die Knie, wollte sich wieder aufrichten und wurde vom nächsten Beben endgültig zu Boden geworfen.

»Ein Erd-Magier. Wer hätte gedacht …« Themphis letzte Worte gingen in der Lawine aus Fels und Schutt unter, die sich über das Zelt ergoss.

CXLII

Der Major ritt vom Zelt der Magier zur Abteilung auf der rechten Seite. Er musterte den weiten Halbkreis der cyadorischen Truppen, die Spiegelinfanterie, die Spiegellanzenkämpfer und die Fußsoldaten.

»So viele habe ich noch nie auf einmal versammelt gesehen«, murmelte er. »Eine große Streitmacht.«

»Major!«

Piataphi drehte sich um.

Hauptmann Azarphi hob den Arm zum Gruß.

Der Major lenkte sein Pferd zu Azarphi, der bei seinen zwei Zügen Lanzenkämpfern wartete.

»Bleibt es dabei, dass Ihr den ersten Angriff anführt?«, fragte der jüngere Offizier.

»Die Befehle Seiner Majestät haben sich nicht geändert«, antwortete Piataphi.

»Sie ändern sich nie«, sagte Azarphi leise. »Nie.«

»Nein.« Piataphis Antwort verriet so wenig über seine Gedanken wie die kalten grauen Augen.

»Ihr glaubt, dies hier wird schlimmer als der Kampf um das Bergwerk, nicht wahr?« Azarphi schüttelte den Kopf. »Es sind nicht viele und bisher haben wir sie noch jedes Mal besiegt.«

Piataphi zwang sich zu einem Lächeln. »So ist es. Und wenn es die Weißen Kräfte so wollen, dann werden wir auch dieses Mal siegen.«

»Wir sprechen uns wieder, wenn wir dieses Barbarenland in Schutt und Asche gelegt haben«, antwortete Azarphi mit breitem Grinsen.

Piataphi lächelte. »Ich muss zu meiner Einheit.« Er nickte und lenkte den weißen Hengst nach Norden zu den Spiegelinfanteristen.

Der Serjeant hob das Schwert, als der Major vor ihm das Pferd zügelte. »Unser Flügel ist bereit, Ser.«

»Gut.« Piataphi nahm sein Pferd herum und überblickte noch einmal das Gelände. Die kleine Streitmacht aus Lornth hatte sich in vier Einheiten aufgeteilt, zwischen denen Lücken klafften. Offenbar wollten sie es vermeiden, allzu schnell eingekreist zu werden.

»Sie müssen sich doch sicher bald wieder zusammenrotten, oder?«, fragte der Serjeant, der sich links hinter Piataphi postiert hatte.

»Ich weiß nicht, was sie tun werden«, antwortete der Major. »Sie kämpfen nicht mehr so wie früher.«

»Eine Schande. Früher war es einfacher. Heute ist es schwieriger.«

Piataphi nickte, dann runzelte er die Stirn. Zwischen der zweiten und dritten Einheit aus Lornth war noch eine weitere kleine Einheit aufgetaucht. Zwei dunkle Gestalten standen dort, vor ihnen baute sich ein berittener Zug auf.

»Was ist das?«, fragte der Serjeant.

»Magier. Schwarze Magier. Die überlassen wir unseren Magiern.«

»Mir soll es Recht sein, Ser.«

In der Mitte des Bogens erklangen wieder Hörner und die Kompanien der Spiegelinfanteristen mit ungeraden Nummern marschierten langsam im Gleichschritt los. Das Stampfen ihrer Stiefel übertönte das leise Gemurmel der Cyadoraner. Lichtblitze funkelten auf ihren Schilden und spielten über die Kämpfer aus Lornth, die sich weit in der Unterzahl befanden.

Eine einzelne Feuerkugel stieg irgendwo hinter Piataphi auf und krachte weit entfernt von den Truppen aus Lornth auf den Boden. Die Verteidiger rührten sich nicht und ließen sich auch nicht beeindrucken, als drei weitere Feuerkugeln durch den Himmel flogen und nicht weit vor ihnen landeten.

Ein weiteres Hornsignal hallte laut über das Schlachtfeld.

Der Major überblickte seine Truppe und hob das Schwert. »Nach rechts zur Mitte.«

»Nach rechts«, wiederholte der Serjeant.

Vor sich sah Piataphi eine weitere Serie von Feuerkugeln einschlagen. Sie trafen die rechte Flanke der Verteidiger. Körper flammten auf wie Ölfackeln, die Schreie der Männer verloren sich im Donnern der Hufe.

Dann sah er nach links zu den Schwarzen Magiern. War einer gefallen? Aber im Grund spielte es keine Rolle. Der Feind stand direkt vor ihm.

Der Boden grollte und schwankte unter den Hufen des Hengstes. Der Major presste dem Tier die Knie in die Flanken und klammerte sich fest, während er mit erhobenem Schwert winkte. »Vorwärts! Los jetzt!«

Er trieb den Hengst an, bis er galoppierte. Von den Feuerkugeln, die in der Nähe einschlugen, strahlte Hitze aus.

»Die werden uns gleich braten …«, murmelte jemand hinter ihm.

Piataphi hatte die Spiegelinfanteristen beinahe schon überholt, als ein weiteres Trompetensignal gegeben wurde. Die Infanteristen begannen jetzt mit dem Angriff auf die Kämpfer aus Lornth.

Piataphi lächelte grimmig.

Weitere Feuerkugeln flogen so dicht über seinen Kopf hinweg, dass der Major spürte, wie sein Schwert warm wurde.

»Nein!«

Das Weiße Feuer zerplatzte an einem unsichtbaren Schild und stob zu den Lanzenreitern und Fußsoldaten zurück. Piataphi trieb seinen Hengst an, um über das am Boden klebende Feuer zu setzen, und hielt sich mühsam im Sattel fest.

»Hier! Lanzenreiter hierher!« Er lenkte sein Tier nach rechts und wollte durch die feindlichen Reihen stoßen, die Klinge trotzig erhoben.

Der Boden schwankte unter ihm.

Flammen wuchsen empor wie Bäume und wollten ihn mit brennenden Ästen ergreifen. Sie standen in einer Reihe zwischen ihm und seinen Lanzenreitern und den Verteidigern. Hitze, eine schlimmere Hitze als in einem Schmelzofen, schlimmer als bei den Bränden im Bergwerk, breitete sich aus.

Er hob noch einmal das Schwert zum letzten Gruß an die unbekannten Magier, dann löste er sich in den Flammen auf und verging, ein letztes bitteres Lächeln auf den Lippen.

CXLIII

… und das Chaos stieg in die Luft empor, dunkler Staub wallte auf, es roch nach Bimsstein und eine Hitze, die vom Innern einer Sonne genährt schien, breitete sich aus.

Nylan und Ayrlyn richteten sich auf. Unsicher schwankten ihre Beine auf dem immer noch bebenden Boden, aber sie standen.

Die Erde bockte wie ein vom Fieber geschüttelter Riese, aus jeder Erdspalte stieg Staub auf. Feuerzungen brachen hier und dort aus den Hügeln und der Ebene hervor. Hinter ihnen, in Rohrn, schwankten alle Gebäude, Dächer sanken ein und stürzten zwischen geborstene Mauern.

Auch weiter entfernt im Norden und Osten, sogar noch in Henspa und Carpa, schwankten Häuser und andere Gebäude und einige brachen sogar zusammen. Andere blieben stehen, bekamen aber auf weißem Putz oder Stuck neue Muster aus dunklen Rissen.

Erdreich strömte wie Wasser, verschlang an manchen

Stellen das Gras und brandete an anderen heran wie eine schmutzige Flutwelle, ergoss sich über bestellte Äcker und Wiesen.

Die Verbindung zu Cyador, drängte Ayrlyn. ***Tiefer hinunter! Ganz tief!***

Tief? Aber natürlich. Nylan hätte fast gelacht, als er nach unten griff und sich nach Süden vortastete, bis er die miteinander verflochtenen Energien spüren konnte, die nach den Kräften zu tasten begannen, die er kanalisiert hatte. Der Wald schwoll an und schickte Ranken aus Ordnung und Chaos unter ganz Candar hindurch und wurde stärker, während er die Energien in sich aufnahm. Unter den alten und neuen Flüssen hindurch, unter den Städten der Ordnung, die aus Chaos gebaut waren, suchte er sich einen Weg. Und ganz Cyador erbebte … aber noch hielt es den Kräften stand, die Nylan und Ayrlyn geweckt hatten.

Drei Feuerkugeln schlugen gegen die Barriere aus Ordnung vor den Truppen aus Lornth, prallten zurück und trafen die Weißen Lanzenreiter. Der große Anführer der Truppe konnte mit seinem Hengst der Feuerwand ausweichen und führte seine Leute weiter den schwachen Truppen aus Lornth entgegen.

Rechts neben den angestrengt arbeitenden Engeln hob eine schwarz gekleidete Gestalt eine Klinge. Zehn Züge Bewaffnete galoppierten den anrückenden Spiegellanzenkämpfern entgegen. Speere aus reflektiertem Licht spielten auf den Verteidigern, einige mussten eine Hand heben, um im grellen Funkeln noch etwas zu erkennen.

»Verdammt …«

Chaos-Feuer platzte aus dem Boden hervor, nicht in gerader Linie, sondern wie ein Wald aus brennenden Bäumen. *Wie ein Wald, wie ein Wald.* Die Feuerbäume ließen Verteidiger und Angreifer gleichermaßen in die Luft fliegen und verstreuten sie wie Stroh nach der

Ernte. Wie verbrannte Streichhölzer flogen die schwarz verkohlten Soldaten hierhin und dorthin, zerfielen zu Asche und wurden weggeweht.

Der große Offizier der Spiegellanzenkämpfer hob die Klinge und verschwand, als Mann und Pferd mit einem Schlag in Holzkohle und Asche verwandelt wurden.

Nylan spürte den Tod rings um sich, näher jetzt und schmerzhafter für ihn selbst. Er zuckte zusammen, als ihm klar wurde, dass die beiden ersten Kompanien der Lanzenreiter sich in Asche verwandelt hatten. Auch Fornal war gefallen. Möglicherweise hatte der ältere Regent überlebt. Nylan wartete.

Wieder waren auf Seiten der Cyadoraner Hornsignale zu hören und eine weitere Abteilung der Spiegellanzenkämpfer gehorchte und griff an. Wieder bebte der Boden, als die Pferde gegen die Reihen der Verteidiger anstürmten. Auch dieses Mal rannten sie gegen die brennenden Bäume des von Ordnung gebundenen Chaos an. Einen kleinen Augenblick lang schien es, als könnten die weißen Uniformen und Schilde das Chaos abhalten, aber dann gingen auch diese Kämpfer in Flammen und Asche auf.

Immer neue Feuerkugeln prallten gegen die unsichtbare Barriere der Ordnung.

Der Ingenieur hatte weiche Knie, er musste sich setzen und versuchte, die Wände der Ordnung aufrechtzuerhalten, um das Chaos der Tiefe auszurichten und gegen die restlichen cyadorischen Truppen zu schleudern. Zahlreich waren die Gegner, zahlreich wie die Grashalme auf der Ebene.

Aber ein Steppenbrand kann das Gras verzehren.

Stöhnend verwandelte er, von Ayrlyn und dem Wald unterstützt, das tobende Chaos der Tiefe in einen Flächenbrand, der von den Winden der Ordnung angefacht wurde, und ließ das Feuer nach Süden und Westen laufen. Alles auf diesem Weg fiel den Flammen zum

Opfer, alles, was sich auf der Erde befand, wurde zu Schlacke und feiner Asche verbrannt.

Wieder einmal drehte sich ihm und Ayrlyn der Magen um und Weiße Qualen durchzuckten sie. Ayrlyn taumelte und sank neben Nylan auf dem staubigen Gras in sich zusammen. Er griff nach ihrer Hand, ohne etwas zu sehen, er keuchte und versuchte, die Ordnungs-Kanäle offen zu halten, während das heiße Chaos überall in Cyador und überall dort, wo früher Naclos gewesen war, brodelnd an die Oberfläche stieg.

Sie konnten spüren und fühlen, wie die Hügel im Süden schaudernd die unnatürliche Erdschicht abschüttelten. Sie fühlten, wie überall an den alten Flussbetten bis in den Süden zum Großen Kanal von Cyador und nach Westen bis zum mächtigen Cyad die alten Sumpfgebiete wieder entstanden, wie sauber bestellte Felder in Sumpflöchern versanken und Feldfrüchte in träge fließendem dunklem Wasser untergingen. Der große Fluss verließ schäumend und sich windend sein neues Bett und kehrte ins alte zurück. Kleinere Nebenflüsse tauchten auf und begruben sauber gemauerte Kanäle unter Massen von Schlamm und Wasser. Als die verschütteten Felsen der Küstenlinie wieder emporwuchsen, stürzten Fundamente ein. Sogar in Syadtar und Fyrad stürzten noch Häuser ein. Während der Große Wald von Naclos sich aus der Asche des Chaos erhob und sein Gleichgewicht wiederfand, verwandelte sich Cyador in einen rauchenden Trümmerhaufen.

Ob das kleine Haus, in dem sie so viel gelernt hatten, noch stand? Nylans Gedanke wurde von einer ganzen Serie heftiger Erdstöße beantwortet.

Zusammen mit den Veränderungen und Erdbeben, mit dem Aufwallen von Magma und halb flüssigem Gestein, mit den Explosionen von überhitztem Dampf, zusammen mit all diesen Verwandlungen kam auch die Dunkelheit, die Ordnung und Chaos aneinander band, die Chaos und Ordnung zusammenfügte. Die Dunkelheit, die das Gleichgewicht erhielt.

Diese Dunkelheit erhob sich über die Ebenen südlich von Rohrn, sie erhob sich und schlug über Nylan und Ayrlyn zusammen. Die Nacht legte sich wie eine riesige Flutwelle über das Grasland und über den Westen Candars und erfasste auch die scharfen Zinnen der Westhörner.

Der vorher noch blaue Himmel verdunkelte sich, Stürme erhoben sich und rasten nach Süden und Westen bis an die Gestade des großen Westmeeres. Schwere Wassertropfen schlugen Ruß und Staub nieder und prasselten ins Nordmeer.

Und Naclos … ganz Candar schauderte bei der Wiedergeburt des Waldes … als das Chaos wieder ins Gleichgewicht gebracht wurde.

CXLIV

Dumpfer Donner hallte über das Land. Der Mann mit den silbern eingefassten weißen Gewändern stand auf und betrachtete den Empfangssaal. Der Boden bebte, Staub wallte aus winzigen Rissen zwischen den Fliesen hoch.

Lephi drehte sich um und starrte stirnrunzelnd den Staub an. »Staub?«

Er entfernte sich von dem kleinen Thron aus Malachit und Silber und trat ans Fenster. Er taumelte leicht, als ein weiteres Beben den Boden erschütterte. Am Fenster angelangt, musste er sich an der Fensterbank aus weißem Stein festhalten, während er das Gebiet südlich von Syadtar betrachtete.

Ein feiner Dunstschleier verdunkelte den Himmel,

das Licht der Sonne lag kalt auf seinem Gesicht und den Händen.

Wieder zitterten die Mauern seines örtlichen Hauptquartiers. Auch die weißen Mauern von Syadtar schwankten wie ein Schiff auf unruhiger See. Hinter den weißen Mauern schien die Erde aufzuwallen, als würde schlammiges Meerwasser von einem mächtigen Sturm im Süden aufgepeitscht. Langsam, ganz langsam öffnete Lephi den Mund und wollte protestieren, während die braunen Wellen sich erhoben und mit unausweichlicher Gewalt über den weißen Mauern zusammenbrachen, bis die Häuser nur noch kleine Haufen aus Putz und zersplitterten Dachziegeln waren.

»Triendar … Ihr habt mir nicht gesagt, dass es so kommen würde.« Wie gebannt starrte er die erbarmungslos anrollende Welle von Erde und Gestein an. »Das habt Ihr mir nicht gesagt …«

Lephi fuhr herum, als es hinter ihm knackte, und schaute zu dem mit Gittern gesicherten Balkon. Die mächtigen Steinquader der Mauern schwankten und kippten nach drinnen.

Mit einem bitteren Lächeln stand er da, Seine Majestät Lephi der Weiße, Fürst von Cyador und Herrscher aller Länder von den Bergen bis hin zu den Meeren im Westen, Hüter der Stufen zum Paradies und Sohn und Seher der Rationalen Sterne. Lephi stand ergeben da und einen Augenblick lang schien die Zeit still zu stehen. Er wartete und sah zu, wie die Erde rings um ihn aufwallte, wie das lange gestörte Gleichgewicht wieder hergestellt wurde. Dann stürzten die weißen Steine Syadtars über ihm zusammen, verschütteten ihn und begruben ihn unter der kochenden Erde.

CXLV

Es war Spätnachmittag auf dem Dach der Welt. Die Wächterinnen standen schweigend auf dem Übungsgelände, die Augen auf den westlichen Horizont gerichtet, wo sich etwas Schwarzes erhob. Istril trat aus der Haupttür des Schwarzen Turms und ging über die Zufahrt.

Ryba, das hölzerne Übungsschwert auf den Boden gestützt, winkte der silberhaarigen Wächterin und Heilerin.

Gemessenen Schrittes kam Istril zur Marschallin. Die anderen Wächterinnen warteten.

Die silberhaarige Heilerin blieb drei Schritte vor Ryba stehen und neigte den Kopf. »Marschallin.«

»Was hältst du davon?« Ryba sah die schwangere Heilerin an und deutete nach Westen zur Eisnadel Freyjas. »Das muss der Ingenieur sein.«

Dunkelheit wallte in den Himmel hinauf, bis der ganze Horizont im Westen ein schwarzer Vorhang war, der sich langsam vor die Sonne schob. Eine frühe Dämmerung senkte sich über das Dach der Welt. Einen Augenblick noch glänzte Freyja strahlend weiß, dann fiel der dunkle Schatten, der schon die Wiesen und den Schwarzen Turm erfasst hatte, auch über ihren Gipfel.

»Ich konnte die wachsende Spannung zwischen Schwarz und Weiß spüren«, erklärte Istril langsam. »Siret hat es auch gespürt.«

»Warum habt ihr mir nichts gesagt?«, fragte die Marschallin.

»Was hätten wir tun sollen? Außerdem geht es nicht nur um ihn und die Heilerin. Es ist etwas viel, viel Größeres.«

Ryba schüttelte den Kopf, ehe sie die nächste Frage stellte. »Glaubst du immer noch, dass es richtig war, ihm Weryl mitzugeben?«

»Es geht ihm gut, das kann ich fühlen.« Istril hielt inne. »Und das bedeutet, dass auch Nylan wohlauf ist … aber ich empfange große Schmerzen.« Trotz des Zwielichts konnte man den feuchten Schimmer in ihren Augen sehen.

»Das ist eigentlich immer so, wenn der Ingenieur irgendwo beteiligt ist …« Rybas Stimme war trocken.

»Er macht nichts, wenn es nicht sehr wichtig ist.« Istril sah an Ryba vorbei zum Horizont.

»Das macht es nur noch schlimmer, nicht wahr?« Rybas Stimme war heiser.

»Ja, Ser.«

Nach längerem Schweigen nickte Istril, drehte sich um und ging rasch übers Übungsgelände zum Turm zurück.

Ryba starrte weiter in die Dunkelheit der viel zu früh beginnenden Nacht. Blutrot glänzten die Gesichter der Wächterinnen im verblassenden Licht.

Ein leichter Schauder lief unter den Füßen der Marschallin durch den Boden. Im unnatürlichen Zwielicht und in der bedrückenden Windstille bebte die Wiese.

Ein weiteres Beben kam, dann noch eines. Dunkler und dunkler wurde es. Die Marschallin wartete und schaute.

CXLVI

Und als das mächtige Cyad verlangte, dass sein Land das seine bleiben müsse, als es darum bat, dass seine großzügigen Geschenke an Lornth in Ehren gehalten würden, da ergriff Nylan das Wort und sprach leise, dass die Legionen von Cyad Tod und Zerstörung nach Lornth bringen würden und dass die Weißen Legionen zurückgeschlagen werden müssten.

Wollt Ihr Euch von Cyad alles wegnehmen lassen, was

Eure Väter und Vorväter erarbeitet und gewonnen haben?, fragte der dunkle Nylan. Und alle in Lornth stimmten zu, dass Cyad zerstört werden müsse. Die schimmernden Städte der Ordnung, die Menschen auf den Straßen aus Stein, die glatter poliert waren als geschliffenes Glas, die gewaltigen Feuerwagen, die auf ihnen schneller fuhren als der Wind, all das sollte nicht mehr sein und Cyad sollte vernichtet werden.

Niemand erhob sich und brachte vor, dass Cyad freundlich und gerecht gewesen war und dass sein Volk stets in Gerechtigkeit und Frieden leben konnte. Nein, diese Wahrheit wurde vom dunklen Magier Nylan mit seinem schwarzen Hammer zerschlagen und von der dunklen Ayrlyn mit ihrer Lutar mit schönen Liedern zugedeckt, bis niemand mehr von der Freundlichkeit Cyads wusste.

Die Spiegellanzenkämpfer polierten die Schilde und hoben die Lanzen und die Hufschläge ihrer Streitrösser hallten in ganz Candar über Stein und Fels. Die Weißen Magier, die sich mit aller Macht für den Frieden einsetzten und den Krieg zu vermeiden suchten, gürteten die Gewänder und machten sich Hoffnung, den Frieden doch noch wahren zu können … aber sie alle waren dem Untergang geweiht.

Denn Nylan, der dunkle Engel, hob abermals die Hände und entfesselte den Verwunschenen Wald von Naclos und der Wald dankte es ihm und schenkte ihm das Feuer des Himmels und den Regen des Todes. Und Nylan lachte und warf Feuer und Regen über den Westen Candars. Und Ayrlyn sang ihre Lieder, die den Menschen die Herzen und Seelen aus dem Leib rissen.

Die Spiegellanzenkämpfer aber sahen die eigenen Lichtlanzen gegen sich gewendet. Die Erde warf sich vor ihnen auf und schlug über ihnen zusammen und die Rechtschaffenheit der Weißen Magier war vergebens, denn vor ihnen explodierten die Gläser und der Tod regnete auf alle Bewaffneten Cyads hernieder, bis keiner mehr aufrecht stand.

Überall bebte die Erde und warf sich auf und verschlang die großen Städte Cyad und Fyrad und die Winde machten den fernen Ort Sommerhafen dem Erdboden gleich, bis kein Stein mehr auf dem anderen stand.

Die Grashügel aber waren versengt und verbrannt und wurden die Steinhügel. So trocken waren sie, dass bis auf den heutigen Tag niemand dort lebt. Und in Lornth herrschte Jubel, denn die Zeit war gekommen …

Die Farben der Weisse
(Handbuch der Gilde von Fairhaven)
Vorwort

CXLVII

Nylan öffnete langsam die Augen, aber er konnte nichts sehen. Er spürte nur Messerstiche und schloss sie wieder. Eine Weile blieb er still liegen und roch das Feuer und den Rauch und die Zerstörung. Scharfe, beißende Gerüche.

»Wo ist sie?«, fragte der Ingenieur schließlich, obwohl er es schon wusste. Ayrlyn stand draußen vor dem Zelt und blickte nicht mit den Augen, sondern mit den Sinnen nach Süden, wo einst Felder gewesen waren.

Woher wusste er es? Er schauderte.

Die Verbindung zum Wald, die er geöffnet hatte … ein warmes Willkommen und ein Gefühl von Wohlbefinden überflutete ihn und mischte sich in das Chaos der Zerstörung, linderte die Schmerzen von Tod und Zerstörung … Leben und Tod, Ordnung und Chaos … aber die Pole entsprachen einander nicht völlig, sie waren einander nicht völlig gleich, beharrte ein halb vergessener Ingenieur irgendwo in seinem Hinterkopf.

Er setzte sich aufrecht hin und schob die Schmerzen und das steife Gefühl beiseite. Nach einem Augenblick konnte er sogar aufstehen und das Zelt verlassen. Draußen roch die Luft nach Schwefel. Sehen konnte er immer noch nichts, aber was er spürte, reichte völlig aus. Verbrannte und verkohlte Erde, geschmolzener Stein, das Chaos unendlich vieler Toter, Gestank. Die Schreie von Männern und Magiern, die unter einer riesigen Flutwelle von Erde und Felsen begraben wurden, das Kreischen unschuldiger Pferde, die gefangen und verschüttet wurden und das Grasland nie wieder sehen sollten.

Was er spürte, war mehr als genug. Er ließ Kopf und Schultern hängen unter der unsichtbaren Last und er wäre gestürzt, wenn ihn nicht mit kräftigem Arm und starker Seele die Frau aufgefangen hätte, die ihm zur Seite stand. Und natürlich half ihm auch das Gefühl des Gleichgewichts, das vom fernen Wald ausstrahlte ... Naclos hatte sich bereits verändert und war ... bewusster geworden.

Er schluckte und richtete sich langsam wieder auf.

»Du kannst auch nichts sehen, nicht wahr?«, fragte Ayrlyn.

»Nein. Ich kann aber etwas spüren. Und du?«

Ja. Dich ... den Wald ...

»Agenten der Veränderung.«

Agenten des Gleichgewichts ... Sie nickte und er spürte auch das Nicken, das er nicht sah.

So standen sie auf dem Gelände, das zwei Tage nach der Schlacht noch nach Tod und Zerstörung stank, bis jemand zu ihnen trat. »Ihr zwei ... Ihr sollt doch nicht ...« Sylenia schüttelte den Kopf. »Ihr habt darüber geredet, dass Ihr wieder zum Wald gehen wollt, dabei könnt Ihr überhaupt nichts sehen.«

»Wir müssen hin«, erklärte Ayrlyn.

»Dann gehen wir mit Euch.«

»Wir?«, fragte Nylan.

»Tonsar kommt auch mit. Wir haben geredet. Es ist besser so. Er könnte jetzt den Herren von Lornth nicht mehr folgen, außer Ser Gethen, aber der ist alt.«

»Fornal?«, fragte Nylan. Irgendwie hoffte er noch, Fornal hätte vielleicht doch überlebt.

»Er … er ist in den Bränden und Donnerschlägen umgekommen.« Sylenia zuckte mit den Achseln und sah sich um. »Auch das ist gut. Er hätte nicht hinnehmen können, was jetzt kommen wird.«

Nylan holte tief Luft. »Was ist mit Weryl?«

»Er hat zwischen Euch geschlafen. Manchmal hat er geweint und war von kleinen Feuern oder Lichtpunkten umgeben. Er schläft jetzt. Ja, er ist ein Engel wie Ihr, so jung er auch sein mag.« Sylenia schüttelte noch einmal den Kopf und kehrte zum Zelt zurück, das offenbar genau dort errichtet worden war, wo sie gestürzt waren.

Sind wir so beängstigend, dass die Leute sich nicht einmal trauen, uns zu bewegen?

Anscheinend.

Nylan kicherte, aber die Belustigung verging ihm sofort wieder. Er hatte viel zu große Schmerzen, um herzhaft lachen zu können. »Nein, da gibt es nichts zu lachen.« Er überlegte. »Weryl?«

»Aber natürlich. Er hat schon früh die Töne gespürt und er hat den Wald gefühlt.«

Nylan holte tief Luft und kehrte langsam ins Zelt zurück. Jeder einzelne Muskel tat ihm weh. Wie Sylenia gesagt hatte, lag ihr Sohn, der inzwischen ebenso Ayrlyns wie Istrils Kind war, schlafend auf seinem Lager. Aber Nylan konnte das Geflecht von Ordnung und Chaos in ihm spüren, sein tiefes Gleichgewicht.

Er wandte sich an Ayrlyn.

»Er braucht den Wald genau wie wir«, meinte sie.

Nylan nickte, riss sich von dem schlafenden Kind los und ging wieder nach draußen in die beißende Luft.

»Nylan?« Ayrlyn musste einen Augenblick überlegen, ehe sie weitersprach. »Warum war er jetzt so viel größer als vorher? Nur weil du einen wichtigen Kanal geöffnet hast?«

»Nur weil ich einen Kanal geöffnet habe?«, fragte er trocken zurück. »Nein, so tief ging es gar nicht. Es hat sich nur so angefühlt. Es gab hier früher ein natürliches Gleichgewicht zwischen Ordnung und Chaos – fast wie zwischen den Erdschichten, die auf dem Magma schwimmen. Die Rationalisten haben eine künstliche Schicht der Ordnung über eine Schicht des Chaos gelegt, als sie Candar bewohnbar gemacht haben – oder jedenfalls dort, wo früher der Wald war. Ich weiß nicht, ob sie es absichtlich getan haben oder ob es nur eine unbeabsichtigte Nebenwirkung war. Jedenfalls haben die alten Weißen Magier das Ungleichgewicht zwischen diesen beiden obersten Schichten als Energiequelle benutzt. Man könnte es mit einer elektrischen Ladung vergleichen. Das hat sich aber auf einer vergleichsweise energiearmen Ebene abgespielt, glaube ich.« Der Ingenieur sah sich mit blicklosen Augen um, als er spürte, wie jemand sich näherte. »Als ich den Waffenlaser benutzt habe, um die Truppen aus Lornth und Gallos zu vernichten, war das wie ein Weckruf … so ähnlich. Vielleicht hat auch der Wald … ich bin immer noch nicht sicher, ob er in unserem Sinne bewusst ist … vielleicht hat er auch einfach den Impuls kopiert. Die Sperren, die den Verwunschenen Wald in Cyador gebändigt haben, beruhten noch auf der alten Technologie. Sie hatten sicher schon länger gehalten als vorgesehen, und als ich den Waffenlaser eingesetzt habe, ist das Feld endgültig zusammengebrochen und der Wald hat damit begonnen, sein altes Gebiet zurückzuerobern.«

»Und die Cyadoraner haben die nötige Technologie nicht mehr besessen?«

»Es ist nicht nur die Technologie.« Nylan hustete und würgte und hätte sich beinahe übergeben. »Ich weiß es nicht. Ich glaube nicht, dass es eine Ursache gibt, die für sich genommen alles erklären kann. Es war wohl eher so, dass mehrere Kräfte sich gegenseitig verstärkt haben. Als ich bis in die Erdkruste hinuntergegriffen habe, hat sie für den Wald wie ein Kraftverstärker gewirkt.«

»Er ist jetzt bewusster«, sagte sie. *Viel bewusster.*

»Ich weiß.«

Eine Gruppe Reiter kam zu ihnen. Die beiden, immer noch blind, drehten sich um. Nylan fragte sich, ob er irgendwann würde wieder richtig sehen können.

»Ihr habt Lornth gerettet«, sagte Gethen tonlos. »Manch einer würde sich allerdings fragen, um welchen Preis.«

»Fragt Ihr es Euch, Ser?«, gab Nylan leise zurück.

»Nein.« Gethen seufzte. »Hoch war er allerdings.«

»Cyador existiert nicht mehr, nicht wahr?«, fragte Zeldyan. Nesslek saß halb dösend auf dem Sitz hinter ihr.

»Ein Teil steht noch«, antwortete Nylan. »Der Teil, der nicht auf dem Gebiet des Großen Waldes errichtet wurde. Einige Städte im Westen existieren noch, wenngleich in Trümmer gelegt. Die Zerstörung ist … ich glaube, es war dort schlimmer, wo es große Städte gab.«

»Kein einziger Weißer Bewaffneter hat überlebt, nicht einer. Auch die Weißen Magier sind gefallen.« Zeldyan sprach leise, nachdenklich. »Wurdet Ihr geschickt, um alle Weißen Magier zu vernichten? Ganz egal, welchen Preis Candar dafür zu zahlen hat?«

»Nein. Wir wurden nicht geschickt, um irgendjemanden zu vernichten«, antwortete Nylan.

»Es spielt aber keine Rolle«, fuhr Zeldyan fort. »In diesem Punkt hatte Fornal Recht. Ihr habt Lornth und ganz Candar verändert. Ihr habt die Schlacht gewonnen, aber mein Bruder und Mitregent ist gefallen. Ihr habt das Erbe meines Sohnes gesichert, aber er wird nicht mehr das erben, was ihm eigentlich zuteil werden sollte. Ihr habt dunkle Kräfte geweckt und bewiesen, dass ein einzelner Fremder und vielleicht sogar ein Bauer die Mächtigen bezwingen kann.«

»Ihr habt das größte Reich in Candar besiegt«, fügte Gethen hinzu, »und obwohl man Euch keinen Vorwurf machen kann, trauere ich über den Verlust meiner beiden Söhne.« Er neigte den Kopf.

Nylan verstand, wohin die Worte des Regenten führen würden, aber er wartete höflich. Ayrlyn drückte seine Hand.

»Lornth will nicht undankbar sein und Euch den Dank für die Rettung verweigern«, fuhr Zeldyan fort. »Aber wir Regenten und auch mein Sohn werden keine Ruhe finden, solange Ihr in Lornth seid. Gegen Eure Kräfte kann ich nichts ausrichten. Dennoch muss ich darauf bestehen, auch wenn es meinen Tod bedeutet, dass Ihr ... sobald Ihr wieder bei Kräften seid ... Lornth verlasst.«

»Wir werden Euch alles geben, was Ihr für die Reise braucht«, fügte Gethen hinzu, »und einige Goldstücke für Eure Bedürfnisse. Auch wenn ich mich frage, ob Ihr sie überhaupt brauchen würdet.«

Schweigen senkte sich über die Gruppe, der Südwind trieb den Geruch von Schwefel und Tod heran.

»Wir brauchen Vorräte und noch etwas Zeit, um uns zu erholen.« *Und das Land muss sich erholen, ehe wir reisen können.*

»Es ist besser so«, fügte Ayrlyn hinzu. Was sie sagte, entsprach der Wahrheit, war aber zugleich auch irreführend. Nicht genug allerdings, um das Gleichgewicht zu verletzen.

»Ihr könnt nicht sehen. Werdet Ihr Euch bald wieder bewegen können?«, fragte Zeldyan. Zorn, Verwirrung und Mitgefühl mischten sich in ihrer Stimme.

»Wir haben es schon einmal erlebt.« Nylan deutete zum rauch- und staubverhangenen Himmel und zum verkohlten Grasland. »Wir werden irgendwie zurechtkommen. Naclos ... der Große Wald wird uns aufnehmen. Und es wird dort einen Platz für diejenigen geben, die das Gleichgewicht der Gewalt vorziehen.« *Für Menschen wie uns.*

Ayrlyn nahm seine Hand und sie standen auf. Der unsichtbare Wald von Naclos war jetzt immer bei ihnen und in ihnen und schenkte ihnen und Weryl ein Gefühl für das Gleichgewicht, das sie brauchten, wenn sie leben wollten. Ein Gleichgewicht, das auch Sylenia, Tonsar und andere, die kommen würden, annehmen und schätzen lernen würden.

Blicklose Augen richteten sich gen Süden und die beiden Engel standen aufrecht und stumm.

»Ihr solltet besser gehen, sobald Ihr bereit seid«, sagte Gethen. »Nur wenige werden sich an das Gute erinnern, das Ihr getan habt, aber viele werden das Böse nicht vergessen wollen. Auch wenn das Gute bei weitem überwiegt, mussten wir einen hohen Preis zahlen.«

»So ist es immer«, erwiderte Nylan leise.

Immer, bestätigte Ayrlyn.

»Mögt Ihr Lornth stets freundlich gesonnen sein«, sagte Zeldyan schließlich.

»So lange, wie Lornth auch Naclos freundlich gesonnen ist«, antwortete Ayrlyn.

Die Regenten ritten schweigend davon und ließen das Zelt und die Engel zurück.

»Wo soll das enden?«, fragte Nylan schließlich.

»Es wird nicht enden. Das Gleichgewicht hat kein Ende.«

»Du bist so schrecklich philosophisch.«

»Nein, nur praktisch.«

Untergehakt, aber sicheren Schrittes gingen sie, um den erwachenden Weryl zu begrüßen. Hinter ihnen wirbelten weiße und schwarze Rauchfahnen hoch und mischten sich zu grauen Schlieren. Vor ihnen, jenseits der veränderten Landschaft, wartete der Große Wald … wartete das Gleichgewicht.

Das Gleichgewicht.